张炜文存

插图珍藏版 2 长篇小说

九月寓言

山东教育出版社
SHANDONG EDUCATION PRESS

前言

从二十世纪七十年代尝试写作到今天，张炜创作发表了大约一千五百万字的作品，这还不包括他亲手毁掉的约四百万字的少作。就体量而言，现当代的严肃作家几乎无人可出其右者。这些文字至广大而尽精微，有宏阔的视野和抱负，也有对人性与存在最幽微处的洞察和发掘。张炜不但代表齐鲁文学的高度，也一直屹立在中国文学的高原。鉴于此，我们请张炜先生编选了这套颇能代表其个人创作实绩的文丛，也希望它能成为引领读者深入张炜丰茂的文学世界的一个精要读本。

阅读张炜，并不是一件轻松的事情。

四十余年来，张炜切实参与了新时期文学的进程，且在每个时段均留下具有范本意义的作品，如《古船》《九月寓言》《你在高原》《融入野地》等代表作无一不被允为中国当代文学的经典。有意味的是，除了在二十世纪九十年代前期以忧愤的态度参与过人文主义精神的讨论，在更多的时间里，他与所谓的文学热点和流行话题自觉保持着距离，他的创作也很难被妥帖地归类到某一文学思潮和概念之下。比如，在一些文学史中，《古船》是反思文学的集大成之作，在另一些文学史中，它是改革文学的扛鼎之作，还有一些文学史则将其放入寻根文学的专章中讨论。事实上，张炜对庞大之物近乎偏执的关怀，他那些让人战栗的道德诘问，他交织着时代的迫力、灵魂创伤与人类苦难的文字所彰显出来的写作的德性和思想性都决定了他不会是一个文坛的“弄潮儿”，恰恰相反，他常常是潮流化写作的反动者。可是，当我们以文学史的眼光回头打量他所置身的文学时代，又会讶异地发现，原来有那么多重要的文学话题，张炜在它们成为热点之前便已做出实践或洞见。比如，批评界一度称许新历史主义写作，尤其推重以个人史、家族史取代阶级史和革命史的写作范式，在批评家们罗列出一通九十年代的重要文本之后，蓦地发现发表于一九八六年的《古船》已经几乎包孕了这个写作范式所有可能的向度，并且以家族史和阶级史并举的方式避免了新历史主义容易滋生的意义偏失。又如，近年来批评界强调发掘中国本土的叙事资源，激活汉语传统美学的意义，而多年来张炜持续与古老而灵性不散的齐文化和更古老的神话传统对话，他在演讲中说过：“怪力乱神基本上是文学的巨资。”他在《〈楚辞〉笔记》《也说李白与杜甫》等诠解古代经典的散文中所表现出与前贤思接千载的会心以及借此获得的启悟，在《外省书》中对史传记人方式的创造性化用，也显见他对本土文学传统的倚重。再如，新世纪的底层文学蔚为壮观，欲迷人眼，当批评界顺着“底层”的概念前溯时，即会注意到张炜很早之前即有这样的提醒：“一个作家心灵的指针要永远指向生活在最底层的人们。”甚至有时，张炜会因创作上的前瞻意识让他的作品陈义过高而逾越出时代的理解和逻辑框架，导致外界严重的错位式的误读，如对其“道德理想主义”的标签化概括，以及连带的反现代性的保守立场的质疑等，在我看来，即属此例。

关注张炜的人都知道，《九月寓言》发表后，他一直承受着来自标榜启蒙现代性立场人士的非议，认为他的作品存在着一个善恶、正邪、大地伦理与现代文明的二元结构，并以对后者的弃绝将自己变成一个与潮流逆势的具有强烈乌托邦气质的不合时宜者。张炜对此决不妥协，他把道德力量视作一个写作者才华和人格构建的关键部分，依旧以近于独战的姿态横对失范的科技理性和物质欲望。阅读张炜的这些文字，常常让人想到二十世纪思想史和文学史上被划归到文化保守主义阵营的那些名字，学衡派、新儒家、杜亚泉、梁漱溟、梁实秋……他们在历史潮汐的进退中也一度被时人视为逆流而生的卫道士，是螳臂当车的文化反动势力，但当后来的人们跳出时代的烟云却发现，他们的探求和思索与西方近现代以来尤其是启蒙迷思被世界大战轰毁之后兴起的新人文主义思潮遥相呼应，他们代表的是对人类中心主义和工具理性万能论进行自我反省与批判的另一现代性路径，是参与现代性对话的建设性思维，也是与主导性的历史行为和历史观念相对峙的必不可少的制衡力量。当代西方最重要的伦理学家麦金太尔在他的《德性之后》中曾提出一个重要的问题：谁来为失去形而上学品质的现代人的精神立法，或者说，在德性被放逐的时代还有没有对个人而言的至善的目标？他如此质问道：“道德行为者从传统道德的外在权威中解放出来的代价是，新的自律行为者可以不受外在神的律法、自然目的论或等级制度的权威的约束来表达自己的主张，但问题在于，其他人为什么应该听从他的意见呢？”他认为当代人深陷一种“情感主义”的道德迷思中，走出这种迷思的根本在于为当代人重建德性，而“德性必定被理解为这样的品质：将不仅维持使我们获得实践的内在利益，而且也将使我们能够克服我们所遭遇的伤害、危险、诱惑和涣散，从而在对相关类型的善的追求上支撑我们，并且还将把不断增长的自我认识和对善的认识充实我们。”我们以为，张炜的“道德理想主义”也应在此意义上理解。他捍卫君子固穷的价值观、严守义利有别的守成文化立场其实是对上述现代人文主义思路的自觉传承，其间固然有接续“斯文”、承袭道统的传统天命意识，亦有在终极关怀的层面重建现代人的意义世界的激进实践意图。他坚守民间的姿态也绝非像某些批判者说的那样是蹈入了老旧道德的泥淖，这些批判者被时代困陷的局限让他们忽略或者说失察了张炜站在全人类立场的超越意识和存在意识。而且，张炜这一信念几乎在他写作之初就建立起来，它当然经过一个不断磨砺和成熟的过程，但并不像一些批评者描述的那样存在着一个从八十年代张炜到九十年代张炜的急遽转型。我们分明可以在老得、隋抱朴和宁伽之间看到一条贯通的精神的丝缕。我们也不应忘记，《你在高原》的写作所经历了漫长的二十二年，没有持之以恒的心力和不为世移的信念，这样一部描写五十年代生人意志、情感和命运的百科全书式的大书不会完成。

明乎此，我们也就不难理解为什么张炜的写作不能被简约地归类了，他的写作对应的并非时代，而是时间。他不存在趋时的问题，自然也就无法被时代利诱或者绑架；他能预知文学的热点，只是因为他内心有对文学恒常价值笃定的判断。也因此，我们以为，出于表达的权宜，人们可以用一些约定俗成的语汇来评价张炜其人其文，但必须警惕这些语汇对其文学世界丰富性的缩减。比如我们一再提到的“民间”。因为参照物的不同，“民间”至少有两重意涵，它既可以指与庙堂相对的知识分子的价值寄居地，亦可指与精英文化相对的大众化的文化生成空间。张炜的民间立场中和了这两种意义的理解，同时又对二者抱有清醒的审视。四十余年中，他像一个真正的地质工作者一样不断漫游在以其故地为中心辐射开的莽野林间，并反复倾诉这种“在民间”的行旅之于写作的滋养，因为这种跋涉不但是对民间的亲历和发掘，还构成与庙堂那种案牍之劳的有效区隔，是逃逸体制化和职业化写作伤害的最有效的方式，漫游让他的写作与那些想象民间的写作之间划开了一道鸿沟。与此同时，他赞美民间的苍茫与混沌，颂扬民间热辣活泼的不驯顺的生命热力，但并不以为这是可以豁免民间藏污纳垢的理由，事实上他也从未搁置对民间之恶的揭示和批判——把张炜的民间简略成浪漫的乡愁或野地的生趣显然是失当的。

同样，我们也应当小心在时下生态写作的浪潮里，对张炜写作呈现出的生态伦理观念的简单追认。的确，他二十年前在《寻找野地》等作品中对大地之灵踪的追觅放之今日依旧是不可掩其光彩的，而他笔下还有那么多多姿多彩、栩栩如生的动物形象，有那么多对自然魅性的倾心书写，但仅以生态立场来解读他的这些作品是远远不够的。他写有情的生灵万物，写悲悯的山河大地，会让人想起《猎人笔记》

《鱼王》《白鲸》《草原》《白轮船》，也会让人想起楚辞和诗经里那些精魂不散的草木花树，他以对自然的敬畏尝试建立连接“宇宙的神性”的可能。而且他并没有像很多生态写作者习惯的那样，因为要质疑人类中心主义的僭妄，便把人排除在自然万有之外，在他笔下，我们总能找到一个辽远的人，一个因为自然而获得性灵延展的人，用里尔克的话说，这是一个“沉潜在万物的伟大的静息中”的人，他“不再是在他的同类中保持平衡的伙伴，也不再是那样的人，为了他而有晨昏和远近。他有如一个物置身于万物之中，无限地单独，一切物与人的结合都退至共同的深处，那里浸润着一切生长者的根”。某种意义上说，张炜文学世界的开阔和深邃来源于他对自然理解的开阔和深邃，来自于他作为野地之子深扎在大地中的根须。

阅读张炜的难度即在于习惯妥协和随顺的我们与一颗灼热的、忧虑的、高远的心灵对话的难度。“伟大的心魂有如崇山峻岭，风雨吹荡它，云翳包围它，但人们在那里呼吸时，比别处更自由更有力。……我不说普通的人类都能在高峰上生存。但一年一度他们应上去顶礼。在那里，他们可以变换一下肺中的呼吸，与脉管中的血流。在那里，他们将感到更迫近永恒。以后，他们再回到人生的广原，心中充满了日常战斗的勇气。”这是罗曼·罗兰在《米开朗琪罗传》的结尾部分谈到的，阅读张炜，我们会有庶几近似的感受。

本卷导读

《九月寓言》是张炜创作的第二部长篇小说，最初发表于一九九二年，曾获全国优秀长篇小说奖、上海长中篇小说大奖，入围二十世纪九十年代最具影响力图书，因艺术上的杰出，被认为是“二十世纪中国文学的压卷之作”。

在情节层面上，《九月寓言》以一个与外界隔绝的小村和邻近矿区之间的人际往来寓言化地呈现现代文明侵入淳朴自然的传统村落后引发的一系列的矛盾和冲突；在题旨上，小说在融入野地的苍茫幽深之中，发掘民间自足生存的活力，并借此获得超越性的精神生长的力量。它并不像《古船》那样，明晰地指向乡村的政治和道德生活，而是以将时空高度抽象和虚化的方式，浑融地构造一种大地诗学。

小说有三个时态：小村人来到小村之前的逃荒生活，是过去时，由小村人自己的回忆展现出来；以肥和赶鹦等为代表的年轻人的生活是小村的现在时；小村被毁，“鲜鲅鲅”们再度迁徙，则指向了将来。流浪是小村老一辈人的生存方式，包括龙眼祖父的流浪、露筋与闪婆的流浪，等等。从根本上，流浪是一种奔跑的姿势与状态，而奔跑又是年轻人的一种生存方式：赶鹦、肥、龙眼、憨人、争年、香碗、喜年……他们在夜晚里奔跑，使夜色都灼烫。小说从小村人鲜活的感受出发，上升到对“完整”世界的思想上的探索和精神上的呼唤，小村人的奔跑看似漫无目的，实则是在茫茫的暗野中寻找哪怕是微渺的一丝光明，那是生命中的激越之爱，是相濡以沫的情怀，是对温厚大地的感恩。

小说就是通过一个又一个“奔跑”的故事将历史的追思与现实、具象与抽象、经验与超验的描述自由地串接在一起，也使小说本身具有一种馥郁的诗性气质。

一九八七年十一月，张炜开始了《九月寓言》的创作。

在龙口这座简陋的小屋子里，张炜完成了《九月寓言》的创作。

胶东半岛街头废弃的老碾盘。张炜说：在一个废弃的村落旧址上，我发现了遗落在荒草间的碾盘。它上面满是磨钝了的齿沟。它曾经被忙生计的人团团围住，它当刻下滔滔话语。

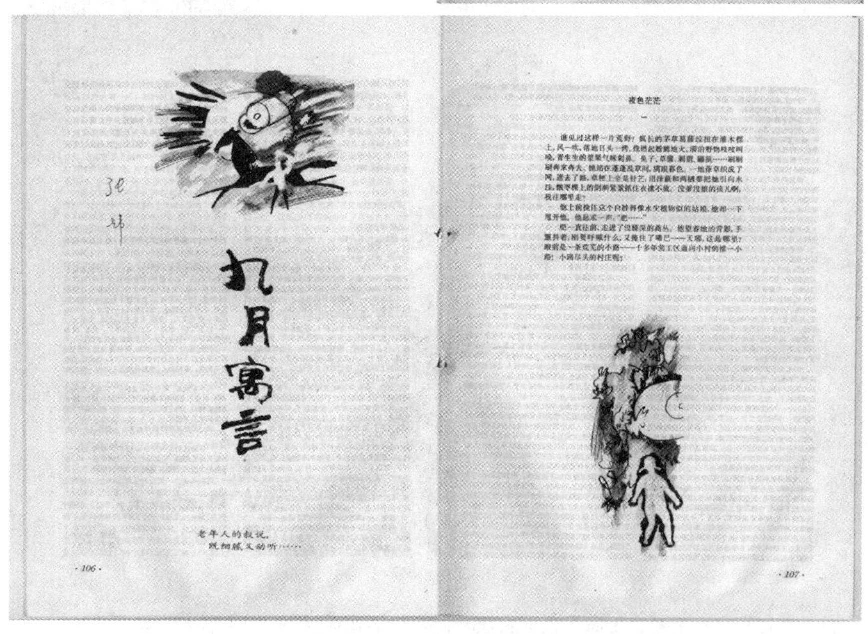

张炜

九月寓言

老年人的叙说，
既细腻又动听……

·106·

夜色茫茫

一

谁见过这样一片荒野？疯长的茅草葛藤绞扭在灌木棵上，风一吹，落地日头一烤，像燃起腾腾地火。满泊野物吱吱叫唤，青生生的浆果气味刺鼻。兔子、草獾、刺猬、鼹鼠……刷刷刷奔来奔去。她站在蓬蓬乱草间，满眼暮色。一地葎草织成了网，遮去了路。草梗上全是针芒，沼泽蕨和两栖蓼把她引向水洼，酸枣棵上的倒刺紧紧抓住衣襟不放。没爹没娘的孩儿啊，我往哪里走？

他上前搀住这个白胖胖像水生植物似的姑娘，她却一下甩开他。他急求一声："肥……"

肥一直往前，走进了没膝深的蒿丛。他望着她的背影，手颤抖着，刚要呼喊什么，又掩住了嘴巴——天哪，这是哪里？眼前是一条荒芜的小路——十多年前工区通向小村的惟一小路！小路尽头的村庄呢？

·107·

一九九二年六月，《收获》第三期发表长篇小说《九月寓言》。

首版《九月寓言》书影，上海文艺出版社一九九三年五月版。

《九月寓言》书影（繁体版），台湾时报出版公司一九九九年十月版。

《九月寓言》书影（日文版），日本彩流出版社二〇〇七年一月版。

《九月寓言》书影（瑞典文版），瑞典 Jinring Publishing House 出版社二〇一四年版。

九月寓言
张炜
九月寓言
九月寓言
九月寓言
张炜
张 炜 著
九月寓言
九月寓言
张炜 著
天地文丛
17
九月寓言
天地图书
September's Fable
Zhang Wei
Homa & Sekey Books
九月寓言
張煒
九月の寓話
坂井洋史
壮大なスケールで描く
张 炜 ⊙ 著
九月寓言
张 炜 ⊙ 著
上海文艺出版社
上海文艺出版社

各版本的《九月寓言》

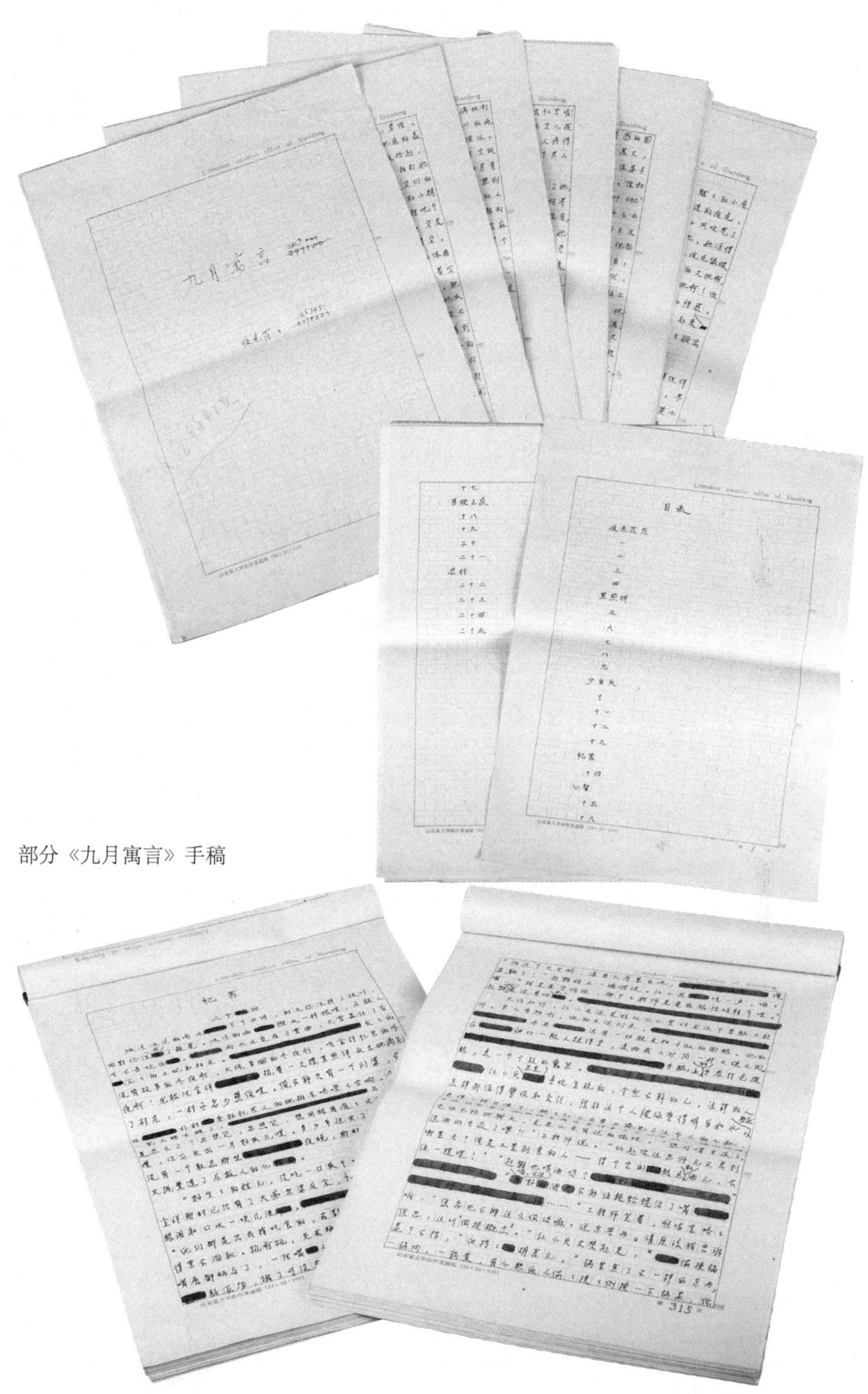

部分《九月寓言》手稿

目 录

老年人的叙说

既细腻又动听……

夜色茫茫

一

谁见过这样一片荒野？疯长的茅草葛藤绞扭在灌木棵上，风一吹，落地日头一烤，像燃起腾腾地火。满泊野物吱吱叫唤，青生生的浆果气味刺鼻。兔子、草獾、刺猬、鼹鼠……唰唰唰奔来奔去。她站在蓬蓬乱草间，满眼暮色。

没爹没娘的孩儿啊，我往哪里走？一地葎草织成了网，遮去了路，草梗上全是针芒；沼泽蕨和两栖蓼把她引向水洼，酸枣棵上的倒刺紧紧抓住衣襟不放。没爹没娘的孩儿啊，我往哪里走？我往哪里走？

他上前搀住这个白胖得像水生植物似的姑娘，她却把他一下甩开。他恳求一声："肥……"

肥一直往前，走进了没膝深的蒿丛。他望着背影，手都抖了，刚要呼喊什么，又掩住了嘴巴——天哪，这是哪里？这是一条荒芜的小路——十多年前工区通向小村的唯一小路！小路尽头的村庄呢？

一切都消逝净尽，只有燃烧的荒草……

他久久未能合拢嘴巴。接上他发现了草藤之间倒塌的墙壁、破碎的砖石。毫无疑问，他们真的走向了当年那个缠绵的村庄……脚下有什么在响，原来到处是长长的、深不可测的地裂，不断有小土块摔进去。他还来不及去想这是怎么回事，马上浮到脑海的是肥可能遇到的危险。他跑

第一章　夜色茫茫

一

谁见过这样一片荒野？疯长的茅草葛藤绞扭在灌木棵上，风一吹，落地日头一烤，像燃起腾腾地火。满泊野物吱吱叫唤，青生生的浆果气味刺鼻。兔子、草獾、刺猬、鼹鼠……刷刷刷奔来奔去。她站在蓬蓬乱草间，满眼暮色。一地葎草织成了网，遮去了路，草梗上全是针芒；沼泽蕨和两栖蓼把她引向水洼，酸枣棵上的倒刺紧紧抓住衣襟不放。没爹没娘的孩儿啊，我往哪里走？

他上前挽住这个白胖得像水生植物似的姑娘，她却一下甩开了他。他恳求一声："肥……"

肥一直往前，走进了没膝深的蒿丛。他望着她的背影，两手颤抖，刚要呼喊什么，又掩住嘴巴——天哪，这是哪里？眼前是一条荒芜的小路——十多年前工区通向小村的唯一小路！小路尽头的村庄呢？

一切都消逝殆尽，只有燃烧的荒草……

他久久未能合拢嘴巴。接着他发现了草藤之间倒塌的墙壁、破碎的砖石。毫无疑问，他们真的走向了当年那个缠绵的村庄……脚下有什么在响，原来到处是长长的、深不可测的地裂，不断有小土块掉进去。他还来不及去想这是怎么回事，马上浮到脑海的是肥可能遇到的危险。他跑起来，后来他发现肥安坐在一个废弃的碾盘上。一层冷汗从头上渗出，他双手抱住脑门蹲下了。

碾盘四周茂长出茅草，这形貌很容易使他想起秃脑的父亲——一位煤矿工程师。他常常担心那个亲爱的人遗传给一个秃脑……时至今日，儿子也许要感激父亲：是他给予了这么好的机缘。当年的秃脑工程师因为艳事太多，带上全家逃到荒凉的小平原上来开拓新生活。于是这儿发现了一处煤田，他的儿子则发现了一个叫作“肥”的姑娘。

肥就住在离工区不远的那个小村里。当时的工区子弟寂寥无比，一天到晚往小村里跑。那里的姑娘不太多，况且正与本村小伙子热恋，所以来自工区的人在整整一年时间里无所作为。秃脑工程师空有满腹经纶，一天到晚借酒浇愁。妻子是一个四川人，娇小孱弱，随处都迁让着丈夫。她在儿子刚刚懂事时就告诉他：“你爸呀是个风流才子。”儿子多少有些恨父亲，他知道一个行为不端的人将给下一代增添无限烦恼。与父亲不同的是，他顽强而执拗，很早就懂得了钟情。那些日子里他寻找着肥，往小村里奔跑，远远看见袅袅上升的炊烟、矮小的屋顶，就清晰地看到了一辈子的希望。

父亲长了发红的胡子，还有极其古怪的脸色：总像擦了粉似的，有一层白霜。他不止一次表示了对这层白霜的厌恶，弄到后来连忍气吞声的母亲也要用巴掌搂他了。她说：“你知道个什么！你爸还就是这点儿好……”由于新煤田特殊的地质构造，煤的开采将使这一片平原蒙受巨大损失。地下响起隆隆炮声，接着矸石和煤块涌到地面上来。父亲有时也到地底下去。他觉得父亲在率先开路，频频拨动两只前爪，所经之处地面总要凹下一块。这就是平原上出现一片又一片洼地的缘故——整齐的麦畦和秀丽的瓜田沉陷下去，芦苇蒲草遍地滋蔓。

一群鼹鼠从他身旁游过。破碎的瓦片被弄得沙沙响，接着又是咔嘣一声。他疑心有什么随着一只鼹鼠掉进了地裂里。满地裂隙直通地底，连接着纵横交错的地下巷道，也连接着父亲那颗阴暗的心。一群鼹鼠又转回来，在暗影里摸索，咬折了身旁的草秆，发出啪啪的声响。父亲的人究竟用了多长时间才掏空了一座村庄的基底呢？他宁可相信那是一个缓慢的、坚忍不拔的过程。一个老男人的耐性和勇气令人钦佩，不过他因此而仇恨这个人了。他们捣毁了一座村庄，而这座村庄是他爱的摇篮。此刻，他望着在茫茫夜色中摇动的枯草、一片断墙瓦砾，明白他心爱的肥再也找不到家了。

那个缠绵的村庄啊，如今何在？

肥却感到了从未有过的轻松。瞧这儿一眨眼变没了一座村庄。什么都没有了，只有沉寂和悲凉。我那不为人知的故事啊，我那浸透了汗液的衬衫啊，我那个夜夜降临的梦啊，都被九月的晚风吹跑了。在这冰凉的秋夜里，万千野物一齐歌唱，连茅草也发出了和声。大碾盘在阵阵歌声中开始了悠悠转动，宛若一张黑色唱片。她是磁着蛮纹间的坎坷。她听到了一部完整的乡村音乐：劳作、喘息、责骂、嬉笑和哭泣，最后又是雷鸣电闪、地底的轰响、房屋倒塌、人群奔跑……这一切声息被如数拾起，再也不会遗落田野。有什么东西跑到她的脚背上，拍打她的脚趾。鼹鼠们前来探望了。她禁不住伸手去抚摸它们的脊背。那是一种丝绒样的润滑。它们是一座村庄的小精灵、真正的土著——大约此刻是它们推动了碾盘旋转吧？

大碾盘太沉重了，它终究留在九月的荒芜里。它是个永存的标记、长久的依恋。那时，只要吃饭就得寻它，所有的瓜干、杂粮都靠它碾碎，好做糊糊喝。全村的体面孩子都要在正午的阳光下蹲到碾盘上洒尿，让母亲看着它濡湿青石。如果是粪便，就要给碾东西的人带来麻烦。肥不止一次看到“红小兵”骂着揩净碾盘，把口袋里的地瓜干倒上去，呼呼推动碾砣。他环绕碾盘健步如飞，完全不象个老人。他这个外号是村头赖牙赐予的。人们每逢看到红小兵走上街头，就要想到赖牙，想到他怎样把这么好的一个外号给了一位老人。不过也有人对此表示异议，他们说赖牙哪有这样的想象力？那应归功于背后的人，即他老婆大脚肥肩——那个女人哪，哼哼，全村的人都闭嘴吧。

肥记得红小兵六十岁时，他女儿赶鹦正好十九。无论是过去还是现在，肥都没有遇到比赶鹦更美的姑娘；正是这个小脸微黑、浑身喷吐热力的同伴，让她在夜色里迷失。肥至今也不知当年该背弃她还是亲近她？只知她和自己针，探寻着密纹间的坎坷。她听到了一部完整的乡村音乐：劳作、喘息、责骂、嬉笑和哭泣，最后是雷鸣电闪、地底的轰响、房屋倒塌、人群奔跑……所有的声息被如数拾起，再也不会遗落田野。有什么东西跑到她的脚背上，拍打她的脚趾。鼹鼠们前来探望了。她禁不住伸手去抚摸它们的脊背。一种丝绒样的润滑。它们是一座村庄的小精灵、真正的土著——大约此刻是它们推动了碾盘旋转吧？

大碾盘太沉重了，它终究留在九月的荒芜里。它是个永存的标记、长久的依恋。那时，只要吃饭就得寻它，所有的瓜干、杂粮都靠它碾碎，好做糊糊喝。全村的体面孩子都要在正午的阳光下蹲到碾盘上撒尿，让母亲看着它濡湿青石。如果是粪便，就要给碾东西的人带来麻烦。肥不止一次看到“红小兵”骂着揩净碾盘，把口袋里的地瓜干倒上去，呼呼推动碾砣。他环绕碾盘健步如飞，完全不像个老人。他这外号是村头赖牙赐予的。人们每逢看到红小兵走上街头，就要想到赖牙，想他怎样把这么好的一个外号给了一位老人。不过也有人对此表示异议，他们说赖牙哪有这样的想象力？应归功于背后的人，即他老婆大脚肥肩——那个女人哪，哼哼，全村的人都闭嘴吧。

肥记得红小兵六十岁时，他女儿赶鹦正好十九。无论是过去还是现在，肥都没有遇到比赶鹦更美的姑娘；正是这个小脸微黑、浑身喷吐热力的同伴，让她在夜色里迷失。肥至今也不知当年该背弃她还是亲近她，只知她和自己往昔的故事编织在一起，手扯手把自己领进了伸手不见五指的黑夜，领进了一个命里。赶鹦是怎样的一往昔的故事编织在一起，只知她手扯手把自己领进了伸手不见五指的黑夜、领进了一个命里。那是怎样的一个姑娘啊，长了一双圆腿；辫子粗粗，长可及臀……那时整个村庄都为外村人瞧不起，因为这些人都是从南山或更远的地方迁来的。他们说话的声调让当地人不能容忍，再加上一些异地习俗和其他行为特征，就成了当地人永久的嘲弄对象。人们给这个小村的人取了一个共同的外号：鲢鲅[①]。只要"鲢鲅"走出小村，有人就用指头弹击他们的脑壳，还从掌代刀，在后脖那儿狠狠一砍。连最年老的人也得不到尊重，人家甚至嘲笑他们走路的姿式。而赶鹦的美丽超凡脱俗，当地人也不得不折服。但他们又认为任何奇迹总是一个例外，赶鹦与小村人不能同日而语。老年人见了赶鹦挎着篮子走出来，就张大缺少牙齿的嘴巴啼一口："这个姑娘！"年轻人的眼睛只盯住她背上的辫子，很久才吐一声："哎呀！"他们议论着，最后都问一句：谁能得她？由于女儿的缘故，红小兵差不多成了一个德高望重的人物。他在街上快手快脚地走，很快就踏上小路走向村外。这在当时是唯一一个能经常走到外村的人。

肥没法忘掉赶鹦，正象没法忘掉自己是个"鲢鲅"、没法忘掉那些夜晚一样。那一夜一夜的游荡啊，究竟从哪一天开始？如果没有赶鹦，如果没有冬天里的一场病……那个冬天肥病得好重，母亲把屋檐下的草药取下来煎水给她喝。喝了三天没见好，只得求红小兵出村请来赤脚医生。医生

①一种剧毒海鱼。

个姑娘啊，一双尥动不停的圆腿；辫子粗粗，长可及臀……那时整个村庄都为外村人瞧不起，因为这些人都是从南山或更远的地方迁来的。他们说话的声调让当地人不能容忍，再加上一些异地习俗和其他行为特征，就成了当地人永久的嘲弄对象。人们给这个小村的人取了一个共同的外号："鲅鲅"*。只要"鲅鲅"走出小村，就有人用指头弹击他们的脑壳，还以掌代刀，在后脖那儿狠狠一砍。连最年老的人也得不到尊重，人家甚至嘲笑他们走路的姿势。而赶鹦的美丽超凡脱俗，当地人也不得不折服。但他们又认为任何奇迹总是一个例外，赶鹦与小村人不能同日而语。老年人见了赶鹦挎着篮子走出来，就张大缺少牙齿的嘴巴喘一口："这个姑娘！"年轻人的眼睛只盯住她背上的辫子，很久才吐一声："哎呀！"他们议论着，最后都问一句：谁能得她？由于女儿的缘故，红小兵差不多成了一个德高望重的人物。他在街上快手快脚地走，很快就踏上小路走向村外。他是当时唯一一个能经常走到外村的人。

肥没法忘掉赶鹦，正像没法忘掉自己是个"鲅鲅"、没法忘掉那些夜晚一样。那一夜一夜的游荡啊，究竟从哪一天开始？如果没有赶鹦，如果没有冬天里的一场病……那个冬天肥病得好重，母亲把屋檐下的草药取下来煎水给她喝。喝了三天没见好，只得求红小兵出村请来赤脚医生。医生手腕上戴了一块指针不动的表，一副只剩下框子的眼镜。他看了看肥，让她坐下，号号脉，说："脱。"肥脱去了棉衣，只穿着厚棉裤子和土布小内衣。他把听诊器插到衣

---

* 鲅鲅，一种剧毒海鱼。

手腕上戴了一块指针不动的表，一副只剩下框子的眼镜。他看了看肥，让她坐下，号号脉，说：“脱。”肥脱去了棉衣，只穿着厚棉裤子和土布小内衣。他把听诊器插到衣衫下边，按在隆起的乳房上，说：“糟。”肥的心怦怦乱跳，身子在寒气中抖个不停。医生采取了按摩的方法，到处按摩。这种按摩直进行到午夜，肥的周身火烧火燎，恨不能将年轻而老辣的医生撞死。医生指法越来越细腻，到后来又要打针。肥眼瞅着他把一根锈迹斑斑的长针套在一个擀面杖大小的玻璃管上，吓得喊叫了一声。医生正一正镜框看看她，说：“这也喊？”一边说一边将她的内裤脱下一截。肥忍受着，牙齿不停磕碰。医生手持长针，并不动作，仿佛要存心冻她一会儿。他弯腰端量下针的位置，自语说：“我要把你介绍出去——找婆家。”肥一抖：“俺不去，俺妈让俺嫁当村。”医生拍了她一下：“鲢鲅！”随着那一下拍打，酒精溶液哗哗流下，一支长针猛地插上去。肥嘶叫了一声，不顾一切地冲出门去。针头在身上颤动，她怀着无限愤怒拔掉了它，掷到了黑夜的泥土上。

是的，就是从那个夜晚开始，她进入了奇妙的游荡。午夜星空多么明亮，没有月亮也没有云彩。严寒没有使她畏缩，反而令她大口地吸气。在从门口到街西碾盘那么短短一段路上，她竟觉得病全好了。万籁俱静，清风拂面。干草叶儿在光秃秃的街面上滑动。一个大刺猬急急走来，她用脚一踩，它就球了。一切烦恼都忘记了。走到碾盘跟前，一个花猫从石磙上弹起来。坐在上面，四周黑暗里都是活动衫下边，按在隆起的乳房上，说："糟。"肥的心怦怦乱跳，身子在寒气中抖个不停。医生采取了按摩的方法，到处按摩。这种按摩直进行到午夜。肥的周身火烧火燎，恨不能将年轻而老辣的医生撞死。医生指法越来越细腻，到后来又要打针。肥眼瞅着他把一根锈迹斑斑的长针套在一个擀面杖大小的玻璃管上，吓得喊叫了一声。医生正一正镜框看看她，说："这也喊？"一边说一边将她的内裤脱下一截。肥忍受着，牙齿不停磕碰。医生手持长针，并不动作，仿佛存心冻她一会儿。他弯腰端量下针的位置，自语说："我要把你介绍出去——找婆家。"肥一抖："俺不去，俺妈让俺嫁当村。"医生拍了她一下："鲢鲅！"随着那一下拍打，酒精溶液哗哗流下，一支长针猛地插上去。肥嘶叫了一声，不顾一切地冲出门去。针头在身上颤动，她怀着无限愤怒拔掉了它，掷到了黑夜的泥土上。

是的，就是从那个夜晚开始，她进入了奇妙的游荡。午夜星空明亮，没有月亮也没有云彩。严寒没有使她畏缩，反而令她大口地吸气。在从门口到街西碾盘那么短短一段路上，她竟觉得病全好了。万籁俱静，清风拂面。干草叶儿在光秃秃的街面上滑动。一个大刺猬急急走来，她用脚一碰，它就球了。一切烦恼都忘记了。走到碾盘跟前，一只花猫从石砣上弹起来。坐在上面，四周黑暗里都是活动的东西，小虫跑，小鸟扑棱，还有什么在呼呼喘气。这个活着的夜晚，只有人才是睡着的。她不害怕，在她眼里，那个医生才是最可怕的东西。妈妈一个人蜷曲在西间屋里睡着，花白的头发搭在油黑的枕头上，像扑散的杨树花儿。她想看看女儿怎样被年轻的医生治好，就一直伏在门框上。医生转过脸来呵斥道：“多么分散精力！”妈妈的头像小孩子那样一缩，弓着背走开了。她还睡着，她的女儿跑到黑夜中去了。肥抿抿嘴角，唇上又涩又咸。她感到费解的是，为什么瘦弱的妈妈会生下一个胖娃娃？人家都叫她“肥”。父亲胖吗？她不记得了，只听妈妈说那是个倔强的好人，前些年饿死了，精瘦精瘦。她的胖令她百思不解。后来她想起了一句歌词：“阳光雨露，使我们茁壮成长……”阳光在白天，火辣辣的太阳啊，揭去了人们一层皮。雨露在夜间，走上黑漆漆的小路，露水就打湿了裤脚。其实一切营养都来自食物：瓜干很甜，含丰富淀粉。啊，多白的淀粉，如同我的肌肤。有什么顺着肥的脚背爬上来，肥把脚用力一甩，那东西飞到了远处。等她把脚收回来，却被什么揪住了。

肥那个夜晚被人拉下来，直拉到碾盘下面的空隙里。她没有反抗，因为她听出那人是个姑娘。——令人吃惊的是，这时候还有人出来玩。她安静下来，认出是赶鹦。她说：“真能闹！”赶鹦说：“没想到是你。你晚上也出来啊？”肥一听就明白赶鹦夜间总是出来玩。她差一点喊出声来。赶鹦让她紧紧贴到自己身上。一颗火烫的心撞击着肥，她热得不能自持。赶鹦拉着她钻出碾盘，告诉她，村里一伙年轻人差不多每夜都跑出来玩。“怎么玩呢？”“胡乱玩呗。”她说着四下张望，“不知他们这会儿躲到哪去了。走，我领你找他们去——也许他们在哪儿睡着了哩。”赶鹦拉着肥的手，走过村子南边的小沙岗子，又走进小榆树林子。最后赶鹦说：“在大草垛子里！”她估计得不错。她们扒了几下，一些麦草滑落了，露出一个黑深的洞口。两人钻进去，七拐八弯，才听到很多人在笑。赶鹦说："多热闹，俺！"

谁知道夜幕后边藏下了这么多欢乐？一伙儿男男女女夜夜跑上街头，窜到野地里。他们打架、在土末里滚动，钻到庄稼深处唱歌，汗湿的头发贴在脑门上。这样闹到午夜，有时干脆迎着鸡鸣回家。夜晚是年轻人自己的，黑影里滋生多少趣事；如果要惩罚谁，最严厉的莫过于拒绝他入伙——让他一个人抽泣……咚咚奔跑的脚步把滴水成冰的天气磨得滚烫，黑漆漆的夜色里掺了蜜糖。跑啊跑啊，庄稼娃儿舍得下金银财宝，舍不下这一个个长夜哩。白天来了，做起活儿满是力气；那些夜晚只知闷心酣睡的人就少不了躁得打架：人们常常看到两个男人没有多少缘由就干起来，像两头公羊，死命地撞，一会儿就流出血来。本来就破的衣服撕成了条条，露出了黑棱棱的筋肉。他们的手像钢钩一样，抓住对方的肩肉一扭，肩就破了。大家不怎么劝阻，只是蹲下来观战。老人们咂着烟杆，长叹一声："吃下那么多地瓜，烧胃哩。"年轻人的事情早晚也瞒不过老人，他们听着深夜街巷的脚步声就议论起来，都说："瓜干烧胃哩……"

小村人每年吃掉的瓜干如果堆起来会像一座小山。焦干的地瓜干点燃了，肯定是一座灼人的火山。这么多东西吞进肠胃，热力顺着脉管奔流，又从毛孔里涌出。有时他们还吃一些玉米什么的，化成了劲儿就到田里做活。扬起的镢头把空气击打出声音，刨到冻土上火花四溅，土中的小石子立刻劈为两半。年轻人抖掉棉衣，身上的热气透过单薄的衣衫冒出来。他们不怕寒冷，大笑大叫着干活，喉咙呼叫了。小村里的狗急急应答，不一会儿，先是一些孩子、接上是一群狗跑出来迎接……

难忘的九月啊，让人流泪流汗的九月啊，我的亲如爹娘的九月啊。肥一闭眼就能嗅到秋野的气息。那些伴着瓜蔓茂长的心事啊，沉甸甸地盖在泥土上。秋天里谁还觉得一声连一声说起了数来宝？谁发出了一阵又一阵哀号？肥至今记得起那匹小红马，记得起矮壮憨人遭到不幸的那个下午……那时大家正在歇息，一匹小红马不知怎么跑到田里来——它在这个温暖的季节里又吃奶又吃豆棵，肥肥胖胖，毛色油亮。不少人都把目光收在它身上，看它在阳光下炫耀。它像个雄性儿郎，健壮漂亮得简直不像鲢鲅小村的产物。那会儿憨人痴迷地直眼望着小马，有人揪按按他的脑门：“你敢跟小马去摔一跤？你不敢！”有哮喘病的憨人一翻白眼，应声站起，一边甩衣服一边往前走。一个人捂着嘴嚷：“快看咪……”喊声未停，憨人已经抱住了小马的脖子。所有人都把目光收到那儿：一匹鲜红的马上缚了个黑乎乎的小伙子。小伙子死命地扭小马的脖子，努力要将它扳倒。一伙年轻人哎咳哎咳大叫，给憨人加油。只有肥咬着嘴唇，她担心憨人被红色的长腿踢中。小红马一动不动，憨人扭着，骂着：“你妈的，我要你倒咪！你妈的！”小红马看看四周，看看这个年轻人，喷了一下鼻子。它终于明白了这个有些矮小的青年要干什么，水汪汪的大眼一闪一闪。它又去看一边的几个老人，老人们只顾吸烟，鼻子里发出哼哼有时还跳起来。劳动空隙中他们就在泥土上追逐，翻斤斗，故意粗野地骂人。如果吵翻了，就扎扎实实打一架，尽情地撕扯。田野上到处是呼喊的声音，远处往往有一个更粗鲁更狂躁的嗓子。如果是秋天，青纱帐生得严密，那么总有人在另一边点上熊熊大火，把青青的玉米和豆棵投进火里。他们吃得肚子胀胀，激动拥抱，用沾满炭灰的嘴巴把对方的脸颊弄脏。秋野上升起一层蓝蓝的烟雾，这是名副其实的炊烟。收工时，大家头顶星星踏上归途，木架子牛车上堆着青绿的庄稼棵，还伏着一些年轻人。开始的时候都懒洋洋的，后来被晚风一吹，两眼又生出光来。他们一纵跳上车沿站立着，放开喉咙呼叫。小村里的狗急急应答，不一会儿，先是一些孩子、接上是一群狗跑出来迎接……

难忘的九月啊，让人流泪流汗的九月啊，我的亲如爹娘的九月啊。肥一闭眼就能嗅到秋野的气息。那些伴着瓜蔓茂长的心事，沉甸甸地盖在泥土上。秋天里谁高兴得一声连一声说起了数来宝？谁发出了一阵又一阵哀号？肥至今记得那匹小红马，记得矮壮憨人遭到不幸的那个下午……那时大家正在歇息，一匹小红马不知怎么跑到田里来——它在这个温暖的季节里又吃奶又吃豆棵，肥肥胖胖，毛色油亮。不少目光投注在它身上，看它在阳光下炫耀。它像个雄性儿郎，健壮漂亮得简直不像鲅鲅小村的产物。那会儿憨人痴迷地望着小马，有人按按他的脑门：“你敢跟小马去摔一跤？你不敢！”有哮喘病的憨人一翻白眼，应声站起，一边甩衣服一边往前走。一个人捂着嘴嚷：“快看咪……”喊声未停，憨人已经抱住了小马的脖子。

所有人都把目光移到那儿：一匹鲜红的马上缚了个黑乎乎的小伙子。小伙子死命地扭小马的脖子，努力要将它扳倒。一伙年轻人哎咳哎咳大叫，给憨人加油。只有肥咬着嘴唇，她担心憨人被红色的长腿踢中。小红马一动不动，憨人扭着，骂着：“你妈的，我要你倒哧！你妈的！”小红马看看四周，看看这个年轻人，喷了一下鼻子。它终于明白了这个有些矮小的青年要干什么，水汪汪的大眼一闪一闪。它又去看一边的几个老人，老人们只顾吸烟，鼻子里发出哼哼声。它的红鬃抖了抖，双耳一颤，用嘴巴碰了碰年轻人头顶。它闻到了一股腥臭味，那是憨人的脏发散出来的。这头发一年也没洗一次，里面有不少土末肥渣，夏天还有一个虫子死在其中。小红马不堪忍受，将头侧向一边。憨人继续踢它的后腿，一阵吭吭声，脸色发紫。他闷足了一股劲，狠命一扭，那条补丁裤子一下裂开了。有人大笑。憨人痛恨交加，泪水在眼眶中滚动。小红马再也不甘受缚，后腿尥起，长嘶一声驰向原野——就在它脱身的一刻，锋利的后蹄甲从憨人鼻孔那儿一闪，憨人的右鼻孔立刻被撕为两半。他啊啊大叫，掩面倒地，鲜血从指缝间一滴滴流出。

从此憨人的鼻子就豁了。

这也要怪那个赤脚医生。出事的当天红小兵将他请来，可他一入小村就斜着眼看人，桀骜不驯。他对此次医疗之行极为缺乏热情，只是见到病人才大吃一惊：憨人本来就相貌平平，这会儿鼻子肿得像一杆老式烟斗。憨人从受伤的那一刻就准备忍受巨大痛苦，安安静静看着医生从包里摸出一个弯针、一截线。憨人看看针，觉得小巧可爱；但一转脸看到了粗长的线绳，立刻慌了。如果不是亲眼所见，他无论如何也不会相信可以用来缝鼻子。这分明是缝靴子用的。憨人往后挪了两步，医生往前逼近两步。憨人一直背着的手终于触到了门框，就不顾一切夺门而去。医生摘下空空的镜框，汗水顺着双颊流下。后来他对别人讲，这是从他身边跑开的第二个病人。

憨人的伤口久久没有愈合。夜晚，他捂着鼻伤出来玩，跟不安分的年轻伙伴们混在一块儿，沿着院墙飞跑。人多了挤在一堆时，就有人提醒说："别碰了憨人鼻子。"憨人后来只是个旁观者，一夜又一夜一声不吭，让肥无限同情。她甚至去揽他的肩膀，让他和自己一块儿往前跑。年轻人分堆儿躲藏起来，只等一声呐喊，互相还击。这是小村庄没完没了的节日。肥与憨人待在黑影里，一声不响。有一次肥听见他的喘息声加重了，以为他的病加重了。她伸手去摸他的脑瓜，手被他握住了，接着，他把这又软又热的胳膊缠到自己脖子上，用头拱她的胸脯。肥觉得他像个孩子那么可怜。他的头越拱越紧，最后都要把肥顶倒了。肥说："憨人，你不能。"憨人点头，却依旧顶她。她重复一遍："你不能。"憨人不点头人，干脆一下子将她顶倒，然后像骑一匹小马那样骑住她。憨人两手按在她的胸部，使她又想起赤脚医生那个冰凉的听诊器。她无力地喘息，觉得自己仰卧在一片粉绒绒的梨花瓣上，奇怪的气味使她头晕目眩。没多久，她觉得身上的憨人像碾盘一样沉重，就猛地跃起。憨人手脚忙乱地往前凑，她就打了他一个嘴巴。憨人坐在麦草上，安静如初。

肥对这一掌极为后悔。因为第二天憨人的鼻子又肿起来。他父亲用独轮车推上他，到四十里外的地方去找一位乡间医生。老医生在方圆四十里享有盛名：下药狠毒，或者祛病，或者干脆将病人毒死，所以治病之前必须立约。幸好憨人有福，一包白色药面撒上去，只让他疼得满地打滚；滚过之后浑身轻松，不久大病痊愈，落下了不小的疤痢。肥觉得自己欠下了憨人什么，一时又不知如何偿还。她很长时间没搞明白那个夜晚接下去这个沉默的青年会做些什么。她常常想到这儿终止。她想如果把这样的男青年放到家里，关上门吃饭，他也就是自己的男人了。想到这里她心中灼热，无比幸福。从那时起她不愿和更多的人待在一起玩闹，但又不愿和憨人待在一起。她奔上朦胧的街巷，大脚板儿噗噗踩着地皮。她知道这样下去自己会寂寞而死。她时时觉得憨人令人不能容忍，他算个什么？他算个烦恼人扰乱人的东西。接下去的日子肥无心好好服侍母亲，老要发火。母亲脸上的纹路又深又黑，一动一动地说："我孩儿咋了？"肥说："你躺着吧！"母亲真的躺下了。她身下的席子被灰尘和饭粒弄得脏乎乎的，散发出一般邪味。肥在屋里待不住，又跑出了屋子。

肥简直羞于注视神奇的赶鹦：越长越高，身腰很细，又很丰满；眼睛黑亮灼人；唇沟深深，上唇微翘，像是随时都要接受亲吻。她嗓子尖甜，声音总绕着人打旋。她说肥又胖了，肥很痛苦。肥惊羡的恰是对方的苗条、那放射着火力和热情的肉体。赶鹦劝导她说："你回到大伙儿这边吧，一个人玩不好。"她顺从了，又给拉着手跑开了。她相信赶鹦把成长的秘密也藏在伙伴们中间。她开始和大家一起在月光下奔跑，捂着嘴哧哧地笑，像赶鹦那样一纵一纵地跳，喘得脸色赤红。大家最愿去的地方就是麦草垛子中间那个曲折阔大的洞，有时在里面待一两个小时。黄色的麦草夹在他们之间，每人都变得毛茸茸刺挠挠的。洞子深处又开了两个窗口，平时掩上，白天一掏开洞子就亮堂堂的了。赶鹦暴露在光亮里，像女王一样居于正中，叉开两条长腿。她的睫毛不时掩一下双眸，学会了沉默。辫子不一定握在谁的手里，那个人就在她的背后喘息。也就在这时，肥渐渐觉得有另一个人在注视自己，那目光里掺和了麻醉药，使人不能自持。那双目光从角落里穿射出来，执拗而坚定，蛮横无理。她真想把那个隐藏着的人拖到光亮处，一迭声地质问，让他出丑，让他滚到一边去。他比憨人更有耐性，也更可怕……

二

有什么在隐隐逼近……赶鹦有一张看不见的蛛网，把一伙人糊糊涂涂罩在一起。肥奋力地挣脱，挣脱，蛛网上扯开的破洞很快又粘合了。又剩下她一个人站在冰冷的巷子里。也许她一开始就不该跑出来——一踏出午夜的大门就再也回不去了。“好孩儿你一撒黑就上街，外面有什么啊？”母亲呻吟着，不住叹气。外面是黑漆漆的夜色，抓一把是空的，攥不出水也嗅不见味儿，可它使人迷狂痴癫。她知道那一伙人跑远了，只她一人遗落在巷子深处。夜晚真黑啊，她的心跑得厉害，咚咚，咚咚，她两手按住了它。不知在一棵大树奔跑，捂着嘴哧哧笑，像赶鹦那样一纵一纵地跳，喘得脸色赤红。大家最愿去的地方就是麦草垛子中间那个曲折阔大的洞，有时在里面呆一两个小时。黄色的麦草夹在他们之间，每人都变得毛茸茸刺挠挠的。洞子深处又开了两个窗口，平时掩上，白天一捅开洞子就亮堂堂的了。赶鹦长长的身材暴露在光亮里，像个女王一样居于正中■，又开两条长腿。她的睫毛不时掩一下双眸，学会了沉默。鞭子不一定握在谁的手里，那个人就在她的背后喘息。也就在这时，肥渐渐觉得有另一个人在注视自己，那目光里掺和了麻醉药，使人不能支持。那双目光从角落里穿射出来，执拗而坚定，蛮横无理。她真想把那个隐藏着的人拖到光亮处，一迭声地质问，让他出丑，让他滚到一边去。他比憨人更有耐性，也更可怕……

二

有什么■在隐隐逼近……肥想挣脱赶鹦的纠缠。赶鹦有一张看不见的蛛网，把一伙儿人糊糊涂涂罩在一起。她奋力地挣脱，挣脱，蛛■网上扯开的破洞很快又粘和了。又剩下她一个人了，又是她一个人站在冰冷的巷子里了。也许她一开始就不该跑出来——一踏出午夜的大门就再也回不去了。"好孩儿你一擦黑就上街■，外面有什么啊？"母亲呻吟着，不住叹气。外面是黑漆漆的夜色，抓一把是空的，攥不出水也嗅不见味儿，可它会使人迷狂痴癫。她知道那一伙人跑远了，她给遗落在巷子深处。■夜晚真黑啊，天色越黑，她的心跳得越厉害，咚咚，咚咚，她让下站了多久，雪粉从枝丫上撒下来，灌了一脖领。奇怪的是这雪粉像烙铁一样烫人，肥抖着，跳着，缩着头向一条小巷里跑去。

月亮在薄云后面，天空只有半边儿闪着星星。深一脚浅一脚地走、无声无息地走，我该到哪里去啊？有一个小门洞里透出光亮，映白了一截巷子。肥不由得探进身子去看。小院里，干死的美人蕉花下跪着一个瘦男人，他正在磨刀。他蘸一下水，洗洗刀刃，然后试着去刮耳边的胡须。肥真怕刀刃儿剜进肉里，就发出了“瞭”的一声，刀子抖也不抖，利利索索刮下了一些胡须。那刀子只有拇指大，刃儿发蓝，刀把上有一个奇怪的弯钩儿。她知道这是劁猪用的，她见过怎样干这活儿：无比有趣又无比可怕。猪儿惨叫着，血迹染红了劁猪人的手和腕。刀子后面那个铁钩伸到猪肚里钩出什么细细的东西，然后弄断。接着用麻绳儿缝上刀口，打一个死结。如果稍出一点差错，小猪就再也长不大，到了半夜还像老人一样哼哼。这会儿肥见磨刀，就想到了不知又要有多少小猪经受磨难——或许还不止小猪。有人还劁狗和猫。小猫儿肥了之后，倒着装进一个柳条米斗里，只露出后腿和屁股，让人从容地阉了。那人又磨了一会儿，就去院角拖出一堆生猪皮来：它没有燺毛，不知放了几年。肥一看就明白：要用它做香喷喷的肉皮冻了，那可是天底下难得的美味！肥一想到这上边就馋。村里人将臭烘烘的生皮洗净，浸在水中一天一夜，然后用刀子细细地刮毛。软软的白白的猪皮被切碎，用大铁锅焖熬。直到熬烂熬化，水乳交融，再放上酱油、葱姜、盐和茴香，冷固下来也就成了。肥想，两三天之后，他的家里就有这种美味了。

两手抱住了它。不知在一棵大树下站了多久，后来一阵雪粉从枝杈上撒下来，灌了一脖颈。奇怪的是这雪粉像烙铁一样烫人，肥抖着，跳着，缩着头向一条小巷里跑去。

月光在薄云后面，天空只有半边儿闪着星星。深一脚浅一脚地走、无声无响地走，我该到哪里去啊？有一个小门洞里透出光亮，映白了一截巷子。肥不由得探进身子去看。小院里，干死的美人蕉花下跪着一个瘦男人，他正在磨刀。他蘸一下水，洗洗刀口，然后试着去刮耳边的胡须。肥真怕刀刃儿剜进肉里，就发出了“嗞”的一声。刀子抖也不抖，利利索索刮下了一些胡须。那刀子只有拇指大，刃儿发蓝；刀把上奇怪地有一个弯勾儿。她知道这是劁猪用的，全村的猪都要给它阉过。她见过怎样干这活儿：无比有趣又无比可怕。猪儿惨叫着，血迹染红了劁猪人的手和腕子。刀子后面那个铁勾要伸到猪肚里勾出什么细细的东西，然后弄断。接着是用麻绳儿缝上刀口，打一个死结。如果这活儿稍出一点差错，那么小猪就再也长不大，而且到了半夜要像老人一样哼哼。这会儿肥见磨刀，就想到了不知又要有多少小猪经受磨难——或许还不止小猪。因为有人还劁狗和猫。小猫儿肥了之后，倒着装进一个柳条米斗里，只露出后腿和屁股，让人从容地阉了。那人又磨了一会儿，就去院角拖出一堆生猪皮来：这是没有脱毛的猪皮，不知放了几年。肥一看就明白：要用它做香喷喷的肉皮冻了，那可是天底下难得的美味！肥一想到这上边就馋。村里人将焦煳煳的生皮洗净，浸在水中一天一夜，然后用她想起自己家里也有几块这样的生猪皮，那还是母亲放起来的呢。

午夜尚远，她不愿回家。再到哪里去呢？她出了巷子，往西拐了几步，就听到一个小后窗里发出了哼呀声。这声音怪诱人的，她于是伏到窗上看起来：原来是一个女人在给男人治病。小村里不少男人有背痛病，女人就坚持给男人拔火罐，一个个技艺纯熟。她们平时惧怕男人，这时却不停地议论事情。就这样，她们用火罐将男人体内的寒气拔出来，再趁机将自己的主意灌进去。肥隔着小窗户发现，这个男人背部已经有三个紫紫的圈印了，而小火罐还扣在他的左肩下。女人坐在炕边，手里拖一块湿布，不时在男人背上抹一下，嘴里咕哝：“他们夜夜瞎闹腾，这都是赶鹦鼓动坏了的——年轻人哪！”男人想翻身，刚一动又记起了火罐，只好伏着，“赶鹦不孬哩。”女人把吸牢的火罐扯下来，男人疼得大叫。女人按按紫色凸起，吐一口：“看毒气出来不？”说着又点上几片纸，离开皮肉一寸许，刚把他烤痛，又飞快扣上火罐。皮肉在罐口那儿收缩，成一簇深皱。男人长叹一声。女的继续唠叨：“夜里有工夫去听老人忆苦多好。天哩，多少日子没听他们数叨了，想哩！”肥每一个字都听得清晰。她知道小村里的人盼个什么，他们盼热腾腾忆苦的夜晚。老人们当中有一男一女，在周围几十里都享有盛名，不少村子用车拉他们去忆苦呢！肥笑了，她真想去听忆苦，真想。女人这会儿拔完了火罐，两手按在男人头上捋着，捋着背部，男人疼得乱抖。女人接着又是两下。肥屏住呼吸。她觉得这个男人也许有一天会死在老婆手里呢。

肥离开窗子，一直往前跑去。饲养棚的气味吸引了她。跑啊跑啊，停住脚步时，已经听到马儿在咀嚼。老饲养员扔了竹筛，回他的小屋歇息去了。她不知怎么直想流泪，但她一直忍着。她觉得这个夜晚真的无处可去了。哦，她多么盼望忆苦的夜晚快些到来。一匹白马的头颅在她脸旁昂起，她伸手摸了摸它的脸颊，又碰碰柔软温热的嘴唇。她抱住了它，脸在长长的光滑的颈部摩挲着。白马一阵沉默。她想白马你有穿不破的衣服，像绸缎一样闪亮。可我的衣服打满了补丁，裤子又短又旧，吊在腿上。哎哟，我的又破又羞人的裤子啊！不过谁又有好裤子呢？白马，你好让人嫉羡！肥捂着脸，浑身灼热。她知道这是让地瓜的热力烧得哩。它那股长久不逝的劲儿让你喊叫，让你拼死打架。它才正经是庄稼人的吃物。整个小村都是从遥远处迁徙来的，不知经历了多少艰难困苦，也不知饿死了多少人。这是后代人必须牢记的一次大迁徙。肥这一辈人挨到了最好的时候，再也饿不死了，他们所要提防的只是吃得太多撑死。白马四周一片切切的嚼草声。她一个个看、嗅，用手去摸。有一个木槽里黑乎乎的，槽上并没有拴牲口，她往槽里一摸，摸到了湿漉漉的两个人。她差点叫出来，赶忙用手去掩嘴巴。两人卧在槽里，木槽太短，他们屈起双腿，紧紧拥抱。肥的心快要跳出来了，她一直往后退、退，直退开很远才飞跑起来。

这个小村庄的夜晚哪，有无数费解的东西。它们不管你知道不知道，都在那儿放着、扔着，蒙着一层厚厚的夜色……

肥跑了一会儿又放缓了步子。再到哪里去呢？正犹豫时，她闻到了一阵酸酸的酒气。这使她立刻想到了赶鹦一家，想起了红小兵的酒坛。赶鹦爸记住了老辈传下的酿酒法儿，每年都造一些淡黄色的酒。这些酒他喝一些，送给村头一些，剩下的就封好，瞅准机会送给外村友人。小村人打打闹闹，恩仇交结，就是不敢与外村人过往。连村头出村开会也总是软软垂头，像是等候审判。只有红小兵外交上坦然自如，在街道上高视阔步。他的酒是欢乐的源泉，酿造过程秘不示人。夜晚，妻子把自己反锁在西间屋里酣睡。女儿又深夜不归，他就用酒战胜孤单。肥今夜极想去看看老头子，看看他无忧无虑的衰老的样子，看看他喝酒。这样想着，她跨过了一个低低的门槛。

红小兵身躯高大，双膝之下的那一截非常灵活，活动起来极像儿童。他的大头颅上有赶鹦一样妩媚的眼睛，喜欢谈论女人，但作风绝对正派。他与妻子不睦的根源，主要是那对眼睛。老婆说他是天底下最无廉耻的人，如果可以离婚，早就与他离异了。肥进了小院，红小兵就用那双惹是生非的眼睛看她，动手去搬酒壶。那是一个沾满了地瓜糊糊的蓝花小壶，像一个扁扁的南瓜。红小兵十分器重这件酒具，随身携带，但总是弄得脏腻不堪。他喝酒不用酒杯，只将红润的嘴唇包裹了壶嘴，吮。他一边吮一边看肥，不时瞥瞥西间屋的窗户。那好像在提醒对方：自己可是有家室的人。肥觉得红小兵简直是在把玩酒壶，并不正经喝酒，淡黄色的液体顺着白色的胡子滴落，又像雨珠一样打在黑色衣扣上。他对肥说："酒和酒不一样。我的酒有滋养。"肥缘着他的话头思索起来，发现很有道理。赶鹦惊人的美丽和烤人的热力，她的身上始终有什么费解的东西在燃烧——是酒的缘故吗？酒又是什么酿成的？

下去的漫漫岁月里，他这双眼睛不仅没有相应地变得深沉，反而愈来愈清秀——它对于一张皱纹密布的面孔是再别扭不过的了。她看都懒得看，觉得蒙受了奇耻大辱。酒液浇着愤懑，火气从嘴巴和鼻孔喷射而出，她一遍又一遍骂着男人。红小兵一辈子也没有同老婆认真吵过架，觉得老婆发火那一刻才真叫漂亮。“这才是酒啊！”红小兵喝着，吐出一声感慨。他想让肥也喝一口，就把壶嘴转过去。一个湿漉漉的瓷嘴儿伸在她的脸前。肥要伸手推开，可这手一挨到脏腑的壶体就抓牢了。她两手按住它，不顾一切地吸吮起来。她想起了母亲喂养她的情形。这酒原来与醋的味道一般无二，只是流入胸中是烫人的。酒力在红小兵体内泛开来，老人家脸色红了，眉开眼笑地哼起歌来。那歌儿不三不四，好像是唱本村人的来路，唱到了先人，唱到了比坐着马扎在街头晒太阳那些人更老的轶事。歌儿多少有些艳情，一些特殊的字眼来临时，老人家总是伸出瘦长的双手去掩嘴巴。这样唱了没有一会儿，西间屋的窗户“嘭”地打开了，一个白发苍苍的头颅探出来，骂道：“剜去你这老贱种的眼！”骂完，窗扇又合上了。红小兵把歌声压低，说：“她是假正经的人。”他继续唱下去。

一壶酒还没有喝完，老头子的腰就弓下来，手搭眼罩往门外望着。他咕哝说：“好像黑影里有谁站着？”肥身上一抖。她想得出那个人。她没有吭声。老头子望了一会儿，扬起手喊道：“喂，是谁？进来喝酒吧！”

老头子提了嗓门喊了一声又一声，但没人回应。

红小兵每年秋天都在收过的地瓜田里不停抓挠，抓出一些瓜蛋末尾的细须、红瓜梗儿。他将这些晒干碾碎，掺进糠里造酒。赶鹦妈对男人样样厌烦，唯独对酿酒一事给予或明或暗的支持。他常常发现老婆把拌了酒曲的糠末抱到西间屋里，夜间用体温催其发酵。何等笃诚温柔，红小兵不禁想起他们刚刚结婚的那半个年头，于是在酿制的过程里已经陷于沉醉。老婆没有任何嗜好，清苦寂寞，幸亏在晚年发现了这种酸酒。红小兵盯着老婆喝酒，乐不可支……最初相识时，老婆觉得这双眼睛是那样动人；经过了漫漫岁月，他这双眼睛不仅没有相应地变得深沉，反而愈来愈清秀——这对于一张皱纹密布的面孔是再别扭不过的了。她看都懒得看，觉得蒙受了奇耻大辱。酒液浇着愤懑，火气从嘴巴和鼻孔喷射而出，她一遍又一遍骂着男人。红小兵觉得老婆发火那一刻才真叫漂亮。“这才是酒啊！”红小兵喝着，吐出一声感慨。他想让肥也喝一口，就把壶嘴转过去。一个湿漉漉的瓷嘴儿伸在她的脸前。肥想推开，可这手一挨到脏腻的壶身就抓牢了。她两手按住它，不顺一切地吸吮起来。她想起了母亲喂养她的情形。这酒原来与醋的味道一般无二，只是流入胸中是烫人的。酒力在红小兵体内泛开来，老人家脸色红了，眉开眼笑地哼起歌来。那歌儿不三不四，好像是唱本村人的来路，唱到了先人，唱到了比坐着马扎在街头晒太阳那些人更老的轶事。歌儿多少有些艳情，一些特殊的字眼来临时，老人家总是伸出瘦长的双手去掩嘴巴。这样唱了没有一会儿，西间屋的窗户嘭地打开了，一个白发苍苍的头颅探出来，骂道：“剜去你这老贱种的眼！”骂

三

一群鼹鼠由其中的一只率领，在这个夜里游遍了整个废墟。它们有时停下来议论，有时干脆磨牙，咬折了草杆。在这沉寂的时刻，月亮还没有升起，只有它们走动的细碎声响搀和在风中。它们在瓦砾间嗅着，怎么也想不起这些砖块是谁家的。领头的黑鼠不顾尘土弄脏了细缎子衣服，扒拉开一个熏黑了的瓦片。它模糊记起这是一个胖女人的灶坑……群鼠往前游动。一道道裂隙藏在荒草里，不知有几只鼹鼠在今夜跌落进去了。它们将在地下攀登两个整天。它们游着，吱吱喳喳，讲着昨天的村庄。那时它们不客气地搀与了小村[illegible]的生活，巧妙地将地洞挖进他们屋子中央，深夜里窃听主人说话。这个夜晚，[illegible]它们议论的就是那时听来的话，吃吃笑。这样游着，到后来它们闻到了一股刺鼻的气味，终于辨别出这儿坐着秃脑工程师那个儿子。所有鼹鼠都贴紧地皮往前摸挲，想在星光下一窥尊容。哦哟哟，一个久违的客人，这些年你跑到了哪里？瞧瞧你来晚了，这儿还有小胡同吗？还有人烟吗？你知道他们是怎么消逝的吗？问这片荒草吧！谁也不知小村人去了哪里，不知。他们还不如鼹鼠哩，俺才是百分之百的土著；他们原来就是迁徙来的，还没等把根扎深就被一阵风吹跑了。"索索，索索索！"鼹鼠叹息着，议论着，绕过这个人的脚跟，往另一个方向游去了。

……父亲遇到烦恼事儿就要用力地搔搔头皮，搔出几道凌乱的红线。接上绘出的图纸也像那红线一样混乱。他完，窗扇又合上了。红小兵把歌声压低，说："她是假正经的人。"他继续唱下去。

一壶酒还没有喝完，老头子的腰就弓下来，手搭眼罩往门外望着。他咕哝说："好像黑影里有谁站着？"肥身上一抖。她想得出那个人。她没有吭声。老头子望了一会儿，扬起手喊道："喂，是谁，进来喝酒吧！"

老头子提高嗓门喊了一声又一声，但没人回应。

三

一群鼹鼠由其中的一只率领，在这个夜里游遍了整个废墟。在这沉寂的时刻，月亮还没有升起，只有它们走动的细碎声响掺和在风中。领头的黑鼠不顾尘土弄脏了细缎子衣服，扒拉开一个熏黑了的瓦片，它模糊记起这是一个胖女人的灶坑……一道道裂隙藏在荒草里，不知有几只鼹鼠跌落进去。它们将在地下攀登两个整天。它们叽叽喳喳，讲着昨天的村庄。那时它们不客气地参与了小村的生活，巧妙地将地洞挖进他们屋子中央，深夜里窃听主人说话。这个夜晚，它们议论的就是那时听来的话，哜哜笑。群鼠游动着，后来闻到了一股刺鼻的气味，终于辨别出这儿坐着秃脑工程师那个儿子。它们贴紧地皮往前摸索，想在星光下一窥尊容。哦哟，一个久违的客人。这些年你跑到了哪里？瞧你来晚了，这儿还有小胡同吗？还有人烟吗？要知道他们是怎么消逝的吗？问这片荒草吧！谁也不知道他们去了哪里，他们还不如鼹鼠哩，俺才是百分之百的土著。他们原本就是迁徙来的，还没等把根扎深就被一阵风吹跑了。“索索索，索索索！”鼹鼠叹息着，议论着，绕过这个人的脚跟，往另一个方向游去了。

……父亲遇到烦恼事儿就要用力地搔搔头皮，搔出几道凌乱的红线。接上绘出的图纸也像红线一样混乱。他怀疑父亲那一刻的思绪正渗上了脑壳。父亲用一根铅笔敲打着图，吐出一些奇怪的词汇，什么“坐标”“方位”“罗盘”。母亲说：“孩儿，你妈妈这辈子还没见这么个荒凉地方。”父亲发红的眼睛看看她，嘴巴空空地咀嚼了几下，再也无心工作。整个工区女的很少，常常暴露在人们眼中的只是一个嗓子沙哑的广播员、一个胖胖的卖烤饼的中年妇女、一个十七岁的怪可怜的小理发师。她们都不招人喜欢。理发师长得像一条小狗，体重大约只有三十公斤，脸上满是雀斑。她在灯下才是真正的小美人儿，所以工人和干部大都在夜间去理发部聊天。小美人是全工区最贞洁的姑娘，听了不够检点的话就流泪。工程师坐到理发的皮椅上不足三分钟，小美人已经哭成了泪人。但她从来不因为情绪耽搁工作，总是哭着将梳子放在秃脑中心，细细地拉到发际。秃脑工程师画了无数的图，然后走出了工区。母亲对儿子说：“跟父亲一道去吧。”他就跟上了父亲。到了小村，父亲两眼雪亮，紧紧闭着嘴，见了人就问：“领导在哪？”被问的人拍着腿，“哎呀，找领导？那就是村头赖牙了。”那人便把他们领进一个小土屋。

父亲与村头一家一一握手。他觉得父亲握住胖女人的手似乎有些激动。这个女人的大眼里好像还藏下了一对略小一些的眼睛，如同两个潜望镜一样缓缓地转过来。工程师这样介绍自己的儿子：一个无能的、多病的、心底幽暗的年轻人，对世上一切美好的东西都不感兴趣；他的一头黑发好一些，那当然是我遗传的罗。他的名字嘛，叫“挺芳”——有点像女人……工程师笑着，又一挥手：“别见怪，请多包涵，嗯。”赖牙从来没遇到如此高深文气的人，一阵慌悚。大脚肥肩早从工程师的眼神里明白了他是哪一类人，她对他们当中的任何一位都不陌生，因而也谈不上丝毫敬畏。她笑笑。眯眯眼问了句：“‘上级’下这小村来有什么事？”赖牙紧随上老婆的话头：“是啊，吩咐吧！吩咐吧！”挺芳看看父亲，为他感到难堪。尽管父亲手里有一卷图，但他明白那是在装模作样。工程师飞快地将图摊开：“‘群众是真正的英雄’，不深入基层还行？”赖牙往图上凑了凑说：“倒也是。”他富有韧性的脖子弯着，手指一个黑体大“矿”字对老婆说：“我知道这是画了个机器。”挺芳背过脸去笑了。大脚肥肩高兴得嘴唇卷起来：“哎呀这些路线图。”工程师的秃顶有些红了，告诉她：“挖到哪里，哪里就凹下来——不怕吗？”赖牙接上：“嘿嘿，一切有国家哩，不是吗？”“是的，有国家哩！”挺芳听到父亲学着对方的语气说话。赖牙高兴极了，飞快地搓动手掌，在院里走动，“天哪，这下子可好了，地底下有那东西。老辈人真有眼力，选中了这块地方落脚。今后小村里热闹了不是？”工程师盯着他：“以后都是工区了……”赖牙扯着衣襟看看老婆：“俺也是吃官饭摇官船的人了？”工程师点头。只有大脚肥肩脸色越来越冷，厚厚的紫唇收束起来。

第二次到赖牙家，只有大脚肥肩一个人在。她对工程师父子有一层虚假的热情。工程师握过她的手之后坐下来，说：“你是富有经验的女同志罗，我们有话聊。”大脚肥肩用一把锈蚀的剪刀剪着地瓜干，剪成大拇指甲那么大。挺芳觉得这很有趣。大脚肥肩说这是他们全家人的午饭。她咔咔剪着，熟练到不以目视。“真是劳动人民的手！”工程师夸了一句，挪近了。大脚肥肩剪一块，他就递过去一块。他还转身对儿子嚷：“一边玩去吧！”挺芳也觉得没意思起来，就蹲到小院角落，看鼹鼠掘出的新土。一道道凸起的鼠洞在院墙边上交织成漂亮的花纹，他伸手将一截鼠洞剖开。这会儿工程师已经给大脚肥肩看起“手相”来了，慢声细语地数点着她的命运。工程师紧攥手掌，又用力把它翻过来：“这条线嘛，生命线也说寿线，你大寿九十五岁还挂个小零头儿。死的前一点钟里还喝了酒，可见你是个沉得住气的人……这条线再清楚不过地告诉你几十年前得了两场大病，都是肚子方面的毛病，但腹泻或小产我分不清；那回你差点送了命，多亏一个独眼人赶来救你。”大脚肥肩站起又坐下，“哎呀”声连连不断。“再看这条爱情线，我敢说你啊……三十五岁以前感情那玩意儿像烈火一样熊熊燃烧，大约十二三次搂抱过年轻人儿。再后来你终于跟一个牙齿不整、说起话来像狗叫一样的外地人结成夫妇。看到这条线上的奇妙斑纹了吧？这真是个惊人的造化！它显示了你后半生将遇上一个奇怪的人，就好比从天外飞来的一样。

这个人须发不算发达，可心地极其善良，还有一双多愁善感的圆眼。你们之间虽然地位衣饰乃至出身教养各处差异甚大，但千万不要以为他就一定会嫌弃你——我的意思是你要与他保持一种久远的、至诚的、破除一切偏见的友谊。你如此丰满，这在他看来也是一种幸福，‘A burden of one's choice is not felt(爱挑的担子不嫌重)。’没有什么不好。最值得回味的东西往往突然来临。不过唯物主义告诉我们，物质才是第一性的，要重视物质——你重视物质吗？”他盯住大脚肥肩。她的脸一会儿红，一会儿白，牙齿咬得咯咯响，像鼹鼠咀嚼东西。她的胸部急剧起伏，没有缝好的一块布片频频摆动，像水流上的浪花。秃脑工程师从衣兜里掏出了两张纸币和三五枚硬币，放在一片地瓜干上。大脚肥肩两眼放光，取到手里，又掖进衣服夹层。“你重视物质吗？”工程师又一次询问。大脚肥肩一双大眼顿时失却了光芒，像浑水一样荡漾。她点了点头。工程师歌唱起来。大脚肥肩小声夸奖说：“到底是有学问的人，嗓儿真好。”工程师把她手里的剪刀取下来，把两只手一块儿握住。大脚肥肩说：“你知道吗？我是旧社会过来的人。那时妇女给压得翻不过身来。赖牙在家里提高妇女，换了别的男人，哼，说不定我火了一锥子捅死他！”她一双大眼阴冷逼人，操起了剪刀。秃脑工程师嫌冷一样抄起袖口，下巴抵在膝盖上。

挺芳继续剖着鼹鼠洞。鼠洞交缠不休，有的地方还呈现立体交叉——在这片荒凉的平原上到处都是这种鼠洞。他见过鼹鼠，那差不多都是胖胖的黑色闪亮的，小眼睛铿亮有光，见了人，飞快地用须发不算发达，可心地极其善良，还有一双多愁善感的圆眼。你们之间虽然地位衣饰乃至出身教养各处差异甚大，但千万不要以为他就一定会嫌弃你——我的意思是你要与他保持一种久远的、至诚的、破除一切偏见的友谊。你如此丰满，这在他看来也是一种幸福，'A burden of one's chois is notfelt（爱挑的担子不嫌重）'没有什么不好。最值得回味的东西往往都是突然来临。不过唯物主义告诉我们，物质才是第一性的，要重视物质——你重视物质吗？"他盯住大脚肥肩。她的脸一会儿红，一会儿白，牙齿咬得咯咯响，像鼹鼠咀嚼东西。她的胸部急剧起伏，没有缝好的一块布片频频摆动，像水流上的浪花。秃脑工程师从衣兜里掏出了两张纸币和三五枚硬币，放在一片地瓜干上。大脚肥肩两眼放光，取到手里，又掖进衣服夹层。"你重视物质吗？"工程师又一次询问。大脚肥肩一双大眼顿时失却了光芒，像浑水一样荡漾。她点了点头。工程师歌唱起来。大脚肥肩小声夸赞说："到底是有学问的人，嗓儿真好。"工程师把她手里的剪刀取下来，把两只手一块儿握住。大脚肥肩说："你知道吗？我是旧社会过来的人。那时妇女给压得翻不过身来。鞑子在家里提了妇女，换了别的男人，哼，说不定我火了一锥子捅死他！"她一双大眼阴冷逼人，操起了剪刀。秃脑工程师嫌冷一样抄起袖口，下巴抵在膝盖上。

　　挺芳继续剖着鼹鼠洞。鼠洞交缠不休，有的地方还呈现立体交叉——在这片荒凉的平原上到处都是这种鼠洞。

两只前爪扒地入土，速度之快令人不能置信。它们不吃粮食，只吃一些小虫子。最重要的是，它们靠自己的努力建立了密密的地下通道，整整一座地下村庄。正在出神时，他听到大脚肥肩差不多叫了一声，一转脸，见她正用剪刀瞄准父亲呢。他的心揪紧了，僵在那儿。不过他见父亲闭上了一只眼，很随便地做了个鬼脸。

他继续研究这些交错的地下洞穴。

接着大脚肥肩不断怂恿他们带上图去找赶鹦一家。她不停地夸赶鹦："那赶鹦大姑娘你见了？辫子拖到腿弯那儿，腚撅撅着；男人都和她拉得来。再说女人也是'半边天'哪，旧社会压得妇女翻不过身来……"挺芳看着父亲，觉得站在对面的大脚肥肩眼里有绿色火苗蹿出来，像蛇的叉舌那样飞快舔了一下父亲的鼻子。工程师揉揉鼻子，说："你的意见很好。"

挺芳认为父亲与红小兵一家的结识，是来到这片小平原以后最为愉快的事情。赶鹦父亲天生就喜欢陌生客人，并把这个可爱的脾性遗传给了女儿。父女俩用酸酒招待他们，赶鹦还乘兴说了一段数来宝。多么甜脆的嗓子啊，工程师为她打着节拍，挺芳认为她的衣服虽然寒酸，却无法遮掩那蓬蓬勃勃的青春气息。透过粗粗缝过的衣服裂缝，一股逼人的野气散发出来。他觉得这个肤色微黑的姑娘迈开长腿在院里活动，地皮都要抖动，滚烫滚烫的地下水汽顺着粗布裤脚那儿蒸腾上去，让她全身湿漉漉的。他那一瞬间想到了结实的鱼，箭一般飞奔的梅花鹿。工程师的秃顶湿了，两眼也醉了，用食指指着赶鹦对红小兵说："还有什、什么能比她好？"红小兵只轻描淡写地说那是过奖了。他朝女儿招一招手，赶鹦就伏到他的背上，搂着父亲很大的头颅：“爸　爸　，是吧爸　！”红小兵说：“俺这闺女孝啊，离了爸不行。我就这么一个闺女。”工程师的目光再也不愿移动。他明白了，从此整座村庄都将隐退到云雾中去，而面前这个姑娘却会从云雾中走出来。她是这个小村落的魂魄，是它的化身。瞧她穿了什么！上衣是破破烂烂的素花布连缀成的，裤子又破又老式，也许早就该扔掉。她的脚上没有袜子，因为不停地在外面奔跑，灰痕密布，老皮苍苍。天哪，这个小村子就是这么打扮她的。工程师甚至想到地下黑乎乎的网络之中，到处都奔跑着她火热烫人的身影。那里是永久的黑夜，是褪不尽的夜色。小村姑娘不是迷恋夜色吗？他磕牙，揉眼，抬起头看着红小兵说：“也许我能帮帮你的女儿……”

红小兵抚弄着肮脏的酒壶，赶鹦又说起了数来宝。

四

在数来宝响亮迷人的节拍下，只有挺芳一个人沉默着。他悄悄地退到一边，观察一切，像鼹鼠那样用鼻子去嗅，小院有着一种奇怪的气息，多少有点腐烂的地瓜味儿。他的脸一直有些发烫。后来他一个人走出小院。直到把背后的门掩上，也没听到有人叫他一声。他顺着一条破败的巷子往前走，隐约觉得不太遥远的地方正有什么发出了热切的呼唤……他的步伐乱了，颠颠地往前，直走到这条巷子的尽头，他遇到了那个“肥”——当时肥正背着一大捆地瓜蔓子站在那儿，像在等待一个人。一大捆水淋淋的紫色梗蔓驮在身上，水珠贱了满脸。她那双多少有点像猫的眼睛一见到巷子里走过来的青年，就闪动了一下。在她的第一印象中这青年脸色苍白，头发蓬乱，像害着什么特殊疾病。他的手插在棕色条绒夹克口袋里，吊儿郎当。特别让人不能容忍的是紧裹在腿上的瘦裤，弄得两条细腿可怜巴巴。水灵的地瓜叶儿片片紫红，瘦青年走过去，他看到那些弄折了的叶梗上，乳白的汁水不停地渗流。肥背着那一大团地瓜蔓旋了一周。她察觉这青年杏仁样的眼睛里迸出了火星，那火星溅到了她的衣服上。她又旋了一周，让水淋淋的地瓜蔓隔开了他。

他却一直跟上她。她把瓜蔓摊开在地上晾晒，又向田野走去。他就随她来到了田野。他好像打生下来也没见过这么大一片地瓜地，没见过铺展到天边的绿苍苍浑茫茫的秋野。一大帮浑身泥汗的男男女女正在收获地瓜。彤红的地瓜从土里刨出来，搁在土埂上，像火焰一样。田里的人都不穿鞋子，大脚掌踏在松土上噗噗响。地上到处扔着脱下的衣衫。都是式样老旧的粗布裤褂。他第一次看到地瓜怎样从土里掘出，惊讶得大张着嘴巴。这些瓜一生都趴在土壤里，被黑夜包围着。一旦跃出地表，它们是那样红亮，成行地排起在田野上。他想象它们是太阳炙红的炭块。看所有不停抓挠它们的这些手吧，一层层老皮破破烂烂。那个白胖姑娘与另一些年轻人割着地瓜蔓，一边割一边退，随手卷起这张天底下最巨大的绿席子。她连头也不抬，他目不转睛地注视她。在劳动的间隙里，他发现了十分费解的事——嬉闹的男女，有的年岁大得可以做爷爷或者奶奶，但玩得又野又起劲。几个中年妇女散着头发疯跑，追赶一个骨瘦如柴的老头子。老头子嘻嘻笑，胡须沾沙，上气不接下气，被一个麻脸女人绊倒了。一伙女人立刻围上去，像一群蚂蚁围住一根草梗。另一边，一个五十多岁的老太婆正独自一人玩一根扁担。她能让扁担在背上旋动，然后这扁担又从胯下穿过，一眨眼的工夫里她的左腿又在扁担左右跳了几次……大脚肥肩坐在一边纳鞋底，眼也不抬。一个鼻子豁伤的矮壮青年心事重重，不知碰着了什么，大脚肥肩抓起针锥，照准他的脚后跟刺了一下。矮壮青年蹦起二尺多高。他拐近了脸色苍白的挺芳，瞥了两眼没有吭声。他觉得这个装束怪异的青年很招人恨。停了一会儿，他就弯腰抓了一把土，拐得更近一些，照准白脸撒了上去。挺芳两眼刺疼，眼泪哗哗地流下来。他捂着眼蹲下，像蹲在一片夜色里。

一连几个夜晚，他都到那个小村里游荡。当街道上有一伙年轻人喧闹时，他总是躲藏起来。他一个人急急地走，把越来越冷的空气吸进肺腑。夜气中播散着赶鹦的气味，于是他飞快地逃离了。他在暗处不知看到了多少人，他们都是小村里的，出来时蹑手蹑脚，老式裤子很肥，像旗子一样被风吹拂。夜间串门是全村人的爱好，他们忙着从一家到另一家。有的手拿一块地瓜，一边走一边啃。狗叫声不绝于耳，老猫从草垛上蹿起来，又刷刷爬上杨树。老婆婆在小门洞里哭，数叨着一个个怪梦。他希望能撞上那个胖胖的姑娘，那时他将按住噗噗乱跳的心，在街巷或草垛边向她吐露真情。多少个夜晚过去了，她没有出现。有一个夜晚下起了蒙蒙小雨，天黑得伸手不见五指，他还是走了出来。窄窄的巷子像深不见底的小洞，头顶不断有水珠溜进衣领——这多像待在地底啊，挺芳永远忘不了父亲领他在地底那些通道里转悠的情景。

开始他有些害怕，父亲就推搡他。“我不敢下去不敢下去……”“怕什么？就像地上的村子一样，不过地上的村子有白天黑夜，地下的村子老是黑夜。”他们都穿了御寒的厚棉衣，扎了硬皮带，头顶的胶壳帽上还有一盏大灯。果然是黑漆漆的夜，夜色原来是垂直下落的，只一会儿就全靠灯照路了。不过这儿的夜色比地上的深得多，多么亮的灯都刺不透。街巷纵横交织，有宽有窄，没有狗叫声，却有各种各样让人胆战心惊的响动。街巷的小灯遥远渺小，就像星星一样。他揪着父亲的衣襟，踏着哗啦啦的积水往前走。这黑夜宽广无边，这街巷密如蛛网。再往前，小灯越发稀疏，人声也少了。他突然觉得孤单单处于荒野大漠，无限的惶恐从头顶直压过来。“爸爸，爸爸！”他连连呼叫，一双手乱抓乱抖。父亲的胶靴在水里嚯嚯响，头顶的灯像萤火虫。“我什么也看不见，看不见！”他觉得正走入一个绝境，他们将无以回返，永远留在无边的漆黑里。咔嚓嚓的断裂声响成一片，水从头上浇下来，一滴一滴，一瓢一瓢。父亲掏出一张黑面肉馅饼给他，他把惊吓、委屈掺着饼一块咽进肚里。我往哪里走？我往哪里走？他从此知道哪里的夜最黑，哪里的街巷最凄凉。不辨东西南北，连一丝风也没有。有的地方实在太窄了，他们不得不爬过去，伸直两手往前扒。这样走上一年也见不着太阳啊，哦哦，他忘了父亲的话了：这儿的村子永远是夜色茫茫……

这蒙蒙小雨的夜晚哪，街巷上只有一些小动物，没有其他的生命。他一个人也没有遇到，连暗中做伴的人也没有。小村里的人都在家里躲雨，这儿成了一座死寂的村庄。可是他心中的希望从来也没有像今夜这样旺盛。他一直往前走，走。这样走了一会儿，他果然准确无误地从夜色中识别了她——她真的像他一样在雨中奔走！而一个人在冰凉的雨丝中走向街头，心中必定有什么在炽烈燃烧。他拦住了她，开门见山说出了自己的渴望。她站了一刻，接上就跑开了，牙齿碰得咯咯响。

这个夜晚他一直游荡到深夜，浑身透湿。

接着的几个夜晚虽然没有落雨，但夜露同样弄湿了他的衣服。所有的夜晚他都无法待在工区，那样他会变疯。母亲知道儿子已经到了夜间出巡的年龄，就为他做了御寒的厚绒鞋垫。他可以在白霜覆盖的小巷口上久久站立。他几次遇到了肥，但她差不多都像第一次那样跑开了。不知过了多久，肥才敢于停留一会儿；再后来，她可以像面对一个老熟人那样跟他说话了。他被一股火焰烤得昏头昏脑，只知倾吐心曲。而这一切在肥看来都不可理解，也不那么真实。她分手时对他说；“我可不信服你。”

他一辈子也弄不明白肥这短短一句包含了多少内容。他不知道这个小村的姑娘都要嫁在当村，就像一棵树上的枝丫，哪一个也不能折掉。小村是从远土移栽过来的一棵树啊。

与此同时，赶鹦经常来工程师家了。她的到来不仅没使一个家庭增添什么喧闹，反而使这儿一片沉默。她像换了另一个人似的，忘了美妙的数来宝。母亲忙着做针线，小心地把顶针套上中指。父亲尽量一声不吭，只偶尔咳一下。姑娘黑得发绿的眼睛盯着整洁的双人床，一下接一下抿嘴角。她坐久了，就起身去逗鱼缸里的金鱼。她站在那儿，长长的辫子从后背垂下来，辫梢搭在臀部下边，将整个身体一分为二。他觉得整个世界都充满了她的臭气。母亲这会儿有些不耐烦，把针线和一块小布料随手放在赶鹦刚才坐过的椅子上，到院子里去取什么。赶鹦不逗金鱼了，一屁股坐下，又撕心裂肺地喊叫一声跳起来。原来椅子上的针尖是朝上的。母亲急忙跑进来抱歉，拍打安抚她。但他怀疑母亲故意把针放在那儿。他险些笑出来。

这些天父亲只穿一件紫红色的毛衣，这是母亲与之热恋时亲手打的，他只在特殊时刻才穿上去。母亲沉浸于逝去的岁月，目不转睛地盯住她当年一个个结出的线扣儿，矮小的身躯颤动不停。她抚摸他粗壮的身躯，说："你让我怎么办哪，你就永远长不大吗？"儿子在一边又想笑又想哭。母亲太不幸了。他由此又想到了肥。他觉得如今世上最悲惨的少年就是自己了。他千万次地想象过与肥结合的情景，那时他将是世上最殷勤的男人。他爱她的黑发与眼睛，爱她的每一条筋络。母亲在这最艰难的日子里安慰了他。她说一个人可以放弃各种各样的事，就是不能不学会钟情。比如那个让学问烧光了毛发的人吧，从来不懂这个。那本是个热情澎湃的人，常人无法比拟，只可惜太让人失望了。她叹息着，用小手捏着儿子的胳眼睛盯着整洁的双人床，一下接一下抿嘴角。她坐久了，就起身去逗鱼缸里的金鱼。她站在那儿，长长的辫子从后背垂下来，辫梢搭在臀部下边，将整个身体一分为二。他觉得整个世界都充满了她的气息。母亲这会儿有些不耐烦，站起来，把针线和一块小布料随手放在赶鹦刚才坐过的椅子上，到院子里去取什么。赶鹦不逗金鱼了，一屁股坐下，又撕心裂肺地喊叫一声跳起来。原来椅子上的针尖是朝上的。母亲急忙跑进来抱歉，拍打安抚她。但他总怀疑母亲故意把针放在那儿。他险些笑出来。

这些天父亲只穿一件紫红色的毛衣，这是母亲与之热恋时亲手打的，他只在特殊时刻才穿上去。母亲沉浸于逝去的岁月，目不转睛地盯住她当年一个个结出的线扣儿，纤小的身躯颤动不停。她抚摸他粗壮的身躯，说："你让我怎么办哪，你就永远长不大吗？"儿子在一边又想笑又想哭。母亲太不幸了。他由此又想到了肥。他觉得如今世上最悲惨的少年就是自己了。他千万次地想象过与肥结合的情景，那时他将是世上最殷勤的男人。他爱她的黑发与眼睛，爱她的每一条筋络。母亲在这最艰难的日子里安慰了他。她说一个人可以放弃各种各样的事，就是不能不学会钟情。比如那个让学问烧光了毛发的人吧，从来不懂这个。那本是个热情澎湃的人，常人无法比拟，只可惜太让人失望了。她叹息着，用小手捏着儿子的胳膊，叙说着自己一切成熟的经验。她告诉儿子：只要真的爱上了，就永不反悔。儿子的泪水涌满了眼眶，他真想领上母亲去看膊，叙说着自己所有成熟的经验。她告诉儿子：只要真的爱上了，就永不反悔。儿子的泪水涌满了眼眶，他真想领上母亲去看看吧，告诉她这就是你伸手可以摸到的儿媳啊，瞧她多么好，多么好。夜晚，她有时手拿几块煮熟的地瓜走上街头，不慌不忙地吃，连红色的皮儿一块儿吞下。每逢看到肥吃地瓜，他就想伸手讨一块。有一次他真的这样做了。那是一个胡萝卜大小的地瓜，软软的。他吃下去，觉得像酒液一样一边燃烧一边流进肺腑。肥笑了。她可以站下来和他谈话了。而这个瘦削青年却站也站不稳，从脸庞直到小脚趾，全身每一部位都火热烫人。肥安静下来，那么从容温良。挺芳越发可怜巴巴，话语迟滞，手心渗出了汗，嘴唇暴起白皮。肥渐渐能够欣赏这个来自工区的奇怪青年了，觉得他的皮肤何等粗糙，也许是洗澡洗的——她多次听说工区有一个澡堂，里面是伸手不见五指的白色蒸汽。人脱光了衣服，再让热气吞没，然后在滚烫的水池里几进几出。眼前这个青年的脖子向前伸出，肩膀尖尖，实在说不上好看。他如果到地瓜田里，一定是个最无能的人。再听他站那儿喘气，只有一个鼻孔发出蓬蓬的声音，另一个鼻孔永远是堵塞的。挺芳说：

“肥，我不能不见到你，不能。”

肥从衣兜里又掏出一块地瓜放到嘴里。地瓜的香气弥漫出来，挺芳一阵战栗。他觉得田野上火红的地瓜全都聚拢在一起，熊熊燃烧，烘烤得他直想在夜色里不停奔跑呼喊。他叫着：“肥！你不能嫌弃我，你知道我差不多算是这小村里的人了！”肥发出一声冷冷的鼻音。她说他永远变不成小村人，正像小村人永远也变不成当地人一样。她告诉他，这儿的人有一个共同的外号：鲢鲅。那是一种毒鱼，当地人从海里打上来，都要惊慌地扔掉。如果误食，就会惨死。你不怕鲢鲅，你的胆子好大啊，你这个工区的浪荡子！你不知道在这个夜晚里，还有以后的千千万万个夜晚里，都有一对沉沉的眼睛在盯着你。他藏在你永远也无法知晓的地方，代表着整个村庄，保护它的儿女平安无事。他有一把镢头，他要杀掉所有敢向我伸手的人。他是一条真正的鲢鲅！他是这个村庄里的土人，是沙子和土粒，是到了最后把所有人都埋掉的那种黑土。他不声不响，你想想泥土怎么会有声音？我是小村人，也是一个土人，生下来就要土里刨食……肥呵着气，一边说一边往前挨近。挺芳的眼睛由阴转晴，最后变得闪闪有光，伸出两手喊："我不信！我不怕有一把镢头……我要把你挣出来，把你抢跑。我敢和所有人拼杀。肥，我要永远和你在一起，一辈子！"他喊着，一下子抱住了肥。肥摇动着："我不信。我不信你会喜欢土人！你不是吃地瓜的人，咱俩的血不一样。我是鲢鲅，你知道什么是鲢鲅！"他抱着她："我知道，我也会变个土人，和你一样——我只要和你一样！"肥被硌疼了，她开始奋力挣脱，最后用双手把他掀开老远。他绝望了，一声不响地注视她。肥跑进了夜色里。

肥直跑开很远才站住。这个夜晚啊，到处都一片漆黑，连个星斗都没有，我深一脚浅一脚往哪里跑啊？哪是东，哪是西，哪是瓜田，哪是热乎乎的家？跑啊跑啊，最后连自己的村庄也摸不着了。到底是什么在催赶这两条腿，到底要跑向哪里啊？大口喘气，连同黑乎乎的夜色一起吞咽下去，直跑得一颗心都要跳到地上……

肥的母亲一天到晚躺在炕上，连身子都懒得翻一下。肥说：“妈，出门晒个日头吧！”母亲说：“嗯。”肥扶着她出了门，坐在一块青石上。她的松散蓬乱像杨树花一样的头发在阳光下泛着亮儿，一双眼睛陷得很深。她的嘴使劲闭着，包裹着剩下的几颗牙齿。每一条深纹里都是灰尘，像铅丝镶在肉里。她嘴巴像咀嚼东西一样活动。“你饿吗？”肥弯腰问着，闻到了母亲身上特有的一种气味。“我不爱喝瓜干糊糊。我爱、爱吃煮地、地瓜。”肥叹一声：“你咽不下煮地瓜了，又不是不舍得！”母亲听也不听，只顾仰脸说话：“哎呀真好日头。你爸光给我煮地瓜吃，你爸死了，我就光喝瓜干糊糊啦。哎呀好日头。”肥气得快要哭了，跺着脚说：“怕噎着你啊！”“哎呀真好日头，真好日头！”母亲不听女儿的话。肥回到屋里，从门框上摘下一个黑乎乎的笊篱，从上面找了一块软软的地瓜，跑出来递给母亲，“给，你慢吃啊。”母亲低头看看，放在鼻子上嗅一嗅，使劲攥着，瓜瓤儿都要挤出来了。她的手颤抖着，把地瓜一下子塞进嘴里，发出呜罗呜罗的声音。肥赶紧去扒她的嘴巴，她抗拒着，拼命往下咽。肥喊着：“妈妈！妈妈啊！你慢着吃，先吃一小口……”母亲用力咽下一口，然后大口喘气，仰起脸。一会儿她被噎住了，头使劲往前伸，两手在眼前胡乱抓挠。肥哭叫起来：“妈妈！妈妈！”她给母亲捶背，拍打她的颈部，眼泪哗哗地流。母亲好不容易才把地瓜咽下去，肥一头拱在母亲怀中。她停了好长时间才抬起头，为成天往外跑了，啊？”肥点着头，可夜间还是忍不住要跑出去。半夜里母亲的手伸过来，抚摸着女儿的肌肤，唉声叹气。夜间她要下炕，肥就要扶着她。有一次她摸黑下来，磕在了门槛上，满脸是血，肥整整哭了一天……晒了一会儿太阳，母亲说背疼，于是肥就扶她进屋。在熏黑的小屋子里，肥觉得那可怕的日子也许真的离母亲不远了。她想到这儿吓了一跳。好好如果走了，这世上还有谁是个可以依靠的人啊！好好啊，你在那一天来到的时候，千万给女儿找个依靠啊！女儿会跟上他去吃煮地瓜，吃一辈子。

工程师的儿子又到小院里找肥来了。他斜倚在高粱秸扎成的小院门旁，两手插在衣服口袋里，盯住了黑格子窗。有时他站累了，就缩成一团蹲在小门内侧。有一次老太婆推开了小格子窗看了一会儿，伸出手臂扬着，嘴里发出：“去乎——去乎！”他活动了一下，仍蹲着。老太婆合了窗子，问女儿：“我老了看不清，是谁家的猫蹲在院门口？赶也赶不走！”肥开了窗子一看，脸色立刻变了。她下了炕，走出门去，走近了他，不声不响地看着。他站起，大声叫：“肥！”肥回身看了看小窗说：“你走吧。你饶了这个小院吧。”“我不！”挺芳的声音低沉然而十分坚决。“你就蹲在这儿吧，蹲吧。”肥丢下一句，转身回了屋子。母亲有些[illegible]气喘，将头枕在袖口上，说：“把猫打跑了？”肥告诉她打跑了。“噢，打跑了。这年头啊，猫也艰难了，你当是怎么？都给老鼠也变精了……”肥的脸彤红彤红，[illegible]一个人到外间屋做地瓜糊糊了。待了一会儿她推门看看，母亲揩着脸，像哄小孩一样说：“妈，你看这是第二次了，你再不要吃煮地瓜了，不要吃了，好妈妈，啊？”母亲斜睨着她，“我就要吃！你爸那会儿光给我煮地瓜吃。”肥不知说什么才好。父亲死的时候她还小，那个精瘦的人她只记得一点影子。他是饿死的。那一年树叶和树皮都被吃光了，父亲藏下了一些地瓜叶儿，可自己舍不得吃，喂了母亲和她。没有父亲，她们别想晒这么好的太阳了。母亲身上的衣服散发出一股怪味儿，她真想离她远一些。可母亲常在半夜醒来时咕哝说：“我快不行了，活不久了。我自己知道离那个好日子不远了，你在家多守着我吧。”肥不明白母亲为什么总把可怕的死亡叫成“好日子”，她问，母亲只说：“好日子快来了。你别成天往外跑了，啊？”肥点着头，可夜间还是忍不住要跑出去。半夜里母亲的手伸过来，抚摸着女儿的肌肤，唉声叹气。夜间她要下炕，肥就得扶着她。有一次她摸黑下来。磕在了门槛上，满脸是血，肥整整哭了一天……晒了一会儿太阳，母亲说背疼，肥就扶她进屋。在熏黑的小屋子里，肥觉得可怕的日子也许真的离母亲不远了。她想到这儿吓了一跳。妈妈如果走了，这世上还有谁是可以依靠的人啊！妈妈啊，你在那一天到来的时候，千万给女儿找个依靠啊！女儿会跟上他去吃煮地瓜，吃一辈子。

工程师的儿子又到小院里找肥来了。他斜倚在高粱秸扎成的院门旁，两手插在衣服口袋里，盯住了黑格子窗。有时他站累了，就缩成一团蹲在小门内侧。有一次老太婆推开小格子窗看了一会儿，伸出手臂扬着，嘴里发出：“去乎——去乎！”他活动了一下，仍蹲着。

老太婆合了窗子，问女儿："我老了看不清，是谁家的猫蹲在院门口？赶也赶不走！"肥开了窗子一看，脸色立刻黄了。她下了炕，走出门，走近了他，不声不响地看着。他站起，大声叫："肥！"肥回身看了看小窗说："你走吧。你饶了这个小院吧。""我不！"挺芳的声音低沉然而十分坚决。"你就蹲在这儿吧，蹲吧。"肥丢下一句，转身回了屋子。母亲有些气喘，将头拱在袖口上，说："把猫打跑了？"肥告诉她打跑了。"噢，打跑了。这年头啊，猫也艰难了，你当是怎么？都怨老鼠也变精了……"肥的脸通红通红，一个人到外间屋做地瓜糊糊了。停了一会儿她推门看看，见他还蹲在那儿，嚼起了黑面肉馅饼。她不由得走了出去。他停止了咀嚼。她赶他，"走！滚到工区里去吧！再别到我们村里来——我们要用鲢鲅毒死你。"挺芳站起来，将一个黑面肉馅饼塞到肥的手里，转身就走。肥站在那儿，直瞅着他的身影消逝了，这才闻到了饼的香味儿。她把饼贴在胸口，缓缓地走进屋里。刚刚迈进门槛，母亲就嚷："什么这样香啊？闺女，你拿来了什么？"肥站在屋中间，两手按着饼。"什么？好香啊！"母亲在炕上窸窸窣窣地摸索。肥跨到炕边，大声说："妈，黑面肉馅饼……"她将饼放到母亲的老手上，泪水潸潸流下。

肥每天出去做活之前，总要熬好地瓜糊糊，煮好一些地瓜。她把糊糊放在一个柜子上，这样母亲欠身就能拿到。地瓜盛在柳条笊篱中，笊篱又插在高高的门框上方，这样妈妈就够不到了。她扛着镢头奔向田野，衣襟上沾满了鬼针草。紫穗槐收割了，硬尖茬儿常常刺破她的脚板。沙土灌进伤口里，又痒又疼。她和大家一块儿在沟畔上收地瓜，休息时点上一堆火烧地瓜吃。天黑下来时，大家吵吵嚷嚷投入夜色，向小村里奔去。她一个人落在最后，手搭在镢柄上，头埋在臂弯里，走回家去，这个傍晚她走近那个高粱秸扎成的小院门，又看到了蹲在那儿的苍白青年。肥走进院门，扔了镢头，叫了一声“妈”——没有应声。她推开门，被灶口的什么绊了一下。她抖着，摸到火柴划亮了，一下子倒在了地上。“妈妈呀！妈妈……我的妈妈！”她伏在了老人杨树花似的头上。妈妈一个人不知怎么爬上了小木凳，从高处的笊篱中取下了两块煮地瓜。她吃下一半就噎住了。她早已没气了，脸色乌紫。肥把妈妈抱在怀里，摇晃着，一滴泪也流不出来。油灯闪跳了一下，原来有人推开了门。工程师的儿子木木地站在门口，怀中的一摞子黑面肉馅饼哗一下落了一地。

妈妈没了。从今以后我真的成了没爹没娘的孩儿……

地底下响起了隆隆的炮声。谁都能觉出这炮声在向小村逼近。不久地瓜田开始沉落，变得低洼不平，有的地方还渗出水来。天哪，地底下弄出个村子来，地面上的村子怎么办？瓜田毁了，庄稼人到哪里去寻瓜干？都知道在地底放炮的是工区的人，他们一律被称为“工人阶级儿”。小村人对此愤懑异常，说：“工人拣鸡儿，他妈的庄稼人养个鸡儿容易吗？怪不得他们都吃黑面肉馅饼啊！”这些日子里人们都看到大脚肥肩站在门口纳鞋底，把一圈粗麻线缠在手腕上，狠劲一拉，发出“嗤”的一声。她一对高大的乳房上下颤动，土布小坎肩都快撑破了，像是在故意激起全村人压在心底的火气。街巷里、田野上，到处都是叫骂的声音。后来工区终于到小村招收都要颤簸，跑上街头地皮都要打抖……

她在人世间真的成了孤另々一个人了。黑魆々的小屋子她不能久呆，她每个夜晚都走向街头。踏不透的夜色，藏下了一切的夜色，她恨不能将自己融在其中。风吹卷了她的衣裳，让她露皮露肉；雨水一遍遍浇她，她冻得浑身打战。没爹没娘的孩儿啊，我往哪里走？这夜色像破棉絮，吸饱了雨水重若千斤，厚々地缠人一身，使我没法迈步。昏沉々的大地啊，铅一样沉的大地啊，像吃了长睡不醒药一样的大地啊！你满口梦呓我听也听不清，你粗重的喘息弄得我满心惶惑。我是一个没爹没娘的孩儿，我真想躺在地上再也不起来……

她跑得太累了，她躺在了黑影里歇息——就像刚々掘出的一块地瓜，浑身沾满了土末，红扑々温香々……

一群鼹鼠在荒草间游动，领头的招呼着它这群伙伴游着废墟，吱々哟々叫。它们寻找辨认那昔日的家门，尽可能从中嗅出昨日气息。往事一去不返，阵々回忆令其心碎。它们仍记得小村里的醇酒，记得轮流用小嘴包裹壶嘴偷々吸吮的情景；它们还记得用小脚丫踏过姑娘的鬓辫。鼹鼠游动着，不断碰响了瓦砾石子。有石子掉进深々的地陷，发出钝响。有一回传来吱的一叫，一个小鼹鼠掉到裂缝里去了。领头的埋怨一句，接上唠叨起来。它们中有的咕哝说：这又怕什么，让它自个儿爬吧，顶多两天就从地底爬上来哩。鼹鼠又不是人，鼹鼠是摔不坏的。一阵刺鼻的气味使它们停下来，不发一声。但只是一瞬间又吼々采掘工人了，年轻人既满怀喜悦又惶惶不安。“就要吃到黑面肉馅饼了！”不知谁蹦跳着嚷。上年纪的人都蹲在墙根下盯视，怅然若失。他们不知是祸是福，但明白小村在经历自迁徙以来最大的事情了。炮声隆隆，炮声隆隆，晚上睡觉大炕都会颠簸，跑上街头地皮都要打抖……

肥在人世间真的成了孤零零一个人了。黑魆魆的小屋子不能久待，她每个夜晚都走向街头。踏不透的夜色，藏下了一切的夜色，肥恨不得将自己融在其中。风吹卷了她的衣裳，让她露皮露肉；雨水一遍遍洗她，她冻得浑身打战。没爹没娘的孩儿啊，我往哪里走？夜色像破棉絮，浸饱了雨水重若千斤，厚厚地缠人一身，使她没法迈步。昏沉沉的大地啊，铅一样沉的大地啊，像吃了长睡不醒药一样的大地啊！你满口梦呓我听也听不清，你粗重的喘息弄得我满心惶惑。我是一个没爹没娘的孩儿，我真想躺在地上再也不起来……

她跑得太累了，她躺在了黑影里歇息——就像刚刚掘出的一块地瓜，浑身沾满了土末，红扑扑温吞吞……

一群鼹鼠在荒草间游动，吱吱哟哟叫。它们寻找辨认那昔日的家门，尽可能从中嗅出昨日气息。它们仍记得小村里的酸酒，记得轮流用小嘴包裹壶嘴偷偷吸吮的情景；它们还记得用小脚丫踏过姑娘的辫梢。鼹鼠游动着，不断碰响了瓦砾石子。有石子掉进深深的地隙，发出钝响。有一回传来吱的一叫，一个小鼹鼠掉到裂缝里去了。领头的埋怨一句，接上唠叨起来。它们中有的咕哝说：这又怕什么，

Literature creation office of Shandong

喳喳议论开来，说着呀看呀，这么快就游过一圈儿了，这不是嘛，又来到那个秃脑工程师的儿子跟前了！"索索索，索索索！"它们一齐扯腔吵叫——你这个呆呆的傻瓜，不到前边的碾盘上去呀？多清凉的大碾盘呀！多光滑的大碾盘呀！那上面坐了她……它们这样嚷着，见这个人无动于衷，就走开了。穿过一片片残瓦碎石，绕过一道道地裂，它们又来到了荒草围裹的碾盘跟前。看吧，上边的她像睡着了一样伏着。轻轻地、一丝一丝地爬上去，嘿，碾盘上有了水。沾了一点尝尝，咸咸的，是泪。嗬呀呀，她哭了，她一个人在这儿偷偷泣哭——她有多少伤心事儿？一群蚂蚁议论着，商量着，一齐推动碾盘。

大碾盘先是缓缓地、接着越转越快，最后简直像飞一样……

山东省文学创作室稿纸（24×25=600）　第42/～72页

让它自个儿爬吧，顶多两天就从地底爬上来哩。鼹鼠又不是人，鼹鼠是摔不坏的。一股强烈的气味使它们停下来，不发一声。但转瞬间，它们又叽叽喳喳起来，来到秃脑工程师的儿子跟前。“索索索，索索索！”它们一起仰脸吵叫——你这个呆呆的傻瓜，不到前边的碾盘上去吗？多清凉多光滑的大碾盘呀！那上面坐了肥……它们嚷着，见这个人无动于衷，就走开了。穿过一片片残瓦碎石，绕过一道道地裂，它们又来到了荒草围裹的碾盘跟前。看吧，上边的肥像睡着了一样伏着。轻轻地、一丝一丝地爬上去，嘿，碾盘上有了水。蘸一点尝尝，咸咸的，是泪。嘀呀呀，肥一个人在这儿偷偷哭泣——她有多少伤心事儿？一群鼹鼠议论着，商量着，一齐推动碾盘。

大碾盘先是缓缓地、接着越转越快，最后简直像飞一样……

Literature creation office of Shandong

黑煎饼

㊈ 八

那时候的事就象在眼前一样。人们出工回来，常常发现村子南头的杨树下站了一个破衣烂衫的女人，■牵了一条狗。秋天里并不冷，可是她衣服上的破棉絮拖拉到下身，正好遮住那儿的窟窿。往常也有些流浪汉在村子四周徘徊，但没有几天也就消逝了。这个女人好象要在这儿过冬■了，■真是个古怪的女人哪。她头发上沾满㊀麦草，这使人想起她夜间是钻进那个大麦草垛子里睡觉的。人们收工从村下走过，说笑着，肩上的锨镢叮叮当当碰着，用手指一下女人。她吃什么东西？谁也没见她伸手讨要。有人说秋天了，九月里田野上什么不能吃，只要撅着屁股弯下腰往土里一扒拉就行。有人回忆说他真的看到过地里上有翻开的湿土，那时候他还疑过什么草猪啦兔子啦。金友说这个女人最好看管住，因为谁也说不准她是■个■（什么）。■（坏人）■有时就装成这副可怜模样。你看她夜间吃绝东西，白天往村里瞄，长那个胖。这样议论，谁也不去接茬儿（说话）。红小兵乐于和陌生人搭话，有一天特意背着手向脏里脏气的女人："你吃过饭了吗？哪儿来的同志？"一边向她伸出手去握手。旁边的狗鼻子上有一道红伤，这时用舌头舔一下叫道："汪！"红小兵退后了一步，硕大的头■（颅）■晃动一下。女人用手搓着身上，傻笑。一会儿她自■（言）自

山东省文学创作室稿纸（24×25=600） 第 73 页

第二章　黑煎饼

五

那时候的事就像在眼前一样。人们出工回来，常常发现村子南头的杨树下站了一个破衣烂衫的女人，牵着一条狗。秋天里并不冷，可是她衣服上的破棉絮拖拉到下身，正好遮住那儿的裤洞。往常也有些流浪汉在村子四周徘徊，但没过几天也就消失了。这个女人好像要在这儿过冬了。真是个古怪的女人哪。她头发上沾满麦草，也许夜间钻进那个大麦草垛子里睡觉。人们收工从树下走过，说笑着，肩上的锨镢叮叮当当碰着，用手指一下女人。她吃什么东西？谁也没见她伸手讨要。有人说秋天了，九月里田野上什么不能吃，只要撅着屁股弯下腰往土里一扒拉就行。有人回忆说他真的看到过地垄上有翻开的湿土，那时候他疑心是什么草獾啦兔子啦。金友说这个女人最好看管住，因为谁也说不准她怎么回事。坏人有时就装成这副可怜模样。你看她夜间吃饱东西，白天往村里瞄，长那个胖。议论归议论，谁也不跟她接茬儿。红小兵乐于和陌生人搭话，有一天特意背着手问脏里脏气的女人："你吃过饭了吗？哪儿来的同志？"一边问还伸出手去握手。旁边的狗用舌头舔一下鼻子上的一道红伤，叫道："汪！"红小兵退后了一步，硕大的头颅晃动一下。女人用手搔着身上，傻笑。一会儿她自言自语起来，那怪异的音调使所有人都愣住了。不错，从口音上判断，她是一个外乡人！红小兵心里咕哝了一句："鲢鲅……"正这会儿一阵凉风吹过，破烂的棉絮撩动着，女人闪露出黑红色的肌肤。金友的左拳打在了自己的右掌上，嘴里发出怪异的声音。好几个小伙子不安地互相推搡，又拣起地上的土块乱抛。有一个土块砸在脏女人的头上，她两手抱头哇哇大哭起来。狗狂乱地蹦，但主人手里的绳子拴住了它。赖牙从后面赶过来，老远就骂，人群便散开了。

那个夜晚有月亮，一个白发如雪的青年走上街头，走出巷子，在村边野地上游动。他的眼睛死死盯住一个地方蹲下来。狗在暗影里尖叫，鸡像衰弱的老太婆一样哼哼。有一撮月光照亮了他的眼睛：生硬、拗气，像要撞碎石头。他伏下身，伸手到地瓜叶子下掏出一个地瓜，在裤子上抹几下，啃起来。他刚把一块地瓜吃完，忽然发现有人从土里一下子钻出来似的，立在不远处的杨树下——他估计那个人是从村西大碾盘下爬出，顺着阴影溜过去的。最后一口地瓜含在嘴里，他凝住了。那个人矮矮胖胖，黑裤上系着白布条腰带。那一道白色伫留在他眼睛里——它在树下抖动，又横在地上，往前蜿蜒。白发青年根根毛发直竖，咬着地瓜跟上去。不远处就是那个大麦草垛子，那道白色像鱼一样钻进去了。狗叫着，整个垛子都在打战。狗叫声一阵慢似一阵，后来像咳嗽，再后来像唱一首生疏的歌。白发青年盯住焦干的麦草，他再也待不下去了，碎步跑到杨树下。夜露浇着，脏女人的气味扑面而来。他大口呼吸。生冷的地瓜碍事，他使劲咽下去。他扶着杨树，不知不觉间指甲掐进了树皮中，他还在继续用力，直到绿色的汁水像眼泪一样渗出。这会儿垛子中钻出那个白布带，一出来就狠狠地吐，跺脚。接上另一个影子也扑上来……白发青年紧贴到杨树干上。那个影子发出不甚清晰的哀求声，用力去拉白布带子，被猛地掀翻在地。白布带子飘走了。狗就在影子一边，长嘴巴探过去。白发青年贴在杨树上，一动不动，气也不出。后来他终于站在了黑影旁边。一股邪异的气味扑鼻而来，地上是一摊破棉絮。他只觉得鲜血涌到头顶，两耳嗡嗡响。那条狗在舔偎在棉絮中的脸，一下一下，发出啪哒啪哒的声音。他站了一会儿，又奔向冰凉的地瓜田。

金友老婆小豆夜夜要等金友回来。金友躺到炕上，总要撒下一炕席子麦草屑。小豆埋怨他，他就用腰带抽打小豆。小豆说："不敢了。"金友不听，把小豆的衣服剥得精光，把白布条腰带拧成结儿打。小豆的嚎哭声震动四邻，邻居就砰砰啪啪关上木扇子窗。大家已经习以为常了。小豆的叫声有点像黄鼠狼受伤时的哀鸣：吱吱吱！吱吱吱！这个微胖的、洁白的小人儿，刚娶过来那会儿差点让金友高兴得疯痴过去。金友白天出来做活也笑，歇息时对光棍金祥说："俺不枉为一生啊。"金祥个子高出他一个头，肚子瘪着，腰带刹不紧，肚脐常要露出来。他告诉金友：五六十岁的人了，还没见过女人哩。金友讲他的小豆，说她真不愧是南边一朵花儿咪。南边就是南山，贫穷得很，女人愿意嫁到平原上。小村的人常到山里拉个媳妇回来。其实小豆长得不漂亮，只是白，像面捏出来的一样。金祥听金友讲小豆如何如何，大张着嘴，露出一口黑色残牙。他收拾起地上一片焦干的豆叶点上吸着，咳个不停。也许是豆叶呛的，金祥眼泪汪汪，说："金友，你杀了我吧！"金友哈哈笑，说："留着你蹦。"小豆号哭的夜里，金友一边用带子抽她，一边说："送你找光棍金祥去，奶奶！"小豆伏在枕头上，鼓鼓的小身体像吹进了气体，一耸一耸。她这会儿真想跟了金祥，不再受这样的折磨。男人不光用带子抽她，还伸手拧，疼痛钻心，她就吱一声长喊。这种折腾人的法儿该是从女人那里学来的呀，谁教会了他？小豆怀疑一个人，但她不愿说出来。她恨死了那个人，有时真想捏一点毒药放进那个人的碗里。走着瞧吧。金友高兴的时候翻来覆去亲小豆，小豆就去咬男人胖胖的后脖儿，咬疼了，挨金友一巴掌。金友蘸着锅底灰把小豆身上描黑了，小豆嘻嘻地笑。半夜了，金友呼呼大睡，小豆还要到院里洗身子。小豆三十一，金友四十。金友让人依恋的地方太多了，小豆舍不得扔下他跑回南山。小豆有时问："你们外地人——你们鲢鲅都这么坏吗？"金友黑着脸应一句："嗯。"有一次小豆被打得实在受不了，抓起一件衣服跳窗跑了。金友也不追赶，只送去一句："回来杀了你。"小豆脚不沾地跑了半天，停下来一愣。原来她停在光棍金祥的小土屋后面。小土屋只有一人来高，里外都被烟火熏黑了，小窗像冬瓜那么大。小豆从窗缝往里瞅，先看见一盏油灯，又看见光着身子躺在炕上的金祥。原来他的骨头这么多，什么也不穿，仰着。小豆不眨眼地看，像要把他看醒。后来她一挪脚，地下有什么发出碎裂声。炕上的金祥霍地跳起来。小豆正犹豫着，金祥就赤条条地开了门。小豆低下头跑，被金祥瘦长的两条胳膊一下拦住。他连牵带抱把她整到小土屋里，故意问：“你是谁？”小豆哀求：“别伤天理咪金祥……”金祥暴跳着：“撞上门的！你把官司打到赖牙那里也不怕。”小豆说：“我告诉金友。”金祥不吭声了。但只停了一瞬，就去剥小豆的单衣。小豆用手用脚击打他的要害部位，他的一只眼肿了，鼻子流出血来。后来他跪下，上身挺得笔直，头颅差不多与小豆的眼眉齐平：“豆儿，老哥求你了……”说这话时，他清清楚楚见到小豆的一双杏仁眼有多么美丽，里面两匹火红的小马驹子又蹦又咬。小豆鼻子里响了一下，闭上了眼。金祥骂了句粗话，粗楞楞的两根手指在小豆的脖颈那儿一戳，小豆一仰就倒了。

破烂老婆手牵一条黄狗站在杨树下，成了小村的秋天一景。

出工的人们愿意拿出时间与她交谈，围着她说乱七八糟的话。“你今天多大了？”脏女人咯咯笑：“二十八，骑大马。”人们不信：“看样子四十哩，生过娃咪。”脏女人用手揉揉肚子：“小崽刚揣上，全靠你帮忙。”有人闹了个大红脸，旁边的人全去看他。有人又问：“你是从哪儿来的？”脏女人说：“苦命人哪有家，俺爹是个老水鸭。”大家哈哈大笑。开始赖牙在一边吸烟，这会儿也围过来。脏女人兴致高起来，主动说话了：“出门人全靠两条腿，鼻子下面有张嘴……”金友凑过来说：“别听她拉长扯短，是个痴子。”脏女人眼神尖亮地盯住他，喊：“小崽刚揣上，全靠你帮忙。”大伙一阵哄笑。金友用手势骂她，她从地上拣个土块打金友。金祥提着裤子站在一边，说：“听她说话哪像痴人。苦命人倒是真……听口音，千儿把百里外有了。”大家都不吭声了。脏女人用目光寻找金祥，盯住看了一会儿，很认真。金友伏在金祥耳边嘀咕，金祥骂了一句。脏女人嘻嘻笑：“身上热烘烘，虱子一大把。”大家又笑。脏女人又说：“你打我，我就肿，会做针线会摊饼。”赖牙冲金祥嘿嘿笑了：“行啊，是个老婆料子。”金友上去撩起她的破棉絮，用手捏她的皮肉，对众人说：“你看这家伙多胖，还不是偷地里东西吃成的……哎呀臭死了！”金友夸张地蹙蹙鼻子，往一旁躲。玩得差不多了，赖牙问：“你叫什么？”脏女人答：“我叫庆余。”“嗯，这个名儿不错。走吧庆余，跟我们去地里做活儿不行吗？强似天天站着。”脏女人眨着糊了灰土的眼皮：“下地干活咱不愁，不过谁牵狗？”金祥说：“我牵哩。”他真的接过黄狗，带上脏老婆一块儿往前去了。

地瓜田望也望不到边。分割田地的只是一些干涸的沟渠，里面紫穗槐和杂草繁茂。太阳热辣辣悬在天上，地瓜叶儿打蔫了。地边地角上还种了豆子和花生，有人一蹲下就拔花生吃，被赖牙踢了一脚。这天要做的活儿还是刨地瓜，一直刨下去，刨到冰天雪地季节。有人递给脏女人庆余一把镰刀，让她随大家一起割瓜蔓。她的镰刀使得挺熟，一看就知道经常做活。赖牙说：“嘿嘿，是个有用的人。”黄狗在地头木墩上乱叫乱吼，有时跳起老高。金祥冲它喊道：“你妈干活哩。还能老守着你吗？”黄狗哼哼几声，安静一些，前爪伸开卧下了。都说金祥与它和她可能有些缘分。年轻人一迭声地呼叫着，都是关于金祥的。金祥的故事是野地里、牲口棚里的，都是女人听不得的故事。光棍金祥是全村鳏鲅中的鳏鲅，是个没有廉耻没有尊严的两条腿牲口。人们曾经把他的衣服剥光，用渠里的稀泥糊起来，再抬着往地上夯。他求饶了，就交给上年纪的妇女。她们脚上从来不穿鞋子，老皮像钢铁一样，手掌粗得像石头，一伙儿伸手按住金祥，问他敢不敢了。金祥像老牛一样在一群妇女中间大声嘶叫，手脚乱蹬。男人在一边对妇女们喊："加马力呀！"妇女们就一齐用力。金祥瘆人地叫，一会儿就不出声了。他白眼往上刺着，半天不喘气，妇女们面面相觑，说一句："金祥死了"，撒腿就跑。金祥一下跳起，叉着腰，一个一个往狠里骂。有人证明说他一人独处的时候，又跌又撞，一绺一绺揪下自己的头发。谁都知道金祥心地好，浑身的毛病都是这个村庄的过。谁给这个外乡人一个女人呢？盘算一下村子的长头发人，都是从外乡带来的、变戏法的捎来的、老辈留下的女娃……村里有个不成文的约定，姑娘必得嫁在当村。那些当地女人瞧不起这个村的男人，小村就得自己想法儿了。金祥只是许多光棍汉中的一个，他与众不同之处是比同类狂躁数倍，一度不可收拾。曾经有长辈联合商议把他按时吊打，说这样能"去火"。结果金祥空留下遍体鳞伤，脾性未改，如今五十岁了。人们都说金祥是让躁火把身上的汁水烤干了，所以才老得这么快，干黄的脸上没一点油性，皱纹像炕席子编那么密。他慢慢变成如今在地上弯腰做活这个金祥了，瘦长瘦长，瘪肚刹不紧腰带，裤子松脱一截，肚脐像一只出了毛病的眼睛一样瞪着。他专心做活时，嘴角就流出口往狠里骂。有人证明说他一人独处的时候，又跳又撞的，揪自己的头发，一绺一绺揪下来。金祥是个可怜的光棍汉哪，谁都知道他心地好，浑身的毛病都是这个村庄的过。谁给这个外乡人一个女人呢？盘算一下村子的长头发人，都是从外乡带来的、变戏法的掳来的、老辈留下的女娃……村里有个不成文的约定，姑娘必得嫁在当村。那些当地女人瞧不起这个村的男人，那么小村就得自己想法儿了。金祥只是好多光棍汉中的一个，他与众不同之处是比同类狂躁数倍，一度不可收拾。曾经有长辈人联合商议把他按时吊打，说这样解"去火"。结果金祥空留下遍体鳞伤，脾性未改，如今五十岁了。人们都说金祥是让躁火把身上的汁水烤干了，所以才老这么快，皱纹象炕席子编那么密。他慢慢长成如今在地上弯腰做活这个金祥了，瘦长瘦长，裤子松脱一截，肚脐象一只出了毛病的眼睛一样瞪着。他专心做活时，嘴角就流出口水来，他老要用黑手去抹。也不知他是怎么练成忆苦这一手的，每到了农闲时节，村里人没事了就听他忆苦。人们因为有个金祥，度过了多少有盐有醋、火火爆爆、慢声细语的冬天哪！傲慢的当地人万事不求人，只有忆苦要从这儿借人，请走宝贝一样的金祥。有时候与当地人发生了摩擦，就寻实威胁说："金祥不借哩！"话是这样说，到时候牛车一进村，金祥还得被拉走。金祥在野地里听着年轻人响成一片的叫喊声，满面笑容，水来，老要用黑手去抹。他平时少言寡语，忆苦时才有说不完的话。其实他这般年纪在旧社会待不久，也不知瘪肚里怎么积下了那么多苦难，每到了农闲时节，村里人没事了，就饶有兴味地听他忆苦。人们因为有个金祥，度过了多少有盐有醋、火火爆爆、慢声细语的冬天哪！渐渐方圆几十里都知道有个擅长忆苦的老光棍了。傲慢的当地人万事不求人，只有忆苦要从这儿借人，请走宝贝一样的金祥。有时候与当地人闹摩擦，赖牙就威胁说："金祥不借哩！"话是这样说，到时候牛车一进村，金祥还得被拉走。在野地里听着年轻人的叫喊声，金祥满面笑容，浑身有力。他挥起镢头刨地瓜，一下连一下把土里的火红瓜蛋勾出来。从土上的裂纹可以判断那些瓜有多大、藏在什么方向，所以金祥从来不伤瓜。他的脚前宽后窄，就像镢头的形状一般。泥土盖到他的脚踝，他像站在棉花垛上一样摇晃不停。

一群老婆婆跟在男人后边，用一把锈刀切瓜干。她们每人带一块柳木板子，把刚刨出来的地瓜切成片片，然后摊在泥土上。瓜干经过几个晴天晒干了，那就是村里人一年的吃物。瓜干盛在紫穗槐编成的囤子里，囤子的衬里是黄泥。当瓜干老老实实趴进囤里，人的肚子才算有了保障。囤子搁在土坯上边，土坯空隙里做个猫窝。这样瓜干就不怕湿气，也不怕老鼠。瓜干安安稳稳等着进肚哩。秋天是收获的喜庆日子，也是出祸患的日子。如果瓜干在变干之前挨上一场连阴雨，那么瓜干就变成灰色、黑色，咬一口苦涩涩。"老天爷今年让咱吃苦食啦。"满村里的人都这么喊。每个秋天都要遇上连阴连雨，这是庄稼人的命啊。老婆婆们的刀哧哧哧响，闭着眼也切不了手，一年一年早干熟了。她们一边干活一边叹气，有时拣一片鲜瓜干儿嚼嚼，说："甜饼似的。"这样的甜饼儿吃一口没一口了，一个个年岁大了，六十、七十，能有瓜干吃也就不错了。有得吃就是好年成。老婆婆擦着风泪眼，回忆十年八年前的事儿。她们都说如今的瓜干没有过去的有滋味儿了，兴许是地瓜品种改良坏了——那会儿的地瓜是红皮白瓤外加一道紫圈儿，甘甜甘甜。瓜干不孬啊，庄稼人就盼个好瓜干哩！说到鲜地瓜，一个个啧嘴，那是软软和和的东西，没有牙的老婆婆最喜欢了。可惜这样的瓜儿吃不久，因为天一冷它们就生黑斑、腐烂，老天爷逼你把瓜儿切成瓜干呀。哧哧哧，哧哧哧，老婆婆们刀子不停，一会儿挪动一下木板，往前走几步。她们身后撒开一片白银圆，在阳光下亮晶晶。年轻人的叫喊她们充耳不闻，都知道是滚烫的血烧的。人越年轻血越热，摸一下烫人；烫得他们疼了，就蹦、就叫，闹些事情。她们都是村里的老星宿，什么不知道，一扳手指就数出十几个风流人儿。那些人哪，有男有女，有的作古了，有的如今还活得挺好，中午提上马扎在街头晒太阳。人老了，廉耻也老了，互相也不瞒什么，有时咕哝一句："那个坏东西，你不知他身上有多重，石头！"老婆婆抹抹眼，呻吟几声，说人哪，还不就是瓜干化成的力气、化成的血肉心计、化成的烦人毛病？不吃瓜干，庄稼人也就绝了根了。她们有时手打眼罩往前望，见金祥高高扬起镢头干活，再听听年轻人的喊声，说："金祥今儿个欢了。"

人们歇息时到处点火烧东西吃。田野里乌烟瘴气，焦煳味儿混着粮食香气飘散，让人心满意足。这是庄稼人用汗水换来的，吃呀，吃刚刚从土里扒出来的哩。上岁数的老人也像年轻人那样一步三蹦，捧着两个地瓜抖抖地往火堆上放。有人逮着大肚蝈蝈和蚂蚱，也放进火里烧。刚刚烧熟的地瓜瓤儿又白又干，别有一种香味儿，老婆婆咬一口，烫得哦哦叫，还是伸长脖子吞下去。“多好的瓜儿，”她们冲赖牙笑，“今年瓜儿比去年还甜。”赖牙没好声气，他在专心烤一个豆虫，烤得圆滚鼓胀，直流黄油。他记得这是有大滋补的东西。脏女人庆余用烧熟的东西喂黄狗，蹲下来跟狗说话。她背向大家，远远的，人们可以望见破棉絮间露出的臀部。金友吃着豆子啧着嘴，说：“来劲。”有个头发雪白、长了一双执拗的眼睛的男青年扫了金友一眼。金友感到一阵灼痛。白发青年又吃了一口东西，到一边去了。金祥一边吃东西一边夸庆余：“勤苦人家出来的，没错，看看拿镰的架势就知道。”赖牙嗯了一声：“兴许是。”金友摇着头：“那也得盘查哩，咱这地方离海不远，说不准……”“睡你祖宗。”金祥骂了一句。庆余喂完她的狗，转身朝这里走来。她一步一扭，两条胳膊一摇一摆，破棉絮也跟着甩，大家都痴呆呆地看。庆余接上唱起来，咿咿呀呀，怪腔怪调，两只眼一会儿斜向这边，一会儿斜向那边，大家突然意识到她仍旧是一个痴人。金祥说：“她是高兴呀，高兴咱这个村子收留了她……”赖牙瞥金祥一眼。庆余扭到近前，又黑又粗的长腿一撩一撩的，老婆婆扭过脸：“呸！呸！”大家哄笑。庆余正高兴，突然用手捂住胸口，呕吐起来。她的脸有些黄。“病哩！”

有人喊。庆余坐下，又呕了两口，接上嘻嘻笑了，拍拍小腹。“天哪！”老婆婆们凑到赖牙跟前，比画了一会儿。年轻人追问队长：“什么？什么？”赖牙暴跳起来：“都他妈给我做活去！”

天凉下来时，谁都看出杨树下的女人肚子大起来了。她的头发脏得五步之外都闻得见臭味儿，上面落满了鸟粪和草屑。有蜘蛛在上面绕丝，她也不赶。脸色蜡黄，灰尘在额上积起了巴掌大的一片。有人亲眼见她伏下身子，在车辙沟里喝积存的雨水。田野里可吃的东西越来越少，也没人见她进村讨要。黄狗一天到晚卧着，瘦削不堪，都说它饿得站不起了。可怜的外乡人哪，你来路不明，口音怪异，这个村庄没人敢收留你。你流浪去吧，这里不是你的最后一站。你不信吗？你还要等待吗？你一言不发，再也不像九月里那么手舞足蹈，腹中的娃娃在折磨你哩。那是一年里最富庶的九月啊，你吃得饱睡得好，黄狗也跟着长膘。如今的风凉了，再挨下去就会有霜冻、雪、冰……你一言不发地站在杨树下，是这个外乡人集聚的小村庄在考验你的耐性，还是你在检验小村庄的耐性？一片片叶子落下来，沾在头发上，打在破棉絮上，又被冷风卷走了。你的一双黑脚裂开了一道道缝隙，行人都窥见了血红的肉色。你用一束柳条扎着腰，棉絮再不飞扬，牢牢地、紧紧地护住腹部。你的手隔着棉絮抚摸那个不知姓氏的生命，十指颤抖。怨恨和希望都装在眼里，你的目光投向炊烟升起的村子。半夜里、中午，碾盘上传出的吱扭声把你从疲惫中唤醒。鸡鸣狗叫，那个村庄的人弓着腰向田野走去，故意不走这条弯弯的路，下雨了，秋天的最后一场雨比冰还凉，洗你的头发、身子，棉絮吸饱了水，像是给你披挂起百十斤的大铁索。你摇摇晃晃，一个深夜，又一个人钻到了麦垛里，你将他咬伤了。往常你都指派黄狗去干，这次非得使用自己的牙齿不可。金祥两手抖着去找赖牙，要把树下的庆余接回来过日了。户口簿上咋落？赖牙问。鬼！金祥说。事情又拖了半月，金祥快要跪下了。赖牙掀开窗子骂了一句什么，让金祥成亲去。三五个人拉个地排子车，像拉金祥出去忆苦那样，把浑身哆嗦的脏女人庆余拉进了村，拉到小土屋门口。这儿已经围了全村的人，金祥就在村人花花色色的目光下，一个人把庆余抱进了屋子。有一句话给关到了门外："还行。金祥不老……"

六

庆余很快给金祥生了个男孩。

他们为儿子取名"年九"。以后村里人谈起小土屋的事情，都是说年九家怎样怎样。年九飞快地长，很快比同龄人高出一截。他的脸又长又凹，眼睛永远乜斜着。大家都知道这是一个杂种，可又说他像煞金祥：身子瘦长，全是骨头，裤带总也煞不紧，露着难看的肚脐。庆余和她的黄狗在小村里安居乐业，真正成了小村成员。她脱掉了破棉絮，穿上了金祥的旧衣服改成的衣裤。黄狗脖子上悬了个生铁小铃，叮叮响，汪汪汪，小土屋生气勃勃。她到底是哪里人？金祥怎么也问不出。村里的妇女们教给金祥一些新鲜的拷问法，比子。有一句话给关到了门外：“还行。金祥不老……”

九

庆余很快给金祥生了个男孩。

他们为儿子取名“年九”。从后村里人谈起小土屋的事情，都是说年九家怎样怎样。年九飞快地长，比同龄人很快高出了一截。他的脸又长又凹，眼睛永远乜斜着。大家都知道这是一个杂种，可又说他象煞金祥：身子瘦长，全是骨头，裤带总也刹不紧，露着难看的肚脐。庆余和她的黄狗在小村里安居乐业，真正成了小村成员。她脱掉了破棉絮，穿上了金祥铺旧的炕褥子改成的衣裤。黄狗脖子上悬了个生铁小铃，叮叮响，汪汪汪，把小土屋弄得生气勃勃。她倒底是哪里人？金祥怎么也问不出。村里的妇女们教给金祥一些新鲜的拷问法，比如半夜酣睡时把她弄醒，用力地揍，揍过之后推到屋角里光身子冻；比如把她抱在怀里挤疼了罢，呼呼喊那会儿逼问，等等。什么办法都宣告无效，庆余不吭一声。有人吓唬金祥说：“看不摸清底细能行！她要是南边有个男人，早晚卷了东西走！”金祥开始真吓得慌，后来就忘了。他又黑又硬的胡子蹭在庆余胸部，亏光得象小羊一样叫唤。他觉得又年轻了二十岁，吭吭地喘气说：“庆余呀，你好的天上落下个喷香玉米饼，舍不得吃哩！疼煞俺哩！”他们在一块的时候，年九就要爬如半夜酣睡时把她弄醒，用力地揍，揍过之后推到屋角里光身子冻；比如把她抱在怀里挤疼了亲，呀呀喊那会儿逼问，等等。什么办法都宣告无效，庆余不吭一声。有人吓唬金祥说：“看不摸清底细能行！她要是南边有个男人，早晚卷了东西走！”金祥开始真吓得慌，后来就忘了。他又黑又硬的胡子蹭在庆余胸部，高兴得像小羊一样叫唤。他觉得又年轻了二十岁，吭吭地喘气说：“庆余呀，你妈的天上落下个喷香玉米饼，舍不得吃哩！疼煞俺哩！”他们在一块的时候，年九就要爬过来，缠着妈妈吃奶。其实年九早已不吃奶了，他像全村人一样，开始吃黑乎乎的地瓜干了。金祥用两根手指捏住儿子的胳膊，一抡，抡到墙角去了。庆余说金祥太狠。

金祥的衣服齐整一些了，再也不露皮露肉。人们都说还是得有个老婆，就是痴老婆也好。他们仍然认为庆余不是个健全的女人。不知为什么，满村里传着这样的故事，说脏女人庆余把不到半岁的年九送到了屋角的狗窝里，反过来把黄狗抱到了炕上。庆余睡觉时左边是黄狗，右边是金祥，转过身子搂黄狗，覆过身子搂金祥，两边都亲得喷喷响。故事传得活龙活现，有人见了金祥就转着圈儿打量，还从金祥的嘴角发现了一根黄毛——显然是沾上的狗毛。全村人都认为金祥过的是半人半兽的生活，活不久了。后来有人发现金祥终于变得更瘦更黄，脚步像老年人一样飘飘忽忽，脚下无根了。红小兵无比怜惜地拍拍金祥的肩膀，说：“老弟，天理不容啊！”金祥闹不明白，对方却已经走开了。庆余里里外外牵一只黄狗，此狗不除怎么了得。有人想出主意，在土屋门口下了毒饵。结果半天工夫不到，药死了三只鸡。鸡的主人搂着死鸡呜呜恸哭。因为这是黄狗引出的不幸，赖牙下令宰狗。屠宰手方起带着家伙赶到那儿，金祥已经哭成了泪人。庆余把一瓶毒药放在窗台上，说黄狗死，她也死。赖牙让几个青年按住庆余，吩咐方起快些动手。三个人用锄钩套住狗脖，方起认真操作起来。金祥大吼着，见方起慢慢划开它的腹部一侧，用一根铁钩掏着。鲜血染红了手，他绕了些麻绳，竟然刷刷地缝起刀口。原来他是个手狠心软的人，刚才是给黄狗做了阉割术！赖牙不满地骂起来，方起解释说，再狂暴的狗一割也就无害了。大家无语。两支锄钩当啷一松，黄狗一蹿而起……金祥不哭了，抬头去望庆余，见她死死闭着眼。赖牙掐了掐她的人中。她睁开了眼。

每年九月都躲不开的雨啊。一地的瓜干眼看着半干了，哗啦啦一场雨落下来。全村男女老少都在雨中奔跑，嚷叫着，像求饶一样。雨停了，天上出彩虹了，他们还是站在地里，两脚沾满了黄泥。瓜干被雨水浸透了。太阳烤着湿地，水蒸气蒸着雪白的瓜干，半晌就该生出黑毛了。赖牙像赶牛一样伸长两臂往前一扬说："快，快动手！"一大帮子人蹲到地上，一片一片翻晒瓜干。翻哪翻，腰快累折了，两眼发花了，瓜干才翻了一小半儿。这是不让人歇气的活计，日头越毒越要快翻，翻过一遍再翻一遍，直到土地被晒干了皮儿。好不容易翻晒了几遍，天又阴了。一场雨浇下来，地上噗噗冒起了水泡。"完了，完了，不用翻了，老天爷成心让咱吃变黑的食啊！"赖牙昏天黑地骂，见人就踢。天晴了，一地瓜干都变了色。到地里走一趟，到处是淡淡的醋味儿和酒味儿。有的瓜干烂得厉害，煮熟了喂猪，猪都不吃。就是这样的瓜干也舍不得扔，照样得收好，像往常那样装到紫穗槐囤子里。刚开始吃的时候肚子发胀，吐酸水，慢慢就好多了。碾盘上每时每刻都忙得很，家家排队碾瓜干，碾成碎块做干饭，碾成末末做糊糊。手巧的人家用黑地瓜面烙饼做面条、包白菜水饺，都没法驱除苦臭味儿。那颜色跟土一模一样。晚上躺在炕头，肚子里火烧火燎，不停地翻身——人家说得好：不勤翻地上的瓜干，吃到肚里就要勤翻身子。这真是万年不变的理儿。“烧胃哩，烧胃哩！”第二天早上走上街头，见了面都这样嚷叫。

也就在这样的日子里，庆余在小土屋里捣鼓出了奇迹。

她把一块碎裂下来的瓷缸瓦片凸面朝上支起，陶盆里的瓜干黑面已经闷了半天，用水调弄得不软不硬，散发出微微的酸甜。瓦片下不紧不慢地烧着文火，金祥一把接一把往空隙里扬麦糠，大股浓烟呛得他泪流满面。火苗儿蹿起来，庆余就用脚碰他一下，他赶紧抓一把碎草屑儿压上。庆余用食指蘸一点唾沫描一下光滑的瓷瓦面儿，吱的一响。她伸手挖一块面团，在手中飞快地旋弄旋弄，然后左手抓一块油布擦擦瓷面儿，右手迅速地把面团滚一遍，一层薄薄的瓜面粘在了瓷瓦上。她赶紧取起泡在水里的一块木板，用钝刃儿在那层瓜面上刮。刮呀刮，刮呀刮，瓜面儿实实地贴在瓷瓦上，接着干了，边儿翘了！她用杀羊的长把刀插进翘缝，像割韭菜一样哧哧两下，整张的小薄饼儿就下来了，比糊窗纸还薄。这些黑色的美丽的薄饼一会儿摆成了一尺高，金祥在一边拣碎的边边角角吃。一陶盆瓜面都做完了，小土屋里有了整整两大摞子小薄饼。庆余像做针线活儿一样盘腿坐下，左手取薄饼，右手的杀羊刀一按一折，刷刷两下，叠成了长方形。那个快哩！金祥快要乐疯了。一会儿两大摞子薄饼都折叠完毕，庆余四仰八叉地躺到了地上，累得呼呼喘。金祥这才明白，叠饼这活儿慢不得。因为饼从瓷瓦上刚取下是艮的，略一停就脆了。这活儿得赶个艮劲儿。金祥问："年九妈，这是什么饼？"庆余闭着眼：

"煎饼！"

瘦长的年九第一个叼块煎饼跑上街头，震动了全村。谁见了都问，问过还想咬咬。年九让他们尝，他们嚷："哎哟这个脆呀！哎哟这个香呀！"正喊着金祥提着裤子踱出来，嘴里照样叼个煎饼。人们说："该死的金祥啊，好东西都让你家吃了。日你妈的金祥！"金祥只是笑，使劲提一下裤子，伸手取了煎饼，拔一棵大葱剥剥皮，又揪一个辣椒，一块儿夹在饼里，吭哧吭哧吃起来。年九吃过了煎饼，像蛇一样缠到金祥身上，说："爸吔！"大伙儿一阵感慨："吃着黑煎饼，搂着痴老婆，人家金祥过的才算日子！"一个老婆婆说："快别说人家痴了，不痴的人也没见做出这么好的饼来。"大家都不作声了。了不起的庆余，她传过来的手艺使一囤囤的瓜干有了着落。庄稼人一块石头落了地，禁不住长舒一口气。接下去的问题就是快快跟庆余学会做煎饼，一刻也不耽搁。街上的人跑来跑去传递消息，连赖牙一家也破门而出。人们挤到小土屋门口，有的从小后窗往里望着。大黄狗和脏女人庆余都在熟睡，黄狗果真趴在炕上的一摊破棉絮上，巨大的鼾声不知来自哪个。人们嘭嘭嘭敲窗擂门，两个都不醒。有人一迭声地骂，老黄狗才声如洪钟叫了一声，慵懒的女人接着啊啊地舒展吐气。门开了，黄狗夹着尾巴闪到一边，庆余挠着痒儿探出头来。“不过年不过节，串门的来这一大些。”她半睁着眼咕哝一声，又仰脸看看日头。有人拨开她往小屋里挤，四下里瞅，终于发现了瓷片刮板什么的。那个人用木板敲着瓷片跑出来，说好一个庆余大痴老婆，用这几件破东西变戏法一样变出了黑煎饼。众人呆呆地看，像瞅一宗神物，不言不语。金祥奋力夺了抱回屋子，骂得很难听。年九又取一个煎饼吃起来，凹凹的脸儿盛满了自豪。

大约过了两个月，每家每户都有了会做煎饼的人。了不起的吃物啊，庄稼人有了发明创造了。这功劳自然而然归到了庆余身上，也归到了收留她的金祥身上。后来庆余才告诉男人：在南边黑乎乎的大山后边，人人都会做煎饼。那里人做这个才叫熟哩，一人烧火同时又能摊饼调面——油布放在大脚背上，一手添糠末捅火，一手端起湿面团，大脚一甩油布飞上来，接住一擦，面团按上去滚动……一眨眼工夫就完成了。那里的人半天工夫能摊二百四十张煎饼，且无一张破损。那里的老老少少都吃煎饼，牙口好的吃脆的，没有牙的用水泡了吃。出山走远路，背上摞煎饼走百里，十里地吃一张。煎饼里夹葱又夹韭，有钱的地主夹肥肉，咬一口，直流油，小姐丫环捶后背。金祥乐得摇着脚板，在老婆饱胀的胸部理了一下。年九学金祥一样伸出手去，被他踢了一脚。庆余说：“该。”她又说南边摊饼可不用破瓷缸片，都用平底儿锅，那是过生活的宝物啊，叫“鏊子”！天哪，鏊子鏊子，怎么不早说咪！金祥搓搓手，说他起早贪黑走长路，翻山越岭也要背回一个鏊子——天底下还有这样古怪物件！他说到做到，第二天，往腰上捆了一摞煎饼，鸡叫第一声时上路了。

如果知道这是一条怎样漫长、怎样崎岖的路，金祥也就不会走了。可怜五十岁的金祥，靠树叶和瓜干长成的骨肉，没有多少耐力的金祥，就这么背着一摞子煎饼上路了。背上凸出的饼使他看上去像个罗锅，地势愈走愈高，他越发要弓腰而行。渴了就喝洼地上积的雨水，饿了反手抽出一张煎饼，去路边偷一棵葱夹在饼里。有一次被人逮住了，南边的人野，揪住他的衣领狠狠揍，金祥在地上滚着，煎饼撒了一地。揍他的人用脚踩着踢着满地的饼，说："屁饼。"金祥死命地抱住那人的腿，连连说"行行好"，这才没让人家把煎饼全踢碎。他流着泪收拾一路的食，眼花了，辨不清与泥土一样颜色的煎饼，最后连土块一起装在背袋里，往前走。背后的人笑骂："鲢鲅！"金祥一征，加快了步子。天哪，这里的人也跟俺叫鲢鲅，俺还没有走远哪。他头也不抬地赶路，心想翻过那一座座山就差不多到了。他走过一个小村就要问一遍："有鏊子吗？"人家说没有，他只得继续往前走。有时他想起了老婆庆余，心一阵狂跳。她和年九留在家里，还有个黄狗。夜间进去歹人怎么办？金祥一双手不禁颤抖起来。后来他想出家人不挂家，反正着急也没有用，不如忘了她，把她从心窝那儿赶开。他这样想着用巴掌在胸前一捋，说一声"吠！"就把她赶跑了。他果然觉得轻松许多，眼前也清亮了。不知走了多少个日夜，他又开始问："有鏊子吗？"人家说："俺没听说有那种鳌东西！”金祥走开了。他心中已经把那种圆圆的平底铁器想得神圣起来，觉得像个没见面的老友，闪闪发光，他们一见面就会认得出，说起话来。“嘿嘿，鏊子。”金祥念叨着往前赶路，终于进山了。从没见过这么高的石山，他觉得长了见识。一想到庆余也是从这样的路上走来，并且还要照顾那条黄狗，他就想那是个了不起的女人。“了不起哩。”他说着，揉揉眼从背上取煎饼吃。

这是条让金祥记一辈子的路，是一个人只能走一遭的路。他不记得穿过了多少村落，不断地询问。这一路上人的口音没有多少变化，翻过几道山梁之后，那些人才口音大变，使他暗暗吃惊。他高兴起来，终于到了从音调上也感到陌生的地界了。他一路上没有洗一次脸，人人都对他笑，他还误认为是这里的人和蔼。有一次他见到青生生的小葱，实在馋得忍不住，就跟地里的人商量让他拔一棵。那个人一连拔了两棵给他，他夹到饼里大口嚼着，心想世上还是鲢鲅对鲢鲅好啊。重新上路时浑身是劲，他觉得裤子再也不往下滑脱了。其实他走得比几天前已经慢多了，腰带离开肚脐的距离更远了。老远看见一个破败的小村，急急地赶进去，一入村口，见一个头上顶张桐叶的老汉正烧火摊煎饼，他使用的正是闪闪发亮的、油滋滋的鏊子！金祥大叫一声，差不多是跪在了那儿。老汉去扶他，他摆摆手。原来这里的煎饼也是乌黑的——从那时金祥认定，天下煎饼一个色，都是黑的。他开口就问哪里才能买到这种宝贝。老汉伸手往西一指，金祥爬起来就跑。那是个拉着陈灰串子的小卖店，里面卖牛鞭子、泥碗、大菜刀、瓢什么的。他一下盯住了鏊子，问了问，不贵。他的铁胆儿。他擦去了上面的灰末，又用指头敲了敲。声音象钟一样，嗯。

回去的路象来时一样长吗？走不完的路哟，记一辈子的路哟。煎饼快要吃完了，他知道沿路乞讨的时光来临了。叫着婶子大娘大爷、行行好，不知怎么觉得这么顺口，象干起了什么老本行似的。人家给他一点咸菜、一块地瓜、一片瓜干，他都双手合着作揖——这可没人教他。他自己心上一动，手就合起来哩。走啊走啊，逢村宿村，无村就趴在路边蒿草里凑合一夜。想不到秋天的夜这么凉，他哆嗦着，想骂几句又不敢。他怕他的话让天上的星星听见，它们会把更狠的凉气泼下来。有一个夜晚他冻得实在受不了，就撅点干草须什么的点了一堆火。冷是不冷了，可是肚子咕咕响起来。三尺远的地方就是地瓜秧儿，绿莹莹的。他忍不住动手扒了一块地瓜丢进火里，抄起衣袖等候着。瓜的香味刚刚散出来，黑影里又传来了什么哈气声，他抬头一望，见一个又瘦又长的男人穿着破衣烂衫，牵了一头小猪站在火堆旁。那人嘻嘻笑，不象坏人。金祥一见他就想到了大杨树下的庆余，料定他是个吃百家饭的人。不过他为什么牵头小猪？小猪比主人精神十倍，生气勃勃，毛色油亮，这会儿哼了一声就躺下了。流浪汉蹲下来，捏了捏小猪的蹄子，也躺下了。他跟金祥说话儿，告诉自己是个要饭的，小猪吗？那是他在一个多月前捡的，不舍得杀——“总还是块财产哪！”他说。金祥觉得他与那个小猪已经是情同手足的关买下来，脱下衣服包了，贴在肚子上，一口气奔了很远才停下来。他坐下，解开衣服端量，发现它真是古怪极了。一个微微凸起的平面，下边还有三个猪耳朵似的铁腿儿。他擦去了上面的灰末，又用指头敲了敲。嗯，声音像钟一样。

回去的路像来时一样长吗？走不完的路哟，记一辈子的路哟。煎饼快要吃完了，他知道沿路乞讨的时光来临了。叫着婶子大娘大爷行行好，不知怎么这么顺口，像干起了什么老本行似的。人家给他一点咸菜、一块地瓜、一片瓜干，他都双手合着作揖——这可没人教他。他自己心上一动，手就合起来哩。走啊走啊，逢村宿村，无村就趴在路边蒿草里凑合一夜。想不到秋天的夜这么凉，他哆嗦着，想骂几句又不敢。他怕他的话让天上的星星听见，它们会把更狠的凉气浇下来。有一个夜晚他冻得实在受不了，就揪点干草须什么的点了一堆火。冷是不冷了，可是肚子咕咕响起来，三尺远的地方就是地瓜秧儿，绿莹莹的。他忍不住动手扒出一块地瓜丢进火里，抄起衣袖等候着。瓜的香味刚刚散出来，黑影里便传来了哈气声，他抬头一望，见一个瘦长的男人穿着破衣烂衫，牵着一头小猪站在火堆旁。那人嘻嘻笑，不像坏人。金祥一见他就想到了大杨树下的庆余。料定他是个吃百家饭的人。不过他为什么牵头小猪？小猪比主人精神十倍，生气勃勃，毛色油亮，这会儿哼了一声就躺下了。流浪汉蹲下来，捏了捏小猪的蹄子，也躺下了。他跟金祥说，自己是个要饭的，小猪嘛，那是他在一个多月前捡的，不舍得扔——“总还是块财产哪！”他说。金祥觉得他与那个小猪已经是情同手足的关系了，因为他一边说话一边搂住小猪的脖子。小猪哼着，还抬头瞅了金祥一眼。流浪汉说：“真饿啊。”金祥从火中掏出烧好的地瓜，掰了一半给他。流浪汉简直是一口吞下了滚烫的地瓜。金祥正在吹着热瓜，不由一愣：流浪汉会烫死的！他瞅了对方半天，见人家正笑呢，像喝了酒一样，脸色红润。他问金祥：“你也跟我一样，是个要饭的吧？”金祥本想否认，但不知怎么点了点头。“我打眼一看就知道，”他搔着身子，逮了个什么，“要饭的都随身带点什么，有的带狗，有的带猪，你呢，带那么个圆东西——是脸盆子吧？”他盯着金祥用衣服包着的鏊子。金祥用手护了护，连连摇头。“怕也是不义之财哩。”流浪汉叹一声，一仰身睡过去，发出了鼾声。金祥可不敢睡了。他想离开，又舍不得这堆火。瞌睡一阵阵袭来，他使劲睁着眼。后来他再也忍不住，就迷糊过去了。不知过了多会儿，他被一只手摩挲醒了。一睁眼，他大吃一惊，见那个流浪汉正对他动手动脚，手都伸到肚子上了，痒痒的。流浪汉嬉着脸对他笑呢。金祥一蹦坐起来，左手摸过鏊子，骂一句“奶奶”，顺手就是一抡。流浪汉应声倒地。金祥哆嗦起来。后来他蹲下听了听，听到了喘息声，一块石头落了地。他收拾一下，决意离开。小猪一直睡着，金祥站起来，刚一迈步子，小猪就睁大眼睛瞥了他一下。金祥慌慌地跑了，跑到十里之外，还能记住小猪那一瞥。

一道道山梁横在了归途上。山比来时长高了许多，原来山像庄稼一样，在秋风里也要拔一节儿呢。这就苦了金祥了，噢噢，金祥真的皮包骨头了，一抬脚就能听见自己身子骨相磨的声音：咯吱吱！

咯吱吱！他怕这样走不回去了，那可就糟了。无论如何他闭眼以前要再看看那个小村，看看他的庆余、大黄狗和年九，看看大碾盘子，看看庆余怎么在崭新的鏊子上摊出第一张黑煎饼呀！他咬紧了牙关往前赶，眩晕时就扶住石崖。背上的鏊子越来越沉，简直要把人压死。他呼唤讨要的声音微弱得快听不清了，惹得人人厌烦，“哪里的脏货，你到底想要什么哩？”金祥讨到的吃物越来越差，尽是糠团子、树叶掺和了东西做成的……天哩，这山上的人命更苦哇。有一天他实在走不动了，就歪在一个小草屋门口。屋里只住了一个老太婆、一个姑娘，她们把他架到屋里，用菜粥喂他。他宿在西间，她们两个宿在东间。金祥想住一夜就走，可一趟下就不想动了，只得又住了一夜。天明时老婆婆跟他说话，得知了他是平原上的人，使劲一拍膝盖说：“福气人哪！听说那儿的人富庶，一年到头吃得上瓜干，有时兴许还能吃上玉米饼、吃上白面？”金祥点点头。“福气哩！”老婆婆牵着女儿的手，让她走近来说：“看见了吧？这是平原上来的大叔……”姑娘二十多岁了，个子不高，瘦瘦的，皮色暗黄，头发也有些黄。她的眼真大，有些凹，羞得厉害。她穿了破被面改成的花衣服，露着皮肉；绿色的裤子，裤腿上缝着染过的粗麻布。一对小乳房突起着，像两只鸟儿。她说：“叔……”金祥赶紧还了一句，“妞……”姑娘低下头，两手搓着绿裤，说：“俺二十一哩。”这可不像二十多的女孩子家。金祥眨眨眼，问：“叫什么名咪？”老婆婆接一句，“庄稼娃，什么名不名的，叫‘狗狗’。”金祥脑子里立刻掠过庆余的黄狗，自语一句：“不孬哩。”“庄稼人哩。”

老婆婆还在咕哝。金祥看一眼狗狗，心里怪疼得慌，不知怎么老想用手理理她那枯黄的头发。“没得吃哩，他大叔！娃儿命苦啊，托生到这个家里。”老婆婆说着想抹眼，金祥赶紧咳一声。老婆婆使一个眼色，狗狗出去了。她对金祥说：“不瞒你说，她六岁上爹没了，俺一个人把她守大，不易瞰！苦就苦了狗狗，她嫁这山里，还不是饿一辈子？你行行好带她出山吧，当个干闺女养……俺看出你是个好人。养两年，给她找个婆家。”金祥的手颤抖起来。买鳌子把人家闺女领来了，有嘴说不清啊。他站起来。“让狗狗跟你去吃口瓜干吧。”老婆婆哀求着，老泪纵横。金祥背起了鳌子，说：“你也真放心哩，把个大姑娘交俺一个过路人。俺还不敢哩——不过俺看你信得过，回去上着点心，有合适的让他领了去。”老婆婆不住声地道谢，金祥弓着腰出了门。他走出一丈多远了，还听到后面唤狗狗。他转回身，见母女二人站在门口呢。他作了一揖。

天哪，我金祥再也不走这条路了。挨冻受饿，磨破了脚板，还遇上那么多蹊跷事儿。这些费嘴费舌的事儿都让我撞上了。他那么想念庆余和大黄狗，掐着手指算出门的日子，算不出就捶自己的头。他步子趔趄，不时让石头绊倒。裤子老要往下滑，喝多少凉水肚子也鼓不起来。有一回他跌倒了，半天爬不起来，索性睡了一会儿。只这一会儿就做了个摊煎饼的梦：煎饼乌黑乌黑，锃亮耀眼，堆得像碾盘那么高。一群群的年轻人头上落了鸟儿，趴在煎饼垛子间……醒后四肢有点力气了，便继续赶路。可没走几里，眼前一阵阵发黑，黑障无边无际，他恍恍惚惚。“哼？”他尽管头部眩晕，还是奋力叫了一声。黑色不褪。他摸索着又走出几步。高山甩在背后了，小村已经不远了，平原踩在脚底哩！他又抬起脚，脚落下的地方似乎也是黑的。一瞬间他想起村里老人一个传说：有人赶路遇上不见边的黑东西，那可不妙！那是遇上了“黑煞”，过后不死也差不多了……一层冷汗从额上渗出，他一头栽倒在地。

金祥后来被人抬回了小村，背上的鏊子还在。

从此他身体垮了，步子蹒跚。他说：“奶奶的，遇上了‘黑煞’！”那个鏊子啊，简直成了全村的圣物，备受珍视。它没法属于哪一家哪一户，而是在全村流动着。这家到另一家取鏊子，至少要出动两个人，一进门就说：“俺来接鏊子！”金祥成了西天取经的英雄，全村奉为楷模。很久很久以后，当金祥早已不在人世时，人们教育后代要长志气，总还要搬出金祥的例子，说：“看看人家金祥，一个人翻过大山背来了鏊子！”金祥如今是身体一天不如一天，威望一日盛似一日了。这种状况多少使赖牙不安起来。好在金祥活不久了，因为有人见他平地跌跤，还咳个不停。

黑煎饼美妙到了不可思议。很快，外村人也传递起这个消息。他们后来不无嘲讽地喟叹：“鲅鲅也有自己的法儿。”不知有多少外村人想讨教做煎饼的妙计，结果遭到了小村人的严密封锁。“吃口煎饼可以，想讨去个法儿，没门儿。”到此为止，小村里已经有了三样绝妙的事物：黑煎饼、红小兵的酒、俊俏的赶鹦。这是外村人梦寐以求的三种东西。红小兵一家占了三分之二，所以他一直趾高气扬。他出门总将一卷煎饼放到衣服的夹层里，待人多时，就像掏报纸一样掏出来，翻弄几下，嚼起来。由鏊子摊出来的饼已经是完美无缺的极品：一般大、一样薄、一样亮。有的人家一口气摊上千张煎饼，像贮放瓜干那样装进紫穗槐囤子里，按紧压实，上面扣一口生铁破锅。到了吃饭的时候，熬一小锅盐汤，从囤里抽三张五张煎饼也就成了。全村人的饭量眼见着加大了，老婆婆有了笑容，小伙子再也不吐酸水了。只有上岁数的老头子吃久了，仍有一点点内燥的感觉，偶尔嚷几声："烧胃哩！烧胃哩！"年九一天天长高，渐渐赶上金祥了。只是他长不粗壮，凹脸上的两只眼似乎有点斜。他成了打架的好手，日日在街上与人摔跤，裤子不断摔裂，露出黑乎乎的屁股。黄狗成了无比忠厚的一个象征，在洒满阳光的土末上蜷着，晒着壮实的骨骼。人们说方起那把刀子效力真大啊，这把刀子什么时候用到人的身上，天下也就太平了。这个时候正是工区里人口剧增，年轻子弟不断到小村里游玩的季节。他们来到土坯垒成的小街巷里，首先对无数的狗感到惊奇，接上又注意到人人手中握一卷煎饼。这是什么味道的东西？有的想尝一口，对方偏偏举得高高。他们与小村的年轻人摔跤，围观的人越来越多，双方都有人助阵呐喊。给人深刻印象的，是年九与工区子弟的一场比试。

工区子弟比年九矮一个头，但比年九粗一圈儿。他们刚交手就有人预测年九要败。果然是这样。年九一连倒了两次，凹脸盛满了羞愧，默默的。年九紧了紧下滑的裤子，再战一场，还是失败。他伫立着，半晌不语。突然他照头猛击一掌，喊道："我还没吃煎饼哩，你等我！"喊完迅速跑回家去。一会儿他返回来了，嘴巴在做最后的咀嚼。嘴巴停止了活动，他盯着工区子弟叫道：“来吧！”

大家都看得清楚：年九抱住对方，狠狠一下将他摔倒在地上。对方爬起来，他又是狠狠一下！

煎饼多厉害呀！大家正在欢叫，不知谁往旁指着喊了一声，人们赶紧转脸去看：脏女人庆余一声不响地站在十几步之外，怀里，抱着一大摞子闪闪发光的煎饼。

七

“我觉得你不对劲儿啦！”金友对小豆说。小豆笑着：“怎么不对劲儿？”“奶奶的，你咋这么白啦？”小豆大笑起来：“俺是洗热水澡洗的哩……一大池子水，管洗管洗。”“嗯。”金友吭着气，到一边摸出一根旧腰带，拧了几下，按住小豆就打。小豆哭叫着，声音几乎顶破屋顶。金友一边打一边骂，眼看着老婆洁白的皮肤现出长条形红印，像蚯蚓一样。“你拿烙铁烙死我吧！”小豆呻吟着。金友喘着气：“慢慢抽，抽出你的油来。那会儿不用买油，就有油擦鏊子啦。”“遭雷打的呀……”小豆身子一蜷，脸朝下等待着雨点似的带子。可这会儿金友偏偏不打了，瞅了瞅，下口就是一下。小豆啪楞一下翻身跳起，血哗哗流出。她哭叫着，头歪向黑洞洞的窗户：“俺妈吔，你怎么瞎了眼把我嫁给一个畜生！”“叫你喊，叫你喊！”金友伸手扭她，扭一下，她就像黄鼠狼那样尖叫一声。

地站在十几步之外，怀里，抱着一大摞子闪闪发光的煎饼。

十

"我觉得你不对劲儿啦！"金友■■■对小豆说。小豆笑着："怎么不对劲儿？""奶奶的，你咋这么白呢？"小豆大笑起来："俺是洗热水澡洗的哩……一大池子水，■■■管洗管洗。""嗯。"金友吭着气，到一边摸出一根旧腰带，打了几下，按住小豆就打。小豆哭叫着，声音快要顶破屋盖了。金友一边打一边骂，眼看着老婆洁白的皮肤上起了长条形红印，像蚯蚓一样。"你拿烙铁烙死我吧！"小豆■■■这样说。金友吐着气："慢慢抽，抽出你的油来。那会儿就不用买油了，就有了油擦鏊子啦。""遭雷打的呀……"小豆身子一蜷，脸朝下等待着雨点似的带子。可这会儿金友偏偏不打了，瞅了瞅，下口就是一下。小豆"啪楞"一下翻身跳起，血哗哗从身上流下来。她哭叫着，光着向黑洞洞的窗户："俺妈吧，你怎么瞎了眼把我嫁给了一个畜牲！""叫你喊，叫你喊！"金友伸手扭起了她的肉，扭一下，她就像黄鼠狼那样尖声一叫。■■■全村人都■■在半夜听到声音了，全村人都打开窗户向这边望一眼，说一句："金友又■■打老婆了。""老婆是苦虫，不打就不行。"金友打累了■■■■■■坐下来。坐了一会儿，他去干粮篓子里取一块煎饼嚼起来。■■■吃完了■■■是否还要再打■■■，那要看他想不想得起那个■■■大热水池子。

工区里无论如何要有这么个大池子。就有一■■■些良全村人都在午夜里醒过来，打开窗户向这边望一眼，说一句："金友又打老婆了。""老婆是苦虫，不打就不行。"金友打累了，坐了一会儿，去干粮篓子里取一块煎饼嚼起来，吃完了是否还要再打，那要看他是不是想得起那个工区里的大热水池子。

工区里无论如何要有这么个大池子。就有一些臭美玩意儿，一天不洗上一次两次身上就发痒。他们把衣服脱了，下饺子一样嗵嗵跳进水里。那些臭美玩意儿不洗也够白的了，还要用劲儿搓，把身上搓红。有的在池子里泡半天，赖着不走，直到看池子的小驴过来催促才跳上去。他们出门时用毛巾包了头，脸庞又红又白水盈盈的，像刚生下二十来天的小娃的皮儿一样。下矿井的人多起来，他们全身被黑粉面儿染了一遍，不跳进热水池子洗一遍可不行。所以大池子非有不可。小驴对浑身乌黑的人横眉竖眼，动不动就呵斥，说他把衣服扔乱了啊，偷着用肥皂了呀——肥皂粘到池底，池底就像瓷碗一样滑，跌倒了老干部怎么办？如今工区里也有了老干部了，他们都是从更远的地方调来的，一个个都叼着黑胶木烟斗，穿着千层底方口黑布鞋。他们一般肚子都很大，说话声音像鲢鲅一样怪异——不过也许是一种独特的时髦——他们管"洗澡"叫"洗造"。"洗个造。"他们一进澡房的门就这么说，黑烟斗仍旧叼着。池子里的水刚放进不久，又干净又热乎，没有一丝灰气儿，一眼看到底。小驴笑着迎上去，手提在胸前，还想替人家取下烟斗。老干部一层层脱衣服了，嗬，真能穿，小驴眼瞅着一个人脱下了十二件薄衣服 。他抱上衣服替人家放好，又转回来恭立。他每一次都感到怪诞：他们的身子像吹进了若干气体，肥鼓鼓油亮逼人，软得像海绵。有一次他不由自主动手按了一下，被人家瞪了一眼。老干部入水了。小驴在池边走来走去，往池里看。“唔？！”池中响起一声暴问。他吓得倏地一下钻入内室。他的心怦怦跳，还没有平静下来，又听到有人喊他。他跑到池边，真的，一位老干部朝他弓起了后背。他赶紧动手搓起来……等老干部们离开之后三两个钟头，从矿下赶来的人才能挨到水池边。池水已经有些浑了，小驴又往池中放了些蒸汽。只要滚烫就好，大家欢乐极了，纷纷脱衣，站在池边小心地撩水。小驴呵斥几句，就到内室躺下了。不知过了多会儿，有人敲铁管，那是在叫他加放蒸汽，他理也不理。有人又敲，他隔着小窗朝池中喊一句：“毛病！”

小驴是从当地村子招来的一个工人，三十来岁。他后屁股上拴了一大串钥匙，那都是通向热水池的小门或一些柜子上的。只要不到开池的时间，他就在工区或小村里闲逛，钥匙叮叮乱响。有人跟他说话，他就翻翻眼仰了脸。所有人都说，了不得了，小驴是个有权的人了：他想让谁洗澡谁才能洗；他想让你在水池中烫得哇哇叫，一扳开关就行。哎哟哟，人家怎么就掌了这么大的权，福人哩！小村里不少人想去泡个澡儿。他们说：“一池子脏水放了也就是放了，俺进去泡泡不行吗？”小驴说：“不行。”“哎哟，一点面子不给。俺这辈子还没到池子里洗过澡哩……”小驴叼上一支烟，说：“你一辈子没做的事情多着哩，你睡过刺猬吗？”“天哩，这个同志不说人话。”小村的人赶紧给他让路。小驴太得意了，在街头走着，故意装出拐腿模样，右腿不轻不重地拖在后边。红小兵是不大在乎小驴那副神气的，小驴一拐一拐走过来，他就大背起手迎上去。因为其他人都让着小驴，所以红小兵的举止大大出乎对方预料。小驴刚要发火，但稍稍凝视了一下这张阔脸盘上的眼睛，身上立刻一阵灼热。他想到了一个欢跳奔腾的、小骒马般美妙的人儿。他咽口唾沫，怒气全消了，说："还是您老行啊。"红小兵把蔑视藏在鼻子两侧的阴影里，高仰着脸说："到底年岁大了，皮儿老痒痒。""兴许让热水烫烫能强些？"老人摇头，"那光景常过哩，年轻时走南闯北，一进澡堂就是一天。搓澡的都是女人家，手劲不足，我就喊管事的：换个小子来！"小驴一惊，不过他反问一句："您老那是进了哪座城？"红小兵睁开眼又闭上："哪座城也不如你看管的池子大呀，听说有一回开大会，吃饺子的人多，食堂的铁锅不够大，就用上了池子。一池子煮熟了三十车饺子。有这事吧？""您老说哪去啦。"老头子撇撇嘴，"俺不会说话。别说饺子啦，能嚼口黑煎饼也就不孬哩。俺没有个好儿子，要有，也让他拐着腿去管大池子去……"他说着身子一侧越过小驴，扬长而去。小驴站着，觉得有些口渴。他觉得红小兵可能是小村里唯一不可征服的人，一个特殊的鲢鲅。

小驴遇上女人想去洗澡时，心肠比棉花还软。他跟她们说话时腰腿弓着，就像跟老干部说话一样。她们可以直接喊他的外号，"小驴，俺进你的大池子泡泡不行吗？"小驴说："咋就不行？""不怕弄脏了你的水呀？""那得看你们几年没洗澡了。"妇女们哈哈笑："也不过三五年吧，嘻嘻，不过那时也是进河洗的，河发大水那回。"

露水直往头上打。■■■

■■■出了小村，身后的鸡叫了几声，象跟她们告别。工区近了，稀稀落落的灯火；最东边的一幢砖房象墨一样黑，那就是了。"小邵！"她们喊着。一个人影儿转出来，压低声音说■■■："来就来呗！喊什么？嫌领导没听见？"她们急忙掩了■■■嘴。人影在前边引路，她们进了一个■■■过道。过道里有了电灯，亮得吓人！睁不开眼！天哪，俺害怕哩！脚下是光滑的水泥地，溜溜光。■■■她们拖拉着脚往前走。■■■过道尽头有一个暗绿色的门，缝隙里冒出白汽。小邵说："我等你们那会儿■■■又加了热。看看我对你们多好。"妇女们感激得不出声儿，■■■心莫名其妙地咚咚乱跳。绿色小门打开了，她们一下子呆在那儿。这简直是云彩落进来了，一朵一朵象大白羊一样■■■飞翔奔跑。哪儿耀眼亮？哪儿吱吱■■■响？哪儿喷吐出五六种颜色儿？慢慢看得见大水池了，哎哟，比十个火炕还大，里面的水快溢出来了。水上漂着白沫、一层油花儿，多肥的水呀！■■■"进哪！"小邵在催促。她们提了提裤腿儿，一寸一寸往前挪。■■■慢慢的走进去了，小邵说："脱吧，慢慢搓搓，洗到天亮也行。"她们大睁着眼嚷："不关上灯嘛？"小邵摇摇头："关灯关罩，一头扎下去，完了。"她们靠在一块儿，身子抖抖小驴应允："行，只要不超过十年，就脏不了俺的水。"一个妇女问："进大池子洗洗什么滋味儿？"小驴说："舒服哩，就像让家里人摸着一样……"妇女们骂起来，不过并不恼。后来他跟她们约定了洗澡的时间：夜里九点以后。那时候最后一帮男人也走开了，池子的水像墨水一样。不过那是烫烫的水呀，一股邪味儿，怪好的。

三五个女人带了换洗的衣服，又包了几卷煎饼，像探险似的悄悄走进夜色里。他们听说进大池子一洗就饿，所以特意带上干粮。第一次是个没有月亮的夜晚，天真黑呀，露水直往头上打。出了小村，身后的鸡叫了几声，像跟她们告别。工区近了，稀稀落落的灯火；最东边的一幢砖房黑黢黢的，那就是了。"小驴！"她们喊着。一个人影儿转出来，压低声音说："来就来呗，喊什么？嫌领导没听见？"她们急忙掩了嘴。人影在前边引路，她们进了一条过道。电灯亮得吓人，睁不开眼，天哪，俺害怕哩！脚下是光滑的水泥地，她们拖拉着脚往前走。过道尽头有一扇暗绿色的门，缝隙里冒出白汽。小驴说："我等你们那会儿又加了热。看看我对你们多好。"妇女们感激得不出声儿，心莫名其妙地噗噗乱跳。绿色小门打开了，她们一下子呆住了。简直是云彩落进来了，一朵一朵像大白羊一样飞翔奔跑。哪儿耀眼亮？哪儿吱吱响？慢慢看得见大水池了，哎哟，比十个火炕还大，里面的水快溢出来了。水上漂着白沫，一层油花儿，多肥的水呀！"进哪！"小驴催促。她们挽了挽裤腿儿，一寸一寸往前挪。小驴说："脱吧，慢慢搓揉，洗到天亮也行。"她们大睁着眼嚷："不关上灯吗？"小驴摇摇头："关灯头晕，一头扎下去，完了。”她们靠在一块儿，身子抖抖的，害冷一样。小驴退出去，哗啦一下从外面上了锁。她们这才放下心，伸手摸摸水，又低下身子闻一闻。“哎呀，她腻臭。”一个说。另一个开始脱衣服，一边脱一边问：“是胰子味儿吧？”头上的一盏碘钨灯比太阳还耀眼，她们脱光了衣服，总是不放心地抬头看它。

小驴在内室歪着，听着扑楞楞的水声，就从小窗往里望。望了一会儿，就下去扳蒸汽开关。白汽疯涌，她们烫得纷纷跳出来，喊着。小驴把开关合了，然后开门走进去。妇女们哇哇大叫，四处钻挤。小驴伸出两手往下做个压的手势，她们这才不叫了。他说：“我是看看出了什么毛病。大惊小怪。看澡堂的什么没见，还在乎你们？”她们背朝着小驴，小驴咳着，费力地绕来绕去，伸手去试水温，又摸摸管子。后来小驴咳着往外走，说：“不碍事了，下水吧。”他重新锁了门，她们才觉得是一场虚惊。“人家工人拣鸡儿，什么没见？”一个妇女说一句，抢先跳下水去。

妇女们经常来洗澡了。大水池子不是凉就是热。小驴出来进去的。她们也习惯了。有时小驴搬个茶壶坐进去，一边看她们洗，一边喝着茶。小驴说：“真好茶。”他的身上汗水横流，头发粘到了一块儿，像池水一样直冒白汽。每逢他坐在那儿，她们总是趴在水里。一辈子也没有被这么多的热水泡过啊！多么舒坦！谁知道人还要让热水泡呀，谁也不知道哩。她们互相搓着，皮屑和灰土一层层脱去，好像积了半辈子的污垢一下子除掉了。从水中钻出时，她们觉得松快多了，一抬腿就要飞似的。毛孔畅通，空气在皮肤间悄悄流动，她们舒服得要唱歌。但她们强忍着。她们快活地喊叫："小驴走开吧，俺要穿衣哩！"小驴不情愿地走开了。她们走出澡堂，用梳子别上头发，使劲吸一口夜气，觉得空气都是甜的。一股特别的清爽、无法形容的轻松，使她们想跑、想跳；空气中飘来了野花味儿，浓浓的——她像过去从未闻过似的……她们终于忍不住，唱起来。

多么好的歌儿。没法听清的歌词。老辈儿流传下来的歌儿。这歌儿在娘胎里就学会了，融在血液里，日夜奔流，就是不出声儿。那是身上的泥土太厚了，歌声穿不透哩！真的，一辈一辈都在土里打滚，种地瓜，怎么就想不到这一大池子水呢？她们还想让上年纪的父母也来泡泡，那时候他们咬着黑煎饼就不会再唉声叹气了，就不会喊"烧胃哩"。她们还想到了自己的男人，这会儿觉得他们一辈子都是脏的，都是土人！他们在土里滚爬，身上的土末子多女人几倍呢。到了夜间，他们搂着女人，非要把身上的土分一半给女人不可，最该洗的是他们哩！他们呼一口气都有土味儿，土味儿满屋都是，她们知道那是天长日久土末儿从毛孔渗进肝肺了。她们终于懂得，这是几辈子传下来的土，非大热水池子泡洗不可哩。

"你洗得不孬，喷香哩。"金友蹲在小豆身边，火气一阵阵大了，又打起她来。小豆无力告饶，连滚动也不想滚动了。刚刚安歇的伤痕一沾上带子，像血口上抹了辣椒一样。妈妈哟，我这回真要死在男人手里了。她将脖颈靠在枕头上，脸都憋红了。她的魂魄仿佛飘到那个冬瓜似的小后窗跟前，飞了进去。金祥干硬的胸骨压迫着她，她用手抓紧他的老皮。背上火烧火燎地疼，她使劲伏到金祥身上。"你救救我吧，天哪，我要死了。”金友打着打着住了手，厉声问：“让谁救你？让谁？”小豆翻展着身子咕哝：“让大水池子呀……”“奶奶的！”金友下力气拧起她来。她浑身麻木，再也不像黄鼠狼那样号叫了。金友一边拧一边说：“看我怎么整治那条看池的驴，看我怎么收拾他。”小豆儿睁开了眼。金友又拿来一块煎饼吃。煎饼渣儿落到他的胸脯上，盖住了又小又脏的两个乳头。后来他咬着一块煎饼睡着了，头一歪打起鼾来。

第二天小豆去捋榆叶儿，在村子北面的树林子里见到了小驴。她想起了个要紧事情，急忙喊了他一声。小驴一转身子见到了她——她一碰那对目光，赶紧捂住了嘴巴。小驴走近来，闭上一只眼睛端量她，说:“小东西。”小豆望着他充满贪欲的眼睛，直往后退，说:“我是告诉你，我男人要杀了你。”小驴像没有听见，往前凑着，一把抱住了她。她挣脱，使出了全身的劲儿。小驴铁铸一样的手，又紧又硬。小豆挣扎着，觉得又像跳进了大热水池子，白蒸汽一团一团扑来，呛死她了。碘钨灯锃亮逼人，发出了呜呜的叫声，她的耳鼓都疼起来。小驴以为她没有力气了，将她用力掀翻，说：“你男人整我？看你多疼我。别牵挂哩，他不敢。”小豆哀求：“行行好吧！你不也是从庄稼地里出来的人吗？你怎么刚丢了要饭棍就打起了要饭的？你不能忘本哪……”小驴嘻嘻笑：“帮我忆苦吧，俺可不听这些。俺有老主意哩……”他的眼睛一瞪，血红血红。小豆觉得这双眼似曾相识，她终于想起来了——五年前小村里有一条疯狗，就瞪着这样一双血眼，让方起用土枪崩了。她一发狠，张嘴咬住了小驴的胸肉。他声嘶力竭地大叫，她就是不松口。直到鲜红的血渗到了口里，恶心人的腥味儿渗到咽部，她才吐起来。小驴揍了她一下，只一下就让她明白：这个人的手远远超过金友。这只手可比俺男人的手狠多了！一想到她男人，小豆的泪水一刻不停地流下来。她突然想念他了，想听听他的恶言恶语，看看他嚼煎饼的丑样子……小驴骑上她，咒骂着，脸色铁青。临离开，他又重新咒骂了一顿，抚摸了一下胸部的伤痛，吸着林中的秋风走开了。

小豆依旧躺着。

她的身上沾满了土。她给压进了泥土，泥土上印下了清晰秀丽的身形。好长时间，她在呼吸扑腾起的土末，这会儿肺里沉甸甸的。全身的土，渗进毛孔的土。她知道一次又一次的浸泡全作废了。她重又裹了一层厚土——像原来一样了——听妈妈讲，小时候赤条条的，浑身都是泥巴和灰痕儿；后来在庄稼地里滚，泥巴更多了。她本该是一个土人，这是命定的呀！她偏偏要去大热水池子，偏偏要洗去千年的老灰。一切的毛病都出在这儿了，活该遭此报应。她由此想到了男人的愤怒，一瞬间领悟了全部的奥秘。男人那飞舞的带子下有真理啊！今后她再不会去大水池子了，不去寻找一个鲢鲅女人不该强求的东西，不存非分之想。她将老老实实地、一辈子做个土人。她躺着，泪流满面，恨不能即刻化为泥土。

就在小豆哭泣的同时，金友在村里寻找一个左撇子。找了半天，都不是。有人说："干什么去？长得壮实不就结了吗？"金友摇摇头。后来他终于打听到，喂牲口的牛杆是个左撇子。他赶紧去找牛杆了，心想老天爷怎么偏让这样一个人与自己结伴做事。

牛杆五十来岁，又细又高，腿像麻秆似的。他是小村里又一个沉默的光棍，在日复一日的企盼中耗尽了青春。如果没有亲眼见过牛杆这个人物，那就弄不明白什么才叫早衰。他快死了，不过死期遥遥。人们不久前还怀疑，秋风扑来他就会倒地不起。可如今人们宁可相信他还能活上一百个秋季。就是这样一个人，负责饲养全村的公有动物。他历史上可能有什么污点，因为他在部队养过战马，却至今说不清部队的颜色。他怎么就不可能是个漏网的土匪？没有证据，喂养牲口又尽心力，经验像腊月的积雪一样丰富，又能怎么处置他呢？对哩，金友在路上想起来，他真是个左撇子呢！有一天晌午大伙儿看两牛撞角，正鼓掌，牛杆过来了。他扳住了牛角，用的正是左手。只见他奋力一扭，牛脖儿都弯了，把一只黑牛硬硬地拉出了决斗场。“好哩！瘦人藏鬼力哩！”金友鼻子里吭着，盘算怎么跟他交代任务。牛杆在槽前拌草，阴沉着脸，长长的脸上有两道特别深的皱纹，像括号一样括住了嘴唇。他瞥见金友，手一抖。金友　着腰站在槽前，喊了一句：“牛杆！”牛杆脚跟并了并，答：“有。”“听着：你是左撇子吗？”牛杆举起左手，放在眼前端详，像打量一个不认识的老友。“是不是？”金友又问。牛杆抬起头，声音微弱得几乎听不见：

“是哩。”

金友坐到槽上，扳开一头白马的嘴，开始布置任务说：“让你跟我去打仗——听见了吧？”

牛杆摇摇头。金友火了："你不是当过兵吗？熊包，你敢不听命令咪？"牛杆身上抖颤，往上一耸，头颅使劲摇摆一下，像刚刚从水中钻出来似的。"不听命令吗？"金友又问一句。牛杆双手垂着，左手似乎比右手大，呈紫色。他回道："是啦！""那好，向左——转！开步——走！一二一二……"金友未离木槽，却用口令将牛杆喝得老远。他后来追上去，嘱咐了好久，说看我的眼色行事，先埋伏在一个路口，等敌人来了，就猛揍。牛杆似懂非懂地点头，嘴上的两半括号分得更开了。他嗫嚅道："没有家伙干哩。"金友吐一口："笨蛋！你的左手呢？使的就是它哩。到时候看我怎么揍他的左脸；右脸归你了。"说完领着牛杆走去。他们在一条小路旁边的柳棵里蹲下了。路上偶尔有人走过，都不是他们要等的人。天晚了，金友叹一声离开。第二天，金友找到牛杆说："幸亏昨个没交手——忘了这哩！"说着递给他一包黑煎饼："好马也得上足料。使劲吃。"他们在昨天趴过的地方又坐下了。太阳升到树木半腰时，金友推推牛杆，身子身前倾去。停了几分钟，脚步声近了。金友像狗一样一跃而起，两手抱拳，嘭啦一声把那个没有提防的人击倒在地。

小驴仰着，鼻血开始漫流。他没有马上爬起，而是逐个儿认清了两人。当金友试图用脚踩他的肚子时，才爬起来。金友一摆头喝醒牛杆："开揍！"小驴的拳挡着左边，右脸就结结实实挨了牛杆一掌。只一掌小驴就晃了半天，差点又倒在地上。他踉踉跄跄，明白无论是怒气还是体力，他都远远抵不过面前的两个人。他叫着"大叔不敢了"，双手拱起。金友问："知道为什么揍你吧？"小驴说："知

Literature creation office of Shandong

他不知流了多少血，可是居然没死，太阳落山以前，连滚带爬又回到了深崖，并且按时给老干部们放好了热水。很久之后人们还记得两人奋力抗掌的场面，评议说：“那可真是一场好搏，鲍绝厉害啊！”再不就说：“小驴更解挨呀……”

那一天牛杆回到饲养棚时，正赶上给牛马加料的时间。草节，什么都没耽误。他用粗眼筛子罗下一匹白马凑到近前。牛杆拍拍白马的脖子，又捏了捏白马的嘴。他暗暗给它起了个鲜艳的名字，从来也没有叫出口。他真喜欢这匹马。他这会儿不知怎么涌出一阵兴奋，活动着左臂，那个鲜艳的名字脱口而出。白马吃起来。他摸摸衣服夹层，发现还有一卷煎饼没有吃完，就扭下一半扔到槽里。白马小声叫唤。牛杆吃着剩下的一半，细细地嚼。他可是第一遭吃这东西。他听说村里有了个叫鏊子的宝物，可他不会摊煎饼。他填肚子还用老法儿：把园里的瓜干搬到大碾盘上，然后弓下身子不歇气地推拥碾砣。他从不将压碎的东西过罗，他可不那样讲究。他只将它们倒在锅里打成糊糊，一碗连一碗地喝。村里有的妇女冲他嚷：“杆儿，让我帮帮你吧？老吃那玩艺儿烧胃哩！”牛杆连话茬儿也不接。女人笑语间藏着凶

山东省文学创作室稿纸（24×25=600）　第 118 页

道。”“那好，打不冤了。”说完一巴掌，小驴的头给打得往右一甩。这时牛杆又给了一掌，小驴的头又甩回去。两人越打越勇，喊声震天，小驴几次倒下又被揪起。路上围观的人越来越多，劝解的人都被金友骂开了。小驴双眼肿成了泡泡，远看真像驴子戴了罩眼。后来他老要躺下，他们也就歇了手。两人蹲下来，往裤子上揩了揩手，从衣服夹层里掏出煎饼就吃。小驴不知流了多少血，居然没死，太阳落山以前，连滚带爬又回到了澡堂，按时给老干部们放好了热水。很久之后人们还记得两人奋力抡掌的场面，评议说：“你可真是一场好揍，鲢鲅厉害啊！”再不就说：“小驴真能挨呀……”

那一天牛杆回到饲养棚时，正赶上给牛马加料，什么都没耽误。他用粗眼筛子筛下草节，一匹白马凑到近前。牛杆拍拍白马的脖子，又捏了捏白马的嘴。他暗暗给它起了个鲜艳的名字，从来也没叫出口。他真喜欢这匹马。他这会儿不知怎么涌出一阵兴奋，活动着左臂，那个鲜艳的名字脱口而出。白马吃起来。他掏掏衣服夹层，发现还有一卷煎饼没有吃完，就扭下一半扔到槽里。白马小声叫唤。牛杆吃着剩下的一半，细细地嚼。他可是第一遭吃这东西。他听说村里有了个叫鏊子的宝物，可他不会摊煎饼。他填肚子还用老法儿：把囤里的瓜干搬到大碾盘上碾。他从不将压碎的东西过箩，他可不那样讲究。他只将它们倒在锅里打成糊糊，一碗连一碗地喝。村里有的妇女冲他嚷：“杆儿，让我帮帮你吧？老吃那玩意儿烧胃哩！”牛杆连话茬儿也不接。女人笑语间藏着凶险哩。那里面有火有电，他防着她们，心想可别燎去了俺的眉毛胡子。这一天他觉得左臂有些发热，热劲儿染遍了全身。他双脚并拢，自语一句：“牛杆，有。”这时他两眼灼亮，肩膀抬得很平。白马又拱他的手，他晃起筛子。急急落下的草屑像雨像雪，他仿佛脚踏泥泞，尾随着辎重。哗哗的雪花呀，覆盖了整个平原，白天像黑夜一样。车轮如刀如犁，翻开雪泥，像大面积的耕播。牛杆的泪水不断线地流着。白马叫了一声，尽管很轻，在他听来却似雷鸣。他一晃一晃筛着草节。几年以前这儿死了一头老牛，它是老死的，什么不会老死呢？可就因为它死了，有人把他用纳鞋底的麻绳捆紧了，放到一张黄油桌上。他们打他的脸——这中间没有一个左撇子，所以只是左脸肿了。这真让人难堪，只肿一半脸。还是金友有心智，他想到了一个左撇子。金友是个仁慈善良的人哩。那么好的黑煎饼，无数层叠在一起。天哩，这是老天爷教给的法儿，庄稼人再不用吃苦食了。最初做这饼的人必定是在睡梦中得了真传。他像年轻人那样的好奇心又萌发了。他想亲眼看看那个天上掉下的女人，听说她叫“庆余”。

如果不是有人亲眼见了，那么任何人也想象不出牛杆会参与那件轰轰烈烈的事。人们都说：“干得好。”所有去洗过澡的女人都无脸见人，一连数月像老鼠一样只在夜间活动，串着门，诉说不幸。她们的声音细碎低哑，也像老鼠弄出的响动。男人们钦佩金友到了极点，有几个人在深夜把老婆打出了声音。那些女人没去洗过澡的人家，男人悄藏起深深的遗憾，只用挑剔的眼光看着熟睡的老婆。如果女人被惊醒了，就伏在窗前倾听一会儿，睡眼惺忪望向男人，咕哝一句：“人家又开打了。”男人终于火起，揪过女人的头发说：

“我做活累得要命，你瞎吵个什么？皮也痒了？”女人在炕席子上滚动，滚到男人身边就胡乱抓一下。男人的腿、胳膊都被抓出了血，就揍起老婆来。他们已经睡过了半夜，这会儿正好精力充沛。当男人的火气释放得差不多，以咒骂来代替手脚的那一刻，女人是决不放过的。她们伸出手，照准男人的脖子就是一掌。那么可恶的东西呀，多么需要痛揍的贱货啊！男人不得不蹲在小平原特有的大土炕上，正经收拾起老婆来。女人早已做好了准备，赶在前边把头一低，挨着拳脚。好一阵劈头盖脸的击打，真解躁。女人用各种声音叫骂，屏气挨拳，呼呼大喘、打嗝、咳嗽，窗扇让一撅一撅的屁股一次次撞开，各种声息尽数散在街上，散在秋夜里。大狗小狗狂吠，互相攻讦；到后来，它们一起卧倒，美滋滋地听着各家的打斗吵闹。一个又一个钟头过去了，男人的力气用尽了，就略有些不好意思地退到炕角去；稍一停，他们又去找煎饼吃了。接上就是昏睡。两口子在黎明前睡得好香啊。天亮时分，两个人差不多都忘掉了半夜里的打斗，热烈地拥抱起来，只是女人猛然觉得手臂酸疼，这才记起什么，背过身子去。男人在后面骂：“穷志气。”秋天的夜晚哪，打打闹闹的夜晚哪，小驴的大水池子给了小村人多少愤怒的想象。它简直成了全世界罪恶的渊薮。那里青苔鬼影，青花蛇爬来爬去。所有去过的女人都沾了毒，一辈子无法亲近。瞧瞧天翻地覆的夜晚吧，难道不是她们的过错吗？有人甚至怀疑她们摊出的黑煎饼再也没人敢吃。这样的夜晚哪，冰凉的秋风也难以扑灭的火爆。牛杆喂过牲口夜食走上街头，仰脸望向星辰，两耳却在捕捉那些尖叫声。他在沸沸腾腾的午夜里感到了一阵阵幸福。多少年了，这种奇怪的感觉在他还是第一次哩。

一个阳光灿烂的中午，牛杆将紫穗槐园里长满黑毛的瓜干全部掏出来，一片一片摆在院子里。他钻出园子，看着这阳光下一年的口粮，嘴角都颤起来。“哦哟哟，哦哟好呀，瓜干晒着哩。”他自言自语，抚摸着自己的胸部。他已经看到了这一地瓜干摊成了一张巨大无边的黑煎饼，一下子把整座小村覆盖了。

十一

如果金祥有过一个真正的对手的话，那么这个人是个女人。她是个瞎子，叫闪婆。再也没有比她更奇怪的女人了，那个白，真正是洁白洁白。她眉毛浓黑，又细又长，缓缓地向斜上方伸去，只是到了额角才快快停住。颧骨太高，使人想到这张白脸正在旺盛地生长呢。五十多岁了，但没有一丝皱纹。鼻中沟很长，上唇使劲鼓着，显得象握有重权的男人一样自信和充满力量。她一天到晚紧闭双目，只是听到什么声音才猛一睁眼，一道明亮的光束稍纵即逝。那仅仅是飞快地一闪而已。但所有人都看到了这双在几分之一秒里睁着的眼睛是多么纯洁、多么明亮；这眼睛黑白分明，无忧无虑，大公无私。她什么都看得见，但看得极为短暂，所以她不得不算做瞎子。也许正是因为这样，她才那么难以对付，以致于有一段时间金祥觉这沸腾的午夜里感到了一阵幸福。多少年了，这种奇怪的感觉在他还是第一次哩。

一个阳光灿烂的中午，牛杆将紫穗槐囤里长满黑毛的瓜干全部掏出来，一片一片摆在院子里。他钻出囤子，看着阳光下一年的口粮，嘴角都颤起来。“哦哟妈呀，瓜干晒着哩。”他自言自语，抚摸着自己的胸部。这一地瓜干仿佛摊成了一张巨大无边的黑煎饼，一下子把整座小村覆盖了。

八

如果金祥有过一个真正的对手的话，那么就是个女人。她是个瞎子，叫闪婆。再也没有比她更奇怪的女人了，那个白，真正的洁白洁白。她眉毛浓黑，又细又长，缓缓地向斜上方伸去，只是到了额角才怏怏停住。颧骨太高，使人想到这张白脸正在旺盛地生长呢。五十多岁了，但没有一丝皱纹。鼻中沟很长，上唇使劲鼓着，像握有重权的男人一样自信和充满力量。她一天到晚紧闭双目，只是听到什么声音才猛一睁眼，一道明亮的光束稍纵即逝。但所有人都在这瞬间看到了这双眼睛多么纯洁、多么明亮，黑白分明。她什么都看得见，但极为短暂，所以不得不算做瞎子。也许正因为如此，她才那么难以对付，有一段时间金祥完全不是对手。她忆苦时盘腿而坐，充满魅力，火一样燃烧的激情和过人的温柔打动了千千万万的人。很久以来，她差不多只是倚仗小平原上的人对她的特殊崇拜而生活。人们送给她嫩玉米和枣子。有一段正是青黄不接，她被人用地排车拉走，回村时怀里抱了一瓶醋。她喜欢光亮，因而常常到街头来，总坐在离家不远的一棵槐树下面。过路人常误认为她是一个瘫子。没有什么能瞒过她，有人从远处走来，只要听见脚步声她就知道是谁，能否在这棵树下停留。她有个好人缘，即便在繁忙的秋天也总有一些人陪她说话儿。她是全村少有的机智人，没人能够与她舌战。在激烈的争辩之中，她始终微笑。提到金祥，她说："哟哟这个老不死的，他这些天哪去了？"金祥结婚的消息曾经使她不快，但她并非爱着金祥：作为一个对手，金祥应该到处与她一样，比如像她一样没有配偶。

她爱的人一直未变，就是五年前死去的男人露筋。他比金祥还瘦，只是骨骼大一些。闪婆与他的婚姻也许是天底下最为奇特的了，人们估计闪婆如今的忠贞也与这段奇遇有关。露筋年轻时——大约十九岁时就满脸胡须，下颏前翘，毛发焦黄闪着淡淡金光。他的胸部坚硬，胸骨极为清晰地在皮下一块块紧凑组合。眼珠淡黄，有着无法祛除的嘲笑神气。他从来没做过一点田里的事情，极为蔑视劳动。他的父亲曾预料儿子将来会饿死，或者艰难的生活将其教训过来。他错了，因为他不明白，真正的懒汉是没法教导的；而技高一筹的懒汉从来也不会饿死。他们似乎总是幸运，无忧无虑，过得从从容容。不知有多少人想做这样的懒人，结果白费力气。因为正像任何天才一样，懒汉也是天生的。当你看到他们摇摇晃晃地走在街头，眯着那对不怨不怒的眼睛，你怎么也弄不懂他们究竟从哪里搞来了吃食。肚子啊，想装饱它就装饱它，世上只有少数人能够做到，而懒汉们差不多也做到了。我们的露筋就是这样的一个人。他夏天斜戴一顶草帽，腿上穿一条古怪的、一只筒长一只筒短的半截裤，随意周游。小村的人都料定他是光棍中的光棍，是无可疗救的一个落魄鬼。像所有懒汉一样，他过早地学会了喝酒，脸色赤红的时候格处慷慨，愿意帮人做事，比如帮助推车上坡的人加把力、为老头老婆扶一下，等等，看上去乐善好施，品质优良。没有酒就恢复了冷漠，步伐紊乱，谈吐狂妄，莫名其妙地谩骂大家惯常尊重的一些人物。有一次他似乎在影射一个本家长辈，还做着下流的手势。待到有人出来揍他时，他已经逃远了。人们说，这会是为全村招惹是非的人。但又没有任何办法。这个软弱无力的、从远处迁徙而来的小村哪，它甚至没有力气去惩治一个不肖子孙。当时周围村庄里正流行严厉的惩戒：如果出了公认的孽子，那么族长可以召集村民议决，对孩子实施极刑。最有名的方法是把他装入麻袋，从崖上抛进海里。有一个村子甚至用竹板活活夹死了一名欺辱族长的人。按理说露筋也在翦除之列，但仅仅因为他降生在这样一个不成方圆的村子里便苟全性命。至于他本人，似乎对严酷的现实毫无认识，竟然愈加放荡，不仅是游手好闲，也不仅是嗜酒，最后竟盗窃自家的东西出去变卖。他父亲两次被气昏过去，发誓要打折他的腿。他从外面回家，老父亲用杠子打他，他轻而易举地夺过来，用斧子劈了；老人又抓起一条扁担，刚举起来，又意识到是一条不错的扁担，就赶紧扔掉了。老人全身颤抖，用巴掌拍他，他一低头，从父亲的胯下钻过去。

在十九岁的这一年，他游荡到了一个山坡上。当时正是挺好的九月。满坡的高粱玉米喷出香气，小鸟胡乱啄着一地果实。盗贼遍地，强人横行，有钱的地主雇用了火枪手守在田里。曾有两次他被护秋人误解，还受过轻伤。所以他每到一地，总是格外小心。这山坡上有一个禾秸和茅草搭成的小房子，窗户小得只能探出一个人头。他趴在那里，嚼着东西吃，心想如果能进屋吃上一碗热饭那可太棒了。正这样想时，小窗口上出现了一个人。他张大的嘴半天合不拢。多么奇异的女人！哦哦，她把脸仰在小窗上，看一地成熟的稼禾，用那个小鼻子闻粮食的香味。她的眼睛或许只睁开了一次，然后一直紧闭。他探头探脑，心怦怦跳。那张脸太能吸引他了，就像一只洁净的白瓜描上了眉眼！洁白的皮肤与漆一样的乌发对比是何等鲜明！多么娇弱，多么招人疼。露筋在田野上游荡得又野又暴，这会儿只想凑近她，说上一两句话儿。他咽下嘴里的一点东西，然后往前走去。玉米叶儿被风吹得哗哗响，但姑娘还是听到了有人碰撞叶子。她喊一声："谁？"露筋把草帽正一正，回道："我哩！"姑娘立刻在窗户上架起了一杆黑乎乎的土枪。他双脚像被什么缠住了，双手用力摇摆："你怎么了？你可别碰那个机子……"姑娘闭着眼说："别凑近，俺爹不在家！"他说："我又不是贼，我是过路人哩——你听听我的口音。""你走开！"露筋跺跺脚："我要讨水喝哩！""这里没你喝的水。"他蹲在离小屋五六步远的地方，身边是纠扯在一起的长蔓青豆。他抬起头，端量了一会儿说："你怎么不睁眼？真瞧不起人。"姑娘身子一晃，说："走开！关你什么事！"但她真的睁了一下眼，又飞快地紧闭了。露筋觉得她的眼大概有什么毛病吧，不过这眼睛让他心里燥热。他的脚一活动，枪栓就刷啦一响。他叫一声"哎哟"，又重新蹲下。青色长蔓儿像网一样纠缠了他的双脚，一动也不能动了。他感到了一丝绝望，双眼紧盯黑洞洞的枪口。后来他站起来，说一声："我记住了你！"转身离开了。

从此他的漫游再也不是无边无际了。他在田野里流窜毫无目的，有时一抬头，正好看见那个秸秆搭成的小屋。热血在身上奔突，老想跳起来骂点什么。多么柔弱可怜的小东西，兴许双眼还怕光呢！他觉得她仿佛偎在他怀里，一起喝酒、周游平原和山地，采集了无数的果子和鲜花，偷了一万户人家的烙饼。他想象着，青筋噗噗蹦跳，后来竟然哭起来。有一次一只硬硬的大手搭在他肩上，喝一声："小伙子哭个什么？"他转脸一看，见是一个身背土枪的汉子，毛发旺盛，脸色通红，像小草屋的颜色一样。一个奇怪的声音在心底提醒他：这就是小草屋的主人，是那个苍白姑娘的父亲！他一机灵，说："俺是赶路的，俺饿病哩！"大汉哈哈一笑，牵上他的手往小屋走。他们走进屋子，那个姑娘带点霉味的香气一下子飞进了鼻孔。姑娘跑上来，抓住爸爸的手问："爹，你领了谁回来呀？"他抢先一句："俺是赶路人哩，俺饿病埋！"姑娘的眼睛闪开一次，站在干粮篮子跟前。站了一会儿，她取了一块地瓜饼交给了他……他大口吞咽，很像一个饥汉。他暗暗观察盲姑娘，觉得她像柔软光滑的花草编成的，轻轻的，香香的；她走路没有一点声音，像一瓣儿鲜花落到了地上。没错，十年来他到处奔波，也许老天爷是让他来抱走这个姑娘呢！大汉到里屋拿什么的时候，他跨到她跟前，附耳低语：“给我做个媳妇吧！”她像被什么砸了脚，呀的一声大叫，大汉转身奔出问：“怎么了？”盲姑娘咳一声：“手让桌子……挤了一下。”

露筋从那以后一直徘徊在小屋四周。盲女的父亲一离开屋子，他就跑到小屋里。他发誓要抢了她，跑进无边的田野里去。她骂他土匪，说总有一天她爹会用土枪打他。有一天他试着搂抱了她，她无力挣扎，清清泪水从一溜睫毛上渗出来。当他进一步抚摸她时，她就咬他，让他看见了一排又小又齐整的白牙。“这是小兔才能长出的牙哩！”他说。她的牙齿渐渐嵌进他的肌肤，鲜血染红了盲女的嘴和脸颊。露筋用衣袖给她擦干净。她不停地哭，踢打，又突然在他怀中把身子挺起来，说：“你听，你听！”露筋朝小窗瞥了一眼，见护秋的汉子背着枪走来。他毫不迟疑地扛起她破门而出，撒开腿奔向了玉米地。盲姑娘呻吟、呼叫，大汉提着枪追上来。他没命地奔跑，像狼一样勇猛机敏。盲姑娘像棉花一样轻，他捂住她的嘴巴，一蹦三跳地越过一簇簇倒伏的玉米秸。枪声在身后响着，他一听就知道枪口朝上，霰弹打不到他们。他们终于跑到了山坡的另一面，跑到小平原上。盲女睡着了一般无声无息。他找到一个长满草的平坦地方放下她，接着眼前一阵发黑，一头栽倒了。待他醒来时，发现盲女站在离他五六米远的地方，像观察一头野兽一样朝这边注视——当然那眼是紧闭的。他挪了一下脚，像偷扑一只小鸟那样伸出手。盲女立刻说：“别动。”他不敢动了，问：“你怎么不跑呢？”“我想看看你有多么坏。”露筋的眼睛一阵发热，“你离那么远能看得清吗？太远哩！”说着几步跨过去，蹲在了她的跟前。她睁了一下眼。在这几分之一秒里，她看清了这个胆大包天的男人：形销骨立，头发像玉米根一样，连鬓胡茂长，完全是一个野人。只有那对眼睛好看又善良，像头发一样黄。她第一遭见到这么奇怪的男人，也许他来自无法理解的遥远的地方。她紧闭双眼，像猜测又像探问，语气突然变冷了：“你敢说你不是欺负一个瞎眼姑娘？”“你的眼睛亮着哩。”“我爹愁煞了，他说我……”“什么？”“说我嫁不出哩！”盲女呜呜哭。露筋抱住她，吻她鼓鼓的额头，吻她不愿睁开的眼，昏头昏脑喃喃低语。直到暮色洒下来，他才站起，遥望北方说：“走吧，咱回小村去，咱有家哩！咱回去成亲……”

露筋抱着他抢来的女人，日夜不停地赶路，三天三夜才回到他的村子。阳光热辣辣的，从他们迈入街巷的第一步，太阳就晒得他们汗水淋漓。这个小伙子因为连日奔波已变得十分虚弱。村里人大惊失色，奔走相告，他们只一会儿就明白是怎么一回事，看出他怀中的女人无法大睁双目。“看哪，瞎子！瞎子！”小孩子嚷叫着，老婆婆深一脚浅一脚地往前凑。后来她们拍打了一下膝盖，便去小泥屋通知露筋的老父亲。当一对拥在一起的年轻人走到自家门口时，发现老人正怀抱一杆赶牛的鞭子，立在柴门一侧。露筋放下盲女，往前走了一步。父亲打量着儿子，发现这个黄毛小子的眼里再也没有了嘲弄的神气。尽管这样。他还是说了一句：

完全是一个野人。只有那对眼睛好看又善良，象羔羊一样黄。不用说，她第一遭见到这么奇怪的男人，觉得他可能是从无法理解的遥远而来的。她紧闭双眼，苦猜测又苦探问，语气突然变冷了："你敢说你不是欺负一个瞎眼姑娘？""你的眼睛亮着哩。""我梦见过了，他说我……""说什么？""说我嫁不出哩！"盲女呜呜地哭。露筋抱住她，把她按到胸口上，吻她鼓鼓的额头，吻她的不愿睁开的眼，说着昏头昏脑的话。这样直到暮色撒下来，他才站起，遥望北方说："走吧！咱回小村子去，咱有家哩！咱回去成亲……"

露筋抱着他抢来的女人，日夜不停地赶路，三天三夜才回到他的村子。那里阳光热辣辣的，从他们进入街巷的第一步，太阳就晒得他们汗水淋漓。这个小伙子因为连日的奔波已变得十分疲乏了。村里人大惊失色，奔走相告，他们只一会儿就看明白了是怎么一回事，看出他怀中的女人无法大睁双目。"看哪，瞎子！瞎子！"小孩子嚷叫着，急匆匆深一脚浅一脚地往前凑。她们后来拍打了一下膝盖，去小泥屋通知露筋的老父亲了。当一对拥在一起的年青人走到自家门口时，他们发现老人正怀抱一杆赶牛的鞭子，立在柴门的一侧。露筋放下盲女，往前走了一步。父亲看着儿子，发现这个黄毛小子的眼里再也没有了嘲弄的神气。冬

“我们家不要瞎子。”

盲女上来扯住露筋的手，一言不发，往村外走去。他们告别了无数挑剔的疑惑的目光，一直向田野走去。直走到荒无一人的茅草丛中，才倒下来。他们睡着了，大雨浇泼都毫无察觉。这真是一场大雨，洗去了他们身上十几年的积土，浸泡着他们包了一层老皮的脚丫和双手，手指变得葱白一样娇嫩。茅草湿透了，他们发出了鼾声。盲女偎在小伙子胸膛上，鼓鼓的额头贴紧他的胡子。雨停的时候已是下午了，阳光从云隙射出来，把他们唤醒。露筋跳起来，抖落了一身水珠，重将盲女抱在怀中。她的紫色花衣服紧裹在身上，显得更加娇小玲珑。露筋吻着她，握住她的小手，让她抚摸自己粗糙的、布满伤痕的胸脯。盲女的声音像蚊虫一样，他的耳朵被这声响弄得痒极了。盲女的小手像梳子一样理得他的络腮胡子。她说，因为她看不见东西，差不多是父亲把她抱大的。此刻父亲肯定以为女儿遭了强盗了。快些回小草屋吧——当他明白面前的小伙子不是强盗，就会让他们在小屋里成亲。“咱要回家成亲，不是吗？”盲女问。露筋坐在茅草上，害冷一样牙齿打战。后来他迎着落日站起来，重新扛起她往前 去。他们不知踩倒了多少庄稼，一直走，走进漆黑的夜色。有时他们听到扳弄枪栓的声音，赶紧伏下来。霰弹好几次从他们身侧飞过。白天，他们找来一点地瓜或豆角，躲在沟底烧熟了吃一顿。他们不知耽搁了多少时间，还迷过路，以至于小小的红色草屋出现在视线里时，他们都吃了一惊。玉米和豆子收过了，小草屋孤零零地伫立。一个满脸胡须、双眼血红的汉子摇摇晃晃从屋里出来，一见到他们，立刻反身取了土枪。

“爹！俺是回来成亲的呀，爹……”盲女叫着。

回答这声呼喊的，是轰的一声巨响。还好，枪口抬高了几寸，不然两个人都要倒在血泊里了。“爹，你不要我了啊？爹……”盲女大哭，露筋抱了她，逃离了这个空荡荡的山坡。

背后又传来一声枪响，像是为他们祝福。露筋望着响枪的方向，神色凄怆。秋风搅弄干枯的叶子，扬上半空。他伸手护住了盲女，说：“明白了。他们都成过亲了——如今该临到咱俩哩。”

从此人们常可以看到一对破衣烂衫的人在山地和平原上奔波，风餐露宿，像老鼠一样满地觅食。他们很少到村子里乞讨。那个瞎眼女人十步之内就可以凭嗅觉找到野果，那个男人出现在山坳的时候，手里总是提满了形形色色的食物。有时他们坐在山坡青石上饮酒，酒醉后手舞足蹈。一丛干枯的玉米秸秆、村头的草垛子，都可以成为他们过夜的好去处。在庄稼成熟期，他们为人做活，也积攒点什么。他们把食物藏在谁也不知道的地方，一直可以保存到来年春天。当护秋的人抖动土枪时，他们就扯着手飞快奔跑。更老一点的护秋人叹息说：“别惊动他们，他们是在成亲哩。”大雪覆盖原野的时候，他们像草獾一样躲在洞里：这是他们在秋末掘成的，巧妙地利用了枯水季节的河阶，那里有被汛季大水旋出的悬土顶子。他们在里面塞了无数麦草，又编了柴门。有人从河对岸走过，看到那个巨大的洞穴，叫一声：“草獾！”他们无声无息，在洞里忙活着。有人阻止胡乱呼喊的人说：“别扰乱他们，他们是在成亲哩。”一年一年过去了，瘦弱的盲女变成了粗粗胖胖、泼泼辣辣的人，露筋的腰倒有些弓了——人们说那是经常弯腰钻草垛和土洞的结果。“咋还没生下娃来哩？”经常看到他们的人都牵挂这个。有人猜测说：“天天吃生凉东西，饥一顿饱一顿的，哪里有娃生！”他们的乐趣只有自己才知道。他们手扯着手游荡，一会儿出现在东，一会儿出现在西。有时盲女扮成卖唱的，进大户人家逗趣儿，趁机摸走一点东西。有时露筋夜行四十里逮一只肥鸡，天亮以前烧得喷喷香。吃不愁，穿不愁，方圆几十里一对自由自在的福人儿。他们曾经暗暗寻访过那个红色草屋，发现那儿只留下了一堆灰烬。灰烬中有几个铁铆儿——露筋认出是土枪上的东西。他们打听了一下，才知道护秋老汉半夜被一团火球烧死了。死的前一年疯疯癫癫，走路时常常闭了眼，比画说：“这样子的，就是俺闺女。”盲女哭得死去活来，直挺挺地躺在灰土上。她说：“天哪，咱本该在这儿成亲哩！”

没过几年，小村人把话传到了他们耳朵里，说那个倔犟的老头子也死了，只剩下一个空空的小泥屋子。露筋这会儿已经漂泊了二十多年，四十多岁了，听了消息泪水哗哗。哭过之后，他扯上老婆子的手说：“走吧，回家去成亲吧。”

一对苦人儿归到小村里了。他们住进村子东边的灰色泥屋，静静地过日子。观察过他们的人说，他们日夜恩爱。露筋开始的半年里不怎么离家，人们说他还没有亲够这座家传的小土屋呢。等他的气息将土墙呵透的那会儿，他还会沦落山野，谁见一个流浪汉安居乐业了？还有那个紧闭双目的女人，浑身散发着草籽气，像是田里后，他挽上老婆子的手说："走吧，回家去成亲吧。"

一对苦人儿归到小村里了。他们住到了村子东边的灰色泥屋，无声无响地过日子。有人注意观察过他们，说他们日夜恩爱。露筋开始的半年里不怎么离家，人们说他还没有来够这座家传的小土屋呢。等他的气息将土墙呵透的那会儿，他还要流落山野，重新过起那样的生活。谁见一个流浪汉安居乐业了？还有那个紧闭双目的女人，浑身散发着草籽气，好象是田里的一只草獾，她可不能在这儿住久。人们很快给她起了新的名字，叫她"闪婆"了。有人把这名字叫到脸前，她痛快地应了，好象她等待小村人送给这样一件礼物已经很久了。闪婆，一脸微笑的女人，还有比她苦楚再多的人吗？没有了。可她老要笑眯眯的。尽管如此，当后来寻找忆苦的人手时，人们还是找到了这个女人。露筋美的在村里安顿下来。他出奇地勤快，将小泥屋重新抹了一遍，堵死了所有的裂缝和奇怪的洞眼。有些洞眼是由村里的年轻人偷偷戳上的，他们需要了解小泥屋里不为人知的生活。透过这不易查觉的小通洞，他们想窥视人生的全部秘密。不少人爱上了闪婆，对她洁白无瑕的皮肤和柔软的纤手、甚至是比常人稍长的鼻中沟，都由衷地喜爱。当后来闪婆走上忆苦台，在热烈而悲切的呼叫声中泪水涟涟时，怎能知道台下正有这么一帮年轻人呢？闪婆的一只草獾，她可不会在这儿住久。人们很快给她起了新的名字："闪婆。"有人当面这样叫她，她痛快地应了，好像等待小村人送她这样一件礼物已经很久了。闪婆，还有比她苦楚更多的人吗？可她总是笑眯眯的。尽管如此，后来寻找忆苦的人时，人们还是找到了她。露筋真的在村里安顿下来。他出奇地勤快，将小泥屋重新抹了一遍，堵死了所有的裂缝和奇怪的洞眼。有些不易察觉的洞眼是村里的年轻人偷偷戳的，他们需要了解小泥屋里不为人知的生活，窥视人生的全部秘密。不少人爱上了闪婆，爱她洁白无瑕的皮肤和柔软的纤手，甚至是稍长的鼻中沟。后来闪婆走上忆苦台，在热烈而悲切的呼叫声中泪水滚滚时，怎会知道台下正有这么一帮年轻人呢？闪婆夜晚被请到哪个村子，他们就拥到哪个村子……在一个秋天，小泥屋里第一次有了哇哇的哭声。一个小男孩降生了。他长得酷似父亲，露筋觉得自己再生了一次。他与妻子商量，给他取名"欢业"。"孩子是父精母血啊！"露筋将祖辈流传的真谛传授给闪婆，泪花闪闪。有一件事一直藏在他心中，他不能说出来。他觉得自己活不久了。这本来早该发生的，因为还没有个后人，所以老天爷耐着性子等他。如今时辰到了。露筋双腿沉重，走路一拖一拉，咳起时眼珠都要憋出来。闪婆抚摸着他，觉得皮下的骨头开始变酥，正在慢慢锈蚀。露筋躺在炕上，回想着田野里奔腾流畅的夫妻生活，觉得那是他一生里最幸福的时光。有谁将一辈子最甜蜜的日月交给无边无际的田野？那时早晨在铺着白沙的沟壑里醒来，说不定夜晚在黑苍苍的柳树林子过。日月星辰见过他们幸福交欢，树木生灵目睹他们亲亲热热。泥土的腥气给了两个肉体勃勃生机，他们在山坡上搂抱滚动，一直滚到河岸，又落进堤下茅草里。雷声隆隆，他们并不躲闪，在瓢泼大雨中东跑西颠，哈哈大笑。奇怪的是那会儿并没落下什么病，离开田野住进小屋了，老天爷才让他的腰弓了腿硬了，真是老账新账一块儿算了。不过他不后悔，他常常说这些小村的人白过了一辈子啊！在泥屋的大土炕上，他用力搂着闪婆，有时余出一只手去摸儿子，紧咬双唇不语。此刻他脑海中回荡着的，竟然是一首流传在山冈和平原的新歌。他在心中一遍遍哼唱，只学会了两句。他那么喜欢这首歌子，觉得它多少也写了他们哩。夜色中，他冲着闪婆的耳廓唱道：

我们都是飞行军，每一颗子弹消灭一个仇敌！……

闪婆看不见他的脸。她不知此刻的男人泪水正一串串流下来。他受不了心底袭来的什么，转过身子，让泪水在脸上漫开。

欢业长到两周岁，露筋死了。小村里失去了有史以来最优秀的一个流浪汉、一个懒惰的天才。剩下的只是天才的影子，小泥屋里的闪婆。她身上有他永不消逝的气息，内在的嘲弄一切的气质。闪婆把悲伤深埋心底，手扯儿子欢业的小手走出泥屋，在槐树下盘腿而坐，微笑着度过一个个秋天。每年的九月都使她激动，这个月份在她的一生中刻下了深痕。比如她是九月里出生的，九月里被人抢走的，九月里成亲，九月里又失去了男人。她隐隐约约觉得九月里还有大事情在等着她。坐在树下，用手抚摸着光光的泥地，心情慢慢和缓下来。一些光棍汉来到树下，常常话中有话。她微笑如初，因为她还没有发现一个真正构成威胁的人。欢业慢慢长到六七岁了，越来越像他的父亲。村里人跟欢业叫“小毛子”。他对闪婆百般依恋，一开始就出奇地孝。他日夜伴着母亲，为她引路，为她解闷儿，还为她挠痒。闪婆说：“俺孩子和他爹是一模一样。”露筋死了以后，村子里按规定保起他们娘俩，口粮可一直发到欢业十八岁。村里人饿不着，闪婆就饿不着；她比全村人优越的，是她尚可在忆苦归来时捎回一些吃物和杂乱东西。那真是不错的收入。有一次她捎回一个烫面卷儿，像花一样好看，舍不得吃摆在了炕头上。全村都知道闪婆家有一个烫面花卷儿。没几天，闪婆一觉醒来发现花卷儿没了，放花卷的地方放了一个泥捏的下流东西。她费力地睁眼看着，然后从窗口扔出去。那一夜原来没锁门。她的心狂跳起来。丢掉一个烫面花卷事小，失去了别的事就大了。她从那个不体面的礼物上判断出，摸进来的是一个光棍汉。第二天夜里她久久不能入睡，身子伸直又蜷曲。小欢业被母亲的折腾惊醒了两次，问：“妈，你肚疼吗？”闪婆说：“好孩子不吥，睡吔。”孩子睡着了。他再一次醒来时，就去吃奶。其实闪婆没有奶水了，小欢业总在半夜里用力吸吮一会儿，尽管嘴中空空，还是得到极大的满足。闪婆佯装不知，总是一句接一句问：“喝饱没？”小欢业咽着什么，不停地发出“嗯、唉”的声音。闪婆抱住孩子瘦小的屁股，把他整个地兜在胸前，叫着孩子的小名，说孩儿呀，可疼死了你妈妈，你是妈妈的一件宝物，知道吗？小欢业说："怎么不知道？""你长大了，能护住你妈不受人欺吗？"小欢业吐出奶头，说："能矣。"闪婆吻着孩子的额头，就像当年在庄稼地里那个毛脸男人吻着她那样。孩子的小额头滚热滚热，用手轻按，会觉出厚厚的肉儿。黎明时分，闪婆小声向男人发誓，并且相信他在冥冥中一定听见了。她一字一字说：

"欢业他爹，你放心吧，俺要为你守住瓜(寡)儿。"

小村里再也找不出像闪婆这样镇定自若的寡妇了。人们觉得她一生狂欢，如今对村里懒洋洋的男人早已厌恶。"过了江海，还怕土沟沟哩？"红小兵这样评价说。他对闪婆多少有点敬重，认为她也算个走南闯北的人。黑煎饼在村里兴起的日子，闪婆好一阵难过。她数叨说："欢业爹，你是没福的人哪。你晚走几年，也该吃上这煎饼哩。"她包了很多煎饼，牵着小欢业的手来到男人坟前。很多老婆婆都跟上去，想看个究竟。闪婆把煎饼放在地上，拢点草，又围着坟堆画了个大圆圈儿，然后点上了火。她和儿子跪下来磕头。煎饼在燃烧中散发出辛辣刺鼻的气味，火苗儿是淡蓝色的，就像硫磺在燃烧。她数念道："欢业爹，这些煎饼你尝尝吧。你一辈子也没吃上这口食儿。那会儿咱吃生东西多，我病了，你下河逮鱼，冰碴儿割破了腿，血水儿流到脚踝上。回到家来住了，咱吃的是糠糊糊、地瓜干，是瓜梗瓜叶儿。这会儿有了巧人，她教小村人摊煎饼。她是天上掉下来的人哩。尝尝煎饼吧，这是咱鲢鲅一辈子也难求的吃物哩……"她烧过煎饼，又恢复了微笑，步伐舒缓地扯上儿子归来了。

金友在阳光下看着闪婆走过，总要哼哼一声，说："这个大白家伙。”不过他不怎么围着那棵槐树，而是远远端详。有一次他去看闪婆摊煎饼，在鏊子边上蹲了半天。糠火燎得他泪流满面，他一边咳一边用手搓眼，有时还主动去为闪婆搬来糠草。闪婆闭着眼摊饼，拿油布、团弄面团，一丝不差。金友见脚下有个金壳虫在爬，就捏了放在刚擦过的鏊子上。谁知闪婆取出滚热的金壳虫，飞快地扔进了金友衣领里。金友大叫大跳脱了衣服，为了报复，他伸手在闪婆胸前拍了一下才溜走。只一下就把闪婆拍得火起。她坐在那里，让一团湿面在鏊子上冒烟，直到焦煳味儿呛得她大咳起来，才用刮板刮掉。这证实了她以前的猜疑。一月前的一个中午，当时她正抱着欢业在槐树下与人拉呱儿，突然有一个人走过来。她从声音上判断出是邪人金友。她依然微笑着说话，对新来的人不理不睬。一会儿，金友对欢业动手动脚逗起来，有几次手碰到了她身子。她知道那是故意的。那只手有一股猪屁股味儿——一种霉烂了的皮革味儿。她脸上第一次失去了微笑，一种即将来临的恐怖笼罩了她。她喊着："欢业！欢业！"儿子从小泥屋跑出来，手里提了一条蜥蜴。"你什么时候也不能离开妈妈，听到了吗？"闪婆一边用油布擦鏊子，一边叮嘱。欢业牵着蜥蜴尾巴在地上倒走，说："嗯哪。"

好不容易借到鏊子，闪婆一连几天摊制煎饼。煎饼摞成高高的一堆了，她还在不停地做。这是在收拾整整半年的吃物啊，她干得有滋有味儿。这些煎饼要装进紫穗槐囤子里，上面再扣一个铁锅。这天她正做着煎饼，金友又来了，闪婆飞快地调弄糊糊。金友嘻嘻笑："咱不过像露筋一样——喜欢热闹。""呸！"闪婆甩掉手上的面糊：

"不准提欢业爹的名儿！"她把面糊搬到鏊子上，发出了吱吱的响声。金友叹叹气："看你拗的，犯得着吗？"闪婆哼一声："你看错人了。俺要为欢业爹守住瓜儿。"金友一声冷笑，趿拉着破鞋子走了。欢业问："妈，他想干什么？"闪婆说："他想……把鏊子打碎。"欢业说："他忒坏哩。"闪婆亲了亲儿子。煎饼全部做好了，邻居家来人接走了鏊子。该往囤里放了，一摸囤子，里面的衬泥剥落了不少。这种草泥要抹得又实又匀，女人可做不了啊。闪婆告诉了赖牙，一会儿却来了金友。他说："队长派俺来哩。"闪婆一声不吭，抄手坐着，听他吭吭铲土、倒水、哧哧地掺和麦草糠。她想男人露筋活着那会儿，这样的活计早做好了。他们从来没吵过嘴，是这个小村里从未有过的一对恩爱夫妻。他高兴时，差不多是呵着气儿跟她说话，半夜醒了还要亲她一会儿。男人从未嫌弃她，他说今生今世也找不到这样一双眼了，平时懒得睁一下，睁开就是透底地亮。他还说她的睫毛压成厚厚长长的一溜儿，怪好的。夜间搂着男人，她不由得想起燃烧的红草屋。那个深夜风如狮吼，一团亮火裹着一个男人、一支枪。枪化掉了，男人也变为灰土。她一夜一夜颤抖。有一夜她清清楚楚记住了父亲托梦给她，她看见他真老了，步子蹒跚，拄着一根玉米秸走来。他说：你是个有罪的女人，你把爹一个人扔在大火里。老天报应你，时候一到就夺走你的男人，让你一个人拉扯孩子，受尽苦楚……她吓得缩成一团，缄默不语。她知道命中有个孩子。天亮了，她与露筋商议说："咱快有个娃娃吧！"果然，欢业就来了。金友把大囤子躺倒，一个人钻进去，先敲掉枯碎的干泥，然后准备上新泥。他后背对着闪婆，嚷一声："来泥！"闪婆这才记起有人在帮她做活呢。她赶紧去找端泥的板子，摸索着走到囤子跟前。金友说近些近些，然后一把将她揽进囤中，用手封牢了她的嘴。她咬他的手，他就狠狠给了她一掌。天哪，男人一辈子也没有碰过她呀！她用腿蹬着，大囤子在地上滚动起来。金友发疯地搓揉她，她大口地唾他。囤子滚到欢业身边了，孩子蹲在那儿用铁锥划土玩呢。闪婆喊了半句就被金友捂住了嘴："快用锥子……"欢业飞也似扑来，囤里的情景让他呆住了。他举着锥子，对准了金友的后背，不轻不重地刺了一下。金友跌出来，血立刻从后背上渗出。欢业追上去还要刺，刺了两下没有刺中。金友跑了。闪婆的衣服被撕破了，头发乱成一团，浑身都是土末子。欢业哭着抱住她。她坐下来，一下一下抚摸孩子。她说："好儿快长。长大了那天，给你妈报仇。记住，谁碰你妈一下，就让谁死。"欢业神色肃穆，看看远处，自语说："我让金友死。"

九

"连牛杆都吃上煎饼哩！"街上的人呼喊着。在他们的心目中，牛杆随便吃点什么也就行了。可是牛杆如今也讲究起来，竟然请一个女人把一囤瓜干摊制成了煎饼。他请的是庆余——全村唯一得了真传的人哪。鬼怪牛杆，木头人的心眼在内里装哩！庆余为他做煎果然，待了几年，欢丑就来了。金友把大囤子掀倒，一个人钻进去，先敲掉枯碎的干泥，然后往囤上刷泥了。他后背对着闪婆，喊一声："来泥！"闪婆这才记起有人在帮她做活哩。她赶紧去拾端泥的板子，摸索着走到囤子跟前。金友说近些近些，然后一把将她搂进囤中，用手封牢了她的嘴。她去咬他的手，他就狠狠给了她一掌。天哪，男人一辈子也没有碰过她呀！她用脚蹬着，大囤子在地上滚动起来。金友发疯地揉搓她，她大口地吐他。囤子滚到欢丑身边了，孩子蹲在那儿用铁锥刺土玩呢。闪婆喊了半句就被金友捂住了嘴："快用锥子……"欢丑飞也似扑来，囤里的情景让他呆住了。他举着锥子，对准了金友的后背，不轻不重地刺了一下。金友跌出来，血立刻从后背上流出。金友爬着，欢丑追上去还要刺，刺了两下没有刺中。金友跑了。闪婆的衣服被撕破了，头发乱成一团，满身都是土末子。欢丑哭着抱住她。她坐下来，一下一下抚摸孩子。她说："好儿快长。长大了那天，给你妈报仇。记住，谁碰你妈一下，就让谁死。"欢丑神色肃穆地看着远处，自语说：

"我让金友死。"

十二

"连牛犊都吃上煎饼哩！"街上的人呼喊着。

饼时，烧火的是年九。年九的眼更斜了，个子快要追上牛杆了。他的腰瘦成了一小拃儿，裤子越发系不牢了。金祥如今什么也做不得，风都能把他刮倒。后来他不怎么出门，只偶尔从冬瓜似的小窗往外望望，一双眼像死人。

自古没听说遭了“黑煞”的人能够活下来，金祥积了德，已经是命大的了。他为村子背回了圣物鏊子，都盼他不死。可是不行啊，早晚的事了。他还是全村是忆苦最好的人之一，是幸福的提醒者。他在寒冷冬夜里，给了村里人那么多希望，差不多等于是一个最好的歌者。他在有女人之前，讲述往事富于激情，关键时刻能够放声大喊。自从有了庆余，他讲述的节奏大大放慢，他的叙说好像只是为老年人准备的一样。人们不得不更多地到闪婆那儿寻找崭新的激情。再到后来，他已经终止了这种叙述——人们认为他的大限即将到来。庆余重新穿起了破衣烂衫，人们说她会撇下这个小破屋子，领上年九和黄狗离去。她命中与这个小村的缘分已经尽了。她与金祥一起行走的日子就要结束。有人亲眼见金祥伏在窗前，啃着一块黑煎饼，眼神已经散了。

金祥自己也明白。他回顾往昔，觉得几乎无一不好。他一辈子甚至得了两个女人——一个他不准备告诉任何人，那个人好哩！最后他又有了一个多么出色的女人。在去背鏊子的山路上，死神看见了他，并一路追寻而来。金祥像被赶急了，一边跑一边回头慌慌摆手。死神朝他眨眼哩，奶奶的。金祥不是怕死，死等于去投宿呢。他焦急的是有些事情还没做完，不能仓促地一走了事。这些天他嚼着煎饼，想得十分费力。“有什么事没做哩？”他自问着，摇摇头。这么大年纪了，也该走了。扳着手指算着一个个秋冬，觉得日月都是赚来的。这样算着，他突然一拍膝盖嚷道：“我是大清国的人哩！没错，我是从大清过来的人啊！”他一下站起来，一脸的惊喜，叫着：“年九妈！年九妈！”庆余咯咯笑，手伸在衣服里挠着。金祥头低下来说：“给我编个辫子吧。”头发太短，辫子像小拇指一样撅撅着。年九凑过来，用手拨拉着，被庆余打了一巴掌。年九哇的一声哭起来，稚气的哭声与高高的身量太不成比例。金祥拄着拐杖走上街头，招来了好多围看的人。他逢人便说：

“我是大清的人哩！”

年轻人又笑又叫，嚷着快看小辫。金祥转过大街小巷，还用手细细地摸过了碾盘。它碾碎了多少瓜干，如今走砣的那一块儿光洁如镜，已经深凹下去了。这好比庄稼人踩出的一条路，硬是让一辈接一辈的人踩下去哩。金祥坐在碾盘上，喘息了一会儿，才回他的小屋。这个午夜，他想他该死了。庆余的手一刻也没有离开男人的身子，她让年九卧在另一边。这个女人正处在一生里最强壮的时候，膂力过人，吃煎饼咬得咔咔响。她的身躯在这个秋凉之夜多么好地温暖着他，用身上的热力送他最后一程了。他连说话的劲儿也没有，只用手摸摸她的肚子、腿，像挠痒一样握了握她的胳膊。挺好的一个老婆，该是到站分手的时候了。庆余亲他多皱的腮部和脖子，后来又去亲他的脚。这双脚散发着一股煎饼味儿，庆余差不多给惊呆了。脚上有一道吓人的疤——这样大的疤痕是什么砍上的呢？当初这只脚差不多给砍断了……庆余不敢问他，因为他已经没有力气讲述脚的故事了。这双脚忽然一动一动的，庆余叫出了声……

金祥在梦幻中赶路呢，他在飞快地挪动双脚呢！他走的是买鏊子的那条坎坷之路，跌倒了又爬起。他是小村派出的一条汉子，是一个干瘪有力的新僧人，一个有独特耐力的人。他这一辈子走了多少路，村里人迟早都会忘记，唯有这一次子子孙孙都会铭记在心。深一脚浅一脚地走啊，五十多岁的汉子撇下了刚刚娶下的老婆，他想她啊，从出门的第一步就开始想，一直到入门的最后一步。路上有各种经历和磨难，讲不清的一条路哩，比如那个流浪汉牵着小猪，那小猪还瞥了他一眼眼，寓意深长……这条路概括尽了他一辈子，像他本来的命一样长，所以他急匆匆走过一遍也就活到了头。老天爷鬼哩，他让一个人最后走这么一趟。金祥焦急得要哭了，他加快脚步，奔跑着，后来简直像在跳跃。庆余这边儿抱都抱不住他的脚了。“金祥啊！”她吓得叫出声来。金祥对各种呼唤都不理会，只是奔跑。像有什么致命的东西催逼着他，这东西跟了他一辈子啦。他几次想认清它是什么，几次它都狡猾地跑开。当他赶路时，它又在后面催逼了。这个东西无影无形，让人一辈子也难以琢磨。金祥不走这一次长路也不会认出它来。他亏了走这一遭：在路的尽头处，他终于把它生生逮住，它的名字叫“饥饿”。就是这东西在催逼人的一生，谁也不饶！它让人人都急急飞跑，跑个精疲力竭，气喘不迭。饥饿这东西千变万化，有的盯准你的肚腹，有的盯准你的脑瓜。哪儿被盯住，哪儿就会感到钻心的饥饿。你四处奔波累得皮老骨硬，头发脱光，它还在后面催逼你、折腾你，把你身上的热气一丝一丝、一点一点地耗光。金祥觉得这一趟长路就要跑到头了，真不容易啊，真累啊。也该着到头了，瞧瞧他受了多少苦楚，老成了什么样子。再也别叫他跑了，他老了，不行了，腰带都系不住了。他被追赶得好苦，他的告饶声震动山野！听听一个庄稼人的哀求吧，听听吧。我不跑了，我不跑了！我求求……

男人的脚在渐渐放慢。它抖得轻多了，只是在微微活动。

长长的路终于望见尽头了。加把力，加把力就赶到了。在他即将停步的时候，忽然又往回看了一眼——他忘记了一个托付，他还有最后的牵挂呢。在路上他不是应允了那对母女一件事情吗？他不是答应帮助一个叫狗狗的黄瘦姑娘吗？食言可不是鲢鲅的事情。他回头遥望，一眼就看见了她。花衣花裤，破成了条条绺绺，正站在一块山石上往平原上望哩，风吹着破衣。庆余觉得金祥的全身都在抖。她偎在他的脸旁，觉出他在伸手张嘴。后来他吐出了两个字："狗……狗……"庆余点点头。

再紧跑几步就要到头了。金祥又加大了步子。庆余发现那双脚又剧烈抖动起来，赶忙伏下身子抱住……突然，这双脚颤了两下，一动不动了。她抬起头，见他完全安歇了。"年九！年九！"庆余狠揪一下儿子的耳朵，喊："你爸，死了……死了呀！"

埋葬金祥是一件大事，全村除了一些行走不便的老人，差不多全都去了墓地。年九头上扎了白布，就像一根黑色竹竿绑了一绺东西。他的凹脸盛满了悲凉，裤子松脱下一截。庆余的穿着并无改变，只是抱了一大摞子煎饼——人们知道那是往坟中撒的。果然，埋土以前，这些黑煎饼像橡树叶子一样落下去。一个崭新的坟头垒成了，它紧挨着闪婆男人的坟。有人说，在阴间摊上个好邻居也不错。比如露筋，还少得了煎饼吃吗？送葬归来的路上，大家议论最多的就是金祥不久前扎起的小辫子了。有人叽叽笑，被赖牙瞪了一眼。一个老人叹息道："想不到金祥这人这么有'文化'——真哩！'文化'这东西可不光是指纸上的字儿。"很多人盯着说话的人，大气不出。

给金祥下结论的不是别人，正是腿脚轻快的大头颅老人红小兵。

小屋的主人没了。按照小村祖辈流传的规矩，庆余、年九都算不得主人。全村人都注视着他们的动向。因为这样的例子已经屡见不鲜：男人死了，女人将所有家当席卷而去，给小村留下了莫大的羞辱和直接的损失。就看庆余有没有良心了。"民兵！民兵！"人们听见赖牙在招呼人暗中监视她了——民兵们轮流伏在村边和小屋四周。人们期待着结果，默无声息。惯于在午夜打老婆的人也暂时歇了手脚，他们在倾听、猜测、窥探。星星闪着亮儿，狗也不吵了，庆余你还不快跑，多么好的时机！然而他们总是失望。赖牙亲自布置的游动哨在街巷上移动，享受着清冷香甜的夜气，一阵阵激动。旧三八式钢枪压肿了肩膀，他们摘下来，用枪筒顶顶帽子，伏到冬瓜小窗上探望。屋里漆黑一团，真不愧是刚刚死人。那条黄狗老了，连叫也不叫一声。

大约又过了三五天。一个早晨，庆余胳膊上挂了包袱，手扯着比她高出一头的年九，后边还跟了黄狗，一溜儿走出屋门。所有人民兵！”人们听见赖牙在招呼人暗中监视她了——民兵们会轮流伏在村边和小屋四周，当庆余带上包袱逃离时，就将她生擒。人们期待着结果，默无声息。平时惯于在午夜打老婆的人也暂时息了手脚，他们在倾听、在猜测、在窥探。星星闪着亮儿，狗也不咬了，庆余你还不快跑，多么好的时机！然而他们总是失望。赖牙亲自布置的游动哨儿在街巷上移动，享受着清冷香甜的夜气，一阵阵激动。老旧的三八式钢枪压肿了肩膀，他们摘下来，用枪筒顶顶帽子，伏到冬瓜小窗上探望。屋里漆黑一团，真不愧是刚刚死人。那条黄狗老了，连叫也不叫一声。

大约又住了三五天。一个早晨，庆余胳膊上挎了包袱，手扯着比她矮出一头的年九，后边还跟了黄狗，一溜儿走出屋门。他们走在街巷上，所有人都见了，小声说一句：“走了。”但他们只是交头接耳，并不阻拦。庆余他们接上走到了村头。这会儿终于有人跑去告诉赖牙了。队长啪地放了筷子，说鬼哩，她倒精明，专在大白天人们失了警惕的时候跑。他喊了民兵，急速地追赶；后面，是自然聚拢的一群人。庆余刚刚走到大杨树下就被他们拦住了。赖牙气鼓鼓地大骂起来，说你个丧良心的还真走不成？庆余看看他、他身后端枪的人、一群村民，哼了一声。她说：“全祥死了，俺要走了。”赖牙跺跺脚，照准她的脸就是一巴掌。她胳膊上的包袱一下掉在地上。她弯腰去拣包袱，赖牙又是一都看见了，小声说一句："应了。"但他们只是交头接耳，并不阻拦。庆余他们走到了村头。这会儿终于有人跑去告诉了赖牙。队长啪地放了筷子，说鬼哩，她倒精明，专在大白天人们失了警惕的时候跑。他喊了民兵，急速地追赶；后面，是自然聚拢的一群人。庆余刚刚走到大杨树下就被他们拦住了。赖牙气鼓鼓地大骂起来，说你个丧良心的还真走不成？庆余看看他、他身后掮枪的人、一群村民，吭了一声。她说："金祥死了，俺要走了。"赖牙跺跺脚，照准她的脸就是一巴掌。她胳膊上的包袱一下掉在地上。她弯腰去捡包袱，赖牙又是一掌。庆余搂紧年九，求饶说："大叔别打了，大叔……"赖牙上气不接下气问："说，逃哪去？！"庆余瞥瞥这一群人，泪水一下子涌出来："来时一条狗，去时跟上个人，俺娘儿俩出去哩！"赖牙蹲下来解开包袱，见全是破烂东西，最奇怪的是有一双金祥穿碎了的鞋子。他把臭鞋扔了，庆余捡起来塞进怀里。赖牙站起来："真要走也成，年九留下。他是小村里的骨血哩。"说着去扯年九的手，年九扑到庆余怀里。庆余大哭起来："这是我的孩儿呀，是我生出的孩儿呀！"人群晃动着，最后民兵扯上了年九，一伙人往村里走去。庆余孤零零站在杨树下，突然大叫一声，追上了人群。她叫着"孩儿"，说我不走了，我不走了！赖牙站住，让民兵把孩子还给她，说：

"这就对哩！孤儿寡母，跑哪里不得饿死？秋天眼看过去了，你能找到吃食？村里多少光棍，你跟上谁不成？回去看看，谁家囤里煎饼多，你就跟谁。听我的话没有错！"

庆余再没吱声。

不久，庆余选中了牛杆。一些光棍汉说：“该死的牛杆！”牛杆见了庆余就满头虚汗，一双手直哆嗦。赖牙说：“熊东西，怕什么？好生过，她犯毛病，你用左手打她。”牛杆点点头。可他的手还是抖。庆余指指他对年九说：“叫爸。”年九提提裤子，把唾沫喷到了牛杆的脸上。牛杆擦擦脸说：“好……孩儿。”庆余让牛杆搬到小屋里住，牛杆死也不肯。他说：“金祥老哥用眼瞅我哩，我不敢哩！”后来他们就封了小屋，一块儿搬到牲口棚里了。

不久前庆余为牛杆摊制的煎饼装了满满一囤。这么多的煎饼，差不多盖过了牛马粪尿的气味儿。那些牲口槽里装满了草节，成了年九最好的睡床——他跳进去躺下，一双长腿搭在槽沿上。他这个牛槽睡一夜，那个马槽睡一夜，享受了前所未有的幸福。庆余喊儿子回炕上去，儿子一蜷缩到了槽底。她有一天试着躺到了槽里，让牛杆好找。他找到了她，就取了筛子晃着，让碎草屑慢慢盖过她。她藏在草里笑，肚子一动一动，引得牛杆也跳进了槽里。白马低下头吃草，舌头不停地舔他们。年九趔趔趄趄提一桶水，每个槽中倒一点，剩下的全部浇到了牛杆和庆余身上。他们水淋淋地站在槽中，手扶白马。牛杆说：“这是一家哩。”他的话音未落，黄狗又懒洋洋地走过来了。

他们在一块儿行走，一块儿喂牲口，一块儿嚼着黑煎饼，形影不离。有人甚至偷看过半夜的情景，说他们都堆在一块儿，连黄狗也掺在其中。那时他们鼾声如雷，已经没法分清男女老幼了。牛杆木木的神色开始变化，嘴角两边的括号在开大，仿佛要括进更多的东西。谁都知道这是脏女人庆余滋润了他，不过他也将不久于人世。仿佛老天爷早已开好了一副账单，村里的人总是入不敷出。大家都知道牛杆无力陪伴庆余，正像不自量力的金祥一样。庆余是多么奇怪的女人哪，简直像一块阔大无垠的泥土，无声无息地容下一切，让什么都消逝在她的怀抱中。她先用黑煎饼把你的嘴巴喂饱，然后再从从容容打发你走。牛杆得意忘形的时候曾对人感叹，“金祥老哥无福哩，落下老婆孩儿给我。”没人接他的话茬儿。因为谁都知道事情将以何种方式了结。庆余会毫不费力地送走一个又一个光棍汉，同样也会摊制出一囤又一囤的黑煎饼来。她是老天爷派给鲢鲅的一个多么好的女人。

少白头

十三

千层菊开花之前，风中有一股酒味儿。去海滩哎，去哎，小村里的年轻人又喊又叫。没有办法，疯张的日子又来了，鲢鲃又该摇头摆尾啦。海滩的酸枣棵上挂满了枣子，年轻人急不可耐地下手了。他们每年都打下一堆堆酸枣，搓去枣皮枣肉，把枣核儿卖掉。没人敢鄙视荒滩上的这个季节。赵黟领上她那一伙在丛林中出没，又黑又长的辫子任人抚摸，两条罕见的长腿象小马驹一样踢踢踏踏。大家都带了干粮，中午就呆在野地里，点上一堆堆火。太阳晒着灰烬，晒着赵黟的脑壳。她的近旁就是憨人，他象老羊一样打着瞌睡。赵黟常常去捏他结疤的鼻子。烈日下大伙全躲进树荫里了，赵黟叫喊起来，有人吃吃笑，并不回应。憨人拔来一棵酸菜，把老叶剥下来吃了，将剩下的嫩叶芽送到赵黟嘴上。一条绿花蛇弯弯扭扭爬来，憨人象救火似地扑上去，捧起大把沙土扬洒……

"你知道千层菊花蕊儿是什么味儿吗？"柳树荫下了蔽骨的喜年问姑娘金敏。金敏长了一副平肩膀，显得方方正正。她一条腿跪着，一条腿伸出——喜年的头就枕在这条腿上。他的脸象土那么黄，脸形象枣核。金敏不答，他的两手插进黄色的乱发中，笑了。太阳花花点点印在他们身上，

第三章　少白头

十

千层菊开花之前，风中有一股酒味儿。去海滩哎，去哎，小村里的年轻人又喊又叫。没有办法，疯张的日子又来了，鲢鲅又该摇头摆尾啦。海滩的酸枣棵上挂满了枣子，年轻人急不可耐地下手了。他们每年都打下一堆堆酸枣，搓去枣皮枣肉，把枣核儿卖掉。没人敢鄙视荒滩上的这个季节。赶鹦领上她那一伙在丛林中出没，又黑又长的辫子任人抚摸，两条罕见的长腿像小马驹一样踢踢踏踏。大家都带了干粮，中午就呆在野地里，点上一堆堆火。太阳晒着灰烬，晒着赶鹦的脑壳。她的近旁就是憨人，他像老羊一样打着瞌睡。赶鹦常常去捏他结疤的鼻子。烈日下大伙全躲进树阴里了，赶鹦叫喊起来，有人哧哧笑，并不回应。憨人拔来一棵酸菜，把老叶剥下来吃了，将剩下的嫩叶芽送到赶鹦嘴上。一条绿花蛇弯弯扭扭爬来，憨人救火似的扑上去，捧起大把沙土扬洒……

"你知道千层菊花蕊儿是什么味儿吗？"柳树阴下高颧骨的喜年问姑娘金敏。金敏长了一副平肩膀，显得方方正正。她一条腿跪着，一条腿伸出——喜年的头就枕在这条腿上。他的脸土黄，脸形像枣核。金敏不答。他的两手插进黄色的乱发中，笑了。太阳花花点点印在他们身上，蚂蚁也爬上来了。金敏看到喜年的淡色胡子，就伏下身去亲了一下。喜年梦呓般咕哝：“我听见河水声了，噜噜噜噜，像大风刮布单哩。”金敏哧哧笑了：“你长了只驴耳朵呀？”喜年说真的，小时候蹲在河岸上能听见水草间有大鱼咕咕叫……他的耳朵蜕化了，如今只能听见人的声音——谁都能听到的一些声音。金敏撇撇嘴。喜年一直闭着眼，却说：“你撇嘴了。”金敏用手挡在他的眼睛上方，他马上说：“把手拿开。”金敏说：“天咪，古怪的人！”她捧着喜年的头，认认真真地看。他不算好看，可他是做活的好手，她亲眼见他用手推车推过两三个人才推得动的黑土。那时他的裤子用力一扭就破了，露出了脏乎乎的皮肉。他的鼻头像小猪一样，永远湿漉漉的。她用衣襟给他擦了一下鼻子……有一年秋天，喜年和憨人爸在场院看粮，她去看他们，结果出了事。憨人爸叫弯口——他夏天图凉快，在大碾盘上蜷着睡了一觉，醒来后腰永远也挺不直了，那弯儿就像碾盘的弧度一样。弯口彻底不眠，喜年胡乱窜悠。金敏见他钻到了场角的大草垛子里，以为赶鹦那一帮也在，就随他进去了。谁知里面塞紧了麦草，往日的通洞不知被谁堵死了，她想倒退回来，结果洞口也没了。她只得硬着头皮乱扒。有一只大手从草间伸出来将她揪紧了，她刚喊了第一声嘴巴就填进了一团草。那个人像刺猬一样拱过来，一声不吭……第二天金敏到田里做活时老要偷偷抹泪，喜年走过去说：“不用生气了，昨夜是我哩。”金敏还是哭。随着时间的流逝，她终于明白这辈子是喜年的人了。

她不敢想她会嫁给外村人，她天生就是鲅鲅老婆，要为这些远道迁来的人传宗接代哩！从那时起她就知道心疼他。如果搞到一块巴掌大的玉米饼，她就用一层层土纸包了，放在贴身的衣兜里暖着，寻个机会给他吃。这个男人哪，这个准定会做丈夫的家伙啊，你的头好沉，压得我的腿都麻了！我的好人哪，俺想夜夜搂抱的人哪，你让俺好好看一会儿，俺兴许今年冬天给你做个小棉袄呢！金敏看着这张风干了似的、毫无油性的脸，突然发现了三两道皱纹。她叫起来——不足二十的人啊！喜年一睁眼，金敏发现他长了一双马眼，只不过太小，向上吊着。她倒吸口凉气，心想喜年是大马托生的啊，注定了一辈子拉车挨鞭抽打的命——他不会有更好的命了！金敏不顾一切地亲着、亲着。喜年嘿嘿笑了。这是老实人的笑声啊——他是老实人吗？他压住了俺，他把两个土人的命贴到一块儿了。金敏眼窝热起来，她要一生一世学做他的好女人。比如这顿午饭吧，前一天她不顾家里人的盯视，调制了地瓜面，又铺了一层玉米面，掺了浸好的干槐花，卷起来拍成一张饼。他们两人分吃了这张饼，周身甘甜。他俩的头发揉在了一起，分也分不开。风把远处的绿草吹得火焰一样燎动，散在其间的野花如同星星般闪亮。喜年看着前方，快活得连连呼叫：

“赶鹦啊！长腿野马啊！满滩上跑啊！”

金敏站起来。喜年突然不吱声了。他们都定在了原地——一片白毛毛草间，肥一个人踟蹰，两腿越来越沉，差不多伏在了地上。你怎么了肥？可怜的肥，大海滩上哪里不是成双成对啊！金敏和喜年彼此使个眼色，一齐掩上了嘴巴……

肥喜欢一个人，一个人在街巷上游荡，一个人走在大海滩上。她离开赶鹦他们，一边打酸枣一边往前走。她挥起杈棍一下一下打在枣棵上，让枣子溅在篮子里、溅在汗淋淋的脸上。中午热辣辣的太阳啊，把一地白毛毛草快燃着了，她一迈进这片草地就烤得难以支撑。她又感到了那对目光，就像在茫茫夜色中、在小村的街巷中一样。它藏在一个角落里，执拗地直射过来。她猛地止步回头：什么都没有，只有一片白毛毛草地。肥的一双手不由得按住胸前，按住一颗怦怦乱跳的心。她仍能感觉那双目光——这会儿正由于长久的注视变得信心百倍。她低下头，转过身子走开。四周没有一丝声息，连喘气的声音也没有。她知道那个人不会追赶，但他会尾随着她，走过一千一万个白天和夜晚。她想绕开什么。那双目光把她灼痛了，她头也不回地逃离了。跑啊跑啊，跨过荆棘，钻进灌木丛，连头也不敢回……

金敏和喜年仍注视着这片白毛毛草，他们终于从中发现了一个伏卧的人——如雪的白发、倔犟的脖颈、锥子似的目光，那是老刘家的后代龙眼哪！喜年害冷似的吸气。龙眼独自伏卧，他好孤单。肥刚刚跑开，你筋骨铁硬的手指抓不住她吗？肥真的要像传说那样飞出小村吗？那你该驾起祖宗留下的破车去追，扛起老辈儿传下的锈枪去打。肥也是鲢鲅，她注定了要在这片草窝里生籽儿，繁衍出一群身上有灰斑的小鱼来哩……喜年看着龙眼，张大了嘴巴。他看见龙眼旁边是半篮子酸枣，一根打枣棍像拐杖一般握在手中。他多像一个白发老人——啊不，他的眼里还有刚刚烧起来的火，脸上还没有打皱哩。他从娘胎里生出来就顶着一头白发，那是从老辈的血脉里传下来的。虽然他的爷爷、父亲，还有母亲家里都没有这样的少白头，可那愁根儿一代一代积下了，最后让龙眼生着一头白发出世。中午的太阳照耀着，白发银亮，与一片白毛毛草浑然一体，远远望去极难分辨。

赶鹦在远处打起了又长又亮的口哨。年轻人从树阴下走出，打着哈欠，提着篮子和杈棍。他们蹦蹦跳跳，一抬腿，裤子上没有缝牢的补丁就一起舞动。肥、金敏、喜年、年九、小欢业、赖牙的独生儿子争年，都涌出来了。年九露着肚脐，不断地提一下裤子。有个叫香碗的眼皮上长小疤的姑娘走到赶鹦跟前，说："我睡了，年九伸手捏我。"赶鹦吓唬年九说："送你去找方起。"年九迎着赶鹦腆起肚子，直挺挺地倒下去。赶鹦再没有理年九，扬着手说："干活了！干活了！"大家欢叫着找枣棵下手。"千层菊花蕊是什么味儿呀？"喜年像女人一样小步奔跑，呼叫着。赶鹦说："不要散开，他们说来就来！"——外村的年轻人也来荒滩，如果人多，就上来抢枣子；如果人少，就站在沙岗上，掐了腰一齐呼道："蜓鲅！蜓鲅！"这边追上去，他们就撒丫子窜了。那时大伙儿的一天就给毁了。这片荒滩啊，漫漫苍苍，蛇鸟兔子，什么都自由自在哩，凭什么让小村人忍受屈辱……大家互相叮嘱，后来才发现少了一人——龙眼呢?

"龙眼龙眼少白头龙眼哩……"

"他爸，他爷，他老爷々……"有人叹着气议论起来。他似懂非懂地听。他更早的时候看见了什么？他从黑暗中挣扎出来，睁开眼的那一刻看见了什么？那时候的头发真的象白毛绒々一样就色呼？他在娘胎里怎么知道愁？也许他投胎后反悔了，开始愁苦，直熬过了九月怀胎的漫长日子？也许是一辈一辈分泌的愁汁把他泡白了？母亲象海一样的愁苦之汁啊……龙眼发狠地撒下一绺々白毛々花，直吞下肚子。天哪，他好饿！吃吧，这些白毛々，让我把你嚼个精光。这是几辈人吞咽过的食物了，象棉絮，象白雪。老爷々挑着担子奔走在雪地上，拖拉着一个女人一个娃々。白雪的反光快要刺瞎了老头子的眼睛，他全靠那个大头娃々牵引。向北向北，听说北边开满了千层菊花。向北向北，娃々妈你忍住一口气。向北向北，听说北边有喷々香的玉米饼。让咱一家三口咬住一块金黄玉米饼好了。雪地上的脚印一会儿变成了一溜儿不断线的银币，吸引越来越多的人跟上来，抢着，追着……那群人直追了两天两夜，捂住破衣烂衫，低头一看银币全部化成了水。他们懊恼得呼天号地，可这会儿已经回不去了。只有跟上龙眼躺在没膝深的白毛毛草间，风把白绒毛擦到他的脸上，滑滑的柔柔的。他一声不吭。白毛毛多像他的头发啊。村里老人说："少白头龙眼，生个孩儿也会是白头发。"多少人议论猜测他这头白发，连他自己也疑惑起这白发的来历了。白头发根儿到底扎在哪里？一个愁字缠住了龙眼。雨天他跟在一群大人身后抢拣地瓜干，那些人唉声叹气说，龙眼是在娘肚子里闷坏了。龙眼像中了箭镞一样，一下蜷在了雨地里……一个生命刚刚开始那一刻小得像尘粒，它游动游动，不巧落在了一片苦海里。"他爸，他爷，他老爷爷……"他似懂非懂地听。他更早的时候看见了什么？他从黑暗中挣扎出来，睁开眼的那一刻看见了什么？那时候的头发真的像白毛绒绒一样颜色吗？他在娘胎里怎么知道愁？也许他投胎后反悔了，开始愁苦，直熬过了十月怀胎的漫长日子？也许是一辈一辈分泌的愁汁把他泡白了？母亲像海一样的愁苦之汁啊……龙眼发狠地揪下一绺绺白毛毛花，直吞下肚子。天哪，他好饿！吃吧，这些白毛毛，让我把你嚼个精光。这是几辈人吞咽过的食物了，像棉絮，像白雪。老爷爷挑着担子奔走在雪地上，拉扯着一个女人一个娃娃。白雪的反光快要刺瞎了老头子的眼睛，他全靠那个大头娃娃牵引。向北向北，听说北边开满了千层菊花，娃娃妈你忍住一口气。向北向北，听说北边有喷喷香的玉米饼，让咱一家三口咬住一块金黄玉米饼好了。雪地上的脚印一会儿变成了一溜儿不断线的银币，吸引越来越多的人跟上来，抢着，追着……那群人直追了两天两夜，捂住破衣烂衫，低头一看，银币全都化成了水。他们懊恼得呼天抢地，可这会儿已经回不去了，只有跟上这溜脚印儿，向北向北。

龙眼躺在了白毛毛花儿间。“奶奶，老奶奶……”“愁死人啊，娃他爹，娃儿活不成了！”女人揪紧老头子的衣襟，只一扯就扯下一大块。这块破棉絮立刻缠到了大头娃娃身上。大头娃娃脸是紫的，嘴唇发青。“饿……哦。”她弯腰掏一把雪填进娃娃嘴里。“愁死人啊，他爹！”老头子顿足，伸出巴掌打了女人一下。走啊走啊，走过了冬天。白毛毛花儿开放了。采棉花似的白毛毛花吧，赖牙喊。全村人都出动了，红小兵带着脏粘的酒壶上了荒滩。“采下做棉被哩，做棉裤棉衣哩！”大脚肥肩飞快地采摘。都穿上了厚厚的白毛毛花棉装，盖上了厚被子。夜里它深长的香气撩拨得人在被子下扭动不停，汗水湿了席子。老爷爷想不到会有老天爷送给的白毛毛花，女人也只会捂住娃娃喊：“愁死人啊……”大头娃娃死在了雪路上。龙眼一辈子见不到伯父了。大朵雪花覆盖了一溜脚印，一个死人。剩下的人走过冬天吧，走到白毛毛花里，去踩这片没有汁水的雪。赖牙采着白毛毛花，骂着那个老人，说他第一个来搭下窝棚。该死的，他先有了窝儿，又生了孩子。先有窝儿的人就该当地主。一个粘粘的小孩儿像条虫，在棉被上滚动，沾满了白毛毛花绒。谁见过小草窝里刚孵出不久、闭着眼睛的麻雀幼崽？它在草窝里颤动，嫩皮包住了一层血肉，摇摇晃晃，站都站不稳。白毛毛花儿下面有一个圆圆的小窝儿，那是用金黄如丝的小草编织成的，光滑柔软像个小篮子，里面盛了三个红嘟嘟的幼鸟——龙眼伸出手去。“呀呀呀！”它们嫩黄的小嘴一起张大了。小嘴在龙眼坚硬的食指肚上啃着，小脖子拧了一道麻花褶。“说什么化成水的银币，呸，传说的瞎话。”父亲把老羊皮袄抖一抖披上，吸起了辣烟。“龙眼妈，你这条不死的母狗。”他吆喝一声，龙眼妈赶紧从里间出来。她手里捧着一个火罐。“赖牙怎样，我也要怎样。”父亲露出一个膀子。母亲伸出食指从水碗里蘸了点水抹上去，接着点火、扣上罐子。皮肤吱吱地收紧了。“哎呀！我的妈妈呀！”他像挨了刀一样号叫，身子绞拧，头往墙上撞，又一下蹿了起来。“你杀了我吧！我睡你祖宗！”他放声大骂。白花绒绒沾在黏糊糊的男婴身上。“他痒哩，痒哩……”女人眼泪汪汪。“你留那东西做啥？给他吃哩！”她挤了又挤黑乳房，一滴奶都没有。“天哩，愁死人啦！第二个娃也不保哩……”父亲一次次讲他活过来有多么不易，说那会儿就像一条虫。他活过来，并且娶妻生子。母亲在他三岁时饿死了，父亲在他十岁时也倒下了，是被地瓜噎死的。“要紧是有个传香火的人。”父亲盯着儿子雪白的头颅说。他磕着烟锅，烟灰飘到了白发上。他说：“赖牙是报应。大脚肥肩活该不成，断根了。”他们的争年是要来的，说不定是外村人生在高粱丛里的一个野物。那不是鲢鲅，不是小村种儿。“我看赖牙这村头儿做不成。”父亲咬着牙：“我要起事不成，还有孩子哩。”他盯着星夜……天哪，没有边缘的黑夜，永远游不到尽头的黑夜！它的中央漂着一颗白色的头颅。一个粗哑的嗓子在堤岸上呼叫，那是母亲的声音哪。他游啊游啊，迎着母亲的呼唤。有几次他要沉下去了，但终于还是挺过来。堤岸在哪？哪里才是边缘？巨大的惊恐使他浑身战栗。游啊游啊，渐渐听到水浪拍岸的声音了。

那时他哇哇大哭。母亲终于抱住了他，第一句就问我儿为什么白了头发？哦哦，那是急的、愁的，是绝望之火烤成的。母亲把乳头对在他嘴上。他用力吸吮。天哪，它是干的……饿呀，饿呀，龙眼在白毛毛花里滚动，揪了白绒绒毛往嘴里填。泪水涌出来，差一点就噎死了。透过泪花他望到了什么？他望得到茫茫夜色的背面、他的遥远的来路？他记得三岁那年父亲开始拔火罐。火罐扣在肩肉上，肌肤急急收缩到一起，母亲给男人膀头上盖了一块脏手巾。“遮遮盖盖，变出个妖怪。”一句歌儿飘过脑际。又停了三五分钟，母亲动手取火罐了。多么坚牢的东西，她憋得脸通红，火罐还是没有取下。父亲大骂。母亲的汗珠一滴滴落在儿子的白头发梢上。突然哇一声，火罐取下来了。火罐腔里黑洞洞的……“人死如灯灭。”父亲的先人，那个高个子黑老人手持拐杖走近了说。他在说自己过世的女人，好像没有一丝牵念。黑老人浓浊的异地口音唤着龙眼妈——她小步跑过去，从地上拣起一根湿乎乎的杨树枝条，从老人后衣领那儿插下去。她一下连一下捅着，老人舒服地哼哼。“真解痒，真解痒。”后来妈妈不停地呕吐，头发枯得像苘麻。“我的儿啊，儿啊。”她一边叫一边抓紧儿子的手。父亲去找红小兵，后来戴着镜框的赤脚医生出现了。那人摆摆手，父亲拉上龙眼就走。他一步三回头，惦着母亲。身后咚的一声，门关了。他闭了眼也能看见赤脚医生取出一把刀，按按这儿，戳戳那儿，血水涌了出来。“妈妈！”他大叫一声，父亲狠狠一扯。刀子在妈妈身上剜着什么。妈妈的皮肤如干燥的雪层一片片切开，露出一大块变色的干结。赤脚医生气喘吁吁，取出小村人都不陌生的粗劣玻璃针管，给她注射。“我的儿啊，我的儿啊！”父亲握紧他的手腕。他听着妈妈的呼叫苦熬，熬白了最后一根头发……白毛毛花如醉如痴地歌唱，摇曳不停。白绒绒被西南风吹得纷纷扬扬，一朵朵飞向低空。云絮起起落落，覆盖了少白头龙眼。雪白的头发与其融为一体，再好的眼神也难以分辨。

对这伙年轻人来说，月亮升起之后是一段最美妙的时光。从天黑到月亮升起之前，他们什么也不做，只是不停地咀嚼酸枣，躺在温暖的沙土上歇息。他们等待月亮，盼望在凉爽的月色里奔跑。那时令人讨厌的外村人都回家去了，他们可以在开阔草地上大声呼号、跳跃，追逐赶鹦徐徐扬起的长辫。夜色里，年九在一个角落骂着香碗；憨人拍打节奏，想趁月亮升起前引逗赶鹦说一段数来宝。一个刺猬走过来，憨人起身去捉。刺球儿滚动不停，滚到赶鹦跟前舒展开身子，伸长鼻子嗅着。憨人咕哝：“说段数来宝吧。”山狸子在远处连声喊叫，月亮如果禁不住它的呼号就会提前溜出来。长尾巴喜鹊、狐狸、鹌鹑、野獾，它们都等着在月色下梳洗打扮，擦上花粉去喝老兔子王酿的老酒。据说老兔子王已经在荒滩上活了一百七十二年，如今只剩下一颗牙了。只有红小兵见过他，他们之间偷偷交流着酿酒秘方。他们的胡须都白了，一颗心却越变越善良。月亮快出来吧，快让俺借个光吧。不知是谁念叨起龙眼来了，大家都转脸去看肥，肥沉默不语。更远些的橡树丛里，喜年和金敏趴在地上等月亮。喜年说：“我不会有孩子啦。”他脸色阴沉下来。“为什么哩？”喜年叹口气。“到底咋啦？”喜年咬咬牙关：“前些年我爬树逮鸟，让树杈子把身子硌了。”金敏想笑：“那有什么！”喜年摇头：“不止一次了。真的。”金敏不吱声。一会儿，她抽噎起来。不知停了多长时间，当他们一齐抬头时，发现又圆又大的月亮在东边点亮了！老野鸡一声连一声喊叫：“渴——渴死！渴呀……”

赶鹦打了一个响亮的口哨。所有人都抖掉沙土跳了一下。“上沙岗去呀！跑哩！”大家喊着，伸着懒腰，有人还就地翻了个斤斗。年九的腰在月色下看去像狗一样细，赶鹦忍不住用手掐了掐。年九第一次红了脸嚷：“大姐大姐。”这时又有人喊：“看！”

龙眼提着篮子，手拄杈棍出现了。

“龙眼龙眼龙眼少白头龙眼哩！……”

龙眼一直往前走。他雪白的头发在月色下闪亮，直刺人眼。近了，大家都看见他衣服上、头上，到处都是白毛毛绒。再看篮里的酸枣，只有小半篮儿。“龙眼躺在白毛毛花地里睡了一觉哩。”眼上长小疤的美女香碗说了一句。“咱走啊，咱到月亮底下去。”赶鹦第一个奔跑起来，长腿跳腾。一匹热汗腾腾的棕红色小马，皮毛像油亮的缎子，光溜溜的长脖儿小血管咚咚跳。亲一下你乌亮亮的大眼啊，骑手不忍心使用鞭子哩。抓住马尾、马缰、马鬃，好骑手先伸手一纵，别怕摔跤。月色下真像追赶宝驹一般，连憨人那沉重矮小的身体也在沙地上弹动如簧。他们冲出树林的阴影，盯着被月色挂上一层银粉的矮灌木梢头往前跑。橡树的宽叶儿上有露水串儿，树隙的茅草尖上有金豆子在跳荡。火苗儿隐隐约约燃起来，渐渐听得见噜噜声了。一只兔子箭一般射去，飞蹄在火焰之上不敢久留，一点一荡掠过旷野。赶鹦终于说起了数来宝，喉咙又清又脆，四周鸦雀无声。只是在她煞住话尾的那一瞬间，人们才听见了另一片嘈杂。没有人怀疑：那是狐狸和草獾它们——一支急于享用老酒的队伍出动了。

千层菊花没有开，可是年轻人已经闻见它的气味了。就在一道自然形成的大沙岗的漫坡上，在夏季的最后一天，火一样的千层菊会同时开放。这是一只神奇的大手播下的种子啊。千奇百怪的动物在花地里狂欢，嘶叫、奔跑、互不伤害地咬架。它们的鸣唱使云彩变得彤红，使天空的太阳微微颤抖。从早到晚，皓月当空，动物们在花地上狂欢。这样直至第二天凌晨，它们才敛声息气，隐到树丛后面。这会儿疯长的茅草把一切都遮掩得严严实实。月光如水，浇泼着这漫坡草地，让你听得见吡吡的渗水声。

他们伫立在沙岗上遥望。荒滩上的一切都在这会儿获得了生命，活得恣意盎然。有什么在前方笛笛叫唤，赶鹦将拇指食指含到嘴里与它应答。满天的星星在口哨声里溅出了火花。赶鹦的腰身在月光的洗涤下显得越发娟秀，周身上下都散发出再清楚不过的千层菊花味儿。她的打了补丁的碎花裤子、那件褪了颜色的条绒布衣服，都变得一片芬芳。她提议将篮子放在沙岗上，大家跑到坡地上去——说着第一个冲下了沙岗。大家欢呼着，像骑兵高举马刀那样擎起杈棍跑去……宝驹的鬃毛在月色里　开了，微微泛红。追赶宝驹啊，油黑闪亮、毛色像缎子一样的宝骑啊。就连憨人也一蹦老高，就连肥也气喘吁吁。无边无际的荒滩原来有一匹花斑骒马，老辈儿人比比画画讲过骒马的故事——可是这十几年里它没有了。为什么？就因为花斑骡马转生了赶鹦。谁由什么转生得慢慢琢磨……赶鹦直跑得满脸涨红，胸脯一耸一耸像有什么要钻出来时才止步。她又躺在了草上。大家也躺下来。有人把腿搭在别人腿上，那个人就再搭另一个人——所有人都腿脚相连，像编草垫那样。年九的腿压到了香碗肚子上，香碗就骂。有人讲起了荒滩上的鬼怪故事，说蚂蚱变成的鬼像拇指那么大，兔子变成的鬼喜欢抽烟——看到夜间那些闪亮的火头儿了吧？那是它们在过烟瘾。正说到这儿有人喊了起来，大家一转脸，发现沙岗上有火头儿一闪一闪。谁都不吱一声地呆坐起来。一点、两点……十个火头儿！正看着，突然那边嬉笑起来。“那是外村人哩！咱的篮子放在那儿。”大家有些慌。赶鹦说：“不怕他们。我们去拿篮子。”

一群外村青年站在岗顶，有男有女，也是打酸枣的。这会儿他们居高临下看着过来的人，都挤着眼。“蜓鲅。”一个男青年吐了烟蒂说。赶鹦他们在岗下停住了。“不要篮子了吗？”有人涎着脸说一句，其余人大笑。赶鹦说：“走开！别碰俺的东西……”“俺的俺的。”岗上人学着她的腔调。一个斜眼小伙子抓起脚下篮里的酸枣嚼了嚼说：“好甜！”金敏咕哝：“不要脸。”那些人又笑。斜眼小伙子踢了一下，篮子顺着漫坡滚，酸枣全洒了。金敏哭叫着：“我的枣儿……”大伙儿都举起了杈棍。岗顶的人叫着“不好不好”，一齐踢翻了脚下的篮子，转身往回跑去，发出夸张的呼号。小村里的青年追赶上去，没有人去拾篮子。憨人的喘息伴着大家杂乱的脚步，龙眼、喜年和赶鹦一直跑在前边。不知跑了多远，突然外村人定住了。那个斜眼隔着一丛槐树问："还真想比试吗？"喜年沙着嗓子嚷："赔俺的枣！""那你过来！"斜眼说着用木棍勾住了刺槐的枝干，喜年真的高举杈棍走上去。眼看就要走到刺槐跟前了，赶鹦和龙眼猛然意识到什么，一齐叫着喜年——可是晚了。斜眼的钩子一松，刺槐树的枝枝杈杈、数不清的尖刺一下子反弹过来！天哪，有一根粗枝条抽在喜年脸上，他立刻捂脸倒地……赶鹦他们扑上去，扒拉喜年的手，喜年死也不肯松手。"妈妈呀，哎呀我的妈妈呀。"喜年的脸在月光下煞白，有什么粘粘的从指缝间流出来，是血！喜年把手移开，大家都看到他左眼当中插一根槐刺……金敏跪在地上。赶鹦慌了。都想为喜年拔出槐刺，可又不敢动手。还是喜年自己摸索着，嘴里发出嗯的一声，把槐刺除掉了。血不断地涌出。大家把他的头捧起，用包干粮的布围上他的眼。正做着，有人发出"啊啊"大叫——原来是龙眼举起了杈棍。"龙眼！龙眼！"大家一齐喊。那些外村人见一个头发雪白的人追过来，转身就逃。龙眼疯了！他追上一个打倒一个，所向无敌。不知多少人呀呀哀求，倒在树丛间……"龙眼要杀人啦！"憨人大喊。

黎明时分，赶鹦他们收拾起洒在沙岗上的酸枣，抬着绝望的喜年向村里走去。一路上大家都沉默不语，金敏偶尔发出一声哽咽。龙眼离开人群一个人走着。他不知道今夜伤了多少外村人。他只清清楚楚地记住了：从现在开始，小村里添了一个独眼。

发出一声哽咽。龙眼离开人群一个人走着。他不知道今夜伤了多少外村人。他只清清楚楚地记住了：从现在开始，小村里添了一个独眼。

十四

龙眼的父亲刘干挣犯了一种奇怪的馋病。院里的无花果刚刚半熟就被他摘下吃了，嘴角留着乳白的粘液。他个子只有憨人那么高，头颅很小，样子十分严厉。他总象害冷一样，很早就要穿上那件破山羊大衣。当年他与龙眼妈见面时就是披了它。所以后来两口子吵架，龙眼妈就骂"披着羊皮的狼"。他披着羊皮，发出老年人才有的哼哼声，到处找吃的。他趴在地上四下里瞅，用一根棍子翻翻捅捅，把衣柜泥缸缝隙里藏着的烂东西全掏出来了。"老天爷，你要做什么呀！"龙眼妈不住声地咳。她的脸焦黄焦黄，双眼僵硬，大概活不久了。她每天里都要按几次肚子，里面硬得象一球瓜干。她在心里祷告：老天爷啊，快让俺走吧，俺在这小村里还得留多久？男人找东西的模样使她想起了当年。那时刘干挣正在外面当兵，回家探亲顺便成婚。他腰上插了个小枪，背着手走路。赖牙刚刚管事，去迎接他，他一挥手挡开了说："去，不卫生。"就这样两人结下了仇。老父亲的破靴子、蒲垫、烟锅，甚至是用来挠痒的那根竹条，都被他烧了。他说一切都不卫生。不过他总算用带回的一点钱为老人买了一个新烟斗、一双新鞋子。后来，还买了一副眼镜。老公公戴上它，看起来象个妖怪，

十一

龙眼的父亲刘干挣犯了一种奇怪的馋病。院里的无花果刚刚半熟就被他摘下吃了，嘴角留着乳白的黏液。他个子只有憨人那么高，头颅很小，样子十分严厉。他总像害冷一样，很早就要穿上那件破山羊皮大衣。当年他与龙眼妈见面时就披了它，所以后来两口子吵架，龙眼妈就骂“披着羊皮的狼”。他披着羊皮，发出老年人才有的哼哼声，到处找吃的。他趴在地上四下里瞅，用一根棍子戳戳捅捅，把衣柜泥缸缝隙里藏着的烂东西全掏出来了。“老天爷你要做什么呀？！”龙眼妈不住声地咳。她的脸焦黄焦黄，双眼僵硬，大概活不久了。她每天都要按几次肚子，里面硬得像一球瓜干。她在心里祷告：老天爷啊，快让俺走吧，俺在这小村里还得留多久？男人找东西的模样使她想起了当年。那时刘干挣正在外面当兵，回家探亲顺便成婚。他腰上插了个小枪，背着手走路。赖牙刚刚管事，去迎接他，他一挥手挡开了说：“去，不卫生。”就这样两人结下了仇。老父亲的破靴子、褥垫、烟锅，甚至用来挠痒的那根竹条，都被他烧了。他说一切都不卫生。不过他总算用带回的一点钱为老人买了一个新烟斗，一双新鞋子。后来，还买了一副眼镜。老公公戴上它，站起来像个妖怪，摇晃着一头撞在香椿树上。一个镜片摔碎了，幸好还存留一个。老人从此再也记不住事情，说脑子就毁在眼镜上。男人拾起完好的那只镜片，让她对在眼上看——她看到男人的眼睛比马眼还大。后来这个镜片也给了她一些难忘的欢乐，比如用它放大手上的纹路、在破衣絮上找虱子。那会儿刘干挣可算是全村里首屈一指的人物。他背着手在街巷上走一圈儿，说：“赖牙怎么可以做村头儿呢？”赖牙吓得缩在屋里，直等到他回了队伍才敢出来。男人探家的日子龙眼妈一生不能忘怀。她个子高大，粗手大脚，身体比男人长出很多。那些温热的夜晚，她硬是搂紧短小精悍的男人，喘个不停。刘干挣双眼布满血丝，为她讲前线的事情。她想象着这个瘦小的身躯在炮火下奔突，泪水不由得洒下来。男人比画着身体上有可能挨枪子儿的地方，让她好激动。她抹一下并不存在的伤口，又用红色的士林布为他包扎起来。窗外的鸡叫了，老公公的咳嗽声与之彼此呼应。刘干挣不得不提上枪归队，不过住了不久又回来了。他的理由很简单：“想得慌啊。”他睁开一双小红眼睛说。那时的龙眼妈盼星星一样把他盼回，完全料不到往后的日子那么苦涩漫长。赖牙说刘干挣是逃兵，几次要勾连外村人把他捆了去，恼恨得牙根发痒。刘干挣闯荡过一阵，并在长达三年之久的时间内拥有一支枪，这使赖牙恐惧。“奶奶的！”他常盯着刘干挣的小屋骂一句。刘干挣不愿做活就说一句腰疼，让老婆拔火罐。青花被子破旧了，白毛毛花儿一朵一朵飘出，他开始打老婆了。他终于接受了小村人辈辈相传的美好习俗。打啊打啊，龙眼妈像秫秸一样倒来倒去。她没有鞋子，大脚乌黑多皱，满是裂口，灰土洗也洗不掉。这双脚踩着铜钱厚的秋霜，为他拣来地瓜叶儿，做出又咸又辣的面糊，又用地瓜面掺上榆皮粉，为他擀面条儿。滑溜溜的面条儿呀，它可是别人家过大年才能吃上的！男人吃过面条就讲当兵时的故事，最为愉快。他说队伍上的好汉都是用水桶盛饭，用脸盆撒尿，用十二个齿的铁钉耙挠痒！他说好汉都不洗澡，身上的灰尘像蜡泥一样厚腻，子弹稍稍偏一点就别想打穿。他还乘兴给儿子取了一个外号："小老头"。龙眼妈一听这三个字就全身战栗，跑到屋后嚷着："我的孩儿呀！"……刘干挣把屋子翻得一片狼藉，终于找出了宝贝：两团塞了麦草的生猪皮。

他要让屠宰手方起为他做猪皮冻。锅子沸滚之后，他又催促龙眼妈出去打酒。他对方起说："咱老哥俩非好好喝一盅不可。"方起点头。多好的皮冻啊，到时候用刀子切成亮闪闪的一块——这是庄稼人的荤腥啊，这是小村里秘不示人的一招，也许是老天爷故意给小村人开启智门。他们坐在灶前议事，刘干挣不停地骂："我日赖牙！我日大脚肥肩！"在如此高兴的时刻里，刘干挣不由自主地与方起双膝相触，面对面观察起这个人来。他发现对方原来奇瘦，额窄而亮，也许是过多接近猪类的缘故，那额上也有猪似的纹路。鼻子也像一种乳猪，凸出的嘴唇，不整齐的牙齿。哦，嘴巴歪得多厉害。"一个好人哪！"刘干挣在心中感叹。方起被端量得不好意思，把脸转开。窗外天色暗下来，雷声滚动——刘干挣突然意识到面前这个人可以做自己最好的朋友，与之推心置腹！看着这个坐在水汽里的屠宰手，觉得世上再也没有比他更好的人了。看他两颊消瘦，鼻子一侧的皮肤一抽一抽，可爱极了。一肚子的话想说，但苦于找不到表达友谊的方式。踌躇再三，他终于试着用手搂了一下对方的脖子，说："为人一生交友不易啊……朋友一大堆，知心有几个？

俗语说得一点不假。”他咳着，又转身到一个纸箱子里翻找什么。他从底层找出了一个土布包。方起眼看着布包一层层解开，伸长了脖子。原来是一个牛皮纸袋。刘干挣从袋中掏出了黑乎乎脏腻腻的东西——半截旧皮带、两颗生锈的子弹。他拍打着：“这是我当年在队伍上用的哩，我谁也没有给他看过。告诉你吧，赖牙如果惹翻了我，两颗子弹就钻进他脑壳里去哩！”方起吸了一口冷气。

龙眼妈走在街上，手捂着口袋。她觉得那两块钱直往上钻。她真舍不得花钱打酒。她盼大雨快落下来，那时龙眼就会跑回，她就携上儿子回家——不是不买酒，是天上下大雨哩……她还想在巷子里看见那个胖胖的姑娘，做梦都梦见她一迭声叫妈。那胖女娃儿故意躲着老刘家的人哩！我的白头发孩儿呀，你命里注定要受些苦楚。她想如果肥的父亲——那个瘦骨嶙峋的男人健在，这门亲事准成。那个苦命人哪，因为饥饿，一天到晚在村子四周转悠，总想拣点地瓜梗儿、洒在路上的玉米粒儿，活着时都叫他“老转儿”。他最后还是饿死的。肥和龙眼小时都光着屁股在土末里爬，手扯手滚在阳光下。龙眼妈和老转儿一块儿看着孩子，都说：“多么好的一对儿。”龙眼的头发越长越白。老转儿抱起他来，说是女婿哩。龙眼妈说：“可惜这孩子的头发……”老转儿说：“这不碍事。”他们真的视为亲家，逢年过节走动走动，各自怀中揣上点东西：萝卜干呀、咸菜呀、熟地瓜瓤儿揉成的饼呀。老转儿说小村有小村的规矩，姑娘都嫁当村，只要守了规矩，光棍才不会多。想想吧，外村人也打起了小村的主意，小村人还用活吗？小村人守住自己的女娃，也就守住了地气。龙眼前几年从未怀疑过肥会是别人的媳妇。他知道这是前世姻缘，板上钉钉。但老转儿死了，把龙眼的希望一块儿带到阴间去了。世事变了，这个小村又一次面临绝境，又该像老辈人那样开始一场迁徙了。龙眼妈这会儿看见浑身土色的老转儿在街巷上转，说要吸点烟火气儿。“你不能帮帮我的孩儿吗？”龙眼妈声音里带着央求。“我不能。我跟小村的人隔开了一层纸。”“你不能指点自己的女儿了？”“我不能。她是阳世的人。”龙眼妈又问：“你在地下过得好吗？没人欺负你吗？”“还好。有人按时分我一份黑煎饼。不过咋说哩？外村人照旧那么叫我。”龙眼妈揉揉眼：“你那儿没有治白头发的药吗？”“没有。龙眼的病是胎里带的，谁也治不好。”他们沉默下来。龙眼妈问他夜夜出来吗？他点头：“出来找熟人，也看见些生人。”“夜里都是什么人才满街跑呢？”老转儿叹道：“都是光棍汉子，一群一群赤脚乱跑，嘴里呵着白气，吱吱叫唤。”“天哪，可怜的小村人，可怜的光棍汉。我家龙眼也要加入他们一伙了，他们连鞋子也不穿。老天爷可怜可怜他们吧。”又一阵雷声，龙眼妈再不敢耽搁了。

一个独眼人挑着担子走进昏暗的街巷。他敲着小锣，喊：“针头线脑，毛绠顶针，勒裤腿的胶皮圈，刮胡刀子乌木把儿；还有老鼠药，虱子药，乐果，敌百虫，十滴水儿，牙刷仁丹腿带子，耳勺小溜子鞋拔子生铝的……”一大群孩子闻风而来，老婆婆从巷子里拄着拐奔出。“上回让你捎的眼药……”一个老婆婆嚷。独眼放下担子说：“没错带来了，一毛三分五让你五厘就是。”“有玉米镩子吗？”“下回吧，捎个槐木把儿上漆的。”孩子们要铁哨子，独

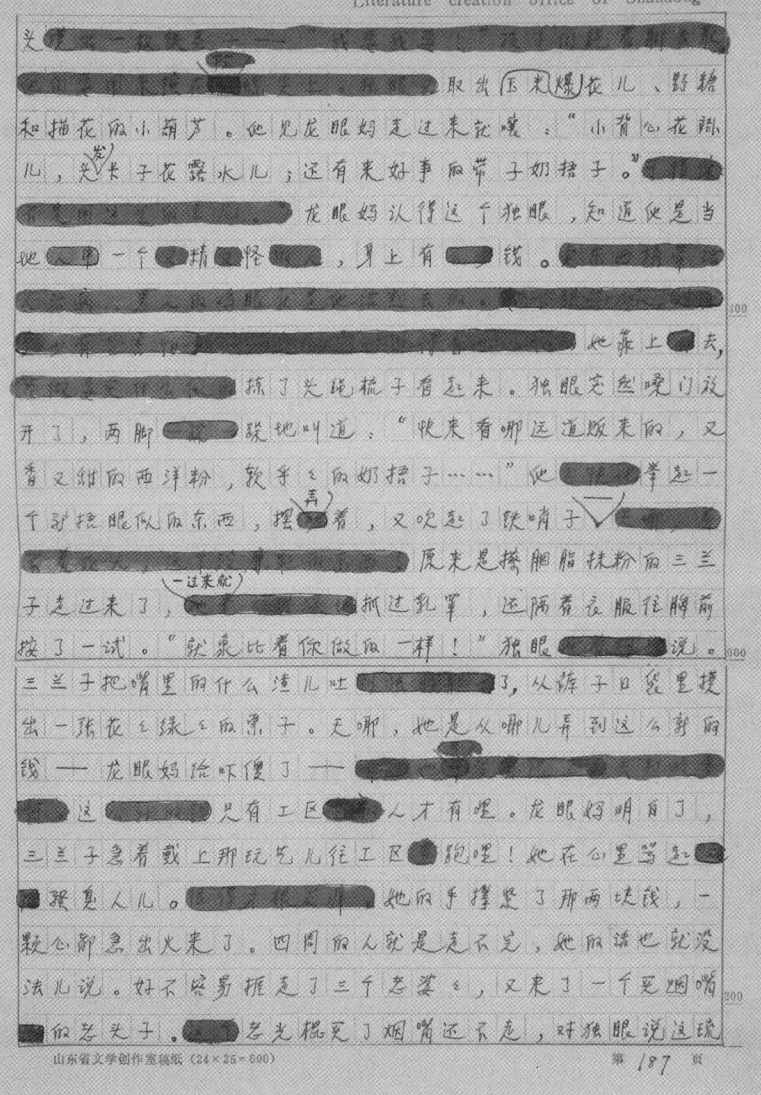

头

取出玉米爆花儿、野糖
和描花的小葫芦。他见龙眼妈走过来就嚷："小背心花裤
儿，头发卡子花露水儿；还有来好事的带子奶搭子。"
龙眼妈认得这个独眼，知道他是当
地一个精怪，身上有钱。

她凑上去，
拣了头绳梳子看起来。独眼突然嗓门放
开了，两脚跺地叫道："快来看哪远道贩来的，又
香又甜的西洋粉，软乎乎的奶搭子……"他举起一
个剥搭眼似的东西，摆弄着，又吹起了铁哨子
原来是搽胭脂抹粉的三兰
子走过来了，一过来就抓过乳罩，还隔着衣服往胸前
按了一试。"就象比着你做的一样！"独眼说。
三兰子把嘴里的什么渣儿吐了，从裤子口袋里摸
出一张花花绿绿的票子。天哪，她是从哪儿弄到这么新的
钱——龙眼妈给吓傻了——
这只有工区人才有哩。龙眼妈明白了，
三兰子急着戴上那玩艺儿往工区跑哩！她在心里骂起
骚臭人儿。她的手攥紧了那两块钱，一
颗心都急出火来了。四周的人就是走不完，她的话也就没
法儿说。好不容易挤走了三个老婆婆，又来了一个叼烟嘴
的老头子。老光棍叼了烟嘴还不走，对独眼说这玩

山东省文学创作室稿纸（24×25=600）　第187页

眼拿出铁哨子吹了一声，又从担子的另一头取出爆玉米花儿、野糖和描花的小葫芦。他见龙眼妈走过来就嚷：“小背心花褂儿，头发卡子花露水儿；还有来好事的带子奶捂子。”她靠上去，拣了头绳梳子看起来。独眼突然嗓门放开，两脚跺地叫道：“快来看哪远道贩来的，又香又甜的西洋粉，软乎乎的奶捂子……”他举起一个驴捂眼似的东西，摆弄着，又吹起了铁哨子——原来是擦胭脂抹粉的三兰子走过来了，她抓过乳罩，隔着衣服往胸前按了一试。“就像比着你做的一样！”独眼说。三兰子把嘴里的什么渣儿吐了，从裤子口袋里摸出一张花花绿绿的票子。天哪，她从哪儿弄到这么新的钱？龙眼妈给吓傻了——只有工区人才有哩。龙眼妈明白了，三兰子急着戴上那玩意儿往工区跑哩！她在心里骂起骚臭人儿。她的手攥紧了那两块钱，一颗心都急出火来了。四周的人就是走不完，她的话也就没法儿说。好不容易挨走了三个老婆婆，又来了一个买烟嘴的老头子。老光棍买了烟嘴还不走。对独眼说这琉璃烟嘴就是老年人的奶头，日日吮。龙眼妈又在心里骂。老头子走了，独眼往这边靠了靠。她口吃地问：“有、那药……治少白头的药没？”独眼一愣，拍一下腿：“有哩——百发百中，一丸生效，两丸除根。”“那我买两丸。”“一丸一块三，你得出两块六了。”独眼翻出两个黑丸：“用酒化了搽上，忌凉、忌房事。”龙眼妈摸出那两块钱说：“就这些了，求你行行好吧。”独眼叹着气，嘴里发出一个脏字，才下了决心，把两丸药重重地交到她手里。

巷子乌黑乌黑，夜晚早早来临了。龙眼妈急急地走，突然看到巷口有个身影闪了一下。她脱口喊道："肥！"停下来的人果真是肥。龙眼妈攥住她的手。"大婶。""我的好孩儿呀，"龙眼妈撩起衣襟去擦她汗津津的额头，"大婶多么疼你，该守着大婶过哩。"肥哆嗦了一下。"好孩儿你知道咱家地瓜才甜，咱家大炕热烘烘。天边上飞来的鸟说走就走，找人要看他家根底……"肥的泪花在眼眶里旋着："大婶，您不是天边上飞来的鸟儿吗？讲根底，咱都一样，吃了一辈又一辈地瓜，烧胃哩。"龙眼妈的手一下松开了。白白胖胖的肥，你那身肉都是吃地瓜长出的哩，如今也嫌它烧胃！龙眼妈无望地哆嗦嘴唇，像是说给路人听："俺家龙眼有了家口，会知冷知热，跑十里八里出去打食儿。冬天里妈冷，他把妈手放肚皮上暖着，不作声。好孩儿你该信得过。"肥把身子靠到龙眼妈身上："快别说了大婶。"龙眼妈紧紧搂住她，又去梳理她的头发。多黑的头发，像锅底一样颜色呢。这头发用千层菊花洗过吗？一股粉嘟嘟的香凉味儿。多么水灵的姑娘啊，像渠畔上的梧桐苗儿，一碰就想流水儿。龙眼妈扳住她的脸贴在自己脸上。肥像躲闪烙铁一样躲着，"啊不，大婶啊不！"她想挣脱身子，可龙眼妈的手铁钳一样硬。她拍打着肥自顾说下去："孩儿，大婶今后把你含在口里，揣在怀里，大婶让你梦里都笑得咯咯……"肥不顾一切去捂龙眼妈的嘴，后来放声大哭。龙眼妈这才止住了话头。肥挣出了身子，差一点摔倒。"我的孩儿！好孩儿！"龙眼妈眼看着肥投进黑漆漆的夜色里。

大雨啊，什么时候才能下起来？什么时候才能赶走夜游的孩儿？肥说不上是盼一场大雨，还是贪恋这伸手不见五指的黑夜。她跑着跑着，一颗心几乎跳出来，不断地靠在杨树上喘息。雷声隐隐，她不知怎么浑身战栗。街巷上只有她自己，可她还是战栗……她终于明白黑暗中有什么，她又感到了某个角落里那对目光。天哪，她又跑起来，脚步慌促……天哪，有个人昼夜不舍地跟踪她，就像受一座村庄的托付和派遣，一直用目光盯住她。那人与她一起长大，她怎么也看不出他有什么好的。一个人有自己的命，一个村庄也有自己的命。认还是不认？那个人不爱说话，乍一看比憨人更木。他们是从一块泥土上滚出来的，肠胃里同样装满了地瓜。那个人长到了十七八岁，饭量剧增，一口气可以吞下五块地瓜。地瓜煮得软烂如泥，他不用咀嚼，只用两手往嘴巴里收拾。地瓜使他急躁起来，有时他走上街头，看到一块砖头不顺眼，就一脚把它跺碎。不知从哪一天开始，肥在躲躲闪闪，久久不愿归顺。这大概使村里的神灵恼怒了。村子是有神灵的，他的声音就在午夜里出现。小伙子忍耐着一腔愤怒，用黏漆一样的目光胶住了她，使她脚步迟滞。这墨汁一样浓稠的夜啊，这企盼着一场暴雨的夜啊，肥一时无处下脚。她走过一个又一个巷口，走向街心。前边就是黑乎乎的碾盘了，她的腿有些不听使唤。这会儿她又被那目光击中了，浑身一抖。目光像电光一样明亮有力，越逼越近。后来，他伸出一只手来——这手积聚了十七八年的愤恨，猛力一拉将她拽到怀中。“龙眼龙眼龙眼少白头龙眼哩！……”她要说什么，解释什么，可他一概不听，扛起来，没头没脑地摔到碾盘上。雷电闪闪，这大雨前的碾盘光滑如镜，寒冷如冰。肥的手抚摸着自己的第一个暴君，发觉他伤痕累累。她知道这是他从小到大被树杈子扎的、被玉米叶割的、被冰碴儿划的、被镰刀和镢头碰的……她流下了眼泪。她一遍又一遍抚摸他，像抚摸自己庄稼地的泥土，抚摸自己的村庄。那一刻她觉得自己再也不是孤女，他就是自己的哥哥。再也没有比交给他更好更应该的了，他们的血肉原本相连。接下去的这个大雨将临的夜晚哪，他们精疲力竭，流尽了最后一滴血，两颗心在一瞬间苍老了……

龙眼妈去红小兵家讨了点酒做“药引子”。当她怀揣一小盅酒回家时，早把男人的叮嘱忘了。夜深了，她站在门口，一眼看到两个男人坐在灶口上，共同面对一盘皮冻。“酒来了吗？”刘干挣耷着眼皮说。她迟疑着，还是跨进屋子。“酒！”刘干挣又嚷。龙眼妈把不足一口的盛酒盅儿放了，掏出了药丸，说：“龙眼搽头的药……”刘干挣蹦了一下，不知怎么拧倒了老婆，把她的脖子踩住了。“方起你把烧火棍递过来。”他喊着，噗噗地打起来。九月的雨啊，迟迟不愿下来，多么恼人的悬在半空的雨。龙眼妈在地上滚。她的腹部已经松脆风干，她故意让棍子落在上面，她期待着它被碰碎——那时她也就完了。再也不用为老刘家操持苦食，不用为儿子的白发操心了。你打，你往死里打吧。你打死了我，我在阴间给你作揖哩。我知道也该死了，我像一条泄了籽儿的鱼，再也没用了……天上的厚云彩啊，快变了脸落下来吧，快把我的孩儿赶回来吧。肚子一阵阵疼，她瞪大了眼望屋梁。屋梁就要塌下来了，有了一道裂纹了。男人在一边低头喘息，汗水滴了一地。龙眼妈的泪水比男人的汗水还多，她哭蒙了，两眼冒金星，眼看坠到枯井里了。她一下抱住了一双泥脚。她昏死过去。方起提起她的手，刘干挣对上嘴巴呼气。屋外的雨哗哗落下来了。龙眼妈睁开了眼。

雨帘中冲进了龙眼。他目睹着屋里的一切。“我的孩儿，你过来，过来。”妈妈浑身是土，嘴角沾了血，躺在只有一半席子的土炕上。他盯着妈妈，她只是不语。窗外大雨瓢泼一般，下得好痛快。妈妈感激地望着大雨。龙眼坐在炕沿上，妈妈拦住他的腰，抚摸他的白发。龙眼紧闭着嘴。妈妈不知从哪儿摸出了药丸和那一点点酒。她揉碎了一个药丸，蘸上酒给龙眼涂起来。“好孩儿听话，搽上这药头发就变得锅底一样了。”一丸药涂完了，白头发变成了红的。龙眼两手紧紧抱住了头，皱着眉。“孩儿怎么了？”“妈妈，我痒！”“你咬住牙关，孩儿。”“我痒！我痒！”龙眼叫着跳起来。父亲正和方起吃着皮冻，望着雨水。突然龙眼往前一扑，两手狠狠地扼住了父亲的脖子。刘干挣甩着头颅，方起抱着拳头击打龙眼的手腕，龙眼的手渐渐松脱。龙眼妈出来了，一下跌倒在地。刘干挣跳起来，回身摸起了烧火棍，掂了掂又换上切菜刀。龙眼死死盯着父亲的刀子。刀子掉在地上。妈妈的脸惨白惨白。龙眼擦去妈妈嘴角的血，扶她坐下，然后向屋外大雨中走去。“我的孩儿呀，你往哪跑呀……”

真是一场透雨！但愿它无休无止，大水把整座村庄冲走吧！天和地、地里的地瓜秧儿全都一个颜色，一切的一切都恼怒了。哗哗的水声呼唤有血性的人，出来看青蛙怎么蹦，树枝怎么折断，老鼠怎么搬家，老鹰怎么抖着翅膀往茅草里钻。多好的雨啊，九月的雨，冰凉冰凉像冬天的烧酒。龙眼惊异的是大雨这么快就泡松了田野，一脚踏上去立刻就陷没了脚踝。闪电中地瓜叶儿一齐向上昂着，雨水泼在上面发出噗噗的开水声，腾起一团白气。他踩着松软的地瓜田向前走去。雨水把染上的红色冲得一干二净，他的头发又像出生时一样雪白。身上的最后一点热气也给秋雨冲光了，尘垢洗净，连常年的淤灰也被泡掉了。大雨把刚长成的地瓜冲出来，可怜的瓜儿。茫茫的雨地，我往哪里走？大雨像千斤锤子一下下砸在庄稼孩子的脊背上，我往哪里走？！

闪电一次次熄灭。雷落在地上。龙眼不顾一切地往前　，水在脸上纵横交流。他突然明白自己疯迷般冲出门，是要奔向夜雨中的大碾盘子……它在哪？交织的雨和涂黑的夜让他迷失了路径。一条水沟溢满了，他慢慢滑下陡坡，把缠到腿上的藤蔓扯掉。一仰脸，见闪电照亮了一个身披蓑衣的老人。老人缩成一团，像蹲又像伏，吭吭地喷气。龙眼心上一热，叫了一声。老人抬起了头，原来是憨人的父亲弯口。弯口的脸让人想起砍刀的脊背，又窄又硬，雨水中闪闪发亮，上面有一道疤痕。老人费力地昂起头，用蓑衣角去遮龙眼的身子。原来他在用一个破了半边的柳条篮子逮泥鳅。篮子卧在水沟下游，大雨将沟底的泥鳅冲下来，落到了篮子里。老人的蚊帐布小口袋里有了三五条泥鳅。龙眼想为他搅出更多的泥鳅，扎进了水底。水像泪水一样腥咸，是一万年的忧伤汇成的。腾起的污泥包住了他的头，弯口把他抱进怀里，撩着水给他洗白了头。“我的好孩儿，你弯口叔懂哩。我年轻时也在九月大雨里跑出来——瓜干烧胃哩。不过下雨天放声大哭也不丢人，雨声雷声掩了哭声哩，泪和雨混在一块儿也看不出来。有心眼的人都在雨天里哇哇哭，这是小村人的方法哩。这好比庆余做的黑煎饼，里面有个法儿。是吧好孩儿？”龙眼的眼睛被雨洗得红肿了。他凝视着弯口，又盯一眼拧动不停的泥鳅。“好孩儿取几条泥鳅家去吧，你爸你妈见了准欢喜！小村里没人知道哪儿藏下了这些宝物，它是雨里生根雨里结果哩！庄稼人有个七灾八难，身子乏了，喝上一碗泥鳅汤就成了。这是包治百病的神药，女人坐月子，男人得了馋痨，吃它都是对口的药。憨人烂鼻子，憨人妈有事儿，我都出来逮泥鳅。我那时老站在屋檐下等雨……你可吃不得，它能点着你身上的火性，那时你就会在雪地上打滚，在冰窟窿里洗澡。好孩儿拿走几条吧，不过别告诉外人……”龙眼直愣愣地望着老人，他锥子似的目光好似在问：“我的满头白发呢？你不是说它能对付七灾八难？”弯口像听见了龙眼心中沸动的呼唤，接上说：“你这白头发根儿扎得深哩。好孩儿你千万莫再愁了，越愁头发越白……”弯口老人撑开龙眼的衣兜，将口袋里的泥鳅挤出几条。老人像刺猬一样裹着蓑衣走了。

大雨越下越猛，雨帘和夜幕把一切遮得严严实实。龙眼踏出了一块块地瓜，洗去稀泥，大口咬起来。黑茫茫浑苍苍的雨夜啊，我往哪里走？

儿扎得深哩。好孩儿你千万莫再怒了，越怒头发越白……”弯口老人掰开龙眼的衣兜，将口袋里的泥鳅捞出几条。老人象刺猬一样裹着蓑衣走了。

大雨越下越猛，雨帘和夜幕把一切遮得严严实实。龙眼踏出了一块块地瓜，洗去稀泥，大口咬起来。黑茫茫浑茫茫的雨夜啊，我往哪里走？好大的雨啊，象千斤的锤子一下下砸在了庄稼孩子的背背上啊，我往哪里走?!

十五

有月亮的夜晚，龙眼妈抹去泪水，约上憨人妈去割猪草。两人哜哜嘻嘻出了小村，沿着紫穗槐茂盛的渠畔往前走，又在闪亮的露水叶儿上坐了。月光象无花果流出的水。千层菊的气味弥漫在草地上。憨人妈矮矮的，比龙眼妈年轻一点。她是龙眼妈的知己，刚嫁到小村时还教过对方睡觉的方法。她们几十年来养成的唯一嗜好就是凑到一处哭，把鼻子拧得彤红。最无望的时刻里，她们就互不相扰地回叙过去，骂男人的卑陋无耻。憨人妈饱满的身躯过早地穿了厚衣服，眼睛象星星一般闪亮。她的额头又黑又光渗着皮脂，月色下看去似一块龟板。那双与面庞极不相称的艾怨的细眉，已经让龙眼妈无数次地夸过。龙眼妈说：“描不出哩。”憨人妈从来没有看上过弯口，说男人除了能及时手到吃食而外，一无所长。说实话，憨人一家口福比谁都深一些，这在小村里已经是不言自明。

十二

有月亮的夜晚，龙眼妈抹去泪水，约上憨人妈去割猪草。两人叽叽喳喳出了小村，沿着紫穗槐茂盛的渠畔往前走，又在闪亮的露水叶儿上坐了。月光像无花果流出的水。千层菊的气味弥漫在草地上。憨人妈矮矮的，比龙眼妈年轻一点。她是龙眼妈的知己，刚嫁到小村时还教过对方睡觉的方法。她们几十年来养成的唯一嗜好就是凑到一处哭，把鼻子拧得通红。最无望的时刻里，她们就互不相扰地回叙过去，骂男人的卑下无耻。憨人妈饱满的身躯过早地穿了厚衣服，眼睛像星星一般闪亮。她的额头又黑又光渗着皮脂，月色下看去似一块龟板。那双与面庞极不相称的艾怨的细眉，已经让龙眼妈无数次地夸过。龙眼妈说："描不出哩。"憨人妈从来没有看上过弯口，说男人除了能及时弄到吃食以外，一无所长。说实话，憨人一家比谁都有口福，这在小村里不言自明。她们都是从南山嫁来的，那里每年都要饿死几个好人。憨人妈直到如今还在做一件事情，不过她从来不瞒龙眼妈。她每年秋天煞尾的日子里都要设法回南山一趟，跟一个通身黢黑的高个子男人过上几天。弯口不知道。她踏着银霜返回，额头上的皮脂明显地增多。依靠这一次欢乐的滋养，她才能平安过完冬天。"那个人哩，我对他不起。"憨人妈说着就要流泪。她说那个男人才是男人，让她枕着胳膊弯睡觉，还在她身子底下垫一块毛绒绒的羊羔皮，他的长身子像蛇一样缠裹着人。她说至今也闹不清憨人是谁的孩子，扳着手指算也算不出。龙眼妈也为她算了多次，仍旧无济于事。她说那一次从南山回来就恶心——不过真正让人恶心的应该是弯口。虽然弯口当年还是个身板笔直的人，但由于特别瘦弱无力也就近似于一个残疾人。他对老婆指手画脚的样子尤其让人不能容忍，小村里人都说："就那副样儿，还说什么！"一些光棍汉甚至半真半假地合计怎样从肉体上消灭弯口，比如在秋天刨地瓜时把他掀到枯井里，喂他点敌百虫药，派他出趟长差累死他，等等。憨人妈在小村里有个好名声，她从未与任何村人有过龃龉。这是龙眼妈最为钦佩的。"做人就得有个礼道。"憨人妈说。她见了长辈人哈腰说话，声音又低又柔。那些光棍汉老了也是长辈，她对他们一视同仁。有的老头子坐在太阳下取暖，让憨人妈捶捶背，憨人妈就过去捶。老头子扶着她喘息，有时手放得不是地方，她就闪开，叫一声："大叔……"大叔都喜欢憨人妈。全村里只有憨人妈走路像红小兵一样快，所以她才能一次次去南山。年纪渐渐大了，终有一天要结束这种浪漫的旅行。为此她反复权衡，跟知己龙眼妈商量。龙眼妈以背鳌子的金祥为例，说山路再也走不得了。"身子要紧哪。"憨人妈眼泪汪汪地说："那我就把他搬来小村里住吧，反正都是外地人，没人嫌他……"龙眼妈摇着头。憨人妈说："那我趁早死了算了，还活什么！"龙眼妈劝她："老姊妹！看着孩子过吧，憨人那么大了，快娶媳妇了。"这个秋天流水一样快，憨人妈终于没有去南山。她欠下一笔心债，坐立不安。弯口脾气越来越好，弓着身子在小院里奔忙，搬弄烟叶，卷烟抽。他让憨人妈也学学，她试了试觉得并不难做。她抽上了烟，像村里一些小脚老太婆一样，手夹喇叭烟笑嘻嘻的。她怀疑所有抽烟的人都像自己一样，在心里压了个事情。百无聊赖的日子里，她越发关心憨人。她端量这个害了哮喘病的孩儿，突然明白他该是弯口的后代——疾病也会巧妙地遗传。憨人的鼻子软大诱人，挂了红伤也是自然而然的。他的嘴巴往前突着，像被一只无形的手用力揪住，多么像弯口！她第一眼见弯口就注意到这张嘴，心想这么个男人让我摊上了，倒是亲嘴省劲儿。谁知弯口厌烦亲嘴，那时憨人妈亲他一口，他就用袖口擦一下。憨人妈没好气地问："你长了嘴好做什么？"弯口说："吃瓜干哩。"一天天过下来，弯口像女人一样爱唠叨，憨人妈就说："找根麻绳缝上你的嘴！"奇怪的是弯口直到四十岁还留了分头，一双眼睛有趣地眨着。他破烂不堪的身体中潜藏着无法估量的韧劲，腰弓了，看人必得费力仰颈，但仍不停劳作。憨人妈有时觉得男人是一片粘到衣服上的鹅毛，甩也甩不开，一天到晚跑着摆动。他沉着而又和蔼，对穷困笑脸相迎。他咀嚼瓜干的模样使人无法忘记：嘴角紧闭着磨动牙轮，偶尔往唇间插一截葱叶，像一只可爱的老兔。无论晴天雨天，他总是在昏暗的黎明起身，到小村四周拾粪。黑咕隆咚的朝雾里总回荡着他的咳嗽。她曾与龙眼妈讨论各自男人的优劣，都认为弯口是小村里过日子的好手，遗憾的是身上缺少刘干挣那样的钢火。"他爸藏了子弹咪！"龙眼妈有一次对在憨人妈耳朵上说。这个秋天的凉风啊，草地上亮晶晶的露水啊，愁死人。"我不想活了。"憨人妈一遍又一遍说。

一只青蛙射过，冰凉的水甩到了她们身上。蝈蝈叫了两三声，戛然而止。蚯蚓藏在湿泥里唱歌，萤火虫攀着长长的软梯从月亮上下来，在她们花白的头发上弹跳跃动，借着湿气把花粉抹上去。看不见的死亡之丝从两颗头颅上长出来，与浅浅的月夜连接。憨人妈和龙眼妈若无其事地挨坐着。大鸟孤单地蹲在一边，红脚扎在湿漉漉的草里，它呼吸粗重，像憨人一样害了哮喘病。龙眼妈几次想捡个石子赶开大鸟。憨人妈的话让龙眼妈的心揪紧了。龙眼妈来不及说出的话让知己说了。要不是挂念龙眼，她也许早就不活了。她几次想找憨人妈说一句："老姊妹，我得先走一步了。"身上那处松脆的东西在疼，脸如土末，连眼睛也干枯得没有汁水。晚走不如早走。老姊妹我耐不住了。她们不约而同地羡慕起肥的母亲：人家吃着软乎乎的甘甜地瓜也就走了，这肯定是老转儿在暗处助了一臂之力。女人有个好男人多么福气——"真不该嫁到这个小村里呀！"她们差不多同时叹了一声，眼睛酸了。远处传来一群夜游的年轻人的嘈杂声，辨不出是谁。龙眼妈仿佛看见肥跟在赶鹦身后奔跑，龙眼又跟在肥的身后。"可怜的孩儿，都是白头发害得你呀。你雨天跑出去着了凉，那两块钱买回的药丸也就白费了。"龙眼妈一双手深深地插进了土里。这么坐了一会儿，她们开始摸索着去割猪草了。镰刀哧哧响，心里舒坦些。龙眼妈年轻时候长得好：长腿、大眼、油滋滋的脸儿。山里人醒事晚，她十七岁那年去山坡上割草，看见驴子粗暴地交配还以为是打架。

她穿了旧蚊帐布染成的土黄色小背心。那是妈妈用向日葵花儿揉成的。小背心穿了两年，越穿越紧。疏疏的一层旧布啊，遮不住鼓胀胀的胸部，男人冷不防伸手在上面捏一下。裤子破了，腿弯那儿有了洞，有人就拣了豆虫往洞里放。山里人没有裤子穿哩。那些上年纪的人，那些脸上满是黑皱的男人女人算穿了裤子吗？他们露皮露肉，挥动大镢干活，一会儿就累得躺在石头上。有时他们跪在地上干活，用指头抓地，倒能省些力气。尽管快要累死了，他们还有心思嬉闹。男人两手按住女人的背，在她们没有防备的时刻跳过去，然后拍着手说：“又过了一个。”有的男人一天能过好几个女人，被跨跃的女人羞怒参半，有时就与男人偷偷地在山沟里好。那样的事情在秋天里才频频发出，因为地瓜和花生都长成了，他们吃得浑身都是力气。年纪轻轻的龙眼妈啊，头发被秋天的风洗得多么滑柔，皮肤白里透红，噗噗放着热气儿。哪个小伙子不想把她的长腿挽起来，像抱一只绵羊那样把她一溜溜抱到山坳里。小伙子把鼻涕擦净，凑近了说：“中不？”她就说：“不中不中。”不知多少人急匆匆从她后背上跨过去，喊着“过了过了”。她用土扬他们的脸，用地瓜打他们的屁股。有人用强力把她拽到大树后面，不容分说就揭蚊帐布背心。年轻的龙眼妈那时的拐肘多么有力气，三捣两捣把他捣跑了。“俺过了你。”“过了也不作数。”“没信义哩。”“你家去讲信义吧。”骂架吵嘴男人也不是对手。有些日子里她愿意和一个头发鬈鬈的小伙子在一块儿做活，两个挨着拔草、翻地瓜蔓儿。小伙子的眼像猫，又圆又亮。他已经长出了黄茸茸的一层胡子，破裤子洞洞里露出了结实的、沾满了灰土的腿。猫眼小伙子从家里偷瓜面油饼给她吃，还给她大红杏子。他们后来无所不谈，都从对方热烘烘的身体上感受到了某种迷人的东西。有一次他们藏起来，互相喜欢得打起架来，不巧小伙子出手重了些，她就恼了。十天他们没有说话。第十一天的中午，小伙子无精打采从她面前走过，到了山根下的小水库旁边。她像被线牵住一样跟上去，只离他五米远。他站住，她也站住。他们互相注视，停了片刻，突然一块儿哭了。哭过之后轻松愉快，只是仍有一股灼热留在胸窝那儿。为了表示歉意和再也不会更改的友谊，他们彼此容许对方抚摸身体。末了小伙子脱了草靴，让她看红肿的小拇脚趾；她则让他看了肚子上的一个痣。那个中午他们说了不知多少话，都说再也不和别人好了。那时的龙眼妈究竟得到了多少欢乐，一辈子也不想对别人说。但她后来都如实地告诉了憨人妈。憨人妈丝毫也不怀疑这位不幸的老姊妹那会儿还是个不通事理的娃娃心儿，太亏了。龙眼妈说夏天里，趁着月亮他俩手扯手到水库里洗澡，那小伙子有时装着淹死了，直到把她吓哭了才活过来。水珠儿一串串在月光下闪着，从他头上流到脚跟。他在水里还会一种“驮老鳖”的游戏——让她躺在背上游过水库中心。他一口气就把她驮过去了。她在水中摸着那滑溜溜的皮肤，觉得驮她的人就像个大鱼精。“咱那会儿不知道，咱都是鲢鲅哩。”龙眼妈后来说。这位知己感叹万千，埋怨老姊妹没有顺手儿嫁给那个小伙子。龙眼妈说：“那会儿只是好着，跟找婆家两回事哩——我提个红包袱来跟龙眼爸，他站在村头上送我，哭哩！那时候我爸早没哩，妈妈饿死了，本族伯伯替我许下这门亲事，说福娃儿上平原吧……俺就来哩。”

妈妈五十岁上得了病，村上人哪个又活得久长？妈妈瘦得只剩下一把骨头，像铁环一样一翻身哗啦啦响。上年纪的老人一个个过来送她，都跟她手扯手站一会儿，说一句："熟透的瓜儿了。"有人提议到一百里外的地方请个医生，本族伯父说那是添事，"熟透的瓜儿了。"他让人准备后事。只有龙眼妈知道妈妈饿，她嚼了熟地瓜往妈妈嘴里抹，被本族伯父喝住："她喘气都喘不迭你还喂饭！"妈妈感激的大眼看着女儿——老人不会说话了，那眼神在要东西吃啊！再看看抹上的瓜糊，分明在往下活动。"妈妈饿，妈妈饿！"龙眼妈扑上去喂饭，被本族伯父一巴掌打到了一边。她跑出小草屋，踏着晚秋的树叶往前跑。一双热乎乎的手拉住了她，是头发鬈鬈的小伙子。她央求他去摸条鱼熬汤喂妈妈，他二话不说就去了。水把他周身冻紫了，他乱蹦乱跳。龙眼妈那夜里偷偷熬了鱼汤，趁本族伯父困了，急急地喂了妈妈。第二天，妈妈的病好转了，头能转动了，手也有了热气。她求本族伯父快请医生、快喂妈妈东西，妈妈还有救哩！本族伯父说："没听说五十多的人病了还请医生。你见村里谁这时候还请医生？"是啊，山里人死也死得本分，没有为这个多破费的，反正是熟透的瓜了。妈妈一天天挨下去。本族伯父一刻不离，大睁双眼看着快死的人，直到她永久地闭了眼。龙眼妈一直怀疑妈妈是被活活饿死的，她在心里恨着本族伯父。可村里的人却齐声赞扬那个男人，说他打发兄弟媳妇入土啊，掌管了婚丧大事啊！……龙眼妈恨不能把这些赶紧忘记才好。妈妈一死，本族伯父就把她接到家里，理所当然地卖掉了那个空屋和一些小东西：石臼子、小碟

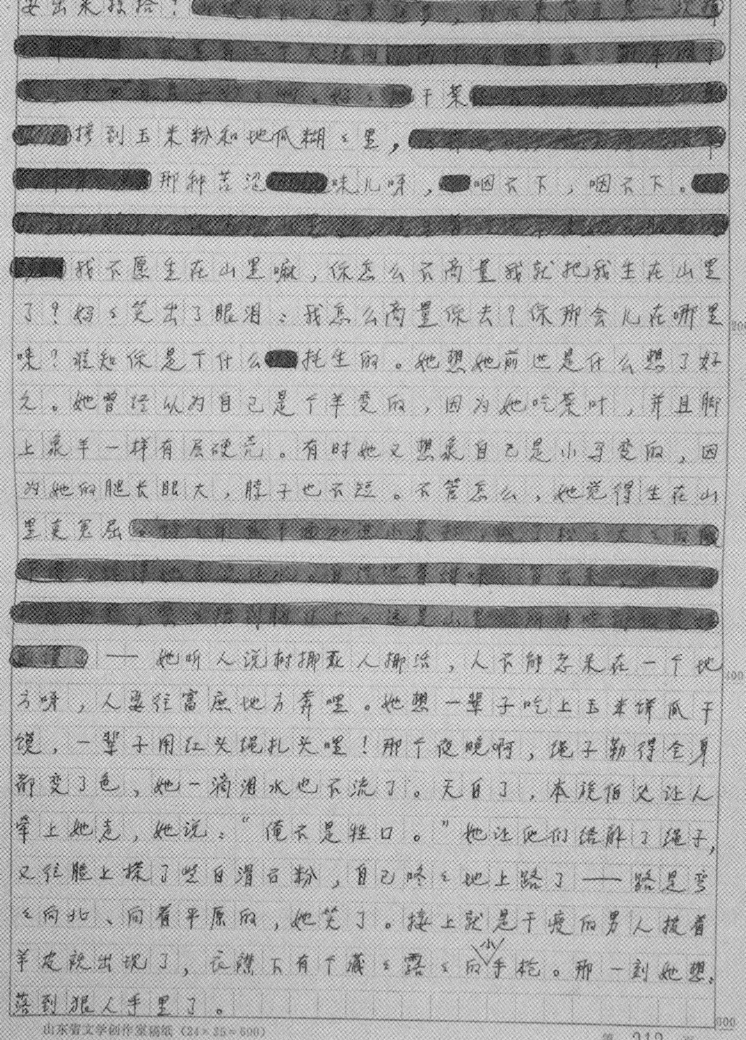

要出来拣拾？

干菜

掺到玉米粉和地瓜糊々里，

那种苦涩味儿呀，咽不下，咽不下。

我不愿生在山里嘛，你怎么不商量我就把我生在山里了？好々笑出了眼泪：我怎么商量你去？你那会儿在哪里呢？谁知你是个什么托生的。她想她前世是什么想了好久。她曾经认为自己是个羊变的，因为她吃菜叶，并且脚上象羊一样有层硬壳。有时她又想象自己是小马变的，因为她的腿长眼大，脖子也不短。不管怎么，她觉得生在山里真冤屈

——她听人说树挪死人挪活，人不能老呆在一个地方呀，人要往富庶地方奔哩。她想一辈子吃上玉米饼瓜干馍，一辈子用红头绳扎头哩！那个夜晚啊，绳子勒得全身都变了色，她一滴泪水也不流了。天白了，本族伯父让人牵上她走，她说：“俺不是牲口。”她让他们给解了绳子，又往脸上搽了些白滑石粉，自己悄々地上路了——路是弯々向北、向着平原的，她笑了。接上就是个瘦的男人披着羊皮袄出现了，衣襟下有个藏々露々的小手枪。那一刻她想：落到狠人手里了。

儿、泥缸、草墩儿。本族伯父冬天里戴上了一个翻毛帽子，她怀疑那是用变卖东西的钱换来的。再后来就是她的婚事了。她死也不想嫁，本族伯父双手揪紧她的头发，一下一下往墙上撞。她求饶说："不敢了不敢了。"本族伯父一松手，她就往山上跑。后来族里人开了会，喝了酒，带着绳子上山捉下她来，把她捆了扔在屋角的破箱子底下。半夜里老鼠跑出来揪她的耳朵，好疼。不远处的大土炕上就睡着本族伯父伯母，两个人打着鼾，一会儿又醒了，咕咕哝哝地说话。伯母大声地打哈欠，伯父用鼻子跟老伴说话。有个老鼠跑到她嘴上吻了她，那又长又硬的胡须使她悄悄地下了个决心。她决定白天应允嫁人的事儿。

那个晚上她趁着天亮前这一会儿想了想妈妈。她记起妈妈在大雪天里领她拣干菜的情景，妈妈说老鼠在秋天积下一堆堆吃物，然后才敢挨下一个冬春，"懒人不如鼠哩。"她不明白家里有那么多干菜了，为什么还要出来拣拾？干菜掺到玉米粉和地瓜糊糊里，那种苦涩味儿呀，咽不下。我不愿生在山里嘛，你怎么不商量就把我生在山里了？妈妈笑出了眼泪：我怎么商量你去？你那会儿在哪里哧？谁知你是个什么托生的。她推想她前世是什么，想了好久。她曾经以为自己是个羊变的，因为她叫菜叶，并且脚上像羊一样有层硬壳。有时她又想象自己是小马变的，因为她的腿长眼大，脖子也不短。不管怎么，她觉得生在山里真冤屈——她听人说树挪死人挪活，人不能老待在一个地方，人要往富庶地方奔哩。她想一辈子吃上玉米饼瓜干馍，一辈子用红头绳扎头哩！那个夜晚啊，绳子勒得全身都变了色，她一滴泪也不流了。天亮了，本族伯父让人牵上她走，她说：“俺不是牲口。”她让他们解了绳子，又往脸上搽了些白滑石粉，自己咚咚地上路了——路是弯弯向北、向着平原的，她笑了。接上就是干瘦的男人披着羊皮袄出现了，衣襟下有个藏藏露露的小手枪。那一刻她想：落到狠人手里了。

萤火虫偷偷把两个女人的头发扑满了花粉，想爬回月亮上去。一只鼹鼠在镰刀上蹿了一下，嗦嗦嗦往一旁跑走了。“老姊妹的篮子满了吧？”憨人妈一声问，龙眼妈的镰刀差点割了手。她们唉声叹气沿着水渠往回走。蚰蛐的歌声响成一片，唱得她们好心酸。不用寻思，她们也知道这会儿男人在干什么。弯口咳着拧草绳，烟斗里的火星烧疼了脚。刘干挣坐在炕上，往破皮袄上洒乐果药水。那个白等了一个秋天的黢黑的高个子男人呢？趴在山坡上，头向着平原，泪眼汪汪地祷告。憨人妈小声咕哝：“该早早留下个娃给他——如今生不出了。”龙眼妈听了这话哭了，站住不动了。“走啊老姊妹。”憨人妈催促她。她用沾了草叶的大拇指抹眼。那个头发鬈鬈的男人早已遗忘了，奇怪的是今夜又出现在眼前：水淋淋地站在那儿，像刚从深水中钻出。他整个儿人都是灰蒙蒙的，像汽儿聚成的，又像映在水里的倒影。这是他的魂灵吗？他什么时候淹死在水里？龙眼妈的肚子一阵疼。后来她蹲下来，用手挤压腹部，脸色蜡黄，好吓人哪。“憨人妈你先走吧，我大概不行哩！”憨人妈慌慌地拍腿：“你不能啊，刚才还挺好哩，龙眼在家等妈妈哎。”龙眼妈终于喘出了一股气。她扶着知己站起来，一点一点向前挪动。一群狗胡乱叫着，咬月光下归来的两个女人。巷口上有谁吹口哨，接上骂了一句什么。“黑面肉馅饼快掉下来啦！”一个人怪声怪气地喊了一声。一霎时，小村子多静啊。

中午的阳光像面粉一样白细，洒在方起沾满血汁的双手上。他一个中午就能阉三头小猪，气也不喘，踏着街道上蓬松的土末往回走。他的小刀子已经使得像筷子一样熟练，握住刀柄三摇两摇就把事情办完了。围看的人屏住呼吸，后来又一齐叫好。“手艺养人哪！”上年纪的男人说。老婆婆问方起：“怎么非要赶在晌午做不可？吵得人心慌！”方起答：“午间亮堂哩，刀口缝得好。”他用心做活儿的时候年九用一根细棍捅他的胳肢窝，奶奶的。方起是怎么做起了屠宰手的？连他自己也不记得。“该趁早把手艺传下来。”心底阴幽的金友有一次对大脚肥肩鼓动说。不久赖牙就指派年九给方起按猪腿。年九使方起无比厌恶，只要这个凹脸一沾手，他非割错了刀口不行。后来他终于把年九赶开了。“方起财黑呀。”金友在街上散布说。方起准备有一天当胸揪住金友，问他一句：我方起干这活收过谁的钱？我是尽义务哩。多么白的阳光，多么好的一个晌午啊。他脸上火辣辣的，汗珠儿干了。有人从一堵土墙边探了一下头，方起歪了歪脖了。是凹脸年九，他提着裤子往外跨了一步。方起不理不睬地往前走。年九离他五六步远。这样跟了一会儿，他突然嚷了起来：“师傅师傅！俺师傅！”方起火了，转身就追，骂着：“呸！谁是你师傅？臭美玩意儿，杂种。”年九没命地反身逃窜，一边嚷叫：“别发火师傅。”方起怒不可遏，大声叫骂。这九月的街巷啊，这方起不知不觉间走进了刘干挣的小院。他刚进门就听龙眼妈在骂："你这个馋痨好狠的心，这下子天塌了……"方起觉得奇怪的是为什么男人还不动手打她？他感到了巨大的迷惑和愤愤不平——这九月的中午什么都颠倒得不成样子了。他这样想着推门进去，接着什么都明白了：大土炕中心摆了一头水淋淋的小猪。龙眼妈指着对方起说："你看见了，它在栏里哼得挺欢，今个早上就让他害死。他说小猪自己掉进水缸淹死了——怎么会哩！心狠啊！日子塌了啊……"她用破布去擦小猪，"他馋疯了，想喝喷喷香的肉汤呢……"方起一言不发盯着刘干挣，一条腿蹬在炕沿上。小猪被揉皱了的鼻子正对着龙眼妈，使人想到她随时都要亲亲这个不幸的小牲畜。刘干挣陷于了危险的沉默，他在这沉默中抵挡着方起无言的审判。这个全村唯一的屠宰手啊，他没有宰过一头未成年的猪。他眼里的动物就如同活动着的庄稼，只有等待成熟那个季节才可以收获。看着龙眼妈怒，方起的心里真不是滋味儿。突然，他把手伸向了那个倒在炕上喘息的男人，命令道："给我烟抽。"刘干挣双手递过烟斗。他吸着，一口接一口，真像个会吸烟的人那样。他在用这个办法压抑胸中的怒火。

"小猪死了，淹死的！"只有半天功夫全村里就传遍了这个消息。有人讥笑也有人忧愁，更多人想到了这种可怕的打击落在自己家里将会怎样？"那么好的一头小猪，龙眼妈给它梳了分头哩。"大脚肥肩意味深长地告诉善于阳光击打着蓬松土末的街巷啊，一个瘦瘦的人追赶一个高高的人多么有趣。他们奔跑的姿势都有点怪，虽然每个人的鞋子都没有穿好，但速度实在不慢。年九像逃避死亡一样，后来由于恐惧而发出吱吱的鼹鼠般的叫声。方起这一次是非要逮住他不可了。这火气从哪里来呢？方起自己也不知道。围观的人给两人助威，叫着："看哪，看哪，方起要阉年九啦！"喊声惊动了更多的人。年九细长的身子一弓一伸，裤子每刻都有彻底滑脱的可能。他双臂平端翩动着，像要飞离地面，凹脸上盛满了哀伤。街旁的人们大笑不停，后来又喝起彩来。方起赶着年九，一直把他赶出村子，赶到了田野上。他粗黑的筋脉在额上暴起，冲着仍旧奔走的年九和野地喊道："你别回来。你回来咱就整你。"方起在小村人钦佩的目光里往回走。他的脚将土末撩起很高，发出开水倒在地上那样的噗噗声。他感到众多的目光中掺和了金友的目光，突然明白他的火气是从哪儿来的了。

方起不知不觉间走到了刘干挣的小院。他刚进门就听龙眼妈在骂："你这个馋痨好狠的心，这下子天塌了……"方起奇怪的是为什么男人还不动手打她！他感到了巨大的迷惑和愤愤不平——这九月的中午什么都颠倒得不成样子了。他推门进去，接着什么都明白了：大土炕中央摆了一头水淋淋的小猪。龙眼妈对方起说："你看见了，它在栏里哼着挺欢，今个早上就让他害死。他说小猪自己掉进水缸淹死了——怎么会哩！心狠啊！日子塌了啊……"她用破布去擦小猪，"他馋疯了，想喝喷喷香的肉汤呢……"方起一言不发盯着刘干挣，一条腿蹬在炕沿上。小猪被擦亮了的鼻子正对着龙眼妈，使人想到她随时都要亲亲这个不幸的小牲畜。刘干挣在这沉默中抵挡着方起无言的审判。这个全村唯一的屠宰手啊，他没有宰过一头未成年的猪。他眼里的动物如同活动着的庄稼，只有等待成熟那个季节才可以收获。看着龙眼妈哭，方起的心里真不是滋味儿。突然，他把手伸向那个倒在炕上喘息的男人，命令道："给我烟抽。"刘干挣双手递过烟斗。他吸着，一口接一口，真像个会吸烟的人。他在用这个办法压抑胸中的怒火。

"小猪死了，淹死的！"只有半天工夫全村里就传遍了这个消息。"那么好的一头小猪，龙眼妈给它梳了分头哩。"大脚肥肩意味深长地告诉善于传话的老婆婆们。一连两天小院门口围了人，龙眼进进出出都有些费劲。他专心地磨一把刀，把刀子磨得寒光闪闪。龙眼妈问儿子要干什么，龙眼不吱声，把刀子别在腰上。他接过母亲怀中的小猪收拾起来，仍然一声不吭。如果把这头小猪做成皮冻，到工区卖掉，也许能卖五块钱呢。他谁也不理，直到香气顶人的鼻子、浮着肉块的热汤舀到瓷盆里时，才出了一口长气。方起闻着味儿进了小院，将另外一些人关在门外。龙眼用刀柄一下一下敲击着瓷盆。天太热了，皮肉冻做不成。方起从腰里掏出一包棕色的粉面撒上去。一会儿汤凝住了，闪着玻璃似的光亮。刘干挣咳着爬起来，瞅一眼盆里的东西："龙眼去卖了吧。"龙眼盯着父亲："你去。""我不。"龙眼往父亲跟前凑一步："你去。"方起伸手拉住刘干挣说："老伙计咱走吧，一块儿卖去，别不好意思……"刘干挣怏怏离了土炕。他们端着瓷盆出了门，刚跨上街巷就一齐喊："卖皮冻咪——

喷喷香的皮冻咪……”屋里的母子两人听得清楚。龙眼妈叫了句“好孩儿”，一把搂住了龙眼。

龙眼任妈妈在怀中推来搡去。他全身都滚烫滚烫。妈妈抚摸着又白又亮的毛发，把毛发抚上去，露出了窄窄的额头。妈妈亲着孩子，用唾液洗着他的眼、脖子、嘴巴和两颊。她把儿子整个儿都亲了一遍，没流一滴泪。龙眼觉得妈妈在用她一辈子养成的真火焚烧他，要把他烧成漆黑的炭。妈妈把他的白发轻轻地、切菜似的排着咬一遍。火苗在白发上跳动，白发成了焦黑的一层灰末。妈妈仔仔细细摸他的皮肤，像要数清后来他添了多少伤疤。这双手比锉刀还要厉害，一眨眼龙眼的皮儿红了。妈妈抚摸着他周身上下每一处地方。龙眼觉得全身的汗毛都被锉掉了，皮肤像玻璃瓶一样熠熠闪光。妈妈用力地抱着他，往胸前勒紧了。龙眼不得不挣脱出来，“我疼哩，妈。”他蹦了一下，站在灶间：又一钻，跨进院里。“龙眼！我的孩儿！龙眼！……”

龙眼僵在院子中。

妈妈颤抖着花白的头发出现在屋门那儿。她灰黄的两颊骨头都要撑开皮肤了。妈妈一丝一丝走过来，眼中冒出火星，向他伸出了又长又干的两臂。即将碰到他的那一刻，他喊一声跑开了。跑出院门，跑到街上。当他站在一堵老墙旁边，回忆刚才母亲的目光时，心中猛地颤了一下。

龙眼妈扶住门框站了一会儿，一点一点挪回灶间。她喊着龙眼，一声比一声微弱。她在风箱洞里掏着，掏出了一瓶乐果药水。“好酒！”她听到冥冥中老转儿喊了一声，费力地揭了塞子，饮下一大口……这是什么酒啊，又苦又涩。她闭上眼睛一口气将多半瓶全喝下肚，蓝色的火苗儿在喉咙那儿跳荡。“龙眼我好孩儿，你妈自己喝了这酒，没给你爸留下一口……你爸会埋怨哩。”她觉得火苗在肚腹里燃烧起来，渐渐腹中的一切都在火苗下滴出水来，又把火苗一点一点熄灭，发出滋滋声，冒出白气。融化的水汽在腹中涌动，像河里的浪花拍打堤岸。“哗噗！哗噗！”眼瞅着一块块泥土冲下水里，堤岸要塌了。土上生满了星星点点的花儿，闪烁着一块儿跌进水流中。“龙眼我孩儿，我快记不住你的白头发了。”她倒下来，双手抠进灶间的黑泥中。大街上有谁在吆喝、笑骂，雪白的阳光洒进院里。无花果的枝条飞下甜丝丝的毒药味儿。她大口地呕吐起来。当变色的食物和水从腹中冲出时，发出大水拍击堤岸的声音。她觉得腹中那块又干又酥的东西也化掉了，随着水流旋转不停，急着要冲出来。数不清的毛刷刷在用力刷她的胃壁肠道，几十年积下的瓜干屑末都除下来。红的黑的水不断地冲出来，她的身子都快漂起来了。

龙眼恍恍惚惚走在街上，不知到哪里去好。他的头发耀眼，像银子一样。他搔搔头顶，感到头发茬儿滚烫烫。不知怎么他胆战心惊。他仰起脸来，阳光又刺得他低下头。就在低头的一瞬，他觉得母亲那对热辣辣的目光悬在空中。抬起头，那目光又消逝得无影无踪。龙眼跺了一下脚，撒丫子往回跑。跑跑跑，嘭一声撞开自家院门，冲进屋子，一头栽在了妈妈身边。红殷殷的水冲散了她的头发，把妈妈淹死了呀！妈妈呕吐出这么多的东西，不可思议。“妈妈妈妈！”龙眼把她脸上的污物抹掉，急急召唤。妈妈紧闭双目。她的身子像石头一样沉，他拼命将她拖出污水，拖到院里，放声喊叫。妈妈睁开眼，看了看龙眼。

无边的污物，红殷殷的水。若不是亲眼看到，龙眼怎么也不会相信这是一个人吐出来的。妈妈妈妈，你吐出了一千辈子的腌臜，也吐出了那么多的血。妈妈妈妈，孩儿要跟上你死了。龙眼满身满脸都沾上了污物，他跪在妈妈身边号哭——妈妈，我要杀死那个人。你答应我吧妈妈！妈妈又一次睁开了眼，龙眼赶紧闭了嘴巴……

龙眼妈并没有死去。一天一天过去，小村人一心一意等着噩耗，结果却大出意料。龙眼妈的知己憨人妈赶来了，一连多少天守在身边。她亲手服侍老姊妹，一口一口喂饭。不久，龙眼妈脸上竟然有了红润。那花白的头发中黑丝也在增多。“龙眼妈倒着长哩！”龙眼妈眼里含着泪花描述自身的变化：“俺觉着肚里那块干硬东西没有了，又是软软的了，再也不怕磕碰哩！”红小兵听了她的叙说，最后认定肚里那块东西是病，而杀虫药乐果说不定是一种灵丹妙药。龙眼妈脸上的皱纹也变得柔软，皮肤蜕去一层，又长出了更细更亮的一层。她一遍一遍照镜子，一次又一次惊得合不拢嘴。

“妈妈活了，我无比欢欣！”龙眼像受到什么启示一样，暗暗编出了这句歌儿唱着，在小院里奔忙。他给灶间换了新土，又挖掉无花果，换栽了一棵桃树。妈妈躺在炕上，头上的黑丝像地瓜蔓一样日夜生长呢。他跑进屋里看妈妈一眼，再跑出去。“妈妈你睡吧，了，一连多少天守在身边。她亲手服侍老姊妹，一口一口喂饭。这样不久，龙眼妈脸上竟然有了红润。那花白的头发中黑丝也在增多。"龙眼妈倒着长哩！"村里的老婆々呼喊着。龙眼妈眼里含着泪花描叙自身的变化："俺觉着肚里那块干硬东西没有了，又是软々的了，再也不怕磕碰哩！"红小兵听了她的叙说，最后认定肚里那块东西是病，而杀虫药乐果说不定是一种灵丹妙药。龙眼妈脸上的皱纹也变得柔软，皮肤蜕去一层，又长出了更细更亮的一层。她一遍一遍照镜子，一次又一次惊得合不拢嘴巴……

"妈々活了，我无比欢欣！"龙眼像受到什么启示一样，暗々编出了这句歌儿唱着，在小院里奔忙。他给灶间换了新土，又挖掉无花果，换栽了一棵桃树。妈々躺在炕上，头上的黑丝像地瓜蔓一样日夜伸长呢。他跑进屋里看妈々一眼，再跑出去。"妈々你睡吧，睡吧，孩儿做活呢。"他心里说着，用锹狠劲儿拍打地上的土。"我盼桃树快抽新芽，红桃结满枝杈哩！我盼摘下个大红桃捧给妈々，一咬红汁儿流下来，像羊血一样鲜！"龙眼久々地坐在门槛上，像个守门神一样，白发苍々。他盯视父亲的时候，那目光总使父亲小声地、不停地咳嗽——这只是上一辈人掩饰不安的一种方法。他一遍又一遍重复心底的歌——

"妈々活了，我无比欢欣！"

十六

"年轻时的恩人妈把恩人爸哄得溜々转，要什么给什孩儿做活呢。”他用锹狠劲儿拍打地上的土。“我盼桃树快抽新芽，红桃结满枝丫哩！我盼摘下个大红桃捧给妈妈，一咬红汁儿流下来，像羊血一样鲜！”龙眼久久地坐在门槛上，像个守门神一样，白发苍苍。他盯视父亲的时候，那目光总使父亲小声地、不停地咳嗽——这只是上一辈人掩饰不安的一种方法。他一遍又一遍重复心底的歌——

“妈妈活了，我无比欢欣！”

十三

“年轻时的憨人妈把憨人爸哄得溜溜转，要什么给什么。”赶鹦这样对黑影里的伙伴们说。大家喘着气，压抑着兴奋。黑夜里谈议上一辈人的秘密，那是再好也没有的事情了。豁鼻憨人只是轻轻骂几句表示反对，接上也听得起劲，汗水淋漓。满口脏话的喜年眨着不久前落成的独眼，一个人在角落里议论事。金敏这个夜晚没有出来，对他来说可不是什么好兆头。金敏那全村独一无二的方正劲儿，那在月亮底下抱一下也不吭气的小嘴儿，是喜年半夜里翻动不停的根源哩。“俺不管别的，俺只管以后收拾金敏哩。”他常在田里做活时这样瓮声瓮气地说。长辈人听了就咬牙切齿地骂道：“没娘教的东西，狗都不如。”赶鹦这会儿还年轻哩，夜里那若有若无的火焰就从腿上、从油亮的发辫上、从臀部、从黑黝黝圆溜溜的迷人小脸儿上吐放出来，也许只有深深爱她的人才会看得到。不过在伙伴们的记忆中，这火焰已经是大不如从前了。“憨人妈年轻时候的眉毛梢……”赶鹦用手比画着，“弯口在憨人妈生病时就背了她，一颠一颠往高粱地里走，穿过庄稼棵子走近路。憨人妈的胸脯抵着他的脖子，他说：哎呀呀，海绵哩！憨人妈从弯口的分头顶上亲男人哩，亲个不停。弯口说：昨夜个你躺在俺心窝上还挺好，咋就病这快咪？憨人妈那会儿可是能撒欢的人儿，她拧弯口的耳朵，捏他的鼻子，又把他的脑壳弹一下。她没病哩，没病装病，让男人扛上玩儿。你想想，弯口的腰要不怎么越弯越厉害呢？”“就是呀就是呀！”年九对着憨人耳朵嚷，被沉思默想的憨人一抬手打了个嘴巴。年九躺到麦草上，像一条长虫那样爬来爬去。奇怪的是这个夜晚没有人厌烦年九了，也不怕他弄出窸窸窣窣的声音。“年九爸牛杆和年九妈在牲口槽里，从天黑睡到天亮！”赶鹦话锋一转，大家哈哈笑。肥笑得一耸一耸，洁白的皮肤在夜色里泛光，有人不转睛地盯着她，她没有察觉。“大白马知道草料都压在两个人身子底下，饿得肚子直咕噜。它心里盼他们快走开，谁知他们不光不走，还用草料盖了身子，像盖一床大被子。他们盖一层，大白马就吃一层，吃透了，舌头就舔他们身上。哎呀呀，疼死了，大白马舌头上有倒刺儿。像猫儿狗儿，真哩。”“真哩真哩！”大家一齐说。“你那只眼不痒吧？”肥这会儿问喜年。喜年瞄了瞄她，枣核似的头颅转一下，“痒啊。有时痒得不知怎么好。活像有个小猫蹄子在里面挠。我气急了那会儿，就想抓过金敏来打一顿。”“那可不对。”“就是哩。金敏俺不打，留着成亲以后再打。”“成亲以后也不该打。”“那都是你们女人的理儿，到了俺男人这儿说不通。男人不打老婆又打什么？”“留着力气干活吧。”“干活干活！夜间还干活吗？瞧你说的！夜长着哩。”肥不吱声了。她觉出那个角落里有一束僵直生硬的目光。她害冷一样抱了抱胳膊，依偎到赶鹦的身上。赶鹦不停歇地说话，顺手梳理起肥那光滑油润的头发。她说：“肥是大胖美女。”

小村里丢失了一只鸡。这本来是一件平常的事，可金友却发现了一条线索。从鸡窝那儿查起，可以看见散落在地上的零星鸡毛，直指向工区的方向。这肯定不是黄鼠狼干的。“工区的人馋啊！”金友提醒大家。他牢牢记住老婆小豆曾经在工区遭劫一事，仇恨与日俱增。丢鸡的人家骂不绝口，手指工区方向顿足呼号。老婆婆说：“工人拣鸡儿，工人拣鸡儿，小村里今后无宁了。”“无宁了无宁了。”老头子们停止吸烟应和着。红小兵仔细观察了痕迹，最后认为它毁于野物——“看看窝里的血！”红小兵说，那鸡当时被什么一口咬住。“哼哼。哼哼。”大脚肥肩从牙缝里发出两声，说：“会偷鸡的人就先拧断鸡脖。”没人再反驳。她在纳鞋底，哧哧扯着麻线——在小村人的眼里，她常年都在纳鞋底，走到哪里就把锥子带到哪里，说话时头也不抬，只顾用锥子刺穿厚底子。“人家大脚肥肩手劲儿大。”瞧瞧她的肩部吧，多么厚壮，当然显示了巨大的臂力。没人怀疑这锥子一下就可以把人的肚子刺穿。红小兵听见大脚肥肩的声音就刷刷走了。“工人拣鸡儿，呸！”“说不定他们的黑面肉馅饼就是用鸡肉做的哩，反过来又馋咱。”人们不约而同地回忆起以往一个比节日还要美妙的日子来了。龙眼笑逐颜开，白色的毛发在手下咻咻响。比酒色更浓的夜晚啊，小村人欢乐蹦跳的夜晚啊，你早一些来临吧。你会从工区那里鸡飞蛋打，电灯泡儿也象鸡蛋一样咔地碎了。公鸡咯咯嘎嘎，母鸡哼哼唧唧，小猫儿象小姑娘一样妩媚。我们闭着眼也能摸到他们的鸡，一打膀儿掖进腰带里。憨人木木的双眼洋溢着欢乐，看着赶路，忠诚地抿一下嘴角。

月亮刚升起来那一刻象血一样颜色。眼皮上长小疤的美女香碗曾经吃过分头争年的亏。争年出奇地文雅羞涩，常常红脸。他在十三四岁上就穿过一件半旧的蓝条线衣服。香碗常常集中地幻想关于争年的事情。她做出的种种假设说出来会惊动半个世界，但她所能亲手做的，也许只有假设的十万分之一。她不过是个极善于纸上谈兵的体态丰盈的小姑娘罢了。在这样的情形下，她试着去接触争年了。她料想面前的年轻小伙子甚至还需要她的开导或是某种引诱呢。她想他多么腼腆、多么奇妙呀，他面前还有多长的路需要去慢慢走啊。她同情他，过早地丢失的鸡鹅鸭。年轻人简单一商量就决定去工区转两圈儿——那儿也有饲养的鸡，它们咯咯叫！“嘿呀，有来有往呀，农民拣鸡儿！”喜年暂时忘却了另一只眼的痒痛，鼓动大家说。这些天正好月亮升得早，吃过晚饭，不冷不热地动手好了。他们都期待着赶鹦，因为没有她什么也做不成。她拍着手答应了，还提议将偷来的鸡烧了吃。

一个比节日还要美妙的日子到来了。龙眼笑逐颜开，白色的毛发在手下哧哧响。比酒色更浓的夜晚啊，小村人欢乐蹦跳的夜晚啊，你早一些来临吧。你会使工区那里鸡飞蛋打，电灯泡儿也像鸡蛋一样噗地碎了。我们闭着眼也能摸到他们的鸡，一拧脖儿掖进腰带里。憨人木木的双眼洋溢着欢乐，看着赶鹦，忠诚地抿一下嘴角。

月亮刚升起来那一刻像血一样。眼皮上长小疤的美女香碗曾经吃过分头争年的亏。争年出奇地文雅羞涩，常常红脸。他在十三四岁上就穿过一件半旧的蓝条绒衣服。香碗常常集中地幻想关于争年的事情。她做出的种种假设说出来会惊动半个世界，但她所能亲手做的，也许只有假设的十万分之一。她不过是个极善于纸上谈兵的体态丰盈的小姑娘罢了。在这样的情形下，她试着去接触争年了。她料想面前稚嫩的小伙子甚至还需要她的开导或是某种引诱呢。她同情他、过早地爱护起他来。他们第一次说话是在一个下午，当时他们刚刚收工往回走，站在路边等待一驾牛车。她瞅见了他脸颊下细细的汗毛，想起了桃子。她早已不记得当时先说了句什么，只记得争年对在她耳朵上说了句大大方方的话。天哪天哪，香碗什么也不知道，糊糊涂涂任他手拉手满地里乱跑，结果吃了亏。吃了什么亏她可不说。她原来准备到大脚肥肩手底下当个扎围裙的小媳妇，后来又犹豫起来。她眨着长了小疤的眼皮，做着一次次盘算哩。月亮半圆了，小疤小疤出来吧，赶鹦在小村一边吹响了口哨哩。你不要等她说起数来宝才往外挪，那会儿什么都晚了！争年我不跟你一起走了——这好比赶一场大庙会，热闹哩，人多哩，俺得打扮打扮，往辫子上扎一朵小萝卜花哩……争年站在爬满了牵牛花的篱笆边上，已经等了半个时辰。赶鹦吹口哨了 ，好香碗，眼皮上长小疤的美女，你听你听！赶鹦要带酒，憨人要带狗，香碗你带块红花儿小手绢。人家肥一扭一扭、不紧不慢往小巷里走呢，走过露筋家的小泥屋，走过弯口的小院门，往赖牙后窗上瞥呢。肥过去了，接上是龙眼、独眼喜年、欢业，还有三兰子……哼。香碗老不出来，香碗吃过争年的亏。香碗要待月亮升到树梢上，满世界光明正大那会儿才唱着歌出来。牵牛花儿薰鼻香，小姑娘唱歌懒洋洋，俺香碗今夜高兴了会在月亮底下唱呢！

工区的房舍像山丘一样伏着。“喂喂，一点一点爬，快到鸡窝跟前了。”不知谁在前边小声说。喜年用脚蹬了一下年九的头，年九又蹬一下争年。赶鹦发出的命令吗？肯定是。有人带了竹片做成的弓箭，还有人藏了更秘密的武器。鸡儿唱了一声，那是嫩嫩的小白鸡儿呢。不过哪里是秃脑工程师的小院哩？谁敢去问宝驹赶鹦？谁敢？不管是谁的鸡，只要逮住就行了。什么鸡都会在火上吱吱冒油。憨人伏在地上喘气，把土末儿都吸到肺里去了。他看到赶鹦的辫子在月色下扬了一下，就腾地站起。这会儿一个二层房舍上传来一声询问："谁？"这异地口音还带着酒味儿。大家吓得一声不吭。憨人这个挨刀的迎着喊："俺是憨人哩，日你奶奶！"房舍上乱了，一会儿有几支手电射下来，还有人从一边楼梯上咚咚跑下。大家仍旧伏着。憨人噔噔噔跑上前去，用脚踹开鸡窝。两只鸡大叫着飞扑而出，有一只踏着赶鹦的头蹿过。"逮住逮住！"有人喊。大家胡乱扑着，都捏了几根白羽。还是龙眼手狠，一把攥住一只。赶鹦从地上跳起，一挥手，弓下腰往一边跑去。大家转过另一排房舍，没人担心转迷路，有赶鹦哩。可是后边的吵嚷声越来越盛，工区的大人娃娃已经聚了好大一帮。憨人领来的一条狗汪汪一叫，工区里仅有的几只狗也叫起来，一时整个工区都乱了。赶鹦让憨人捂住狗嘴，然后他们蜷在一道砖墙后头听外面的叫声。好快意呀好快意。天哩，月亮毛茸茸地升起来了，到处都亮堂堂的。那边儿有人骂，看来工区的年轻人自己打上了。他们骂得多凶多有趣，别理他们。赶鹦快乐得身上直颤，像个老母鸡一样护佑着大家。憨人拱在她的腋窝下，肥被她的腿夹住了，还有喜年、香碗，都贴在她的两旁。年九像带子一样，围在了赶鹦的身后。他们暂时一声也不出了。这一坨儿人呀，散发出浓烈的小村人的气味，远处的狗说不定就是被这气味呛住了，不敢近前。憨人在赶鹦的腋下哭了，抽泣着，龙眼恨得咬牙切齿。他暗中捏紧了肥的胳膊，感受熟悉的温热和绵软。他这会儿不知怎么极其愤怒。肥咬着牙关，她差不多疼得要呼喊出来了。肥把身子压在赶鹦的膝上，小声叫着："赶鹦姐赶鹦姐！"赶鹦注视远处，专注而机警。肥后来身子摇动起来，咬住了赶鹦的衣角，像要用力咬穿。狗叫声平息一些了，赶鹦才低下头。她说：“让他们闹去吧，咱撤退时再大声唱歌，气死他们！”天上星星稀疏，有一颗算一颗，籽粒饱满！“走哇走哇，走出这片肮脏地！”

他们像来时那样爬、猫腰窜。眼看就跨出工区地界了，望得见松林、杨树，和树下闪亮的细白沙土。他们跳着叫着奔到了那里。可谁知就在大家刚刚停步时，小松林里嗷嗷叫了几声，一些工区子弟骂着蹦出来。“中了埋伏中了埋伏。”喜年大叫。大家尽量镇定下来，从怀中抖出弓箭。他们等着那些人冲过来。近了，嗖嗖一齐开射，一支支木箭飞到了那些人的脸上胸上。“动真的了！”那些人嚷着趴下。“冲过去冲过去！”独眼喜年大叫，却一动不动。赶鹦领人绕道突围，可工区的人总要堵截。龙眼一直瞌睡似的，直到远处抛来的什么东西打在脸上，这才暴怒起来。他拣了一摞摞的石块泥蛋，用衣襟兜住，边冲边投。赶鹦在月色下跳跃，一直跳到空地中央，引得所有人一霎时忘了打仗。工区的人一齐盯着赶鹦，半晌不动。突然有人大喝一声：“哎呀，快捉住她、她！……”他们向赶鹦拥去。憨人没命地呼叫，像被刀子割了。他从怀中掏出一个圆圆的东西，刺啦一声点上，往工区奔来的人那儿一抛。黑圆东西吐着火星，月光下谁都看出是一个威力无限的炸弹。大家飞速跑散了，直跑得无影无踪。一两分钟过去了，火星还在喷吐。憨人回到赶鹦身边。这会儿发出一声钝响，原来是泥巴中包裹的一个大爆竹。他们大笑大叫向松林中走去。“这是咱小村的松林哩，这是咱的地界哩！”争年欢蹦着对大家说。“看看吧，看看咱腰上的东西——

咱去烧了吃呀！”有人拍拍那只鸡。大家欢呼。赶鹦高兴得说起了数来宝。月色醇得像酒，这个好夜晚喝醉了才好哩。龙眼率先向松林跑去。“妈妈活了，我无比欢欣！”他心中的歌儿再也压抑不住，一下子冲腾而出。“我无比欢欣！欢欣！”大家都一齐跟上，嚎唱着。

一堆篝火在松林后边的空地上点燃了。火势越来越大，直蹿夜空。由喜年带头，大家抃着腰，朝着工区的方向放声歌唱。那拉渔号子似的粗吼惊天动地，连松树都震得摇晃起来，干枝儿啪啪洒落一地。细嗓的赶鹦和香碗也憋粗了声儿，跟上大家吼。肥把鸡架在火上烤了，欢业和年九几个去林中拣拾干枝。他们把个林子搅弄得乱乎乎的，一会儿传出野鸟飞逃的扑棱声，一会儿又是他们的大笑。突然，林子里静了一瞬。火堆旁的人一愣。接上是叫骂，是惊呼。龙眼赶忙放下烧火棍子跑过去了。乱了一会儿，他们吵着往火边上走来。赶鹦叉开腿烤火，不在意林子里的吵闹，闭着眼转动着膝盖。她相信膝关节烤热了，长腿奔跑起来就更加迅猛神速。“赶鹦姐，俺逮住了他……”赶鹦睁开眼，见龙眼他们押来一个瘦瘦的人，他们给他蒙了头，倒剪了手。“你谁呀？”赶鹦故意拖长声音问。“这小子贴在松树上，歹毒不？！”龙眼说。肥像火星溅到了脖子里，一抖爬起来，冲着赶鹦说：“他是工程师儿子，是挺芳……”说着一把揪下蒙布，露出一张慌乱、惊悸的面孔。他眼巴巴地看着肥，目光里充满了欣悦。“怎么办哩？”年九问赶鹦。赶鹦对这个瘦削的小伙子素无好感，从来都将他与工程师划清了界限。不过她多想将这小伙子教训一顿——究竟为了什么她也不知道。她不知怎么想到了秃脑那又厚又韧壮的背肌……她问："你怎么不跟他们跑咪？"挺芳的胳膊仍被反剪，扭动一下回答："赶鹦姐，我……没投石块。我不愿走开，等待你们。我想看看你和肥！"肥盯住龙眼，"放开他吧！"龙眼哼了一声，对欢业、喜年、年九使个眼色说："狗东西，自投了来。好，看看这小子有多少毛病。"一边的小伙子们大笑。喜年捂着眼说："痒死了痒死了！"龙眼死死盯住头发蓬乱的挺芳。喜年把搓眼的手拿下来，突然低吼一声扛起了挺芳，撒腿就跑。所有人都惊呆了。几个小伙子跟上跑了，肥要跟去，却被赶鹦一把抱住。肥急得哭了。

挺芳的衣服被一层层剥下来。"他穿了多少！"憨人忍不住惊讶。"天！毛线线褂里边还有细洋布衫，有套头小红袄；呀，还有背带儿小汗溜儿——没有奶捂子吗？奶奶的。"憨人认真地脱一件数一件。年九用手指捅工程师儿子的肚脐。挺芳身上一丝不挂，月光照着惨白的身子。他又羞又冷，抖个不停。他的头颅显得很大，往前探着。"放了我吧。"他无血色的唇动了一下。"像个老鼠！像个螳螂！像个才出窝的狗！"他们骂着，用手刮他的鼻梁。"白吃了黑面肉馅饼，瘦成这样儿！""看看，嘿！"有人用树枝挑着他身子下部，惊喜四顾。"没本事的东西……不过——"那人扔了树枝，有了新的发现。"这家伙多坏！这家伙跟他爸秃脑一模一样哩！""放了我吧。"喜年揉了一下眼，往拳头上吐了口唾液，然后答应一句"好"，一拳揍在了挺芳的鼻子上。鲜血淌下来。挺芳再不求饶。他咬住薄薄的嘴唇。"揍他狠劲揍他！"拳头胡乱落下来。挺芳一声不叫。多么气人，他一声不叫。他们从地上揪出长长的桑须，把他捆得死死的，然后提离地面拴在松树上。“哈哈哈哈。”他们笑了。龙眼拣了根树条抽了他一下，洁白的皮肤上立刻凸起红色的一道。“啪！”憨人也凑过来打了一下。挺芳鼻子上的血一滴滴落下来。“就是这家伙糟蹋了咱村的鸡，他比黄鼠狼还坏！”喜年说。“黄鼠狼吃鸡吐骨头，他们连骨头也不吐哩。”欢业棕黄色的眼珠转动着，说。年九照准他腹部就是一顿皮锤。挺芳的头发被汗水粘到一块儿，微蓝的猫样大眼注视明月。只有挨，只有挨，人到这世上只有挨。不能问为什么饱受煎熬，不能问。我挨我受我爱，月儿流下来的不是光，是泪滴。我宁可舍弃这副皮囊，也要依偎在自己的摇篮里，用脚趾抵住柔软的棉絮。哦哦，我的弱小的母亲啊，我吮着您的乳汁。让鞭笞雨点般落下来吧，月亮看见了，我没有抱怨没有探问，没有！“再叫你一声不吭，再叫你装傻！”龙眼又用树条抽了他一下。痛楚使他痉挛起来，牙齿咬得格格响。可他眼中没有泪。肥啊，我又一次看见了你，你的脸庞多像今夜的月亮。你在篝火旁，篝火旁。龙眼已经忘却了愤恨的缘由，只想揍这个人一顿。他跳起来揪那又脏又黄的乱发，尽量把这小子的头往松树干上狠狠地撞。“憨人我日你妈，憨人你光知道瞎喘！”喜年用脚踢憨人，自己卖力地用棍子击打挺芳的屁股。香碗这会儿从一棵松树下钻出，瞥了一眼光身子，倏地跑开了。拴在树木半腰的裸人呕吐起来，头歪到边去，闭上了眼睛……龙眼住了手。“咱村的祸害！祸害！”独眼喜年坐下来嚷着，脱下破鞋倒掉沙子。“他死了吗？”憨人问。龙眼的头发刺眼地白。

Literature creation office of Shandong

打了一下。挺芳鼻子上的血一滴々落下来。"就是这家伙糟蹋了咱村的鸡，他比黄鼠狼还坏！"喜年说。"黄鼠狼吃鸡吐骨头，他们连骨头也不吐哩。"欢业棕黄色的眼珠转动着，说▇▇▇。"对々々，狠々揍。"喜年说。年九▇▇照准他腹部就是一脚皮鞋。挺芳的头发被汗水粘到一块儿，微蓝的猫样大眼注视明月。只有揍，只有揍，人到这世上只有揍。不解问为什么绝爱逆愁，不解问。我揍我爱我爱，我眼见着空中的月儿流下来的不是光，是▇▇泪滴。我宁可舍弃这副皮囊，也要▇▇▇▇▇▇依偎在自己的摇篮里，用脚趾抵住柔软的棉絮。哦々，我的娇小弱小的四川母亲啊，我永远吮不够您给予的浮汁。让鞭笞雨点般落下来吧，月亮看见了，我没有抱怨没有拷问，没有！"再叫你一声不吭，再叫你装傻！"龙眼又用树条抽了他一下。他的皮肤抖着，疼楚使他痉挛起来，他的牙齿咬出了声音。可他眼中没有泪。肥啊，我又一次看见了你，你的脸庞多▇象今夜的月亮。你在篝火旁，篝火旁。龙眼已经忘却了愤恨的缘由，忘却了恼怒，只是想揍这个人一顿。他跳起来揪那又脏又黄的乱发，尽量把这小子的头往松树干上撞得狠一些。"憨人我日你妈！憨人你光知道瞎嚷！"喜年用脚踢憨人，自己费力地用棍子去打挺芳的屁股。香琬这会儿从一棵松树下钻出，瞅了一眼光身子，慢慢地跑开了。拴在树木半腰的裸人呕吐起来，▇▇▇头歪到▇一边去。▇▇▇他闭上了眼睛……龙眼住了手。"咱村的祸害！祸害！"独眼喜年坐下来嚷着，脱下破鞋

山东省文学创作室稿纸（24×25=600）　　第 239 页

他手中的棍子落在了地上。他清楚地看到树上捆着的人鲜血淋漓，可腹部仍在一起一伏。一股巨大的沮丧袭来，他咬破了自己的嘴唇。

“快呀，快去呀，他们把工程师的儿子打死哩！”

香碗一嚷，赶鹦的手松了。她们一块儿跑过去。离捆绑那个人的松树五六步远的地方，她们叫着掩上了嘴巴。小伙子们忽地一下散掉了，赶鹦和香碗几个也随着跑走了。肥把手指咬在嘴里，一点一点凑近了。她把他从树上解下来，给他擦去一身血迹——这会儿他睁开了眼睛。“你怎么不喊一声？”肥噙着泪水问。挺芳好像笑了，摇摇头。“他们多狠哪。”肥毫无羞涩地抚摸着裸体上无所不有的创伤，终于哭起来。她一边哭一边为他穿衣服。最后，她扶他站起，搀着他往工区走去。月光下，他们简直是一丝丝地往前挪蹭。

经过那场较量之后，一连好几个夜晚他们都安静地待在家里。月亮越来越大了，街巷上的鸡毛、小草秆，一切都看得清清楚楚。只有一个人尽情地享受了这月光，那就是弯口。他挑着一个紫穗槐筐子出来拣粪，微笑着，弓着腰，毫不费力地辨认着地上的一切。地上的蚂蚁、小甲虫，都从他脚旁匆匆走过。他只把猫狗的粪便拾到筐里。街巷上很少牛马走过，所以他常常走到小村外面的路上去。如果遇上一个或一群年轻人他丝毫不会感到惊奇，感到惊奇的倒是一个都没有遇到。所以当皎洁的月色下出现龙眼那颗白头时，弯口高兴极了。“我孩儿你可算出来了，走吧，跟上大叔！”他们一齐迈步转过大街小巷，又转出了村子。辽阔的原野立刻呈现在眼前，无垠的地瓜叶儿一齐放射光华。“今年收不完的地瓜哩，好年成！”

弯口尽量仰起了脖儿说。龙眼没有作声。他的手好痒，他的手打过那个倒霉的家伙，变得更加滚烫。“孩儿你和憨人他们出去做什么？天天他都半夜回。”龙眼一个字也听不见，紧抿嘴角。这一片亮锃锃的瓜叶儿啊，寒气逼人，可底下呢？下面埋了炭火一样红的千千万万的地瓜，终有一天挤破这一片土皮，去炙烫村里人的胃肠呢！他们走到场院旁边的一排杨树下。龙眼笑了，问：“你那时候留了分头吗？”弯口坐下来，吸着了烟。“咋说哩？留是留了……不过不常梳。说也怪，不梳也顺溜哩。”弯口喉咙里吭吭响，大吸一口。“憨人妈年轻时好人儿哩，哼，说这个你不懂哩。好人儿，俺一见面，两下里都对上了眼。”他的两只粗黑的手伸开，指尖与指尖重重一撞，“对上眼哩。不过领她的人走哩，她还不让俺碰，抱着胳膊这么扭扭……嘿！”龙眼幸灾乐祸地看着在月光下泛亮的杨树干。“你不晓事哩，我那会儿也不晓。我那会儿哪知道那个唻！”弯口神秘地附在龙眼耳朵边，说：“女人身上都有个开关。动对了开关，她才让你沾手哩！”龙眼惊得一愣。他歪歪身子，大口喘气，一双眼睁得老大。“快告诉我开关吧，弯口老叔！”一句话就在他腹中滚动。弯口重新吸烟了，无数皱褶的老脸动了一动。“开关嘛，得你自己设法儿找去。”龙眼真想骂，不过他今夜有些愉快。弯口昂着头，手指着上面说：“天上星，亮晶晶，数也数不清……”寒露落下来，杨树叶儿哗哗响。有一个萤火虫儿飞了来，在龙眼的白发上停了一瞬，又升上去了。龙眼不知怎么想告诉弯口他们那个夜晚打人的事儿——他想说他们不是打伤而是打死了一个人。不过他说出来的却是另一句话："憨人妈没有和别的男人好过吗？"弯口一磕烟锅："她敢！再说她是本分人哩。她从山里一下来那会儿，饱鼓鼓的，俺老想抱住。后来，你知道，俺让她住在小屋里，大火炕一年到头烧得暖乎乎——告诉你，女人家都怕冷哩。后来，也是个秋天，俺让她怀上了憨人。"龙眼冷冷吐一句，"怎么就怀上？"弯口避而不答，吸着烟说："白毛毛绒做成的大被子蒙了我和憨人妈，大火炕底下呼噜噜响。日子就是这么过起来的。"他用烟杆一划拉月色朦胧之中的小村，说："哪个小屋底下都有这样的日子哩！连这个日子也没有，人早就死了，小村里人早就跑光哩！告诉你我孩儿，人生下来就为过过这号日子——记住不？！"龙眼跳起来，反问一句："记住不？记住不！"

"妈妈活了，我无比欢欣！"接下去龙眼心中反复唱着这一句歌，与老弯口沿路走下去。这个月夜多静啊，叫了多半个秋天的狗像人一样疲乏了，它们睡了？"弯口叔弯口叔！"龙眼毫无目的地呼叫。弯口将筐子用叉子挑起，应着："哎哎！"又放下筐子，把叉子搁在路上往前推着跑，像要拣拾洒在路面上那浓浓一层月光。他舞动着叉子，小步跑、跳，呼叫："龙眼龙眼！咱走咱走！"他们亲密无间地依偎，一会儿分一会儿拢，摇晃着走向田野深处。高秆作物里有什么咕咕叫唤，还有吭吭的喷气声，呼呼的喘息声，有咳嗽，有低笑……"有人藏着吗弯口老叔？""没有没有——是野物哩！""这么多野物吗？"弯口将叉柄抵在颏下站了，端量远处茫茫的土地说："你当只有你、只有小村子的人活着吗？这地上的活物多了，它们趁着月亮天，趁着大好时光在忙事情哩！”“忙些什么？”“和小村里人一样，忙着找吃食、养小孩、打架，还忙着造酒、成亲哩！……”弯口蹲下来，“俺出来惯了，常了什么都不稀罕了。”他捋了龙眼的白发一下，“夜里我一个人什么都经了。我跟地上的活物们拉呱儿，说些故事。”“有鬼吗？”“鬼是影子。我不跟影子说话儿。我只跟有血有肉，摸一把发热，按住脉口突突跳那些实在东西交往……它们当中有的像小媳妇一样俊，我年轻那时候和它们亲嘴儿，它们的小嘴儿粉红、干净。那时我夜间把筐子搁在路边上，一个人溜进庄稼地里……好哩！”

龙眼在月光下笑了。他很久没有这样真切地笑过了。然后他站起来，一个人大步走去。“龙眼龙眼，你哪去哩？”龙眼就像没有听见。高秆作物的叶片直划他的脸、膀子，他一下一下全撩开。好深的田野，月汁也渍不透的田野，藏了多少意趣，多少欢乐。嘿嘿，年轻人自己的月亮地啊，我来了，来了。“妈妈活了，我无比欢欣！……”他唱着，渐渐把弯口的呼叫扔在了远处。

忆苦

二十四

冰凉冰凉的雨水下个不停。树木给洗掉了绿叶，田野给洗去了藤蔓。冰凉的雨跟水一样狠哩，庄稼人可不喜欢你。雨水又变成了雪面，大雪盖住了昏沉沉的土地和村庄。长长的没有故事的冬夜啊，火绳冒烟的冬夜啊，听金祥忆苦的冬夜啊！光棍汉金祥抱着一大摞黑煎饼永久地离别了村庄，一村子老少想你哩。俺不解只有一个闪婆，不解听外村来拉忆苦人的地排车咯噔噔空响。金祥这一觉大睡不醒了，老天爷，这是怎么了？老想哭，老想哭，想用眼泪滋润润又松又肥的土壤，让它长出一片好瓜儿哩。多少年过去了，大人小孩儿没有一个敢忘那些夜晚，那时候香喷喷的艾草火绳熏透了庄稼人的心。

"好生生的娃儿，没吃一口瓜干就死哩，可怜人哪！"金祥那时已经有了大痴老婆庆余，忆苦时变得慢声细语了。眼泪和口水一块儿流，鼻子吸得蓬蓬响。"他们都是出去找吃食的，在野地里奔跑，日头把他们晒得黑不溜秋。跑啊跑，头发晒卷了，紧贴在头皮上，连小嘴唇都晒乌了，一张嘴小牙如白雪哩！渴了喝点脏泥汤，饿了可没东西吃。小虫虫在地上爬，他们捏

第四章　忆苦

十四

冰凉冰凉的雨水下个不停。树木给洗掉了绿叶，田野给洗去了藤蔓。冰凉的雨镪水一样狠哩，庄稼人可不喜欢。雨水又变成了雪面，大雪盖住了昏沉沉的土地和村庄。长长的没有故事的冬夜啊，火绳冒烟的冬夜啊，听金祥忆苦的冬夜啊！光棍汉金祥抱着一大摞黑煎饼永久地离别了村庄，一村子老少想你哩。俺不能只有一个闪婆，不能听外村来拉忆苦人的地排车咯噔噔空响。金祥这一觉大睡不醒了。老天爷，这是怎么了？老想哭，老想哭，用眼泪灌灌又松又肥的泥土，让它长出一片好瓜儿哩。多少年过去了，大人小孩儿没有一个忘记那些夜晚，那时候香喷喷的艾草火绳熏透了庄稼人的心。

“好生生的娃儿，没吃一口瓜干就死哩，可怜人哪！”金祥那时已经有了大痴老婆庆余，忆苦时变得慢声细语了。眼泪和口水一块儿流，鼻子吸得蓬蓬响。“他们都是出去找吃食的，在野地里奔跑，日头把他们晒得黑不溜秋。跑啊跑，头发晒鬈了，紧贴在头皮上，连小嘴唇都晒乌了，一张嘴小牙如白雪哩！渴了喝点脏泥汤，饿了可没东西吃。小虫虫在地上爬，他们捏了吃进肚里疼得满地打滚儿。

好娃儿，活一天没一天了，小肚胀得圆滚滚，肚脐眼肿得像烟锅。大叔大婶啊，可怜可怜俺这些没爹没娘的孩儿吧，俺喝口瓜干糊糊，来世变驴变马报答你呀。娃儿们成天价喊，讨不着吃食。眼瞅着不知多少孩儿小腿一翻死在夏天的土末子里，小脚丫儿插进土里。天底下真是没有咱穷人的活路了，井里不死河里死，海里不死梁上死，反正是个死。天哩，苦啊！苦啊——”

“苦啊！苦啊！”满场的人连连呼叫，老婆婆刚听了几句就肩膀颤抖着哭，金祥与闪婆不同之处，在于他能够更快地使全场热烈起来。没有一个人交头接耳，都齐齐地盯住这个干黄精瘦的男人。大痴老婆庆余领着大黄狗立在一边，衣襟里包了一摞子煎饼。大黄狗在人群第一次呼喊时，就跑到金祥腿下躺了。金祥长时间搓揉眼睛，一会儿就两眼红肿，痛不欲生地张望满场。如果闪婆也夹杂在人群中，他就把目光一掠而过，吐出一句：“会听的听门道，不会听的，听热闹。”谁都看出金祥的性儿平缓了，心慈面软了，火上房儿不焦急了。可人们记得他没娶庆余那会儿的样子：喊叫暴跳，骂地主也骂穷人，越说越急，故事刚说了一半就嗓子沙哑，白沫挂了一嘴。庆余真能调弄男人，金祥给她折弄得温温吞吞，和和顺顺了。他抄着衣袖坐在桌边，有时自问自答，有时站起来走动两步，手插进衣服下面挠痒痒。他讲故事时还能忙里偷闲捉个把虱子。场里的老人儿越来越喜欢金祥了，他们吸着烟说：“听金详忆苦得有慢心性儿，急了不中。”金祥慢声细语讲叙那些声泪俱下的往事，反而增添了曲折和不幸。满场都是止不住的哭泣，“接着讲啊，接着讲金祥。”老婆婆们盘腿坐在玉米秸上，两手扑打着催促。金祥煞了煞腰带，裤子还是要往下滑脱。“我日他……”他骂着，站起又坐下。“老少爷们儿支棱起耳朵吧，俺经的苦处从这会儿说到大天亮，只当是说了个头儿。没经一事不长一智，年轻人又懂个啥？这年头的人刚吃上瓜干就忘了本，刚穿上个裤头就踢别人腚。听俺金祥把苦来忆，数叨数叨庄稼人的难处。穷人一辈又一辈泡在苦海里，喝个肚儿圆，一张口就流出苦水儿。”他抹着口水，嘴巴一抖一抖哭泣起来。“我不想哭了，可忍不住哩，苦大仇深哩，老少爷们哪个不知道苦命的金祥？给有钱人干活，一夜一夜睡场院，谷秸麦垛是俺的窝，半辈子过去才搂上老婆……不是吗？”

场上人越聚越多，细心人会发现连外村人也赶来了，工区的人也围上听了。那些陌生的面孔都拢在场子边上，大多是些光棍汉。他们不停地跺脚，有时牙齿还要打战。姑娘站在一边，他们一块儿哭泣。陌生的男人挽住姑娘的胳膊失声痛哭，拍打着她的肩部叫着：“姊妹啊，这不是人过的日子啊！”姑娘完全沉浸到凄苦悲惨之中，连连说：“就是啊！就是啊！”金祥讲述的间隙里要吃一口煎饼，这时场子安顿下来。姑娘们闻到了浓烈的男人味儿，喘息着靠近老婆婆们说：“天多热啊大娘大婶……”赶鹦不知何时被一些男人围住了，她的长辫不断扫在他们脸上，男人就嚷：“痒痒死了！”月亮升起来，桅灯还亮着。月光下赶鹦冰冷俊美的脸庞让人心酸。“姊妹啊，这是怎么了，这是人过的日子吗？”男人哭丧着脸问赶鹦。她的注意力全在金祥身上，肥挤过来找她，两人来不及说一句话，只是紧紧抓住对方的手。她们依偎在一块儿，互相取暖。金祥忆苦的第一个高潮来到了，赶鹦高举拳头喊了一声口号，美妙的声音吸引了众多目光。大家都随上呼叫，场里吼声如雷，四周的男人冒出热汗来。喜年、憨人、龙眼和争年他们都看见赶鹦和肥了，于是缓慢地往这边移动。红小兵与赖牙方起他们坐在前边，脏腻的酒壶在几个男人手中传递。他们旁边的老婆婆们为了抵挡严寒，头上包裹了严严实实的黑头巾，只留出两只耳朵。“过去的苦处说也说不完。”老婆婆盯着红小兵的酒壶，咕哝着。赶鹦妈在老婆婆们另一边坐了，头发梳理得十分光顺，多少有些引人注目。她不时盯一眼多嘴多舌的红小兵。大脚肥肩一边听一边纳鞋底，嘴唇收得很紧。凹脸年九在庆余四周跑来跑去掷雪球玩，她伸出针锥朝他比画了一下。

俺爷爷没有裤子穿，俺奶奶喝涮锅水长大。不瞒众乡亲，爷爷被俺老爷爷一巴掌推到井里，淹个半死又让俺二爷爷用抓钩捞上来。穷人养不起娃哩，一家人饿得哇哇哭，奶奶去讨饭，地主放狗咬。她后背上有个碗大的疤，哪年里都要露出来给俺看几遭。奶奶真是命大的人，咬不死也饿不死，还生了十六个娃儿。十六个娃儿就活下爸一个，其余都饿死病死，用席筒一卷扔了。俺爷说：走哇走哇，人挪活树挪死，咱往平原上赶吧，听说那里瓜儿有人头大。走哇走哇，挑着担子走得慌急，爷爷奶奶还是没有吃上一口平原的瓜儿。俺爹俺妈聪明，一边走一边给路边人做活儿，挣下口吃的养活我。有家富人要雇俺妈去做奶妈，俺爹说中。妈去了，奶子瘪了人胖了，还挣了一套花衣裳。为什么哩？就为妈心性儿软，待别人孩儿跟自家孩儿一样，夜夜抱怀里哄，用布边布角为孩儿做了个老虎头帽儿，上边还钉了一个铜铃。那小孩儿一摇头，丁零零响哩！富人吃的是山珍海味，吃麦子专吃头罗面，吃火烧光啃里边的瓤，吃包子一口咬下肉蛋。他们活着就为了馋咱穷人，妈说活儿再累能忍，他们馋咱不能受。还是自家凉水儿好喝，妈心里一横就回来了。走哇走哇，平原上瓜儿养人，俺一家三口顶着星星赶路，披着月亮磨脚。走不完的山梁坡地，看不完的黄土末子。一路上想歇阴凉找不到树，想喝口凉水找不到井。河水臭了，庄稼蔫了，人晒脱了皮。这不是人待的地方啊，穷山恶水十八梁，养不胖的大姑娘。女娃儿皮儿干脸儿黄，只剩下一对大双眼儿，一副皮包骨头。这样的女娃再生下孩儿也不壮，一辈一辈下来，人越长越小。一群人还没有矮壮憨人高哩，在日头底下刨地，对付日子。"不走吗兄弟姊妹老少爷们？"爹问着，想求个路伴。他们说："贱种才疯跑野奔哩！"俺往前赶路，一路上不知看到多少没爹没娘的孩儿。暴土末子沾了他们一身，都给饿死了。走哇走哇，走出山梁薄地，不能做个路倒啊。日头一天比一天毒，它想熬干河流、树汁水儿，熬干庄稼人的血。爹和妈咬着牙，见水就喝，见草芽儿就吃，好不容易熬过了一个夏天。谁知秋天来了，吃物多起来了，他们也快不行了。苦命人哪，眼看活不久了，一双脚杆像高粱秸子那么细。爹妈临死嘱咐我："别歇气儿，往平原上赶，去吃那里的瓜儿！"只剩我一个没爹没娘的孩儿，有谁可怜俺？天下哪有穷人的活路，俺一家三代没有赶到平原哪！爹妈一辈子赤脚赶路，死时一双脚长了一层铁壳。我也赤脚走起来，挑上了他们留下的破担子，一路讨要：大娘大婶啊，可怜可怜没爹没娘的孩儿吧，俺三代没走到平原上啊！这家给个窝窝，那家给片瓜干，到底是穷人可怜穷人。也亏了秋天到了，穷人有了指望，满坡的野物也欢势了。俺亲眼见兔子打架，野獾吱吱叫哩。有条银皮狐狸领着仨小子搬家。秋水下来了，茅草蹿到腰带那么高，干豆角泡在水里胀破了皮。俺的鼻子比猫尖，仰脸一嗅就知道有了吃物。没爹没娘的孩儿得空就趴在地上，两手往嘴里拾掇东西。坏了，肚子撑出了尖儿，站不起了，一夜一夜叫唤。

有两个扛枪的把掩捆起，抬到了一个高门大院里。老爷穿着缎子长衫出来瞅了瞅，一扬手把俺打发了。管事的把俺脚后跟上砸个洞，拴一个铁环子，系到场院上看场。脚上的血一流流了三天，一活动钻心痛，俺爹呀妈呀叫唤，谁还敢来偷场？有人按时送来咸菜米粥，哎呀多好的吃物。我说咱看一辈子场也知足了，干吗把俺捆起？有人听了报告老爷，他们也就把俺放开了。夜里俺钻到麦秸垛里睡觉，高兴得唱小曲儿。另一个看场的老人说，我像他一样，是个终身许下主儿的长工了，只准老实做活儿，不准逃跑。“我还要到平原哩！”我嚷。老人伸出手指比画着我说：“你跑吧，刚一抬腿，嘎勾一枪就打下了你。野地里有暗枪瞄着，谁也逃不脱。”老人一辈子看场，没有家口，一提到老婆眼泪汪汪。他说自己老婆又白又细的皮儿，像麦子面捏成的。与她成亲没有两天就来看场，老婆来场里寻他，一块儿钻到麦垛里睡去。睡到半夜有人把老婆揪出去了，硬说是个偷麦贼。老人说到这儿大声号哭，我说她是我家里人哪！放开她呀！那人不听，扭着她走了。后来才知道老爷早看好了那个女人，老爷那年才四十岁，年轻哩。我尽管心里恨死了他，还是得说话公平。四十岁的老爷细高身量，鹰钩大鼻，大双眼又亮又尖，头发有些鬈。他可不难看。我老婆，就是那女人被他两三句话弄活了心，死心塌地跟上，穿金戴银了。我那会像条狗乱蹦跶"，在庄稼地里跳腾，一会儿嚷："穷人妻，不可欺。"一会儿嚷："急死我了馋死我了。"我觉得满山满岭都是那女人的味儿。老爷心狠手辣又加上疯浪，扯上那女人满坡里转悠。我磨了一把牛耳尖刀，不是鱼死就是网破哩！俺先蹲在麦地里，他们溜达过来，俺就一个饿虎扑食，一刀结果了老爷，再对付那个女人。俺要问她是谁的家口？最后嘛，杀她还是不杀，全凭俺那会儿的心境儿。计划好了，俺蹲麦田里。等了三天，那两个人到底来了。我喊："着！"举刀扑上去，没想到老爷身子利索，一脚踢飞了刀子，生生把我擒了。当夜我给扔到宰羊的棚子里，闻着四处溅上的羊血，心想俺活不成了，不如自个儿弄死自个儿。俺解下腰带上吊，腰带断了；去撞棚柱子，昏过去又活了。老天爷！这是不让咱死哩。死气白赖地活吧，俺等着天明挨刀剐。等啊等，天刚亮有几个身强力壮的人端了水盆进来，水盆里泡把小弯刀。我头嗡嗡响，只听他们商量捆上不？后来没捆我，噌噌把我按得坚牢……天哩这是做啥？天哩他们要阉俺哩！丧尽天良啊。俺哇哇大哭，求饶的话儿说下一板车。俺说不敢了，不敢了，莫划下刀儿呀，俺做个不龇牙的狗，为老爷护一辈子庄稼。天底下的好话让俺说遍了，他们狠毒心肠听也不听，噗嗤一刀，通红的血染红了俺腿根，蹿到柱子上。

“天哪！只有说不到的没有做不到的呀！好狠的地主老财呀！可怜不可怜死人哪！呜呜……”老婆婆们身子摇晃起来，两手拍打膝盖。大脚肥肩咬断麻线凑近了金祥，连连问：“后来呢后来呢？”金祥站起，伸手比画着，“后来你也想得出哩，这跟方起做的活儿一样。”有个姑娘尖叫一声，是方正大姑娘金敏。金敏呜呜哭，与金友老婆小豆挨在一起，嚷着：“苦啊！苦啊！——”

“天下乌鸦一般黑！地主的斗，杀人的口！”场子里响起一个热烈而流利的声音。大家转脸一看，见是闪婆插话。金祥斜过去一眼，坐下了。他从内衣夹层，也许是贴着皮肉处掏出一叠煎饼嚼了几口，接上往下说。

这就是俺年轻时候遇上的一个老人，他对俺说下心事。他说那回差点没痒死疼死，从杀羊棚里出来一步一个斤斗。“不如死了好，不如死了好！”他走一路嚷一路。从那以后他发誓再不找女人了。“女人是蛇蝎野物。”他这样说哩。俺那时寻思是个公理，久后有了年九妈，才知道全是痴话。庆余待俺好哩，冬天抱住俺往大棉被底下鼓拥，呼哧呼哧喘气儿，也不嫌俺脏气。瓜干烧胃哩，两口儿暖暖和和到天明。那个老人自从动了刀儿就蔫了，有气无力。他没有多少觉，一天到晚睁大眼看场。人人都说他对老爷忠心。有时俺俩一个麦垛里睡，他给俺讲老爷长得好，心眼也善。“想想看吧，我杀他，他抓住我还留了生路。”我亲眼见老爷家管事的人拍他肩膀，那股亲热劲儿。他的鼻子不好使了，自从动了刀儿就嗅不出味儿了。老爷的妈妈年纪大了，那一年有一百岁了，吃得好，老不死。看场的老头儿说起她，一口一个“善人”。我后来看见她一遭，差点没吓死。你猜她什么模样？不太高，老粗老粗，屁股比碾盘也小不了多少。脸比揉面盆还大，红得像地瓜皮儿。头发全白了，手指一根一根像红萝卜，指甲两寸长。她看人眼珠不动，也不喘气。坐在那儿，四周东西都变小。天哩，她打嗝声音像闷雷。她喜欢吃当月的小猪，不让别人杀，都是自己亲手把它　死。有一回她看见一头大黄牛朝她叫了一声，就让人拿块抹布来。牛绑上了，她夹住牛头，把牛嘴牛鼻用抹布捂上。牛使劲拧，四条腿插到泥里了，她还是不松手。牛一会儿憋死哩。方圆十里八里的小媳妇生孩儿，第一口奶都挤了送给她。看场老头儿那时就管着收奶。老女人力气怪大，爱跟年轻长工摔跤。长工见她张着大手呼哧呼哧喘气就逃，喊：“老祖宗饶俺饶俺！”老女人一伸手把他抓住又扳倒，然后坐在身子底下。老年人记性差，坐着坐着忘了下边有个活人，一搓揉，长工的三根肋骨咔咔断了。老爷家有一个大屋，里面有一个老大的石头盆，是十个石匠凿了一年才成的。老女人就坐在盆里洗澡，让三个身强力壮男人给她搓身子。啊哎好热的水，老太婆的身子烫成鲜桃一样红，舒服得叫唤哩。老皮儿让人搓下来，新皮儿又嫩又光亮，她说还要活上一百岁哩。洗了澡躺在地上让人踩巴，喊叫哩，响声十里以外也听见。高兴了她不穿衣裳，儿子给她下跪也不穿，说：“一堆一堆人都是我生出来的！”一个大红肉团在庄稼地里活动，看秋的人赶紧往天上放枪，嗵嗵！野物蹿腾起来，老祖宗哈哈笑。她屋下颜色，把一群男娃描成花花绿绿的人儿。她又光了让他们爬到身上，不又光了一巴掌打得男娃鼻口出血。“真舒服啊，嗷呀舒服！”老祖宗一夜一夜喊叫，弄得大院里没一个人能安生。秋天里半夜老祖宗赤着身子满院蹿，砰砰砸门，说要出去接冰凉的露水。她出去了，天亮时候弄了满身湿淋淋的草叶儿、死蟋蛄小虫儿。“我是老祖宗，都是我娃。”她拍胯大叫哩。看门的老头儿八十岁了，她抱住他，用手拍打他的头，说：“都是我娃！”她抽烟，好大烟瘾，让人卷了胳膊粗的烟叶给她吸。快死那些年里她睡不着觉，让人把院里院外、野地里村子里，是狗都打死。还是睡不着。不知哪个恶人送去偏方儿，说找个最能睡觉的人，割他一块肉儿放瓦片上焙了吃保好。老爷亲眼见俺金祥倒在麦秸上呼呼大睡，就把俺捆了去。他们也把俺关在羊棚子里，天亮也端个水盆进来，里面泡一把刀。俺低头一看大喊：“我不活了，我日他祖宗三代吃人肉喝人血不得好死……”那端盆的人还笑，一使眼色让人按住我。我再不睁眼。哎呀好呀疼死没爹没娘的孩儿啦！哎呀快可怜可怜穷人的孩儿吧！我大腿根挨了一刀，血水流到脚背上。“捅死我吧！行行好吧老少爷们！俺金祥真不活哩！俺金祥活不起哩！”

红小兵站起来，直眼盯住金祥。金龙从黑影里蹿出，上前飞快摸一下金祥腿根向场上嚷：“老大疤！”老婆婆们挂着泪水叫着：“那不是人遭的罪啊！身上的肉儿呀！”

里有一大群十三四岁的小男娃，都穿上花衣裳，赤着脚，给她挠痒。“痒啊！痒啊！”她一喊屋梁汪汪响，一些大小手爪赶紧去挠。老女人让人逮了草獾、狐狸、小狼，把它们养在一个大炕上，让它们和那群男娃呆一块儿，她搂住他们睡，一翻身，压得野物吱吱叫。野物的屎尿洒男娃一身。老东西还用一支毛笔，放嘴里含一下蘸一下颜色，把一群男娃描成花花绿绿的人儿。她高兴了让他们爬到身上，不高兴了一巴掌打得男娃鼻口出血。“真舒服啊，呕呀舒服！”老祖宗一夜一夜喊叫，弄得大院里没一个人能安生。秋天里半夜老祖宗赤着身子满院窜，砰砰砸门，说要出去接冰凉的露水。她出去了，天亮时候弄了满身湿淋淋的草叶儿、死蝼蛄小虫儿。“我是老祖宗，都是我娃。”她掐腰大叫哩。看门的老头儿八十岁了，她抱住他，用手拍打他的头，说：“都是我娃！”她抽烟，好大烟瘾，让人卷了胳膊粗的烟叶给她吸。快死那些年里她睡不着觉，让人把院里院外、野地里村子里，是狗都打死。还是睡不着。不知哪个恶人送去偏方儿，说找个最能睡觉的人，割他一块肉放瓦片上焙了吃保好。老爷亲眼见俺金祥倒在麦秸上呼呼大睡，就把俺捆了去。他们也把俺关在杀羊棚子里，天亮也端个水盆进来，里面泡一把刀。俺低头一看大喊：“我不活了，我日他祖宗三代吃人肉喝人血不得好死……”那端盆的人还笑，一使眼色让人按住我。我再不睁眼。哎呀妈呀疼死没爹没娘的孩儿啦！我大腿根挨了一刀，血水流到脚背上。“捅死我吧！行行好吧老少爷们！俺金祥真不活哩！俺金祥活不起哩！”

红小兵站起来，直盯住金祥。金友从黑影里窜出，上前飞快摸一下金祥腿根向场上嚷：“老大疤瘌！”老婆婆们擦着泪水叫着：“那不是人遭的罪啊！身上的肉儿呀！”金祥向站起的红小兵伸出一只手大叫：“快捅死我吧！快行行好吧老少爷们！”红小兵弯腰递去酒壶。金祥大饮了一口，把泪水使劲一抹。“谁要说有我受的罪多，那就算瞒下良心。俺金祥活过来不易，差不多死了七七四十九遭。俺昏死在麦秸草里，割庄稼的闺女喂俺米水，弄些止血菜嚼了抹俺腿根上。闺女家花一样香哩，那味儿吸进鼻孔里死也不忘。老天爷给俺的媳儿在哪呀？俺躺在草垛里就这么嚷，被看场的老头打了个嘴巴。伤口长上新皮儿啦，痒得俺呼天号地。‘痒死了呀！可怜可怜……’老头儿对我说：‘再嚷叫！再嚷叫他们抬去杀了你！’我说杀了吧杀了吧，反正我不想活了。”大脚肥肩停住纳鞋底对众人嚷叫：“痒痒的滋味儿难受啊，好比针尖儿往心瓣上划拉，哧一下从这儿下来。”她用针锥在两个鼓胀的乳房中间比画了一下。“弯口家里，憨人妈！”大脚肥肩接上喊，“谁都长过疮疖呀，收口的时候……”憨人妈在汗水淋淋的人群中与之呼应：“那是啊，痒死了！痒死了！”场上乱了起来，金友领头呼起口号，大家一边呼一边顿足，发出咚咚的声音。

老祖宗吃了俺的肉还是睡不着。她深更半夜在屋里喊，砸墙，大伙儿都伏在炕上不敢吱声。她在那个大炕上乱跺乱跳，一会儿把炕跺穿了。炕洞里放出亮光儿，一下一下刺人的眼，男娃和野物都吓呆了。一会儿野物跳腾起来，一下蹿到屋梁上。老太婆一咬牙拧住一个野物，嗯嗯憋气把它掐死了。一群男娃往炕角上缩哩，老太婆伸出老胳膊一遭儿抱住。男娃大哭大叫：“饶了俺吧老祖宗，留下俺当驴当马侍候您，给您挠痒痒呀！”老太婆不吭气儿，抱住他们，噗噗扔进了炕洞里。男娃哭哑了嗓子，她都不应。她找东西堵上了大炕的破口，哼哼笑。原来炕洞里藏了她的金银首饰，谁也不知道。一群男娃和宝贝金银藏到一块儿正合心意，怎么早就想不到哩？男娃要活活闷死了，他们在黑洞里叫呀哭呀，用头去撞炕面，炕面被撞得一动一动。老太婆见哪里动就坐在哪里。男娃见撞不动，就在洞里胡乱爬，爬呀爬呀，看到光亮了！那是什么？那是灶口儿！做梦也想不到有个救命的灶口儿呀！他们一串串爬出来，身上被烟油灰抹得跟黑夜一个颜色。他们摸着溜出了屋子，从阴沟里钻出大院，跑到庄稼地里了。老太婆坐在炕上不放心，怕留下这些活口，就想出个主意。她找了几床缎子被扯开，坐到灶口前烧起来。她光着膀子拉风箱，呼哧呼哧，烟火滚着涌进炕洞，她哈哈笑了。她看见炼成黑炭的男娃又变成了赤红的金娃，随着火苗儿跳舞哩！老太婆爬上大炕，坐一会儿又跳下来。她一个人闷得慌哩，到院里喊人，没人应。她儿子也装哑了。喊不着人儿，她就去砸院门，三下两下捣开，往野地里走了。俺金祥那会儿亲眼见一个白影儿往场院上来了，盯了盯才知道是老祖宗。看场的老头儿不让我跑，说你一跑她撒丫子就追，不如藏起。俺俩赶紧往麦秸垛里钻。老太婆走上场院了，大脚踩得地皮抖颤哩。她站住不活动，俺在垛子里打抖。静了一会儿，老太婆弯腰就拆起麦秸垛。趁着垛子没倒俺和看场老头赶紧钻到另一个垛子里。老太婆一边拆垛一边大声问："麦草垛里有什么藏着？"俺忍不住答一句："有刺猬哩！"老太婆拍手，"俺抓刺猬烧了吃！"看场老头心眼儿才叫多，他赶紧补上一句，"垛里藏了只老虎哩！"老太婆嚎一声："妈呀，俺害怕老虎！"转身拆别的麦垛去了。一直到天亮，老太婆一口气拆倒了四五个大垛子。那会儿她身上没劲儿啦。老爷这才让几个长工把她装到大笸箩里抬走。

一直到老太婆死那天，没人见她睡觉。两眼瞪得像牛眼。差不多一天要亲手杀死一个活物。杀鸡，两下拧断一个鸡脖，杀猪，一棍把猪头打碎。一条狗绑了还冲她叫，她就把铁钎子烧红了捅进狗嘴里。"俺快死了，俺要大睁眼入土哩！俺要把活物杀得一个不剩哩！"她坐在土末里嚷叫。老爷对他妈说："杀吧杀吧，我给妈去找了来！"老太婆说："给我抓个猴子去，我要杀个活蹦乱跳的猴儿！"老爷听了这句话浑身打抖，牙齿咬得咯咯响，蹦起来喊着："猴儿全杀了，妈你杀人吧！"他喊着跑了。那些天院里的老爷和太太小姐使唤人全搬到外边住了，只让一个老太婆折腾去。她要一把飞快的长刀，他们就给她。老爷还说夜里有贼进院偷盗，为防贼在门侧门后挖了又大又深的陷坑，坑底栽刀哩！有人不小心踩上去，穿个心儿透！老太婆白天晚上在院里提着刀走，就是踩不上陷坑。大伙儿都说老爷是孝子哩，尽意让老娘闹腾，只要老娘高兴，一院子家产都扔下哩！看家的人提着枪伏在大院四周，大门又从外边钉死了，哪有贼摸进去哩？可老爷后来还是不放心，说光有陷阱不行哩，院里还要下鬼套儿：用活绳扣儿拦在树边墙下，一不小心绊上了，另一边有重物坠着，活扣儿越缩越紧，把人活活勒死！鬼套儿下好了，老爷说这下行了，坏人一个也进不了院了。由老娘一个人玩耍去！大院里老太婆喊声不绝，咚咚踩地哩。又是多少天过去，里面还有动静，那鬼套儿她也碰不上。神人啦！老祖宗不死哩！野地里的所有活物儿都不停地叫唤，老爷的白头发都生出来了。又住了几天，大院里冒出烟来，老爷说："天哪，老娘放火了！"大伙儿跳进去救火，只有高大的老爷在边上看，他让管事的领人干。那是老太婆点上了屋里的被褥。大伙儿泼水搬东西，老太婆在一边笑，赤裸裸的身子抹了一大片黑灰。"救火啊，快哩！"野地里的人这么喊。不知干了多会儿，听见老爷在外边哭叫："妈呀！老祖宗！你怎么想不开呀！你死得真惨哪！"俺赶快跑出去，一看，啊呀！老祖宗浑身是血躺在老爷怀里，早没气了。她身上直冒泡儿，刀口上翻出大白肉。吓死俺了！那血流了老大一片，还在流哩。血的颜色跟咱大伙儿可不一样，红中透蓝，一闪一闪又像紫药水儿一样。"老祖宗一叫我就转身了，天哪，她把刀顶在肚子上。我还没喊出声来，她一使劲儿就进去了。"老爷对大伙儿说。大家一声不吭。俺那会儿又看了一眼，看出那刀尖是从后背穿过来哩，再说身上也不止一刀……吓死俺了！

"听听吧，这就是地主家的事儿，年轻人千万好好听，听一遭没一遭了！"赖牙在金祥歇息的当儿站起来，朝场上站立的一圈儿人嚷叫。大脚肥肩接上："就是就是！如今哪找这样的事儿？记到心里去，久后有了娃儿再讲给娃儿听，金祥也不能跟上讲一辈子呀！”老头子拔下嘴里的烟杆顶到前边一个老婆婆后背上说：“就这样扎进去？”“啧啧。”老婆婆抹着泪接过烟锅吸了一口：“人生一世呀，怎么都是一辈子啊。咱年轻时候一天到晚在庄稼地里干活儿，累了跑沟渠里躺躺，怪恣哩。那些大福大贵的人也没得好死，还不如咱。”老头子叹息：“老姊妹说的是呀！年轻时过的什么日子，如今过的什么日子……咳咳！”他拉起老婆婆的手，老婆婆嘴对在他耳朵上说了一会儿。“就是呀就是呀！”老头子哭出来，声音大了：“那年上俺差点饿死呀，爬着去找你，你捣碎了一块滑石给俺灌进去。饿是不饿了，俺在地上滚，从门槛滚到猪圈墙。疼死了，肚里有手抓俺肠胃哩。你给俺揉呀揉呀，老姊妹俺如今也没忘。正揉着老社长一步迈进门，瞪着眼呵斥咱俩。天哩，那是过的什么日子啊！真是天下乌鸦一般黑……”老人哭得叼不住烟锅了，老婆婆赶紧接住。大痴老婆庆余又递给金祥一些煎饼。金祥和儿子分吃煎饼，多余的掖进胸口那儿。爷儿俩专心吃着，年九掉下屑末，金祥就拣了填进嘴里。大脚肥肩急了：“死金祥多少人等你呀！你是饿死鬼托生的呀！”金祥大口吃着，让身边站立的庆余接上讲一会儿。庆余应一声就讲开了：“地主的斗，杀人的口！俺要饭拿着棍，专打地主的狗。坡里庄稼黑乌乌，俺一个人不敢进哩。俺吃的亏没有数，都低低头忍了。男人除了金祥没有好东西啊，都是害人精哩，用鞋底子打俺腚。俺受的苦哪里说去！后来俺也有娃了，娃把俺奶头咂得通红通红。金祥老实人呀，谁都欺负他，冬天也欺负他。他瘦得皮包骨。俺俩夜夜都忆苦，眼泪把炕席子都弄湿了。年九小时候尿炕。俺一天好日子没过……”老婆婆们张大嘴巴听，一拍手说：“庆余说的也是！拉扯个娃不易哩！”一场的人呼喊起来，其中夹杂了很多陌生的声音。“熬不住劲儿了，俺等着听哩！”“快呀金祥！”金祥站起来，一手插在衣服底下，走几步，慢腾腾地说：“俺这就接上哩，接上哩。哎哟，虱子刚才把俺好咬……刚才说到哪搭？嗯，哪搭！”

活了一百多年的老祖宗死了。乌鸦最先闻出味儿来，接上满坡野物都嘎嘎叫，从沟里渠里高粱地里往外窜。这些年从大院逃出的公鸡母鸡、羊呀猪呀也不少，有的就从庄稼棵里跑出来了。“她吃过俺的肉！”俺蹦了一下喊，谁知看场的老头凑过来就是一个嘴巴。“哎呀你这个被阉过的驴！”我骂他，不过我明白他是好意。反正老祖宗死了，老爷又修整大院了。他可是个善人，给俺吃玉米饼，还给俺吃瓜面开花大馒！他娶了一大群老婆，一个比一个俊哩，最小的十六岁，长得饱鼓鼓的，小脸儿抹得像花红果儿。老爷没事了就抱着她，另一只手里还拿了水烟袋。看场老头的老婆如今年纪大了，老爷一摆手把她打发了。如今她专门看管老爷孩子的孩子。谁还记得那些从炕洞里钻出来的男娃？如今他们都从庄稼地里大叫着跑出来，破衣烂衫头发老长，满脸是灰。小姐们就把男娃分了。她们给男娃洗澡换新衣，用胭脂粉扑脸。男娃给她们打水买东西服侍小猫，还讲些老祖宗屋里的事，一块儿流泪。俺见过那些小姐，一个个细细高高大双眼儿，像老爷哩！她们的小腰像碗口那么细，用绸带系得圆乎乎，怎么看怎么好。小姐不骂人，不咳嗽，不喷气儿，也不怎么进茅厕。小姐浑身喷香，顶着风也能闻到，像玉米缨让雨水洗了那种味儿，像刚割开的西瓜味儿。她们吃饭用手捏，一次捏两三个米粒就够了。吃肉，把肉撕成麻绳样的肉丝，吃三两丝就行了。喝水，用麦秸秆儿吸，吱吱一响，饱了。我可不敢说小姐不好，俺金祥有一说一。人家小姐平时都在自己屋里绣花，从不出来馋人。只有一年端午，老太太让她们出来采艾叶，才惹了一些事。那不怨她们哩！艾叶长在一口枯井边上，长在棘藤子里。护秋人提着枪赶来替她们钻进棘藤，采了一大包艾叶香死人。谁知道就在把艾叶交给小姐那一眨眼的工夫出事了！护秋人一仰脸，小姐那手脖儿手指头、胸脯儿上边锁子骨、水灵灵的眼，都看见哩。护秋人把艾叶交给小姐转身就跑，跌跌撞撞离开枯井，大叫一声说："啊呀呀，俺还不如死了好！"他一下躺在地上滚哩，一大帮护秋人赶来劝也不行。"啊呀我不行了，我还不如死了好！"小姐吓得跑了。护秋人当空扳枪，汗粒儿像豆粒那么大……

场上人大气儿也不喘。金祥吃煎饼了，场上人长长吐气。"嘻嘻。"红小兵饮一口酒笑了。金友蹿起来喊一句："好个金祥胡诌！你长谁的威风哩！你怎么好糟踏长工——刚才他的话大伙儿都听见哩！"赖牙在吸烟，像是突然醒过神来，嗯了一声。"金祥好生说！好生说！"大脚肥肩嚷。一些老头老婆子默默相视，一拍膝盖站起："老天！反了你金友！装什么假正经哩？世上人谁没打年轻时候过来？谁没个乱蹦乱跳的时候？"赖牙站起来说："辩论辩论哩，大伙儿说说！"金祥咬住了煎饼又松开，站起来提提裤子："俺亲眼见哩，这还有假？那口枯井说不定今儿个还在哩！""谁没打年轻时候过来啊！”站在场子周围的光棍汉嚷着，一个沙哑嗓子说：“这本是平常理儿哩！天上有眼也可怜可怜那些人，夜夜打滚儿哭哩，骂人哩！”大家呼叫得热烈，赶鹦和肥、金敏香碗几个姑娘觉得气浪烤人。赶鹦喊：“挤死了啊，热死了啊！”四周的男人似乎一点儿也没注意到姑娘们的神情，不自觉地就拍打起姑娘们的肩膀，连连说：“这是人过的日子吗？姊妹啊，这真不是人过的日子啊！”赶鹦想抡一抡辫子，可是动不了。因为这会儿已经有三五只手同时攥住了它，他们望着金祥喊着：“这都是平常的事儿呀！”

那个看场的老头儿不行了。俺把他抱进麦垛大洞里，喂他食水儿。他喝一口睁一下眼，说一辈子就交下俺这一个朋友。“临死俺可得跟你说句真话儿。”他这样说。我说：“以前那些话都是假的吗？”他点点头。我呀，我金祥好难受！我哭了。他给我抹抹眼泪，说莫哭莫哭，你先把洞口堵了，莫让人偷听去。我堵严了洞口，他欠起身来瞅瞅四周，压低嗓门说一句：

“我恨着老爷。”

天哩，他往常一直夸老爷。我不吱声了。我看见他两眼锃亮，吓人哩。他盯了我一会儿，坐直了身子，一字一顿说：“祥啊，那些地主老财都是怎么富的？咱这老爷怎么有了万贯家财？让我来告诉你罢！你自己心里有数就行了，切莫告诉别人，要杀头的！我一辈子工夫才摸清这个谜底，让我揭给你看。”我一直愣愣地听完下面的故事。嘿呀，我金祥做梦也想不到老爷是这么一个人！

最早的时候，老爷也是个黑不溜秋的野孩儿，是个没爹没娘的娃儿。他跟大伙儿一样，一天到晚钻在野地里，趴草棵里捏蚂蚱拣瓜根吃，喝烂泥汤儿。他的小肚上黑咧咧划下了伤痕，脚跟上磨开了老皮花儿。他爹他妈也是野地上蹿腾的人儿，胡乱生下他又跑了。他让热辣辣的日头晒出了油，头上戴个高粱秸子圈帽。转眼十八九岁了，身个高了，夜晚睡不着了，一嗓子一嗓子喊，嘿嘿，自己用手挠烂了自己的皮哩！他看见女人从路上过就喊："给俺当个媳妇吧——"人家回头骂一句："不死不活的臭烂东西，想得倒好！"到了秋天煞尾时，漫山遍野散开了野人儿，逃荒要饭的男女呼呼啦啦跑进地垄里。没爹没娘的黑孩儿专找没爹没娘的女孩儿，找一个扯上手就飞跑，嘴里嚷："占下了占下了！"女娃咯咯笑，伸手捶他捣他，冷不防一把掀倒在沟底。"还敢不敢啦？"黑孩儿骑上她，揪些野菊花呀臭蒿子呀往她脸上脖儿上扔。他们一会儿工夫就好了，抱着搂着痴跑，丢人现眼哩。"现世报啊现世报啊！"护秋的人手指他们笑。俺没爹没娘的孩儿吃了上顿没下顿，快活了一天没一天，俺又怕个什么！黑孩儿赤条条往河里跳，钻出来水淋淋地唱歌，胡吼一嗓子满天响。另一些男娃合伙上来抢这个女娃，被黑孩儿好一顿痛打。他真是个拼命的好手，一拳上去打掉人家两颗牙。一伙男娃头破血流跑了，黑孩儿抹抹脸上的血，扛起女娃就跑。他不歇脚，扛着跑跑跑，一口气跑到河边，扑通一声扔进去。女娃嚷："淹死我了呀，淹死了！"黑孩儿接上跳进去，把她从头至尾洗一遍，又洗了自己，这才扯上手往河滩上走。女娃高兴起来，跑起来一蹦三跳，黑孩儿追也追不上。女娃一跳跳上杨树梢梢哩，黑孩儿干着急。

他央求："好女娃下来吧，俺可上不去。"女娃从这棵树跳到那棵树，飞一样，黑孩儿看呆了。直到天快黑女娃才蹦下来，黑孩儿一把抱住她说："老天，你像猴儿似的。俺从根没见这大本事的人。"女娃笑得鼻子眼挤到一块儿去，说："俺是林子里的野物哩，跳腾惯了。"黑孩儿搂住她亲不够，觉得她像绳儿一样软，小手儿像葱白一样。他低头瞅她的小脸，这才看出小脸凹凹着，小鼻子打了个漫洼儿，臭尖往上一挑，巧死俊死！她的小牙像白大米粒，小嘴唇薄薄一道儿，不笑腮上也有俩酒窝。她小身子烫手像小熨斗哩，屈在他怀里一扭一扭，往他耳朵眼上呵气儿，不知从哪掏出生果给他吃。黑孩儿说："哎哟，老天爷哩！喜欢死俺啦！俺不行哩！"女娃扑在他怀里哭了，一抽一抽像条虫虫。黑孩儿发誓说，这辈子也不离开她，不变心，上树掏鸟蛋，下河捉鱼，伸手到地里扒瓜儿，说什么也得养活她。两人说到天墨黑，找块地方铺了干草睡起来。睡不着，就小声说话儿。女娃告诉他："知道吗？我会'大搬运小搬运'呢！"黑孩儿不明白。女娃告诉他，那是个神法儿，想要什么就有什么——由她出去搬来，一会儿工夫就成！黑孩儿死也不信。女娃就问他要什么。他想了想说："要一碗大肥肉。"女娃起身走了。一小会儿月亮底下出来个人影儿，黑孩儿一眼看出是女娃，她笑嘻嘻捧来一碗大肥肉哩！两人坐下吃肉，黑孩儿高兴得又跳又蹦，说："有这手段还用在野地里窜？咱发哩！"女娃说："就是哩！我是看好了你，先来试试你心眼儿！"黑孩儿搂住她又推开，"你是人还是神？"女娃咯咯笑，说不是人也不是神，从今儿个起是你老婆哩！“俺有老婆哩！做梦也不敢指望的事儿呀！”高兴了一会儿，黑孩儿又让女娃去搬座屋来，说就放这河滩上住下吧！女娃摇头说：“屋在地上生了根，搬不动。再说也不能太心狠，要一点一点积攒，咱搬来一件，有人那儿就少一件。俺都是找富人家搬，他们东西又多又来得容易。”黑孩儿点点头，“那你就去搬一个大柜子吧，赶明儿咱卖了买东西，赶集哩。”女娃又摇头。“又怎么？”“你给我梳梳头吧，老婆披头散发不嫌人家笑话？”黑娃欢喜得给她用手指梳呀梳呀，又揪根草梗扎了个辫子。女娃要去了，临走嘱咐：她扛东西回来时腰压弯了，那会儿他见了要赶紧喊：“好轻快好轻快”，背上的东西就会随着这喊声一丝丝减轻。如果喊“好沉好沉”，那就一丝丝加重，她就起不来了……黑孩儿说记住了！女娃走了。不一会儿她背上驮个大柜子走来了，腰弯着，摇摇晃晃。黑孩儿赶紧喊：“好轻快好轻快！”喊着喊着女娃就直起腰来，那柜子像纸盒一样分量……

“哎呀，天底下什么事都有啊！光有说不到的没有做不到的呀！”老婆婆站起来喊着，一会儿面向金祥，一会儿又转向老头子们。“多好的女娃啊，这样的女娃咱村有一个就中，保管就中！”赖牙脖子上的青筋粗胀起来。大脚肥肩龇着牙：“俺要有个女娃，只让她搬来黑面肉馅饼！”弯口老叔一直沉默，这会儿鼻子里吭一声：“俺让她给憨人搬来个媳妇！”一帮女人嘻嘻笑，“憨人听见了吧？你爹说给你搬个……哈哈！”憨人木着脸骂：“拿穷人取乐儿，我睡他先人！”大脚肥肩用针锥朝笑闹的几个姑娘一点一点，场上的笑声立刻没了。金祥站起来喊："年九妈再给块煎饼……哎哟，刚才虱子又把我好咬！"

接上数叨啊，接上揭他们老底，把挨刀杀的遮眼布一层一层撕开。俺得告诉普天底下的穷人。醋是打哪儿酸的，盐是打哪儿咸的？光腚客怎么穿上裤子？谁想封住俺的口，俺就打断他的手。告诉你吧，那个当年草窝里滚粪坑里睡的黑孩儿成了气候。他那个又好看又听话的软性儿老婆出去搬东西，今儿个一只风箱，明儿一把簸箕，几年工夫他们有了自己的屋自己的地，小木头窗上糊了白纸哩。照理说该好好过日子了，男人有了瓜儿吃还求个什么？剩下事情就是搂着老婆一宿到亮打呼噜了。可黑孩儿不，人有贪心，蛇要吞象，没爹没娘的孩儿要做人王哩。他想吃白面馍蘸肉汤儿、嫩韭菜叶撒上盐，想躺在缎子被上打挺儿，拄着龙头拐杖上茅厕！女娃白天黑夜劝他，说好生生的日子有吃有穿，圈里有猪肥了吃肉，大母鸡两天生一个双黄蛋，哪里不好？庄稼人一辈子还求个什么？黑孩儿说天哪我心里痒得慌，你又不能伸进里边挠痒。女娃想逗自己男人高兴哩，在小屋院里跳跳蹦蹦做猴戏，那样子谁也得笑哩。她一纵身跳上窗外榕树，从这个枝儿蹿到那个枝儿上，小拇指细的枝条也压不折。可黑孩儿不笑，眼也不睁。女娃再不逗他了，眼泪汪汪，说："好男人你怎么不高兴？是俺变丑了吗？"男人摇头，抬头好好看了看她：穿了水红袄儿，小绿裤儿，裤腰用大红带子扎了。那小身子包在软柔柔的衣裳里。她出挑得真好看，小凹凹脸红喷喷的像苹果，大水灵眼儿乌黑乌黑亮。他说好女娃你像用油膏搓过，油滋滋香。

你好比小火烧刚出锅，又甜又软烫人哩，舍不得下口捧手上一撩一撩，吹气儿……老婆呀！啊呀我老婆天下一宝！

金祥慢腾腾柔声细语，旁若无人。场角传来了许多人的抽泣声，金祥不得不停下。那些站立的男人都在哭，肩膀往上耸动。“金祥啊，你说俺心眼里去了！上哪儿去找这样女娃咪？老天爷老天爷，天底下真有黑孩儿这样福分人？”“金祥啊！你不能把女娃扯来俺瞅上一眼？她活着多大年纪住在哪儿？俺不吃不穿也得攒下盘缠去看她一眼……”“难道她比大姑娘肥还白还嫩俏，比宝驹赶鹦还俊还馋人呀？想不出想不出哩！”年轻人呼叫着，连上岁数的男人眼窝也湿了。这会儿赶鹦妈站起来，伸手往前一捅骂道：“嘴痒了放石头上磨一磨，拿俺闺女做尺寸，瞎了狗眼！”一个男人用力拍打赶鹦的肩膀，叫着：“姊妹啊，天底下哪有穷人的活路啊！”赶鹦鼻子一酸，也流出泪来。“赶鹦姐！”肥的头一歪，倚了赶鹦，“咱好好往下听吧！”

女娃说她再也不过偷偷摸摸的日子啦。那时候她出去搬东西给他，是因为可怜他哩。她说那些富人什么都有，穷人什么都没有。拿走富人的东西也解气呀！不过如今该是小两口起早摸黑种庄稼的时候了，再不能贪心了，贪大遭报应呀。她好话说了一箢篓，黑孩儿只是摇头。他说还想有两匹大马，有一大囤子粮食，有个黄铜水烟袋。女娃哭着扭头走了。半晌，她牵来两匹大红马。黑孩儿高兴得直蹦，劝女娃再出去一趟。女娃又扛来了一个盛满粮食的大囤子，压得头快触到地上了。黑孩儿赶紧喊：“好轻快好轻快！”女娃在这喊声里一点点直起了腰。“这就是‘大搬运小搬运’哪，俺要发了！”女娃直哭，说不能贪大啊。黑孩儿不听老婆规劝，让她最后搬上一年，那会儿一家子人享不完的福哩！女娃一趟比一趟回来得晚了，专拣那些发下不义之财的富贵人家搬，搬他们一个座钟，一架纺花机，一副牲口套绳，有时还搬走一个大麦子垛。人累得黄瘦，头发又疏又脆，皮包骨头。月亮下一个小瘦娃儿扛一个大麦秸垛子穿过野地，可怜不可怜死人！黑孩儿在门口迎接她，老远就喊“好轻快好轻快”，女娃就伸手把垛子擎起来。黑孩盖了一座屋又一座屋，买了一块地又一块地。后来他连软乎乎的瓜儿都不吃了，只吃白面烙饼、吃豆腐脑儿小咸刀鱼、吃小春葱蘸酱。上了秋，他买来绸子面小夹袄，年纪轻轻还扎腿带子。雇来一帮子长工、两个丫环，还开了一个烧锅。他爱吃猪肝，爱喝盅烧酒。女娃给累坏了，一天到晚咳嗽。下雨阴天，她身上散发出一股怪味儿。早些年黑孩儿喜欢女娃，闻不出；再说那会儿女娃喜好打扮，采些花呀草呀戴在身上，怪味儿严严实实给盖住了。“哎呀熏死我了睡你先人。”黑孩儿骂。女娃采来最香的月季和桂花戴在头发上，黑孩儿还说她有邪味，“一股烧臭皮子的味儿。”女娃开头工夫只会哭，到后来就离他远些站。有时又忍不住，他们是恩爱夫妻呀。黑孩儿——这些年一家子人都叫他老爷了，老爷一嗅到那股味儿就推她个趔趄。女娃儿火了，有时一下蹿到树上，瞪起一对大眼看人。长工和丫环都大惊大叫，老爷把老婆揪到屋里，拉长脸问她：“你到底是个什么物件？咋能‘大搬运小搬运’，咋能蹿到树上？”女娃哭着说：“咱是受苦受难的一对儿，是熬出头子，压得头快爬到地上了。黑孩儿赶紧喊："好轻快好轻快！"女娃在这喊声里一点点直起了腰。"这就是'大搬运小搬运'哪，俺[illegible]要发了！"他不听老婆规劝，硬要她接上往家搬哩。女娃直哭，说[illegible]不能贪大啊，不能不能。黑孩儿让她最后搬上一年，那会儿一家子人[illegible]享不完的福哩！女娃只得忍气吞声出去。她一趟比一趟回来得晚了，[illegible]专找那些发下不义之财的富足人家搬，搬他们一个座钟、一架纺花机、一副牲口套绳，还有时搬走一个大麦子垛。人给累得黄[illegible]瘦[illegible]，头发又疏又脆，骨头包在皮下。[illegible]月亮下一个小瘦娃儿扛一个大麦秸垛子穿过野地，可怜不可怜哪人！黑孩儿在门口迎接她，老远就喊"好轻快好轻快"，女娃就伸手把垛子擎起来。黑孩的日子一天天富[illegible]了，盖了一座屋又一座屋，买了一块地又一块地。后来他[illegible]连软乎乎的瓜儿都不吃了，只吃白面烙饼、吃豆腐脑儿小咸刀鱼、吃小春葱蘸酱。[illegible]上了秋，他更来绸子面小夹袄，年纪轻轻还扎腿带子。雇来一帮子长工、两个丫环，还开了一个烧锅。他爱吃猪肝，爱喝盅烧酒。女娃给累坏了，[illegible]一天到晚咳嗽。下雨阴天，她身上就发出一股怪味儿。早些年黑孩儿喜欢女娃，闻不[illegible]出；再说那会儿的女娃[illegible]喜好打扮，采些花[illegible]呀草呀戴在身上，怪味儿给盖得严[illegible]实[illegible]。"哎呀薰死我了睡你来的恩爱夫妻啊，你别拿那种眼神看俺。”“你说你说，你咋能哩？”女娃说：“我说我说，我不是人。”“你就不是人，没有人味儿！”老爷骂着走了。从那时起女娃住厢房了。她一天到晚哭啊，头发几天就变花了，小凹凹脸上有了皱纹。老爷让人送饭给她，自己不愿看到她。他已经有了丫环捶背捏弄后脚跟儿，有给他陶耳朵眼的女人了。送饭给女娃的长工有一天从小窗往里一望，吓得碗都砸了。他看见屋里大炕上躺了一只猴子，奶头还胀着。他看了一会儿赶紧跑去告诉老爷。老爷骂咧咧出来看了，见女娃好好地躺在炕上，他打了长工一个耳刮子。

其实长工看到的真不错哩！那女娃就是一个母猴，一个精灵。她想找下个男人过日子，用力再生下个娃。她是个有情有义的母猴。她那会儿年轻，心眼好得没法说。天底下有钱有势的主儿，有几个是出汗干活挣下的家产？他们都是暗地勾连下有灵性的野物，让它们出去搬弄东西。这是真哩！有的是狐狸精，有的是野猫精。这些野物搬成一个财主就安顿下来，跟男人过一辈子；也有的半路变了心，把搬来的东西又一件件暗中搬走，要不你怎么能看到半路穷了的财主？还有的被发财的东家发现了真身，用个什么歹毒法儿把它害死。一句话，地主老财发的都是黑心财，这就是看场老头告诉我的谜底！

场上人呆呆地看着金祥。一会儿有人嚷：“我说哩！怪不得咱发不了财，原来咱没有勾连上野物啊！”“天哪，上哪去找母猴狐狸啊！”一个老人，是弯口老叔，他大叫着：“告诉你，多去野地里窜窜！高秆儿庄稼地里什么都有，你得多进去窜窜呀！……”喜年望望方正大姑娘金敏，说：“那年上俺在豆棵里压住了一个野物，它吱吱叫哩，低头一看，它从豆秸里挣出小头来，小脸儿铁青！俺赶紧把它放了……”大伙儿吸着冷气。

女娃不擦胭脂了，不梳洗打扮了，老得一天比一天快。她半夜跑到老爷窗下，叫老爷的小名，说开门让俺进去吧，咱是一对泥里打滚的苦娃儿，好不容易过上了好日子，切莫丧下良心！俺想摸摸你胸口上的疤痕、下巴上的胡茬，想喂你吃口小油卷儿。开门吧开门吧，俺已经有了三个月的身孕——咱就快有自家的娃儿了！你开门吧，摸摸娃儿在肚里蹬腿儿哩……女娃进了屋子。她真的老哩，再也不好看了。老爷觉得她像一个倒空了粮食的粗布口袋，软溜溜皱巴巴。“远些，臭哩！”老爷说。女娃哭着一把抱住男人，说俺亲手从淤泥里扒拉出的泥娃儿。老爷一动不动，眼皮都不眨一下。他心里在琢磨事哩，这会儿就说：“女娃，你听话不？”女娃尖声叫着：“听呀！”老爷一皱眼眉，“让你怎么就怎么？”女娃点头，“俺男人叫俺干什么俺就干什么，俺是他的人，直到死！”老爷摸摸胡茬，“那好吧！今后你就住厢房吧，那是你的屋，在屋里好生怀着孩子。”女娃哭了，“俺想弯你怀里哩！”老爷大眼一瞪，“听话！”女娃哭着，退到厢房里去了。

就是这年秋天，有个老太太找来大院，她看看样有五六十岁，其实有七八十岁了。她一进大院就说找儿子来了，见了老爷一把抱住。她说男人死了，她无依无靠找儿子哩！老爷不敢认，老太太就一长一短说起来：她和他爹怎么一路讨要，怎么在野地里生下他，一口一口喂活他；下雨了，他们用身子给他遮雨，天冷了，他们把他贴在肚子上暖着。“那不是人过的日子啊，你爹和我死过去又活过来，一天到晚搂着娃儿吃野菜，省下瓜儿嚼了喂你。直到你长大了能扒瓜儿能跟上野孩儿窜庄稼地了，我和你爹才撒了手……”老太太哭了。她一口气数叨出老爷子身上的记号：左胸脯上两个痣，腿根的疤痕——老爷刚才还将信将疑，这会儿扑通一声跪下喊妈。他让一旁愣着的人都跪下，说老祖宗回来了！就打这一天上，老爷找到了生身母，院里有了老祖宗。谁也想不到她会接上又活了几十年，成了老寿星。老爷跟老祖宗在一块儿，日子久了就交了谜底，说出这万贯家产的来路。老祖宗一听不作声了。她死也不喜欢儿媳，从进了这院就没跟女娃说上一句话。女娃给老祖宗跪过，叫过妈，老祖宗眼都不睁。她听儿子说了根由，牙根咬紧哩。儿子问她咋了？她说：“哼，她能‘大搬运小搬运’不是？她能倒腾来东西，也能倒腾出去。早晚有一天你又成了光腚鬼哩！”老爷急得直搓手。老祖宗的花椒拐一个劲儿捣地，说：“趁早除了吧，除了她，家业才万古千秋。”

女娃肚儿鼓起来了。她在院里走，听见老祖宗出来就躲进厢房。有一天老爷进了她屋里，从怀里掏出石榴大枣，绿酸杏儿。女娃一把抓过就吃。她馋死了这些东西，可就是没人给她。她咬着果儿哭，说你到底还挂记俺！俺死也不悔了！老爷拍打她，摸她头发，她喜欢得快死过去了。老爷说：“咱家什么都有了，就是缺个大碾子——

你再出去搬回一个吧，娃儿生下也要用它碾细面哩。”女娃说：“我有孩儿在肚里……”老爷还是搓揉她头发，说：“不碍事哩，你有法术呀！”女娃把脸贴上他胸口，连连说：“我听你话呀！你叫我干什么都行。俺的男人呀！……”当夜，老爷在大院门口迎接女娃，等呀等呀，月亮都歪了，野地里连个人影都没有。又等了一个时辰，天快亮了，灰蒙蒙的路口上有个黑影儿一摇一摇来了，越近越大。老爷看出是女娃驮一个大碾盘来了，小身子在底下差不多看不见了。她被压得东倒西歪，老远就喊：“你快拿话儿迎我呀！你快呀！”老爷咬咬牙，往前走一步，大声喊：

“好沉好沉，好沉好沉！”

天哩！大碾盘一丝一丝往下落，像张大荷叶儿一样，一会儿贴到地皮上了。就在碾盘眼看沾地的时候，发出了“呀——”一声尖叫，然后什么音儿也没有了。天亮了，长工呀，短工呀，清早上田去，一眼看见有个大碾盘扣在那儿。他们一伙儿揭开碾盘，看见一个又老又瘦的母猴在下边，压成饼儿了！……

“妈！呜呜伤天害理……老天爷看见了！黑心的地主老财千刀万剐！”场上人一齐呼叫，恸哭声猛地迸发出来。“丧下良心哪！天打五雷轰啊！多好的女娃给毁哩！”“这回俺可算亲耳听见了！”“地主心，蛇蝎心！天下乌鸦一般黑！没有穷人的活路了，真的没有了啊！……”老婆婆哭着揪住身旁随便哪一个男人衣襟，耸动着：“他家大叔，真有那样狠的男人哪！要不是俺亲耳听见，说什么也不信！你说说，你说说！”老头子们定定地咬住烟锅出神，这时身子一挣呼起口号来。全场都跟着呼，一齐跺脚。人群活动了，那些平日里说话投机的人慢慢移动着坐到一起。“真是根狠心肠啊！”有人指点白木桌前的金祥：“看人家说完了就是说完了，眼泪没干就吃起了煎饼。咱不行哩，听一次难受一次。”大脚肥肩低头纳着鞋底，抽着麻线，泪水也滴下来。“争年爸呀！跟大伙儿说说吧，大伙儿难受哩！”赖牙站起来拍拍手：“有什么苦水可劲儿倒吧，谁也不用怕谁，咱是说一天没一天了。”金祥站起，手搭眼罩往下望望说：“都上来呀！有啥说啥呀！咱金祥不像有的人，自顾自说哩！来呀老婶子们、二大爷！”正这样嚷着，一个挽髻的老婆婆拄着拐站起来，咚咚走到了桌边。她瞪大眼睛，嘴巴张了好几下也没有说出话，又看了一会儿全场的人，就咚咚地下去了。“老婶子给气得话都说不出哩！什么世道啊！”金祥对靠前一点的红小兵说。“我说说！我说说！”场里又响起一个老婆婆的声音。她一会儿被自己的孙子搀扶上来了，一站稳就抹起了鼻涕眼泪，“天哪！我这辈子也忘不了，那一年可把俺饿、饿死了……俺孩儿挖了块鬼姜说妈吃吧，妈说你吃吧，一推一让半天，搂上那个哭。南街上他姥爷急得吞下了一块棉花，他姥娘没牙的嘴啃砖头。俺上街一看，一个个躺倒了，有的没穿裤子——那是解溲呀，提了半截没力气了，扑通，倒了再没活过来。俺死了也不能忘了那一年，那时候没有咱穷人的活路啊！”她说着拍打着腿，突然下边有人大喝一声：“你敢忆新社会的苦！好大胆哪！打嘴打嘴！大伙儿都听见了吧？”场上顿时沉寂下来。老婆婆扶着孙子僵了一会儿，接上蹦了一下，伸手指着下边那个人说：“就你个驴耳朵长！人都有老了的那天！人老了记性能好？你这个鳖孙子，不得好死啊！你有娘养没娘教，用着你来指老娘的脊梁筋？”老婆婆哭得伏在了桌上。好多人劝解：“权当没听见。别跟他们一个样儿……”费了好大劲儿才把老人扶下去。接上来的是一个老头儿，他的眼早已红肿了。眼糊儿把眼遮住，费劲睁也睁不开。他一站稳就说：“数叨数叨吧！罢罢！不提也好。谁不知道俺年轻时候？喝酒能喝这个数——多少？二两？呔！二斤哩！俺给地主家扛长工，逢年过节他硬让俺喝，不喝就打——地主心蛇蝎心哪！不错，俺是舔破窗纸看过小姐屋里，不过那怨酒哩！如今大伙要说了：‘不是一个拣鸡儿’！那会儿咱不懂哩！挨那个打呀，大伙儿看看我后脊梁落这块大疤！”老头儿说着哧一下脱了老棉袄，把身子背过去。立刻有好几个老婆婆老头儿凑近了看。“地主心蛇歇心哪！”他们同时嚷道。

喜年、憨人一伙儿不住地小声催促赶鹦和肥上去说一说。赶鹦她们不愿意。又劝了一会儿，赶鹦扯上肥的手走到小桌旁边。汗水顺着两个姑娘的毛发流下来。赶鹦撩撩辫子刚要开口，大脚肥肩嚷叫说：“盘下腿坐着听去！不老不少的，还轮不上你俩！”两个姑娘对视一眼，鼓鼓嘴下来了。场上传来不满的议论：“女孩儿家也有心事啊！她们也有自己的苦楚啊！啧啧啧……”赶鹦和肥又回到了原来的地方。一帮年轻人团团围住她俩，一脸愤愤不平。赶鹦说：“俺长多大了也没穿双像样的鞋儿，幸亏……旧社会儿压得妇女翻不过身来，大脚肥肩常常说哩。旧社会出来的人老大不正经，胡说八拉，开会人挤了就不好生站，往俺身上挤哩！外村人更坏，用手老远比画着骂俺，还说‘鲢鲅鲢鲅’！”赶鹦说到这儿揉起了眼。一个工区青年咳了一声，说：“哪里没有一本血泪账？俺爷爷年轻时候穷得没有裤子穿，逼得他扎块围布，就像女人穿了裙子。爷爷上街去，一些老婆婆就说看看是什么布料，一掀一掀。俺爷爷羞得还不如死了好哩！俺奶奶十二岁上就给老地主捶腰，老地主让她穿衣提鞋，提鞋不让使鞋拔子，偏让她往鞋跟里捅手指头。老地主趁劲儿一踩，俺奶奶疼得没好腔叫。老地主家有钱有势，想想吧，连鞋拔子都是金子做的，看一眼头晕！”赶鹦说：“俺从根没见过鞋拔子。”青年点点头，“穷人家孩儿上哪儿看去！俺爹十岁起就串街要饭，腰上捆根草绳，上面别一条打狗棍。一个冬天过去，十根脚趾冻掉了八个……”肥插话说：“也有人冻掉九个。”青年点头，“那不是人过的日子啊！穿着破麻袋，虱子滚成球。麻袋布纹理粗，伸手捉不住虱子也掐不住跳蚤，穷人的皮肉不值钱！不说了不说了，反正咱都是一家人啊！”他哭了，从衣兜里掏出了洁白的手绢擦眼。赶鹦和肥目不转睛地盯住手绢。“也不算什么金贵东西，白细布做的，姊妹要喜欢就拿去。”青年哭着说。赶鹦用肩膀碰碰肥，肥摇头。又推让了一会儿，赶鹦就取了手帕。“多好哩，你也真舍得使！”她闻了闻，说。一个三十多岁满脸胡茬的人把脸转到一边去，嚷着：“金祥老叔说到俺心眼儿里去了！俺一辈子也忘不了这夜哩！大伙儿和和气气说说那些年的事儿，呕呕酸水儿。瓜干烧胃啊，说々那些年的事儿，吐々酸水儿。饭干烧胃啊，躺炕上也睡不着。俺来听々老叔说话儿，跟妹妹儿个拉个闲呱儿，退々火气！妹妹们啊，让咱常在一块儿吧，分什么村内村外。咱都是穷人孩儿……”喜年警觉地望々那个人，打断说：“你知道俺这眼是怎么毁的？是外村人毁哩！俺跟外村人结了血仇！俺不忘，你准不忘哩！”赵黔说：“那也不关他事儿。他是好心好意。”一句话让满脸胡茬的人跳起来：“赵黔妹妹啊！你肚里跑开大船哪！俺得回去告诉村上人：赵黔肚里跑开大船！”正嚷着，矮壮黑人挤过来，盯住了问：“日你先人你家肚子才那么大不是？”说着把背在身后的双手猛地一举，两大个雪球塞进了他衣领。那人喊：“凉死了凉死了！”

一边喊一边撒开丫子跑了……

闪婆身旁也围了一些人。他们都劝她趁这会儿倒々心里边的苦水儿吧！她总不应。又劝，她说：“俺不了。今儿个是人家金祥开场的日子，俺不了。”有人夸金祥今夜说得好，闪婆摇头：“他越说越慢，再也不是急性儿人。过去他蹦着忆苦，一只手往天上指。一呼口号满脖儿青筋。今儿个他一句口号也没有，没有。金祥不行了……”一个人说：“婶子！俺听你一说话儿心里就妥贴。逢上你忆苦，俺说什么也得早々来，坐最前边听。”俺听了好躺炕上也睡不着。俺来听听老叔说话儿，跟姊妹几个拉个闲呱儿，退退火气！姊妹们啊，让咱常在一块儿吧，分什么村内村外。咱都是穷人孩儿……”喜年警觉地望望那个人，打断说：“你知道俺这眼是怎么毁的？是外村人毁哩！俺跟外村人结了血仇！俺不忘，保准不忘哩！”赶鹦说：“那也不关他事儿。他是好心好意。一句话让满脸胡茬的人跳起来，“赶鹦姊妹啊！俺得回去告诉村上人：赶鹦肚里跑开大船！”正嚷着，矮壮憨人挤过来，盯住了问：“日你先人你家肚子才那么大不是？”说着把背在身后的双手猛地一举，两个大雪球塞进了他衣领。那人喊：“凉死了凉死了！”撒开丫子跑了……

闪婆身旁也围了一些人。他们都劝她趁这会儿倒倒心里边的苦水儿吧。她总不应。又劝，她说：“俺不了。今儿个是人家金祥开场的日子，俺不了。”有人夸金祥今夜说得好，闪婆摇头：“他越说越慢，再也不是急性儿人。过去他蹦着忆苦，一只手往天上指。一呼口号满脖儿青筋。今儿个他一句口号也没有，金祥不行了……”一个人说：“婶子！俺听你一说话儿心里就妥帖。逢上你忆苦，俺说什么也得早早来，坐最前边听。俺听了好难受！老想些旧社会的事儿，想过了俺爹又想俺妈俺姥娘。难受啊！难受啊！”一个老头子眼泪蒙蒙对闪婆说：“俺这些老人不比年轻人儿。俺不用听那些事情关节儿，不用！俺只要打眼一看你和金祥的模样，心里就难过了，就想起旧社会的事儿了！”一个正吸烟的老头子赶紧附和，“一点不错！有时走在大街上，一眼看见你坐在大槐树下，俺心里就打滚儿，鼻子就发酸……”闪婆感叹，“一个村里的老人儿剩不下多少了。咱得多聚聚啊，多拉拉老呱儿。顺便也让年轻人听听，知理知表。他们泡在蜜罐里，装在糖盒子里，他们知道吗？像我孩儿欢业，那大点儿就穿上了裤衩儿……”

“谁要是忘了那些事儿，谁就是没有良心！”大脚肥肩站在一边说。大脚肥肩一说话大伙儿都得安静下来。她的针锥刮几下头皮，发出刺耳的声音。她的头皮多么结实啊！红小兵一边抿酒一边想。他将酒递给赖牙喝，又给左右的老婆婆们喝了一点。她们对金祥嚷：“年九他爹！你这些年让俺流了多少眼泪？几瓷坛子也装不下呀！你快别讲哩，你让俺过几天舒心日子吧，好不容易吃上了软乎乎的瓜儿。不过几天不听又馋得慌，胸口这儿闷。俺知道非找你不可。有时提着蒲墩子、戴上围脖儿出来一看，场子光光的没人儿。大长夜间，咱上哪去？急死个人！你知道人老了觉少，能一夜一夜数叨过去的事儿才好。你是不知道，有时外村使地排车来拉你，俺也悄悄跟了去。你说来说去就那么些事儿，不过俺喜欢听！真哩，喜欢！”金祥坐在桌前点头：“老姊妹放心。俺活一天让老姊妹听一天，保准。俺不像有些人，在故事里面掺些杂七杂八，不规矩。这好比红小兵的酒坛，掺不得水哩！”红小兵大声应道：“金祥老哥说得铁对！”金祥又嚼起了煎饼，然后说下去。

别忘看场老头啊，没有他就没有这些故事。他躺在垛子里，一句一句揭出了那个谜底，接上就死了。我的老友这一辈子活得真不易哩。他没儿没女，一个人嚼着瓜干看场。我过去还以为他也成了老爷的人呢，这会儿才知道他是暗暗怀了谜底。他的心劲多大。老友死了，我一个人在场院上孤孤单单。夜晚老长哩，野狗咬，虱子爬，心烦得睡也睡不着！我好孤单，漫山遍野乱跑的嫚儿没有一个跟俺拉个呱儿。人活着不如死了好啊，两眼一闭什么都不用愁了，不用馋瓜儿了。睡不着的夜里俺想起了爹妈，想起了他们临死那会儿的叮嘱：快些奔平原去啊，平原上的瓜儿养人哪！我一想这些两腿就发痒，跑哩跑哩，不能给老爷卖命了！俺老友被俺藏在垛子里，俺舍不得埋下他。这会儿我告诉老友要分手了，泪珠儿叭嗒嗒滴。我知道野地里有暗枪，心想点上垛子，烧着这一场院的秋粮，他们也就顾不得俺了。俺想到这儿就动手点火。大风一刮，那些大玉米秸垛、地瓜蔓儿垛，一齐烧起来，大火球一个一个往空里蹿。俺老友也被这火焚了。四面八方的人全叫着往场上跑，狗汪汪汪。俺撒腿就跑，跑向平原哩。俺回头看看那又圆又亮的大火，心想平原上的瓜儿就这么又大又红哩！跑啊跑啊，奔平原啊！

“金祥有一手哩！行啊金祥！”红小兵站起来嚷。

“你早干什么去啦？早该发火！”赖牙拍着腿。

“这一辈啊，什么没经？一想起老爷我就牙根痒，我心里不饶他！”金祥站直了身子：“老少爷们，你们说能饶了他？”

“不饶不饶！”满场里的人一齐喊道。

金祥缓缓坐下。场里响起年轻人叽叽喳喳的声音。突然赶鹦振臂呼喊起来，那声音圆润响亮极了：

“饶他不饶？！”

秋粮，他们也就顾不得俺了。俺想到这儿就动手点火。大风一刮，那些大玉米秸垛、地瓜蔓儿垛，一齐烧起来，大火球一个一个往空里蹿。俺老友也被这火焚了。四面八方的人全叫着往场上跑，狗汪汪汪。俺撒腿就跑，跑向平原哩。俺回头看看那又圆又亮的大火，心想平原上的瓜儿就这么又大又红哩！跑啊跑啊，奔平原啊！

“金祥有一手哩！行啊金祥！”红小兵站起来嚷。

“你早干什么去啦？早该发火！”栓子拍着腿。

“这一辈啊，什么没经？一想起老爷我就牙根痒，我心里不饶他！”金祥站直了身子问：“老少爷们，你说能饶了他？”

“不饶不饶！”满场里的人一齐喊道。

金祥慢慢坐下。场里响起年轻人嘻嘻的声音。突然赶紧振臂呼喊起来，那声音圆润响亮极了：

“饶他不饶?!”

——不饶不饶！

“饶他不饶?!”

——不饶不饶不饶不饶不饶哩！……

“——不饶不饶！”

“饶他不饶？！”

“——不饶不饶不饶不饶哩！……”

Literature creation office of Shandong

心智

十七

当地人何时才会明白他们当年低估了小村人呢？他们只知赞麻从来的三样好东西都出在那个小村：黑煎饼、红小兵▇▇的酒、赶鹦。这是个奇特的小村。气流从村中掠过，会带出一股甜腻腻的气味。还有时可从听到一种曲折的音调，那是小村里的长辈人从远方携来的歌，它同样包含了自己的传统。漫天飞舞的传闻有几分是假？几分是真？卖杂货的独眼见多识广也讲不清；快言快语的红小兵说到关节上也缄口不语。人人都想寻觅街巷上的事迹，▇人人都想获得小村的秘史。故事都在老年人舌头底下呀，不用慌急，不用慌急，保得沉住心性，等老头子用火绳把烟锅触上。

三兰子这个姑娘呀长得不如赶鹦。不过她的漫长脸儿上有一对细长吊眼。那年上她十七岁，学会了用吊眼瞪人。从四面八方涌来的工区人声音怪异，都是火热烫人的单身汉。三兰子挎着一个篮子到工区去了，想拣回一些有趣的东西。她第一天拣到了一个小螺帽、一根闪闪有光的铝丝，还有四五个白菜根。她的小篮子上蒙了一条手巾，看上去多体面。村里人问她："走亲戚去啦？"她点点头："嗯哪。"她在工区近旁的空地上走着，累了就坐在一堆炉渣上歇息。她发现整个工区都建在杂树林子里，像一大早生

山东省文学创作室稿纸（24×25=600） 第245–292页

第五章　心智

十五

当地人何时才会明白他们当年低估了小村人呢？他们只知梦寐以求的三样好东西都出在那个小村：黑煎饼、红小兵的酒、赶鹦。这是个奇特的小村。气流从村中掠过，会带出一股甜腻腻的气味。有时可以听到一种曲折的音调，那是小村里的长辈人从远方携来的歌，它同样包含了自己的传统。漫天飞舞的传闻有几分是假？几分是真？卖杂货的独眼见多识广也讲不清；快言快语的红小兵说到关节上也缄口不语。人人都想寻觅街巷上的事迹，人人都想获得小村的秘史。故事都在老年人舌头底下呀，不用慌急，你得沉住心性，等老头子用火绳把烟锅触上。

三兰子这个姑娘呀长得不如赶鹦，不过她的漫长脸儿上有一对细长吊眼。那年上她十七岁，学会了用吊眼瞪人。从四面八方拥来的工区人声音怪异，都是火热烫人的单身汉。三兰子挎着一个篮子到工区去，想捡回一些有趣的东西。她第一天捡到了一个小螺帽、一根闪闪发光的铝丝，还有四五个白菜根。她的小篮子上蒙了一条手巾，看上去多体面。村里人问她："走亲戚去啦？"她点点头，

“嗯哪。”她在工区近旁的空地上走着，累了就坐在一堆炉渣上歇息。她发现整个工区都建在杂树林子里，像一大早生出的蘑菇。她闭上眼想些过去的事。那时的杂树林子生满了野眉豆，鼹鼠在地上拱起道道凸痕，发生过很多趣事。她甚至偷看过一个胖女人和小男人打架——小男人是护林人，正执行奇怪的禁令：不准任何人动林中干草。胖女人在捆干草时被发现了，接上有一场激烈搏斗。她至今记得小男人脸上有一股少见的悍气。开始时胖女人将其压在身下，直压了两三分钟；后来小男人挣扎出来，用劲捣她的下巴颏。牙齿被捧得咯咯响，胖女人未移半步。后来她用脚勾起了竹耙子，劈头盖脸打下来，小男人陷进凹坑。胖女人尽情打过之后，背起了干草。谁知这时小男人猴子一般跃起，蹭上去，迅速掏出火柴点上了干草。胖女人扔下燃烧的火球，坐下哇哇大哭……三兰子那时来捡橡籽，常常花上多半天时间在这儿观察和琢磨。她藏在橡树上，得知了小男人很多秘密。她甚至从高处观察过他窄窄额头上发红的绒毛。她看见他穿了小棉背心的胸口上，骨头凸出，皮肤无光；他一闲下来就咯牙，弄出咔咔声。那一对小双眼凹着，整个脸庞显出了生动。年龄无法推测，至少有四十多岁。她的发现越来越多，相信如果来得及，还会从这个小人儿身上发掘出无穷无尽的东西。他的眼睫毛是银色的；他在太阳地里捉虱子，一口气捉了十五个。她在暗中留意很久，在心里承认他是不凡的。她后来渴望与他说上几句话，就从树上滑下来。小男人伸出双手把她接住，又嫌烫似的放开。就这样他们相识了。接下去的日子他们一块儿在林中奔跑，追赶沙鼠和幼兔。小男人天真无邪地把她抱在怀里，费力地举上举下，她两脚踩着对方烂泥似的肚子，听着里面咕咕的声音。有一个绝好的天气，沙子晒得温热，小男人生硬地脱光了她的衣服，让她在热沙上躺着。她不时抬头看看自己的肚脐。打那时起她一连数日回避那人。她沿着河岸飞跑，肚子胀胀的老要打嗝。没有食欲，脸庞越来越亮。她在忙着做一个决定：去不去林子？又过了三天，终于定下：去。她用指尖大的一块肥皂洗了脸，一蹦三跳到杂树林子来了。千层菊冒出刺鼻的气味，黄鼠狼在嬉戏。“……多么有趣的、折腾人的事儿呀！”她在心里小声说。她突然想到还不知道那个小男人的名字。他也许是一种小鼹鼠变成的，她想到他挨了打击往土中缩去的样子。太阳升起，野鸡啼叫，小男人仍无踪影。又是几天过去，林中再也没有出现过小男人。三兰子捡着橡籽，常常在他留下的陈旧土痕旁边沉默一会儿。她想也许小男人在一个角落里死去了——这个想法把她吓了一跳。她万分后悔没有得知他的来路。他是杂树林子生出来的吗？是老天爷投掷下来的吗？三兰子回忆着关于他的一切：银白的睫毛、有瘢痂的胸脯，甚至迷恋起他专注地捉虱子的形象。哦哦，迷失了的人哪！三兰子被老天爷骗了！她不吃不喝躺在家里，爹妈劝她，她就骂他们。“反了反了，这孩子反了！”爹说。

三兰子躺在炉渣上，想着一切的人和事。她承认那个小男人再不可复得。转来的春天，她开始蜕皮，像蛇一样。新皮儿长出后，她在街巷上奔跑，刁泼得再蛮的男人也搂抱不住。“三兰子行了。”上年岁的男人在巷口上抄着手说。三兰子赤着脚跑，用高粱秸儿插个眼镜戴上，半夜里起床咕咕喝冷水。在这个小村里她也算个人物了。有人议论她，有人诅咒她，也有人打她的主意了。没人打主意的女人一钱不值——赶鹦、肥、金敏，还有眼皮上长小疤的美女香碗，她一个也看不上。瞧着吧，我总有一天会做出什么来的。至于到底要做成什么，她可不知道。她只知道自己一天比一天变得了不起。世上总会有一些人害怕我吧？她这样想。有一次无意中这些想法得到了证实：那会儿她搽了胭脂站在树阴下，豁鼻憨人走过来，端量了一会儿，竟然说话口吃起来。她明白眼前这个相貌猥琐的小伙子是害怕了。还有一次她见喜年在背地瓜蔓子，就用泥蛋打了他一下。他暴怒地回头，发现是她又赶紧笑了。不过例外总是有的。那个夏天她和闪婆一伙人在槐树下乘凉，金友也凑过来。这个男人没穿上衣，只穿了个大裤衩子，身上的肉一球一球的。闪婆正慢声细语讲南山的故事，金友一来就闭了嘴巴。三兰子在静默中有一个独到的发现，金友这个男人甚至长了乳房，尽管乳头很小很硬。金友见有人端量自己，就活跃几分，还往这边挨近一些。三兰子挑衅地望着他。金友把手搁在自己乳部一下一下挤弄。三兰子很想从地上捏一撮灰面给他撒上去。正这样想着，突然金友的乳头上飞射出一股白色的乳汁，她躲闪不迭，溅了一脸。她赶紧搓眼，金友飞快地上前拧了她一下，跑了。闪婆拍拍她头顶："俺娃儿咪！那个畜生使的是老法儿啦，你没有提防。"三兰子由此推断闪婆也被溅湿过。小村里匿下了一个邪癖异人。她曾将这些告诉赶鹦，赶鹦吓得半天合不拢嘴。怎么可能呢？小村啊，有多少隐藏的诡秘！

杂树林子没有了。工区的小砖屋子、小坯房取代了它们。三兰子一闭上眼就看到小男人在舞蹈。她爬起来，拣到二指长的一根铁丝。一个蚂蚱蹦过来，她捉了，用草梗串了别在腰带上。“有了那截铁丝，你就不算‘手无寸铁’的人了。”一个新鲜的男声说。她惊骇转身，发现了一个脸色灰白、神情抑郁的人。他相当年轻，唇上有一点淡黄的胡子，眼睛可不算难看。三兰子听不懂他的话。他问：“你一整天躺在这儿干什么呀？”她一下明白了这个男人偷看她好长时间了。她说：“俺拣东西唻。”男人眉毛扬了扬：“噢噢，听出来了，你是小村里的人，错不了。”她愣了，“你怎么听出来？”男人笑了：“一般人当然听不出来，不过我是个语言学家——”他接上说出了几种截然不同的声音：“听，我会几十种。”三兰子咂着嘴，手在补丁裤子上擦了擦。语言学家又问她多大了？她说十七了。对方拍着手，“多么好，多么好！”语言学家这样介绍自己说：“我是一个很热情的人，不过我把热情藏在肚里。这就叫作‘修养’。在这个地方，姑娘，有修养的人可不多。我们这儿有个工程师显得很有修养，其实是假的。小村里有个长辫子姑娘迷上了他，真是一个错误呀。”三兰子马上想到了赶鹦，一阵快意袭上心头。“而你是天真无邪的。书上写到你这样的少女，一般都比做桃子……”三兰子打断他的话：“比做杏子不行吗？”语言学家固执地摇头：“不行。”三兰子叹了口气。他们离开煤渣，走到生满苍耳的白沙上去。“这里多么适合散步啊！”语言学家说。三兰子觉得很愉快。“我们难道不是成了朋友吗？”他又说。“那是哩！是哩！”三兰子蹦着、跨着，一用力，裤子撕开了很小一道口子。她不好意思地用手捂了捂。语言学家咬住嘴唇："要注意……安全。"又玩了一会儿，三兰子就没有半点拘束了。她笑眉笑眼说："我'拿大顶'给你看吧？"语言学家点点头："很好。"三兰子放了篮子，倒立着，双手撑地走了一段。她的脸、脖子，都涨得通红。语言学家鼓掌，但脸上无一丝笑意。天快黑了他们才分手。

"三兰子，到哪去呀？"村上人见她急匆匆的样子就问。"去拣些零碎东西来家呀！"三兰子答着，鼻尖上渗出了汗珠儿。她不能待在村里了，她已经受够了。她向所有人隐瞒了语言学家，虽然其实并无秘密可言。他们一天不见就如同少了什么，见面后就只是散步。语言学家的话越来越少。有一次他说了一句："我其实是很痛苦的。"又一次他在一棵榆树跟前停住，自语道："我应该当个科长的。"三兰子一概听不明白，不过她极其愿意为这个不期而遇的朋友分担一点沉重。她两手绞拧着说："咱俩好了是吧？"语言学家皱皱眉头："那是自然的了。"这个夜晚散步之后他将三兰子领到了自己宿舍。原来这间小屋离煤渣堆不远，透过窗户可以望到。三兰子一进屋子就闻到了一股气味，并且一眼望到了一堆脏衣服。三兰子真想一口气给他洗出来。男人沉默着，坐在床沿上看她。空气凝了一会儿，男人一指墙上说："看！"她一抬头发现了一把琴。男人取了琴，说听我一支歌吧。他试了试弦，在床上坐好，泼楞泼楞拨起来。从取了琴的那一刻语言学家的眼睛就开始湿润，然后一直是潮湿的。他盯着弦、琴壳，以及三兰子的胸部，声音哑哑地唱："叫一声好姑娘，你不要悲伤；坐过来，坐过来，听我把歌唱。每到了日落黄昏，鸟儿归窠，我心中就充满惆怅。啦啦啦，啦啊咿啦……”他抬起了水汪汪的眼睛，注视着三兰子。她听不出什么，不过这声音能让人想起小男人。她身子微微颤抖。男人停止了歌唱，目光烫人。她不由得转了转身子，男人伸手把她拨正了，说：“你必须端正。”这个小屋子多么热燥啊，她这会儿终于明白了那股气味是脏衣服散发出来的。她张大嘴巴呼气，男人哐一声把琴扔了，在裤子上搓搓手，然后一下子抱住三兰子的头颅。天哪，憋闷死俺了，俺是鲢鲅，离了水不行啊。当语言学家抬头吸气时，三兰子扭着嚷：“俺不！俺不！”语言学家又一次捉住她，“我早就跟你说过么，我是个很热情的人！”“热情不好！”三兰子奋力挣脱了，一下子冲出去。奇怪的是这个男人并没有追赶。她站在门口谛听了一会儿，里面一点声音也没有。她要走了，临走时大声骂了一句粗话。里面仍然无声无息。

夜晚躺在炕上，三兰子一直在想：他怎么没有声音？他本来可以说出各种各样的话来啊。她想啊想，后来终于想明白了：那个语言学家可能在无声地哭泣！

她怎么也睡不着了，天傍亮才勉强做了一个梦，梦见小男人站在露水淋漓的杂树林子里。“我想你啊想你啊！”三兰子拍打着枕头。梦中连小男人一根根银白的睫毛都看得清。她真想伏到他那长满了瘢痂的胸脯上大哭一场。“想你啊想你啊！”三兰子叹着，穿了衣服，在母亲的埋怨声里吃了几片瓜干，然后提上篮子走了。她在那片苍耳地上无所事事地呆了差不多一天。天又黑了，她隐隐约约听到了泼楞泼楞的琴声。后来她又掀开了那扇门。语言学家理也不理，只顾弹琴。后来他停止弹拨，说了一句：“你昨天是很不对的。”三兰子咬着嘴唇。语言学家放了琴，理了理自己的喉部和胸口，走到跟前。他喘息得像个大兽。三兰子觉得自己就要死了，死的前一刻里，她想的是自己那座小村庄。再后来她想到了赶鹦，不知怎么有一种复仇似的快意。赶鹦身上所有的秘密她都洞悉了，小村庄的所有秘密也都了如指掌。她伸手抚摸他的额头，希望发现小男人那样的棕红色的绒毛。小男人不顾一切地缩向绵软的沙土中，像小沙鼠一样蜷在那儿。不知过了多久，三兰子嘤嘤哭了……临走时，语言学家取了一双长筒胶靴给她穿上，又往她腰上扎了一条黑帆布皮带。

那条腰带她给了父亲。从此，无论是否下雨，她都穿着胶靴走上街头。一路上，胶靴发出嚯啦嚯啦的声音，让人嫉羡。“这么好的东西，她也真舍得穿，不过年不过节的。”人们背后议论。大约在整整半年多的时间里，村里的年轻人都想找个穿胶靴的机会。三兰子曾坐在田埂上，让每人试穿一小会儿。憨人脚臭，三兰子一度曾拒绝过他。尽管她闭口不谈它的来路，但人人都晓得它只能来自工区。天哪，这么好的人为什么就一定要三兰子遇上啊？三兰子妈妈说：“不管怎么，也不能忘了人家啊！一辈子不能忘啊！”矮壮憨人想方设法要偷走胶靴，但总未得手。有一次他用了一副钓钩，像钓鱼一样从小后窗里甩进去，结果还是失败了。赶鹦这期间找秃脑工程师讨过胶靴，工程师也慷慨了一次。不过赶鹦拿到光亮处看了看，发现上面有一个小裂口。“比不上她的，那还不如没有。”她咕哝了一句，离开了工程师。

谁不知道小村里有个穿大胶靴的姑娘啊！她频频来往于工区与小村之间，提个篮子四处游荡。回头一望，小村总是蒙了一层雾霭。那是炊烟、草垛子散发的水汽和人畜呼出的东西汇成的。房子低得出奇，里面要挖很深，像一个个地窨子。人住在这样的小屋里，差不多也等于生活在地下。这就是老辈儿人的方法。当地人一踏进屋子，就大呼小叫：“天哪，掉进坑里了，黑咕隆咚看不见哪，崴了脚了！”他们离去之后还要指手画脚地议论鲢鲅，胡乱编造，说什么黑洞似的小屋连猪圈也不如，里面有火盆尿盂儿，大姑娘不穿裤子。说得天花乱坠，说什么一个地方一个风俗，你有什么办法？三兰子站在工区那儿，想着那数不清的夜晚，他们一帮年轻人在曲折狭窄的街巷里奔跑的情景。只要地上没有霜雪，他们就不穿鞋子，光光的脚丫啪嗒啪嗒拍着泥土。老人隔着窗纸呵斥他们：“死赖娃儿，跑反哪？！”为了躲避另一伙年轻人的追逐，他们成一个钟点地贴在墙上，简直用热乎乎的小腹把土墙暖透了。就是在这样的夜晚里，他们待在黑影里哜哜嘈嘈议论，说什么喜年抱住金敏了，香碗与争年嘴对着嘴说话了，赶鹦嫌憨人手贱，给了他一记耳光了……他们不停地奔跑、躲闪、追逐，像是让一个可怕的东西驱赶着。跑啊，跑啊，一口气跑到壮年，跑到脚裂了口子，一头扎到小泥屋子里，搂住老婆呀男人呀再也不起来。那时候就该着有自己的日子啦……三兰子提着篮子，孤孤单单，直等到那个黑洞洞的小屋门开启了，才踮着脚走进去。语言学家脱下脏衣服，洗把脸，泼楞泼楞弹琴。他们已经没有任何陌生感，相互开玩笑，或者说些热烈的话语。她很快就饿了，他就给她黑面肉馅饼吃。她一口咬去大半边。多么好的饼呀，这只在传说中沿街飞翔的饼，她幸福得泪花闪闪。“我是个鲢鲅，我身上有鱼纹儿，不信你看我的腿、后背。你不嫌我身上的腥味儿吗？”语言学家嗔怒地摇头：“胡说。哦哦哦胡说。”他详尽地寻找鱼纹，拍拍她：“你还是个娃娃。”她抱着他，觉得他在可怜地挣扎。杂树林子的阳光透过橡树枝叶花花点点落在脸上，千层菊的气味使她醉酒般地昏沉。那个小男人从遥远的地平线上一蹦一蹦走来，欢乐得手舞足蹈。他们抱在一起，双肩抖动。小男人穿了洁净而陈旧的棉布制服，举止斯文，衣兜上还有一支金星自来水笔。“我想你啊！我想你啊！”语言学家用两手碰着她的额头，她才停止了嚷叫。三兰子的眼睛变得星星一样亮。她盯着语言学家，小心地为他抹去汗水。后来，她讲起了从前的杂树林子——那个小男人的故事。语言学家认真地、挑剔地听过了，沉吟良久，坐起来对三兰子说：

“那是一个侏儒。”

秋雨淅淅沥沥，拍打着肥胖的红薯叶儿，土埂里的红薯已经撑裂了土皮。“有瓜儿啦！”做活的人站在田头上嚷着。三兰子头戴斗笠，挽着裤脚跑出来，接着不停地呕吐。“好孩儿病了吗？让我给你捶捶背吧！”三兰子脸色蜡黄，从衣兜里掏出青杏子吃起来。她沿着渠边揪一些嫩嫩的薯叶放到篮子里。妈妈要做薯叶干饭，她不得不迎着雨水跑出来。揪薯叶时偷偷摸出一个瓜儿，心中一阵喜悦。“妈妈把瓜儿揉碎了吧，做一张千层饼给我吃。”“我孩儿越来越馋了。”三兰子的乳房耸立着，妈妈闻到了一股奇怪的气味。又是呕吐。妈妈四下里张望，伏下身子小声问她一句。三兰子跳起来，跑到屋外去了。“老天爷啊，老天爷睁睁眼吧，俺给你烧香了。”妈妈扑打着手上、衣服上的地瓜粉末。三兰子倚墙喘息着，汗粒从鼻子上渗出来。她的身子往下滑着，衣服卷起来。“天哪，我的好孩儿呀！”妈妈站在门口看着，她一头扑进妈妈怀里，呜呜地哭了。“我得去一趟了……好孩儿什么都告诉妈妈，好孩儿！”三兰子满耳朵都是泼楞泼楞的琴声，她捂着耳朵说：“不哩，他是俺的人哩！”“我的傻孩儿呀，我得设法让他领了你去，别等到那天啊……老天哩，作孽哩！”三兰子一动也不动，像死去了一样。

妈妈最后找到了那个黑洞洞的小屋。语言学家正匆忙地迎接远路赶来的妻子和一个拖鼻涕的儿子。他妻子像个长腿鸡，又高又细，没有屁股。小孩子含混不清地叫着“爸吔爸吔”，三兰子妈妈心都碎了。她最后喊一句：“苦命的娃儿哎。”扭过头就走了。三兰子决不相信这一切是真的，没歇气冲出家门，穿过那片苍耳地。一扇门砰地关上了，里面像蜂巢一样喧闹。她不停地呕吐，像要把一切都吐在这里。门关着，她想把它砸开，又没有那样的力气……三三两两的人聚在不远处的空地上，向这边指指点点。她咽下一口，往回走了。乌黑的胶靴在屋角闪着光亮。她抄起一把剪刀，又放下。“我孩儿，你等着看吧，有那个狗杂种的好日子过！”妈妈咬着往下滑着，衣服卷起来。

"天哪，我的好孩儿呀！"好好站在门口看着。三兰子一头扎进好好怀里，哈哈地笑了。"我得去一趟了……好孩儿什么都告诉好好，好孩儿！"三兰子满耳朵都是淙楞淙楞的琴声，她捂起耳朵说："不哩，他是俺的人哩！""我的傻孩儿呀，我得设法让他领了你去，别等到那天啊……老天哩，做孽哩！"三兰子一动也不动，象死去了一样。

好好最后找到了那个黑洞洞的小屋。语言学家正匆忙地迎接远路赶来的妻子和一个拖鼻涕的儿子。他妻子象个长腿鸡，又高又细，没有屁股。小孩子含混不清地叫着"爸耶爸耶"，三兰子好好心都碎了。她最后喊一句："苦命的娃儿哎"，扭过头就走了。三兰子绝不相信这一切是真的，没歇气冲出家门，穿过那片苍耳地。一扇门呼的关上了，里面象蜂窝一样喧闹。她不停地呕吐，象要把一切都吐在这里。门关着，她想把它砸开，又没有那样的力气。……三三两两的人聚在不远处的空地上，向这边指指点点。她咽下一口，往回走了。乌黑的牙。三兰子躺在地上，泪水把好大一片土打湿了。“不用哭我孩儿，几天后找个老婆子把身上弄利索了吧——这会儿还不行，这会儿找人算账哩！”“妈妈吔，妈妈我求你了——快找人把我身上弄利索吧！”“你还是忍住些吧！我的傻孩儿，你什么时候才能长上点心眼啊！不错，咱是鲅鲅，可也有自己的法儿过活哩！……”

语言学家做梦也想不到小村里一个妇女会抃着腰喊他出来。“走吧，到煤渣那儿商量去吧！到那儿你老婆听不见，上级也听不见。走吧，你这个没心肝的，走吧！”他跟上去，皱着眉头蹲下。他听着对方恶言恶语提出的条件，嗫嚅道：“我将……罄其所有！”她回到家时天墨黑了，三兰子和她爸都睡着了。她上炕扳了女儿一看，才知道她在哭呢。“妈妈，我什么也不要，我只求你快些找那个老婆婆吧。”妈妈搂住她，一下一下抚摸，“我孩儿，怎么能让他撒下籽儿。你只该给小村留下根苗，这才是你的命呀！”“妈妈，我求求你，求求你……”

“这事不能露一点风声，要不一辈子就算完了。”妈妈一遍遍嘱咐。她觉得再有不久就该死了，临死也要见他一次呀！后来她再也忍不住，又跑到了工区。语言学家像狗一样钻出门来，示意她先走开。她坐到了苍耳地上。一会儿他来了，而且背了那只琴。她骂他，用拳捶他，他只是低头拨琴。泼楞泼楞，逼我，逼吧，我只有一死……泼楞泼楞，三兰子觉得她的命根儿也系在这弦上了。泼楞泼楞，一切的一切我都认了，这才是命啊！回到家里，妈妈已经坐在一堆东西跟前了，那是两双胶靴、一摞子黑面肉馅饼、几件花花绿绿的衣服。

她哭喊："妈妈，你不能妈妈！"妈妈把她拨到一边去。她不出门，也不让女儿出门。过了十几天，她说："我去看看。"半晌她拍打着膝盖跑回来，对女儿说："冤家，快去看看吧，那个挨刀的不知啥时候跑了……"三兰子头嗡嗡一响，两腿不听使唤，踉踉跄跄，好不容易跑到那个小屋跟前。

一些陌生人在打扫屋子，原来的主人没有了。

老婆婆耐心地烧着一个瓷锅。屋子的窗户堵了棉被子，三个人都坐在黑影里。"老婶子的法儿是祖传的，好孩儿不要怕。"老婆婆沉着脸烧锅，瞭瞭地吸一杆烟斗。三兰子全身哆嗦。一股古怪气味老让人恶心，她伸手去揭锅盖，被老婆婆喝住了。老人手上脸上都是灰土，帽子上缀着一块闪亮的琉璃，像一枚奇怪的徽章。"祖传的法儿，三两把草叶。"三兰子宁可相信锅子里装满了蛆虫。好了，老婆婆磕了烟锅，熄了火，将药水滤在一个粗碗里凉着。药汁是绿色的。三兰子躺在炕上，让老婆婆骑上。"老婶婶下手轻些，我孩儿嫩哩。"老婆婆膝盖点住一个地方，用掌根捋着她的小腹。"呀呀——"三兰子尖叫，老婆婆用手捂了她的嘴。可这手刚移开，她又嚷："妈妈救我！"汗如雨下，她扭动着。"好孩儿忍住点吧，一会儿就行。你得忍住——当初多少欢喜，这会儿就得多少苦痛，一正一反相抵了。老天爷合计下的账码，分厘不差。"老婆婆嗯嗯用力，那双黑手像钳子。"饶了我吧，我不敢了妈吔——"三兰子妈妈不停地擦眼泪，"痴孩儿你想让他把你领出村子，忘了自己是鲢鲅呀。一辈子就该着土里刨食，你逃不开这命呀。谁的心眼能有老天爷多？你再别跟他老人家动心眼儿，千万！千万！这是个报应啊，好孩儿你今生记住吧，记一辈子！……”

三兰子再不滚动嚷叫了。老婆婆挪下膝盖，用手拍拍她的脸。她的脸色蜡黄，紧闭双眼。老婆婆扶起她的头，一手端碗，咕咕地灌下去……

十六

人有时也思念自己的仇人。一场夜雨使小院里的葫芦一大早开出了洁白的花。红小兵端着脏腻的酒壶走出来，一下子想起了他的老对手、那个无耻透顶的秃脑工程师。他们当年在葫芦花下饮酒交谈的情景变得簇新。秃脑就蹲在那儿、那半块砖头旁边，他呢，盘腿坐在嗡嗡叫的黄毛蜂子下边。就在这几次交谈中，他进一步验证了自己出色的舌战能力。秃脑在他精妙绝伦的答问之中节节败退，惊慌失措。他那双水灵灵的眼睛一直察言观色，令秃脑原形毕露。他有时一语中的，有时王顾左右而言他，有时又借用很多比喻。那些奇怪的比喻敢说这世上独一无二，让秃脑疑窦丛生。他当时一边饮酒一边抚摸着白色胡茬，舌战秃脑，勇气和韧性举世无双。虽然女儿最终也未能幸免于难，但他作为小村老一辈人的代表，已经在精神上完全压倒了对方。秃脑对于这个小院的可怕骚扰终于成为过去。红小兵回忆着不久前的事情，感慨万千。

他还记得那个早上黄毛蜂子嗡嗡叫，老想钻进花芯里。它又粗又短的样子总让人想起点什么。“我孩儿你看这蜂儿像什么？”红小兵那时问女儿。赶鹦的长腿撩动一下答：“像个矮壮憨人！”真是什么爹娘什么孩儿，脑子一转就一串心眼。做爹妈的这辈子还用操心吗？闺女是匹宝驹哩，由她蹦跶"去吧，天宽地阔哩。红小兵一伸舌头，瞥一眼窗户后头的赶鹦妈。他发现妻子眼神尖尖，正盯住跨进门来的秃脑工程师。这个客人只要进门总带着一卷图，显出公事公办的样子。他身上散发出的香水气味立刻使黄毛蜂子飞开了。“大叔坐哩，坐哩！”赶鹦连声喊着，还乘兴说了一段数来宝。工程师鼓掌，一双圆眼可笑地眨动。红小兵把酒礼让朋友。工程师推推眼镜，“我们领导拣鸡儿要跟你们手挽手。”“那是噢，那可是噢！”红小兵晃着头颅，笑眯眯地看女儿。工程师看着赶鹦垂下来的长辫子，忍不住用手挽了。

“大叔拉俺辫子咪！”赶鹦告诉父亲。红小兵双眼一扬，“大叔喜欢你哩！”

如果早知秃脑有那样险恶的盘算，红小兵也许一口酒也不让他喝。酸酸的酒液只会助长恶人的胆气。如今回想一下，他与秃脑工程师的较量早已开始，而且自然而然；彼此客客气气的时候，也许就动用了藏在后背上的心眼。连赶鹦妈日后追忆起来都要说一句：“那个秃脑到这个小院打算盘来了，也不看看俺是谁！俺那混账老头子睡着了也比他心眼多哩！”女人的话让红小兵听了增添多少温馨。他常在半夜时分站在中间屋里，默默地倾听一会儿她的喘息。

他觉得新生出的银发把她装扮得整个儿像一朵梨花。他记得进入后半生，他与妻子间只有两件事是配合默契的：一是每年秋天开始的酿酒；二是与秃脑工程师的周旋斗法。似乎有一种复苏了的温情在他们之间弥漫，两人变得愈加敏感。赶鹦妈每到半夜进了西间屋，总不忘随手插门。红小兵从她的窗外走过总要往里瞥一眼，也总是看到老婆在注视他。有一天，就在秃脑工程师向女儿赶鹦暗送秋波之后，他怒气冲冲闯进了西间屋。太阳即将落山，已经到了插门的前一刻。可红小兵喷着酒气硬是不走，摸摸炕上发酵用的瓷坛，又揭开席子找东西。当他把老婆的鞋样子从一个册子里抖出来时，赶鹦妈终于忍不住了。她呵斥道："你胡摩挲什么？还想磨蹭吗？"红小兵把地上散落的鞋样子一张一张捡起。他知道老婆费了好大力气发火，其实老婆也不愿赶他，老婆就是老婆呀。"你这个老贱种、没廉耻的东西！窝囊废！大头狗……"老婆骂得多么巧妙，只有她才骂得出呀。红小兵觉得做一个胸怀宽阔、不计前嫌、对一切了如指掌的男人可真是一种光荣。"女人就是女人嘛！"他心里说。赶鹦妈穿了灰白色的夹袄，一尘不染。土末儿那东西从年轻时就离她远远的。只要有一点点水她就要洗身子。全村里再没有一个人比她更洁净。红小兵记得赶鹦妈从结婚那天起就羞涩可人。他看着她的小老样儿，下颏那儿一阵阵发胀。红小兵在老婆屋里转了一圈，寻找待下去的理由。一边的小柜子上有一个巴掌大的桃镜，他一转身窥见了自己妩媚的眼睛，立刻沮丧透顶。"你这个大头狗，滚自己屋里去吧，俺要躺了！"赶鹦妈又一遍催促。红小兵咳一声，咂咂嘴，

“我是来告诉你，那个工程师是黄鼠狼给鸡拜年哩。”赶鹦妈像没有听见。

无论如何，红小兵还是难以从心里讨厌这个秃脑工程师。多么有趣啊，他的头顶闪亮，而且还有一双胶木扣子似的圆眼。他的衣袖比一般人短得多，像两截小炉筒一样又硬又圆。手腕上的手表锃亮耀眼。红小兵总是喜欢生疏的、全然不了解的人，如果一个人被琢磨得明白如水，那就变得一钱不值了。眼下红小兵多少窥见了这个人的心机，不过由于他的陌生感多少还可以容忍。给他饮酒，无边无际地聊天，真是从未有过的愉快。“您可谓专家了，造酒的专家了噢？！”工程师说。“比起你这老师又差到哪里去？俺是土里刨食的人——得个空闲酿点私酒儿，不值一提哩！”“赶鹦也喝酒吗？”“喝，不过好酒不能让癞蛤蟆沾了嘴……”工程师笑着，喉咙里咯咯响，“您老也不能这么谈话嘛，说东答西。请原谅我告诉您老：这叫‘偷换概念’。”红小兵大笑起来：“偷换锅盖？不错，”他捋捋胡茬儿。“锅里煮了不一样的东西，一锅肉，一锅菜，有心眼的人偷偷摸摸倒换一下锅盖，你就不知道了！”他说完仰面大笑。工程师也仰面大笑。

赶鹦走过来，坐在两人身边，脸上渗出一层油。她衣兜里放着工程师偷偷塞给的几枚硬币。工程师眼圈红着，频频搓动膝盖：“这真像我的孩儿，今后就把她交给我吧。多可惜的一个孩子呀！”赶鹦伏在父亲膝头上：“你听见了爸吔爸吔爸吔！”她两条长腿撑紧了粗布裤子，一下一下摇晃。“她必须有国家人来帮助，您老听到了啵？”红小兵笑眯眯的：“俺这娃嘴馋，‘工人拣鸡儿’，吃不完的鸡肉哩，赶明儿你先送些来！”工程师点点头：“那里有黑面肉馅饼，咬一口流油。这么好的孩儿还要胖哩。”“你家娃儿——就是跟你来的那个，一根黄豆芽哎。我琢磨他肚里有虫。”“你这根大辫子啊，割下来，能换一辆自行车。”工程师拍一下赶鹦的后背，从上往下捋一下油汪汪的长辫。赶鹦的脸通红，微细的一层绒毛儿让人想起九月的桃子。红小兵站起来，摊开手掌问：“你怎么能偷换锅盖？嗯？”工程师搔起了头顶。他要饮酒，红小兵将壶嘴儿伸进他嘴里。“多香的酒噢！人民的智慧……我对此坚信不疑！”工程师抹抹嘴巴。红小兵收回壶，“酿酒要有好井水。俺听说有个酒仙有一年酿出的酒有馊气，他开了井盖一看，嘿，里边有条死烂狗，头上没有毛了，酒仙寻思：癞狗窜来了——馋酒不是？”工程师腮肉抽了几下，自语：“偷换……”红小兵一拍手笑了，“我替你说了罢，俺又偷换锅盖不是？人猴急了什么不偷？肚子饿，眼冒火儿，偷摸下锅盖，伸手就掏肉吃，结果哩？手指给烫成黏糊糊哩！”工程师只好摊开一卷图低下头去。他的红蓝铅笔用力戳了一下。赶鹦一双手按在图上，工程师就用笔杆敲两下。赶鹦哧哧笑。工程师给她的腕子上画了一只手表。有一朵葫芦花儿败落在图上，工程师拣了插在耳朵上方。窗户嘭一声打开。赶鹦仰脸喊一声：“妈妈，看俺有个手表了！”“呸！”窗户哐一声扣了。红小兵吱吱饮酒，口含壶嘴转过身去：“老婆子急个什么？再急，也不兴偷换锅盖……”

工程师走后，赶鹦推开门跑了，黄毛蜂子再一次飞进来。红小兵走到窗下，用手捅破窗纸，将壶嘴儿插进去。她在里面含住了吗？她总是做得不露一丝痕迹，既饮了酒，又装出没事的样子。他这样捧了半天没有异样的感觉，可一会儿他晃了晃才得知她刚刚一阵饱饮。“赶鹦妈，你推开窗扇儿。”没有回应。她从四十多岁上就开始沉得住气了，可比秃脑工程师难对付得多。她对男人看都不愿多看一眼。“坏了，不要老头子啦！”红小兵嚷着。他怕邻居听见，怕别人知道自己被半道遗弃。他有一阵认定她患了一种怪病，暗暗往她碗里滴一种野花汁水。赶鹦妈大致如旧，稍微有点改变的，就是能够更巧妙地指桑骂槐。那可不是一个有自尊心的男人所能忍受的。霉气哩，我红小兵走到街上也是个有头有脸的人哪。赶鹦长大了，娘儿俩抱着亲。女儿的刘海乱了、辫子上的头绳儿散了，她都要亲手给整好。有时她们半夜半夜地说话儿。红小兵在另一间屋里大声咳嗽，以抵消深深的嫉妒。谁都说他是一个快乐无忧的人，可谁又亲眼看过小院里的夜晚哪！……工程师来了，这个不速之客扰乱了小院日复一日的生活。他与秃脑工程师连日舌战，就像玩棋类游戏一样趣味盎然。他再不寂寞了。与此同时，他发现有一个对游戏同样关注的人，那就是冷漠的老伴。她向老头子瞥上一眼，送去了鼓励和期待。红小兵主动向秃脑挑战，机智而犀利，放肆地大笑，像对方一样叠起二郎腿，并且试图进一步从气势上压倒这个人……他起劲地对秃脑发出一连声的质问，让秃脑期期艾艾，那时他就嘲弄起来，“你不是念过大书的人吗？有啥说啥吧！给俺庄稼人留个下台阶儿，俺好有法儿溜下来呀！”他笑，他跺脚，高呼“偷换锅盖”……工程师不知所云，他就乘胜追击，往上指一指说：“看哪，一只大鸦飞过来了！”“俺见过老猴捉虱子！”“萝卜丝儿包饺子，就不用放肉了！”……各种俏皮话一叠叠飞出，对方应接不暇，一会儿工夫秃顶上渗出汗来，眼神恍恍惚惚。红小兵伏下喝酒，发出吱吱溜溜的声音。“老婆快做饭吧，肚子饿了，光喝酒也不行啊！”他喊着。

赶鹦妈像是精疲力竭了，越来越没有了过去咄咄逼人的劲儿。红小兵小心翼翼地表示亲昵，比如在她不注意的时候放过去一枚李子，当他看着老婆把光洁的李子核儿吐出来的那一刻，真想好好亲她一会儿。他心里说：“小东西！我什么看不透！你就别跟我斗心眼儿啦。你这是憋住了一股劲儿。你想把老头子的好处呀坏处呀一股脑儿全忘了，重新开头儿，重新火火爆爆的！哎呀你好盘算，你想出了天下第一招儿。不过年纪不饶人哪，你可别把老弦给绷断了，绷到这把年纪上，我看也就差不多了！”有一天赶鹦妈忘了关门，点灯时分了那门还半掩着。红小兵推了一下。老婆躺着，身上盖了一面红旗——那是他几年前从会场上捡来的，由老婆做成了被面——她均匀地喘息，屋子里有一股热烘烘的馊味儿。他小心地钻到了被窝里，这时候即便一顿怒喝、一顿乱掐乱扭他也不在乎了。他伸手抚摸她的后背、肚子，又把脸贴上去倾听。老婆的身子就像木头锅盖一样热。奇怪的是她仍然睡着。一场多么好的酣睡呀，这是俺庄稼人才有的大睡呀！“老婆，啊哟我老婆睡了，真困乏哩！”他把她抱在怀里。天亮了，红小兵醒来，第一眼看到一抹阳光落在老婆脸上。“赶鹦妈，起哩，天亮哩！”他嘘着气，温柔极了。赶鹦妈慢慢地睁了眼。“你夜里一场好睡哩！”红小兵嚷。赶鹦妈一手揭了红旗，看一眼彼此赤裸的身子，叫起来：“天哪，你这个老贱种，没廉耻的东西！你趁我睡了，偷了我！你这个挨刀的，你这个……”她伸手扭起来，又把他的衣裳扔到地上。赶鹦在东间屋里发问，妈妈说；“让他偷了偷了！”……那个秋天里赶鹦妈被偷了多次。红小兵暗暗钦佩老婆子超人的智慧。从第一次之后，红小兵变得乖巧多了。他总是在老婆醒来之前蹑手蹑脚离开，并且把红旗盖住她的肩头。

“这是个什么年头啊？两口子也时兴斗心眼儿了！俺知道你是好意。你怕这日子太长久了，两个人整天在一块儿，再多的火也燃不久。这就得节省着用啊，好比上级下来推广的‘省柴灶’一样！不过呀赶鹦妈，老头子要养家煳口、要酿酒儿串门儿，里打外开，还要跟那个秃脑慢慢儿磨哩！你那是两口子过日月的好方法，只可惜它不该是咱庄稼人的招数啊！”红小兵有一次把壶嘴儿从窗户纸上抽出来，忍不住这样咕哝了半天。里面打着饱嗝，可就是不答话儿。

赶鹦开始往工区里跑了。她成了工程师家里的客人。“这么好的姑娘，你是吃什么长大的呀？”工程师额头鼓鼓的四川妻子问。她只得如实回答：“吃瓜干儿。”工程师在一旁拍手，哈哈笑。儿子挺芳坐在离母亲不远的地方，不时盯一眼赶鹦。工程师为自己领来一个漂亮姑娘而自豪。又黄又瘦的儿子站起又坐下。到了吃饭时间，一家人挽留了赶鹦。这是她生来吃到的最好的饭了，并且第一次使用了小蓝花碟儿、长柄儿不锈钢小勺。她伸出了小猫似的舌头去舔勺子。有一份四川菜把她辣出了眼泪。工程师递过去一方香气四溢的手帕。她看了看没舍得用。妻子转身盛饭，工程师用食指轻轻一勾，把小手帕掖进了赶鹦的衣兜里。挺芳看在眼里，不停地咳嗽。母亲给儿子拍打后背，赶鹦的脸越来越红。不一会儿，满屋里都是一股温吞吞的邪味。四川妻子不安地嗅，用疑问的眼神瞪着儿子和丈夫。丈夫果断地一挥手："不用大惊小怪了。这是处女的香气。"饭后，妻子有一个淋浴的习惯。土制淋浴器已经随她走过了好多地方。当她夹着肥皂和毛巾、趿拉着一双破了边的小红拖鞋往卫生间那儿挪蹭时，工程师拍拍赶鹦的后背："跟她一块儿进去吧！"两个女人哗啦哗啦用水，一句话也没说。挺芳在他的小书架跟前咳着，一直咳到洗澡的人走出来。赶鹦更加光彩照人，娇小的妻子眼睛则有些红肿——当昏暗的光线下站着一高一矮两个裸体时，她生来头一遭感到了自卑。这个小村姑娘长得太美了，结实，光润，圆圆的臀部。赶鹦当然不知道，四川女人正为不再归来的青春无声地哭泣，莲蓬头流出的水巧妙地掩去了她的泪滴。她知道自己将又一次失去丈夫，可她还是无法不喜欢这个姑娘……刚刚沐浴过的两个女人都让工程师喜欢。妻子已经在坎坷的生活中变得越来越通情达理了。至于赶鹦姑娘，这会儿已经美到了顶点。工程师无法使自己安静，就使劲在椅面上撞击手指尖。"让我说一段儿数来宝吧。"赶鹦没等主人应允就一串一串地说起来。工程师率领一家人鼓掌；"多么可爱！中华民族的优秀儿女！"

饭后，妻子有一个淋浴的习惯。土制淋浴器已经随她走过了好多地方。当她夹着肥皂和毛巾、拖拉着一双破了边的小红拖鞋往卫生间那儿挪蹭时，工程师指指赵黟的后背："跟她一块儿进去吧！"两个女人哗啦哗啦用水，一句话也没说。挺芳在他的小书架跟前咳着，一直咳到洗澡的人走出来。赵黟更加光彩夺人；

娇小的妻子眼睛则有些红肿

当昏暗的光线下站着一丝一缕两个裸体时，她生来头一遭感到了自卑。这个小村姑娘长得太美了，结实，光润，圆圆的臀部尤其让人激动。她从搓背为由细细地抚摸了她。赵黟当然不知道，四川女人

正为不再归来的青春无声地泣哭。蓬蓬头流出的水巧巧妙地掩去了她的泪滴，她的泪洒另在一个朝气勃勃的肉体上。她那时完全知道这意味着什么，知道自己将又一次失去丈夫。可她还是没有办法不去喜欢这个姑娘

这个难忘的夜晚工程师坚持亲自送赶鹦回村。他披上一件半旧的呢大衣，一路上弓着腰，倒剪双手。而平时他的腰板总是笔直笔直。这连他自己都有些费解：为什么一个男人热恋的时候总要装成老头子呀？他那个夜晚使劲弓着腰，还发出吭吭声。赶鹦的笑声像她家私酿的酒一样好。“扶住大叔扶住大叔！”工程师吭吭叫，一只胳膊搭到赶鹦肩上。他们一拐一拐地穿过田间小路。工程师高兴得哼起了京戏：“……伤病员，也无踪影……”“养伤呀来在，沙家浜！”赶鹦说：“大叔唱得多好！”工程师说：“樱桃小嘴儿！”说着歪头亲了她一下。赶鹦猛地站住。她看着工程师，恼怒而又费解。月光下那冷冷的小脸庞儿别具风采。工程师在这一段肃穆的时刻里由上至下地打量她。他像是第一次如此清楚地看到了两条又直又圆的长腿、高高的胸部。他用力鼓着嘴唇。赶鹦想要挣脱，但很快发现工程师放在自己肩头的手臂如同巨索。工程师发出粗重的喘息，将呢大衣撑开，把她修长的身子卷进来。赶鹦眼前一片黑暗，双唇挤压着他的胸部，渐渐明白自己在吻一件粗线毛衣。工程师的手掌在发辫上移动，默默感知。他按了按她软软的肩部，鼓励地拍打了一下那两条长腿：“小马驹儿！呜唷唷！”他亲吻赶鹦的脖子。赶鹦觉得他的嘴像饲养棚里的马嘴，大而柔软。她不明白自己为什么不躲闪。她只说：“村里人，谁都不敢……”工程师瞧着她，“他们怎么敢！”“可我……不喜欢你。”工程师点头，“是的。你该知道酿酒，度数不到不行——慢慢来吧，嗯。”他说着弹了一下赶鹦的脑壳。

赶鹦那个夜晚在小村四周久久徘徊。一片小屋伏在田野上，像一些巨大的等待风化的土块。狗哼着，猫在屋顶跳跃。她盼望有谁来迎接她。当然了，那伙喜欢夜晚的年轻人没有睡。不过这个夜晚怎么如此安静？小村为何藏起了自己的响动？那夜她环绕着亲爱的小村，像个渺小的卫星。不知过了多久，她在一个巷子消失了。她像整座小村一样，悄悄的、悄悄的。

赶鹦与这个秋天格格不入。“哎哟哟，大姑娘家有心事了！赶鹦赶鹦，你欢起来呀！”田野上红薯积成了堆，一处处烧豆棵的火堆青烟腾腾。没有长成的小马小牛犊、羊和狗们，都汇到欢乐的秋野上来了。高秆作物尚未收获，里面的野物窥视着，湿润的鼻头嗅着人的气息。强健的中年男子走进庄稼地，穿着镶白腰的粗布裤，骂声粗鲁。赶鹦借解溲的机会钻到秋野深处，一人独处。她的四周有为数不多的几只雄獾和兔子。它们不知为什么不怕她。赶鹦觉得自己的乳部一天比一天大了，她想当它们有了乳汁的那一天，她将慷慨地喂养所有拖着鼻涕的小孩和奄奄一息的老人。饥渴时，她就伏身吞食青豆棵。她近来心情好些了，同时又增添了一丝惊恐。她的大眼仰望蓝天，嘴里发出嗷嗷的呼叫。“我怎么得了啊，我怎么得了！”她的长腿踏折了一棵玉米。露出的玉米粒像小孩的乳齿。她小声呼唤：“我是一匹小马……”接上用牙齿撕破包皮，咬出了乳汁般的汤液。吱吱，吱吱，她大口地吸吮。她像小马那样吞食鲜活的植物果实。玉米浆液溅在她的腮上，她擦也不擦。她在玉米地垄里疯跑，玉米叶毫不客气地划破了胳膊。

满地都是一股绿色植物的野性味儿。刺蓬菜、打破碗花、紫灰菜，一块儿在地垄里茂长。一些短翅秃尾小鸟顺着垄沟一溜飞跑，眨眼无踪无影。“赶鹦出来呀！憨人要跟你摔跤了！”“赶鹦快来，大姑娘一个人藏下干什么！”……外面一阵阵喊声，她像没有听见。“赶鹦这一截上跟肥差不多了——肥也跑没了影儿。死闺女歇工时不好好坐下烧豆子吃，胡乱跑啊？”最后这几句话像是金友老婆小豆喊的。赶鹦又想到了肥。

肥太安稳了。她长得与赶鹦正好相反，个子不高，但是白胖。大脚肥肩没事了就愿把手伸到肥的衣领下边，抓握她的肉。有人传说大脚肥肩做梦都想让肥给她当儿媳，可她儿子争年是要来的。“兴许是个野种。”老头子们暗地说。争年皮肤细白，留了分头，分明是外村根芽。“那可不是一股血儿。”大脚肥肩没有能力生育，人们说是个狠性儿呀，是个报应呀。赶鹦曾长久地盯着肥的眉结，想估透她的心事。肥一声不吭。她搂住肥，夸奖她的眉毛和皮肤，肥就不好意思地用手推她。赶鹦问：“谁是村里最好的大姑娘？”肥如实回答：“你是最好的大姑娘。”赶鹦怂恿矮壮憨人跟肥摔跤——憨人一无所长，近来却对摔跤入了迷，不管对方愿意与否，搂住就是狠力一扳。他极听赶鹦的话，伸长两臂就去找肥。那时肥正叉着腿坐着，见憨人来了，一屈腿把他蹬了个仰八叉。“肥赖哩，赶鹦姐！”赶鹦笑了，说憨人哪，快找肥当个媳妇吧，你骑上她，她就不敢踢人了——天哪，老头子老婆子瞠目结舌，说：“了不得了，这姑娘说话多开通，准是个遭了男人的主儿！”

“你以为我不知道吗？”赶鹦背着红薯秧追上肥。“你知道什么！”赶鹦笑笑：“你默不作声，一个人满街走。你在跟一个人斗心眼儿。趁早别费力气了，肥！你是他的人呢！”肥后背的薯蔓子落了一地。“你胡诌啊赶鹦！你怎么好说些没影儿的话……”肥觉得有气无力。“谁不知道你早晚得跟上龙眼？你爸老转儿在世时许了他的，不是呀？活人可不能跟死人斗心眼儿。”肥绝望地问：“那你哩？你是谁的？”“我吗？我是没主儿的野人，只我一个是哩！跟谁还不一准哩。”肥气得流泪，“只你一个，你想得美啊！你让别人都趴在土里，你老狠的心哪！”赶鹦抹去肥的泪水：“好肥哩！我真想让你也是一个。可不行啊，你爸真的把你许了人，你不知道吗？”肥不吱一声。这会儿她在心里喊：“我不我不！我也要做个野人哩！我不哩！”那颗刺目的白头永远在视线里摇晃，那对拗气的目光像针锥一样。天哪！肥要被这目光刺成八块儿啦！……肥背着薯叶奔跑起来，急急慌慌。远处的人朝她指指点点：“看哪，肥怎么了？耶？！”老婆婆手搭眼罩望一会儿说：“年轻哩，使不完的力气，她恣哩！”

赶鹦一个人坐着，离开多嘴多舌的老婆婆和赤裸着上身的光棍汉。他们都说：赶鹦这个秋天过瞎了！往年赶鹦与大家烧豆子烧地瓜，嘴唇上沾满了黑灰；光棍汉们乱嚷，赶鹦骂声入云，田野里的老老少少一齐看她。如今她欢不起来！“赶鹦你怎么像肥一样安稳了？年轻人该说说唱唱。数来宝哩？”小豆儿过来推拥赶鹦。头发焦黄的喜年也过来说：“赶鹦姐，起来跑哩！”她仍旧呆坐，对一切充耳不闻。“妈耶！妈耶！孩儿要死了，这回注定活不成了　！”赶鹦在心里迷醉地呼喊……

肥在细雨蒙蒙的夜巷里奔走，默默祈祷。我就要挨不住了，挨不住了。谁能顶得住一老一少两人夹攻，他们一个在阴间、一个在阳世。饿死鬼老转儿一天到晚在村子四周转悠，肥知道自己真要跨出小村的那一刻，他会伸手拦住。而那道执拗的目光生铁一样结实，一下一下往她身上夯。她走走跑跑，雨水也洗不掉燥热！她跟暗影里的老转儿说话，老转儿总给她一个后背。“爸你不理女儿了！你撇下俺娘儿俩！”“你自己拿主意不是挺好吗？你不愿土里刨食了，不知深浅的娃儿！我不管你了，你的心眼儿多……”老转儿的哑声掺和在九月的风中。肥捂着脸，转身就跑。她脚步急促，从一条巷子跑到另一条巷子。瓜干烧胃哩！她喘着站住，猛然抬头，发现前面不远处挺立着那颗白色头颅。洁白的头发在月色中像羽毛一样掀动，肥不敢挪动了。少白头一声不吭地走过来。肥转身跑开了。她头也不回，只听见伴着狂乱的心跳响着父亲苍老的声音：“跑吧跑吧，不怕遭天谴，你就跑吧。可怜的草娃！”

挺芳两手插在灰布制服衣兜里，成天晃荡在小村里。遇到肥，他就重复着相同的话语。一个夜晚肥迎着他站住，明白无误地告诉他：她永远不会喜欢上他。“为什么？”挺芳抿着焦唇。“因为，因为你是个吃黑面肉馅饼的人。”“馅饼不好吗？”肥没有回答。工程师的儿子两手抓着头发，念经文般咕咕哝哝。肥凝目一望，差点吓得跳起来：对面的挺芳已经咬破了自己的舌尖，鲜血淋漓。“痴田野上人欢呼叫。熟人在蹦，龙眼笔直地站立远望；青年和金敏打闹；有条毛色火红的大狗在追咬一头猪；驴子大叫……赵鹏坐在田埂上，暗暗下了一个决心。

肥在细雨蒙蒙的夜巷里奔走，默默祈祷老天爷快给她一些劲儿。我就要撑不住了，撑不住了。谁能顶得住一老一少两人夹攻，他们一个在阴间、一个在阳世。饿死鬼老转儿一天到晚在村子四周转悠，两道目光让肥打颤。肥知道自己要跨出小村的那一刻，他会伸手拦住。那道目光生铁一样结实，一下一下往她身上夯。我的天哪，我要求爹好出个主意了。

她黑夜里在街巷走走跑跑。雨水也洗不掉的躁热！她跟暗影里的老转儿说话，老转儿总给她一个后背。“爸你不理女儿了！你撇下她们娘儿俩！”“你自己拿主意不是挺好吗？你不是跟那个瘦人儿搭过话儿吗？你不愿土里刨食了，你想扔下自己村子哩！人扭不过自己的命，不知深浅的娃儿！我不管你了，你的心人哪！挺芳啊！你快擦一擦吧。”她掏出一块粗布方巾，挺芳攥到手里，浑身战栗着跑走了。这个夜晚肥一直没有睡着，老觉得一股血腥味儿沾到了嘴上。“我怎么办哪？要遭天谴吗？”她又想到了赶鹦。这个让人垂涎的姑娘啊，你心里藏下了什么秘密？你属于谁？你也是个土里刨食的人吗？肥听到了天际滚动的雷声——这声音越来越近，携着浓云和闪电，一股脑儿压向这个小村。小村就要被席卷一空了！然而雨却迟迟不落，没有风，没有声息。漆黑的夜晚，肥像被一根看不见的线扯出家门，又一次走上了街巷。她立刻感到了那双目光的分量，却望不见白色的头颅。与此同时她又听到了天际的雷声，急躁、生硬，像催征的战鼓。咚咚，咚咚，越逼越近。她走啊走啊，像听到了召唤，一口气走到了一条巷子口上。就在这时，那颗白色的头颅出现了！肥掩上嘴巴，退到巷子里，又转身跑起来——天哪，一条堵死的胡同！她明白了，一切奥秘全揭开了，羞怯和恼怒像水涮过一样干净。她倚在残墙上。少白头龙眼走过来，一声不吭，用一条右臂卷起她来。他们走向那个大碾盘子。龙眼把她轻轻放在碾盘上。玻璃一样滑的碾盘！冰一样凉的碾盘！龙眼！我的龙眼哪！你真是一个土人！你身上的疤痕就像土地一样，到处是坎、是沟、是水洼和硬坷垃……

肥与赶鹦几乎同时总结了自己的青春。她们把自己献给了各自不同的人。这就是九月，是人们把火红的地瓜掘出来，让它们在泥土上燃烧的日子。

秃脑工程师开始频频进出那个小院子。他走在街巷上，不断向村里人送去微笑。“他算个什么怪鸟啊？”村里人相互询问。“他的光头顶上盖了大红关防吗战争年代通行证上的红色印章。？”红小兵脸上没有了笑意，独自享用手中的酒，工程师只得眼巴巴地看。赶鹦故意在两人之间走来走去，用辫子扫打父亲。她甚至在老头子起身添酒的时候去捏工程师的小拇指。“多么好的小拇指！”她说。她已经穿上了条绒裤子。妈妈问哪里来的，“还能是哪里来的！”她坐在葫芦架下，透过父亲肩膀和耳朵之间的空隙去看工程师。工程师一笑，红小兵的双眼填满沮丧。赶鹦拍着手，说黄毛蜂子呀，飞来吧。红小兵转身呵斥，“没人管教的娃儿！滚你妈屋里吧！”“俺不哩！俺和大叔玩哩！听你俩说话哩！”红小兵沉着脸一声不吭。秃脑走后，赶鹦妈走到了院里。红小兵迎上去，两人对看了一会儿，深深地点了点头。他们一前一后走出小院，一个向南，一个向北。赶鹦想了想，跟在了父亲后面。他原来去找屠宰手方起。天哪，他们要做什么啊！赶鹦第一遭害怕起来……赶鹦从门缝儿望着，见方起老大为难的样子。红小兵失望地往外走来。赶鹦先一步跑开了。她在巷口上，见妈妈正跟一个老婆婆说得热乎，就拐个弯儿跑回家了。不久，秃脑工程师到小村里来，刚刚进村就被一个老婆婆拦住了。老婆婆伸出食指点划着骂起来，说你个没安好心的东西呀，打黄花大闺女的主意呀，像去年淹死的黄鼠狼一模一样呀……秃脑脸色铁青，眼镜掉下来，头一晕倒在地上……夜间红小兵约了几个人在厢房里叽叽喳喳，赶鹦在窗外偷听，原来是布置人在工程师经过的路口上挖陷坑。赶鹦赶紧跑到了工区。结果秃脑照旧来小村游玩，一根毫毛都未伤。人们都劝红小兵忍了吧。红小兵摇头。他用酒招待方起，故意将计划泄露给女儿。他们要联络蛮力人，将秃脑一下子按住……“好狠的心哪！爸吔好狠的心！”赶鹦在心里呼道。总之，他今后休想接近小村一步了。

“还是红小兵的心眼儿多！”“那是吔！他们想斗过咱村？下辈子吧！”男女老少都对这个秋天里的事情感到了快意，谁都想帮红小兵一把。“要找蛮力人吗？俺是哩！”红小兵只承认饲养员牛杆和金友算是两个蛮力人。但连走路都不甚利索的老人也超乎寻常的勇敢，自告奋勇地提着马扎到路口等人去了。“交手时，往正中下脚！”富有经验的老人对大家说。村边路口大约自动集结了几十人之多，让赖牙感慨不已。大脚肥肩穿着小坎肩纳鞋底，张大嘴巴遥望小路尽头。“什么事情就怕动员人民。”赖牙说。几天过去了，不见秃脑踪影，人们兴味索然。最后只有几个老头子老婆婆还坐得住，粗布衣衫上落满了尘土。红小兵在他们面前恢复了兴致，端着酒壶逐一礼让。“酒儿长了。”老人们咂着说。“夸人烟，夸人酒，老了活到九十九！”红小兵说了句顺口溜儿。中午，太阳照得人身上暖融融的，老人们相互捶背。“打一打，捏一捏，胳膊腿脚强老些。”他们又说起了顺口溜儿。有不知底细的外村人经过，还以为这个小村的老人臭酸臭美——庄稼人用得着这么喜欢太阳？啊呸！又是几天过去了，老人们也开始灰心丧气了。一个早上他们正要提上马扎回家，突然发现赶鹦往工区小路上跑去。“快看快看！”人们瞪大了眼珠。赶鹦一会儿消逝在树棵后面。“怪不得哩，她往外跑哩！”一片叹息声。有个老头子拄着拐挪到红小兵跟前，喝道：“还不快把娃儿锁了！”红小兵转眼寻找赶鹦妈。“锁起来吧锁起来吧！”几个老婆婆附和着。赶鹦妈看了老头子一眼，理一理花白的头发往回走去。

这天红小兵回到家里，发现一把大锁放在窗台上。天傍黑时女儿赶鹦回家了，妈妈说：“孩儿呀，可来家了。你进厢房里看看有些什么！”赶鹦进了厢房。赶鹦妈盯了一眼红小兵。他抓起大锁，咔一声把女儿锁在了厢房里。赶鹦踢着门大骂，粗话像河水一样流淌。红小兵在心里叫苦：“天哩，谁知这么俊的姑娘肚里也装下了这些——这辈子的粗话让她一块儿骂了吧！”晚饭时赶鹦妈从窗上递进一碗瓜干，赶鹦一下子泼在妈妈胸脯上。“疯吧疯吧，有锁哩！”红小兵跟在老婆身后说。他一直跟着她走进西间屋里。赶鹦妈要换衣服，就喝一句：“出去。”“我……”“出去！”想一想刚才两人天衣无缝的配合，这呵斥声真令人费解。“这可不是咱庄稼人的招数啊！”他悲叹一声，回到自己的屋里。夜晚，赶鹦在厢房里一阵阵尖叫。“我关了一匹马儿哩！”红小兵心里有些疼。他有时真希望赶鹦妈放出女儿。老婆屋里无声响——她在指望我呢！两人较着劲儿，直到天亮。黎明前，他们两口子都听到有伙年轻人围住了厢房。红小兵故意把钥匙放到窗台上，让它在阳光下闪亮。可霉气的是他们只顾瞎嚷，对钥匙视而不见……又是两天过去，红小兵无意中发现厢房后面出现了新土，这才明白年轻人在连夜掏洞救人。他佯装不知，心里感到好笑：年轻的娃娃！老年人轻轻使个心眼，够他们琢磨几年的！他站到中间屋里，听赶鹦妈平静的喘息。“像猫一样睡哩！”他推开门，钻进热烘烘的大红旗底下。多好的一个方法啊！这样下去，俺俩眼瞅着就年轻了！

那天赶鹦带着一头黄土钻出，已经是两眼浮肿，衣不蔽体。她喊叫着跑向工区，不知怎么混入了地下巷道。她知道这永远沉浸在夜色中的地下街巷上就有那个人。小灯泡像萤火虫，洞子没有尽头。到处是生疏的声音，她不知跑向何方。脚下是一道道钢轨，翻斗小矿车让她慌慌躲闪。她大喊大叫，不时跌倒，身上硌出了血。她要跑遍每一条巷子，她要把这些洞子搜个底朝天……一个臂戴袖章的大胡子喝令她站住，又拦住她，她就咬了他一口。“捉疯子捉疯子！”大胡子一喊，立刻拥来一群男人。他们像擒一只四蹄乱挣的兔子。赶鹦咬、踢，差点弄折一个人的手指。最后他们唤来一个蛮横女人——女人用矿灯晃得她睁不开眼，让男人拧住，然后伸手抓她的大腿根、胸部、小腹。她抓一下，赶鹦就大叫一声。有人说："这疯子叫得像老鼠。”最后大胡子让人将“疯子”送到地面上。地面上阳光灿烂，当几个男人看清了这张极为憔悴又极为秀丽的面庞时，心中一阵懊悔。“想不到啊想不到。”他们感叹着松开她。赶鹦抬头看了看太阳，浑身一下疲软了。多么可怕的背弃啊！妈吔－妈吔－……

她身上满带着煤屑和伤痕，一头扑进了厢房。红小兵和老伴一迭声地问，她一声不答。红小兵注视着赶鹦妈——他们同时明白了：女儿与那个人的事情完结了。再不会有人骚扰小院了。赶鹦妈轻松泡像萤火虫，洞子没有尽头。到处是生疏的声音，她不知跑向何方。脚下是一道道钢轨，翻斗小矿车让她慌慌躲闪。她大喊大叫，不时跌倒，身上磕出了血。她要跑遍每一条巷子，她要把这些洞子搜个底朝天……一个臂带袖章的大胡子喝令她站住，又拦住她，她就咬了他一口。“捉疯子、捉疯子！”大胡子一喊，立刻涌来一群男人。他们像擒一只四蹄乱挣的兔子。赵黔咬、踢，差点弄折一个人的手指。最后他们唤来一个窑楼女人——女人用矿灯晃得她睁不开眼，让男人拧住，然后伸手抓她的大腿根、胸部、小腹。她抓一下，赵黔就大叫一声。有人说：“这疯子叫得像老鼠。”最后大胡子让人将“疯子”送到地面上，几个人拖着去了。地面上阳光灿烂，当几个男人看清了这张极为憔悴又极为秀丽的面庞时，心中一阵懊悔。“想不到啊想不到。”他们感叹着松开她。赵黔抬头看了看太阳，浑身一下瘫软了。多么可怕的背弃啊！好吧好吧……

她身上满带着煤屑和伤痕，一头扎进了厢房。红小兵和老伴一迭声地问，她一声不答。红小兵注视着赵黔妈——他们同时明白了：女儿与那个人的事情完结了。再不会有人骚扰小院了。赵黔妈轻松地呼了一口气，往屋里走去。

一场智斗结束了。另一场智斗还在继续。

十九

“该死的村子，死气沉沉！”大脚肥肩狠劲纳鞋底，地呼出一口气，往屋里走去。

一场智斗结束了。另一场智斗还在继续。

十七

“该死的村子，死气沉沉！”大脚肥肩狠劲纳鞋底，赖牙脱了衣服趴着，想让老婆拔拔火罐。大脚肥肩咬断麻绳叼在嘴里，找来湿布和火罐。赖牙肩膀下边以往的紫印儿还没消，像一处处退色的印章。大脚肥肩手夹针锥，照准肩部噌噌就是几下。“哎呀妈呀，疼死我了！”赖牙在炕上滚动。大脚肥肩踏住男人的腰，在流血处扣了火罐。“不拔出瘀血来能好才怪。”大脚肥肩对他的嚷嚷置之不理，望着窗外：“大晌午间鸡也不叫，死绝了似的。人家外村哪里不是火火爆爆……”这会儿正好方起在街上走过，踏起一串土末。看样子他是去刘干挣家的。大脚肥肩咕哝：“第二十二次了。这是一个月里的事儿……”赖牙费力转头哼一声。她说：“他们白天黑夜在一块儿，你瞧着吧。”“翻不了天。”“你瞧着！”

老会计在下雨之前翻弄了一遍账本，找两年前夹上的一张纸条，然后去找赖牙。“存根儿摸出来了吗？”赖牙问。“摸出来了。”老会计应一声念道：“据当年上岁数人回忆事儿，刘干挣老爷爷搭过三个窝棚。同期村民衣不蔽体。据称刘家时有鱼吃，雇本村人砍过窝棚支腿儿……”赖牙不耐烦地打断：“‘支腿儿’是什么？”“就是搭架子的木头。”老会计说。大脚肥肩哼哼笑，取来纸条夹在鞋样子里。大雨瓢泼一般下起来，老会计想起屋前晾晒的瓜干，呼一下跑了。大约就在他离去不到一分钟，一个身披长毛蓑衣、捎了土枪的人出现了。赖牙和大脚肥肩一齐把脸转向他。他四十多岁，是小村的兵头儿，这会儿解开蓑衣说：“刘干挣对方起说，村头赖牙二十年前砸破过一只耧脚，还想宰杀耕牛。他还在纸上记过你的一句话，那是骂上级的粗话，年月日齐全。就这些。”大脚肥肩脸色很难看。赖牙骂起来：“我日他先人！我那是想换另一只耧脚，拿不下，用石头敲一下，它碎了！我是成心的吗？老牛拐弯不走，我说‘杀了你熬汤’，真能杀吗？我骂上级，我骂……”他脖子上的青筋一道连着一道。“我看，把刘干挣先逮了吧——外村都这么做了，不碍事的。”兵头儿说。赖牙的拳头擂着炕：“就是就是！”大脚肥肩埋怨两人急性儿：“先把那纸条弄到手里也不迟啊，证据在人手哩！”赖牙点头，兵头儿去了。赖牙望着窗外的雨说：“我真不愿方起牵连进去——村里靠他做事哩！”

黑夜里，龙眼出去了，龙眼妈串门了，刘干挣穿着老羊皮袄向隅而坐。他一个钟点一个钟点地自语，像说给神灵，又像在激励斗志：“一年又一年，树叶落哩生哩，河水涨哩枯哩，我还是坐这屋里瞎挨。白头发眼瞅着一根连上一根，眼珠儿陷进眼窝了。真亏了我是个当过兵的人！没有血性哩，给祖宗丢人哩！大白天受别人气。半夜三更我听见先人招呼我了：我孩儿操家伙吧！先人急红了眼，我还睡得下吗？好先人让个空儿，让孩儿慢慢来。收拾赖牙也不是一大早的事儿，好比炖肉，文火儿焖哩，急了就要夹生。先人放心，孩儿是有大心性的人。我在战场上呆过，见过大世面、穿过制服军装哩，你赖牙算个什么！打蛇先打七寸，赖牙和大脚肥肩是条连体蛇，女的就是七寸！先人保佑我想出计谋对付那个女人吧——她头顶生疮脚底流脓，谢天谢地老天爷没让我娶了她。我一辈子也不会和这样的女人睡觉。山里的怪兽才长她那样的大奶子，那里面兴许装满了毒汁。天哪，白士林布做的布兜儿包住了它，让人看一眼害怕哩。活该让赖牙摊上……”他咕哝着，身子越缩越小。院门一响，他闭了嘴。进来的是方起。两人不吭一声挨着坐好。在这伸手不见五指的夜色里，他们一直这样坐着，连支烟也不抽。很久了，该说的话全部说完，心心相印。一个人怕另一个人孤独，常在夜里赶来陪坐。龙眼不在家，龙眼妈总是被刘干挣提前赶走。日子久了，两个男人可以用心力而不是用眼力望遍对方。刘干挣可以清晰地分辨方起额上猪一样的纹路，同样也可以看到他单薄的肺叶和干杨树叶一样苍白的肠子。“这个人不肥，草肠子。”他心里说。而方起看见刘干挣的肝在渐渐风干，绿色的胆越长越大。很显然这是一副当兵的脾性，火气足到了十二分。他们彼此在黑影里为对方加劲儿，不出一点响动。这样坐着，一动不动，想解溲也只得忍耐。这样下去，互相磨砺着意志，勇气和信心在不知不觉中充盈起来。白天他们通常人一样说话，但话语越来越简练，说出一句，另一个就通晓了十句。有时方起仅仅发出一声叹息，刘干挣就能明了很多内容。有时也不免无话找话，但那时总是备感无聊。刘干挣从两人关系的演化上，逐渐明白他们两人已经不可分离。他久久仰望日月，泪水糊上眼眶，欲望悄悄化作使命。他的满身豪气与矮瘦的躯体显得太不相称了。

他们的友谊始于皮冻。刘干挣暗中端详他熟练地刮去猪皮上的毛发和积垢，明白他就是自己苦苦寻找的那人。多不容易，一个经历了贫穷困顿、沐浴了战火的人，竟然至今没有一位生死与共的挚友！他怀着火热的、无私的心肠与其交往，然而方起接受起来十分迟钝。他只是乐于倾听、卖力地做着猪皮冻、附和对方骂人，再也不会进一步激动。刘干挣知道这是没有更复杂的经历造成的。再明白不过的是，友谊到了今天，已经非升华不可了。刘干挣于是讲了很多战斗故事，讲他亲手使用过的枪支，甚至讲了一个患有痔疮的神通广大的首长。方起张大嘴巴，啊啊应答，表情严肃到了极点。刘干挣后来站起，在中间屋狭窄的泥地上双脚并拢，喊一声口令，然后正步向前、折回、再向前，庄严地举手行礼。方起一动不动地盯着他，突然觉得眼前的人令人敬畏。然而他很快又想到了彼此的友谊和亲密，流下了两行细泪。“你知道，我是一个军人。”刘干挣极不情愿地放下打敬礼的手。接下去就是沉默。他们像是不好意思如往常那样细细端量了，目光闪闪烁烁。“前进前进，我们是一支不可战胜的力呀量！……”刘干挣沉浸在往事中，声音细弱地哼出了一句歌儿。方起窄窄的额上，那如同猪的纹路不停地蠕动。他双唇颤着：“干挣老哥，俺觉得谁都不配你哩！龙眼不配，俺不配，龙眼妈也不配——你干吗早早娶下老婆呀……”刘干挣握起了他的手：“世上你知我哩！不过悔也晚，也晚！就这样哩，就这样邋遢遢遢过日子，让一些人不警觉咱，蒙蔽他们哩！”“哈、哈、哈！干挣老哥，我服你！我服你！”刘干挣重新坐下，闭上眼睛：“你不知道，我这些天琢磨一个理儿……我知道赖牙他们天天打我主意，恶计一条条往外生哩。我用什么对付他？想了想，两个字呀。”“两个什么字？”刘干挣拢起拳头：“武装！”方起茫然。“你想想，千条妙计缠着我，把我困死。我要有武装哩，先把赖牙抓起！自古要起事就得兴兵啊……”方起拍手：“中中！兵头儿老找我做猪皮冻，我俩好咪。我请他来喝酒。”刘干挣点头：“这是关键。幸亏咱想在头里。武装啊，不能忘了武装。”不久，兵头儿就在刘干挣家进进出出了。

小村一切如旧，狗和鸡整日狂唱。唯有一点不同的是，兵头儿扎上皮带，枪不离身，并且收集了锋利的长刀和打鸟枪，让民兵习武。憨人、喜年一伙也被编进一个“加强连”。矮壮憨人长于肉搏，这会儿更起劲地练习摔跤。“要有战事了！”村里老人说。与习武同时进行的，是更加隐蔽的各种事情。比如长期借口有病不到街上来的刘干挣也串起门来；大脚肥肩对村里人态度趋向和蔼；金友沉默而焦躁；兵头儿常常独自失笑。一连几天都有上岁数的人去找赖牙禀报，说刘干挣近来议论朝政，而且话中有话。大脚肥肩顾不得纳鞋底，有人进门传话就在麻绳上挽一个死结。一个傍晚，她抚摸着麻绳上的十六个死结说：“老刘家的好日子快到头了。”

刘干挣叉着腰，用两个拐肘撑起老羊皮袄跟兵头儿说话。兵头儿对行伍出身的人总有些尊敬，听一句一点头。“你要教他们正步走哩！像矮壮憨人那样小碎步儿跑不行，兵是腰身挺直的人……”兵头儿说：“是啦！”刘干挣又说：“你要教他们打敬礼，打的时候脚跟咔嚓一磕。这样哩，中不？嗯嗯好。好好练着，到时一声令下……”兵头儿连连点头：“是啦是啦！”他们相处愉快。兵头儿从怀中掏出了一瓶瓜干烈酒，又摸出两条黄瓜。刘干挣说：“这么好的酒，只该喊来方起。也罢，下次再说。”他只喝下半瓶就有些醉了，在屋里解起溲来。他说：“那个赖牙哪知道有镢头刨根哩！也怨不得他。没有经历战争的人嘛！是吧？有他的好看，我把他的恶行一笔一笔记下，记了十、十年……”他边说边倒在地上。兵头儿把他抱在怀里，伸手去衣兜里摸，找到了记事的一张纸。他将刘干挣扶到炕上，就匆匆离开了。

田里的地瓜收完了，秋天就要溜走。赖牙听从大脚肥肩的建议，夜间召集全村人听了一次忆苦。这次是闪婆一个人的事了，因为金祥已经故去。这一次照例使大家流下不少泪水，闪婆的凄凉大喊惊天动地。一般来讲忆苦安排在冬闲雪日，这一次大大提前了。忆苦的夜晚，兵头儿领人不停巡逻。显而易见的是，忆苦把村里人弄得格外容易激动。“这个大脚肥肩哪，你好盘算！”刘干挣在心里叫了一声。忆苦的夜晚他就立在场角，两眼一刻也没有离开那对夫妇。那时他打了个主意：建议兵头儿找个机会比武！兵头儿去问赖牙，想不到赖牙一口答应。于是在不冷不热的秋季，在忆苦之后的一个月亮之夜里，展开了有滋有味、惊险非常的比武。方起陪坐在刘干挣身边，嘀嘀咕咕；后来赖牙坐过来，方起才闭上嘴巴。兵头儿将年轻人分成了两拨，有男有女。第一个项目是打靶：二十步之外拴了只黄鼠狼，看谁能一枪把它打死。一个黑壮青年使用了粗重的土枪，轰嗵一声浓烟蹿出，黄鼠狼仍然吱吱大叫。兵头儿上前检查它是否中弹，结果被它施放的臊臭笼住，大呼小叫。接上另一个枪手放了一枪，巧的是打断了拴着的绳子，黄鼠狼跳起一米多高，像舞蹈一样腾跃而去。“老天！老天哩！”老头子们惊惧地拍膝。赖牙说：“小小物件有神力哩，打它不中。”兵头儿喊了一声，摔跤的上场。憨人搂住一个比他高出一倍的壮汉，像推一架土车那样奋力支撑。壮汉几次将憨人抡到半空，可憨人总能双脚踏地。“好！好哩憨人！”众人在月光下大叫。折腾了一会儿，壮汉汗水淋淋，连说“不干了不干了”。憨人只是搂紧，三扭两搡，一下子将其弄了个面朝天。壮汉从地上爬起，大骂：“我日你祖宗！”憨人走近了主持人兵头儿，手指壮汉说：“他！”兵头儿安慰憨人。憨人一口气摔倒了十个人。一个穿了红裤红袄的小媳妇主动上场，她松松地抱了憨人，憨人全身乱抖。小媳妇不费吹灰之力摔倒了憨人。再进行下去就是摸爬滚打——众多年轻人卧在场上艰难挪动躯体，伸手攻击身边的人，于是厮打开始。他们踏起的尘土迷了好多观众的眼，呛得老头子扔了烟锅。赖牙对刘干挣说：“什么鬼人经得住他们？”刘干挣干咳一声：“那是。有光景看了，哼，哼哼！”大脚肥肩的牙齿咬得咯咯响，伸在衣兜里的手握住了一个东西：拿出来一看，是纳鞋底的针锥。十几个人流着鼻血，厮打结束。再后来是排队正步走。一排掮枪扛刀人抬高步子向前、敬礼，让刘干挣激动万分。他不时瞥一眼身边施放的膝盖弯住，大呼大叫。接上另一个枪手放了一枪，巧的是打断了拴着的绳子，黄鼠狼跳起一米多高，象箭一样腾跳而去。"老天！老天哩！"老头子们惊惧地拍膝。艳子说："小小动物有神力哩，打它不中。"兔头儿喊了一声，摔跤的上场。憨人搂住一个比他高出一倍的壮汉，象推一架土车那样奋力支撑。壮汉几次将憨人抡到半空，可憨人总能双脚踏地。"好！好哩憨人！"众人在月光下大叫。折腾了一会儿，壮汉汗水淋淋，连说"不干了不干了。"憨人只是搂紧，三扭两搡，一下子将莫弄了个面朝天。壮汉从地上爬起，大骂："我日你祖宗！"憨人走近了主持人兔头儿，手指壮汉说："他！"兔头儿安慰憨人。憨人一口气摔倒了十个人。一个穿了红辣红衣的小媳妇主动上场，她松松地抱了憨人，憨人全身乱抖。小媳妇不费吹灰之力摔倒了憨人。再进行下去就是摸爬滚打——众多年青人卧在场上艰难挪动躯体，伸手攻击身边的人，于是撕打开始。他们踏起的尘土眯了好多观众的眼，呛得老头子打了咽鸣。艳子对刘干掉说："什么鬼人经得住他们？"刘干掉干咳一声："那是。有光景看了，哼，哼哼！"大脚肥有的牙齿咬得咯咯响，伸在衣兜里的手握住了一个东西：拿出来一看，是纳鞋底的针锥。十几个人流着鼻血，撕打结束。再后来是排队正步走。一排端枪扛刀人抬了步子向前、敬礼，让刘干掉激动了。

的赖牙。赖牙神色欣悦。刘干挣蜡黄的脸上渗出汗珠，暗中紧握了方起的手——这手像冰一样！

“起事吧！起事吧！”方起在刘干挣小屋里连连呼叫。刘干挣一直不语。方起嘴角全是白沫。“起事吧起事吧！”他又嚷。刘干挣握住了方起的冰手：这手一直凉着，说明忠贞的朋友正为严峻的时刻而激动。他闭上眼睛，在方起手上不自觉地加力再加力。“你好手力呀，这手力够他赖牙受啊！”方起嚷着。刘干挣松手，踱到窗前。一切近在咫尺。他一声令下，硝烟就起。“我好手力吗？”他在心中自问，举起了左手。窗下徘徊再三，他又探头看了看繁星。村巷漆黑，杂乱的脚步隐含了无数不祥。他觉得满天的星辰都在欢快眨眼，一轮月亮白得像骨头。

“先人听着，晚辈这遭真的起事哩！”刘干挣在深夜面向屋角咕哝。“俺起事也为先人争口气，为掘倒恶人地气，为小村人前程。一句话，俺这是尽一份天伦大礼哩！先人保佑起事平安，一路顺手。赖牙两口气数尽了，大脚肥肩比蜂针还毒，儿子争年是个杂种。赖牙收工在家喝红小兵送去的酒、拔火罐，尽找舒服！他们的日子也该有个结果，先人保佑吧！”龙眼妈和龙眼被这古怪的声音弄醒了，披衣坐起，刘干挣就掐灭点烟的火绳，钻进被窝。他连连咕哝三夜，第四夜召来方起和兵头儿，说明天午夜三点起事。方起激动得再也不能安歇，一直坐在刘干挣家里等候那个时刻到来。他问：“抓起赖牙、大脚肥肩他们，再干些啥哩？”刘干挣答：“开个大会，找老人议事，一件一件摆出他俩的毛病，某年某月某日，什么时辰，他俩做下什么恶事说了什么坏话，像摊煎饼一样摊开哩。然后就着势儿废了他……”方起的下颏不停地抖，“那个金友，也该押起来。”刘干挣点头：“看看再说吧。”“押！押起来！”方起坚持。刘干挣看了看他，答应：“押起来！”……兵头儿火速禀报了情况。赖牙的青筋鼓成一束。大脚肥肩露出了红色的牙根。

午夜三点，冷风阵阵。街巷上一直有咚咚的脚步声。刘干挣不知从哪儿借来了一块老怀表，不转睛地盯着。所以，直到几天以后，他还能记起两点三十分左右，在离家不远处响起一声哀号。那时他犹豫了一下。但没有出门。他在等方起。就在指针指定了三点时，门被猛地推开了。兵头儿领人拥进来，一挥手，刘干挣就被拧起。“咋哩？”他大嚷。兵头儿顺手在他脸上抹了一下：“三点起事不是？！”接上他被推搡出去——这会儿他才发现龙眼和他妈都已不在屋里。他被拉到街巷上，赖牙、老会计、大脚肥肩都在那儿。刘干挣觉得五脏都在滴血。赖牙像狗一样瞪瞪他：“老伙计，明白了？”“明白了。”“走吧走吧，找个睡觉的地方去。”牲口棚右侧有个地窨子，他被掀了进去。这里面爬满了百足蜈蚣，他想静坐寻思一会儿都不行。狠狠地跺地，跺死它们。小小门洞那儿站了一个持枪的人，怒喝：“老实点！”蜈蚣往身上爬，他就抡巴掌。老鼠吱吱叫唤，一角上有什么小动物滚成一团。“做梦哩做梦哩！”他伸手给了自己几个耳光。奇怪的是各种嘈杂依旧。“明白了！”刘干挣大叫。他一直盯着窗洞，等着太阳出来。他去掏老怀表，掏出两只蜈蚣。“赖牙、大脚肥肩，我真是日你先人哪！”

不到半天工夫小村里就变了脸色。一霎时都传说“刘家要起事”。那个小屋已空无一人，龙眼母子被提前隔离；一伙扎皮带的年轻人在日夜翻找东西。屠宰手方起是二号人物，已在去刘干挣家的半路上被抓获。红小兵腿脚勤快地在街上奔走，好像对发生的一切早有知晓。漂亮姑娘赶鹦早被大脚肥肩解除了武装，因为她一开始就同情龙眼。受到牵连的还有矮壮憨人。年九幸灾乐祸地沿街跳荡，因为拒不收徒的方起也卷在其中。“俺师傅！俺师傅！”他嚷着。谁心里都明白：也许方起的屠宰手从今起做不成了。年九对兵头儿说：“夺下劁猪刀儿给我啊。”兵头儿说：“你自己找去。”老头子老婆婆嚷叫：“天哩，小村里哪还有个太平日子啊！瓜干烧胃哩！”他们一致埋怨刘干挣——“赖牙不孬哩！大脚肥肩不孬哩！”胖姑娘肥闻听龙眼家里的事差点儿晕倒，她先去找赶鹦，两人一同流泪。“龙眼哪，少白头龙眼！”肥在关押他们母子的小屋四周游荡，从白天到深夜，再到黎明，心中一声连一声呼唤。她亲手做好了瓜干馍送给他们，伏在小窗上不愿离去。龙眼一声不吭地看肥。龙眼妈一下一下抚摸肥的脸：“好孩儿放心，犯法的事儿不做，俺娘儿俩早晚回哩。”“回哩！回哩！”肥哭着喊，泪水一串串流下来。不久，有人从刘家小屋里搜出了半截皮带和两颗生锈的子弹。又过了几天，传说要开大会，事情已经报到了上级。“想跟咱动心眼，那得多长几个脑瓜呀！”大脚肥肩站在街上纳鞋底，麻线抽得哧哧响。她鼓胀的大乳房迫使行人都放慢了脚步。他们看着，慢慢感到了恐惧。

在忆苦的场子上，小村的人汇齐。不过场子前边没有闪婆，而是站了几个扛刀持枪的民兵。“今晚咱给老刘家人过过生日！”有一个人在黑影里咕哝。一场人全不吱声，等待一个时刻。这样的日子也许早该有了，你听夜夜有人跑啊跳啊，连狗也不安生，瓜干烧胃哩！天哪，真有人在暗里动了刀枪，想起事哩。遭个报应！刘干挣啊，你是砧上的肉了。黑洞洞的场子上有人胡乱嚷叫、跑动，他们等得不耐烦了。一群狗从原野上窜来，仿佛听到了什么召唤。接上有人挑来一盏明亮的汽灯，又搬来一个木桌。“看！看看！”大家都看到两个壮汉架着比狗还要瘦小的刘干挣飞一般驰来。刘干挣的两条腿在地上一扫而过。赖牙一边举手呼口号一边往灯下站，空气烫人哩。娃娃们挤着往前拥，有人拿枪杆横着一推，倒下一丛。“站了站了，奶奶的。”壮汉让刘干挣自己站。他费了全身的力才站了，汗水像雨水一样流下。“这个反动逃兵、地主、谋反的人！”有人恶狠狠地叫了一句。刘干挣声音微弱地还一句：“日你。”“揍啊！揍这个狗东西弄的！”赖牙摆手，用手挡住一个扑上来的人。“把皮带、枪子儿拿上，让村里人开开眼！”有人喊一句，另有人把东西拿了，在灯下一一亮出。“啧啧！不亲眼看见谁信哪！”“了不得哩，老刘家有这！”满场的人摇晃起来，像浪一样，一涌一涌。“洋枪子弹！天哩……”各种议论化为蜂鸣，在秋末的夜晚溢成一片。终于有人上前揍了刘干挣一个耳光。“该打该打！”人群中飞出一句鼓励。刘干挣迎着那人喷出一口，那人蹦起来打。“交代你怎么谋反！交代！”赖牙喝道。刘干挣朝他笑一笑。大脚肥肩冲男人说：“天底下哪有你这样的好心人，刀搁脖子上还当人家哄你玩哩。人家想什么还告诉你？”赖牙牙齿咬得咯咯响。一直蹲在近前吸烟的金友慢慢站起，往手上吐一口说：“唉，我来试试吧！”人群里有人嚷叫：“金友，露一手！”金友解下腰带，将裤腰挽个疙瘩，然后端量着刘干挣，活动着双脚。他起手利落，啪一下打在刘干挣脸上。刘干挣未发一声就倒在地上。拉起他来，人们都看到他脸上一条触目的血印。“金友真是个蛮力人！”一个老人叹道。接着金友抡花儿一样抡着腰带，不管刘干挣怎么滚动。“他打我就是这样儿！”金友老婆小豆在下边对老婆婆们说，“天哩，要死人啦！”老婆婆看不下去，捂着眼嚷。“你不吭气，那好咪，把同伙押上来！”赖牙说一句，兵头儿去了。

方起到了场上，一下抱住流血的刘干挣，呜呜大哭：“干挣老哥，全坏在我手里！我不该找来兵头儿，我方起眼神不济啊！”刘干挣无声地握住方起的手，按在胸口上。“哎哟哟，人家是一对棒打不散的鸳鸯……”大脚肥肩说。金友一把掏在方起胯下，方起尖尖的喊叫震人耳膜：“妈呀疼死了，不是人养的金友！”“叫你骂咪！”金友又是一下。方起脸色紫了，蜷在了地上。兵头儿招呼一下，几个年轻人给他们剥了衣服，又用绳子吊在架子上。“啧啧，两个都这么瘦，肋巴条儿一根一根……”他们只穿了小小的裤头，方起的裤头满是破洞。场上的姑娘捂着眼，不停地骂着，只有呼口号时才挪开手掌。“这能不能吊死？”赖牙见两个人脸色不对，问兵头儿。兵头儿面色惶惑。这会儿红小兵不知从哪里走上去，指点道：“你得让他们大拇脚趾着地，唉，这样就不能死人了。”金友和兵头儿声呐喊，不知是为谁叫好。最后金友用食指去抠方起的肋部，方起的叫声不堪入耳。金友一下比一下恶，方起的肋上呼々流血。"金友行々好吧！行々好吧！"老婆々们大叫。赖子也想喝住金友，可金友已经下黔了手，欲罢不能。他有一次低头被方起踢了一脚，羞得狠劲儿咬了方起的脚趾。"啊呀哟哦——"方起乱叫乱拧，狠命挣脚，只听咯嘣一声，一截小脚趾掉下来了。

秋天瓜干归囤，树叶儿落地。一群々乌鸦在田野上觅食，在村子上空乱飞乱叫。人们在碾盘上碾割瓜干，发狠地抽打牲口。瓜干吃进肚里，燃起了蓝色的酒精火苗儿，又蹿进脉管。庄稼人周身发烫，要跳要叫，要把脉管切开，放出蹿跳的火苗儿。入夜之后，家々都在打老婆、叫骂、把小孩子揍得嗷々喊。有仇的人家趁这风头上相互扔黑石头，并在心中发誓要用羊刀子捅人。光棍汉成群结队出门乘凉，大冷天里光着膀子，嚷着："抢人啦！抢大闺女啦！"该有人家都紧々关起屋门。赵鹞接起长鞭子跑上街头，没人敢动一手指。光棍汉们不停地搓手，后来打起架来。他们在碾盘四周滚动，浑身都是灰泥、都是抓挠的血印。头发一绺々扯下来，眼角流血。他们打得遍体鳞伤，可不到半天又和好如初，勾肩搭背地游逛，唱怪歌。他们唱："俺是天底下最好的人，拿起大棍胡乱抡！好嫚儿快叫大叔，大叔大叔，嘿！嘿！嘿々！……"有一次他们这样唱轮换抽打，两个吊着的人牙齿乱响。“你听，咬牙切齿。”大脚肥肩跺跺脚。兵头儿用鞋后跟暗暗踩住了刘干挣的脚趾，用劲儿一拧。“呀哇——”刘干挣大叫。“敢不敢了？”刘干挣嚷着：“不敢了不敢了！”兵头儿冷笑，又是一拧。“呀哇——”兵头儿哼哼着，动动脚跟。“妈妈呀！先人哪！遭不完的罪呀！哇呀——！”刘干挣嘶叫着，昏过去了。金友抽打方起，打一下骂一句，方起就还一句。金友把方起抽得鲜血淋淋，方起的骂声仍然不绝。场中人齐声呐喊，不知是为谁叫好。最后金友用食指去抠方起的肋部，方起的叫声不堪入耳。金友一下比一下恶，方起的肋上哗哗流血。“金友行行好吧！行行好吧！”老婆婆们大叫。赖牙也想喝住金友，可金友已经干野了手，欲罢不能。他有一次低头被方起踹了一脚，羞得狠劲儿咬了方起的脚趾。“啊哟哟哦——”方起乱叫乱拧，狠命挣脚，只听咯嘣一声，一截小脚趾掉下来了。

秋天瓜干归囤，树叶儿落地。一群群乌鸦在田野上觅食，在村子上空乱飞乱叫。人们在碾盘上碾制瓜干，发狠地抽打牲口。瓜干吃进肚里，燃起了蓝色的酒精火苗儿，又窜进脉管。庄稼人周身发烫，要把脉管切开，放出火苗儿。入夜之后，家家都在打老婆、叫骂，把小孩子揍得嗷嗷喊。有仇的人家趁这风头上相互扔黑石头，并在心中发誓要用杀羊刀捅人。光棍汉成群结队出门乘凉，大冷天里光着膀子，嚷着：“抢人啦！抢大闺女啦！”所有人家都紧紧关起屋门。赶鹦撩起长辫子跑上街头，没人敢动一手指。光棍汉们不停地搓手，后来打起架来。他们在碾盘四周滚动，浑身都是灰泥和抓挠的血印。

头发一绺绺扯下来，眼角流血。他们打得遍体鳞伤，可不到半天又和好如初，勾肩搭背地溜达，唱怪歌。他们唱："俺是天底下最好的人，拿起大棍胡乱抡！好嫚儿快叫大叔，大叔大叔，嗯！嗯！嗯嗯！……"有一次他们这样唱着冲向地窨子，啪啪地拍打胸口。刘干挣和方起还关在里面，外面有人扛着土枪。"你们要干什么？"拿枪的人大喝一句。光棍们嚷叫："俺来劫狱啦！""真哩假哩？！"站岗的人摘下枪问。光棍们拍着肚子："开枪吧！瓜干窝在这儿，憋得慌，快给大叔开开膛！""真哩假哩？！"持枪的手大抖。光棍们火了，"真的假不了，假的真不了，你这个孬种还不开枪，日你姥姥和大脚肥肩！"坏了！看来是真的！他双手抱枪抖着，不知怎么轰一声鼓出一团烟火。铁砂猛烈地喷洒出去，光棍汉们应声倒下一片。他们身子底下渐渐渗出血来，染红了一片泥土。"妈吔－妈吔！"站岗的扔下火枪，哭叫着跑开。一会儿赖牙领人来了，发现光棍汉们百分之百伤了肚子，不过大多不重。只有一个伤得厉害：肚脐那儿破了一个洞，叫得地动山摇。大家不敢怠慢，把他用门板抬了，由红小兵带路去外村找赤脚医生。

结果秋天刚过，那个光棍汉的肚子就结疤了。不过他再也没有肚脐了，而是生了一个拳头大的硬结。当时外村的赤脚医生顾不得去戴那个没有镜片的眼镜，让人按住伤员就缝合伤口。因为没有麻药，缝合用的绳子照例又很粗，所以整个过程很像杀一头猪。有人看了手术过程，说这个人会死。赤脚医生说："我跟这个小村常打交道，我有经验。他们与一般人不一样，脾性泼，好比牲口。"当然让他说准了，光棍汉没死，活了，而且日后饭量大增，一顿饭能吃三大碗瓜干。不过当时他却嚎得厉害，又蹬又踢，不得不由十个壮汉用膝盖压住。他们说："天哪，小村人真壮，叫驴一样！"光棍汉活了，站岗的人吓得要逃。赖牙训导他："逃哪去？早晚还不是村里人？不如提上点心赔个礼去。"他当即提了一大包黑煎饼、两个瓜瓤儿千层饼去了光棍汉家。光棍汉恨恨地说："你的枪法不准！你要是一枪打下了我那玩意儿，你我都省心了——如今可不行。"这是话中有话。当年冬天，光棍汉去找那人的老婆算账了。那人装作未见，抱着枪蹲在巷口。

总之那个秋天难以忘却，那个秋天的月亮和太阳都与过去不同哩。人们在街巷上匆匆地、热闹地奔走，出了村庄就装作没事人一样。直到很久以后，关于小村这个秋天的故事才变形变味地传出去。奇怪的是当时没有任何一个人叮嘱大家要守口如瓶。即便是小孩子也没有因为无知而泄密——如果可以称之为秘密的话。这是怎样奇特的传统啊，这种难以穷尽的智慧简直是来自血脉。那个秋天，红色的地瓜一堆堆掘出，摆在泥土上，谁都能看出它们像熊熊燃着的炭火。烧啊烧啊，它要把庄稼人里里外外都烧得彤红。人们像要熔化成一条火烫的河流，冲撞涤荡到很远很久。牲口吃了红薯叶儿也浑身抖动，发热，四蹄夯土。人们用祖传秘方医治：取尖粗的铁锥，照准它们脖子上粗长的鼓鼓的脉管，就是一锥！暗红的血喷出数尺，溅在持锥人身上、脸上。牲口渐渐低头、咀嚼，舒服地卧下了。只是半天工夫，牲口们又喷响鼻，大口吃草喝水了。关于牲口的病，小村人也没有传给外人。泥土上有颜色相似的一摊摊血，渗进去，又被土末盖住了。大姑娘肥那夜就是被这些血汁吓蒙了的。她昏倒在场子里，又被大脚肥肩救过来。“大婶大婶，吓死我了大婶。”大脚肥肩说：“大闺女该多经经事。人一辈子劫难多哩。你要干粗活吃糠饼，要鼓足劲儿生娃哩！旧社会，妇女被压得翻不过身来……”肥哀求场上人住手吧，看在老天爷面上。民兵头儿用脚踹人，踹累了喘息，对肥说：“一点儿不勇，一点儿也不像个黄花大闺女！”肥的血液全涌到脖子上了，在心里叫着：“哎呀算你说对了，俺就不是利利落落的闺女了，俺早把身子交给大碾盘子啦！俺是他的人！他的人！呜呜呜……”她的泪水一串串流下来，睁大泪眼去找场上的赶鹦、金敏、香碗儿……一帮姐妹全没影儿了。这可真不是姑娘家待的地方，姑娘家在这样的夜晚待久了，两个乳房会塌下去，身上会生出硬硬的汗毛，连个红薯大的娃儿也别想生出来！肥用手推开大脚肥肩，兵头儿伸手捏她的背肉，她打了他一掌。肥一口气跑到了黑巷子里。她孤零零的，没有妈妈，没有亲人，到哪里去？好凉的秋风，刀一样锋利，扫下她一根油亮亮的秀发。她的粗布裤子破了，短了，吊在小腿弯那儿，裤脚在秋风里像树叶一样抖动……我哪里去？！

那儿有一老一少两个白发人哪！那里有人急火火地盼消息、眼巴巴地伏在小窗前呢！“龙眼爸咋了？”“俺爹咋了？”他们的白头靠在一起，问声一迭迭。肥要去找他们，要一生一世靠在他们身上啊。两个苦命人，早早地脑瓜顶雪，迎来了人这一辈子的冬天。

“肥呀好娃儿崃，你近前来，近前来！那些狠心性儿不让俺娘儿俩去看看——他们在干些什么？”“肥呀好肥你过来，你靠这窗台上告诉俺——他们打俺爸了吧？谁动手你可得告诉俺！”肥啊啊迎着往前，一句话说不出。她捂上脸就看见了光溜溜印满了血印的身子，可她不敢说。“好孩儿怎么捂脸？谁欺负你了？告诉大婶……”肥摇头，“谁也没欺负我，没、没打大伯——龙眼爸好好的……大伯和方起说不准几天就回，大婶放心吧。龙眼！我又看见你的白头发了……龙眼！”肥一下子靠在小窗跟前，黑油油的头发探进窗洞。龙眼饥渴地扑上去，当着妈妈的面抱住这又滑又软的黑发，搓揉，梳理，不停地嗅。“妈吔妈吔！”他瞥着妈妈，头却紧紧抵住肥的黑发。他什么也不顾了，用牙齿咬湿了长长的黑发，一下一下咬……肥一丝不动。她的头发被咬得好疼啊，可她不吭一声。她怕惊着了少白头龙眼，怕吓着了一边的大婶。她低着头任他抚弄，泪水在眼眶里旋着、落下来。“我的龙眼，好龙眼，你咬我吧，你看准了咬，你咬我脖子上的血管儿！那血喷出来我也许就好了！我这会儿被滚烫烫的血烧毁了，我活不成了！”肥像呼叫，又像呻吟。龙眼妈在一边抖着嘴唇，憋了好长时间才呼出：“我的好孩儿肥呀！早该！早该！你本就是老刘家的人哪！老刘家命苦，你的命也不甜哪，你认了吧孩儿！……”

刘干挣和方起被折腾了三天。第四天上他们被扔进地窨子。天快冷了，事情也快收场了，所以再不怕串供。他们开始被合关一处了。两人都不能站立、不能睁眼。方起早一些醒来，抱住干硬的刘烫的血烧毁了，我活不成了！龙眼，你快，你快拧龙眼！"肥象呼叫，又象呻吟。龙眼娘在一边抖着嘴唇，已经说不成话了。憋了好长时间她才呼出："我的好孩儿肥呀！早该！早该！你本就是■老刘家的人哪！老刘家命苦，你的命也不甜哪，你认了吧孩儿！……"

刘干挣和方起就折腾了三天；第四天上他们被扔进地窨子。天快冷了，事情也快收场了，所以再不怕串供。他们开始被合关一处了。两人都不能站立、不能睁眼。方起早一些醒来，抱住干硬的刘干挣摇动不停。这人尚有一丝呼吸，老黑山羊皮袄沾满了唾液和血迹。方起象娃々一样哭着，头抵在皮袄上诉说："干挣老哥，事情全败在我手里，我方起眼神不济啊！我下辈子变驴变马来偿还你老哥■■■吧……骁子和大脚肥肩成毒，我下了阴曹也不饶他。老哥老哥，你还能活过来？你活过来也不能平々稳々走路了，没了脚趾！这折磨才刚々开了头儿，受不了，受不了，老哥，我得先走一步了！"他跪下来，吭々给刘干挣瞌了几个响头，又向着东方磕几个。"老少爷们，我方起枉为村里人，对不起你们了。我是个无用的人，省下些瓜干吧！从今以后再没有屠宰手了，我得去了！去了！"

他蜷在地上等着刘干挣转醒。

好漫长的黑夜！老哥你睡得好香。或许你的魂灵趁这功夫飞出壳子，钻到大脚肥肩家折腾她一家子了！我可不信你就这么轻易败了，死了也不信。等着吧，老哥有崭新的法儿整治他们■■■■■■■■■■！干挣老哥，我这干挣摇动不停。这人尚有一丝呼吸，老黑山羊皮袄沾满了唾液和血迹。方起像娃娃一样哭着，头抵在皮袄上诉说：“干挣老哥，事情全败在我手里，我方起眼神不济啊！我下辈子变驴变马来偿还你老哥吧……赖牙和大脚肥肩忒毒，我下了阴曹也不饶他。老哥老哥，你还能活过来？你活过来也不能平平稳稳走路了，没了脚趾！这折磨才刚刚开了头儿，受不了，老哥，我得先走一步了！”他跪下来，吭吭给刘干挣磕了几个响头，又向着东方磕几个。“老少爷们，我方起枉为村里人，对不起你们了。我是个无用的人，省下些瓜干吧！从今以后再没有屠宰手了，我得去了！去了！”

他蜷在地上等着刘干挣转醒。

好漫长的黑夜！干挣老哥，我这会儿还能记起你教俺的歌哩——“俺们是一支不可战胜的力呀量！”铁定的理儿呀！哎呀我的半截脚趾又疼起来，全身的伤口针扎一样，肺在流血水儿……老哥转醒吧！方起一夜搂着刘干挣，呻吟哼叫，直等到小小窗洞变红。

“天亮了老哥，我等不及了。我还是先走一步吧！”方起松开刘干挣，跪下，不知从哪儿掏出了劁猪刀子。他咬住牙，两眼滚圆，细细地摸过了大腿根儿，然后两手攥紧刀柄。这样凝住了片刻，突然哈一声大叫，小小的刀儿捣进了大腿内侧。他憋着气，嗯一声用力一划！

一股火红火红的、像地瓜皮儿一样颜色的烫血蹿上了地窖子顶棚。方起慢慢地倒在干挣老哥脚下。最后那一刻他听见地下的先人惊呼一句：

“屠宰手方起——！”

首领之家

二十四

“我就不信你生不出娃儿来哩！好大的一个婆娘嘛，奇哩……”毅子与大脚肥肩过自己的生活时，总是充满了疑惑。他生满了茧壳的手按在老婆身上，一活动就象锉刀。大脚肥肩懒洋洋地躺着，半张的嘴巴堆满了泡沫，象一只离水的螃蟹在吐沫儿。“俺这老婆壮大哩。”毅子忍不住对她的恭维。大脚肥肩平时说：“你是村头儿，不能老是疲沓模样，在家里也该拉拉架儿。”毅子更的坐在了马扎上吆喝：“端水来！”她赶紧端上去。毅子做活累了，骨节儿酸疼，就说：“收拾下。”大脚肥肩用巨足踩了男人的腿弯，伸手在肋背腰这处拼命推搓，直到有的地方渗出细小的血珠。毅子悔恨地嚎叫，老婆只管用力。那个瘦瘦的躯体被她拼弄得伤创累累，象一条宽松的带子搭在炕席子上。他喘息道：“火罐不拔了，腰也不捶打了，睏哩睏哩！”接上是一场好睡，让这个干瘦的男人积蓄起惊人的精力。这时节年青人也不是他的对手，他曾经一掌把猪眼喜手撇个跟头，把粗壮憨人扔出丈余。大脚肥肩调弄出上好的瓜干糊糊给他喝，里面撒了糖精、橘皮粉。“比凉粉儿还好哩！”毅子心满意足。还有瓜面千层饼、小胡萝卜汤、菁叶儿咸饭、开花瓜面大馍。什么都有哩。“男

第六章　首领之家

十八

“我就不信你生不出娃来哩！好大的一个婆娘嘛，奇哩……”赖牙总是充满了疑惑。他生满了茧壳的手按在老婆身上，一活动就像锉刀。大脚肥肩懒洋洋地躺着，半张的嘴巴堆满了泡泡，像一只离水的螃蟹在吐沫儿。“俺这老婆壮大哩。”赖牙忍不住对她的恭维。大脚肥肩平时说：“你是村头儿，不能老是瘦猴模样，在家里也该拉拉架儿。”赖牙真的坐在高马扎上吆喝：“端水来！”她赶紧端上去。赖牙做活累了，骨节儿酸疼，就说：“收拾下。”大脚肥肩用巨足踩了男人的腿弯，伸手在背上脖颈处拼命推搓，直到有的地方渗出细小的血珠。赖牙悔恨地号叫，老婆只管用力。瘦瘦的躯体被她挤弄得创伤累累，像一条宽松的带子搭在炕席子上。他喘息道：“火罐不拔了，腰也不捶打了，困哩睡哩！”接上是一场好睡，让这个干瘦的男人积蓄起惊人的精力。这时节年轻人也不是他的对手。大脚肥肩调弄出上好的瓜干糊糊给他喝，里面撒了糖精、榆皮粉。“比凉粉儿还好哩！”赖牙心满意足。还有瓜面千层饼、小胡萝卜汤、薯叶儿咸饭、开花瓜面大馍。什么都有哩。“男人是个柱，抽开没法儿住。”大脚肥肩一边寻找着赖牙头上的虱卵，一边咕哝。院里的鸡扑动翅膀，猪胡乱哼唧，猫在窗口窥视——这一切让大脚肥肩恼怒。她嚷叫：“拿刀杀了你们！”赖牙眯着眼说：“杀呀。”男人慵懒的模样既让她高兴又让她嫉妒。她这时总想发火。闲下来她纳了很多鞋底，都卖给串乡收底的鞋匠了。她并不稀罕那几个钱，只是乐于此道。一张千层底儿攥在手里，用针锥一捅，拴上麻线又勒紧，多么好的活儿。这针锥儿捅过牲口、赖牙的肩、憨人的脚后跟，使的全是纳鞋底那股劲儿。她不高兴时，赖牙说“收拾下”，她就用鞋底刃儿一下一下砍他的背。她最不能容忍的就是：男人与红小兵的友谊、俊姑娘赶鹦的辫子、香碗眼皮上的疤。她的烦恼和仇恨全在牙齿上，有时用力地咬出声音。赖牙不愿承认自己怕她，就时不时地小声说：“俺不怕她哩。”赖牙从来没有见过哪个女人的乳房有她大，望着它们，不知怎么他总想自己有福了。

直到多半辈子过去了，他们还幻想着生娃。“那是命里的东西，急了不中。”赖牙说。为了让老婆沉住心性，他从外乡要来了争年。这个小小男娃的出处没法儿再明了，大脚肥肩只得满怀信心地抚养起来，盼着他长高，还同时盼望一个不甚清晰的结果。“看哪看哪，她——也做妈哩！”街巷上有人这样呼喊，被赖牙听见了。那是他第一遭碰到的严重挫伤自尊心的事情。大脚肥肩那会儿把小小的争年搂在怀中，大手掌像肚兜儿一样护住他的小腹，让他整个儿小脸都笼罩在她呼出的气息之中。“女人就是女人。”赖牙在心中说道。争年长大了长壮了，黑发白肤分外清新，大脚肥肩就惊喜参半地端量，喊一声：“儿咪！”她暗地里对赖牙说：“孩子大了就得管束住，要不他会欺爹欺娘。”她这样说过不久，为一点小事就伸手去拧争年的肉。争年的胳膊、腿弯，最后大腿内侧，到处都留下了紫瘢。他躲闪着母亲，在屋里走路都轻手轻脚。可大脚肥肩有时又格外疼他，天冷天热都摸他的脑壳，夜里拭拭被窝凉不凉。他曾经被母亲抚弄得哭起来，紧抱住这只大手亲着、贴在耳朵上、放到鼻子上嗅。一个夏夜，争年看到了赤身乘凉的母亲，被那一身火红色的皮肉吓了一跳。她的手臂比他的大腿还要粗，软胖的腹部让人联想到婴儿的一张大床。天热时，她坐到一个大木盆里，穿着黑花短裤，让儿子用力搓背。“长多大了也是孩儿。”她咕哝着，喷出的气把水沫赶开老远。无数的油脂被胰子洗进水中，形成厚厚的苔。赖牙抽着烟过来说：“你妈是油皮。”

夏天过去就是秋天，争年夜晚开始跑到街巷里去了。他回家里浑身的衣服都被露水打湿了，头发粘成一撮一撮。他平静地躺着，鼻孔里流动着赶鹦、肥、香碗她们的香气。嗖嗖嗖，小村里的年轻人快步如飞，他们穿过街巷、钻进草垛、窜进地瓜田里。谁家的小后窗上没有偷偷伏过？哈，弯口大叔盘着腿拧艾草火绳，反手掏后背的痒痒虫；金友在折腾白白的小豆儿，黑影里噗噗乱响；大痴老婆庆余越活越年轻，她后来的男人牛杆眼巴巴地看着她喘气儿。大伙儿对年九说：“你后爹快了。”年九拍着手，“快了快了！”闪婆搂着儿子欢业，他们都看见欢业光着的脊背上，有一大块青色的胎记。他们卧在冰凉的地瓜叶儿上不吱一声。赶鹦跑起来大家才敢跑。独眼喜年和方正大姑娘金敏靠在一块儿。年九嚷："看见了！看见了！"到后来少白头龙眼凑到肥跟前，憨人像蜥蜴一样往赶鹦那儿爬。眼皮上长小疤的美女香碗不停地瞥争年。不知谁叫了一声："快结对儿呀！"争年在喊声里毫不犹豫地活动到香碗跟前。年九孤独地哈哈大笑，憨人代表赶鹦骂起他来。争年连句悄悄话也不会说，香碗老想哭。沉默了多半天争年才说："你眼皮上的小疤真好啊！"香碗笑了："一句顶他们多少！"争年又说："听他们传，你跟年九好。"香碗回一句："狗找年九。"他们手里折着瓜叶儿玩，不时听到旁边心惊肉跳地喊一句："哎呀！"香碗月亮底下看着争年的黑瞳仁儿，问："你妈给你什么吃？"争年回忆道："俺吃发面瓜馍，喝甜糊，去年还喝鸡汤……"香碗馋得直咂嘴，"能去你家过一天也不枉做了人！"他们再不吭了。"跑了，快追赶鹦哩！"憨人惊慌大叫，大家一跃而起。脚下不断踢飞了露珠，溅了满脸，哭了似的……

"旧社会呀，压得妇女翻不过身来！"大脚肥肩晚饭之后常常叙说往事。赖牙不拔火罐，争年也不想跑窜。他们坐在火烫的炕席上听她讲叙——那是可以称为家史的东西，只可惜无头也无尾。赖牙听了几十年也闹不明白，但从不深究；争年觉得这是与己无关、但不妨听听的美妙故事。"俺那一大家子才真是房无一间、地无一垄，靠个什么吃饭！争年他姥娘一个人主持事儿，俺姊妹十三个住个大院里，人家都叫俺十三妹。他姥娘也是一点点熬出来的，年轻时候跟管事的顶嘴，让一个老婆子一棒槌打破了头，血流一襟子。

老人家五十岁上得了俺，俺一看姐妹几个都穿金戴银，好日子呢！”赖牙气喘吁吁打断她的话，“这么说行吗？这么说你们是大户人家？！”他的脸色有些变。“你胡放！”大脚肥肩一白眼，“你只管支棱起猪耳朵就得……活儿说轻也不轻，一大家子姐妹非亲非故，抱成了团儿，各个死忙！他姥娘心眼好，体恤人，天一黑就偷着往俺怀里塞点银子。这还有什么话说。谁没有几个恩人。老人家不收养俺，俺早喂了野狗。那些叫花子吃上一顿饱饭也不是安分人，来俺家坐上一阵。俺待谁都不薄情，他姥娘说俺就这点儿好——‘好闺女不全在模样上’，她这么说。有一回来了一个穿黄褂儿的主儿，白吃白喝的红眼狼！他姥娘领俺一伙上去，剥了他衣裳一顿揍，他姥娘使头上的簪子扎，一下一个眼儿。老六平时不作声，这会儿一杠子打断了那个人的腿。事后才知道，他是官府的人。一时间都知道谁谁让十三妹打了，俺们名声山响。他姥娘说一人做事一人当，挽上髻去了，怎么去又怎么回来。她老人家认识个大人……”争年问：“俺姥娘哩？”“死了！”“怎么死了？”“狗咬死了！”他又问：“俺姨姨哩？”“七打棒散了。”“散在哪？”“散在天南海北！”大脚肥肩没好气地回一句，争年身子一缩。“旧社会呀，压得妇女翻不过身来！”大脚肥肩说着扳倒赖牙，顺手给他拔上了火罐，一边讲叙。“俺什么事没经过？什么饭没吃过？憋在这个小村里过，伴一窝鲢鲅。连红小兵那样的也成了人精。他要早年去了俺家，你姥娘一拐就把他打跑了！‘可怜见的东西！’你姥娘就这么说。小村里人天冷了就穿木头底草鞋，满街筒子咔嗒咔嗒鞋底子响，我刚来那会儿一听就想呕。”赖牙背上的皮肤快速地在火罐下收缩，争年伏上去看。“俺早先全家只有一条单裤，俺爹出去讨吃的穿上，俺娘儿俩就钻在炕上热灰里。暖烘烘的炕灰把俺全身弄黑了，妈搂上俺就亲，说苦娃儿不如卖给个富贵地方。爹穿着单裤回来，脱给妈，妈下炕烧汤。爹钻进炕灰里，拍打俺说，娃儿长壮了，该出去挣口饭养活爹娘。再后来应了他们的话，俺就给你姥娘做闺女了，你姥娘袄袖上钉着银线儿……”争年惊异地瞪眼，“姥娘不是亲姥娘？”大脚肥肩哼一句：“闭你狗嘴。”“哎呀，好舒服哩。”赖牙哼哼。“要讲受过的苦，争年，你妈比闪婆比金祥都大着哩！只是她不说……”大脚肥肩为男人捋了一下脖子，下手狠起来，男人想挣脱，她就用膝盖点住他的腿弯。赖牙的叫声引出小院里各种响动，鸡和猪一块儿哼呀。“赶明儿我下上毒药，满院都是地老鼠！”争年身上一抖。谁家没有鼹鼠。它们把院角的湿土掘开花儿，用彤红的小翻爪儿拨土，跟庄稼人的娃儿逗乐。它们的蓝绒绒皮衣多么亮……

秋风把树叶儿赶到沟渠里，一脚踩不透。多厚的叶儿呀，铺这么好，还不是等咱躺上去？大旱天里，干涸的沟底茅草熟得也早，像白发哩。流浪人三三两两从南山上下来，背着黑乌乌的小布卷儿，男的牵狗，女的抱鸡。女的在收获过的田野上捡一些根屑、遗落的瓜果，像鼹鼠一样翻开土。她们的鸡一般比她们自己吃得更饱。鸡的蛋就下在她们怀里。她们用鸡蛋换平原人的玉米饼和瓜干馍，换旧衣裳。夜间，大家都宿在沟里，享受着秋夜。天上的星星剧烈燃烧，没准就滚烫烫落下来，他们围上取暖、烤地瓜吃。小村的光棍汉们在渠底胡窜，彻夜不眠，他们是流浪人天然的朋友。光棍汉甚至带来了酒和咸菜，大家一边喝，一边讲着一个个村子的轶闻和秘史。各种奇事让人激动，觉得生活充满希望。流浪汉中贮存了多少能人！有的会掐算，有的会相面，有的会变戏法。其中有一个红须人从身边满面灰土的小脏孩嘴里一口气掏出了十二个鸡蛋。大家吃着煮蛋，多惬意。流浪人什么都要：破纸、布条，特别喜欢的是废铁。光棍汉为了讨好他们，总是寻找一些旧铁门扣和磨损的马蹄铁带上。女人搂着鸡睡觉，她们怀中的活物给人安慰，也相互取暖。光棍汉非要将鸡赶开，女人们说："那可不行。"结果鸡和人挤在一起，整整一夜鸡们都在不愉快地哼叫。总之秋天真是个好时光呀，多趣、宽厚、富足，真可人心！小村里的年轻人与汇拢来的流浪人相逢，大家过得欢欢快快。开始年轻人多少提防着，但一天天过下去，才发觉流浪人都是无私的人。喜年凭着自己的独眼与另一个年老的独眼成为至友，年老者甚至教给他怎样取别人衣兜里的钱包、怎样下干针等等。肥的右脚生了个鸡眼，原打算让方起用劁猪刀儿剜去，这会儿就让一个流浪汉给割去了，毫无痛感。原来动刀的同时，那个年老独眼给她下了干针，她的整个右脚都麻着。年轻人与他们迅速的交往令人称奇，双方毫无陌生感。直到很久之后才有人悟到：这说起来仍是血脉的关系，因为年轻人也是外来者的根苗。争年将夜间的见闻带回家里，赖牙不住声地笑。大脚肥肩却不信有人会变出鸡蛋来；要真能那样，还不是小村一宝？她费了半年时间才攒下一纸笸箩鸡蛋，不舍得吃，留到冬天涨价，拿到工区里卖去。她让人去找那个能人，让他来家里变变看。“你就说，这地方的领导叫你了！”

红须人领着满脸灰土的小男孩到赖牙家了。“嘻嘻嘻！高人来家哩！”赖牙亲手烧了桑叶茶，又搬了草墩让他们坐。小男孩往一角里缩，争年就领上他去看院角的鼹鼠洞。大脚肥肩纳着鞋底，把赶鹦一帮人赶出。香碗指望争年喊她进去，一直蹲在门旁。“快些变吧红毛。”大脚肥肩催着老者：“变完了咱吃饭喝酒，喝个脸儿红。”红须人摸着下巴：“这个哩……”赖牙痛快地跺足：“莫做个保守人，俗语讲哩，艺高人胆大。”红须人牵过小男孩的手，给他擦去鼻涕，这才比画起来。只见他的手围着脏娃转转转，半张的手指在小家伙嘴边一耷拉，一只白鸡蛋就握在手里了。“啊嘿！”赖牙第一个叫出声来。大脚肥肩额上出了汗。红须老人的手越转越快，鸡蛋一个连一个变出来堆在院子中央，大约已积了二十来个。大脚肥肩见他渐渐歇了手就催促：“快变快变。”红须老头闭了眼说：“俺走。”赖牙也急了：“神人哩，慌个什么！要走也带些瓜干呀！”一老一少坚持要走，大脚肥肩就给了他们一些瓜干。小脏孩临走时弯腰抓了几个鸡蛋掖在腰里。门里门外的人见了一齐大笑。“这个人该收留下！流浪人里边的能人归村好哩！”赖牙咕哝着蹲下看鸡蛋。他的话一下子让人想到了大痴老婆庆余和她的黑煎饼。“以后有吃不完的蛋哩，气死那些工人拣鸡儿！”有一个粗浊的声音在门外叫。“是你吗憨人？你这个弯口崽儿！”赖牙乐呵呵地喊。大脚肥肩进屋端纸笸箩，她想把蛋归到一起——刚进屋她就骂起来，天哪，笸箩里的蛋全让黄鼠狼拉去了！完了，小院里的日子塌了！赖牙黑着脸进去又出来，端量着地上的蛋说："黄鼠狼刚走哩，长了红胡须！"大脚肥肩伸手就拧争年，骂他是个败家子儿，往家里勾连这种东西。

"我没有做不出的事儿！"大脚肥肩自语着，飞快地用剪刀剪碎瓜干。她一下一下狠力握着剪刀，剪一次咬一下牙关。"妈妈你做瓜干稀饭吗？""嗯！"剪好了瓜干，她又捧到锅里炒弄，炒得喷喷香，怪馋人的。后来，她又滴了两滴香油。这些珍贵的吃物最后被倒在一块破瓦片上，大脚肥肩从什么地方摸来一包粉末拌进去。有股甜甜的气味飞出。"妈妈那是什么？""砷石！"争年一下抱住她的胳膊，"妈，你千万不能啊，不能……"砒霜味儿让他头晕，他跑出门，想去找爹，可刚到田野上就呕吐了。

天渐渐冷了。树木也没有绿色。田野上的闲人用葛藤束好破衣烂衫，各自寻找归宿去了。流浪的男人牵上狗，背负着有限的一点收获离去了。女人怀抱着鸡，抚弄着通红的鸡冠踏上归途。往回走的路是步步登高的上坡儿，他们欢天喜地告别了平原。小村的年轻人一大早跑出来，发现沟渠里只有一堆堆灰烬、几块破烂儿，可爱的外地人一眨眼消失了。不过他们如果细心地找找，还会看到一个六十来岁的老汉躺在枯草里酣睡，太阳照着他的一只枯瘦长脚。睡到半上午他一个扑棱爬起来，首先摸摸身边的口袋，然后搓眼。原来是那个独眼。"老伙伴走光了，剩下一个老少孩儿，咳咳，美滋滋的日子快来哩！"他说快板似的念叨，一脸欢笑地仰脖儿看太阳，往小村里走。"村头儿——我是说领导子，住哪场？"他拐进街巷，又出来，端量着地上的尸说："黄鼠狼刚走哩，长了红胡须！"大脚肥肩伸手就拧争年，骂他是个败家子儿，往家里勾连这种东西。

"我没有做不出的事儿！"大脚肥肩自语着，飞快地用剪刀剪碎瓜干。她一下一下狠力握着剪刀，剪一次咬一下牙关。"妈妈你做瓜干种饭呀？""嗯！"剪好了瓜干，她又捧到锅里炒弄，炒得喷喷香，怪馋人的。后来，她又滴了两滴香油。这些珍贵的吃物最后被倒进一块破瓦片上，大脚肥肩从什么地方摸来一包粉末拌进去。有股甜甜的气味飞出。"妈妈那是什么？""砒石！"争年一下抱住她的胳膊："好吧，你千万不能啊，不能

他叫着，推门跑开了。砒霜味儿让他头晕，他想去找爹，可刚到田野上就呕吐了。

天渐渐冷了。树木上没有绿色。田野上的闲人用蒿藤来捆破衣烂衫，各自寻找归宿去了。流浪的男人牵上狗、背负着有限的一点收获离去了。女人怀抱着鸡、抚弄着彤红的鸡冠踏上归途。往回走的路是步步登高的上坡儿，他们欢天喜地告别平原了。小村的年轻人在一大

问晒太阳的老婆婆们。有人指一下，他去了。老婆婆们议论："快死的人了还这么乐乎，八成是有好事儿。""可不！一搭话就找赖牙家呢。"独眼老人拍打着赖牙家的门板，没人应。他推门进了院子，一眼看见了女主人的后背。"哎呀，好香的瓜干味儿，谁家媳妇的巧手！"他讨好地叫着。大脚肥肩一转身，眉头皱着："你找谁？不问问清就进来？"老头儿在一个草墩上坐了，取一旁的瓢舀了凉水灌进喉咙里，发出咕噜噜响声。这声音激怒了大脚肥肩。"我琢磨着没迈错门槛儿，俺剩下的一只眼忒好使。"老头子摘下破布卷儿。大脚肥肩上前一步："你到底找谁？"老头子笑了，"哎哟，别朝俺龇牙，还能吃了外乡人！俺找的是三十年前的嫚儿，兴许她死在荒郊野泊里，兴许她给喂得贼肥哩……俺那会儿拼死拼活攒下点钱给了她，商议好瞅空儿娶下她。谁知光有说不到的没有做不到的，黑心的嫚儿不等我回来就夹着包袱一溜烟跑了。我打那儿起找上了，一找找了三十年，赔了一只眼！俺寻思她再厉害，见了面也不能吃了外乡人。"大脚肥肩手里的东西一下子掉在地上。"老家来人了，老家来人了！"她自己也不知道在说什么。独眼老人拍拍手："一点不错！快烙饼给他吃吧，热汤热水招呼老朋友。哈，哈。"大脚肥肩瞥一眼那双黑瘦脚，恶心死了。"俺孩子爹快进门哩，娃也快回了，他们都不喜欢流浪人，正好捉住你揍一顿，让民兵把你吊起……这么着，先吃一碗香喷喷瓜干吧，我倒水去。"她把瓦片上的油炒瓜干盛出一点。独眼接着吃物说一句："鸟！我怕他什么。今儿个不走了。""不行不行，吃了就走！要找住处，也得俺两口子商量着。你先回野地里凑合一夜吧！”独眼老汉点头：“那也中。”他咬了一口油炒瓜干，立刻吐了，手一松，碗掉下摔碎了。“哎哟！险事！好不容易熬到六十哩，俺还想活几天。”大脚肥肩笑出眼泪，收拾着碎瓷片，“俺是吓吓你，试试馋嘴儿。这是耗子的吃物，还轮不到你哩！”独眼老头咬住下唇，像鼹鼠一样转圈儿。他小声咕哝：“俺从她跑了那一天就起了誓，赶到天边也得赶上她。不管她发了赔了，也不管她是给皇帝做了妻妾，也要用套绳把她套住，牵牲口一样牵回哩。”独眼老头儿说着一用力，跺碎了一块砖头。大脚肥肩身子一颤：“天哩，看样儿你离死还远哩，脚劲儿怪大。”“哼哼，那是哩。不过刚才离死一拃远……临死也得啃啃那负心的媳儿，看她肥哩！”……整整多半个钟点大脚肥肩不吭一声。后来他们都坐下了。她哑着嗓问：“你怎么没饿死？”独眼从黑臭的一个小皮夹里摸出一根银针：“凭这！”

“你是变鸡蛋那人一伙吗？”赖牙盯住独眼。“争年他爹！你说哪去了，人家是赶路的医生。你的腰腿疼说不定还指望他哩。”大脚肥肩掀起独眼的衣襟，露出小皮夹。“我要查查。”赖牙伸出手。独眼递上皮夹。里面长长短短四五根针。“刚才给我扎了一针，怪好使。我留下他吃饭，说莫急，俺娃爹也要试试。”赖牙乐了，说中中，人不可貌取，别看他腌臜。争年回来了，大脚肥肩指着独眼说：“叫大。”他可认识这个流浪汉子，觉得那只唯一的眼睛里盛满了嘲弄。他小声叫了一句大。“孩儿多大了？细皮嫩肉大姑娘似的，像俺年轻时候，姑娘家见了就得活活把他分扯……”独眼油嘴滑舌，争年厌恶到了极点。晚饭喝了辣糊糊。四个人全都热汗漉漉。“趁热打铁吧，领导子卧下好不？俺给你扎好，你就给俺找下住处；扎不好，你就赶俺走。”独眼老头啰啰嗦嗦挽起袖子。赖牙卧下，独眼老头揭了衣衫说：“跟鱼一样光滑。下针了。嗯！怎么样？”大脚肥肩和争年一齐问：“怎样怎样？”赖牙吭哧：“凉！麻！”独眼拍手：“那就是见效了！”扎过了针，赖牙果然轻松不少。“多好的一个赶路医生！咱小村就缺这样人呀！争年他爹，今后头疼脑热不用愁，也不用红小兵去外村求那个眼镜了。”大脚肥肩一下下拍手。赖牙想了想，决定让独眼老头先住在牛杆的牲口棚里，余下事情再议。独眼老头临走对大脚肥肩说：“得空我来给你扎针。”大脚肥肩连连摆手，“不用了不用了，我的病好了。”独眼老头阴沉着脸：“多扎几针才能除根。”说完大仰着脸走了。

从此小村里有了自己的赤脚医生。人们发誓今后再也不让外村那个眼镜看病了，尽量做到万事不求人。独眼老头灰尘扑面，指甲乌黑，反而愈加让人信任。“有手段的老医生都是这样。”大家一致认为。他治好了一个胃胀气、一个歪脖子，另外一个小肠串气也见好转。他的好名声不胫而走，渐渐传到了工区。“还轮不到你们！”村里人对前来求医的工区人说。独眼老汉与牛杆一家合炊，吃多少瓜干由村里一并付上。人们都说这个老头子算找对了人家，因为全村就数牛杆家的伙食好，人家有大痴老婆余庆啊。凹脸年九有个用手抓饭菜的坏毛病，一碗蒸咸菜端上来，他不管有无客人，总是伸手就抓，烫了手心，他就撩着吹气，填到嘴里。他手上的脏黑倒也没什么，只是吃得太慌急太猛烈，常常一盘菜被他一人吃去大半。独眼老头端量了半天，说是一种病，就用脚踩了他，在手腕和拐肘处各下了一针。针到病除，结果以后尽管热气腾腾的饭菜摆在桌上，他用眼瞟着只是不再动手。村里人无不称奇。有的人家孩子尿炕，说梦话，都来扎针；到后来谁家丢了东西，老婆挨了男人打，也都赶来扎几针。据说有的还真给医好了大半。独眼医生走南闯北，是个见多识广的人哩。老年人乐于空闲时找他拉呱，听故事。红小兵特意献上一壶酒，两人最为投机。不过他常常不在牲口棚里，找他的人扑了空，就知道他去了赖牙家。老头子常常把太阳升起之后最好的一段时光留给村头儿家。“我的病呀，眼见着有起色！”大脚肥肩走上街头说。独眼老头儿为她下针，闲下来就坐着拉呱。他们有时激烈争吵，有时小声攀谈。再多的事总会说完，他们沉默的时间越来越多。独眼老头呼出一口粗长的气，大脚肥肩就用力地大吸一口；独眼老头咳一声，大脚肥肩就连续叩齿；有时独眼老头站起来仰望日月，大脚肥肩就抱紧双乳盯住脚底。“渴呀，渴呀！”老头子说。大脚肥肩赶忙端来温水。独眼咕咕喝下了。大脚肥肩一下一下搅弄瓦片里的炒瓜干，嗅着恶毒的香气。“这到底是给谁准备的呀？”独眼老头盯住她高高耸起的胸部问一句。大脚肥肩纳起了鞋底，麻绳拉得哧哧响。

独眼老头后来听从赖牙的劝告，有空也到工区去下针了。看病的大多是些上年纪的人，他们一见面先交钱。独眼老头一扬手说：“呔！”他不要钱。工区老人赞扬他说：“村里来的义士。”有时干脆就说：“找义士看病呀。”独眼老头为他们耐心地下针，问长问短。他们离去后偶尔发觉衣兜里的钱票少了一些，但从不怀疑是治病期间丢失的。红小兵跟随老赤脚医生几次去工区行医，慢慢生出了主意。他与老头子作了彻底长谈，将赶鹦及全家饱受凌辱的事详尽讲了一遍，求老人借看病之机报一针之仇。独眼老头想了想，郑重提出要看看赶鹦是何样姑娘。他让长腿赶鹦坐在一个废弃的马槽上，拍拍她的背，握握她的手，并且弹了一下她光亮的手指甲。老人挽起过膝长辫，又摸又嗅，最后甚至用脸贴了贴她圆圆的腿部。当他抬起头来时，那只独眼里盛满了泪水。一切都是当着红小兵的面做的，父女两人一开始还误认为是在问诊，直到看见滚动的泪水才大吃一惊。“老哥，你这是咋、咋了？”老头说：“我从来没见这么好看的姑娘！老天，我恨死了那个秃脑。这么着吧，我去收拾那个秃脑——我只怕一气之下杀了他吃官司。先让我消消气吧。”分手时赶鹦嘻嘻笑，还说腿有时也疼，非扎上一针不可。独眼老头取出针来，费力地给姑娘绾起裤子。当他看到圆滚赤裸的一节腿时，手抖得绝对不能扎针了。“天，找不准穴眼儿……”红小兵陪他去工区了。他们打听秃脑的去向，专门到他经过的地方转悠。“看病吧看病吧，不取钱的神医，小村来的义士，手到病除啊。中风生疔拉痢疾，腿胳膊发麻腰眼疼，都是他的拿手活……”红小兵高喉大嗓地吆喝，引得众人停下观看。不知谁喊了一声：“看，要找的人来了！”红小兵大眼一瞪看见了晃晃荡荡往前走的秃脑工程师，就伸手指着大叫一声。独眼老头手捏银针坐在泥土上，这会儿一蹦而起，向着工程师大嚷一句：“你站住！”秃脑工程师回身见到独眼人手持一根针追上来，不假思索抬腿就跑。“奶奶，吃我一针！”独眼老头一蹦一蹦地跑，红小兵紧随其后。一些围看的老年人误认为那是急着赶上治病，连连喟叹：“真是个义士啊！”

俺从来没有见过像女孩一样的男孩，真哩。他简直就不是小村里的苗儿，真让人亲哪。眼皮上有小疤的美女香碗一天到晚琢磨争年，全身暖烘烘。她由于总是吃得很饱，最后还要喝一大碗瓜干糊糊，所以肚腹圆滚滚的，显得很壮也很结实。更勇敢的想法正在这些日子里悄悄滋生。她准备给这个过分文静的小村后生一个奇袭。比如守住巷口，在他突然出现时一个猛跳搂住他脖子；再比如平时一起玩耍时不由分说地去亲他的嘴巴；还可以对准他耳朵说一句惊天动地的、突如其来的热烈情话。香碗暗自选择比较，最后觉得非猛烈一扑不能解气。她在实施计划之前回忆了往昔，发现争年连捏捏她的手指骨节都没有，更不要说别的了。有一天晚上他们挨着躺，她脸上感到了他喷出的鼻息。那会儿她想捏捏他的鼻头，可他一甩脸躲过了。一个个细节只能使她愤慨，促使她加快最后的行动。她将以热情洋溢的胸部紧紧抵住他，让他怎么也逃脱不掉！自然了，从那儿以后他说什么也得是自己的小丈夫了，自己让他端坐着，然后去大碾盘上碾制瓜干面为他做开花大馍！只有大脚肥肩令她扫兴，不过她还是鼓励了自己。她想到进赖牙门的那一天，要显得不可侵犯。如果她受到欺凌（看来在所难免），她就把小爱人鼓舞得全身是勇力，一起去迎面打架吵嘴。什么都想过了，一个个不眠的黑夜迅速地溜走了，她什么也没有做过。这一天终于来了。这天晚上她腰上紧紧束了条紫色围脖，她坚信腰上扎了紧绷绷的带子会增添勇敢。她站在巷口等他，他的脚步声噔噔噔。紫围脖束得她气都喘不匀，胆子反而越来越小。他走到跟前了，她终于跃不起来。争年说："你啊？是你哩！"他像个瞎眼一样摸摸索索怕碰到墙上。天太暗了。香碗喘得不行："你看你是怎么了，这里哪里我去……怎么？……"争年听不明白，说你病了吗？香碗在那个病字出口的同时一晕倒在了他的怀里。他拍拍她脑壳、脸颊，她异常热烈地一把抱紧了他。接上她哭了，双肩一抖一抖。争年哆嗦着："小香碗儿……""争年争年，快抱住我啊争年！俺不行了争年！"香碗没命地往又熟悉又陌生的胸脯上拱，像要把全身藏好。争年不吭一声，用一根食指试探地按了按她的乳部。"呀呀——"香碗尖叫一声。争年捂住她的嘴，就这么捂着到了田野上。冷冷的风他们全无察觉，依偎着坐下，一个连一个钟头地沉默。他们的手在互相抚摸、感觉——一个毛孔、一个粉刺、一个小疤、一个小痣。他们用这么长的时间读遍了对方，很快烂熟于心。终于其中的一个打破了盲读，说一句："你真好啊！你烫手地好！""我死了也要这么抱住你。"香碗嗅着他的耳朵，小声呵着："你，真的这辈子也没抱过她们吗？""没有。""赶鹦、肥，都没抱过吗？"争年哭了。香碗用力摇着他，"你，你怎么了啊？"争年说："你说了些什么！你气死我了！"香碗大约用了又一个钟点，才吻掉了争年的愤懑。

他们常常脱离伙伴独处了。他们变成了一个人。远处的喜年和争年说："怎么要？"香碗说："谁知道！反正试着看吧，啊？好争年，好争年呀呀……"她哭得幸福极了。接下去他们就努力要着，要了。这个夜晚短得可怕——天怎么亮了？快往回走吧！快！大脚肥肩要拧人了！你呀，你怕什么，你不是娶了她吗？你呀你呀你呀！分手时香碗逼争年答应个事：告诉大脚肥肩，我要娶香碗做媳妇啦！

天快亮了。争年尽量轻巧地翻过自家院墙。大脚肥肩还在呼噜着。他一点一点移近屋门，只要无声地拔开门，也就成了。那时他就可以将野外过夜的事瞒过她了！这样想着往前挪步，不知为什么停住了。他往院中空地上看了看。这一看惊得差点大喊出来，他紧紧用手捂嘴——院子里，那些鼹鼠拱出的大片松土上，这会儿一溜平摆着好多死去的鼹鼠。它们给一齐药死了，此刻暗蓝色的皮毛在月色下泛着光亮……他身子一软蹲下来。

二十一

地瓜秧儿在田野上蔓延开来才算得真正的秋天。瓜果梨桃和红枣儿一个接一个熟了，庄稼人张大嘴巴吃东西的好日子又来了。"吃啊，吃啊！"他们穿着汗湿的衣裳喊着。鼓子领人在秋野里奔忙，大脚肥肩鞋底不离身，还提着塑料布包起的瓜面千层饼。做活的都在他们四周，鼓子说一声"歇哩！"大家才纷纷住手，点上火烧东西吃、到沟沟坎坎里找点有趣的东西。会下干针的独眼老头矮壮憨人、长辫子赶鹦他们吵闹，不时发出“嗷、嗷”的怪叫。这声音对他们没有一点诱惑力。他们在掘尽了地瓜的田野上走着、坐着、搂抱着，永不疲惫。鼹鼠尾随着他们游走，咬折了什么，响声很亲切。“好鼹鼠呀，伴儿咪，别把这事儿告诉多嘴多舌的小村人！别告诉大脚肥肩！”他们谈了无数的话，实打实地准备过日子啦。为试探他对自己的忠诚，香碗有一天夜里还让争年骂骂大脚肥肩看，争年不骂，香碗就哭。争年屈服了，骂一句：“大脚肥肩驴啊！”“不行不行！”香碗嚷叫。争年看了看天空，骂道：“她是狗粪哩！”香碗眼泪未干就抱着争年亲吻。他们一块儿哭了。香碗说：“我肯定是你媳妇了，肯定是了。你怎么不把我要了？”争年说：“怎么要？”香碗说：“谁知道！反正试着看吧，啊？好争年，好争年呜呜……”她哭得幸福极了。接下去他们就努力要着，要了。这个夜晚短得可怕——天怎么亮了？快往回走吧！大脚肥肩要拧人了！你呀，你怕什么，你不是骂了她吗？分手时香碗逼争年答应个事：告诉大脚肥肩，我要娶香碗做媳妇啦！

天快亮了，争年尽量轻巧地翻过自家院墙。大脚肥肩还在呼噜着。他一点一点移近屋门，只要无声地扳开门，就可以将野外过夜的事瞒过她了！这样想着往前挪步，不知为什么停住了。他往院中空地看了看，惊得差点大喊出来，他紧紧用手捂嘴——院子里，那些鼹鼠掘出的大片松土上，这会儿一溜平摆着好多死去的鼹鼠，暗蓝色的皮毛在月色下泛着光亮……他身子一软蹲下来。

十九

地瓜秧儿在田野上蔓延开来才算得真正的秋天。瓜果梨桃和红枣儿一个接一个熟了，庄稼人张大嘴巴吃东西的好日子又来了。“吃啊，吃啊！”他们穿着汗湿的衣衫喊着。赖牙领人在秋野里奔忙，大脚肥肩鞋底不离身，还提着塑料布包起的瓜面千层饼。做活的都在他们四周，赖牙说一声：“歇哩！”大家才纷纷住手，点上火烧东西吃，到沟沟坎坎里找点有趣的东西。会下干针的独眼老头终于在小村人中间迎来了第二个秋天。村里人都说他不行了，“不是本土的苗到底栽不活啊！”有人惋惜地说。他们已经被那几根针弄出了瘾来。人们建议使针老头早日收下门徒。当年方起执意不收年九，结果呢？方起畏罪自裁，年九成了无师之人，不得要领，一年时间竟然劁死了三头猪。小村人只能默默忍受损失，等待第二代屠宰手慢慢成长。每逢听到中午时分猪们没好声地号哭，人们立刻明白年九在劁猪。可怜的凹脸年九！都怪那个私心过重的师傅。独眼老头啊，小村里的义士！你可千万莫像方起那样招人唾骂。快收下个门徒，快在入土前传下手艺吧！有人忍不住去劝说老头，老头思忖了半天，说出两个字：“喜年。”“中哩，那不错！”“今后有个三长两短啊，就找喜年了！”老年人一传十，十传百，满村里都知道了。大家都明白喜年前些年打枣子毁了左目，在外形特征上与师傅一般无二。天下事不可言说，这又是一例因祸得福。谁知赖牙听了一拍腿根：“那不一定，这还得研究哩！”大脚肥肩也说：“也不能越了锅台就上炕啊！”喜年跑进赖牙家几次，最后才拜了师傅。“行了，喜年这辈子行了。”大家都说。方正大姑娘金敏因喜年毁目曾一度疏远过他，这会儿正夜以继日地为他织一副护耳套。后来喜年戴上黑色的护耳套模样像狗，人见人笑。

独眼老头在这个秋天里简直离不开赖牙的小院了。他从牲口棚走出来，总是脚步匆匆。他的脸色由蜡黄转向灰暗，人们知道死期快到了。当年金祥到南山取鏊子招了黑煞，独眼老人呢？不得而知。喜年被村里老人点拨过，无论在田野还是别的地方，总是紧跟独眼老人。师傅不愿让他随进赖牙小院。老人来小院给他们夫妇扎针，随他们喝点汤水。他说：“我们一起的日月不多了。”大脚肥肩听到这句话就流泪，独眼老人对着她的耳根说：“放心吧，我要死在你身上。”赖牙已经给扎得遍体鳞伤了，老人还是下针很猛。在针尖入体那一刻，他的独眼放出光亮，蓝幽幽地吓人。先把整根针由舌头抿一下，然后又经灯苗一燎。他说这叫“下火针”。针尖儿离皮肤一分远，他的指甲掐得针杆咔瞭瞭响。只听噗一声，针尖进去了，他用手捻针、用指甲刮针，赖牙呻吟着，像小孩儿一样欢腾着两节小腿，大脚肥肩有时小声对独眼说一句：“俺看出了，你是要把俺老头子扎进土里。”独眼老人说：“那你错了。先入土的还是我。”独眼坐在炕上，有时抄起衣袖，说：“俺不愿死，不愿就这么撒了手。俺赶到这个收留外乡人的小村不易啊！你——”他拍拍赖牙：“你是俺老友了，能在俺临死前讲讲身世吗？你自己都不知道你是多么大的福人，夜夜被福包着——”大脚肥肩露出紫色牙根，他这才住嘴，赖牙吸着冷气说：“那是哩。我一辈子交了老哥，也不易哩！俺的身世吗？不用说是苦出身哩。你知道，先人是远处西南山地人哩，离这片平原五千八百四十余里。先人力大哩，挑着担子往这边赶。挑子里一头是破锅，一头是娃。走累了就歇脚，用破锅烧水喝。一路上讨要，大娘啊给一把瓜干麸皮吧，大爷啊给一口咸菜吧，娃要死了，行行好吧。地主心，蛇蝎心，他们放狗咬人。就是没养狗的人家也是狗眼看人哪，自己吃玉米饼小豆腐，给俺穷人煮地瓜。俺先人不舍得吃甜蜜蜜的瓜儿，一口一口喂娃，娃长大了就是俺爹……”大脚肥肩骂：“奶奶！”“莫打岔莫打岔。”独眼老人又刮了刮针杆。“哎哟怪麻怪好哩，哎哟。说到哪搭了？噢，说到吃瓜儿。女先人一路上没有奶水，男先人骂她白长了两个大奶子，用脚踢她。她就哭，拼命把草根往嘴里填，说老天爷行行好，让俺有法喂娃，来世变个香炉任人烧！这都是俺爹说的……噢，先人挑着挑子，和一大帮破烂人赶到平原上了。抬头一看，北边不远就是大海了。穷人走了几千里也累了、也再没路走了，大伙儿一迭声地喊：‘停吧！停吧！’——就这么喊着，让当地人给听见了，说俺们是‘鲢鲅’，是海里那种毒鱼哩！我日他祖宗。说起先人受当地人的苦楚真是数不完，低头走路，仰脖看人。当地人都是一支一族的，打起架来同族同心，说一声抄家伙，一齐上哩！俺爷为一块地瓜给打折了腿，俺奶奶为一碗糊糊去人家屋里捶了一个月的腰哩。好老哥，你再刮刮针杆，哎哟老麻老好！争年妈倒茶去给老哥。”独眼老头闭上眼睛：“福人儿呀，从实说来，你是咋寻到这大这好一个婆娘哩？

说吧说吧，我一个快死的人要支棱起大耳朵听哩！”

赖牙不愿意叙说关于大脚肥肩的事，借口肚子疼，在炕上拧动。独眼老人用力地捻动针柄，赖牙就连连求饶。他跳上赖牙的脊背，用虎口按住他的后脖。赖牙脸都憋紫了。这会儿大脚肥肩端着碗跨出，大声嚷叫，说不好了，流浪汉子杀俺男人了！独眼老人只是不松，同时身子一起一落夯起来。大脚肥肩抛了碗，一把拽下独眼老人，又去拉赖牙。赖牙说：“咋哩？这是治病……”“福人儿，说吧说吧。”赖牙咽了一口，“说就说哩。那年秋天俺三十岁挂个小零头，没人跟俺。都说蜓鲅崽儿，给他个媳妇还不如扔进粪坑里。我那会儿火气旺呀，急成一脸红疙瘩，一天到晚躺在瓜地里哭。”大脚肥肩在一边跺脚，踢碎碗碴，“啊呸啊呸！”“争年妈你也莫那样，老哥不是外人。人都打年轻时候过来，谁都有起性的时候。俺急了，妈扯俺手偷偷找人算过。算命的是个黑脸老婆，看俺手脚头脸，说：不用挠不用抓，一分钱也不用花，自在的媳妇送到家。看哩！打那儿俺再不急得抓挠了，安心等哩。晚秋，树叶落下，俺去背地瓜蔓子，见一个大闺女夹个红包袱赶路，问俺路，说要投宿。俺告诉她从西数第三个小矮门有空场……俺妈在家等哩，她正好去了。住上一天又一天，她住上了瘾，不走了，就这，争年妈被俺得了。就这！”独眼老人仰起脖儿，牙齿发出咯咯声：“她身上没带啥？”赖牙笑了，“老哥不是外人，告诉你吧，她一点一点拿出些金银首饰。”独眼老人“噢哟”一声，像被什么噎住。独眼老人直挺挺倒下，脸上无一丝血色。“灌酒，灌上哩！”赖牙取来铁壶，他们给他灌进去。

半晌，独眼老人醒过来了。

自从独眼老人在赖牙家昏过醒来，再也没有离开小院一步。赖牙问：“你不回牛杆家吗？”一句话惹恼了老人。“没信义哩老哥！你撵我走！我没白没黑给你全家治病，这会儿要赶我哩！你不也是外乡人吗？外乡人也欺负外乡人，这个世道真熬到头了。人说丢下要饭棍就打要饭的，这话一点不假！我一辈子跑了这么多路，腿都跑断了，你还不让老哥歇歇？我这么远跑来就为了拉一场呱儿。没有工夫了，耽搁不起了，俺今生不走了！”老人有气无力但是态度蛮横。赖牙两口子商量一下，只好让争年去牲口棚里取来他的破被卷儿。他们动手在中间屋里搭了个地铺，让老头儿躺在上面。接下去除了解溲，老人再没离铺子，到后来甚至自己给自己扎上了针。他还说这叫“抗针”——扎上一针，多熬些时日，好跟这一家人拉完自己的呱儿——“领导子老哥拉完了呱儿，接下去该俺了。”大脚肥肩说不听也罢，赖牙呵斥了她。“对着哩，老哥够个朋友，起码还愿听俺一个快死的人说几句话。听听吧，兴许俺是让这些话憋的，一口气吐出来还能活上几年。你们支棱起大耳朵吧，俺开始拉这场大呱儿啦。”

说来巧，那也是个秋天。俺去找老相好——我是说偷偷跟俺过下三年日子的那个女人呀！俺什么都准备下，今儿个来接她，谁知一家伙扑了个空！谁也不知道她上了哪儿，动乱年头奇事多哩。打听了十多天，才有人说她一个人往北逃了，逢店住店，改名换姓。她是怕世事才这么做，可也该打个招呼一起走！我哭过一场，下了狠心，非追赶回来不可。我变卖了家当，独身一人去找她。不是吹，俺那会儿娶十个八个女人也不费劲儿，可俺都忍了。俺心里的邪劲儿告诉俺，只是要她哩！这是铁定的命，我认！不过俺那会儿身强力壮，世事也就看得轻，不明白我得为这花上一辈子力气呢！负心嫚儿你在哪？我跟过路人指手画脚告诉她的模样，问：看见一个腰儿细、穿红士林布上衣，屁股又圆又大多少有点撅撅的女人吗？他们大都摇头。后来好不容易打听出来，说她往西下去了！老天，这是让我去啃黄土啊！我走吧！好在我年轻，腿劲儿大。我收拾了背囊，打上皮裹腿，拄着一根拐上路了。那拐是桑木的，用来打狗。打那儿起俺没过一天好日子，一点点盘缠花得也快。逢山爬山，逢河过河。俺睡不起店就钻野地，慢慢得上腰腿病，年纪轻轻就掉了牙，头发乱蓬蓬，腰弓着，说话还打战。俺从高山转下来，别的没捞着，就染这一身病。哪里去找负心嫚儿！渐渐地方圆几百里都知道有个找女人的男人了。他们都说俺傻：女人跟上男人跑了，早钻在暖和和的被窝里生下一堆娃了，还一年一年痴找哩！这方圆几百里跟丢了女人的男人叫鳖，提起“老鳖”来，没有人不知道是我。进了一个村，小孩老远就嚷：“老鳖来了！”一村子人都赶来看热闹。他们指指点点，开始那会儿我受不住，慢慢地自己也觉得自己就是一头老鳖。老鳖皮厚寿长，在山坳平原河套里爬，找吃食，心里怀个事情。老鳖的故事车拉船载。负心嫚儿，你藏不住！老鳖的名声有多响，你就有多响！老鳖的前爪儿一活动，你夜里就在炕上打滚儿……

“老鳖！你熬得住吗？”村头上一群人围住一个瘦瘦高高的流浪汉。他是他们的老熟人了。老鳖说：“熬得住。”大伙儿笑。有的说：“找什么？跟谁还不是一辈子！再说天地大了，你哪里撞去？”老鳖坐在地上，扒下光脚上的泥巴，摇头，“不哩！俺心里火急，俺这辈子就想伸手按住她这么一个人……”大伙哈哈笑了。有的嚷：“谁都一样，你试试，别死心眼儿。”老鳖摇头：“不不。她活着，俺就会遇着。说不定她是让强人掳去的，心里也为俺急哩。”都知道老鳖的脾气倔，再不劝他。他这一夜想在桥洞里凑合一宿，谁知有个好心人把他领进一个石屋里。石屋盖在一个山坡上，离村子三四里远。他估摸这是看山人的房子，就卧下了。好疲乏，他身子一倒就呼呼睡着了。谁知睡到半夜觉得热燥，一翻身，觉出赤裸的身子被人搂住了。他想喊，嘴又被人捂了。费了好大的劲儿才扭过头去：紧挨他睡着的是个五十来岁的老婆婆。他跳起来说这是咋了？老婆婆披了衣裳坐了，问：“你是老鳖吗？”他点头，老婆婆浑身把他摸了一遍，又看看他的牙齿，说：“别看粗鳞鳞的，年纪是不算大呀。”老鳖急了：“你要干吗？”老婆婆点头：“你住这石屋是我孤老婆子的财产。我早听说你，知道你是诚心苦命人。我一直想收下你，这遭算遇上了。这么着，你今后就住这石屋里，这就是你的家。你给我当男人中，当个儿子也中，由你自己挑拣。”老鳖大力拍腿：“黑心的村里人哪，让我落进了黑店！我不哩，我急着赶路哩！”老婆婆说：“那不中。住了店就不能白住。你要拍拍身子跑了，俺这本族的人早晚抓住剐了你。俺这族人多哩，你哪能躲得开？想透亮了再跟我说！我在这村里辈分最大！”老鳖大哭起来，说这就走。他胡乱卷了包袱闯出门去，发现黑影里有三五个大汉把住了门。“过来坐吧，哭也没用，跑也没用，俺族里人还抓不住你？”老婆婆拢着头发，一只手系着衣服扣儿。这时蜡烛亮了，他看清老婆婆满脸皱纹，两眼像猫一样发蓝，嘴唇通红。他闭了闭眼，轻声吐出几个字：“当儿子……”老婆婆一拍腿，“这就聪明了！也好，要当男人你还嫩点。来人！”随着呼叫进来几个中年人，他们手里拿了些东西，忙忙乱乱摆在桌上，还燃了香。老婆婆说：“今儿个就收了，大伙儿作证，让他拜娘。从今后这石屋写在他名分下，我由他养老送终。他要不孝，本族拿下砍剐自决哩！”她说一句老鳖身上的肉抖一下，后来真的被人按下磕了头。剩下的半夜里老鳖睡不着，叫着；“天哪，俺这是咋了？俺丢了媳妇没找着，倒先捡着了一个娘！”老婆婆给他揩泪，又严厉呵斥：“闭嘴！”

从那时起他就朝出暮归，只能在近处活动。他走到哪，都有人远远瞟着。那人伪装成打兔子的人，总是扛一杆鸟枪。老婆婆让他捶背、挑水、种菜园，还让他给挠痒。老婆婆喜欢干净，身上倒也没有异味。日子久了老鳖才弄明白，这村里已经有两三个被强留下的男人做了儿子或丈夫。留主儿都是辈分偏高的，用他们的话说：“留得起。”开始的几年要看住，再后来有了感情有了情分，让他们跑也不跑了。如果半路跑了的，族里按契约抓回来，必要时可以打死在路上。老婆婆给老鳖取了名字，叫他“鳖狗儿”。他心中不服也不敢多嘴，一天到晚去坡里干活，天黑才收工回石屋。“鳖狗儿！

别歇着，去挑水！”“鳖狗儿，快过来给老娘抓虱子，你的眼神好！”老婆婆不忌讳什么，露出白白的皮肉把衣裳扔给他。她一辈子没经大劳累，身上的皮肤白白细细，用火红的布带系住裤子。夜里，她睡在里屋，老鳖睡在外屋靠门的地方。半夜里，里屋的窗户跳进男人，一会儿就发出叽叽喳喳的说话声、笑声。天亮时，老婆婆夸口说：“满村里，就我一个人守住了瓜（寡）儿！”老鳖无心去想这些，夜夜急着赶路啊！他恨死了这个老婆婆，给她捶背时，好几次想顺手掐死她。可他的心软，下不了手。他决心冒死一逃！这样等不到一年两年，要白了头啊！他暗自流泪，泪水打湿了席子。一天他去山上收芋，半晌里扔下镢头就跑，也顾不得石屋里的东西了。远处提鸟枪的人一愣，接上撒丫子就赶，还朝天上放了一枪。

那天从村里拥出多少人追赶，他已经记不清了。反正到后来鸟枪子弹打破了他的腿弯，鲜血染红了鞋子。提枪的人追不上他，站住了嚷：“你跑吧！逃开了初一，逃不开十五！久后你就是个叛娘的孩儿，谁见谁杀！”老鳖把这几句话记了几十年，一刻不敢松懈。后来他远远躲着那个村子，再饿也绕道行走。有好几次他差点儿被收拾了。那是个多么怪异、多么有韧性的村子，真把他当成了叛娘的孩儿。他苦苦跋涉去找负心媳儿，身后却紧紧跟随追杀的族人！天哪，老鳖的活路在哪？有一次他迎着太阳往前走，刚刚登上一个山坡，就看到一帮人走过来。与他们擦身而过的当儿，其中一个大喊：“是鳖狗！”他觉得头嗡嗡炸响，扭头就跑。一帮人追赶起来，嚷着：“站住，叛儿！”老鳖弓着腰蹦过一道道土坎，后面的人穷追不舍。

后来他逃进了集市人流中，这才算摆脱了。“见过一个腰儿细细、个子高高、屁股又圆又大往后撅撅的大姑娘吗？”他在人多处常常这样打听。有人说见了，领他去一个屋子。他一看是一个满脸麻子的老太太。“呸！没一句实话。糟踏一个浑身是病的苦命汉子干什么？”他咕咕哝哝往前走，身后的人喊：“看吧，这个老鳖想媳妇想痴了。”他心里说：“俺是痴了，一辈子只痴这一遭哩……”在平原和山区中间的丘陵地带，他转了三年。三年里他跌断了三根肋骨、死过几回。那个族里的人出村下镇、逛集市，都不忘留意抓自己的鬣狗儿。他们还让大集市那些开烧锅的、开店铺的主儿通风报信。有一回老鳖真给一个店主逮住了，半天工夫那个村里来了人，商议半天，说抬回吧，老太太急用哩。天黑了，天亮就该着上路了，老鳖琢磨这一遭不死也要蜕层皮。族上人临睡前过来看了，用脚踏踏，议论：“弄回去看严些。不过要保险还是阉了好，那样他就不会满山乱跑了——人狗一理。”他吓出了一头冷汗，等待他的比死更为可怕。他急得眼要爆了。后来他发觉嘴巴可以勉强触到腕上的绳子，就一点点咀嚼挣咬。牙齿出了血，脖子要累折了，绳子只断掉一股。离天亮只有半个钟点了，店主在隔壁穿衣服了。他总算弄断了绳子，从窗上爬出来。从今起他再也不敢大意了，永远记住：你是叛娘的孩儿，谁见谁杀！

老鳖决心远远逃离丘陵地带。这会儿他是十足的乞丐了：对他来说最好的季节是秋天——对哪个穷人不是呢？问田里的鼹鼠吧，它们也会赞扬秋天。有时他被护秋的逮住，押到一个地方干几天活儿，揍几顿。管事的人常喝问：“乱跑什么？安生干活不行吗？”他木呆呆的眼睛看着对方，如实答：“不行。”“一个臭婆娘也值得这么下力气找？找了几年了？”他答几年。所有人都大惊失色，“天哩！这段时间生十个娃也来得及哩！真好脾性！真倔的汉子！”他晃晃荡荡往前走，早已不把寻人的事儿当成眼前的事儿了，而是自觉不自觉地变成了一辈子的事，变成了他这一生的目的。有时他甚至想：真亏了有个负心的嫚儿，要不我这一辈子找什么？要知道人这一辈子总要找个什么啊！

老鳖想开了！老鳖从此高兴得唱小曲儿！他痛痛快快地为人家干活挣饭吃，讨要时也大大方方。人家骂他一句：“要饭的”，他就连连作揖，“大爷大娘行行好吧，老天爷保你六十了还生个孩儿！”人家骂得更凶，他就弓着腰跑了。他的两只脚磨出一层铁壳，什么也扎不透，甚至冬天也不必穿鞋子。他行走如飞，从不在同一个地方住上半年。每个地方的年轻人都跟他混得来，他可以借机打探有没有那个女人的踪迹。他见多识广，听来的荤故事三天三夜讲不完，年轻人粘上他就不走了。他从交往中得知了一个村子里大多数女人的来历，只要是从远处嫁来的，他非借故去看一眼不可。“好大嫂，给光棍汉一块瓜干吧！”他伸手讨要，心里却咕哝:“不是哩不是哩。”有一天他在玉米地边看见一个女人酷似负心嫚，就撒开脚追赶起来。那女人大叫着往村里跑，差一点被他揪住。村里一群汉子拦住他，不容分说狠揍一顿，又剥下他的衣服，将他捆在树上。过往行人都站住了看，女人藏在草垛后面往他身上扔泥蛋。他身上被泥巴糊起来了，不住声地求饶：“行行好！行行好！可怜可怜被女人丢下的娃吧！”有人听了笑：“这么大年纪了，还说自己是娃哩！”他大叫着：“俺的肉让日头晒老了，头发让风吹枯了，内里还嫩哩！俺还是小孩儿心！俺是个老小孩儿哩……”他嚷着嚷着哭起来。有人说这是个痴人，何必折磨他，放了吧。解了绳子，他一头扑进了街巷。人们说：“糟！这个人入了村，千万提防，上紧门闩！”他要找负心媳儿！他要找那个逃开的女人！他忍不住大叫：“你出来啊！我来哩……”夜晚，他一个个窗户打量，从灯光映出的黑影上判断。怎么瞒得住这双眼哩，俺死了也记得住她那模样！有一个窗上的影儿让他的心咚咚跳，他翻了院墙伏过去，用舌头舔破窗纸，屏住呼吸看起来。灯暗了，里面没有一丝声音。突然窗里的女人挥手就是一下——一根针扎在了他的眼上！

“啊呀！负心的媳儿！啊呀活活痛死我了！啊呀啊呀毁我眼目啊呀结下血仇！”老鳖在地上滚成一团，双手掩面，通红的血从指缝里流出。屋里的人喊着“扎中了扎中了”，举着灯火拥出来。老鳖抬头用剩下的一只眼去寻找，这才看清站在一家人中间的女人根本不是要找的人。他昏了过去。醒来时，他发现自己躺在一个路口上。四面八方都没有村落，那户狠心的人家故意把他送这么远。天哪，疼死了疼死了，揪心地痒啊！老鳖摇摇晃晃、深一脚浅一脚往前走，不知跌倒多少次。这个秋天的庄稼棵儿直绊他的脚。他哭起来，心想自己这辈子完了，是个瞎眼人了。这都是负心媳儿弄的，日她三代，他第一遭舍得这么狠地骂她。雷隆隆响，乌云把白天弄成了黑他的衣服，将他捆在树上。过往行人都站住了看，女人藏在草垛后面往他身上扔泥蛋。他身上的泥也糊起来了，不住声地求饶：“行行好！行行好！可怜可怜俺女人丢下的娃吧！”有人听了笑：“这么大年纪了，还说自己是娃哩！”他大叫着：“俺的肉让日头晒老了，头发让风吹枯了，内里还嫩哩！俺还是小孩儿心！俺是个老小孩儿哩……”他嚷着嚷着哭起来。有人说这是个痴人，何必折磨他，快放了放了。解了绳子，他一头扎进了街巷。人们说：“糟！这个人入了村，千万提防，上紧门栓！”他要找负心婆儿！他要找那个逃开的女人！他忍不住大叫：“你出来啊！出来啊！我来哩……”夜晚，他一个个窗户打量，从灯光映出的黑影上判断。什么瞒得住这双眼哩，俺死了也记得住她那模样！有一个窗上的影儿让他的心怦怦跳，他翻了院墙伏过去，用舌尖舔破窗纸，屏住呼吸看起来。灯暗了，里面没有一丝声音。突然窗里的女人探手就是一下——一根针扎在了他的眼上！

“啊呀！啊呀负心的婆儿！啊呀活痛死我了！啊呀啊呀毁我眼目啊呀结下血仇！”老憋在地上滚成一团，双手捂面，那红的血从指缝里流出。屋里的人喊着“扎中了扎中了”，举着灯火涌出来。老憋捂着用剩下的一只眼去寻找，这才看清站在一家人中间的女人根本不是要找的人。他昏了过去。醒来时，他发现自己躺在一个路口上。四面八方都没有村落，那户狠心的人家故意把他送这么远。天

山东省文学创作室稿纸（24×25=500） 第 397 页

夜。一会儿大雨浇下来，雨水流进了伤眼。针扎一样。他忍不住用两手疯迷一样搓眼，搓进了满眼泥巴。“痒死我了痒死我了！”他在大雨中喊着，掉进沟渠又爬出来。水中浮的干草烂树叶子糊在他的脸上头顶上，他像只落了水的鼹鼠，浑身滴着泥汤，破衣服让风雨紧裹在身上。后来他捂住眼不走了，一直躺在渠边上。太阳升起来，身上冒白气儿了。他用力睁大伤眼，连太阳也是黑的。“完了完了，我到底为了什么呀！”老鳖呻吟着躺下来。让我死在这里吧，我是个黧狗儿，是个叛儿，是个人人皆知的老鳖。他生来第一遭这么丧气过，他真的不想活了。他要直挺挺地饿死自己。满地的吃物就在眼前，他整整一天一夜没吃也没喝。幸亏有一个牵驴的走过来，他问这个“路倒”还想不想活？老鳖答：“不想。”“那你得活。”他咕哝一句将其抱到驴子上，“不想活的人可得活下去；想好好活的人赶紧死吧！”牵驴的人多么怪倔，老鳖一辈子记住了他。老鳖被扔在一家小药铺子跟前，还没缓过神来，牵驴的人就打着驴跑了。

小药铺子的一个扎了油布围裙的先生扒开他的眼看了看，倒吸一口凉气。“咋个？”“哼，不赶紧手术，剩下的一只眼也完了。你该知道眼眼连通。”老鳖急了：“先生千万保住俺那只眼哪，留下辨人儿！”老先生说那好，交钱吧。老鳖全身都摸遍了，从裤腰里摸出藏了好多年的几个硬币、两张揉毛了的纸币。老先生嗅一嗅那几个钱，用手背厌恶地推到了钱盒子里：“这点钱只够划几刀的。我这儿没有麻药，你好歹也得忍着。”老先生挽起袖子，拍拍他的头，让他躺下，又哗哗地用什么洗手洗刀。刀具碰撞着，像小冰凌在风里响。这会儿有几个人出来，将他绑了个严严实实。“天哩，就是捆牛也不过这样。”他抱怨不停。老先生说：“你有牛力。”几个人退下，老先生咳几声，咽一口，说：“着！”老鳖一瞪眼，觉得哧一下挨了一刀。开始像火苗儿烧毛发，后来简直就是烧肉。“哎呀妈呀！哎呀痛死了我不干了啊！”老鳖扭动着，结果拧断了一股绳子。老先生不得不加快了刀法，三两下取下损坏了的眼睛。他觉得眼眶内一下子空了，里面满是火苗儿烧灼。他急急睁开另一只眼去看，发现那剜下的一只眼睛像杏子一样半边红半边绿，骨碌碌滚下衣襟。弹性十足地在地上跳了一下，然后像青蛙一样一蹿一蹿出门去了。“跑了跑了，天哩它成了精灵！”老先生慌得扔下刀剪追出门去，又在青草棵里找了一会儿，折回来说：“它变成一只青蛙……”老鳖的疼痛被减去不少。老先生给他解了绳子，发现他的衣衫全部湿透了。“没有办法，乡间医术就是这样。不过那只眼总算保住了。”老先生安慰他。老鳖盯着他，见他胸襟上全是鲜血，真像个杀人凶手。

“我的青蛙儿，你是俺那一只吗？你要真是，能领俺去见那个负心嫚儿吗？”老鳖在田野里见了蹿蹦的青蛙，一定穷追不舍。他赶着，满怀激动，一连赶上十几里；如果青蛙跳进沟渠，他就说：“不是俺那一只。”有一回他追到黄昏，见到一帮乞丐围坐在渠边。他们从渠里打水煮蛇吃，吓了他一跳。一条条蛇煮在瓦罐里，随水翻动如同活的一般。他的样子让这帮人大笑一场。一个老者把他按下坐了，让他嗅嗅鲜味儿。味道果真不错。“这是俺们开荤的日子，遇上好吃物了。”老者说。老鳖探头看看，问：“没有毒吗？”老者说：“你看着罢。”又煮了一会儿，蛇肉绽开了。乞丐们探头探脑往瓦罐上围，被老者用手挡开。他从破衣衫里层掏出了一个红纸包，展开，露出一些白色粉面。他一扬手撒进了罐里。只听得哧哧两声，蹿出几阵白汽。再看罐里的蛇肉，汤汁雪白雪白。他们一人一小碗吃起来，狼吞虎咽。老鳖也捧了一碗，可不敢伸嘴。老者说：“莫怕，刚才你没见我下了解药？”他试了一小口，天哪，馋死人的好吃物啊！所有人都吃得满头大汗，呻吟着躺在火堆旁边，捉虱子，拉呱儿。老鳖突然间感到从未有过的困倦，一歪身子倒下来。一场好睡。天明了，一群人搔着痒爬起来，唱小曲的，解溲的，乱哄哄热闹闹。“独眼伙计，一个人过日子难不？俺看出你是个流浪人儿。”老者说。老鳖点点头。早饭吃些什么？有人往罐里投些青豆、瓜叶儿，加水烧起来。煮蛇的罐子涮都没涮。一大伙儿人，呼啦呼啦喝粥，说热闹话儿，口音相异。多么有趣的一帮子人。老者不用说是个领头的了，他招呼一句，所有人都听。“俺想，随上帮儿……”老鳖吐出了一句。老者大口吸烟，“那是哩，是水就得流进沟坎儿。”从此他成了乞丐中人，过上了快活日子。整个秋天他们都毋须忧愁，漫山遍野都是吃物。太阳好时，他们袒露着圆肚子晒着。阴雨天里，他们钻到桥洞下。“往北啊，往北啊！北边瓜果大哩！”晚秋时节他们当中有人这么嚷。没有人阻拦，一伙儿人就这么躺躺走走向北去了。护秋的人大声呵斥他们，还举起枪吓唬，但总也不敢开枪。“谁敢打咱没爹没娘的孩儿？”老者这么说，“真要惹恼了咱们，毁他三代！”老鳖一龇牙，第一次领受着集体的自豪。有一次他们当中有人被一户人家的狗咬伤了，老者就率众挤进院门，在这家的院子里宿下。不出三日，这家主人跪下哀求，还送了他们一口袋馍馍、一摞子玉米饼。一伙儿人像一股肮脏的水流漫流在旷野中，没有确定的路线和目的。他们蜷曲在干涸的沟渠里、在冰凉的地瓜蔓间，有说有笑。谁头疼脑热了，谁手脚抽筋了，老者都给他扎针。那是一伙人依靠的神针。还有说顺口溜儿的、掏兜的、变戏法的，每逢遇上集市，一帮人都要到街头上转转，回头聚拢了就纷纷向老者献上自己的收获：一块糕饼、一张纸币、一个小耳勺。老者这时候是最高兴的。他对一无所有的老鳖说："快学艺哩！"

"天哩，负心嫚儿哩，我在野地上赶路，日夜不停啊！"半夜里乞丐们睡去了，老鳖突然胸口灼热起来。他爬出沟渠，下巴颏抵在沟边上，一遍一遍念叨负心嫚儿。泪水顺发红的胡须流淌着，积了多少年的伤心在一个晚上涌出来。有好几次他泛起逃离的念头，可手一碰到全身的疤痕又忍住了。天傍亮时，他口中嘀咕，手脚乱舞，一下子昏厥过去。多亏老者为他扎了针，这才转醒过来。"没爹没娘的孩儿，天生是土里滚的物儿。"老者叹着气，又说："我看出你不是个知足的人，看见花花绿绿的东西就起性。这么着，让我用针把你另一只眼也结果了罢！"老鳖跪下连连求饶，一伙儿人哈哈笑了。"俺留着它瞅路辨人，俺留哩！……"老鳖急得啊啊哭叫。"师傅饶了，师傅饶了。"一伙人嚷着，把他推搡到一边去了。他们顶着太阳，追着满地野物的蹄印往北去了。一路上不断有破衣烂衫的人归到伙里，有男有女，有拐腿子，还有少了一根脚趾的。山地的乱石把大伙儿的脚背都碰烂了，还有人掉到崖下去。野狼窜着，通红的舌头吓死人。“快赶上这个秋天哪，快奔到平原上，平原上瓜儿养人哩！”女人嚷着，讨好地看着老者。夜里，头发脏乱的女人争着为老者暖暖手脚。老者的手脚越发抖起来，最后连吃饭的汤匙也捏不住了，下针时总是扎错穴位。老者说我不行了，我走不完这个秋天，也见不到平原了。他死前要把手艺传给老鳖，说独眼人心专。老鳖跪下谢过，双手接过油腻腻的皮针夹儿。

老者死了没有多久，他们总算赶到了平原上。天哩，一眼望不到边的地瓜蔓儿，这里一年该收多少瓜干？再往北边是海，是土地的边儿！老鳖一下想到了那个负心嫚儿，叫着：“你还能跑到哪里？我这是追到天边了。”他们一伙儿人乐颠颠地奔跑，不止一次踏出了火红的地瓜。平原上的护秋人当空放枪，高喊：“枪子儿可不长眼！”一群群的狗围上来，它们闻到了刺鼻的生人味儿。老鳖领人大步走着，脚底真轻快。“不用怕哩，像到了家一样。”他满脸喜悦。深秋的沟渠大多干涸，一群人躺在渠底，铺好破布卷，支起破了半边的小铁锅。白天里他们去周围村子收买破烂，大嚷大叫：“百年不遇的好时机，糟烂东西尽管拿来。破铜烂铁小绳儿头，老鼠尾巴蛇蜕皮。中药材也要呀……”这些东西一手收起，一手卖到另一个村庄的代销点，换回一些白酒。夜里他们去田里搜寻一些吃物，运气好还能逮一两只鸡。日子久了，他们竟跟野地里乱窜的狗们熟悉起来，它们终于再不狂吠。老鳖的鼻子在平原上突然灵了，真真切切地嗅到了一种气味。那种气味有几天使他不能自持，手脚滚烫地倒在田野上。后来他不得不给自己扎上了针。光棍汉们从村里走出来，他们与流浪人汇到一起，相互诉说，寻找到崭新的安慰。“负心嫚儿，我老鳖用空荡荡的那只眼也望见你了！你的大辫子还出油儿，还穿着红士林布上衣，屁股还是那么又圆又大撅撅着……”泪水糊住了他的眼睛，他哭哭笑笑，狠力打了自己一个耳光，说：“呔！”老鳖再不急躁，咬住牙关，看着西沉的太阳。怪不得负心嫚儿逃到了这块平原上，这儿的落日也比别处肥哩！它红红的，跟地瓜的颜色一模一样。我来喽独眼来喽，藏匿下的女人快掀开门帘探头瞅瞅吧，瞅瞅我脚背上的老皮，脚跟上的裂口……

俺当过老鳖，叫过鳌狗。如今的名字是独眼义士。再好的名儿也拦不住一个快死的人，俺总算把路赶完了，要扑打扑打身子走哩。领导子你是大福大贵的人，娶了大脚肥肩，吃着开花瓜面大馍，扎着俺的干针，还有什么不知足的哩？你一个人搂住好日月吧，俺独眼义士真的走哩！这场大呱儿拉完了，俺说过俺是为这场大呱儿才赶来小村里……

独眼老人躺在地铺上，越说越急促，越说声音越细弱。大脚肥肩已经泪流满面，高大的乳房起起落落，手中的鞋底子咔啦一声掰折了。赖牙连连呼叫：“老哥你这就撒手去了？你真要闭眼俺还真舍不得，争年妈也舍不得！”独眼老人用最后一点力气拔下了身上的针，紧紧盯住大脚肥肩。她的嘴唇哆嗦，手脚发青，豆粒大的汗珠刷刷滚下来，一句话从牙隙里迸出：“该死的争年爹，快去找他徒弟喜年，他真的不行哩！”赖牙急急跑去。大脚肥肩反身闩了院门，一下搂抱住独眼老人。老人歪在她热气腾腾的乳下，神气像小孩儿一样。大脚肥肩摇他、拍他，他只是微笑。后来这微笑锈住了。大脚肥肩啊啊叫着把脸贴上去，亲吻不停。她哭得好响，简直像号叫一样。一会儿院门拍响了，赖牙和喜年连声呼叫，大脚肥肩像没有听见。她伏在独眼老人身上，知道一场从未有过的大哭从此开始了。

二十

“好香碗儿你喜欢死俺了！”分头争年一刻不停地抚摸眼皮上长小疤的美女，一边说话一边呵气。香碗的脖子、耳根、胸脯，一切地方都被他弄得湿漉漉的。香碗闪亮的眼睛照耀着争年毛茸茸的嘴唇儿，她不断地用小手去握住他的指头。这个小伙儿羞羞答答，香碗当初真怕别的姑娘抢先开导了他。她扯上他的手在野地里奔跑一会儿，坐卧一会儿，后来他让她大吃一惊。“俺吃了你的亏了！”香碗高兴了就这样嚷，“俺找不到婆家了，俺是你的人了！”争年就紧紧搂住她的腰，喘着：“可不，俺的俺的——你跟她叫：妈吔！”那个“她”就是大脚肥肩，香碗的脸立刻冷了。她一想到进那个小院就不吱声了。她不记得跟大脚肥肩说过一句话。尽管这样她还是催促争年快些告诉妈，“你就说俺要香碗儿！”争年说：“嗯嗯。”“她要不理睬咪？”“那我也就死了。”争年的泪水都快流出来了。他

Literature creation office of Shandong

快去找他徒弟喜年，他真的不行哩！"鞍子急急跑去。大脚肥肩返身闩了院门，接上一下搂抱住独眼老人。老人蜷在她热气腾腾的乳下，象小孩儿一样的神气。大脚肥肩摇他、拍他，他只是微笑。后来这微笑锈住了。大脚肥肩啊啊叫着把脸贴上去，亲吻不停。她哭得好响，简直象嚎叫一样。一会儿院门拍响了，鞍子和喜年连声呼叫，大脚肥肩象没有听见。她伏在独眼老人身上，██知道一场从未有过的大哭从██这儿开始了。

二十~~四~~二

"好香碗儿你喜欢死俺了！"分头争年一刻不停地抚摸眼皮上长小疤的美女，一边说话一边呵气。香碗的脖子、耳根、胸脯，一切地方都被他弄得汗漉漉的。香碗闪亮的眼睛照耀着争年毛茸茸的嘴唇儿，她不断地用小手去握住他的指头。这个██小伙儿羞羞答答，香碗当初真怕别的姑娘抢先开导了他。她扯上他的手在野地里奔跑一会儿，坐卧一会儿，后来他让她大吃一惊。"俺吃了你的亏了！"香碗哭了就这样嚷，"俺找不出婆家了，俺是你的人了！"那时分头争年就紧紧搂住她的腰，██嘀着："可不！俺的俺的——你跟她叫：好吧！"那个"她"就是大脚肥肩，香碗的脸立刻冷了。她一想到进那个小院就不吱声了。她不记得跟大脚肥肩说过一句话。尽管这样她还是催促争年快些告诉她，"你就说俺要香碗儿！"争年说："嗯嗯。""她要不理睬咪？""那我也就死了。"争年的泪水都快

山东省文学创作室稿纸（24×25＝600）　第405页

陷于愁苦之中，一连几天在家里不说一句话。

独眼老人直到死去也没人知晓他的名字。小小坟头上立的木牌写的是“独眼义士。”喜年获得了满是灰痕的针夹，更加用力地在自己腿上试验扎针。他的腿有一回肿得吊桶一样粗，村里的老人都说：“他也像义士。”喜年对师傅的故去感到无比悲伤，因为老人还没有来得及告诉他肚子上的几个穴位。有一次他到老人的坟前哭了一会儿，突然觉得眼前一片开朗，像是接受了神谕一般。他欣喜中掏出针来，照准肚子扎了一针。接着他在沙土上绞拧翻滚，呼叫声震动四野。拧了一会儿他站起来，看见独眼老人就坐在坟尖上，一口一口吞食煮地瓜。他张大臂膀搂住了老人，泪水哗哗滚落下来。“你这杆针不能扎在外村人的皮肉上，你是鲢鲅产下的子儿。”“好师傅俺记住了。”“你接上给赖牙扎针，把大脚肥肩的火罐砸了吧，我见她往罐里点火就气得慌。”“好师傅俺一准照办哩。”“人往高处走，水往低处流，你不准动大脚肥肩一手指头！”“呜呜师傅你说哪去了。呜呜师傅！”“去吧去吧，小村人等着你哩。一辈子都不要穿鞋子，要当个赤脚医生哩！”喜年晃着枣核似的头颅，泪水已经将两颊洗红。他定了定神，这才发现自己伏在沙土上。那支针还插在肚脐下边，他闭了闭眼狠力一拔，一串血珠洒在了沙子上。“方正大姑娘金敏等俺啊！”他喊着，不顾一地的荆棘跑去了。大脚肥肩永远垂着眼皮，紧闭嘴唇。一只鸡挣脱绊绳跑进屋里，她一鞋底将其拍死了。赖牙小心地躲闪她，争年不吭一声。她纳着鞋底，煞一次麻绳咬一下牙关。后来她又咔咔地铰起瓜干来，剪成指甲大的碎块，在锅里翻炒。瓜干喷喷香了，她又找出砷石搅拌起来。毒饵撒到了院角树下，鼹鼠洞口香气扑鼻。争年和父亲走出小院，走到曲折的街巷里时，争年又独自返回了。他推开门板，一眼看到母亲仰脸躺在院子当心。“好，你怎么了？”大脚肥肩满身都是泥土。争年吓得哭了，大脚肥肩大笑。“给妈挠挠痒儿！”争年挠着她的后背，觉得像火焰一样燎手。“使劲儿再使劲儿。”她嚷。争年的指甲都刺进皮肉里去了。“哎呀好舒服，哎呀好孩儿！”争年的手哆嗦起来，“妈吔妈吔，背上出血了。”“好孩儿只管用力抓挠！”争年抽出手来，退到一边去了。大脚肥肩恼着抓起鞋底，哧哧地纳，争年油亮的分发在风中抖动，闪出各种颜色。一只鼹鼠在脚下掘洞，新土像开花瓜面大馍一样鼓起来。“妈吔，俺要香碗儿，妈吔娶香碗儿吧！”他突然呼喊着跨到妈妈身边，嘴唇变了颜色。

大脚肥肩放了鞋底子：“再说一遍！”争年扑到她身上：“我等不得了，我要眼皮上长小疤的美女香碗！俺俩好成一个……”大脚肥肩咬住厚唇，瞪大眼睛端量争年。争年全身颤动。大脚肥肩说：“好啊，你这个贱种，找了个没廉耻的东西。我觉得这些天不对劲儿嘛，原来是你惹下的祸患哪！”她伸手拧了争年的腮帮，又拧他的大腿根。争年满院跳着：“妈吔，疼死我了疼死我了！”大脚肥肩几步跨过去闩了门，手指争年喝道：“老娘让你气死不如把你打死！”说着抓起那个溅了鸡血的鞋底：“脱了衣裳！”争年哀求，大脚肥肩只是不依。他脱了上衣，又脱裤，只剩下一条短裤了。“脱！老娘要打你个光溜溜！”“俺不俺不！孩儿这么大了……”大脚肥肩露出紫色的牙根："再大也是孩儿，脱！"争年哭嚎着脱了短裤，羞愧万分地掩面伏下。大脚肥肩嘭嘭几下留给他几个鞋印，他撕破嗓门哭喊。"叫你喊叫你喊！"她踏上去，拧着他腋窝、脖颈，"想得倒好，找下眼皮上长小疤的美女，呸呸！看你再敢提她一个字。你从实说，不说？拧死你拧烂你！""妈吔我说，我要了她，我和她好，我离了她非死不可！你把我打死吧！"大脚肥肩唾沫飞溅："哎呀气死我了！哎呀你贼胆大！这么点点的娃儿就敢……"争年在地上滚来滚去，连连喊："不敢了不敢了。"伸出手迎接鞋底，手背立刻肿了。到后来他咬着牙不出声，只捂住脸。大脚肥肩把他翻转过来，把他的腿分扯了捆到凳子两侧，又去捆手。"妈吔孩儿这回真的不活了，我没脸活了。"大脚肥肩咕哝："你看你身上皮儿葱白一样细，是妈一点一点养大！容易吗容易吗？人好比马儿，刚长大就尥蹶子。没法儿，得去找年九动动刀儿了。"争年大嚷："妈吔你不想抱孙孙，不想留下根苗啦？""我不稀罕鲢鲅根苗，我不能让你丢人现眼……"她说着，不知怎么又把争年从凳子上解了下来。她伸手抚摸着一处处伤痕，抚摸他的周身，紧紧抱着他，"我孩儿，疼死妈哩！妈也不愿打你，妈想搂着护着你！"她的双臂把他勒得疼极了，有好几次他以为妈妈要把他这样活活勒死。"妈吔我不活了，妈吔你弄死我吧。"大脚肥肩拍打他："妈妈得有个孩儿。你只要听话妈就疼你亲你。你不能要香碗，妈嫌弃她——她这辈子进不了咱的小院了。"争年又哭起来："我得找香碗！我得……"大脚肥肩重新拧起怀中的争年，他重新大叫："不敢了不敢了！""再找香碗不？”“不敢了不敢了！”大脚肥肩咬着牙，“想得好！想得好！你再靠近那个眼皮上长小疤的人，我就打折你腿骨。你是妈的孩儿！”大脚肥肩弹琴似的两手按住他，抚摸他臀部的伤痕。

秋天越来越远了，小村人准备过冬的烧柴了。他们背着花笼儿，提着竹耙，到沟渠里收起积存的草屑落叶。秋尾的凉风把香碗的衣襟撩开，露出生了灰尘的肚子。“看见了！”矮壮憨人说。香碗提着耙子追过去：“你这个短腿狗儿，眼尖鼻尖！”她满身都是火气啊，她想躺在冰凉的地上再也不起来。争年走了，喊他也不应声。看来他家热乎乎的炕头不是自己的了。凉风把香碗眼角的泪吹干，结成一个白点，她像一个老婆婆那样迎着风弓着腰。矮壮憨人在远处做着手势骂人，大脚肥肩嘻嘻笑着拦住香碗。“大婶大婶！”香碗叫着，眼角又有泪珠生出来。大脚肥肩用大拇指捻了捻她的耳垂，说：“我就喜欢泼辣闺女。旧社会压得妇女翻不过身来……”香碗的心嗵嗵狂跳。大脚肥肩又说：“俺家争年可是老实孩儿，少不了闺女家欺负他。俺跟他爸商量好了，谁家闺女打了争年的主意，俺就往她头上扎锥子，抽出她肚肠喂狗。天底下有这样大胆嫚儿？你说说香碗！”香碗差不多是跳着跑开，一头扑倒在茅草里。这时远处传来了赶鹦说数来宝的声音，大脚肥肩转脸吐一口：“不要脸皮的东西！谁把她那两片小嘴一撕两半就好了！”

“还有比三兰子再不要脸的闺女吗？”老婆婆们坐在街头上议论，“听说她一天到晚跑工区，挣下鞋儿呀袜儿呀，还有银耳环儿，红胭脂。”“啧啧，怎么都是一辈子，这娃儿年纪轻轻想得开。”“呸呸，不干不净的东西，搬来金山银山也不稀罕。”那个语言学家走了，再也听不到泼楞泼楞的琴声了。三兰子大病一场，呕出了肚里的一切，身上空了。有人用又苦又涩的碱水洗她脏了的肠胃，一遍又一遍。“好心的人哪，饶了我吧，我再也不吃不干不净的东西了！”她哀叫得好可怜。碱水洗过又换上盐水，一直把她洗成了干黄干瘦、头发一碰就折才歇手。她走上街头，风一吹就想躺下。“我比谁都干净了！”她坐在村头的沙土里说。一个光棍汉伸手捏了捏她的胸部，说：“谁见谁亲。”她用沙子扬眯了他的眼，跑到了村边杨树下。她的头一阵阵发晕。“我要饿死了啊！我不能就这么等死啊！”她低低呻吟，泪水顺着脖子流下来，绕开了瘪下去的乳房流淌。肠胃里仅存的一点汁水也要淘干了。完了，小村里最弱的一个姑娘，风儿都能吹倒，胸脯像黑煎饼一样薄。她沿着几棵树木往前挪蹭，走出树林。她恍惚间又听到了泼楞泼楞的琴声，眼眶里涌满了泪水，一头扑倒在地上。一团团的苍蝇、蚊虫和小咬围着她盘旋，乌鸦落在一步之遥的枝丫上。她只听见轰然作响的琴声，看见洗得惨白的肠胃合到了一块儿。醒来时她发现躺在工区一间小屋的床上，一群男人围上她。有人拿来食物送到她嘴边，她大嚷：“我再也不吃不干不净的食物，再也不！”那是黑面肉馅饼，散发出千层菊花的香味儿。三兰子馋得颤抖，紧紧咬住牙关。千层菊花的香味一阵比一阵强烈。她抖着，突然一下子抱住了那黑色的食物……

三兰子重新胖了，无忧无虑了，不怕爹娘了。她可不想蜷在小村里，她要把出村的路口踩出厚厚的茧子。“了得了得，谁还敢要她做媳妇？”她的爹妈愁也愁死了。大脚肥肩纳着鞋底说：“俺没有使不住的牲口，天生喜欢虎实实的小马儿。她要不嫌弃就给我做媳妇，保准她一口酒一口肉，青花大瓷碗盛干饭！”三兰子爹妈拍打衣襟：“她家大婶说哪去了，俺三兰子可不敢攀梧桐枝儿……”大脚肥肩哼一声，“听话就是好儿媳，别的毛病我不嫌。两三天回个话吧。”三兰子爹妈慌死了，问了女儿，她一斜眼儿：“俺不俺不！”“傻孩儿，过这村没这店哩！”三兰子撇撇嘴，“她那是逗人取乐儿！”爹妈用力拍腿：“傻孩儿人家立等回话唉！”三兰子跑到了里屋。一会儿，她肩膀一耸一耸哭起来。大脚肥肩说通了赖牙，又告诉了儿子。争年往上跳了一下：“哎呀那个破烂玩意儿！”大脚肥肩瞪瞪眼：“好马赖马全在调教，就看能不能把它骑住。进了这小院就由不得她蹦了。”争年伏在木凳上哭，他悄悄呼唤着一个名字。“烙饼，做新帽儿新鞋儿，过大年时把她娶回来！”大脚肥肩干脆地说。争年抬起头来：“妈吔妈吔！”

三兰子成了大脚肥肩的儿媳了。小村人目瞪口呆。赶鹦多少有些暴躁，一口气砸了三个碗碟。眼皮上长小疤的美女香碗在枯井旁边闭着眼奔跑，但总也没有掉进去。“老天爷让我活着，活着有好事儿！”她这样叫着回到家里，再也不哭不叫了。村里人好不容易等到了三兰子花衣服退色的时候，那时她也顾不得搽粉了，脸儿一天天黄起来，一迭声地咳嗽。满地瓜蔓儿茂长，像网一样盖在平原上。各种小动物都在瓜叶上蹿跳，蝈蝈日夜急叫。秋天大忙了，崭新的媳妇也要让土末染一染。“三兰子，你怎么还没揣上个娃儿呀？”

老婆婆们一边翻弄地瓜蔓子一边问，揉着飞进了小蜜虫的眼，“这事儿得慢慢来。秋天凉爽了，也该有个娃了。多吃香菜；让争年吃煮地瓜和葱叶儿。”谁也没见三兰子再往工区跑过，她没事连赖牙家的小院都不出。人人都佩服大脚肥肩调教出一个像模像样的媳妇。用了什么妙法儿？三兰子野性大哩，嘴馋哩，小胸脯儿鼓鼓哩！满村里人都等着看热闹，盼着这匹小野驴儿把争年一个斤斗甩下来。活该哩！三兰子磨得碎你赖牙后人！地瓜蔓儿水分真足，乌油油一拨就折，冒出浓浓的白汤汁来，像奶水。人就靠瓜蔓瓜干积起的奶水过活儿。赖牙领人在秋野里做活，一会儿仰头骂一句，管束着那些偷懒的人。有人偷偷扒出一块红瓜儿嚼了，被赖牙看见，一阵好揍。大脚肥肩蹲在地头歇息，嚷着：“三兰子快做，做完再做我的！”“天哩，熬成婆哩，听听多来劲儿。”老婆婆们小声说。泥汗顺着脖颈流淌，老婆婆们唉声叹气。“今天老天爷送给咱一地好瓜儿了，吃呀……”“吃呀，吃得肚儿圆鼓鼓，活像重新怀上孩儿一样。哦哟，石板地干了，不收肥水，不长苗儿啦。今后就看三兰子这样的小媳妇了……”

大脚肥肩让三兰子捶背。三兰子给她从头捶到脚。一股膻味儿直顶鼻子，她不得不扭过脸去。大脚肥肩说：“脏了你了？我还不如你干净？千人睡万人睡的下贱东西。”三兰子尖叫一声：“哎呀妈吔！”她一下哭出来。大脚肥肩照准她大腿根拧了一下：“叫你喊！叫你穷喊！”三兰子疼得跪下，大脚肥肩又去拧胸脯，她一下跳开了：“婆婆打骂都该着，别丧下良心腌臜！俺！”大脚肥肩哼哼笑，不板地干了，不收肥水，不长苗儿啦。今后就看三兰子这样的小媳妇了……”

　　大脚肥肩让三兰子捶背。三兰子给她从头捶到脚。一股[illegible]膻味儿直顶鼻子，她不得不扭过脸去。大脚肥肩说：“脏了你了？我还不如你干净？千人睡万人睡的下贱东西[illegible]。”三兰子尖叫一声：“哎呀好吧！哎呀妈吧！”她一下哭出来。大脚肥肩照准她大腿根拧了一下：“叫你喊！叫你嚎喊！”三兰子疼得跪下[illegible]，大脚肥肩又去拧[illegible]胸脯，她一下跳开了[illegible]：“婆婆打骂都该着，别丧下良心腌臜俺！”大脚肥肩哼哼笑，点[illegible]头：“小精乱货敢说我丧良心，胆子晒干了也比笸箩大！看我打不打死你[illegible]！”她伸出两只粗[illegible]胳膊一扑，按住了三兰子。三兰子用膝盖顶住她的小腹躲闪，被她嘭嘭捣了几拳，鲜血顺着牙齿流下来。“多么俊的小妖精，[illegible]里面肉馅饼都让你吞下肚了。老娘特意要移动你的根性，让你当我脚底的驴！”说着一下接一下拧三兰子的[illegible]腿根[illegible]，三兰子滚动在尘土里。一只鼹鼠吃过喷香的毒饵，这会儿尖叫着挣扎。“拧烂你，让你[illegible]撒野。[illegible]你就别想好事儿。”“好吧饶我，我不敢了不敢了！[illegible]看在俺爹俺妈面上。[illegible]”大脚肥肩的手根象藤蔓花儿那么紧，呲着[illegible]说：“不饶哩！你爹你妈要是老实人还能生出你来呀？[illegible]

点头，“小糟烂货敢说我丧良心，胆子晒干了也比笸箩大！看我打不打死你！”她伸出两只粗胳膊一扑，按住了三兰子。三兰子用膝盖顶住她的小腹躲闪，被她嘭嘭捣了几拳，鲜血顺着牙齿流下来。“多么能的小妖精，黑面肉馅饼都让你吞下肚了。老娘特意要移动你的根性，让你当我腚底的驴！”说着一下接一下拧三兰子的腿根，三兰子滚动在尘土里。“拧烂你，让你撒野。你就别想好事儿。”“妈吔饶我，我不敢了不敢了！看在俺爹俺妈面上。”大脚肥肩的牙根像藤萝花儿那么紫，龇着说：“不饶哩！你爹你妈要是老实人还能生出你来呀？你把个好生生的家给搅混了，不改恶性的妖精，走哪浪哪，看我撕了你！”“妈吔饶俺，俺一夜夜不敢出声，两口儿大气不出，妈吔饶俺！”大脚肥肩更加用力拧起来：“还敢犟嘴！打烂你这臭舌根，剪子剪下来！”说着又拧三兰子的嘴巴。“呜呜爹呀妈呀，闺女掉进火坑里了，闺女死在婆家了。我满嘴都是……血了！”三兰子把血水吐在大脚肥肩的身上，大脚肥肩取来棍棒，一下把三兰子的头打破了。

争年和赖牙回来三兰子还没有醒来。争年把蜷在地上的媳妇抱回自己屋去。赖牙说：“灌灌米醋醒得快。咋就开打？”大脚肥肩揩着手:“不压住野性了得？用不了几天这小院里汉子也盛不下了。”赖牙点头，“那也是。棒下出孝子。媳妇都是慢慢熬哩。”夜里大脚肥肩在灯下纳鞋底，等着三兰子醒来。她的耳朵尖细得很，儿子和媳妇在西间屋里翻个身她都知道。从三兰子进了小院她就没有安睡过。有时赖牙正睡得沉沉，她一巴掌把他拍醒。赖牙和她吵起来，她就用力号叫，说："怎么不用砷石毒死你！怎么不让独眼义士一针捅死你，你这个冷心冷性儿只知道昏吃昏睡，我睡你家先人！"赖牙对她的愤怒无限惊疑，大巴掌抖着没有砸上去。大脚肥肩却伸手拧起男人来，赖牙终于揍起她来。两个人的手都充满了力气，一抓一道红印。"我正愁瓜干烧胃哩，你来惹我！"赖牙揍着她说。她到后来趴下了，呻吟直到天明，嘴巴将枕头都咬破了，糠末撒了一炕。大脚肥肩自己给自己拔起了火罐，听着西间屋的响动。窗户亮了，她就喊："谁家媳妇不早早起来掏灶灰、做饭。死睡！"争年开了门走过去说："妈，三兰子身上滚烫，眼肿，腿根皮烂了，紫了！"大脚肥肩说："享多大福受多大苦。你搂她一冬一夏，她死也值了。""妈！"大脚肥肩呵斥："滚西间屋去。待会儿你爸去田里你也得去，九月里不养闲人！"争年迎着刺目的日头走上暴土沸腾的街巷，走上一片瓜叶连一片瓜叶的野地里。他自言自语："可怜的兰子你为什么进这小院，这本来是香碗的苦楚，你替下了她！哪里没有瓜干？妈吔！你娶人家，就为了往死里折腾，为了顺劲儿顺手，握到手心再除去？妈吔！"独眼喜年走过来，争年拉住他说："你是赤脚医生了，你去救救三兰子吧！"喜年搓着手，说："也中。"

三兰子的身上扎了三支针，喘气都烫人。喜年摇着枣核似的头颅，用力看着。他盯了一眼她腿根的颜色，大叫："哎呀！"三兰子不记得羞涩了，支起腿，又被争年按下。喜年学着独眼老人那样用指甲刮着针杆，发出了咯咯的声音。"麻呀麻呀。"三兰子嚷。争年说："就快好了。"大脚肥肩身上带着火罐跑过来，坐在一边。

她上身只穿了件无袖儿小土布背心，喜年憋着气，动作笨拙到了极点。三兰子紧紧闭着眼睛。争年觉得牢牢吸在背部的瓷火罐像生出的大瘤。大脚肥肩不声不响地看了一会儿，用胳膊挡开两人说："我来调理调理她吧。"她使劲捏去三兰子的鼻涕，拍拍她说："好孩儿，妈下手狠了些。不过也怨你嘴硬哩。啊哟，背上的肉一棱一棱，小奶也鼓鼓着。她是为你好，你要记仇就错上错了。"三兰子泪水顺着睫毛涌出："俺不记仇。"大脚肥肩一把抱起来："好孩儿亲死俺了，俺让你早早养好身子侍候妈哩。千万别记恨妈，妈上来脾气谁也拦不住，皇上也拦不住。妈来给你医治身子吧！"她让喜年去针，然后到院里捋下一捧树叶，三兰子给剥得一丝不挂，平躺在炕上。大脚肥肩见一处伤痕，就往树叶上抿抿唾沫，啪一下贴上去。一会儿三兰子身上沾满了树叶，绿莹莹的。大脚肥肩说："媳妇家谁能不挨打？能熬过去就是好样的。听妈话，好好干活儿，瓜干装得大囤儿满小囤儿流，小日子谁也比不过。"

三兰子吃饱了刚刚掘出的地瓜，两眼闪亮儿。那新鲜食物是争年做活时偷回来的。她身上的伤很快结了疤。争年说："结疤了痒不痒？""痒死痒死！"三兰子紧贴在他的胸口上，身子像羊羔一样软，弯成一团。夜晚漫长得没有边际才好，她永不停歇地亲吻他，自语般说道："我在地上滚哪滚哪，舌头咬出了血。真想杀了她！杀了她！"争年一个滚儿从炕上爬起，心咚咚乱跳，屏住呼吸倾听另一间屋里的声音。"咱俩一块骂你妈吧，一块儿！"三兰子贴紧男人的耳根，一字一字骂道："我日大脚肥肩！"争年用力抱住了她，信心十足地把她压住。她说：“好男人！我一辈子归你了，你一会儿别扔下我呀。我一个人害怕。你明天出去刨地瓜领上我吧，我在地头上看着你。”争年说：“嗯！”“好争年好争年！”“兰子你这黄毛儿脏丫头，不禁打哩！怕不？”“怕哩争年！我的好男人俺归你了，怎么都由你！”争年哭了。他昂起脖子，在黑影里又端量了她一会儿，问：“你明知这小院里不喜欢你，为什么偏要来哩？我一辈子完了，你也完了。还有眼皮上长小疤那个人，咱三个一块儿完了。”三兰子牙齿害冷似的磕打，“谁知道！我馋哪，馋你当俺女婿，也想试试给村头儿家做媳妇是什么滋味儿。我知道你半点不喜欢我，搂我也是一阵儿。你早晚恨死了我。我知道。不过我临死那会儿也不舍得你。我喜欢你呀争年。”争年长长地叹着气。这秋天的夜晚一溜进小院就又腻又长，温温吞吞，散发着一股腐烂味儿。争年多么怀念婚前的日子！那时他跟上赶鹦一伙儿跑上田野，在冰凉的地瓜叶儿上滚动。“庄稼人的娃儿像水珠一样灵巧呀。”——一个没牙的护秋老人这样说过。

“不行了我得下炕了。争年爹你自己死睡吧。”大脚肥肩夜里爬起来，两手按着乳部大口喘气，然后到院里去了。夜晚好凉！她仰脸看看星星，又舀了一瓢冷水喝下肚里。她蹑手蹑脚在院子边上走着，用一根小棍子探试着，看毒死了多少鼹鼠。“鬼精！看我能饶了你！”她失望地小声骂一句，扔了棍子。木凳上放着鞋底子，她哧哧地纳起来。针锥一下下捅在上面，比往日有力，针眼儿排列得也更加细密。月牙儿斜在西边了，猫头鹰蹲在树梢上不出声地笑。

"笑吧笑吧，俺走的桥比别人走的路还长，俺反正是个过来人了！"她在木凳上摇晃一下身子，两条屋梁粗的大腿高高叠起。纳呀纳，手腕儿酸了，腿也麻了，腮帮子胀得慌。她听着赖牙飞出的鼾声，嫉恨得牙根发痒。坐了一会儿，她挪到了西间屋的小窗下。里面的争年和三兰子没有睡，他们倒会打发这个不冷不热的秋天！各种各样的响动，叽叽喳喳地说话，熬不完的精神头儿。她蹲下来，一动不动。三兰子突然叫了一声。后来，他们又发出咀嚼声。偷下什么东西吃了，一边吃一边小声地笑。你这个不听管教的儿子，你这个气死爹娘的孽子。你剩下一把骨头让她当柴烧，她烙出一摞子煎饼够娘仨儿嚼！小野性人儿，你早晚被人揪住一劈两半，像故事里说的那样，一个男人取一半儿。咀嚼声没了，说话声也没了，他们累了睡了。大脚肥肩把院里的东西猛地踢响，没完没了地骂半夜胡窜的老鼠，骂狂叫的狗，直到把赖牙吵醒才进了屋子。接下去的夜晚大脚肥肩总不能安睡，她大睁双眼，耳朵比年轻时候还要灵聪十倍，及时地捕捉到四周的一切。她差不多看到了树上蚂蚁的活动，看到一条长虫滑进鼠洞。后来她还是赤脚下来，像石猴一样僵在西间屋门口。争年和三兰子的喘气声清晰可辨，他们把秋天里死沉沉的夜晚给激弄活了！夜气里满是两个人不干不净的味儿，这味儿把什么都赶开了。他们学鸽子咕咕叫唤，学老蟒在地上爬，学牛吃草反刍。无法无天，小院里的反叛败类！大脚肥肩恨得牙根又痒起来，咯咯地碰牙。她拧着自己身上的肉，疼痛钻心。正这会儿，突然门吱一下打开，出来的争年吓了一跳，大叫："妈吔！是妈吔！"大脚肥肩站起来："挨刀杀的东西，不好生睡觉，吵得你爹你妈一夜一夜睡不安。你们成心熬死爹妈？"争年口吃起来，急得跺脚。大脚肥肩骂着回自己屋里去了。争年与三兰子再不敢弄出一点响动。半夜解溲时，三兰子要在门边听一下，有没有蟒虫吹气似的隐隐响声。他们搂抱着睡去，睡前轻轻一吻。呼吸声小到彼此都听不见，翻身时用手支起躯体，被子都不动一下。不知是风响还是鼻孔喷气的声音，他们老听到呼呼、呼呼。有一次三兰子出来，像往日一样缓缓推门，一下子撞在蹲在那儿的大脚肥肩身上。"哎呀你要踢死婆婆！我非拧断你的脚趾不可！"她一把揪住了往回缩去的三兰子，揪住一绺头发往门框上碰。三兰子的告饶声又尖又急。争年跳下炕来，可是他并不拉架。"争年啊救下我，你看着她碰死我啊？"大脚肥肩说："碰死你！小村里不能容你个丢人现眼的东西！小村的名声比金子宝贵哩……"三兰子哭得好伤心，终于一下抡开那双粗臂，说："俺好生生睡觉怎么了？你蹲这儿，俺知道这是一种毛病——这叫'气房'啊！争年，咱小两口没法儿在这住了！呜呜……"争年大喝："住口！"三兰子愣了愣，突然一低头，朝屋外跑去了。

"争年爹你还睡！咱家里出了人命你还睡！小糟烂货跑了，深更半夜撒野去了，你这个村头儿当得真体面哪！"大脚肥肩一边嚷一边往身上套衣服，又从屋角取了一根棍子。赖牙朦朦胧胧下了炕，抓起一条布带子缠到腰上，趿拉着鞋子说："争年，走呀，走呀！"一家三口急匆匆在月光下追赶。他们在街巷里转了一会儿，又到村外小树林里找了，到处都没有。"一准是上工区了，那里有野汉子等她哩。”大脚肥肩语气肯定。他们于是进了工区。一个个小砖房子窗洞漆黑，她到底在哪里呢？“野了脚了，这回要是不把她管教出来，久后会跑到天边上去。”大脚肥肩挽起了衣袖。赖牙说：“那是哩。找到有一顿好打！”他们在工区里窜了一会儿，终于失望了。直到离开时才想到该去三兰子家里探一探，于是又找到了那座矮矮的草屋。他们伏在后窗上倾听，里面静得很。大脚肥肩说：“不会回家！她这样了还有脸回娘家，讨打不是？”接上只得到田野里找一找了。无边的田野啊，种满了秋禾，到哪里找去呢？他们踩着湿漉漉的瓜叶儿往前走着，一声不吭。一个又一个野物被惊醒了，窜来奔去，发出惊叫。“如果她躺在沟坎里呢？”争年想起了流浪汉们的好去处。他们又往沟渠里去了。今秋的水盛，渠里漂着草叶，显然她是到别处去了。一两条野狗在地里跳，嬉闹着，发出嘻哈嘻哈的声音。天太冷了，露水沾了满身，只得回家了。赖牙冻得发抖，他只穿了一件布衫。他不住声地骂着。快要踏进街巷了，他们一眼看到了那个巨大的碾盘子上有个白白的东西。“嘀唉！”赖牙吸着冷气。他们小心地接近。争年最先叫一声：“兰子！”他扑了过去，双手紧紧按住。“咱家去！咱家去！”争年拉着她说。三兰子用力弓着身子说：“不不不回！”大脚肥肩先是看，接上伸手就拧，拧一下说一句：“再敢野跑！你当这是在娘家！”赖牙拤着腰看碾盘上的翻滚。后来他解下腰上的布带说：“捆了家去说话。”争年和大脚肥肩按着扭着三兰子，往她身上套带子。三兰子拼力相争。争年握住了她的赤脚，对妈妈说一句：“冰一样凉哩！”

水盈，渠里涨着草叶，显然她是到别处去了。一两条野狗在地里跳，嬉闹着，发出"嗬哈嗬哈"的声音。它们只咬着三个人，没一个应它们。没有办法，天太冷了，露水沾了满身，只得回家了。赖子冻得发抖，原来只穿了一件布衫。他不住声地骂着。快要踏进街巷了，他们一眼看到了那个巨大的碾盘子上有个白白的东西。"荷唉！"赖子吸着冷气。他们小心地接近，接近。争年最先叫一声："兰子！"他扑了过去，双手紧紧按住。"咱家去！咱家去！"争年拉着她说。三兰子用力弓着身子说："不不不回！"大脚肥肩先是看，接上伸手就打，打一下说一句："再敢野跑！再敢野跑！你当这是在娘家！"赖子扶着腰看碾盘上的斑渍。后来他解下腰上的布带说："捆了家去说话。"争年和大脚肥肩按着扭着三兰子，往她身上套带子。三兰子拼力挣扎。争年握住了她的赤脚，对好好说一句："冰一样凉哩！"

二十三

从那个秋天到这个秋天，独眼义士正好死了一年。哎哟，这天正好是他的忌日，是他躺在地铺上再也不起来的日子。一年了，这个小屋里还到处是他的气味儿，他的影子，半夜里还能听见他吭吭的笑声。该死的独眼老人，你算什么义士，你把村老儿家搅得坐卧不安。赖子说："义士走了，咱屋里再没人拉个长腔儿，闷得慌，闷得慌。"大脚肥肩说："天哪，你就是

二十一

从那个秋天到这个秋天，独眼义士正好死了一年。哎哟，这天正好是他的忌日，是他躺在地铺上再也起不来的日子。一年了，这个小屋里还到处是他的气味儿，他的影子，半夜里还能听见他叽叽的笑声。该死的独眼老人，你算什么义士，你把村头儿家搅得坐卧不安。赖牙说："义士走了，咱屋里再没人拉个长呱儿，闷得慌。"大脚肥肩说："天哪，你就是忘不掉他，是他魂灵缠了你。"赖牙说："可怜的人，走了一辈子，被人扎瞎了一只眼，还是走、走！他直到躺在咱家地铺上才算歇了脚。"那个猫头鹰一个月里不知多少次落在院角的树上，像石头一样沉甸甸的。那可不是个吉祥东西啊，庄稼人没有不怕它的。那睁一只闭一只的眼睛能说与独眼人无关吗？它来瞧什么，又是谁指引了它来这儿的路径？还有，屋里一连砸了好几个瓷碗，有时半夜里还有东西跌下地来，这又是什么在暗里使劲儿？大脚肥肩老做些不能言说的梦，这些梦从一年前开始，越做越离谱儿。有一个夜晚赖牙正睡着，大脚肥肩把他推醒了，急急地说："刚才有只大手捏住了我的奶头儿！"他们赶紧点上灯寻找，发现除了一两只老鼠之外再无任何活物。"那只手狠抖抖的，上面是茧刺儿，让我火辣辣。"大脚肥肩坐着诉说，赖牙不得不把她按倒。"多么肥壮的一个婆娘，就是不生娃儿。"他不知怎么在深夜里记起了长久的疑虑，"省下些心思吧，省下来用力生个娃吧！"他的语气比过去更加坚定。多好的秋天，多少可口的吃物。庄稼人的希望全在秋天里了。你看连牲口嚼了鲜豆叶儿都欢势了，又踢又咬伸长了脖儿叫哩。大脚肥肩从来不流泪，这个秋天里却哭着数叨往事："你的小铺盖卷儿早烧了，上面虱子爬成串，如今在俺小屋里繁衍成灾了。这里没你的窝儿了，你来钻挤也没用。拖欠的都还上了，俺亲手喂你瓜干糊糊、让你吃开花瓜面大馍。你放开俺吧，放开吧！俺是赖牙的人儿了，俺是小平原上扎根落户的家口。"她夜里不睡，奇怪的是没有困意，脸上放着红光，越来越胖了。天亮时，她弄来一把避邪的桃枝，把屋里的一切都细细拍打过。她驱赶着、挥动着桃枝："走吧走吧，这里可不是长久落脚的地方。该做的俺都做了，对得起你哩，你不能深更半夜伸手胳肢俺！"

独眼义士的忌日，大脚肥肩找人扎制了一匹纸马、一棵摇钱树烧掉了。"你这个背运汉子，苦奔了一辈子，上山下坎胡折腾，到头来我送你一匹马骑上。还有，缺钱了就摇摇，一摇，钱就像杏子一样噗噗落下哩！"她的举动引起小村不少的感慨。老头老婆婆们争先恐后到坟前去，掏出裤兜里的黄纸焚了，诉说着感激和思念、愉快和烦恼。他们如今真正怀念起阴间的老友了。"俺不忘你给俺背上扎那一针。起先是肿疼流水儿，半年就好了，再也不酸麻了。""俺孩儿那馋病让你扎好了。俗语说一朝染病去根难，俺娃馋病去根了，见了肥肉都不想吃。不过他小脸儿一天天见黄，你要活着又该扎上针了。""下雨天就想你啊，阴天呼啦的就爱听你拉呱儿。你对俺手脚不大规矩，不过俺也不记恨你。咱都是过来人了，一把子年纪，再说……反正咱们那会儿就知道来日无多，过一天是一天。""你该晚些走哩，急性儿义士！晚些走，看看满坡里的好瓜儿，吃上口软乎乎的煮地瓜。小村里一到了秋天里人欢马叫的怪好。告诉你，徒弟喜年针扎得不孬，下针时耐心烦，从不忘先放嘴里抿抿。好孩儿不近女色，给女娃扎针都是闭着眼做，连方正大闺女金敏都夸哩！……”老人们的唠叨义士听烦了，于是卷起沙土把他们赶走了。接上来的是洒酒的红小兵。他笑眯眯地围着坟堆转，说：“独眼老哥，想俺不？”接上自答：“会想哩。俺琢磨过，你在世那会儿与俺是一对儿。哪有恋酒的人？这不，给老哥送来了。你喝口，解解馋，赶赶地底的寒气。这酒是去年瓜梗儿做的，赶鹦妈在炕头偎酒坛卖力气，酒味儿长了成色是不？赶鹦这姑娘越长越懂事体了，常念叨起她独眼老伯，说一针结果了秃脑才好咪。好娃儿，至今嫌你没往她腿上扎一针哩，好老哥哩，要说的话哪能说得完？俺只在心里惦念你。逢年过节只管来家里，不用客气。俺知道你是野地里窜惯了的人，饿了就随便掘块地瓜吃。你不能与大脚肥肩过事，那不是本分人哩。她男人赖牙倒不孬，俺俩算是一对酒友儿。你在阴间要是遇上老转儿代俺问个好，那是个好人。你该给他扎上一针……”红小兵咕咕噜噜，自饮一口，然后在坟前洒了几滴。小村沉浸在一片追思之中。人们看见独眼喜年就会想起另一个人，正像见到凹脸年九必然想到屠宰手方起、见到烙饼的鏊子必然想到金祥一样。喜年在一卷胳膊粗的土布上频频练针，下针越来越锐利。他态度严肃，这已经与他的年龄有些不相称了。人们几乎看不到他的笑容，就像再也看不到他穿鞋子一样。“真正的赤脚医生啊！”村里人深深地自豪。方正大姑娘金敏千方百计想逗未来的丈夫笑一次，结果都失败了。当他们像过去那样依偎着、伸手抚摸彼此温热的躯体时，喜年默默挂念的是身体各处的穴位。“针儿要扎下两寸哩。”喜年说。金敏含着泪水推搡他：“你们独眼人都痴了木了，我跟你不会有娃儿啦。咱像村头儿家一样。”

“他骑上大马跑了，沿着上坡路回山了，再也不会来家哩！”大脚肥肩纳着鞋底，自言自语。赖牙喊着背疼，让她拔火罐，她理也不理。赖牙只得让三兰子学会往皮肉上抹水儿、点燃包了油布的铜钱、使劲按下瓷罐。三兰子头发越来越稀疏枯黄，眼珠也黄了。她的手像薯秧一样细软无力，按到公爹背上如同虱子爬行一样痒痒难忍。“我日……”他骂了半截停住，三兰子小手一抖。“往日里她什么都抓得牢。”大脚肥肩在窗外喊道，“还不是干正事没了筋骨力气？”大脚肥肩闲了也躺下来，让儿媳捏背、拔拔火罐什么的。多肥的皮肉，三兰子捏得浑身淌汗，气喘不迭。秋天里不冷不热，新鲜瓜儿也吃了，身上还是没有力气。“我活不久了。”三兰子心里老念叨这句话。大脚肥肩扭头说：“你把前些年撒野的劲儿使出来吧！”“妈吔妈吔！”三兰子泪水汪汪地伏下身子去捏，又换了小拳去捣。大脚肥肩在炕上滚动，嚷：“哎呀舒服死妈了！哎呀好孩儿没白养活你！快拧吧打吧，一口气把妈折腾死，然后这家就是你的了，你好胡吃海喝，叉叉腿躺着。”“别这么说啊妈！”三兰子的说话声如同蚊虫一样细弱。“嗯，嗯，呼呼！”大脚肥肩伏着，像罕见的陌生大兽那样粗壮。她说：“兰子我孩儿，妈怪闷得慌，说个故事俺听吧。”三兰子说：“没有……故事。”“胡诌！胡诌！讲讲你撒野那会儿的故事吧，那也愿听听。”三兰子紧紧咬住牙关。“讲不讲？讲不讲？”大脚肥肩扭过头来。三兰子捏着背肉点点头：“给妈讲个故事……秋天没来那会儿，没东西吃。俺饿呀，到处转悠找东西吃。俺转悠到工区那儿，吃了不干不净的东西……后来，妈也知道，俺呕了吐了，涮了肠胃，俺如今干干净净的一个人了……”三兰子说到后来泣不成声。大脚肥肩哼一声：“脏东西进血里了，要不怎么说你是脏货！接着讲，脏东西怎么一下吞进小嘴里，一嚼一嚼咽下肚去？讲哩！”“我讲哩，妈，我快死了快死了。”三兰子眼前闪着金星，差点倒在大脚肥肩身上。耳边全是泼楞泼楞多弦琴的声音，一个小男人蹑手蹑脚踏着细若发丝的琴弦走上来，像个杂技演员。小男人双脚一滑跳移到大脚肥肩身上，接上跳起了快乐的舞蹈。大脚肥肩的厚背在他的脚下富有弹性。“哎呀舒服死妈了！哎呀好孩儿没白养活你！”大脚肥肩的嚷叫声越来越大，渐渐从窗户传出去，引得街上行人驻足谛听。赖牙和儿子争年从外面跑回家，推开屋门一下子愣住了：大脚肥肩伏着，三兰子跪在了她背上，双腿不停地挪动、挪动，三兰子满头黄发都粘在了脸上！

“谁叫老鳖？谁又叫鰵狗儿？”夜里大脚肥肩睡不着，考男人。赖牙说：“独眼义士！”他们有时长久地、沉默地在黑影里待着，有时又把手臂搭到对方身上。相伴了几十年的身子是再熟悉没有的了，热乎乎，腹部柔软。两个身子上都有些难以追寻来路的小小疤痕。“你身上肯定长了鱼纹。”很久以前大脚肥肩曾经兴致勃勃地起身点灯，查看赖牙的肉体。赖牙嘻嘻笑，像换了一个人。大脚肥肩没有找到满意的鱼纹，只闻到了惬意的旱烟味儿。男人的汗毛孔粗胀稀疏，只此一点就说明他是个力气人。她抚摸他，安慰他，与他一起蓄积力气。如今这都是往事了。他们彼此搭过来的手臂只是一种残存的安慰，一种指引对方回忆温馨的手势。赖牙身上越来越粗糙了，这当然要怪那个独眼老人的针刺。“我要扎遍你身上的穴位。”老人生前曾立下誓言。“没有了，没有了，他骑上大马走了！”大脚肥肩咕哝着，赖牙把脸转向一边。他们都清清楚楚地记住，就是从独眼人离去的那一刻起，小院里失去了和乐安宁的夜晚。大脚肥肩叹着气，“我上岁数了，腰腿老要发酸。早知这样，该让老人扎上几针。我后悔死了。”赖牙说：“如今也不迟。赶明儿我让喜年给你扎，一天来一回儿。”他说着伸开脚丫踩女人的背。大脚肥肩不停地呻吟，声音在夜色里显得热烈奔放。她喊着：“到底是自家男人，是一辈子的依靠，有个小病小灾，你给拾弄得多好！赶明儿我得给你加加犒赏了，为你做千层油饼，蒸瓜面开花大馍！”赖牙干得来劲，说：“年纪不饶人。早些年我刨土翻地，赤脚站在那里，大号镢头噗噗往下夯，不知累哩！扬起的土末子染了头发眯了眼珠，闭着眼干。噗，噗，镢头扎下去就是开水泼地的响声，咱这方土地肥着哩。”大脚肥肩突然抱住了男人的脚，贴在胸口说：“多臭的脚啊，睡你先人，多臭的脚！”她张嘴咬在石子般坚硬的几个脚趾上，一用力，赖牙啊啊大叫：“妈呀疼死我了！妈呀——”大脚肥肩松了嘴，说：“俺跟你忙累了半辈子，娃都没来得及生。俺要吃来张口穿来伸手，要不俺算白来村头儿家走一遭了。”赖牙说：“那中！我叫喜年给你扎针，大痴老婆庆余来摊黑煎饼，闪婆来忆苦听，红小兵来送酒。我让三兰子一天到晚给你捶背。”“你哩？”赖牙想了想说：“搂住你硬睡硬睡！”大脚肥肩笑了。

凹脸年九阉东西的刀法趋于成熟。这之前他已经由于刀误弄死了五头猪、六只猫，还有一头毛驴。有大约十几个畜生因为经他动过刀就再也长不大，一天到晚哼哼唧唧。不过他有个优点让赖牙两口子赞不绝口。他把阉下来的东西送给村头儿家。大脚肥肩把它们放在灶里烧熟。赖牙吃着，总是趁机喝一盅酒，咂着嘴：“好香哩！”屠宰手方起在世时从来没献上一回大荤，也没听说他把这些收获给过别人。“多么歹毒的家伙，他这十几年里都偷偷留着自己的吃物呢！”赖牙忍不住骂了出来。他开始依恋这种吃物，每逢听见畜类嘶叫就忍不住。村里人觉得世上再也没有比方起和年九制造的场景更能吸引人、更多趣和更有意义的了。那是关于流血、关于传宗接代、关于不可思议的技法等等一系列大事项的奇妙组合。由身强力壮的几个小伙子按住一头猪，把它的两腿分开，要让它一动不动地干号。那会儿阉猪人在多少双雪亮的快意的目光下活动。他噘着嘴巴，自负地解开一个皱巴巴黑黝黝的布包，啪一下抖到土末中一把小刀、一根粗麻绳和一支锈针。“快哩，快伸刀哩！”围着的人焦急地呼叫。晚来的人只能踏在木凳上观望。人们礼貌地把上年纪的人让到前边，说他们是“看一天没一天了。”阉猪人拾起土中的刀子，胡乱在鞋帮上擦两下，手腕一抖，在猪的小腹上划出一道口子。

接上反转刀柄上的小铁钩，在小腹中绕线似的一搅一拉，拉出一些东西，捏一捏，回手就是一刀。割下的多余东西扔在一边的草纸上，然后再用麻绳缝刀口。哧啦哧啦，像缝布料一样，耐心时针脚密一些，要不就三两下缝完，打一个死结完事。整个过程猪都在哭叫，眼睛红着，绝望地望遍了所有在场的人。“行了行了。”劁猪人嚷着。按猪的一撒手，猪嗷嗷叫着蹿起。“这头猪真勇！”有人赞叹。赖牙和村上人一样看了上瘾，从头至尾地看。他在田里常常说：“这多天了也没阉一头猪。”凹脸年九身体瘦弱，一场猪劁完满头大汗，沾满鲜血的双手抖个不止。他故意将红手保持尽可能长的时间。他把一捧红红的东西送到小院里，叫着：“大婶大婶，补养身体吧！”大脚肥肩笑着夸他，说满村里最俊俏的姑娘给他做媳妇才对。年九两手拍腿说：“要是娶来长腿赶鹦就好了！”大脚肥肩脸一沉：“那你死得就快了。”“怎么？”“疯浪东西火旺哩。”年九在院里蹦着，狂呼：“追赶宝驹赶鹦啊！”他蹦着，大脚肥肩拧了他一下，他才蹲下来。他的凹脸上盛满了细密的汗珠，喘息不停。“人家都骑上宝驹踏踏走了，走到大海滩上的白绒绒草里了，哦唉！”他出神了。大脚肥肩把年九带来的东西烧熟，两人分吃了。“好孩儿，什么时候你帮大婶做点好事。”“什么事呀？”“我家兰子生下娃儿以后，你也给她动动刀儿。”年九吓了一跳，盯住她的脸。他看出那可不像一句玩笑话，就摇头：“不哩，俺弄不好哩！”大脚肥肩两眼闭了又睁开，两个高大的乳房抖着：“怕什么！咱给她平平野性儿，也是为她好。要不她不安分哩！”年九傻笑着，裤子滑脱下一截，露出了圆大的肚脐。他提提裤子走了。“师傅！俺师傅！”走出了小院，他不知怎么想到了死去的方起，一声声呼唤起来。

三兰子没有生娃的迹象。争年终于被激怒了。他在这个秋天里总是想着这个至关重要的事情，坐卧不安。你的野性儿哪去了？村头儿家要有后人，再也不能等待！赖牙已经用恶狠狠的目光盯视儿子了，大脚肥肩动不动就伸手拧他。他揪自己的头发，跺脚，怨恨三兰子白白糟蹋了两个不冷不热的秋天：“多好的时光，满地都是新鲜吃物，你是个木头假人！”三兰子咳个不停，两手揉着小腹：“生下，俺一准生下，俺知道会哩。”“那你赶紧生下！”三兰子哭着，争年抬手给了她一个耳光。她咬住嘴唇去看男人，男人又是一巴掌。三兰子扑上去抱住了他：“好争年莫打俺了，俺就活个你呀！”她的手像麻索一样又软又韧，折也折不断。争年挣脱不开，火了，身子用力摇晃：“你妈的放开我，你是长虫吗？”他好不容易挣开了，接上一拳把三兰子打倒。她躺在地上，一动不动。争年蹲着看了一会儿，一阵恶心。他透过稀稀黄发看到了生满白屑的头皮，又看到了衣襟下的瘦骨棱儿。冤屈的泪水糊住了争年的眼，他不停地哭，“拧呀拧呀，拧死你呀！”他叫着，学妈那样去拧她的腿根。奇怪的是三兰子不喊不叫，也不躲闪。“你不疼吗？拧腿根不是最疼吗？”争年不拧了，去查看她的身子，发现腿根处布满了紫黑色的瘢痕。“三兰子三兰子！”三兰子不应。她仰躺着，一溜眼睫毛显得很长，朝上直立着。争年悄悄把她抱到了炕上，给她盖上了被子。她哆嗦着，牙齿碰出声音。“你冷吗？”争年用手抚摸她的额头。他在她的身边躺下，用手臂揽住她瘦硬的身躯。她抖得更厉害了，眼睫毛也在抖。争年忘记了一切，只是亲吻着她。当他的嘴唇把她的眼睛润湿了时，那双眼睛总算睁开了。争年立刻觉得这双眼很大很亮，还是很美的。他问："你刚才怎么了啊？"她不吱声。他摇晃她："我不该打你拧你——我是急的气的。兰子，你说话吧！你怎么了刚才？啊？"三兰子眼望着屋顶，说："刚才我想死。"

秋雨下起来了。蛤蟆在沟里烦叫，凉雾罩着半秃的野地。一场雨比一场雨冷了，狗在雨中抖着湿毛皮。一些冒雨出来捡东西的男女顺着沟边奔走。他们提着紫穗槐篓子，不断把拇指大的地瓜碎块、高粱穗子、豆角捡进去。动物趴在湿草中躲雨，不时被劳作的人惊跑。兔子在细细雨丝中一蹦老高，飞速掠过，仿佛只用后蹄沾地。多好的一只兔子。"弯口老叔啊，得空儿借你土枪用用，打下只兔子解解馋。"有人这样喊。弯口老叔摇头："杀生害命的事儿不能做了。咱村头儿赖牙年轻时打兔子，一只一只捆在腰上赶集。如今哩？"老头子使劲仰起脸，抹一把流下的雨水："他不是没有娃儿啦？他儿媳三兰子也不会有娃儿啦。"另一个人点头："大脚肥肩的两个奶子多大，能喂下十个娃儿，可连一个也没有。运气哩！"弯口老叔咳着，蹲下去抠东西。有只地瓜露出了通红的皮儿。有个瘦瘦的年轻人从泥水中钻出来，费力爬上渠岸，手里的草筋上穿起了两三条小鱼。弯口一眼认出他是争年，叫了一声。争年盯住弯口老叔，目光拗气得很。"好娃儿你这是咋了……"老叔的话还没有吐完，争年一拳打了上去："再叫你胡咧！"他把老人打倒了，刚想骑上去，雨雾中传来了粗重的喘息。矮壮憨人不知怎么飞快赶来了，叫一声“俺爸”，上前把争年摔倒在地。争年用脚踢他，他就死死按住。争年的手脚像雨点一样击在憨人的身上，他吭吭憋气，也不躲闪。争年踢呀打呀，最终也没有使矮壮憨人松手，反而使自己陷到松软的泥中。直等到他精疲力竭时，憨人才抓住他头发撕扭。吭吭，吭吭，憨人厮打得很专心，结过疤的鼻子连连喷气。争年用了极大力气才翻过身来，　着对方短粗的脖颈，像要掐死对方。憨人的脸紫了。“争年饶人！争年饶人！”弯口老叔和旁边的人一块儿嚷着。争年偏不松手。憨人的眼瞪得老大，喉结上下移动。弯口老叔啊啊大叫，手在争年的衣服上抓挠。这会儿憨人一直抠在泥中的手突然飞快一举，扬了争年两眼稀泥。争年去搓眼，憨人打一个滚跳起来。争年什么也看不清，在原地转着，揉眼。憨人发了疯似的击打他的后背、两肋，发出了谁也听不清的古怪叫骂。“吃俺孩儿一顿老拳。”弯口老叔说。憨人把争年饱打了一顿，扯上父亲的手就跑。好多人一块儿跑开了。远处，雨雾中传来女人的争吵声。憨人一边跑一边嚷：“那边也打起来了，去看呀！”吵闹声越来越大，已经可以看见一个女人把另一个女人扯着头发掀倒，篓子像皮球一样飞上半空。“瓜干烧胃哩……”弯口老叔咕哝一句。不知是谁的狗在远处追逐野物，吠叫声阵阵急促。雨又大起来，野地发出噗啦啦的浇泼声。争年好不容易睁开了眼，发现四周空无一人。脸上的伤口被雨水洗疼了。他找到那几条小鱼往回走去。好大的雨啊，小村在哪里？三兰子这会儿睡在炕上，等着喝男人做的鱼汤呢。多么霉气啊，去时

会儿睡在炕上，等着喝男人做的鱼汤呢。多么霉气啊，去
时好々的，归来一脸血痕。争年在雨中奔跑，不管跑到哪
里都成。雨丝中有一股奇怪的香气，这味道让人好欢欣！
眼皮上长小疤的美女香疏在雨帘的另一面吗？我怎么看不
见？“香疏啊！你在哪？让我们拉着手在野地里飞吧，让
我们一块儿骂大脚肥肩、骂俺爸赖子！”雨水象泪水一样
流了满脸，争年的两眼彤红彤红。前边出现了一排々大的
杨树。争年又一转脸，看到了大麦草垛子。他毫不犹豫地
奔到垛子跟前，急々地寻找洞口。一层々陈旧的麦秸除去
了，争年象扑进好々怀里似的急切，身子一伏扑了进去。
啊呀好鲜的麦草香气，昏迷温暖的麦草垛子！记不清多久
没有来了，这里面的洞子还是宽敞如故，气味如故。赵野
的味儿最浓，还有香疏的、肥的、全敏的。她们的头发、
碎衣布片儿、小手绢、小布衣扣子，等々，都散落在这里
边了。争年把脸紧贴在柔软的麦草上，又张开了嘴巴。他
觉得无限■■温软的、饱胀的乳房在喂他。永远这样吸吮、
永远永远哩！“我没有家。我不回了。我就吃睡在麦草垛
子里啊。三兰子你莫怪我，我才是真正的一个野地孩子！”
他在黑夜似的麦垛中间喃々，外面是一阵急似一阵的瓢泼
大雨：哗……

大脚肥肩在烦人的雨天坐立不宁。她给男人拔上火罐，
呼々哧々搓了一会儿布。搓布石光滑々差不多能照出人来，
她搓着，想起上一辈人讲起的一个故事：小媳妇不听话，
婆々让她跪在碎瓷片上，后背又压上一盘搓布石。哼々，

好好的，归来一脸血痕。争年在雨中奔跑，雨丝中有一股奇怪的香气，让人欢欣！眼皮上长小疤的美女香碗在雨帘的另一面吗？我怎么看不见？“香碗啊，你在哪？让我们扯着手在野地里飞吧。”雨水像泪水一样涂了满脸，争年的两眼通红通红。前边出现了一排高大的杨树。争年又一转脸，看到了大麦草垛子。他毫不犹豫地奔到垛子跟前，急急地寻找洞口。一层层陈旧的麦秸除去了，争年像扑进妈妈怀里似的急切，身子一伏扑了进去。啊呀好鲜的麦草香气，温暖的麦草垛子！记不清多久没有来了，这里面的洞子还是宽敞如故，气味如故。争年把脸紧贴在柔软的麦草上，又张开了嘴巴。他觉得无限温软的、饱胀的乳房在喂他。永远这样吸吮，永远永远哩！“我没有家。我不回了。我就吃睡在麦草垛子里啊。三兰子你莫怪我，我才是真正的一个野地孩子！”他在黑夜似的麦垛中间呢喃，外面是一阵急似一阵的瓢泼大雨……

大脚肥肩在烦人的雨天坐立不宁。她给男人拔上火罐，呼呼嗒嗒捶了一会儿布。捶布石光溜溜差不多能照出人来，她捶着，想起上一辈人讲起的一个故事：小媳妇不听话，婆婆让她跪在碎瓷片上，后背又压上一盘捶布石。哼哼，她一棒棒捶着白土布，直把它捶挺了捶亮了。“下雨天也不让睡哩，穷砸！”赖牙在里屋喊。大脚肥肩不理睬。胳膊疼啊，心窝里长草了。她听见儿媳在西间屋里发出了叹气声，就反身抓起鞋底纳着走进去。三兰子坐起来，一下一下给婆婆捶背。“男人出去啦，你在炕上安生躺着，这才是好媳妇哩！全家盼个娃儿，就是生不出，兴许是早些年野坏了身子。”三兰子低下头，咬住下唇。大脚肥肩哼哼笑，紫色牙根露出来了。“捏巴捏巴大筋。”大脚肥肩指着自己后脖下边一点，“年纪轻轻服侍老人心就得诚。俺那会儿把你姥娘捏巴得才叫好，她老人家脸贴在缎子被上，呼呼睡了！你哩？好生做，媳妇都能熬成婆。再过些年我老了，你还得给我梳头、给我洗脸、给我喂饭端尿盆哩！”三兰子心里呼叫：“天哪，我掉到枯井里了，我不用等到那天就得死了！”大脚肥肩放下鞋底子，脱了衣服，说：“下雨天没事儿做，好好捏弄我，穿了衣裳不解乏。”她把衣服脱去，一条短裤也脱去。这间屋子显得好窄好闷哪，这里哪能盛得下这么大的婆婆啊！三兰子眼盯着她火红的肉色、粗大的两腿和双臂，觉得和南瓜差不多滑亮。俺害怕了，俺一见就羞得慌！这手臂比俺的腿还粗还壮，怪不得打人那么疼。一股没法忍受的膻气充满了小屋，三兰子捂住了嘴巴鼻子。她给婆婆搭上一件布单，婆婆一伸手揭了，说：“怕个啥，老胳膊老腿。好好捏弄。”三兰子伸手一按，感到了一层油脂。她像洗衣服一样揉她、按她，一会儿大汗淋漓。“你骑我身上打、爬上背肉踩，你快呀！”大脚肥肩喊。三兰子说：“妈吔，我不敢。”“快呀！”一声声催促中，三兰子颤颤地爬上，一下一下踩着。油脂滑得她几次跌下来，大脚肥肩哈哈大笑。三兰子不得不蹲在背上，像猫一样一动不动。“你像死人。”婆婆骂了。三兰子跪下，一下一下挪动。“哎呀舒服死妈了！哎呀真好孩儿！”“妈能舒服就好，妈！”三兰子蚊子般嘤叫。“能给妈讲个像样儿的故事吗？不能？白瞎白瞎！妈给你讲个吧。妈先要问你：见过刺猬相搂着睡觉吗？没有？

那妈告诉你。它们像人睡觉的模样，一个把另一个压得翻不过身来。我还告诉你哪里去找刺猬睡觉：在夏天，在半尺高的麦垄地里！”大脚肥肩比比画画，绘声绘色，三兰子把头扭到一边。“多要脸的小媳妇儿！婆婆喜欢煞。来吧，妈也给孩儿治治病。脱吧，脱下衣裳。”三兰子两手抱住胸脯说：“俺不。”“脱吧。”大脚肥肩坐了说。三兰子只得脱了衣服。大脚肥肩扳着她肩膀看看，咬着牙，哼哼着。“我见过死长虫，灰不溜秋就跟你一样！还有饿得倒架的草驴、养小驴累死了的老驴，毛皮都像你一样，暗魆魆黄兮兮，不干不净！俺家争年一辈子亏不亏死……”她说着又飞快把三兰子转动一下。“妈吔！不能这么说。俺也是你老相中了的。”大脚肥肩一瞪眼，“你敢顶嘴！”三兰子护住仅有的一条短裤，哭着说：“妈吔，俺求求你了，饶了孩儿——俺男人就快回来了，俺求求你了！”大脚肥肩伸手就扭她的乳房，三兰子尖声嘶叫。“拧死你！拧死你！”接上去又拧大腿根。“妈吔俺求求你，饶了孩儿吧！”三兰子在炕上翻滚，抵挡着一只通红的大手。大手飞快飞快，三兰子身子球成一团，这身子缩着，越缩越小了，那只大手掐起来，脊背、腰肋，都有血痕显出。蜷缩的身子颤动不止，突然一下子展开了。三兰子两手张着扑向了婆婆，一口咬在了她的肩膀上。“啊呀我天哧——赖牙啊，杀人啦！”大脚肥肩叫着，肩膀上流出了血。这会儿她飞快抓起针锥儿，照准三兰子的脚跟就是一下！三兰子跳起来了。大脚肥肩扑上去又捅她的屁股、肩膀，她从胯下钻过，溜到了炕下。大脚肥肩追下去，三兰子撞开屋门，撒开丫子奔到雨地里去了。

俺男人在哪？快救救你媳妇啊！我在这雨地里跑哩，不敢回娘家！俺爹俺妈说了，做不成好媳妇就死在外面。我真的要死在雨地里了……雨雾中三兰子赤身裸体跑着，头发乱乎乎粘了一身。湿淋淋的身子好冷啊，她嘴角铁青，像个鬼魂。“争年啊争年啊，你在哪啊？”四处都没有回音。她跑出曲曲折折的街巷，没遇到一个人影，来到了野地里。远处是干活的人声，是狗的吠叫。好冷啊好冷啊，她一刻也不歇地蹦跳。呼叫男人，呼叫女人的依靠，老天爷可怜可怜俺这些鲢鲅、这些身上长鱼纹的人吧！没有应声，只有大雨的浇泼声。不知过了多会儿，三两个光棍汉在十米之外的雨丝中出现了。他们认不出光身子的女人是谁，只是跳着喊叫：“天上掉下来的物件呀！快捉住她呀！”三兰子像长了翅膀似的，只觉得身子离了土皮，在风雨中刷刷往前飞去。风在耳边啸叫，她飞得好快！光棍汉子被她甩得无影无踪，她不知疯逃了多远才立在地上。这里就是那片生满了苍耳的空地！三兰子呆呆地望着雨水冲刷下的沙土。天哪，这个一辈子也忘不掉的地方，在雨天里好沉寂啊。苍耳像昨日一样茂长，黑乌乌的，上面的种子异常饱满。她闭上眼睛躺下来，一下下往赤裸的身子拢沙土。她用沙土掩住整个下身。我就在这儿死去多好啊，因为我差不多是在这儿出生的。我死了一定也会变成苍耳，结出饱满的籽来。让我睡去吧，让最好的梦境来临吧！她躺着，有一个小草獾从苍耳间隙里走出来，凑上她的脸庞，看了看。它四下里张望一会儿，然后伸出毛茸茸的小嘴，小心翼翼地吻了她一下！三兰子睁开了眼，那个鼻头滑腻腻的小动物惊窜到苍耳里去了。她一下子跳起，一颗心咚咚响。泪水顺着鼻沟涌流下来，她又把苦涩的液汁吮到了嘴里。她在苍耳间寻找什么，什么也没有。“俺男人！俺男人！俺冷死了，想让你把俺搂在怀里……你在哪啊？”三兰子这会儿那么渴望见到争年——那个冒着大雨给她搜寻吃物的汉子！她急急地撩开腿往回跑了，忘记了那个小院会有什么在等待她，只是一边跑一边念叨：“俺要回家！俺回自家去啊！”

天黑透了。赖牙举着灯观看老婆肩上的伤口。有两个牙痕老深老深。争年头发上沾着麦草站在一边，目光呆滞。他手中的鱼掉在地上，一挪脚又踩得稀烂。刺鼻的腥味儿把大脚肥肩激怒了，她说：“家里出了反叛！我再不等她生娃了，我去喊年九来家。”赖牙叼上烟斗，只是不吸，一会儿瞥一眼儿子。他只穿了一条短裤，可腰上却扎了皮带。雨还在哗哗下。大脚肥肩嚷叫：“天底下没有这样的儿媳，小村人老辈听说过？”雨让风吹进屋里，赖牙把门板踢合了。争年在心里默念：“赤着身子跑了！不要脸皮了，不要命了，看俺怎么剥下你的皮来，嗯！”大脚肥肩往伤口上抹东西，疼得一蹦一蹦，“啊哟疼死！我让长冠子的母蛇咬了，我让黄鼠狼精咬了！啊哟疼死！管不住女人的男人狗屎不如！啊哟疼死！疼死！”争年牙齿咬得咯咯响，抓起锅台上一个瓷碗，砰地摔碎了。“我孩儿火气上来了！老头子等会儿喊年九去吧，治治咱家的反叛吧……”大脚肥肩话音未落，门板啪啦啦掀开了，一个乱发披肩的雨神携风挟雨闯进来。她叫得好响，雨水一下子扑湿了屋里人。大脚肥肩抓着叫着扑上去：“逮住她呀她来了，打死没王法的野性东西，争年爹去找绳子！”“哎肴返身掩门，又上了锁，不停地拍手："真解气，真解气！好孩儿使劲打她！"瘸子扶腰站着，在一边踱步说："■■家有家法。"大脚肥肴看了一会儿，走上来亲自动手打了。三兰子一声比一声叫得悠长，哼哼的两声就掩不住了。"我得死了！我死在村头儿家了，好吧我再也看不见你了！"三兰子捂着肚子蹲下来，再也不躲闪。大脚肥肴说："死吧死吧，野汉子找下过，里面肉馅饼也吞下肚了，死也不冤了。小婊烂货多会算账啊！"瘸子后背上火罐留下的黑圈儿一个连一个，三兰子看着看着，一头栽倒了。大脚肥肴把她拉起来，让她跪在瓷片上："给我好生跪着。你不老实，我就给你背上加块捶布石。""疼死我了呀，好吧，救救孩儿！""疼死你！疼死你！到头来野汉子收你尸首……"

半夜了，一家子人都睡了。大脚肥肴真真假假打鼾。三兰子跪在瓷片上，膝头的血凝住了。她为了让瓷片不嵌进肉里，伸手撑■地喘息。好费力地爬到西间屋门跟前，用力一推，门关严了。"开门啊争年，我有句心窝窝话儿给你……"她小声哼叫。门仍旧关着。外门锁了，■门外的雨停息了。好冷好饿啊，我想一头撞死在锅台上。好好啊，孩儿吃了不干不净的东西，你给我洗了又洗，我还是活不成！孩儿要是再洗一遍，就让你一口一口奶喂我，我不吃五谷杂粮了，我怕……她小心地试着往前爬去，闻到了喷香喷香的气味。哎呀吃物就在一边，我的肠胃急得咕咕叫唤！找啊找啊，终于摸到了一片瓦罐碎边儿，上面粘呀争年呀！俺男人救俺呀，冻死我啦！”她甩着头发，躲过大脚肥肩，一头扎到争年怀里。争年抓着她的两臂狠狠晃动，用脚踢，用手拧，又啪啪打了几个耳光。大脚肥肩反身掩门，又上了锁，不停地拍手：“真解气，真解气！好孩儿使劲拧她！”赖牙 腰站着，在一边踱步说：“家有家法。”大脚肥肩看了一会儿，走上来亲自动手拧。三兰子一声比一声叫得凄长，哗哗的雨声都遮掩不住。“我要死了！我死在村头儿家了，妈吔我再也看不见你了！”三兰子捂着肚子蹲下来，再也不躲闪。大脚肥肩说：“死吧死吧，野汉子找下过，黑面肉馅饼也吞下肚了，死也不冤了。小糟烂货多会算账啊！”赖牙后背上火罐留下的黑圈儿一个连一个，三兰子看着看着，一头栽倒了。大脚肥肩把她拉起来，让她跪在瓷片上，“给我好生跪着。你不老实，我就给你背上加块捶布石。”“疼死我了呀，妈吔，救救孩儿！”“疼死你！疼死你！到头来野汉子收你尸首……”

半夜了，一家子人都睡了。大脚肥肩真真假假打鼾。三兰子跪在瓷片上，膝头的血凝住了。她为了让瓷片不嵌进肉里，伸手撑地喘息。她费力地爬到西间屋门跟前，用力一推，门关严了。“开门啊争年，我有句心窝窝话儿给你……”她小声哼叫。门仍旧关着，外门锁了，门外的雨停息了。好冷好饿啊，我想一头撞死在锅台上。妈妈啊，孩儿吃了不干不净的东西，你给我洗了又洗，我还是活不成！孩儿要是再活一遭，就让你一口一口奶喂我，我不吃五谷杂粮了，我怕……她小心地试着往前爬去，闻到了喷香喷香的气味。哎呀吃物就在一边，我的肠胃急得咕咕叫唤！找啊找啊，终于摸到了一片瓦罐碎边儿，上面摊着一层炒熟了拌了香油的碎瓜干儿。她搂到胸前，感激得泪水都出来了。她记起，这是婆婆刚刚调弄的毒饵，因为下雨了，她从院里端来家里。她用舌尖品了品砒霜味儿，笑了。争年啊，俺对不起你了，俺没有生出娃来。俺这回真的走了，临走你也没有亲俺一下，门关哩。她端起瓦片，贪婪地吞食起来。她知道婆婆见了会骂：没有好吃相！喷香的瓜干吃完了。她爬到西屋门跟前，静等着那个时刻。等啊等啊，等到了等到了，火苗开始燎着肠胃。她在瓷片上绞拧起来，鲜血淋淋。“啊哟！哇——”她大呕着，脚把门板都踢碎了。争年终于开了门，点上灯，一眼看到了瓦片。他把沾满血泥秽物的三兰子抱上炕去，叫着，拍打着，盯着她热烈的眼睛。瘦小干瘪的身子往一块儿缩去，缩成一个球，一动不动了。争年叫着：“妈吔！”

天亮了。

恋　村

二十五

"牛杆不行哩！""不行哩不行哩！"小村里的人传递着这几句话，并不避讳牛杆家里人。牛杆躺在牲口棚里，眼神僵硬，整个人都风干透了。"你爸怎么还不死啊？"有人询问凹脸年九。槽上的马一溜儿低垂长脸，神情沮丧，已经提前开始了哀悼。大痴老婆庆余一夜一夜推剁里煎饼，让人们想起金祥过世的日子。遥遥阴间路啊，牛杆老婆已经备好了上路的干粮。村里的老婆老头子们闲了没事就提上马扎来牲口棚里坐坐，谁都明白这是为一个即将故去的老人送行，看一眼没一眼了。牛杆早已不能说话了，那断断续续的喷气声听起来与整个阳间格格不入。村头儿赖牙过来看了，金友也来看了。只等牛杆一停止活动，金友就会接过他扔下的草料筐筐。人们说痴老婆庆余眼瞅着送走了小村两个光棍汉子，她自己倒一天结实似一天。天哩，她

第七章　恋村

二十二

“牛杆不行哩！”小村里的人传递着这几句话，并不避讳牛杆家里人。牛杆站在牲口棚里，眼神僵硬，整个人都风干透了。“你爸怎么还不死啊？”有人询问凹脸年九。槽上的马一溜儿低垂长脸，神情沮丧，已经提前开始了哀悼。大痴老婆庆余一夜一夜摊制黑煎饼，让人们想起金祥过世的日子。遥遥阴间路啊，牛杆老婆已经备好了上路的干粮。村里的老婆老头子们闲了没事就提上马扎来牲口棚里坐坐，谁都明白这是为一个即将故去的老人送行，看一眼没一眼了。牛杆早已不能说话了，只发出断断续续的喷气声。村头儿赖牙过来看了，金友也来看了。只等牛杆一停止活动，金友就会接过他扔下的草料簸箕。人们说眼瞅着大痴老婆庆余送走了小村两个光棍汉子，她自己倒一天结实似一天。她的两个乳房鼓胀着，额头上一天到晚挂着一层汗粒，一双胖手不停地忙着。牛杆的双目毫无表情，只有转到庆余身上才闪动一下。“他死不了，他还恋着老婆，恋着这个臭烘烘的小村哩！”有人叹息。红小兵端着酒壶去看了牲口棚里那结结实实一囤子煎饼，断言说牛杆真的活不久了。一个多好的人哪，早年曾在队伍上养育战马，也像战马一样强壮，这会儿终于要死了。老人们忍不住抹起了眼睛。

随着这个秋天的深入，人们渐渐把注意力收拢到了田野上，庄稼人的好日子就是秋天了。老婆婆们也忘了牛杆的事情，连夜把锈刀磨亮，准备去切瓜干。年轻人用树皮把腰上的衣衫束紧，在田野上奔来跑去，抡镢头、推车子，吆喝声又粗又响。老人们在田边手打眼罩，满脸欢欣。这个季节没有人蹲在家里，年轻人一五一十全出来了。红小兵不紧不慢刨着瓜儿，前面就是宝驹赶鹦。她乌油油的辫子经过了漫长的春夏，如今又长了一截。“爸吔爸吔！”她一边割瓜蔓一边叫，镰刀一飞一飞，一溜儿年轻人直追上去。眼皮上长小疤的美女香碗和方正大姑娘金敏靠在一块儿，一边做活儿一边说话。年轻的屠宰手年九试图追上她们，凹脸上盛满泥汗。独眼喜年一边做活还不忘伸手去摸一下后腰的皮夹：里面有几支银针。他照例打了赤脚，几年下来，脚板已经坚硬如铁。呆子争年的嘴巴永远半张着，好像一直吃惊的样子——自从三兰子死去之后他就这样了。人们说起争年，有时就简称“呆子”。不少年轻人被工区陆陆续续招走了，少白头龙眼、矮壮憨人等，如今都成了“工人拣鸡儿”。大姑娘肥一个人在一边做活儿，一声不吭。凹脸年九不止一次嚷过：“看哪，大姑娘不入群了！哎呀看哪！”他挤着眼，不时提提滑下一截的裤子。肥像没有听见。她一下一下发狠地挥动镰刀，有一次削在了一个瓜上，浓旺的瓜汁一下子染透四周的泥土。她蹲下来摸热乎乎的瓜肉。“肥想龙眼了！”赶鹦喊了一嗓子。肥的双手一抖。

田里，所有的目光全汇过来。凹脸年九跺跺脚嚷：“少白头龙眼这会儿在地底下哩。”声音刚停，地下真的传来了隆隆炮声。肥不歇气地挥舞起镰刀。一个黄瘦的人死死地盯住肥看了两眼，一拐一拐地做起了活儿。他就是龙眼父亲刘干挣，如今成了“跛脚老刘”了。肥飞快地做活，镰刀砍得土屑飞扬，汗水混着泥土流进眼角。她的泪水涌出来，冲开了脸上的泥花。地边上有一些人在向田里张望。她一个一个看过了他们的脸，当目光掠过最后一个时，镰刀掉在了地上。

那是小村庄久违了的一个客人，秃脑工程师的儿子，那是挺芳啊！还是那么孱弱的一副躯体，还是那么蓬乱的头发。你的痴呆的眼睛望向绿蒙蒙的秋野，秋野中一个沉默的姑娘！她正发狠地做活儿，她如今真是一个没爹没娘的孩儿了……你就像她第一次看到的那样，两手插在衣兜里，又执拗又迷茫地站在秋风里。孤零零的年轻人，你忘记了那一次被绑在树上吊打的情景吗？那会儿你被打得皮开肉绽，只剩下了微弱气息。你到底又活过来了。可你就没有一丝恐惧吗？你怎么又来到这个小村？你与小村人、与世世代代的鲢鲅到底有什么纠缠？……“挺芳挺芳！”肥在心中一迭声地叫了起来。她眼前又一次闪过树上那个血淋淋的身影。奇怪的年轻人，你跑到了哪里这么久？这个小村有什么好？难道你不知道他们恨着你们父子吗？肥捡起了镰刀。她知道再割下去就会砍破脚踝。旁边的赶鹦在吵什么，独眼喜年催促她说一段数来宝。凹脸年九撩动脚片子干活儿，像舞蹈一样。他们谁也没有看到那个人。肥蹲下来，收拢起一堆瓜蔓儿，把它们束好背上了肩头。瓜蔓像小山一样压在身上，她使劲弓了腰往前移动。折断的瓜蔓流出乳白色汁液，顺着脖颈流到胸上、乳房上。她觉得背负的重量减轻了，原来有一只手在暗暗帮她。她转过脸来，看到了乱乎乎的头发下那对喷吐火苗的双目。她突然发现这也是一对圆眼，漆黑而且坚定。她转过身去，让小山似的瓜蔓挡住他。他浓烈的气息盖过了瓜蔓的气味，一缕缕钻进鼻孔。他们拐进了一个小巷，肥用后背挤住瓜蔓，站下来大口喘气。她的脸上满是绿叶屑末、流动的汗液，脸色像瓜皮儿一样火红。挺芳从衣兜里掏出了一块粗布方巾，摊开在手掌上，肥把脸伏了上去。背上的瓜蔓哗啦啦落到地上，肥的肩膀不停地颤抖。“肥！”肥猛地抬头，挺芳不语。她看见这个黄瘦的年轻人嘴角乱抖，脸上的疤痕微微发紫。她立刻记起了树上那个血淋淋的人。“那些狠心人，比蛇蝎还狠。我以为你活不久了。”肥眼里汪着泪水。挺芳喃喃着:“劫你走劫你走我备下钱备下干粮了，咱手扯手跑吧……”“那是露筋和闪婆的路啊，咱逃不出老天爷的手！”“偏不偏不！我要把你抢出来，让你吃黑面肉馅饼。”“好挺芳让我走吧，饶了我吧，俺还是个土里刨食的人哩。”她挣脱出两手，去收拾一地瓜蔓。挺芳的脸像纸一样白，盯着她胖胖的肩头，汗珠刷刷落下。他张大双臂扑上去，拥住了她。肥挣扎着、扭动着，最后一动不动地盯着他。挺芳放开了她。“有一阵——就是伤口长好了那会儿，我一夜一夜都来小村，可是碰不上你。我知道你不出来了……”肥点头：“我再也不到街上了，我怕，怕人，怕黑夜。”“你不该怕。”“我怕，怕这个九月天，怕这个掘地瓜的日子啊。好挺芳莫逼我，我再不会出来了，不会！”“我在你家巷口等你！我要一声一声唤你！”“挺芳挺芳挺芳！……”

又下起了秋雨。没完没了的雨水把人们挡在家里，不能去收一地的瓜儿。如果雨水接连下个不停，那么来年就吃不上软乎乎的瓜儿，更吃不上瓜面开花大馍了。只有刘干挣一个人希望这雨水永远不停，尽管这种天气里那条跛腿老疼。“龙眼妈！你这个不死的贱货……快来拔火罐！”他沙着嗓子喊，龙眼妈小步从里屋跑出。刘干挣不停地骂，捶打那条腿。龙眼妈不声不响。从那个倒霉的夜晚到如今，她没再顶撞男人一句。那天男人险些送命，屠宰手方起畏罪自杀。在龙眼妈眼里，男人这一辈子只爱过一个人，就是屠宰手方起……烦人的雨一阵急似一阵，龙眼妈眼巴巴地盼着儿子回来，她只有这一个儿子呀。龙眼到地底下去做活儿，她一想就害怕。“好孩儿地洞里黑灯瞎火你怎么走啊？”龙眼给妈妈讲地底下的事儿——“就像咱的小村一样哩，有大街小巷，只要不迷路就行。”龙眼妈瞪大了眼：“天哩！他们在地底又挖出一个小村？”“嗯哪！”龙眼妈拍打孩子的背，抚摸他洁白的头发。漆黑漆黑的地底小巷啊，就是染不黑我孩儿的头发啊。龙眼妈眼睛湿漉漉地在男人膀头上抹水、点火扣火罐儿。火罐嗞嗞响，刘干挣一声连一声呼叫，骂声不堪入耳。“哎呀舒服死我，淤血一丝丝拔出来了，赖牙我找你先人结账啊！”龙眼妈一下下捶打他那条伤腿，直到叫声缓下来。她烧开一锅柳枝儿水为他搓腿，他舒服地打起了呼噜。待她刚要停止搓动，他又醒来了，一脚把龙眼妈踢翻，盆中的脏水洒了她一身。刘干挣再不理龙眼妈，一边吃猪皮冻一边饮烈性瓜干酒。自从龙眼被工区招走，他就从未断过这种有劲的酒。酒只剩瓶底一点了，他骂起了龙眼——他让儿子按时捎酒、捎黑面肉馅饼回来。“这个狗娘养的还不回来，八成让土埋住了……”龙眼妈正在切菜，两手一抖，刀把食指割出血来。她一边吮手一边说：“你别这么咒他！你敢这么咒他……你是虎狼心哪！”刘干挣饮下最后一滴酒，一把扭住了龙眼妈。他扯她的头发，只一下就把她扯倒了。他用那条跛腿压住她的肚子，解下腰带抽打起来。龙眼妈在地上滚动、躲闪，就是一声不吭。刘干挣呼呼大喘，又扔下腰带，用拳头去捣她的脸。龙眼妈的鼻血流下来……大雨哗哗浇下，小屋都快塌了。这时门板砰地一响，一个水淋淋的白头探进来。“龙眼我孩儿！”龙眼妈大声喊，脸上又挨了一拳。门外的龙眼跳进屋里，只轻轻一抡就弄翻了父亲。他骑在父亲身上，牙齿格格响，双手飞快地击打，又从锅台上摸到了菜刀。“好孩儿龙眼！妈给你跪下了……”龙眼妈扑到儿子身上，那把刀当啷一声掉了。龙眼哭着把父亲拽起来，像提一包东西一样，摔到门外雨水里。他反身关门，抱住了妈妈。她满脸的血污都沾在了儿子的白发上。龙眼搂住妈妈，泪水从他闭紧的眼睛里一串串流下。

龙眼走出家门，他吐掉流进嘴角的水，双手插在衣兜里。大雨天里没有一个人走上街头，家家紧闭院门。他在一个个巷口徘徊，眯着双目。这时候如果有个人走出来——赖牙、金友或是想象中的什么人，他会一跃而起扼住双方的喉咙，永不撒手。他在巷口移动，踏下了一个个深印。他满身灼热，不知不觉间咬破了嘴唇。腥咸的血在口腔旋了一下，想吐掉，犹豫了一下又咽进肚里。大碾盘子在雨水中嗡嗡震响，雨丝将碾盘洗得无比洁亮。他趴在上面。大雨也冲不掉的浓烈气味……他摸向那个土屋。他在那个小门跟前站了一瞬，拼命地摇晃起门框。"肥！你开门啊……肥！"不知是雨声还是她的哭声，门的另一边终于有了声音，"我不，我不！你饶了一个没爹没娘的孩儿吧……""我来跟你说句话儿，你开门啊！""我不！我不！"龙眼用他的白头撞起了门板，噼啦啦的声音像滚动的雷鸣。这会儿巷口上闪出一个身披蓑衣的人影，龙眼似乎吸到了召唤。他听出那是肥的父亲老转儿沙哑的声音——急急仰脸去看，一下子认出那是弯口老叔的背影。他跟上老人。"好娃儿随弯口老叔捉泥鳅去。大雨把淤泥底的泥鳅冲出来了——记得不？"老人胳膊上挂了个破篓子。龙眼跟上。

月光从四方小窗流进来，浸泡着炕上的肥。多好的月色啊，她该撒开脚丫跑上一会儿——村里的年轻人都变得安稳起来，再也没有了痴跑野奔的好日月了。他们长大了，老了，趴在自家炕头上过日子了。先是宝驹赶鹦不出门了，接上是憨人他们去了工区。赶鹦姐一个人咽下羞辱和苦楚，好不容易才熬过来。三兰子死在分头争年的怀里。最有福的是眼皮上长小疤的美女香碗，她逃过了大脚肥肩这一关，一辈子没有眼泪了……肥仰躺着，看着被烟火熏黑的屋梁，心里一阵阵发酸。我要扔下这空荡荡的小屋走了，我真有一天要走了。妈吔，我要绕开小路跑了，你千万扯住父亲，别让他追我。

满身灼热，不知不觉间咬破了嘴唇。腥咸的血在口腔旋了一下，想吐掉，犹豫了一下又咽进肚里。大碾盘子在雨水中嗡嗡震响，雨丝将碾盘洗得无比洁亮。他趴在上面，舔了舔石面，品出了浓烈的味儿……他摸向那个土屋。他在那个小门跟前站了一瞬，拼命地摇晃起门框。他的拳头击打着，喊叫：“肥！你开门啊……肥！”不知是雨声还是她的哭声，门的另一边终于有了声音：“我不，我不！你饶了一个没爹没娘的孩儿吧……”“我来跟你说句话儿，你开门啊！”“我不！我不！”龙眼用他的头撞起了门板，噼啪啪的声音象滚动的雷鸣。这会儿巷口上闪出一个身披蓑衣的人影，龙眼似乎听到了招唤。他听出那是肥的父亲老鞋儿吵哑的声音——急急仰脸去看，一下子认出那是豁口老叔的背影。他跟上老人走去了。“好娃儿随豁口老叔捉泥鳅去。大雨把淤泥底的泥鳅冲出来了——记得不？”老人胳膊上挂了个破篓子。龙眼跟上去。

月光从四方小窗流进来，浸泡着炕上的肥。多好的月色啊，她该撒开脚丫跑上一会儿——村里的年轻人都变得安稳起来，再也没有了疯跑野奔的好日月了。他们长大了，长老了，趴在自家炕头上过日子了。先是宝驹赶鹦不出门了，接上是憨人他们去了工区。好赶鹦姐一个人咽下羞辱和苦楚，好不容易才熬过来。三兰子再也没有了，她死在分光争年的怀里。

先人的眼睛盯住了我，要我脱下衣裳寻找鱼纹儿。我不，我也不怕天谴。妈吔救救孩儿吧，孩儿是孤零零一个了。妈吔孩儿来世再服侍你、报答你，让你吃又甜又软的瓜儿。不瞒你妈吔，我亲手救下了那个男人。那天是大明月光，一根根头发都看得见。我看遍了他的全身，皮下肋骨一根一根清清哩，还有刚生出的胡须。他开始昏着，捆在树上，血染遍了全身又一滴滴洒到土上。他真的一丝不挂，像一只鸡吊在树上。我怎么也不相信他们那么狠，存心要打死他……我用榆树叶儿给他擦了伤口，一点一点擦，半点也不害羞。那晚我的眼泪滴在他身上，他醒来握住我的手。我给他穿上衣裳，把他驮起来。他亲了我一下，后来又昏过去了。我歇息了几次。我把他放在土坎上，偷偷挨近了端量。妈吔你猜我看见了什么？我觉得他是妈妈你生出的一个孩儿，是这小土屋里的一个娃儿。我听见树林子那边赶鹦矮壮憨人喊我哩，我不应。我又驮起他来往前走。我想来得及哩，我一口气把他送到家……这会儿我一闭眼就是一个人捆在树上，浑身是血。我做梦也梦见他，向我伸长了瘦胳膊。他要把我接走，让我离开这个村庄。我要踏着月亮地出去跑跑了。我听见咚咚脚步声，我再也忍不住了，妈吔，我走了。

她在小巷子里走，两脚沾上了月光，揩也揩不掉。一拐出小巷子她就飞跑，仿佛身后有什么追赶，她倚在一根柱子上喘息，按住了怦怦跳的胸脯。她感觉到了那两个饱满而润滑的乳房。一声马的嘶叫，提醒她已来到了牲口棚下。她想到很久以前在木槽中摸到的汗湿的人体，咬住了下唇。有个细高个子一丝丝在阴影里挪动，那是僵僵的牛杆。他一个人挪动，两腿像木头一样笨拙。肥见他在一溜槽前巡视了一遍，最后在一匹灰马跟前停下了。灰马仰脸看着牛杆。牛杆抬起手，搭在马脸上一动不动约有十几分钟，然后转过身走了。肥在他离去的那一刻里差一点哭出来，因为她突然想到这个人肯定到了最后关头。“等着看吧。”她在心中说道。她还想看看这个时刻里庆余和凹脸年九在做些什么。可他们都待在棚角草屋里不出来，也没一丝声息。肥沿着墙下阴影走了一会儿，一步跳入月光。小村子真静。一种十分熟悉的气味儿在空中飘荡，主要是甜腻腻的地瓜糊糊掺进了烟气，外地人一闻就咳嗽。多好的黑夜啊，又清凉又好玩，怎么能闷在家里？红小兵家的窗子亮着，那个老人说不定这会儿又在摆弄酒坛。肥想到了怒目相视的那对老伴，觉得事情真是奇怪啊。闪婆家传出了节奏分明的念叨声，她在连夜教导欢业。肥一想到毛发焦黄的欢业就忍不住想笑。再往前走就是金祥的小屋了，那儿自他死后就是黑洞洞的，听说村里改成了仓库。她快步走过去，挨近了弯口老叔的小屋。透过窗子，她清晰地看见了憨人妈与弯口老叔在炕上打牌。大约是弯口老叔偷了好牌，憨人妈的手在他面前一揪一揪。如果是往日，肥就喊着憨人走进去了，可她今夜没有心思。就在她往村边走去时，突然有一个粗哑嗓子低低问一句：“谁家女娃？”肥两脚一弹跑起来。多吓人的男人嗓门！她明白那又是个光棍汉子趴在黑影里。肥知道总有人在夜色里游荡，他们睡不着啊。她在村边的杨树下站了一会儿，又蹲在了红薯地里。这是一片未收的瓜儿，瓜叶上露珠闪亮。她闻着一股野生生的青草味儿，真想大叫，喊出一个火爆爆的日子。肥躺在瓜叶儿上，望着一对对萤火虫飞动。后来她听到了刷刷的脚步声，抬起头却什么也看不见，又等了一会儿，她看到从村子里跑出了一个人，一边跑一边跃动。啊，有长长的辫子在肩头扬了一下，是赶鹦！肥的喉头一阵热烫，她真想喊一声，可还是忍住了。她的两条长腿在月光下多么好看，做了一天活儿，夜间还要出来游荡。瓜干烧胃啊，老人说得再对不过了！肥看着赶鹦，一声不吭，直瞅着赶鹦走进了遥远的月色。

不知躺了多久，肥爬起来向北走去。她踏上了一条窄窄的小路，进了那片稀疏的树林。脚下的沙土嗞嗞响，她自顾往前。她停下步子，发现自己不知不觉来到了一棵奇怪的树下。她伸手摸了摸树皮，全身一颤。这就是那棵树，那棵树。“好挺芳，你记住这一天了吗？你不会忘记哩。”她小声地说。这样不知多久，她感到了温热的呼吸，一转身，看到了离得很近的挺芳。瘦瘦的年轻人害冷一样颤抖。他抿了抿嘴唇说：“我到处找你，以为这辈子见不到你了……”肥注视他。她看到他唇上有一些焦干的白皮。年轻人两手搓着又装入衣兜。她知道他衣服下面是瘦得可怜的躯体，那躯体很轻很轻。他鬈鬈的头发在额上遮出了一道阴影，黑黑的圆眼闪闪发亮。“挺芳！”她叫了一声。她马上感到一双胆怯的手抚摸起她的头发来。后来这双手又试图抱起她来，但没能成功。他开始小心翼翼地吻她的眼和鼻子。她两手扳住他尖削的肩头。他哭了，她舔到了咸咸的泪水。当他们都感到筋疲力尽时，肥就把头偎在他的胸部。他坐在沙子上。肥吻去了他的泪痕，自己却渗出泪水。她说：“你是最好最好的人，也是个傻人哩。”挺芳并不回应，只用尽全力抱住她肥胖温暖的身体，两眼望着月空。望了一会儿，他突然说：“咱们跑吧！跑走！”肥没有吱声。他用力摇她。她抬起头：“什么时候？”挺芳牙齿响了一下：

“今夜。”

牛杆终于死了。他从牲口槽边转回来，轻轻地倒下去死了。年九伸手托起他来：“妈吔俺爹真轻！”庆余半点都不惊慌，也没有金祥死前的那种悲伤。她让儿子帮忙给牛杆换上一套衣裳，又给他揩了脸。年九从未见过继父有这么鲜亮的脸色，他捏了捏爹的大拇脚趾，觉得还温热。凹脸年九跑走了，一会儿请来了独眼喜年。他进门后二话不说就扎上了针。当喜年伏身捻动针杆时，才发现牛杆的身体有些异样，用手按了按，原来早已风干了。牛杆过世的消息传遍全村，全村的狗也随主人来了，它们汇在一块儿，在人群中钻来钻去。第二代屠宰手年九受一个老人启发，亲手杀死了自家一头半大的猪，放大铁锅里熬煮。牲口棚里立刻弥漫起浓烈的肉香，年九沾满血迹的长手　挲着，呆站在那儿等候吩咐。他又一遭经受死亡的繁文缛节，满面惶恐。“你敢不哭？！”红小兵大喝。于是年九大哭。他哭着哭着裤子滑脱下一截，露出了肚脐。有人笑。赖牙拧着脖子喝。大脚肥肩站在离庆余不远处，满脸恼恨。她移动到庆余身后，低着嗓子说：“给牛杆跪下！”庆余跪了。大脚肥肩伸手往前推拥她，借机使劲拧了一下。庆余身子一晃一晃哭叫：“牛杆啊……”香火燃烧起来，人群在牲口棚前的空地上围了一夜，喝了肉汤还不愿离去。天傍亮时，大痴老婆庆余搬出了一大摞子黑煎饼。大家分吃。老头子坐在马扎上费力地咀嚼。“牛杆是个福人啊，该去就去了。”

牛杆葬在了独眼义士不远处。这是大脚肥肩的主意。埋葬时照例撒下不少煎饼，人们说独眼义士少不得也要抢个吃。义士当年是牛杆的房客，他们天生该住一块儿哩。大脚肥肩在坟前大哭了一场，赖牙拉了几次她都不愿起来。“争年妈你怎么了，你哭不活牛杆！”她还是哇哇大哭，一边哭一边诉说：“如今有了喂马的了，有了欧有了欧，负心嫚儿告诉你有了欧……”谁也听不明白她的话。后来她躺在了独眼义士和牛杆的坟之间，紧闭双目。赖牙急得挠头，就让喜年为她扎了几针。“哎呀好疼好麻！”大脚肥肩爬起来。赖牙没有忘记让人盯住庆余，还叮嘱年九说：“你可是小村里的根苗。盯住你妈！”年九说：“是啦。”夜里妈妈起来解溲他也要跟上，一连几夜大睁眼睛。有一天庆余猛地爬起，一抬腿就往村外跑去。年九穷追不舍，头顶着一天星斗。庆余跑到了村头大杨树下，破着嗓子扬起手嚷：“牛杆！你家里来呀！来呀！”年九吓得哭起来，扯住她的衣襟叫着：“妈回去睡觉。”庆余搂住年九：“我孩儿听着，妈亲眼见你爹又回来了，在村头和老转儿说话。老转儿不让他进村，他们两个只在树边上转悠……”“你那是梦哩！”“我孩儿瞎说！妈亲眼见咪！”

“杆子老弟你一头土末子还没擦净，往哪里跑啊。”牛杆听见动静一怔，认出是一身单衣的老转儿，“原来是转儿老哥。我回村哩！

你不知道，我出来日子不短了，孩他娘会想我。再说牲口也没人喂啊，我得赶回去铡草拌麸皮儿。”老转儿听了哈哈笑：“你是这边的人了，还操那心。咱村里人样样事情都会划算好，误不了事。庆余活得挺好，她想你，谁能不想自家男人？我死了快十年了俺那口子还念叨。她是个碎嘴婆，侍候我怪好，旧社会过来，小脚。你那口子不要紧，泼吃泼睡哩，用不了多久就找下新主儿了。”牛杆痴呆呆瞪着眼：“这不中！她是俺的家口，再说……”老转儿又笑：“老弟错了！她原先还不是人家金祥的？不能太死心眼儿。”“咋办哩？”老转儿叹一声：“咱是入了土的人，进不得村。你想家里人，想这个村子，也得忍住。有时急得抓耳挠腮，就在村头村尾上走走，手打眼罩望望，解解馋。”“啊呀我受不了，我还想亲手搂搂老婆、捏捏年九的小拇脚指头……”老转儿大声咳着，捶着胸脯，“ 呀老弟，出家不挂家嘛！你心里这团火熄不了，有你难熬的日子啦。那团火一时半歇熄不了。男子汉哪能不想家？穷家值万罐（贯）哪。要是我猜不错，你还想偎在老婆身上哩，还想天不黑躺炕上打挺儿哩，是不？”牛杆脸红了：“老哥你不能说这个。”老转儿咬咬牙关：“不瞒老弟了，老哥我一天不闻咱村里的烟火气儿就受不了。我想那些过日月的老少爷们，想他们打架、做活、跟老婆亲嘴儿、坐在马扎上吸旱烟的模样儿。我恨不能一撒丫子跑回村里。我还想那些满身泥巴、长了一身鱼纹儿、在被子上撒尿的娃儿，臊臭臊臭的小脸啊！我想她娘、想肥——俺肥越长越水灵，胖嘟嘟怪好，比她妈比我都白嫩，小伙子都打她的主意，那是做梦吃枣儿白想。她哪里也不去，就嫁这当村！老弟啊，你看我就是个操心的命，为她们娘儿俩愁……”老转儿用衣袖擦眼，牛杆也哭了。“老哥还说能忍住哩！”“能忍住是假！入土的人了，照理说就得老老实实在下面，另打锣另开张。可我舍不得小村哩！老弟啊，不过咱莫回村去，莫回家，这是过来人的规矩。我知道你急，你就跟我在村边上转悠吧，说不定碰巧了，还能看到她娘儿俩出来，看到个把熟人儿……”

肚子上结了大疤的光棍汉一天到晚往牲口棚里跑。他气喘吁吁，坐在泥地上张望。新接手的饲养员金友找茬儿和他打了一架，两个人在地上滚成一团。金友用牙咬坏了光棍汉的耳朵。“我不宰了他个金友就不算个人物！”光棍汉嚷着，不久满村人都知道了。他腰上别了一把铁片子刀，然后继续进出牲口棚。金友两手摇晃簸箕，故意将碎草屑弄了他一身一脸。光棍汉喝了瓜干酒，眼都是红的，终于拔出刀来，照准金友下身就捅。金友迅疾地抓住他的手腕，反着一拧夺下刀来。金友捏了捏刀身，轻轻一弯就折成一个直角。原来是熟铁片子。金友两手揪紧了他的头发，一下一下往地上磕。光棍汉杀猪一样号叫，引得庆余和年九跑出来。金友一下一下打他的嘴，眼见着流出血。年九不吭。庆余一见红红的血就跑进屋里，取来白布去擦。他抱住了庆余的胖手，死也不松，泪水一股脑儿涌出来。金友狠劲儿揍光棍汉的手，他就是不松。年九急了，一下子扑上去，光棍汉这才作罢。可是他的嚷叫越来越响，引来了不少男女。赖牙来了，他用脚踢踢光棍汉。金友骂着，说是黄鼠狼给鸡拜年，大天白日想伸手抢哩！赖牙一跺脚，朝金友一举巴掌：“睡你先人！

看到了他小腹上的枪疤闪闪发光。他的腿弓成弓步往上一跳一跳，嚷叫：“天啦，一眨眼间的事儿呀！俺得哩，得哩，俺今后也有个热窝儿啦，死了不冤了。俺是个福人儿，日后咱也有个吱呀……哎呀，有个吱呀！”谁也不明白“有个吱呀”是什么意思……“多好的事儿呀，多好！”老婆婆们感动得流下了泪，“真是百年不遇的事儿呀！”老头子们喜忧掺半地吸一口烟，叹息：谁晓得她又熬下几个？难说哩！

二十六

谁也想不到欢业这么快就长大了。他长得酷似父亲露筋：深陷的双眼，焦黄的头发，一个鼓额，一副瘦骨嶙嶙的身子。他是小村里的一个怪种，整天郁郁寡欢。除了做活他简直不怎么出门，一天到晚陪伴母亲。闪婆忆苦时他就相随，伴母亲哭泣。他的个子已经很高了，唇上长出茸毛了，可还象一只羔羊一样依恋着母亲。闪婆上街时拉上儿子的手，儿子为她引路还是她为儿子引路，看不出。“多好的小伙子啊，白皮儿，大双眼，细细身架，还有一头——”老婆婆称赞着，最后几个字说不出口。那一头金灿灿的头发长得不合时宜，不过公道点说倒不难看。全村里只有他和龙眼的头你还挡住人家成亲啦？”大伙儿大笑起来。金友扔了簸箕，反身走了。光棍汉这会儿像换了一个人，一跳老高。谁都看到他小腹上的枪疤闪闪发光。他的腿弓成马步，嚷叫：“天啦，一眨眼间的事儿呀！俺得哩，俺今后也有个热窝儿啦，死了不冤了。俺是个福人儿，日后咱也有个吱咂……哎呀，有个吱咂！”谁也不明白“有个吱咂”是什么意思。“多好的事儿呀，多好！”老婆婆们感动得流下了泪，“真是百年不遇的事儿呀！”老头子们喜忧参半地吸一口烟，叹息：谁晓得她又熬下几个？难说哩！

二十三

谁也想不到欢业这么快就长大了。他长得酷似父亲露筋：深陷的双眼，焦黄的头发，鼓额，一副瘦骨嶙峋的身子。他是小村里的一个怪种，整天郁郁寡欢。除了做活他简直不怎么出门，一天到晚陪伴母亲。闪婆忆苦时他就相随，伴母亲哭泣。他的个子已经很高了，唇上长出茸毛，可还像一只羔羊一样依恋母亲。闪婆上街时扯上儿子的手，儿子为她引路还是她为儿子引路，看不出。“多好的小伙子啊，白皮儿，大双眼，细高身架，还有一头——”老婆婆称赞着，最后几个字说不出口。那一头金灿灿的头发长得不合时宜，不过公道点说倒不难看。全村里只有他和龙眼的头有点怪异，以至于没人轻易去议论它。这头金灿灿的头发真的怪让人亲，像平绒布那么润滑。它的颜色配合着一张苍白阴郁的脸，说不出有多么妥帖。姑娘们有时长时间地盯住欢业，弄得小伙子一声不吭。赶鹦自从那个沮丧的秋天之后几乎就没怎么正经说过一次数来宝，人们也渐渐忘了这回事儿。可是有一天她与欢业坐在一块儿说话，脸就一直红着，分开时她竟然一口气说了两段数来宝。那种脆生生的欢快撩人的韵味儿让人好一阵兴奋。大家误认为新的季节又来到了，宝驹赶鹦又该着满泊里奔跑了。当然这只是一种错觉。赶鹦激动之后又安静下来，就像那条穿旧了的条绒裤子一样，好时候毕竟过去了。欢业还有一次与眼皮上长小疤的美女香碗待了一会儿。香碗比他足足大出六岁，有着又痛苦又愉快的复杂经历，已经很难再冲动起来。特别是三兰子的死，撩动了她心中好不容易忘却的那一切。她粉红色的光洁脸庞一夜之间变得干涩了，没精打采。她的整个身体，除了挺起的胸部还给人生气勃勃的感觉之外，其他部分都变得萎靡不振。香碗盯着欢业出神，逗他说话儿，把他当成比实际年龄还要小得多的男娃儿去看待。欢业难得一笑，旋即恢复了严肃。香碗忍不住把左手伸到了那茂密的金发之中，抚弄了几下。欢业一歪头说："哎！"人们都认为欢业是一个不近女色的青年，将来必成大事。人们同时又总结出他其他方面的高贵品质：孝顺、勤俭，以及不苟言笑的威严。欢业唯一能够合得来的就是一些老人，他们的絮叨令他感到真正的愉快。随着年龄的增长，他的这个特性愈发明显。总之这是一个从里到外都充满了谜语的青年，让人觉得他在等待什么，要做什么。

"看看人家闪婆老姊妹享那个福，咱还不如死了好！"老婆婆们坐在街头巷尾，经常这么议论。她们都亲眼见欢业扶着闪婆出来，给妈捶背捏弄腰腿，还给妈挠痒。如今的闪婆明显地老了，话语不多。她的激情已经在无数次忆苦中用尽，眼下说话又轻又低，没筋没骨的。虽说仍然有外村人用地排车拉了她去，但那不过是借她端坐桌前的形象来唤起人们的回忆罢了。“我孩儿把妈领到大槐树下坐坐。”闪婆常常说。欢业从记事起就和妈妈坐在这儿，听一村的喧嚷。他也目睹了金友怎样用胸部射出的乳汁溅在妈妈脸上——那时欢业还小，可他记得住这场景。他有一次见金友在囤子里抱住妈妈滚动，就用铁锥刺中了他。他们坐在大槐树下，欢业深陷的双目不断仰起，望着无垠的田野和黑魆魆的村巷。“孩儿要记住你是受苦人家的孩儿，爹妈奶奶爷爷姥爷姥娘，没一个不是苦海里泡泪汪里淹，你要对得起先人。”闪婆闲了就这样教导欢业。欢业听着往事长大，熟悉妈妈的每一句话。“放心吧妈我全记下，一句一句死也不忘。”闪婆点点头：“要接下班来。你爹你妈年轻时候在野地里东跑西窜，没个窝儿生你。半辈子了才住到小土屋里，揣上娃儿你。那时候遇什么吃什么，生瓜儿生豆角，还有青草薯叶，嚼嚼就咽下……”“妈，你别说了别难受了，孩儿记下。”欢业揩去母亲的泪水，又拢拢她被风吹乱了的花白头发。老人们没有一个不喜欢这个瘦瘦的年轻人，都说他黄黄的眼珠里都是安稳气儿。大家都认为这个青年之所以举世无双，主要是教育得好——谁经得住闪婆从小对在耳根上讲呀讲？好娃呀，只等娶个有福的姑娘生下根苗，为露筋续下香火了。人们猜测他的婚事，一致认为好娃不用慌急。有人甚至主张他到工区里娶个女子来，她们不经风雨，手脚绵软走路一扭一扭，闻一闻喷香喷香。再说工区人来小村里骚扰不轻，如今也该让小村人搂抱一下“工人拣鸡儿”——有人甚至指点着非常具体的目标，说工区上理发姑娘奇小奇美，小手鸡蛋大。老人们听了摇头：“不中不中，大婆娘才养好娃。”

深夜里，闪婆睡不着，不停地咳。“妈妈，妈妈！”欢业为妈妈捶背，一连几夜没有安睡了。闪婆真的老了，身上没有火气了，手脚冰凉。欢业把她的脚贴在肚子上暖，又把那双僵硬的手揣进怀里热着。这脚在野地上奔跑过上千上万里，这手为找吃物在棘棵子里抓挠过哩。妈吔，你受的苦楚没有数，你跟上俺爹钻庄稼地睡烂草窝，那时你还是又小又娇的媳妇，像千层菊花一样啊。你和爹成了野地人。你的身子是那些年熬干了的，一点点失了汁水。我身上的火气能给妈一些就好了，我是为妈活着的。妈妈的眼睁不开，可孩儿从未见过世上有谁的眼睛比得上你。你的眼最亮水灵灵黑漆漆，像杏核儿像初秋里的葡萄。妈看着我长大，我记得住妈的眼。好孩儿妈要不行了，我一夜一夜听见你爹在那边喊我，老说准备好了吗，收拾停当俺接你去。我说急性儿等等，我舍不得孩儿，舍不得这个家哩。你听你爹又在叫我了，一声比一声急咪。妈吔妈吔，我不让你走，你走就领上孩儿。世上有一个孩儿是为妈妈活的，那个孩儿就是我。闪婆抱起欢业，欢业伏在她胸前泣哭。妈吔，你到了那世上，也得有孩儿为你扯手引路啊，爹岁数大了，手脚不灵便了。我还要跟去服侍你，去抱柴草碾瓜干哩。傻孩儿留下住土屋，娶个婆娘，接下班儿！

闪婆夜夜搂着欢业，直到了最后的日子里，还用手攥紧了欢业的脚丫。她在一个风清月明的深夜里死去。小村子当时静悄悄，所有的人都在沉睡。谁也不知道在一个角落里发生了这么大的事情。奇怪的是欢业也没有掉一滴眼泪。他很快用一块白布束了金黄的头发，坐待天明。村子里的人渐渐知道了，拥来了，开始了悲痛和忙碌。欢业好像一夜之间长得更加高大，他在人群中走来走去，默不作声。香碗和赶鹦哭着赶来，不住声地劝欢业不要悲伤。她们一会儿就揉红了自己的双眼，扯起欢业的胳膊一边哭一边摇晃。欢业看了看她们，托起她们的下颏。她们惊讶地张大了嘴巴，欢业认真地看了看她们齐整的洁白的牙齿。“欢业俺的好兄弟，千万莫想不开啊！”香碗说。欢业用粗粗的长臂把她们往旁轻轻一拨，大步走出了屋子。他扛起锹随几个人往野外走去。闪婆安葬了。一切都宁静下来。欢业回到了小土屋，坐在空荡荡的炕上。来了一伙年轻人，他们望着这个与他们有着深深隔膜的伙伴，一言不发。他今后怎样过自己的日子呢？这样注视了一会儿，他们就离开了。欢业头上的白布仍未取下来，看上去又威严又怪异。他异样的深目这时更加英俊也更加严厉。他把屋角的零碎东西扫走，又去整理一个布包。

金友喂过了牲口，蹲在地上吸烟。这个夜晚月光如水，浸着地上的草梗。这个秋末的深夜风好凉，他把衣裳揪紧了，使劲抱住肩膀。棚子一边的小屋空出来，因为年九和他妈都有了新窝。他偷偷杀掉了跑进牲口棚里的狗，又在小锅里煮好，买了白酒。他一会儿就回小屋喝下一盅。煮肉时憨人妈路过这儿，连声说好香哩。她探探头看了，金友乘她不备一把抱住说：“逮住一个贼哩。”憨人妈喊叫，用手扯他的头发，他这才松了手，说：“你是真能喊！”憨人妈沉着脸走了。“她真能喊啊！”金友回味着咕哝一句，磕了烟。小豆送夜饭来了，金友肚里有狗肉一点也不饿。他看看那两个瓜面开花大馍，顺手揪下一块嚼了，酸味儿顶得他连连吐：“狗东西做下什么！”他只用两根手指就把小豆揪倒，扳在破席子上，用腰带抽打起来。“没良心的打死我吧！”小豆的嗓门尖利。“你是真能喊！”金友握住她的头发提起又放倒，按住了往棚柱上撞。“哎呀疼死我了！哎呀救命！”小豆一声连一声喊叫。金友呼呼喘息，酒气全涌上来，越打越气。他的牙齿都咬响了。恍惚间他又看到了工区看澡堂的小驴，自己正和牛杆一左一右狠揍小驴哩。“打死你，打死你，今夜不留你了！”金友跳上炕去骑住，拼着劲儿挤压她的腹部。小豆的身子在月光下拧，男人把她折叠起来，噗噗打着。“我不敢了啊，金友饶我！”“不饶不饶！”……有一个高高细细的影子往棚口这边踱来。近了，金友看见了一头金光闪闪的毛发。“你他妈的来这里干什么？”金友骑在小豆身上吆喝。欢业抄着手盯住这两个人，抿了抿嘴。“快救下大婶啊！”小豆在下面嚷。欢业做了个什么手势，金友哼了一声。欢业又做了一次手势。金友不语，只是冷笑。欢业搔了搔头发，那只沾了金色的大手噗嗒一声打在金友脸上。小豆身子一弓爬起来。金友像狼一样跃了一下，扑到了欢业身上。欢业的肩膀被咬住了，血顺着胸脯往下流。金友仍不松口，咯吱咯吱咬着筋肉。钻心的疼痛几乎让欢业叫出声来，可他忍了。有那么一刻，他什么也没做，只是好好端量了对方一眼。他看清了金友长了一对小灰眼珠、一个凹凹的胸骨。“嗯。”他说。接上他把右拳勾起来，往上斜着一下，打中了金友的下巴颏。金友的头一仰松了口，牙抖着一蹦，顺手取了块木头，瞄准了欢业的头顶。欢业躲过了，金友横着抡扫，一下一下打在欢业的腰上。欢业攥住了木头往前推挤。眼看木头把金友的颈部挤在棚柱上了，小豆突然一喊。欢业的手一抖，金友滑脱了。当他伸手去逮的时候，金友已经滚到角落里去了。金友重新出现在光亮里时，手里已经有了一把刀。欢业认出那是屠宰手年九的刀。“我剐了你这狗娃！”金友说。他往欢业下身使刀。欢业跳起来，觉得刀尖伤了一下腿骨。他闭着眼叫了一声“妈吔！”往前猛力一冲，把金友顶倒了。他用膝盖压住持刀的手腕子，夺下刀来。金友的脖子青筋累累，像交错的地瓜根须。欢业几乎没怎么犹豫就把这些根须割断了。滚烫烫的东西奔涌而出，刺鼻的气味使满棚的牲口都昂首嘶鸣。“妈吔妈吔！”他大叫着抛了刀子， 挲着手掌。他的耳朵嗡嗡怪响，听见月亮像热铁入水般地 挲乱响。“妈吔妈吔！”他飞奔在街巷上。月色掺了血水沾在了脚上，他用力跺脚。不知怎么一步跨入了小土屋，一眼看到了土炕上的一个包裹——那是不久之前包好的！天哪，好像一切都早有准备，一切都是规定好了的。走啊走啊，快撒开丫子往南奔吧，快逃到野地里去吧。

“欢业杀人了啊！快呀，欢业杀我男人了啊——”

小豆的喊声压住了狗吠，小村里一霎时大乱。赖牙呼喊着人去

"你是真能喊！"憨人好沉着脸走了。"她真能喊啊！"金友回味着咕哝一句，磕了烟。小豆送夜饭来了，金友肚里有狗肉一点也不饿。他看看那两个瓜面开花大馍，顺手掀下一块嚼了，酸味儿顶得他连连吐：“狗东西做下什么！”他只用两根手指就把小豆掀倒，按在破席子上，用皮带捆打起来。"没良心的打死我吧！打死我吧！"小豆的嗓门尖利利。"你是真能喊！"金友揪住她的头发提起又放倒，按住了往棚柱上撞。"哎呀疼死我了吧！哎呀救命吧！"小豆一声连一声喊叫。金友呼呼喘息，酒气全涌上来，越打越气。他的牙齿都咬响了。恍惚间他又看到了工区看深堂的小驴，正和牛杆一左一右狠撬哩。"打死你，打死你，今夜不留你了！"金友跳上炕去骑住，拧着劲儿挤压她的腹部。小豆的身子在月光下打，男人把她折叠起来，咻咻打着。"我不敢了啊，金友饶我！""不饶不饶！""饶我吧天哩！""不饶不饶！"……有一个矮矮细细的影子往棚口这边跳来。近了，金友看见了一头金光闪闪的毛发。"你他妈的来这里干什么？"金友骑在小豆身上吆喝。欢业抄着手盯住这两个人，抿了抿嘴。"快救下大婶啊！"小豆在下面嚷。欢业做了个什么手势，金友哼了一声。欢业又做了一次手势。金友不语，只是冷笑。欢业搔了搔头发，那只沾了金色的大手"啪嗒"一声打在金友的脸上。小豆身子一弓爬起来。金友象狼一样跳了一下，扑到了欢业身上。欢业的肩膀被把住村口，土枪走火了，火舌冲向天空。混乱了半天，有人跪在巷口辨认一串带血的脚印，说：“快追快追！”一伙儿人呼啦啦奔出村子。血印儿一直延续到一条渠边，渠水把血迹洗断了。“他再也不会回来了。”有人在一边发出笑声，赖牙喝了一声：“是谁？！”转脸一看，见发笑的人是白发苍苍的龙眼。 欢业脚不沾地飞奔，逢渠过渠，逢坎跳坎，一心穿越平原。他什么也不想什么也不怕，顺着小村人迁徙的相反方向驰去。深秋的野地像冰一样凉，满地荒草像头发。风呼呼地吹起来，月亮飞一样追逐他。“我杀人了啊，我杀了金友！”他念着这句话奔跑，趁着夜晚跑得越远越好，跑到没人知晓的地方。他知道自己能否活下来就看这一双脚了。奇怪的是这脚一踏上野地就分外来劲儿，精神头儿也足了。原来爹妈都是野地人啊，他们在野地里过了半辈子，他们的孩儿也该是个野地人哩！欢业无牵无挂，欢业送妈妈入土了，如今是利利索索一个人，正好出去跑跑，沿着爹妈奔过的小路再奔忙一阵儿。妈妈在世时再三嘱咐要“接下班儿”，孩儿我真的做到哩。天还没有亮我就撒开丫子，到太阳一出我就成了真正的野地人。秋天地上还有残留的瓜儿和花生、豆角，我饿不着。我知道一辈子都会有人追赶我，我再不能安生。我很快会磨穿鞋子，长一双铁硬的大脚。天哩，我的腿好疼好疼，那是金友的刀尖碰开的一道血口。我可得用一种药草抹抹它。野地里什么草药都有，只可惜我不认识。妈吔，你在紧要时刻里保佑孩儿吧，孩儿的腿眼看着肿起来。他咬着牙趴下身子，借月光辨认着芜草。水滋滋的草地上有未收的青豆棵儿，他揪下几把豆角嚼着。

一种长了一溜尖刺的宽叶儿菜在月光中闪闪发亮，像在引逗他的手指。“我的孩儿，你要找的救命草药就在眼前了！”他一闭眼就听见了妈妈的声音。宽叶儿菜填到嘴里，嚼成稀糊糊，然后抹到了伤口上。哎呀，凉凉的麻麻的，只一会儿腿就不疼了。“妈吔孩儿得救了，孩儿蹽开长腿奔跑了！”他重新飞驰起来。秋风把他的衣襟高高鼓起，看去像一只奇怪的大鸟。“嘎耶嘎哎——”草棵深处有粗犷躁烈的大禽在呼叫黎明，他就在这声音里飞跑，东方变成了淡灰色，再有一会儿月亮就不来追逐了。他要趁着这段时光跑出一片连着一片的红薯地，跑到一片完全陌生的泥土上。他是凭嗅觉去辨别这一切的，什么时候那种熟悉的气味没有了，什么时候才算来到了他乡。他这一辈子注定要像爹妈一样了，注定要在野地上跑来跑去，吃野食儿，喝地上的泥汤了。又一道大渠挡在面前，他毫不犹豫地跳进去。天有些亮了。他在水中又一次看到了身上溅着的血迹。这必须细细地洗掉。他潜在水中躲避着稍稍泛起的曙色，像一只水鸭偎在那儿。不知泡了多久，他噗地一下跳出来，站在了岸上。啊，老大的太阳冒出地皮，满地血红！这个瘦瘦长长的年轻人遍体流动着火红的汤汁，头发像火焰在燎，双眼也在燃烧。他向南方望去，只见一处连一处的水洼一汪汪发红，一片连一片的野草和未收的庄稼无边无际。一些野物，分不清是走兽还是飞禽，在清晨里跳荡、打斗。没有村庄，没有人烟，地势在明显地加高。天哩，一夜间跨过了传说中的辽阔平原，他要踏上丘陵了。这难道就是爹妈来回奔波、是金祥去背鏊子的那条奇路吗？小村人一辈一辈都来往在这条路上，只听人一遍一遍说过，如今才开始亲自用脚去丈量。他伸开大掌抹了一下脸，迈开大步往高处走去了。

小豆自男人死去就一直病着。喜年不停地扎针，大脚肥肩从家中取来了火罐。“真是怪事啊！无冤无仇的一对儿啊！”大脚肥肩嚷叫着，“争年爸说了，杀人的欢业总有一天要回小村哩，到时候捉了偿命！”老人们来看小豆，都说看错了娃儿：“好生生的一个男娃嘛，谁知开了杀戒。欺天哪！遭天谴哪！”小豆像凫水一样蹬着腿，露着雪白的肚皮，上面立着两根银针。赶鹦急急地赶来，后边跟着香碗、方正大姑娘金敏，还有呆子争年。如今香碗走到哪里，争年就跟到哪里。开始的时候香碗老要呵斥他，后来被赶鹦劝阻了。赶鹦凑在香碗耳边说：“快亲亲那张可怜人的小脸儿吧！”一句话勾起了往昔，香碗回忆着与争年在夜晚红薯地里的情景，泪水刷刷流下来。她再也不赶争年了。她像领着一个大孩子一样，在街巷上、田野上，在有人和没人的地方，一前一后地领着他。争年从不凑得太近，总离香碗四五步远。有一天她真的亲了他一下，他只会傻笑。他们走进了小豆家，一眼看到独眼喜年忙得大汗淋漓，正歪着头找一个新的穴位。他们都不约而同地想到了那个独眼义士——眼前这个人已经与他一丝不差了！方正大姑娘金敏掏出雪白的手帕为喜年擦汗，又从裤兜里掏出一半瓜面开花大馍。

多么清冷的夜晚啊！赶鹦与香碗走出巷子，不知往哪里走才好。“赶鹦姐，你说咱怎么办哪？”香碗倚在赶鹦身上。赶鹦没有作声，像驮着香碗似的，默默往前挪动。“真看不出他有这么厉害，是吧赶鹦姐？他当然有劲儿，金友当然打不过他。这个黄头发哩！他如今在哪儿？”赶鹦摇着头：“不知道。兴许他跑到庄稼棵里藏了，那样至多藏到秋天。冬天一来，大霜把什么都洗干净，光秃秃的泥地什么也藏不下了。”香碗点头：“那时候赖牙就会领上民兵逮住他。你知道吗？那晚上一伙人追赶了一夜，没有追上。他像飞一样，脚不沾地。”赶鹦一愣：“你见他了？”“没。可弯口老叔见了。老叔那会儿正好蹲在渠边上弄鱼，见欢业窜过去了。”赶鹦吸了一口凉气。她们相依走去，赶鹦的手搭在香碗的肩上，香碗把头拱在赶鹦腋下。她们倚靠在一截土墙上。香碗嘴里发出急促的喘息声，把脸用力地埋在对方胸口，揉动着。她哭了。赶鹦抚摸着她的头发，叹着气。这时有一个黑影踱过巷口，她们抬起头。香碗静了一会儿问：“你说他一个人藏在野地里，会想咱俩吧？”赶鹦抿着嘴：“谁知道……不过他会想村子的，他会回来！”香碗啊呀一声：“那他不给逮住？他才不会哩！”“老人们说他会哩！”“为什么？”“我也不知道。反正他会。他跟金祥、跟他爹他妈一样，野够了还得回哩，大伙儿都这么说。”巷子里传来索索声，原来一群游动的鼹鼠过来了。一个肥大的鼹鼠爬上香碗的脚背，香碗尖叫一声。鼹鼠们飞快地跑开了。两三个背土枪的人从两边围过来，厉声喝道:“谁？”“俺！”“哼哼。”背枪的原来是村里的年轻人，这会儿摘了枪。他们中的一个叫着：“赶鹦姐呀，香碗呀。”赶鹦和香碗都知道这是布下的暗岗，要捉欢业哩！他们往握枪的手上哈气，说：“都是姊妹们，也不瞒你俩——村头村尾、里里外外，到处都派了岗。还下了地枪黄狼夹子，他一回来就能逮住。欢业这回完了。”赶鹦问：“逮住了再怎么？”“逮住了杀呀！这还用说。”香碗叹一声，扯上赶鹦的手逃出了巷子。后面的年轻人压低嗓门喊：“千万莫进欢业家小院，那里有陷坑和绊绳！……”她们理也不理，一口气跑到了村边。灰茫茫的田野上有狗的跑动声，树上传来一两声鸟噪。“赶鹦姐，吓死我了！”赶鹦倚在了一棵大杨树上。“才几天的工夫啊，那时候欢业还多么小，小胸脯凹着。几天的工夫就会杀人了……”香碗说。赶鹦一声不吭。后来她喃喃道：“他夜里一个人会冻坏。他睡在野地里，可怜死人了。”香碗说：“闪婆要在，哭也哭死了！不过欢业要是个有心眼的人，千万莫回来啊！死也莫回来！”

欢业还在奔跑，黑色的衣服在风中犹如两翼。他要跑到天的尽头，跑到没人烟的地方。“俺犯的是死罪，俺一生一世要做个野地人啦！”他一句一句叮嘱自己，尽力压住了悲伤。沿途出现了一个个村庄，他没有歇脚。大白天，田边上干活的人不断停了手向这边遥望，他理也不理。“老天，看看这个人一阵好跑！”他们惊叹着，迷惑不解。“这个人腿杆子忒长，跑起来比三岁狗儿还快哩！”“看看，那人头发黄绒绒的，说不定是个杂种儿……”欢业在吆喝声中飞奔而去。他脑子里只有一个字：逃。丘岭来了，一个个凸坡犹如压来的沉重，他好不容易攀上去，再把它们甩到后边。饥饿像狸爪一样搔人肠胃，包里的瓜干和黑煎饼都啃光了，再啃就啃自己的指顶肉了。妈，孩儿饿得打滚儿啦，孩儿吃口白土垫垫饥吧。他趴下身子找地上的东西，揪把野草嚼了嚼。这样硬撑着来到了一个小山村，村里的人不论男女头上都包了一块青布。我要像老辈人那样讨要了，我不知喊得像不像。“大娘大婶儿，可怜可怜俺这没爹没娘的孩儿吧，瓜干麸皮糠窝窝，什么都行啊！肚子不饶人哩、咕咕骂我哩！”这样的话由一个细高条儿小伙子喊出来听了难受死人，巷子里的老婆婆们拄着拐杖叹息：“谁家娃儿混到这步田地，快让他喝口糊糊吧！”真有人端来粗碗对在欢业嘴上，还伸出手指搅了一下碗中的汤糊。欢业一口喝光，喊着：“好解馋啊！好解馋啊！”有人给他一小块豆饼，他舍不得吃就塞到了包里。这个村子的人都是些老人，脸上皱纹密布，一个个眼神又僵又亮。欢业不敢多待，抹抹嘴巴重新往前跑去。他的身后传来一个老人的埋怨：“肚里没粮，赶路莫慌，越跑越饿哩！”欢业心里念叨：俺是个没爹没娘的孩儿啦，俺是个野地人啦！俺从今以后土里做窝泥里打挺儿，要撒尿也不用进茅厕。跑啊跑啊，庄稼人的孩儿一撒开丫子鬼也追不上！没爹没娘的孩儿就是没线的风筝，大风吹到哪算哪了，没个牵挂了。俺欢业再能逃奔，也还是踩在俺爹妈踏出的脚窝上。俺冷了拱进茅草窝睡一觉，里面还有爹和妈的汗气味儿呢。呼呼大睡呀，冻也冻不醒呀，如今真的是光棍一根见了大姑娘也不眼馋了。哎呀呀拼着命赶路才有命哩，哎呀呀俺是个不想家的冷血娃儿……这样咕哝着迎来又一个黑夜，他真的四处寻找地方过夜了。一片白毛毛在落日里怪好看，他想起了少白头龙眼。他决心在毛毛草里蜷他一夜。草地老深哩，深处还有一个大漫洼儿。再走，又听到了噜噜的水声。这声音原来来自一条河，他心中一动。天哪，该不是那河的上游？自己拼死拼活一场狂奔，到头来还是缠在一条河上。要真是这样，那可算是个恶兆啊！他揪了一堆毛毛草，身子一弯拱进去。毛毛草又滑又软亲死个人，他痒得睡不着了。他后悔没有带出一床被子来。他由这河一路想下去，突然想到了自家的小屋。胸口热辣辣难受，躁得恨不能咬下自己一块肉，吭吭喷着鼻子。为抵挡那个小屋的诱惑，他硬是去想赶鹦的大辫子，并且真的模仿光棍汉们叫喊着："嚯呀！谁家大俊姑娘呀，大腚一撅一撅往哪跑呀！黑油油大辫子船缆似的，俺握也握不住！……"这样呼出了声儿，心渐渐平静下来。天真冷啊，这算个秋天吗？老天爷什么事都做得出来，他冻死人可不偿命！欢业顶着白毛毛草站起来，伸手到包里掏火柴。掏到了那个野地人的命根儿，他高兴得哆嗦起来。一堆火儿亮了，热腾腾的，舒服死人了！他双手插进金灿灿的头发里。

"什么鸟人野地里点火儿？"一个粗烈的嗓子把欢业吓得蹦起。他一手遮火一手打眼罩儿，这才看清有黑乎乎几个人影，站在前面的是一个光着膀子的老头，头顶上有一块巴掌大的黑斑。他退开一步，抓了包。"抓住他！"黑斑老头突然喊。欢业转身就跑，长腿不沾地，就像飞一样。庄稼人的孩儿一撒丫子鬼都追不上，连满泊里的风都给他鼓劲儿。欢业像匹打中了后腿的大马，一跳一跳烈劲儿十足，咧着大嘴巴喘气了。"我日你妈我舍上命了，我人都敢杀啊！"他心里骂着，鼓着劲儿飞奔。可他硬是感到后面的一只手在摸他飘飘的衣襟。怪哉！世上真有比他还快的神人不成？他歪着脖子去看，见几个黑影眼看就抓到他了。命啊命啊，命里该着被逮！

白毛々花在落日里怪好看，他一眼就想起了小白头发眼。他决心在毛々草里蜷他一夜。草地多深哩，深处还有一个大漫洼儿。再走，又听到了哗々的水声。这声音原来来自一条河，他的心中一动。天哪，这不是那河的上游？自己拼死拼活一场狂奔，到头来还是缠在一条河上。要真是这样，那可算是个恶兆啊！他揪了一捆毛々草，身子一头扎进去。毛々草又滑又软柔死个人，他痒得睡不着了。他后悔没有带出一床被子来。他由这河一路想下去，突然想到了自家的小屋。哎呀胸口热辣々难受，哎呀俺的小屋！他燥得恨不能咬下自己一块肉，吭々哧着鼻子。为抵挡那个小屋的诱惑，他硬是去想赶路的大辫子，并且真的模仿光棍汉们的叫声喊出来："嘿呀！狠家大傻姑娘呀，大腚一摇一摇往哪跑呀！黑油々大辫子船绳似的，俺揪也揪不住！……"这样呼出了声儿，渐々闭了嘴巴。天真冷啊，这算个秋天呀？老天爷什么事都做得出来，他要冻死人可不稀奇！欢业顶着白毛々草站起来，伸手到包里摸火柴。摸到了那个野地人的命根儿，他就觉得暖和起来。一堆火儿亮了，热腾々的，舒服死人了！他伸开胳膊，又双手插进金灿々的光焰里。

"什么鸟人野地里点火儿？"一个粗哑的嗓子把欢业吓得蹦起。他一手遮火一手打眼罩儿，这才看清有黑乎々几个人影。站在前面的是一个光着膀子的老头，头顶上有一块巴掌大的黑斑。他退开一步，抓了包子。"抓住抓住他！"黑斑老头突然喊。欢业转身就跑，长腿大迈地，他刚要喊句什么，突然扑哧一声给绊倒了，接上有四五只大手按过来。黑斑老头儿喘着，说："给我揍，先莫问什么人。""好啦老叔！"几个壮年人一拳一拳噗噗地捣在了他的腰上。他反手还击，可一下也打不着他们。"打死我了呀！"他喊着挨下去。黑斑老头说："就打死你狗日！""咱无冤无仇啊！凭什么打一个流浪人，打一个没爹没娘的孩儿？凭什么？"欢业大叫着，星星都要震落下来。这时黑斑老头手一举，那些人住了手。老头上前一步问："哪里人？"欢业答："走哪儿算哪儿！"老头揪了欢业的头发看了看，说："也是个野地人儿。不过你怎么不识夜宿的规矩，胡乱点火？"欢业这才明白他们动怒的原因，忙说："我快冻死哩！""那也不准弄明火。跟上走。"黑斑老头一声吆喝转身走了，几个人随他去了。欢业只得跟上。他们穿过那片洼地，又往旁斜下去，走到了河边一个干渠汊子里。黑影里看不清什么，但欢业觉得有不少人躺在渠底的干沙上。他一瞬间明白了这是老人们嘴里常说的流浪汉们，如今是他的同路人了。这些人就像爹妈年轻时候、像那个独眼义士一般无二！"到家了，我到家了！"他心底呼出这句，泪水盈眶。黑斑老头伸手在渠底一划拉说："这都是在野地里奔的人。你好生睡下。"说完身子一歪睡了，鼾声好响。欢业闭上眼，闻到了渠底溢出的汗臭邪味儿，感到了热乎乎的气息。他觉得这味儿再熟悉不过，究竟在哪里闻过倒怎么也想不起。后来他睡着了。天亮时他被人用手指捅醒了，搓搓眼一看，妈吔！渠底坐着一大群破衣烂衫的人，有男有女，足有二三十人。他们生火烧煮东西，一边趴下吹火一边挠痒痒。黑斑老头在一旁吸烟斗，看了他好一会儿。“我看出你是个吃独食的娃，仗着腿杆长哩。”老头儿用烟杆一划渠底的人：“你这样娃多哩，最后也还是随上伙儿……吃独食的人，早晚让歹人收拾了、蚂蚁啃了、野狼吞了！野地里什么凶险没有！”欢业身子一颤。黑斑老头咳着，立刻有个穿破毛衣的姑娘过来了。她给老头子捶背，又掏出刚烧好的玉米棒子。老头啃着。姑娘头发又脏又乱，老远就发出酸臭。欢业蹙起了鼻子。“这是我外甥闺女，跟你一样，都是没爹没娘的孩儿。”老头指指背过身的姑娘。“棘儿棘儿！提罐水去！”欢业在她提水返回时看了看，见她有十八九岁，小鼻子小眼怪好看，皮肤很白。“棘儿棘儿。”他试着叫了一声。棘儿就给他倒了一碗水。

好一伙流浪的野地人儿，说着乱七八糟的异地口音，都有着不可捉摸的怪脾气。他们在漫漫野地上流动，走哪吃哪，抱着母鸡，背着小娃。天冷了，大伙就找麦垛子高粱丛，找河堤上洪水期旋出的凹洞。他记事时见过南山上下来的流浪人，那时就朦朦胧胧觉得他们亲。他问黑斑老头儿：“原先这伙儿人中有个会下干针的独眼老头吗？”黑斑老头摇头：“有个六指，还有个斗鸡眼。你说那个，没。”抱鸡的老婆婆接下鸡蛋就塞给他，说：“多好的娃儿，一头金绒绒，喜欢煞俺。”她抚摸欢业的头发、胡茬，捏捏他硬邦邦的胸脯。“俺有这么个娃就好了。娃，好生吃蛋吧。”老婆婆抹着鼻涕走开。棘儿没事了就蹲在地上看他，讨来玉米饼也送他。一天夜里他宿在草垛子里，不知什么时候有人拱进来。那个人挨着他睡下，喘出的热气喷在他脸上。他伸手一推，推在软鼓鼓的东西上。那人小声说："俺是棘儿。"他再不动了。俺不是那种娃儿啊，俺是个苦命娃儿啊。他像被缚住一样一动不动。他想钻出垛子，可外面太冷。这么僵了一会儿，他一伸手把棘儿整个地揽在怀里。棘儿球成一团，热辣辣臭烘烘，哭哩。"俺一般不要哩，要哩就是一顿好要，嗯你听见了吗？"欢业嗡嗡地说。棘儿一双小手伸进他衣服里活动，痒死人。她说："你搂俺最好。"欢业装着打鼾，发出呼隆隆的声音，棘儿把他挠醒，他说："刚才一阵好睡！""俺好吗？""好。这大点儿就拱了来？"刺儿把嘴对上他耳朵说："野地人儿懂事早哩，早早生下娃儿……你真好啊，你欺负欺负俺吧。"欢业半天不吭声，又热又抖。这是怎么了啊？孩儿跟爹跟妈一样，要在荒山野地上成家了。"你快、快欺负欺负俺吧！俺一生一世跟你过了！"棘儿的手扭紧了他胸口的肉，他疼痛钻心，心一横搂紧了她。"真好啊棘儿，俺做梦也没想到这么好哩！棘儿棘儿，咱在野地里成亲了，走哪哪是家呀！"没有尽头的泪水洒下来，欢业差不多哭了一夜。天亮了，黑斑老头堵在了草垛跟前。他们搂抱着走出来。"胆大的野娃，背着老人！"他大吼。棘儿说要捉条大鱼送给他，好了吧好了吧！老头子转身走开。这天他们真的到河里去捉鱼了。河水真凉。他们捉住了一条两尺多长的鲢鱼，双手捧着当众献给了黑斑老头。老头收下鱼，对欢业说："都是没爹没娘的孩儿，谁丧下良心，刀劈斧剁。"

好棘儿我瞒下个事情啊，我抬不起头啊。冬天去了春天来了，庄稼一点点长高，野地人的好时候又来了，可我笑不出来啊！好男人你没有错的时候，俺搂你大腰睡一觉浑身舒坦，你是俺的主心骨，俺跟你痴跑野拉心里甜，光喝凉水也饿不死！痴棘儿闭了嘴巴，我心里难过呀。我是逃难的野人，我一刀捅死一个对头！我连累下你这个姑娘家哩。你撒谎没有边儿，天底下也没有你这样的好人了，怎么还会动刀。莫哄骗你怀里的痴人了。我发誓句句都真，好棘儿你不信急死我了。你闻闻我手上脖子上的血腥味儿，这儿那儿都沾了紫红的血沫儿，开水一样滚烫……棘儿跳起来，黑亮亮的眼睛一眨不眨。好欢业啦我是你怀里的人，你好生哭上一场吧，哭到黑天，哭到太阳出哩。那事儿悔就悔在我没有同你一起做哩，那时咱就是一块逃命的人啦。好棘儿我下辈子也是你的男人你的长腿汉子。咱俩从今儿个起都揣上了秘密过日月，在野地里觅食了。欢业欢业，你的胡茬真硬啊，你的头发一碰嘎嘎响。我看你成天一声不吭心里难受，你把满肚子心事扔进河里吧。你用劲儿搂住我就不会忧愁了，你一辈子奔在野地里谁也逮不到你。好棘儿只有你会逮到我，你的小手儿就是铁打钢锻的一条索子，拦着我捆着我，不让我回那个村子……我夜夜闻见小土屋里的烟气味儿，一闭眼看见街上暴土末子上一串串大脚印儿。欢业我的男人死了心吧，那里张了网口儿，你瞪着眼往里钻啊！你不能撇下我万万不能，你是野地人你是我的人！出家不挂家你为什么还想三想四！你早就是个没爹没娘的孩儿啦，你已经没有回头的路了！棘儿快莫说了，我不想小土屋不想那个鬼村，我死心塌地做个野地人。你的小手儿扯住我的衣襟，别松！

多么好的秋天！地瓜叶儿一片一片向上仰，迎接日头和露水、大雨。哗哗的水声让人想起饱胀胀的地瓜汁水，想起花生果里的白浆。嗬呀，青草在小路上茂长，卸了套的牲口不歇气地飞奔。“吃啊吃啊，点火烧豆棵呀！扳又绿又结实的玉米棒子往火里扔啊！”田边地角的人嚷着，像搂抱老婆一样使足了劲儿搂抱这个秋天。没有人去理在秋野上流窜的人，都知道他们是躺在地上打挺儿的快活人儿。“他们的好日子又来了，伸手一抓就是一把吃物，肚子再也不用咕咕响了！”“真哩真哩，一人饱了全家不饿，怪好怪恣！”“瞧你说哩，人家也有拖家带口的人呢，怀里的娃儿鼻涕老长。”“娃儿咋就生下？”“草窝里、庄稼棵里，哪场不能生下？野地里生下的娃儿青草味儿，鬼聪明！”“哎哟笑死，咱赶明儿也试试去哩！”……野地人的福分全在秋天里了。黑斑老头明显的胖了。老婆婆们怀中的鸡一个接一个下蛋，有两个女人嚷着要生娃了。棘儿陪着欢业发闷，眼见着男人生出白发来。欢业有了什么毛病？黑斑老头问棘儿，棘儿摇头。她什么都知道，可她不说。男人夜夜不能安睡，翻来扭去。“棘儿，我真的要病了。”棘儿叹气。她看出他的脸上失了血色，瘦得皮包骨头。这是相思病，是神医也难治的怪病。“我的男人你不能回去，那里等着捉你呢！再说你不能撇下我，我什么都是你的什么都给了你，你忍了吧！”“我想忍住，可忍住也是个死——我这病只有让那个小村的烟火熏一熏才会好哩！我心里明白，早晚的事了……好棘儿我对不起你，你去报告黑斑老头吧，那样他就会捆了我，让人打死我。”棘儿一夜一夜泣哭。“我不呀我不！我死也要跟上你。你真要逃走就领上我吧，咱一块儿往火里跳！”欢业把棘儿扳在脸前，揩去她的泪花。“小村里到底有什么你忍了吧！”“我想忍住，可忍住也是个死——我这病只有让那个小村的烟火熏一熏才会好哩！我心里明白！我早晚要跑，早晚的事了……好林儿我对不起你，你去报告黑斑急先吧，那样他就会捆了我、让人打死我。你去报告他吧，去吧！”林儿一夜一夜注哭。“我不呀我不！我死也要跟上你。你真要逃走就领上我吧，咱一块儿往火里跳！”欢业把林儿搂在胸前，揩去她的泪花。“小村里到底有什么呀！你死也要回、要回！好欢业你忍了吧！。”“我不能了。我不连累你了。也许我看一眼还能回来，我跑得快哩！”林儿跺着脚：“就不！就不！你领我回吧——俺这遭明白了，俺跟了你，就成了小村的媳妇——咱一块儿回村里去吧，手拉手——走哩！”……

二十七

“了不得了！数天哪！遭天谴的事儿呀！”“肥真的跟人跑了？”“可不嘛！唉，光有说不到的没有做不到的，这下毁了欢肥老刘家，毁了少白头灰眼了！”……各种议论象一阵疾雨打在人们头上。大伙儿一溜烟跑到肥的门前，去推那紧闭的院门。“疯了，狂个狗！”有人瞥见上方的大铁锁。秋天了，一地的瓜儿都不要了，一拾肥跑出村子，去找相好的去了。看上去挺安稳的一个女娃，白白胖胖，真能做出这事！她比赶骡还野！她是埋在心底，是夜夜晚红的文火儿，起了火苗就不得了。天哩，给小村惹下了祸患，小村人做梦都想不到哩。赶紧过来看了呀，你死也要回！”“我不连累你了。也许我看一眼还能回来，我跑得快哩！”棘儿跺着脚：“就不！你领我回吧——俺这遭明白了，俺跟了你，就成了小村的媳妇——咱一块儿回村里去吧，手扯手——走哩！”……

二十四

“了不得了！欺天哪！遭天谴的事儿呀！”“肥真的跟人跑了？”“可不嘛！唉，光有说不到的没有做不到的，这下毁了跛腿老刘家，毁了少白头龙眼了！”……各种议论像一阵疾雨打在人们头上。大伙儿一溜烟跑到肥的门前，去推那紧闭的院门。“锁了，推个狗！”有人瞥见门上的大锈锁。秋天了，一地的瓜儿都不要了，一抬腿蹽出村子，找相好的去了。看上去挺安稳的一个女娃，白白胖胖，真能做出这事！她比赶鹦还野！她是热在心底，是夜夜烧红的文火儿，起了火苗就不得了。天哩，给小村惹下了祸患，小村人做梦都想不到哩。赖牙过来看了看门锁，说一声“砸”，立刻有人把锁敲掉了。大伙随赖牙和大脚肥肩拥进去，四处观望。小泥屋里有股不甜不辣的味儿，那是瓜干糊糊的味儿。仰脸看高粱秸做成的屋顶棚，油黑油黑。再看土炕上的半边席子，黑中透红，那是几辈人的汗水渍成的呀。白毛绒草做填料的花布被子齐整地叠起，油滋滋的大粗布枕头上有个凹形头印儿。啧，整整一囤子上好的瓜干！

屋梁上垂下一个小布口袋，伸手一捏是玉米。墙上贴的是大头娃儿画，枕头边上放了捆奶子的白布条儿。捆也捆不住，要不怎么叫肥呢。它让人想起又温顺又倔犟的大姑娘。“唉呀！”赖牙叹气。大脚肥肩咕哝：“这样骚娃一般男人不配哩，我得好生想想哪里才让她安生……”一个中年男子凑近了问她：“这才是真正的负心嫚儿，是啵？！”她重重点头：“是味是味！”有个光棍汉子悄悄爬上炕去，把头偎在黑油油的枕头上躺了，呼吸急促。“哎呀，告诉你吧老少爷们儿，肥味儿顶鼻子啦！”赖牙烦腻地用烟斗磕了一下那人的头，他打一个滚儿爬起。老人们互相盯视说：“不痴不傻的娃儿，咋就跑呢？谁没打年轻时候过来？谁野成了这样？”“咱庄里男娃也不孬，谁知道她怎么想的。也许她是让黑面肉馅饼馋跑的哩！”最后一句使所有人都愣了一下。大伙儿一齐拍腿：“是啦是啦，一点不错！”

“肥让黑面肉馅饼馋跑了！”满村里都这样说。自从小村里的年轻人进了工区，亲口尝过这饼的人越来越多了。没有牙的老婆婆也咬过那饼，说好是好，就是艮了点。“一咬一包油儿。”她们说。没有人怀疑大姑娘逃跑有别的理由，秃脑工程师的儿子瘦弱异常，不足以吸引她哩。“工区那个瘦娃毛儿焦焦，小脸蜡黄，是个病秧子定了！”老人们看着赤脚医生喜年，希望得到他的呼应。独眼喜年摇着枣核形的头颅，扯着方正大姑娘金敏的手说：“也许长了蛔虫哩，我可不给他扎针！”赶鹦无比忧伤，一个人在街巷上溜达，长辫默默垂挂。肥的逃跑勾起她痛苦的回想，她一时不知该怎么总结过去。“那时你的小脸饱鼓鼓油汪汪，小奶子往上一动一动！”方正大姑娘金敏对她说。赶鹦愤怒质问：“现在就不那样了吗？”金敏瞥了瞥说：“差不多哩！”眼皮上长小疤的美女香碗说：“赶鹦姐，那些事不能想啊，一想心都揪了去！恨死个人，好坏分不清啊！”赶鹦把手搭到香碗肩上，“还是老姊妹说得好！我一辈子不嫁人也不能找个外村人，不能找个工区人……他们把咱年轻时候的水灵气吸走，转身就跑。谁没有个老了的时候。”“是哩，肥的苦日子在后头。”“是哩，男人——我是说工区男人都会装样儿，这么那么体贴你。他们朝你鼻子上哈气，亲你的耳朵垂，天冷了捂你的小手。他们还大惊小怪，说天哩，这么冷也不戴个肚兜儿……过了那一阵，哼，他还是他咱还是咱。还有比我更明白那个人家的？那个人家里没有好人。那个工程师的心眼比什么都多，他如今是肥的公爹了。我恨挺芳恨秃脑恨挺芳妈也恨咱的肥！让肥一天好日子也过不上才好哩！”赶鹦，鼻子上脸上汗水渗出来。方正大姑娘金敏嚷着：“怎么不叫小村年轻人把挺芳打死？”“都怨肥——是她不咸不淡跑了去，为个赤裸裸身子擦呀穿呀！”赶鹦说。香碗大叫：“天哩！怪不得哩。原来她什么都看在眼里了，这和两口儿一模一样！”赶鹦咬着嘴唇。停了一会儿，她们商量着一起去跛腿老刘家看看。那个凄凉的小院这些年来祸患不断，一辈子也不会有喜事了。龙眼妈呜呜哭，跛腿老刘在喝酒。好大婶别哭了别哭了，这么多大闺女来看你了。龙眼妈扯起一个个水光溜滑的姑娘的手，摸着拍着直跺脚：“俺孩儿龙眼命苦啊！说好了的事了——肥的爹妈在世时就定下的事了——你说说你说说，拴上绳的鸡也会飞！天杀的负心嫚儿，没良心啊！俺孩儿今后再不会安生！呜呜呜……”大婶你放长眼光莫说丧气话，咱自己庄里好大闺女一叠一叠有的是，说不定……“别空口说白话了。你们哪个是省油的灯？不是嫌他少白头就是嫌他家底子孬，天底下还有俺一家的活路？”龙眼妈泪水湿襟。龙眼的事就是俺们的事哩。俺们都一门心思疼龙眼。干挣叔也莫咕咕喝闷酒，伤了身子不好补。龙眼呢？龙眼哪去了？龙眼妈揸着两手：“我那苦命孩儿顺街筒子跑了，跑到野地里去了！”赶鹦立刻领金敏香碗追出门去。她们在大杨树下四处张望，没有那颗白头！“龙眼——龙眼——”三个人轮流呼喊。她们再往前跑，站到了高粱棵子下。香碗扒拉着庄稼往前去了，两个人随上。过了高粱田是一片碧绿绿的花生田、一片地瓜叶儿。在宽阔的绿地中央有一个踞着的黑影儿，黑影上面闪着白光。肯定是龙眼！赶鹦站到他背后，其余两个蹲下了。赶鹦闷了一会儿，伸手按了一下他的白头。他缓缓转脸，眼神呆滞坚硬。他握住了赶鹦长长的柔软的手，另一只手也加上去。他使劲搓揉这只手，像要从中挤出一点汁水来。“亲姊妹们！”他干涩的嘴巴吐出一句。三个姑娘的眼睛湿润了，移开目光。“咱像一家子人似的，真哩！我在地底下开洞做活也想起姊妹们！”龙眼的喉结一动一动。赶鹦低头凝视着龙眼的手说：“龙眼，俺们早就骂过负心嫚儿了。你的苦楚俺知哩！龙眼，莫伤了身子呀……”龙眼点点头，大口呼吸。他像自语又像询问说：

“我能饶了秃脑一家吗？！”

三个大闺女一齐回答："不饶不饶不饶哩！"

红小兵认为彻底清算的日子来到了。他找到赖牙，建议去工区逮回那个瘦儿，让小村自己处置。他说这事不必犹豫，只管领人大大方方寻去就是。他还说："我在小村里算是最摸那人脾性的一个了。那家伙软的欺硬的怕，你硬，他就软哩！他跟我动舌头打仗，俺就陪他。他哪是对手？他打不过俺就说俺'偷换锅盖'！奶奶的，这么个物件……"赖牙领上一些人，喊上大脚肥肩、独眼喜年、凹脸年九去了。一伙儿人义愤填膺，极其严肃。他们出了村子，穿过沙滩小路，走到了树林里。"就是那棵树，看到了吗？"独眼喜年伸手指点着，"当初就把他拴在那个杈上。"赖牙端量这棵树，"嗯嗯，"他　着腰转了一圈，"拴得好！"说着他卷了一支烟，看着树蹲下来。不少人连连问几个青年："怎么弄的怎么弄的？"几个年轻人开始复述：怎么剥他的衣服——一层一层真多；怎么用拳手揍他；当然他不吭声，当然要用树枝抽他；打野了手了，越打越不解气！他球到了一块儿，那是疼的。俺抽一下问他一句，他就是不吱声。那小子细皮嫩肉像个没长毛的鸟儿，一会儿皮开肉绽，血水滴下来。血滴在沙子上像豆子一样，成一个个小圆球。累得俺膀子酸酸，哎呀第一遭过这个大瘾，好舒坦哩……要是屠宰手方起那会儿在就好了。那样就不会有今天的怪事了。年九躺在沙土上，听见有人说起故去的师傅就睁了一下眼，但马上又闭上了。"走了走了。"赖牙磕着烟斗。出了树林，进了工区。多少大惊小怪的面孔。"呸，真是没见世面！"赖牙小声咕哝。"哪是秃脑什么什么家？日！不用打听也知道他那个狗窝儿……”笃笃笃！笃笃笃！小门儿果真开了。啊哈，出来个额头鼓鼓的小女人，眉眼怪好，四十来岁呢。她刚才哭过，眼红红的。“对，找的就是你，俺知道你是那个小王八蛋的娘。”“请不要骂人。请进屋来。”“进就进！俺的大脚踏你一屋土末子才过瘾……你那儿子呢？！”“他跑了！他给我和他爸留了张条子就跑了。我急死了。他条子上说跟小村姑娘肥跑了！他什么也不顾了。我正想去找村里领导问问……”赖牙往后退了两步，看了一眼大脚肥肩。大脚肥肩笑笑：“工区姊妹你说哪去了，俺又没绑住你娃儿手脚，你娃儿到底领大闺女窜哪儿俺可不知道！你不能跟小村里要人——是吧？！”小女人揉揉眼，“是的。”大家十分扫兴。正要转身时，赖牙被红小兵推搡了一下，于是问了句：“秃脑什么什么——哦工程师同志在家吗？”“他呀！他什么也顾不上，儿子没了还要上班！愁死人了……”“走吧走吧！”大脚肥肩连连催促，一伙人出了小门。

秃脑工程师亲眼见一伙儿人从小树林里走过又走回。他一声不响地倚树站立。有一片树叶落在头上，他一歪头把树叶接在掌中。这片叶子早早地黄了。秋霜还没有下来，这才刚刚是九月呢。他知道小村里最繁忙的日子来了，大伙儿要忙着收瓜儿了。这一群人有心思来来去去，完全是因为我儿子挺芳呢。好小子干得不错，年纪不大就能拉上一个胖胖的大姑娘远走高飞。这无论如何不能说是一件坏事。他觉得这个沉默寡言的儿子至少在这方面的才能不比自己差多少——他有过多少这样的经历啊！啊哈！啊哈！俱往矣！他搔着头顶，又搓了搓干涩的面庞。脸上的皱纹似乎有些硬。他把紫红色的毛衣按了按，脱下破旧的风衣。秋风多么清爽，带来的全是小村的气息。挺芳的出走没有半点可悲伤的，他的母亲哭红了眼睛。“我再说一遍，他丢不了。他不过去找自己的好日月去了——男人长大了差不多都这样，然而……”美丽的四川籍小妻子哭得肩头一抽一抽。“不要紧，你和我安心过自己的日子吧，他们安顿下来会来封信的。”她不哭了，不过到了半夜还要哭一会儿。“算了算了，好吗？”“请让我自己哭。”“好吧。”他觉得女人的可爱就在于可笑。“好吧，”他在心中说道，“就这样好了。什么都挺好。她真是个心慈面软的小母亲呀。她该被一个好男人——像我这样的男人——抱着她；早餐时最好喂她一点很甜的面包……”他咕哝着睡了一个好觉。这就是挺芳出走的第一夜。工程师如今不去想儿子以及莫名其妙的儿媳了，而是专注地回忆美好的往昔。“往昔，”他咂着嘴巴，“多么巧妙的字眼啊，对于谁它都会充满了内容哩！”他抚摸着宽宽的胸膛，遥望远空。白色的云，秋天的大白云哪，像很干净的肥美羊儿！我十年前几十年前招致了多少世俗的埋怨。我敢说错不在我。生活中充满了可怕的误解。误解，我永远诅咒这两个字。它拆散了多少恩爱和炽热！我永远忘不了你黑黝黝火力四射的小脸，忘不了你活鲜明朗的话语、你一蹽一蹽的长腿！你的柔软的条绒布上衣紧紧贴着我，我感觉着那生动的永远神奇的女儿家故事。啊哟哟真是伟大的群众语汇神采飞扬的比喻——一匹宝驹！奔跑吧，我的鬃毛嫣红长尾飘飘的骒驹！奔跑吧，踏碎一道道风尘俗坎来吧，我可以抛却一切，为你歌唱为你哭泣，为你一夜夜在荒滩上独自踯躅。你的小

Literature creation office of Shandong

音！工程师渐渐要走进小树林了。他在树木稀疏处驻足，久久地望向那个炊烟缭绕的小村庄。灰暗的小屋沉默默的，一个个街巷曲折回环。鸡狗鹅鸭声声低语，霞光撒了一地，它们开始不停地啄食。一股熟悉的无法言喻的气味在他鼻孔那儿蹿过，他闭上了眼睛。

"A thing of beauty is a joy forever（美好的事物，回味无穷）！"

"你为什么非要这样不可呢！为什么！你能跟我解释吗？儿子被你带坏了。他原来是个多么好的孩子，你知道他多么好。可现在……我们再没有孩子啦！半辈子了，我为你不知流了多少眼泪。你到底为什么要那样？为什么？"小妻子伏在他的胸膛上连连诘问，已经有些绝望。他用粗粗的手指抹去她的泪水，分开她鼓鼓额头上的散发。这双永远湿润的嘴唇正轻轻作起。他发现她这个夜晚面庞火热，呈现粉红颜色；她的一对眼睛热烈灼人。他轻轻捏她小巧的微翘的鼻子。为什么？谁能回答？如果妻子不知道为什么那就更没人能够回答。我抚摸着你热恋时为我织下的紫色毛衣，就象抚摸自己的良心，就象按住了自己的青春年华。你该从我们的那一段热恋寻找答案。记得那个秋天吗？仔细想想，从头想起好吗？那个秋天田野一片火红，长了多半年的庄稼呀果子呀都熟了。巧的是我们在那边开会，闲下来去逛寺庙玩儿。香味儿灌满了鼻子，木鱼咚咚响，老和尚念经催人瞌睡。我从一个大木雕佛像后面转出来，一眼看见你嘴玫瑰花瓣一样香润，你的眼睛就是毛绒绒的紫黑色苞朵。亲吻一个接一个，疯话一句连一句。我们幸福得热泪涟涟，浑身沾满枯叶。你的红色的长尾扫疼了我的额头呢，俺可知道过日子是怎么一回事，知道藏在皱纹里的一点秘密。大家——我是指男男女女，都伸出热乎乎滚烫烫的小手儿吧，扯起来吐露情爱。大家都一门心思寻找你的心上人好了，莫东张西望浪费青春，也莫低头不语闷出个苦恼。水灵灵的人儿要归于结实实的搂抱，只要说出心里话，再陌生的人儿也听得懂。我渴望着香喷喷的小嘴对在我耳朵上悄声细语，我握住她很小很小一只手。我要对她说出那一切的一切。自然了一切都是一种重复，一种迷人的再现！树叶飘飘落下，又一个美丽的让人忧伤的黄昏。我记住无数个这样的时光，在山冈在平原在追忆的往昔。嘿嘿，一个多么巧妙的字眼啊。引人回眸，引人哭泣。哦哦，我的往昔！工程师渐渐要走出小树林了。他在树木稀疏处驻足，久久地望向那个炊烟缭绕的小村庄。灰暗的小屋顶默默的，一个个街巷曲折回环。鸡狗鹅鸭声声低语，霞光洒了一地，它们开始不停地啄食。一股熟悉的无法言喻的气味从他鼻孔那儿荡过，他闭上了眼睛。

"A thing of beauty is a joy forever(美好的事物，回味无穷)！"

"你为什么非要这样不可呢？儿子被你带坏了。他原来是个多么好的孩子，可现在……我们再没有孩子啦！半辈子了，我为你不知流了多少眼泪。你到底为什么要那样？为什么？"小妻子伏在他的胸膛上连连诘问，已经有些绝望。他用粗粗的手指抹去她的泪水，分开她鼓鼓额头上的散发。她永远湿润的嘴唇正稍稍仰起，他发现她这个夜晚面庞火热，呈现粉红颜色；她的一对眼睛热烈灼人。他轻轻捏她小巧的微翘的鼻子。为什么？如果妻子不知道为什么那就更没人能够回答。我抚摸着你热恋时为我织下的紫色毛衣，就像按住了自己的青春年华。你该从我们的那一段热恋中寻找答案。记得那个秋天吗？田野一片火红，巧的是我们在那边开会，闲下来去逛寺庙。香味儿灌满了鼻子，木鱼当当响，老和尚念经催人瞌睡。我从一个大木雕佛像后面转出来，一眼看见你走出一片黄色的幔帐——你穿着一件深蓝色的粗布背带裙子，红色的上衣，留着齐耳短发。你个子很小，一个很迷人的娃娃。当然了，圆圆的双眼漆黑漆黑。你大概一眼也没有正经看过我。我的心噗噗跳个不停，激动得下不了山。我噩梦不断，一下子变得无限烦琐，头脑混乱不清，各种奇怪的不着边际的想法纠缠一起。我想着生硬的或缠绵的各种打算，拼凑出一些让人惊讶的方案。我半夜赤着脚踏上尖利利的石崖，双脚割出血淋淋的口子。我在黑夜里张望呼叫寻找，天亮了回到屋里又不能安生。那时候我头发一把把脱落，眼睛红得像落日。接下去的事情你也知道，你原谅了我的鲁莽生硬和野蛮，我的土匪一样的脾性。你哭得死去活去，这么美丽的女人不会是个笨人，你很快就明白了什么才是幸福。我一连几天几夜搂抱着你，饿了就吃一口凉饼、吃暖瓶里的热粥。慢慢地你一步也不愿离开我，你说人哪怎么不是一辈子，套句民谚吧，嫁鸡随鸡嫁狗随狗，我要跟你去热汤热水一辈子——你知道工作性质决定了我要踏遍天涯海角，接近荒山野泊，穿过无数陌生村落。我不放心把你留在家里。我馋你带有四川味儿的普通话，馋你的小小鼓额一弹啪啪乱响。咱们走吧，如同燕子总是成双成对，嘿！真棒的过去的岁月！你记得吧？我们在漫山遍野上手挽手，一夜夜露天宿下，野物吱哇乱叫咱紧紧相抱，你的下巴颏儿磕得我生疼。有个孩子吧，有吧，你总这么说……我们甚至连个帐篷也不要，以茅草为床。青草里面冒出刺鼻的野生植物气味，这使我们疯迷眩晕。哦哟你哭了，让我好好亲你一下，你在我心里永远是崭新的，真的。然而，你又要提起我在其他工区的事情了。你知道我们的祖国地大物博，到处都有宝藏。这是我的工作性质所决定的。我亲眼看见田野上茂盛的庄稼、一望无际的绿野，到处都蓬蓬勃勃，少女们展翅飞翔。她们穿着素花衣服，奔跑跳跃不知疲倦，双眼明亮，脚上腿上都沾满草叶露珠。走遍天涯海角，再也遇不到比她们更爽朗的人了。这正是我们身上所欠缺的，我们需要同她们结合。我说了心里话，真的，我无法对你隐瞒什么。你哭吧，我的小孩子一样的妻子，我的孩子的小母亲！这样的夜晚，这样的夜晚……工程师亲吻着她鼓鼓的额头，疲乏地仰躺下来。她起身静静地观察着他，伸手摩挲着他干燥的皱脸。清清的泪水顺着眼角皱褶流下来。她颤颤地问："你真的不悔吗？真的吗？"工程师摇着泪水纵横的面庞，身子欠了欠说道：

"我喜欢村姑……"

九月的阳光照亮了一片瓜叶儿，好比照耀着一地铜钱，闪闪逼人。先不用刨下镢头去，你只要低头瞅瞅裂了缝隙的土埂，就知道藏下了多大的瓜儿。火红的一簇簇火焰在地皮下边燎，一直烧穿了九月，整个秋天这才成熟起来。那个跟上男人逃去的娃儿没有福分等到这一天！老人们不约而同地谴责起肥的父亲老转儿，他在阴世间也该把孩儿管束好！那个瘦干干的人儿一天到晚在村边野地里转悠，难道就没有看到一对私奔的娃儿？也许他与牛杆、露筋，还有独眼义士几个，夜夜闲扯忘了正事儿。可不，如今他们的日月倒是过好了，吃上了黑煎饼和瓜面开花大馍，已经不那么关心小村里的事情了。老头老太婆唉声叹气，都说等到了那一天一闭眼看见他们，一伸手能捏紧他们衣襟的时候，少不了有一场好吵！都是千里万里穿过野地的外乡人，都是身上长了鱼纹的鲢鲅，走到哪儿也不能忘了自己的村庄啊！自己手脚冰凉了，可小村人还浑身滚烫哩。瓜干焦干如柴，在胃里发出紫色的小火苗儿，毛绒绒软绵绵，又像小爪儿挠人的痒儿，烧呀烧，挠呀挠，最终有烧穿挠透了的那一天。那一天来到了的时候，人也就快快乐乐地死了。瓜干烧胃时人就满炕滚动，如果是个老婆就要讨打。那会儿男人把她打得皮开肉绽她也不记恨。喊叫呀，喊叫得满天星星都发抖。那是充满了谜语的呼叫啊，只有小村人才能从她们不同的音高节奏和嗓门的粗细中，听出那些特别的欢乐和崭新的冲动。啊哟哟小村男人是人间一宝，他们质朴内向其貌不扬，有时不注重打扮，破衣烂衫；可他们才充满了温情和故事，在脏腻的枕边对女人讲下了万千话语，让老婆一会儿欢笑一会儿哭泣。老婆说：俺这辈子是你的，下辈子还来；你只要不嫌弃俺，打死俺俺也死跟着。男人说，我要换根坚硬的皮带，一带子把你抽得吱哇乱叫，像中了铁夹的野物。女的说，怎么不好？中哩，中哩中哩！满村的福分都是这样召唤出来的，有多少瓜儿就有多少福分。大姑娘肥逃开了，你这辈子有谁用腰带抽你？要知道身上生了鱼纹的女人到时候痛不欲生，她们的心病只有一味解药，那就是男人噼啪打下的腰带！没人想得出那个两眼贼亮的瘦儿子会怎么搂抱你？他会用糜烂的瓜儿喂你、会吭哧吭哧带着一身土末子亲你吗？要知道土人离土不活，野地人离了庄稼棵子就昏头晕脑。你毁了少白头龙眼，其实也一块儿毁了自身。你日夜念着黑面肉馅饼，那是罕见的馋病。如果独眼义士在世，他扎下几针你就会安生。如今的喜年可没有这个本事，他只能治个小疮小痂、梦游、盗汗干渴什么的。日子是一天不如一天了，年轻人不如爹娘，爹娘不如先人，生下的一串串光腚娃儿还不如年轻人哩。就说这秋天吧，往年这时候热闹着哩，就等着一声吆喝，卷起镶白腰的黑布裤子扛镢头走哩！刨出一地瓜儿炭火一样红，一簇簇架在地上，没白没黑地烧燎。看看如今的年轻人吧，没精打采，头发也不如过去光亮……

赶鹦和香碗坐在离人群不远的地瓜田中，衣服上沾满了地瓜的白色浆液。赶鹦把瓜梗折成一段一段，搁到耳朵上，一荡一荡像耳坠儿。她捏弄着香碗的手脖儿，没滋没味地笑。“好赶鹦姐你像过去那样领上俺跑跑吧，不能像个老兔儿不离草窝。”赶鹦的长腿屈了又伸，伸了又屈，胸口一阵一阵憋闷，像塞了一团东西，抓不出来挠不出来。香碗咱可不能做负心媳儿——不能啊不能！新一代屠宰手凹脸年九凑过来问：“俩大闺女不做谁的负心媳儿？这么说也有人占下哩。啊嘿！啊嘿！”赶鹦突然火起，骂了一句男人都不敢骂的粗话，又拾起一块石头追赶年九。年九大叫一声奔跑，远处的人群一齐鼓掌喝彩：“看哪，年轻人又欢起来了！”年九一下子蹦入紫穗槐里，赶鹦也蹦了进去。紫穗槐剧烈摇动，像被旋风搅了一般。半晌赶鹦跳出，年九跟在后面。瘦长的年九满脸都是稀泥，裤子上破洞处处，头发粘成了球。可他仍然微笑。赶鹦蹲在了香碗身边说：“是小村把咱占下了哩！咱不做小村的负心媳儿。”香碗点头：“就是就是！”大伙儿一齐议论起肥的事情，说那两个人好比害了馋痨病，一个馋黑面肉馅饼，一个馋咱小村的女娃。“两个馋痨！”他们说，“两个馋痨不得好报，他们身上的血气儿不对茬口，相互一搂抱就生出毛病，长疔长怪疮，疼得漫泊乱跳。”为什么非要瞅准这个秋天逃走？那是上好的盘算哩。借着满地吃物赶路，日行千里不饿肚！所有的人都赞成这个猜测，认为肥闷声不响，其实心里早就在策划欺辱先人的事情了。一对罪人没遮没拦扯手奔跑，在青草窝里庄稼棵里困，嚼冒白沫子的花生果玉米棒儿，大福都让他们享了。他们也许会在野地里生娃哩，那样的娃儿能多出一万个心眼儿。总之好事儿让他们得了，他们像老辈儿人那样，在无边无际的野地里成亲了。“天哪，小村子把个娃儿喂得又白又胖，娃儿一跺脚跑了！”“跑不了她，她还得回哩！咱就没见有谁能一撒丫子再不回头——先人不让哩！”

秋天的月亮升不起几回了，年轻人一个一个拍响了红小兵家的小门。赶鹦妈一次一次推拥赶鹦，最后眼瞅着她一撩长辫子跑出去。

哎呀呀自小到大的伙伴儿全来了，只缺一个少白头龙眼了。呆子争年拖在地上的影子比所有人都长出一截儿，大伙儿说那是三兰子的魂灵，真的，你站下来就可以谛听她微弱的嚯嚯胶靴声。赶鹦真要领人走上月光堆积的田野和街巷，围着大碾盘子奔跑了。她在村头站了一瞬，突然将手伸到嘴里，打了个响亮的口哨儿。“哎呀，真响呀，跑呀，追赶宝驹呀！”年九大喊。在喊声里赶鹦抬腿就跑，一伙儿人呼叫着追赶。瓜蔓儿噗噗把人绊倒，他们爬起来又跑。矮壮憨人喘息得多么厉害！月光今夜格外浓烈，噗啦噗啦像大雪朵一样落下。大平原上盖了多厚的一层，一脚都踏不透。月光是荧粉做成的，老天爷磨制得很细很细，让它一沾上人的脚就化掉，快得人都觉不出。大伙儿跑呀跑呀，一打滚儿躺在地瓜叶儿上。哎哟冰凉的瓜叶儿沾上俺的皮儿啦，舒服死了。大家手扯着手，这当中就缺一个肥了。赶鹦凝望着脚下的月光。月光一丝丝融化，发出嗞嗞的声音。她觉得纤长的身子被人托起似的舒坦。啊，冰凉的月光铺了一地，周身的热血一滴滴渗入茸茸荧粉，我变成了一具徒有其形的冰雕……玫瑰花瓣似的双唇再不想接吻，黑油油的长辫如同染上一层亮漆。“说一段数来宝吧。”啊不，俺张不开嘴了。赶鹦眼中的泪水晶亮晶亮。“赶鹦姐你怎么了？”大伙儿惊呼起来。赶鹦独自喃喃：“看不到边的野地，我去哪儿啊？……”

腰的双腿也寒冷坚硬。黑油油的长辫如同染上一层亮漆。“张开你小红嘴唇儿说一段数来宝吧！”啊不，俺只是淡淡一笑，俺张不开嘴了。赶鹦眼中的泪水锃亮锃亮。“赶鹦姐你怎么了？”“你怎么哭了啊？”大伙儿惊呼起来。赶鹦独自喃喃：“我往哪走啊？我去哪儿啊？看不到边的野地，我去哪儿啊？……”

二十八

地上有个村庄，地下也有个村庄。一个村庄分白昼黑夜，另一个村庄只是黑夜。黑漆漆的街巷，一盏一盏的灯，远远的大街小巷都有人在咳哩。“做这个俺可不外行，说到家也不过是土里打洞。”憨人刚来工区时这样对他们的头儿说。头儿脸黑黑的，永远象涂了煤粉。他觉得矮壮憨人很好玩；那个头发白白的龙眼默默的，他还琢磨不透。“俺村里有风，这里没哩。”憨人说。头儿咂咂嘴：“有风才好。鼓风机劲头不够。”一个个戴头盔、盔顶一盏灯的人走来走去。他们当中没有一个女的。“赶鹦她们要来才好哩！在上面俺一块儿刨地瓜蔓，唰唰唰！”憨人比划着。“那可不行，那可不行。”头儿说。有人哈哈笑，用头顶的灯照憨人的脸。憨人大骂。那个人做个手势等他。憨人上前一步要摔跤，那个人用膝盖冷不防顶了他一下。“哎呀疼死我了！”憨人牙齿抖得直响。“你这鲶鱼崽儿！”那人笑着要转过身去，龙眼跨开一步挡住他。那个人推了推头

二十五

地上有个村庄，地下也有个村庄。一个村庄分白昼黑夜，另一个村庄永远是黑夜。黑漆漆的街巷，一盏一盏的灯，远远的大街小巷都有人在咳哩。“做这个俺可不外行，说到家也不过是土里打洞。”憨人刚来工区时这样对他们的头儿说。头儿脸黑黑的，永远像涂了煤粉。他觉得矮壮憨人很好玩；那个头发白白的龙眼默默的，他还琢磨不透。“俺村里有风，这里没哩。”憨人说。头儿咂咂嘴，“有风才好。鼓风机劲头不够。”一个个戴头盔、盔顶一盏灯的人走来走去。他们当中没有一个女的。“赶鹦她们要来才好哩！在上面俺一块儿割地瓜蔓，刷刷刷！”憨人比画着。“那可不行。”头儿说。有人哈哈笑，用头顶的灯照憨人的脸。憨人大骂。那个人做个手势骂他。憨人上前一步要摔跤，那个人用膝盖冷不防顶了他一下，“哎呀疼死我了！”憨人牙齿抖得直响。“你这蜓鲅崽儿！”那人笑着。龙眼跨开一步挡住他。那个人推了推头盔，刚要开口，一接触到对方的眼神就闭上了嘴巴。他觉得脸被锥子刺了一下似的。他伸手胡噜了一下脸。龙眼一纵，用虎口瞶住那人的喉咙。“他快死了你他妈……”头儿去拉龙眼，龙眼就是不松手。头儿用一把铁扳手撬开了龙眼的手。

地下街巷里有各种各样的音调儿，天南海北的人都聚在了这儿，藏在黑影里拉知心呱儿吧。开始的日子里憨人和龙眼几个新手惶惶不安，老要瞪大惊恐的眼睛。木头支架响了，不远处有什么哗啦一声塌下来。了不得了，入了地心了，看见地府了。工区老人笑笑说，这不碍事。地上还有个风吹草动下雹子哩，地下有地下的响动。“地下响动吓人哩，地下响动都是死人弄出来的。”一个刚来工区的新手说。“胡扯个什么！机器响，上面土压顶板，放炮钻眼，这不是明摆着！”头儿大声斥责。尽管这么说新手们还是躲躲闪闪。他们不敢离开大帮儿，怕迷了路。一条条的小巷子交错纵横，分不清东南西北，到处是望不到边的黑夜。“快咬口黑面肉馅饼壮壮胆子吧，俺的腿都软哩！”一个上年纪的新手跟在憨人和龙眼后边说。他蹲下来嚼饼，发出咕噜咕噜的声音。大口吞饼，透心香哩，一咬一包油儿！只有地底下才有这么好的吃物。憨人和龙眼经不住这气味的诱惑，也蹲下来嚼饼。“哎哟俺真舍不得吃了，俺要捎给爹妈。”憨人吃着咕哝着。龙眼眼前闪过了妈妈的花白头发。他忽地站起来。大巷里的有轨翻斗推车嘎啦啦滑过来。他们开始操起大锹装车了。然后是推车，屁股用劲儿撅起，老棉袄让皮带勒紧。铁轮儿吱扭扭磨着轨道，像用瓷片刮人。不远处的放炮声震得山摇地动，牙齿都碰响了。“就这轰得咱村子打战！”憨人记起在田野里割地瓜蔓时的感觉。可是那些手里抓了一卷图的人说，这些巷子离那个小村还远——不过如今已经安排那个小村往别处搬迁了……龙眼和憨人有说不出的痛楚。那是咱的村哩，上面有锅碗瓢盆大碾盘子，有牛杆饲弄的一大群牲口，有爹妈和先人栽的树哩！俺可不能自己动手挖塌自己的村庄！脚上的大水靴早让石头尖尖硌破了，浊水灌了一筒子，一走哐哐响。“龙眼你听见了吧？胶靴里有个魂儿。”“那是野地里的路倒儿，他们喝了一肚子泥汤。”“一点不错，饿哩。”“再也没有比野地人更苦命的了，他们跑啊跑啊，说不准什么时候一个斤斗栽下起不来了。”“那就好比一跤跌进深井里，两眼漆黑，再找不见白天了。”“别说白天，月亮地也找不见。”“也不用喘气儿了，不用嚼瓜干玉米饼了……”憨人一边说一边弓腰用力推车，突然脚下一滑栽到了一个泥坑里。他以为下身要湿了，谁知两脚不停地往下陷。他胸口也压上了稀泥浆。“龙眼啊快啊快来救我！”龙眼头顶火星乱跳，一步跃上去揪紧了那一丛乱发。憨人疼得啊啊叫，用手去揽龙眼的脖子。他们撕扭着滚了一身泥。憨人躺着大骂：“谁弄下深坑不填实？我日他先人黑心黑肚！这黑洞洞不是人住的地方！我不干了，黑面肉馅饼换上瓜面开花大馍，龙眼咱卷起铺盖吧！”龙眼不吭声。“你到底走不走啊？”“我不走！”龙眼固执地说。矮壮憨人泄了气，一下子躺在潮湿肮脏的地上。头儿在一边吆喝，他们赶紧爬起来推车。下坡时他们攀在车上让它滑行。“哎呀怪恣哩，怪恣哩。”可惜这一段下坡路只有一百多米，剩下来的又是上坡。原来地底像地上一样，也有七沟八梁哩。前面好像有阵阵冷风吹来，那里黑得灯火都刺不透，人像来到了午夜的旷野。不知哪里有淙淙水声，有叭嗒叭嗒的滴漏。没有一声人语，连喘气声都没有。要是在田野里，说不定猛然有人从大草垛后边转出来，拍着手哈哈大笑哩。在这个黑寂的世界里多么孤单，连只野物也看不见。龙眼的白头在黑影里闪亮，矮壮憨人隔一会儿就要呼唤一声。前面好不容易有灯光了，那是几个开绞车的人。“到站了到站了，大姑娘穿着裙子来了。哦嗬哦嗬！”那几个人披着油腻的蓝大衣偎在那儿，挤着眼。

黑夜里又潮湿又寒冷，可就是不让点火，连支旱烟也不让抽。咱这些土里刨食的人离了烟火可就完了。冷啊冷啊，姊妹们相依着取暖也好啊。这里是清一色的黑脸汉子，男人味儿顶得鼻子疼。歇息了，该吃黑面肉馅饼了，找个有热汤热水的地方去。“龙眼哥快走啊，你听那边多热闹。”一大堆人围着一面土壁，哈哈大笑。他们都嚼着食物伸手指点什么。憨人钻进人堆里马上叫喊起来，回身拉了一把龙眼。原来土壁上雕出了一个姑娘，咧着嘴笑，一对乳房比大脚肥肩还要大哩。真想不到这些人中有那样的能人哩。“看看像谁，好好看看！”一个人对挤到前面的憨人说。憨人觉得她的脸庞像方正大姑娘金敏，上身像肥，两条又粗又长的腿倒像赶鹦。他忍不住伸手捏了捏，剧烈喘息：“姊妹啊，你眨巴眨巴眼吧！”一伙儿人笑起了憨人。龙眼一个人退出了人堆。他摇摇晃晃顺着街巷往前走，满鼻子都是烟火气。他觉得前面就是大碾盘子了，四处都是杂乱的脚步声。有人推着翻斗车呼一下从面前飞过，他一步跳过窄轨。宽宽的巷子里，一点一点灯光，像萤火虫。这些萤火虫发出尖利的叫声，噼噼啪啪向他扫过来。他伸手驱赶着，护着洁白如雪的头颅。水声在看不见的土石底下吼，这声音让他想起暴躁的河。他看见浮起的杂物和肮脏的泡沫搅在一块儿，堆积如山向前压去。巷道没有尽头，没有人影。龙眼有些害怕了，他回身去看，想弄清从哪儿转过来。他摸索着拐进一个更宽的巷子，又折进一个胡同。

这真是一个陌生的村庄，没有人烟，没有大碾盘子。“赶鹦！肥！凹脸年九！”他呼叫着。一块尖棱石头不知从哪儿斜伸出来，把他刺中了。他觉得一把钝刀割裂了头皮，护头盔撞在了一边。“啊呀妈妈呀！孩儿疼死了……”他喉咙中吐出半句呼喊，倒下来。他伸手往前攀，极力要爬过这一片阻隔——一片花花绿绿的水，上面悬浮着什么。气味刺鼻，一颗花白的头颅在水中一闪一闪，快要沉下去了。“那是妈妈，是妈妈！”龙眼坐起来，定睛一看，什么都没有。热粘的东西流在颊上，他揩着，手指又粘在了一块儿。“你们莫跑那么快，你们等一等我！”他扶着巷壁站起来，一点点挪动。“地瓜蔓儿绊我的脚，我头上沾了地瓜汤汁，头发粘成了疙瘩。好个秋天哪，你们撒丫子跑开了，撇下我一个人哪！”一团黄黄的光晕晃动、摇颤，越来越大。龙眼双目盯着它，笑了。“月亮出来了！月亮地真好啊，我看见地瓜叶儿上有铿亮铿亮的东西。满地野物都跳动起来了。”龙眼搓揉着白色毛发，直到那黄黄的光凑近了，垂在他的头上。头儿正了正头盔，低头看他。他嘴里含混不清地咕哝，血流了满脸。头儿把他抱起来。咦，这个少白头轻得让人难以置信。

“我只要求去凿洞子。”龙眼重新返回地底，一句句央求头儿。头儿纳闷，因为这之前那个矮壮憨人也这样央求。他踌躇了一会儿，同意了。小村的人怪异，他们都不愿拆对儿。“再不准乱跑！跑到炮区就完了！”他凶了一句走开。少白头龙眼直接去掘进队找憨人了。“这活儿要有一双好胳膊哩。”憨人举了举双臂。“怎么？”“抱风钻，咔咔、咔咔咔！还要往上搬料石砌洞子哩。”憨人说。龙眼蹲下来瞥着，一个一个扫了一遍。“这洞子就是往咱村子那儿开的，日他祖宗。”龙眼像别人一样抱起风镐，下狠力按在岩壁上。风镐凿击石头的声音如同雷鸣、如同重机枪扫射。豆大的汗珠摔下来，龙眼决不松手。“我啃了你一块儿，我咬下了你一块儿，我不过了，我要饿死了。我吸吸吸哩！我一顿饱吸……我啃下了你一块儿！”风镐哧啦啦吃进一大截儿，领工的人竖起了拇指。可只是一瞬间领工的人便明白过来，大叫：“搞错了搞错了，你得直着凿！”憨人拃着腰瞪着那个人。龙眼恶狠狠地歪过头。风镐咔咔乱叫、乱跳，领工的人返身跑走了。

漆黑漆黑。地下巷子，人的脸、手、还有心。漆黑的大脚探着没有尽头的夜。“龙眼哥，就咱俩，真像没爹没娘的孩儿呀！我分不出白日黑夜，只当是耽误了一场好睡。”龙眼按住了憨人的后脖，没吭气。他一闭眼就看见秋野上下着瓢泼大雨，密织的雨丝中人们趺趺撞撞。那个黄瘦的男人像蜘蛛一样勾住了她，她的黑黑长发在风里雨里搅弄。“肥呀你快扳住地上的树、玉米秸、紫穗槐棵子，扳住了它就缚不去你了。你扯一把地瓜蔓儿抽打它的腿爪，拨断爪上的倒勾刺。快呀，我帮不上你了。”一个黑不溜秋的瘦长老人一蹿一跳扑上去了，原来是老转儿。他揪紧了闺女的衣襟，被那个脸色煞白的瘦小子砍下了一条手臂；老人又用另一只手去揪，另一只臂膀也被齐齐砍下。一个木桩似的老人在地上转着，真是个老转儿呀。“我的闺女，你回呀回呀！”大雨噗噗啦啦下着，老转儿的血像朱砂一样顺水流淌。远处模糊了，渐渐什么也没有了。大雨溶解了一切。一地碧绿的瓜叶儿一齐折断了叶梗，白色汤汁渗出来……龙眼看着前面的重重夜色——黑极了，没边没沿的夜海，没有一点星辰，没有风吹树叶的声音。他确信头顶上就是自己的村庄，他费力谛听鸡犬之声。大碾盘子隆隆响，那上面光滑如冰。“哎——！哎哟——！”龙眼破开嗓门呼叫。这声音被漆黑的夜色一下子溶化了。他极力捕捉自己的声音，一个人往前追赶。“龙眼！龙眼！”矮壮憨人大叫，他像没有听见。

漆黑漆黑，一点点星光都没有。他像在夜色里被先人指点了，毫不费力就甩开了憨人。他这会儿真需要一个人走，走，不停地走下去。他脚上的靴子破了，灌进的石碴刺着脚板，他就扔下了它。赤着脚奔走，像踏着冰雪。看不见的密密脚印凹痕像是上个世纪留下来的，他把赤裸的脚踩上去，感到先人的体温贮存在那儿哩，好不温煦！走啊走啊，穿过山岭平原，不见大海不停歇。“看看这个野地人的娃儿，看看吧！”“看看他雪白的头——小小年纪有什么愁事啊？！”田野里的声音像野鸟飞来荡去。先人在前边走，一家子老少拖儿带女，抱着母鸡。又丑又脏的老太婆擦孙儿的鼻涕，那是祖母的祖母。先人脚步匆匆，他们可真能赶路啊！又走了一段路程，终于见到蓝蓝的海了，见到生了一片白绒绒草的大海滩了。“停吧停吧！”一伙儿人相互叮嘱。于是当地人听到了这些陌生人的呼喊，说海边上来了一群奇怪的外乡人，他们也许来自另一片大水，他们的名字叫“鲅鲅”！大风卷起他们的破衣烂衫，露出了粗糙惊人的皮肤，哦哦，他们真的长了鱼纹儿……可怜的先人哪，等一等脚踩上去。他感到的是先人的体温烘存在那儿呢，好不温煦！走啊走啊，穿过山岭平原，不见大海不停歇。"看看这个野地人的娃儿，看看吧！""看看他雪白的头——小小年纪有什么愁事啊!!"田野里的声音象野鸟飞来荡去。先人在前边走，一家子老少拖儿带女，抱着母鸡。又丑又脏的老太婆搂孙儿的弟弟，那是祖母的祖母。先人脚步匆匆，他们可真能赶路啊！又走了一段路程，终于见到蓝蓝的海了，见到生了一片白线线草的大海滩了。"停吧停吧！"一伙儿人相互叮嘱。于是野地人听到了这些陌生人的呼喊，说海边上来了一群奇怪的外乡人，他们也许来自另一片大水，他们的名字叫"鲅鲅"！大风卷起他们的破衣烂衫，露出了粗糙怕人的皮肤，哦哦，他们真的长了鱼纹儿……可怜的先人哪，等一等孩儿，等一等。俺爹俺娘赶来了，命定的媳妇肥也赶来了，他们都趁着夜色上路了，追赶先人了。"停吧停吧！快歇歇脚吧，快蹲下来喝口地上的水，隈在白线线草里暖暖身子！停吧停吧！鲅鲅鲅鲅！等一等你们的孩儿，等一等少白头龙眼吧……"龙眼的鼻孔那儿有一股热烈的燃热气体飘过，同时又嗅到了青草的气味。那是肥身上的气息！"肥！肥！等一等等一等哩！"他亲眼见肥身背小山一样的地瓜蔓子，缓缓地转身，躲到了杨树后边。他咬住嘴唇，蹑手蹑脚走近了杨孩儿。“停吧停吧！快歇歇脚吧，快蹲下来喝口地上的水，偎在白绒绒草里暖暖身子！停吧停吧！鲢鲅鲢鲅！等一等你们的孩儿，等一等少白头龙眼吧……”龙眼的鼻孔那儿有一股熟悉的炽热气体飘过，同时又嗅到了青草的气味。那是肥身上的气息！“肥！肥！等一等等一等哩！”他亲眼见肥身背小山一样的地瓜蔓子，缓缓地转身，躲到了杨树后边。他咬住嘴唇，蹑手蹑脚走近了。杨树下找遍了，什么都没有。漆黑漆黑的夜，到处都是夜，没有星月，没有一点点光亮，我看不清哩！他焦急中想到盔上的顶灯，手忙脚乱去按开关。灯光扫出一片废弃了的施工场地。到处是水洼，到处是躺倒的木桩和角铁。滴水声很响，头顶响着巨大挤压下产生的奇怪声音。他贴靠在一根没有撤掉的支撑木上……龙眼感到特别寒冷。他搓着手，呼叫着什么往前走去。不知哪里才是出口，四周全是夜色。不远处塌方冒顶了，轰然炸响的声浪差点把他掀倒。他跳了一下，跃过了一块滚动的石头。“我孩儿快跑快跑！”他听到了妈妈站在门口呼叫。龙眼大喊着往前扑去。四面都摇动起来，支撑木咔啦啦乱响。“完了完了，冒顶了……上面有我的村庄，是俺亲手把下面掏空了的，俺是有罪的孩儿啊！”他想把憋在心中的话吐出来，刚刚张大嘴巴，头顶的黑夜就压了下来。难以抗拒的沉重！那一瞬间龙眼还想用脊背驮起下陷的村庄……浓浓的黑夜劈天盖地压了下来。

龙眼——！龙眼——！少白头龙眼——！

矮壮憨人放开喉咙大喊，直到喊出血来。没有回应，只有死寂无边的黑夜。“哎呀少白头龙眼，你跑了，你离开自己的小村了！

泪水。来爱我来爱我吧，紧贴在我身上吧，这样一路、这样一生！我们逃出来了，我们去找自己的生活。瞧瞧，时代真的变了，我们再不用像你的先辈们那样，赤脚穿过野地。我们乘车——看看一片片的庄稼在窗外飞闪。看看，多好的红薯地，望不到边……你最后看一眼就可以把它忘掉了。真的，因为你没有什么可以牵挂的了，你是没爹没娘的孩儿。

我的男人！我的男人啊！你多么瘦弱哩，可你是我的男人哩！我原来也以为自己是没爹没娘的孩儿，这会儿才知道不是哩。我的男人，咱都没能赶上创出一地瓜儿……

汽车颠簸着。两个人紧紧相依。突然大地陡到一样，司机不由得把车刹住。肥的脸越来越白，她紧紧按着胸口。"肥！你怎么了怎么了？"肥没有回答。她怔怔地望着窗外。

无边的绿蔓呼呼地燃烧起来。大地成了一片火海。

一匹健壮的宝驹甩动鬃毛，声声嘶鸣，踏起长腿在火海里奔驰。它的毛色与大火的颜色一样，与早晨的太阳也一样。"天哩，一个……精灵！"

……

1987年11月—1992年1月写于龙口

你的心真狠啊！你舍下了一个火爆爆的秋天，舍下了一地上好的瓜儿……”

亲爱的肥你再不要泣哭，我已经无数次地吻去了你的泪水。亲爱的肥，紧贴在我身上吧，这样一路、这样一生！我们逃出来了，我们去找自己的生活。瞧瞧，时代真的变了，我们再不用像你的先辈们那样，赤脚穿过野地。我们乘车——看着一片片的庄稼在窗外飞闪。看看，多好的红薯地，望不到边……你最后看一眼就可以把它忘掉了。真的，因为你没有什么可以牵挂的了，你是没爹没娘的孩儿。

我的男人！你多么瘦弱，可你是我的男人哩！我原来也以为自己是没爹没娘的孩儿，这会儿才知道不是哩。我的男人，咱都没能赶上刨出一地瓜儿……

汽车颠簸着。两个人紧紧相依。突然大地强烈一抖，司机不由得把车煞住。肥的脸煞白煞白，她紧紧揪着胸口。“肥！你怎么了怎么了？”肥没有回答。她怔怔地望着窗外。

无边的绿蔓呼呼燃烧起来。大地成了一片火海。

一匹健壮的宝驹甩动鬃毛，声声嘶鸣，尥起长腿在火海里奔驰。它的毛色与大火的颜色一样，与早晨的太阳也一样。“天哩，一个……精灵！”

……

一九八七年十一月—一九九二年一月于济南、龙口

融入野地（代后记）

一

城市是一片被肆意修饰过的野地，我最终将告别它。我想寻找一个原来，一个真实。这纯稚的想念如同一首热烈的歌谣，在那儿引诱我。市声如潮，淹没了一切，我想浮出来看一眼原野、山峦，看一眼丛林、青纱帐。我寻找了，看到了，挽回的只是没完没了的默想。辽阔的大地，大地边缘是海洋。无数的生命在腾跃、繁衍生长，升起的太阳一次次把它们照亮……当我在某一瞬间睁大了双目时，突然看到了眼前的一切都变得簇新。它令人惊悸，感动，诧异，好像生来第一遭发现了我们的四周遍布奇迹。

我极想抓住那个“瞬间感受”，心头充溢着阵阵狂喜。我在其中领悟：万物都在急剧循环，生生灭灭，长久与暂时都是相对而言的；但在这纷纭无绪中的确有什么永恒的东西。我在捕捉和追逐，而它又决不可能属于我。这是一个悲剧，又是一个喜剧。暂且抑制了一个城市人的伤感，面向旷野追问一句：为什么会是这样？这些又到底来自何方？已经存在的一切是如此完美，完美得让人不可思议；它又是如此的残缺，残缺得令人痛心疾首。我们面对的不仅是一个熟知的世界，还有一个完全陌生的世界；原来那种悲剧感或是喜剧感都来自一种无可奈何。

心弦紧绷，强抑下无尽的感慨。生活的浪涌照例扑面而来，让人一拍三摇。做梦都想象一棵树那样抓牢一小片泥土。我拒绝这种无根无定的生活，我想追求的不过是一个简单、真实和落定。这永远只能停留在愿望里。寻找一个去处成了大问题，安慰自己这颗成年人的心也成了大问题。默默挨蹭，一个人总是先学会承受，再设法拒绝。承受，一直是承受，承受你的自尊所无法容许的混浊一团。也就在这无边的踟蹰中，真正的拒绝开始了。

这条长路犹如长夜。在漫漫夜色里，谁在长思不绝？谁在悲天悯人？谁在知心认命？心界之内，喧嚣也难以渗入，它们只在耳畔化为了夜色。无光无色的域内，只需伸手触摸，而不以目视。在这儿，传统的知与见已经失去了原有的意义。神游的脚步磨得夜气发烫，心甘情愿一意追踪。承受、接受、忍受——一个人真的能够忍受吗？有时回答能，有时回答不，最终还是不能。我于是只剩下了最后的拒绝。

二

当我还一时无法表述“野地”这个概念时，我就想到了融入。因为我单凭直觉就知道，只有在真正的野地里，人可以漠视平凡，发现舞蹈的仙鹤。泥土滋生一切；在那儿，人将得到所需的全部，特别是百求不得的那个安慰。野地是万物的生母，她子孙满堂却不会衰老。她的乳汁汇流成河，涌入海洋，滋润了万千生灵。

我沿了一条小路走去。小路上脚印稀罕，不闻人语，它直通故地。谁没有故地？故地连接了人的血脉，人在故地上长出第一绺根须。可是谁又会一直心系故地？直到今天我才发现，一个人长大了，走向远方，投入闹市，足迹印上大洋彼岸，他还会固执地指认：故地处于大地的中央。他的整个世界都是那一小片土地生长延伸出来的。

我又看到了山峦，平原，一望无边的大海。泥沼的气息如此浓烈，土地的呼吸分明可辨。稼禾、草、丛林；人、小蚁、骏马；主人、同类、寄生者……搅缠共生于一体。我渐渐靠近了一个巨大的身影……

故地指向野地的边缘，这儿有一把钥匙。这里是一个入口，一个门。满地藤蔓缠住了手足，丛丛灌木挡住了去路，它们挽留的是一个过客，还是一个归来的生命？我伏下来，倾听，贴紧，感知脉动和体温。此刻我才放松下来，因为我获得了真正的宽容。

一个人这时会被深深地感动。他像一棵树一样，在一方泥土上萌生。他的一切最初都来自这里，这里是他一生探究不尽的一个源路。人实际上不过是一棵会移动的树。他的激动、欲望，都是这片泥土给予的。他曾经与四周的丛绿一起成长。多少年过去了，回头再看旧时景物，会发现时间改变了这么多，又似乎一点也没变。绿色与裸土并存，枯树与长藤纠扯。那只熟悉的红点颏与巨大的石碾一块儿找到了；还有荒野芜草中百灵的精制小窝……故地在我看来真是妙迹处处。

一个人只要归来就会寻找，只要寻找就会如愿。多么奇怪又多么素朴的一条原理，我一弯腰将它拣了起来。匍匐在泥土上，像一棵欲要扎根的树——这种欲求多次被鹦鹉学舌者给弄脏。我要将其还回原来。我心灵里那个需求正像童年一样热切纯洁。

我像个熟练的取景人，眯起双目遥视前方。这样我就迷蒙了画面，闪去了很多具体的事物。我看到的不是一棵或一株，而是一派绿色；不是一个老人一个少女，而是密挤的人的世界。所有的声息都撒落在泥土上，混合一起涌过，如蜂鸣如山崩。

我蹲在一棵壮硕的玉米下，长久地看它大刀一样的叶片，上面的银色丝络；我特别注意了它如爪如须、紧攥泥土的根。它长得何等旺盛，完美无损，英气逼人。与之相似的无语生命比比皆是，它们一块儿忽略了必将来临的死亡。它们有个精神，秘而不宣。我就这样仰望着一棵近在咫尺的玉米。

时至今天，似乎更没有人愿意重视知觉的奥秘。人仿佛除了接受再没有选择。语言和图画携来的讯息堆积如山，现代传递技术可以让人蹲在一隅遥视世界。谬误与真理掺拌一起抛洒，人类像挨了一场陨石雨。它损伤的是人的感知器官。失去了辨析的基本权力，剩下的只是一种苦熬。一个现代人即便大睁双目，还是拨不开无形的眼障。错觉总是缠住你，最终使你臣服。传统的“知”与“见”给予了我们，也蒙蔽了我们。于是我们要寻找新的知觉方式，警惕自己的视听。

我站在大地中央，发现它正在生长躯体。它负载了江河和城市，让各色人种和动植物在腹背生息。令人无限感激的是，它把正中的一块留给了我的故地。我身背行囊，朝行夜宿，有时翻山越岭，有时顺河而行；走不尽的一方土，寸土寸金。有个异国师长说它像邮票一般大。我走近了你、挨上了你吗？一种模模糊糊的幸运飘过心头。

三

大概不仅仅是职业习惯，我总是急于寻觅一种语言。语言对于我从来就有一种神秘的感觉。人生之路上遭逢的万事万物之所以缄口沉默，主要是失却了语言。语言是凭证、是根据，是继续前行的资本。我所追求的语言是能够通行四方、源发于山脉和土壤的某种东西，它活泼如生命，坚硬如顽石，有形无形，有声无声。它就撒落在野地上，潜隐在万物间。河水咕咕流淌，大海日夜喧嚷，鸟鸣人呼——这都是相互隔离的语言；那么通行四方的语言藏在了哪里？

它犹如土中的金子，等待人们历尽辛苦之后才跃出。我的力气耗失了那天，即便如愿以偿了又有什么意义？我像所有人一样犹豫、沮丧、叹息，不知何方才是目的，既空空荡荡又心气高远。总之无语的痛苦难以忍受，它是真实的痛苦。我的希冀不大，无非就想讨一句话。很可惜也很残酷，它不发一言。

让人亲近、心头灼热的故地，我扑入你的怀抱就痴话连篇，说了半晌才发觉你仍是一个默默。真让人尴尬。我知道无论是秋虫的鸣响或人的欢语，往往都隐下了什么。它们的无声之声才道出真谛，我收拾的是声音底层的回响。

在一个废弃的村落旧址上，我发现了遗落在荒草间的碾盘。它上面满是磨钝了的齿沟。它曾经被忙生计的人团团围住，它当刻下滔滔话语。还有，茅草也遮不住的破碎瓦砾，该留下被击碎那一刻的尖利吧？我对此坚信无疑，只是我仍然不能将其破译。脚下是一道道地裂，是在草叶间偷窥的小小生灵。太阳欲落，金红的火焰从天边一直烧到脚下；在这引人怀念和追忆的时刻，我感到了凄凉，更感到了蕴含于天地自然中的强大的激情。可是我们仍然相对无语。

刚刚接近故地的那种熟悉和亲切逐渐消失，代之而来的是深深的陌生感。我认识到它们的表层之下，有着我以往完全不曾接近过的东西。多少次站在夕阳西下的郊野，默想观望，像等候一个机会。也就在这时，偶尔回想起流逝的岁月，会勾起一丝酸疼。好在这会儿我已没有了书生那样的忏悔，而是充满了爱心和感激，心甘情愿地等待、等待。我回想了童年，不是那时的故事，而是那时的愉快心情。令人惊讶的是那种愉悦后来再也没有出现。我多少领悟了：那时还来不及掌握太多的俗词儿，因而反倒能够与大自然对话；那愉悦是来自交流和沟通，那时的我还未完全从自然的母体上剥离开来。世俗的词儿看上去有斤有两，在自然万物听来却是一门拙劣的外语。使用这种词儿操作的人就不会有太大希望。解开了这个谜我一阵欣慰，长舒一口。

田野上有很多劳作的人，他们趴在地上，沾满土末。禾绿遮着铜色躯体，掩成一片。土地与人之间用劳动沟通起来，人在劳动中就忘记了世俗的词儿。那时人与土地以及周围的生命结为一体。看上去，人也化进了朦胧。要倾听他们的语言吗？这会儿真的掺入泥中，长成了绿色的茎叶。这是劳动和交流的一场盛会，我怀着赶赴盛宴的心情投入了劳动。我想将自己融入其间。

人若丢弃了劳动就会陷于蒙昧。我有个细致难忘的观察：那些劳动者一旦离开了劳动，立刻操起了世俗的词儿。这就没有了交流的工具，与周遭的事物失去了联系，因而毫无力量。语言，不仅仅是表，而是里；它有自己的生命、质地和色彩，它是幻化了的精气。仅以声音为标志的语言已经是徒有其表，魂魄飞走了。我崇拜语言，并将其奉为神圣和神秘之物。

四

生活中无数次证明：忍受是困难的。一个人无论多么达观，最终都难以忍受。逃避、投诚、撞碎自己，都不是忍受。拒绝也不是忍受。不能忍受是人性中刚毅纯洁的一面，是人之所以可爱的一个原因。偶有忍受也为了最终的拒绝。拒绝的精神和态度应该得到赞许。但是，任何一种选择都是通过一个形式去完成的，而形式可以是多种多样的。

一个人如果因爱而痴，形似懵懂，也恰恰是找到了自己的门径。别人都忙于拒绝时，他却进入了忘我的状态。忘我也是不能忍受的结果。他穿越激烈之路，烧掉了愤懑，这才有了痴情。爱一种职业、一朵花、一个人，爱的是具体的东西；爱一份感觉、一个意愿、一片土地、一种状态，爱的是抽象的东西。只要从头走过来，只要爱得真挚，就会痴迷。迷了心窍，就有了境界。

当我投入一片茫茫原野时，就明白自己背向了某种令我心颤的、滚烫烫的东西。我从具体走向了抽象。站在荒芜间举目四望，一个质问无法回避。我回答仍旧爱着。尽管头发已经蓬乱，衣衫有了破洞，可我自知这会儿已将内心修葺得工整洁美。我在迎送四季的田头壑底徘徊，身上只负了背囊，没有矛戟。我甘愿心疏志废、自我放逐。冷热悲欢一次次织成了网，我更加明白我“不能忍受”。扔掉小欣喜，走入故地，在秋野禾下满面欢笑。

但愿截断归途，让我永远待在这里。美与善有时需要独守，只能眼睁睁地看着它生长。我处于沉静无声的一个世界，享受安谧；我听到挚友在赞颂坚韧，同志在歌唱牺牲，而我却仅仅是不能忍受。故地上的一棵红果树、一株缬草，都让我再三吟味。我不能从它们身边走开，它们深深地吸引了我。我在它们的淡淡清香中感动不已。它们也许只是简单明了、极其平凡的一树一花，荒野里的生物，可它们活得是何等真实。

我消磨了时光，时光也恩惠了我。风霜洗去了轻薄的热情，只留住了结结实实的冷漠。站在这辽远开阔的平畴上，再也嗅不到远城炊烟。四处都是去路，既没人挽留，也没人催促。时空在这儿变得旷敞了，人性也自然松弛。我知道所有的热闹都挺耗人，一直到把人耗贫。我爱野地，爱遥远的那一条线。我痴迷得不可救药，像入了玄门；我在忘情时已是口不能语，手不能书；心远手粗，有时提笔忘字。我顺着故地小径走入野地，在荒村陋室里勉强记下野歌。这些歪歪扭扭的墨迹没有装进昨天的人造革皮夹，而是用一块土纺花布包了，背在肩上。

土纺花布小包裹了我的痴唱，携上它继续前行。一路上我不断地识字：如果说象形文字源于实物，它们之间要一一对应；那么现在是更多地指认实物的时候了。这是一种可以保持长久的兴趣，也只有在广大的土地上才做得到。琐细迷人的辨识中，时光流逝不停，就这样过起了自己的日子。我满足于这种状态和感觉，这其间难以言传的欢愉。这欢愉真像是窃来的一样。

我知道不能忍受的东西终会消失；但我也明白一个人有多么执拗。因此，历史上的智者一旦放逐了自己就乐不思蜀。一切都平平淡淡地过下来，像太阳一样重复自己。这重复中包含了无尽的内容。

五

在一些质地相当纯正的著作里，我注意到它一再地提请我们注意如下的意思：孤独有多么美。在这儿，孤独这个概念多少有些含混。大概在精神的驻地、在人的内心，它已经无法给弄得更准确了。它大约在指独自一人——当然无论是肉体方面还是精神方面——的状态。一个动物，一株树，都可以孤独。孤独是难以归类的结果。它是美的吗？果真如此，人们也就无须慌悚逃离了。它起码不像幻想那么美；如果有一点点，也只是一种苍凉的美。

一个人处于那样的情状只会是被迫的。现代人之所以形单影只，还因为有一个不断生长的“精神”。要截断那种恐惧，就要截断根须。然而这是徒劳的，因为只要活着，它总要生长。伪装平庸也许有趣，但要真的将一个人扔还平庸，必然遭到他的剧烈抵抗。

独自低回富于诗意，但极少有人注意其中的痛苦。孤独往往是心与心的通道被堵塞。人一生下来就要面对无数隐秘，可是对于每个人而言，这隐秘后来不是减少而是成倍地增加了。它来自各个方面，也来自人本身。于是被嘲弄被困扰的尴尬就始终相伴，于是每个人都在自觉不自觉地挣脱——说不出的恐惶使他们丢失了优雅。

在我眼里，孤独是可怕的，但更可怕的是放弃自尊。怎样既不失去后者又能葆住心灵上的润泽？也许真的“鱼与熊掌不可兼得”，也许它又是一个等待破解的隐秘。在漫漫的等待中，有什么能替代冥想和自语？我发现心灵可以分解，它的不同的部分甚至能够对话。

可是不言而喻，这样做需要一份不同寻常的宁静，使你能够倾听。

正像一籽抛落就要寻下裸土，我凭直感奔向了土地。它产生了一切，也就能回答一切，圆满一切。因为被饥困折磨久了，我远投野地的时间选在了九月，一个五谷丰登的季节。这时候的田野上满是结果。由于丰收和富足，万千生灵都流露出压抑不住的欢喜，各个与人为善。浓绿的植物、没有衰败的花、黑土黄沙，无一不是新鲜真切。待在它们中间，被侵犯和伤害的忧虑空前减弱，心头泛起的只是依赖和宠幸……

这是一个喃喃自语的世界，一个我所能找到的最为慷慨的世界。这儿对灵魂的打扰最少。在此我终于明白：孤独不仅是失去了沟通的机缘，更为可怕的是频频侵扰下失去了自语的权力。这是最后的权力。

就为了这一点点，我不惜千里跋涉，甚至一度变得“能够忍受”。我安定下来，驻足入驿，这才面对自己的幸运。我简直是大喜过望了。在这里我弄懂一个切近的事实：对于我们而言，山脉土地是千万年不曾更移的背景；我们正被一种永恒所衬托。与之相依，尽可以沉入梦呓，黎明时总会被久长悠远的呼鸣给唤醒。

世上究竟有哪里可以与此地比拟？这里处于大地的中央。这里与母亲心理上的距离最近。在这里，你尽可述说昨日的流浪。凄冷的岁月已经过去，一个男子终于迎来了双亲。你没有泣哭，只是因为你学会了掩泪入心。在怀抱中的感知竟如此敏锐，你只需轻轻一瞥就看透了世俗。长久和短暂、虚无与真实，罗列分明。你发现寻求同类也并非想象那么艰苦，所有朴实的、安静的、纯真的，都是同类。它们或他们大可不必操着同一种语言，也不一定要以声传情。同类只是大地母亲平等照料的孩子，饮用同样的乳汁，散发着相似的奶腥。

在安怡温和的长夜，野香熏人。追思和畅想赶走了孤单，一腔柔情也有了着落。我变得谦让和理解，试着原谅过去不曾原谅的东西，也追究着根性里的东西。夜的声息繁复无边，我在其间想象；在它的启示之下，我甚至又一次探寻起词语的奥秘。我试过将音节和发声模拟野地上的事物，并同时传递出它的内在神采。如小鸟的“啾啾”，不仅拟声极准，“啾”字竟是让我神往的秋、秋天秋野，口、嘴巴歌喉——它们组成的。还有田野的气声、回响，深夜里游动的光。这些又该如何模拟出一个成词并汇入现代人的通解？这不仅是饶有兴趣的实验，它同时也接近了某种意义和目的。我在默默夜色里找准了声义及它们的切口，等于是按住万物突突的脉搏。

一种相依相伴的情感驱逐了心理上的不安。我与野地上的一切共存共生，共同经历和承受。长夜尽头，我不止一次听到了万物在诞生那一刻的痛苦嘶叫。我就这样领受了凄楚和兴奋交织的情感，让它磨砺。

好在这些不仅仅停留于感觉之中。臆想的极限超越之后，就是实实在在的触摸了。

六

因为我在很大程度上摆脱了生命的寂寥，所以我能够走出消极。我的歌声从此不仅为了自慰，而且还用以呼唤。我越来越清楚这是一种记录，不是消遣，不是自娱，甚至也来不及伤感。如若那样，我做的一切都会像朝露一样蒸掉。我所提醒人们注意的只是一些最普通的东西，因为它们之中蕴含的因素使人惊讶，最终将被牢记。我关注的不仅仅是人，而是与人不可分剥的所有事物。我不曾专注于苦难，却无法失去那份敏感。我所提供的，仅仅是关于某种状态的证词。

这大概已经够了。这是必要的。我这儿仅仅遵循了质朴的原则，自然而然地藐视乖巧。真实伴我左右，此刻无须请求指认。我的声音混同于草响虫鸣，与原野的喧声整齐划一。这儿不需一位独立于世的歌手；事实上也做不到。我竭尽全力只能仿个真，以获取在它们身侧同唱的资格。

来时两手空空，野地认我为贫穷的兄弟。我们肌肤相摩，日夜相依。我隐于这浑然一片，俗眼无法将我辨认。我们的呼吸汇成了风，气流从禾叶和河谷吹过，又回到我们中间。这风洗去了我的疲惫和倦怠，裹挟了我们的合唱。谁能从中分析我的嗓音？我化为了自然之声。我生来第一次感受这样的骄傲。

我所投入的世界生机勃勃，这儿有永不停息的蜕变、消亡以及诞生。关于它们的讯息都覆于落叶之下，渗进了泥土。新生之物让第一束阳光照个通亮。这儿瞬息万变，光影交错，我只把心口收紧，让神思一点点溶解。喧哗四起，没有终结的躁动——这就是我的故地。我跟紧了故地的精灵，随它游遍每一道沟坎。我的歌唱时而荡在心底，时而随风飘动。精灵隐隐左右了合唱，或是合唱催生了精灵。我充任了故地的劣等秘书，耳听口念手书，痴迷恍惚，不敢稍离半步。

眼看着四肢被青藤绕裹，地衣长上额角。这不是死，而是生。我可以做一棵树了，扎下根须，化为了故地上的一个器官。从此我的吟哦不是一己之事，也非我能左右。一个人消逝了，一株树诞生了。生命仍在，性质却得到了转换。

这样，自我而生的音响韵节就留在了另一个世界。我寻求同类因为我爱他们、爱纯美的一切，寻求的结果却使我化为了一棵树。风雨将不断梳洗我，霜雪就是膏脂。但我却没有了孤独。孤独是另一边的概念，洋溢着另一种气味。从此尽是树的阅历，也是它的经验和感受。有人或许听懂了树的歌吟，注目枝叶在风中相摩的声响，但树本身却没有如此的期待。一棵棵树就是这样生长的，它的最大愿望大概就是一生抓紧泥土。

七

随着年龄的增长，我越来越注意到艺术的神秘的力量。只有艺术中凝结了大自然那么多的隐秘，所以我认为光荣从来属于那些最激动人心的诗人。人类总是通过艺术的隧道去触摸时间之谜，去印证生命的奥秘。自然中的全部都可通过艺术之手的拨动而进入人的视野。它与人的关系至为独特，人迷于艺术，是因为他迷于人本身、迷于这个世界昭示他的一切。一个健康成长着的人对于艺术无法选择。

但实际上选择是存在的。我认为自己即有过选择。对于艺术可以有多种解释，这是必然的。但我始终认为将艺术置于选择的位置，是一次堕落。

我曾选择过，所以我也有过堕落。补救的方法也许就是紧紧抱定这个选择结果，以求得灵魂的升华。这个世界的物欲愈盛，我愈从容。对于艺术，哪怕给我一个独守的机会才好。我交织着重重心事：一方面希望所有人的投入，另一方面又怕玷污了圣洁。在我看来它只该继续走向清冷，走到一个极端。留下我来默祷，为了我的守护，和我认准了的那份神圣。当然这是不可能的。

我梦见过在烛光下操劳的银匠，特别记住了他头顶闪烁的那一团白发。深不见底的墨夜，夜的中间是掬得起的一汪烛晖……什么是艺术？什么是劳动？它们共生共长吗？我在那个清晨叮咛自己：永远不要离开劳动——虽然我从未想过、也从未有过离去的念头。

艺术与宗教的品质不尽相同，但二者都需要心怀笃诚。当贪婪和攫取的狂浪拍碎了陆地，你不得不划一叶独舟时，怀中还剩下了什么？无非是一份热烈和忠诚。饥饿和死亡都不能剥夺的东西才是真正珍贵的。多少人歌颂物欲，说它创造了世界。是的，它创造了一个邪恶的世界；它也毁灭了一个世界，那是一个宁静的世界。我渐渐明白：要始终葆有富足，积累的速度并不重要，重要的是能够积累。诚实的劳动者和艺术家一块儿发现了历史的哀伤，即“不能够”。

人的岁月也极像循环不止的四季，时而斑斓，时而被洗得光光。一切还得从头开始。为了寻觅永久的依托，人们还是找到站立的这片土地。千万年的秘史糅在泥中，生出鲜花和毒菇。这些无法言喻的事物靠什么去洞悉和揭示？哪怕是仅仅获得一个接近的权力，靠什么？仍然是艺术，是它的神秘的力量。

滋生万物的野地接纳了艺术家。野地也能够拒绝，并且做得毅然彻底。强加于它的东西最终就不能立足。泥土像好的艺术家，看上去沉静，实际上怀了满腔热情。艺术家可以像绿色火焰，像青藤，在土地上燃烧。

最后也只能剩下一片灰烬。多么短暂，连这点也像青藤。不过他总算用这种方式挨紧了热土。

八

我曾询问：一个知识分子的精神源自何方？它的本源？很久以来，一层层纸页将这个本来浅显的问题给覆盖了。当然，我不会否认渍透了心汁的书林也孕育了某种精神。可我还是发现了那种悲天的情怀来自大自然，来自一个广漠的世界。也许在任何一个时世里都有这样的哀叹——我们缺少知识分子。它的标志不仅是学历和行当上的造就，因为最重要的依据是一个灵魂的性质。真正的“知”应该达于“灵”。那些弄科技艺术以期成功者，同时要使自己成长为一个知识分子。

将“知识分子”这个概念俗化有伤人心。于是你看到了逍遥的骗子、昏聩的学人、卖了良心的艺术家。这些人有时并非厌恶劳动，却无一例外地极度害怕贫困。他们注重自己的仪表，却没有内在的严整性，最善于尾随时风。谁看到一个意外？谁找到一个稀罕？在势与利面前一个比一个更乖，像临近了末日。我宁可一生泡在汗尘中，也要远离它们。

我曾经是一个职业写作者，但我一生的最高期望是：成为一个作家。

人需要一个遥远的光点，像渺渺星斗。我走向它，节衣缩食，收心敛性。愿冥冥中的手为我开启智门。比起我的目标，我追赶的修行，我显得多么卑微。苍白无力，琐屑慵懒，经不住内省。就为了精神上的成长，让诚实和朴素、让那份好德行，永远也不要离我，让勇敢和正义变得愈加具体和清晰。那样，漫长的消磨和无声的侵蚀我也能够陪伴。

在我投入的原野上，在万千生灵之间，劳作使我沉静。我获得了这样的状态：对工作和发现的意义坚信不疑。我亲手书下的只是一片稚拙，可这份作业却与俗眼无缘。我的这些文字是为你、为他和她写成的，我爱你们。我恭呈了。

九

就因为那个瞬间的吸引，我出发了。我的希求简明而又模糊：寻找野地。我首先踏上故地，并在那里迈出了一步。我试图抚摸它的边缘，望穿雾幔；我舍弃所有奔向它，为了融入其间。跋涉、追赶、寻问——野地到底是什么？它在何方？野地是否也包括了我浑然苍茫的感觉世界？

我无法停止寻求……

一九九二年八月二十六日于八里洼

附录一

难忘的诗意和真实

——关于《九月寓言》答问

五年多一直住在登州海角/诗意和真实

我只是一直写下来，写得多了，心沉得深了。我看紧了有意义的东西——过去作品中也有这些东西——我现在把它看得更紧了。

我想写得越来越朴素，并抓住本质。可是有人读过却觉得突兀，问怎么这样写？他们大概主要指写法，可能也有技术层面以外的部分。

这五年多的时间我一直住在登州海角干这个活儿，埋头工作。那里比较偏僻，我也很闭塞。大多数读者的趣味要受风气的训练和引导，一个作家有时可以忘掉诗意和真实，但却不敢违背风气。风气是个古怪的东西，够强大的了，不过我倒一直担心它吹进心里。

不同的审美标准／汗水洗掉了偏见

一部书的畅销并不是结论。有的是看个热闹，他们听了议论，想看看是怎么回事。写作不是为了听赞扬。如果仅仅怀着这个小目的写作，就会把自己弄得酸溜溜的。

作者应对自己工作的意义坚信不疑。我不信舆论会成为一部作品的有力判决。内心很脆弱的人才过分寻求舆论支持。你看过那些被起哄的东西了吧？无聊又可怕。

一个知识分子的堕落往往就是从迎合世俗力量开始的。一个冒牌诗人从来不会在世风里守住什么。好的作家总是更多地考虑他的读者的价值。

我的《九月寓言》是写给我心目中的一部分人看的，因为我相信他们，信任他们的选择。当然，优秀的读者会有不同的审美标准。

我一直对读者中的两种人十分重视。一种是真正的知识分子——这种人心气高，不自私，常常关心一些远远超出他自身能力的大问题，而不仅仅是有好的学养。另一种人就是喜欢读书的普通劳动者。因为他们一直投身于劳动，所以往往能葆有那份质朴，汗水洗掉了偏见。他们的直觉一般讲来是不错的，可惜他们的真实看法常常被人歪曲或被人覆盖。夹在这二者之间的读者不用说你也会明白，他们的“自我感觉”才靠不住。

书中的隐喻和象征／神秘感和陌生感

隐喻之类，这个问题我现在常碰到，前些年没有，没有人谈论。《九月寓言》发表后一般的读者并不问这方面的问题，总是从事文学工作的人在问。比如说在登州海角，那儿有不少人熟悉我，当然更关心我写出了什么。他们读后大致说："一点不错，就是这样，那些事俺都知道。"总之他们没觉出有多少神秘和陌生，因为他们太熟悉我描叙的这些事物了，如果真有"神秘"，那些神秘在生活中也早就习以为常了。只要我不是故意编造出一些神秘，而只写"真实存在的神秘"，那么他们就容易理解了。

当然，由于他们不是行当中人，也就不会从专业的角度去询问了。

我觉得对任何人而言，要真正深入一部作品，还是暂时把专业意识放淡一点更好。我写作时，最害怕的就是走进隐喻和象征。当时只想求个真。有的情节、事件与人物，就看从哪个角度去看了。我不能说别人的理论归纳都是错的、无益的，而是说这离生活给我的感觉上有个距离。他们当然有道理，但他们认为陌生，主要还是不熟悉登州海角的历史和现实造成的……

总之，长期以来，我总是感到了风气、世俗力量的强大，感到了它的某种"专横性"。比如现在几年，一时间全都在谈论"神秘"和"魔幻"。作为一个作者，我不能不清楚它们在我心中到底有多少分量。我可不能强加给我自己太多东西，让它毁掉我的艺术。

描写的极度夸张／回忆的客观性

说到描写的“极度夸张”，我认为夸张当然有，但不多也不过分。作者选择某种口吻是允许的，这与一个清晰的夸张意图还是有区别。

我还记得夸张过的段落、事件。比如说那个赤脚医生使用的针管和缝伤口的线绳，太大太粗——我当时想那是被病人的恐惧放大了的东西，因而这样写也过得去。至于他戴的那种手表和眼镜，真的没有玻璃、指针不走；当年我亲眼见过。

我想不出再有多少夸张。大概我写过的所有情节，包括大多数细节都是真实存在的——这虽不重要，却会左右我的状态和趣味等。

有时我觉得地域与地域的不能沟通，人与人的不能沟通，简直无法言说。远方的朋友没有责任了解这个角落的真实生活、生活的气氛；但读书时不能缺少一种情感和耐心。

写作说到底更多的是回忆。要回忆就要带出它的客观性。在我的记忆中，有些事情印象深刻，大概一生都不能忘，这些事物一般都非常具体，非常特殊，有的不仅在当时不能理解，现在想起来也是惘然——这一类事物谁在记忆中能够排除？读者，特别是受过一定文学训练的读者，总要以为作者写出的东西都是作者本人充分理解、归纳和整理过的，那就造成了误解。

作者在描叙中分析事物，也可以将一时搞不明白的东西罗列出来，让更多的人一块儿注意它、理解它。

每时每刻都在发生的事情／真实的奇闻

有人说：起码金友在树下那一段、路上遇黑煞，还有喝毒药反而医病等描写，实际生活中不会存在吧？不，恰恰相反，他们指点的这几处都是真实发生过的。其实一部书中写的具体事件是否真的有过，这本来不算一个问题。但这儿我要告诉你，这些全是真的。在当地，几乎上年纪的人都知道这些。

我上初中时，学校放暑假，我们一些同学出去玩。我在一棵大树下遇到了一群歇凉的人，他们说笑话，讲故事，热闹得很。一个光着上身的中年男子突然从胸部挤出一些乳汁，飞溅在旁的人脸上。这使我们都惊讶得很。几天后，还是这个男人，还是重复了上回做过的事儿。那时旁边的人都笑，也没人说怪，因为他们都习以为常了。那个行为怪异的人身上还有职务，听说他当时担任“副队长”。

至于说赶路的人遇上“黑煞”而死，这就更为平常了。在登州海角南部山区，在那些大山的褶缝里，小村人可以有名有姓地指指点点，告诉谁是这样死的。令我难忘的是我过去的一个朋友的父亲，他就遇上了“黑煞”。不过他没有马上死去，所以留下了恐怖的描叙。

喝农药乐果自杀，而且喝得量很大，足有半斤以上，不但没死，反面怯了大病。这事就发生在我认识的一个中年妇女身上。她当时可能得了肝病，朝不保夕了。如今她还活着，已经六十多岁，体格硬朗。当然，没有人敢于模仿她的治病方法。除此而外，我还遇到过两个用黑色枪药治好了自己心口疼的女人。这些我至今都费解，所以要忘掉也难。

生活中的确每时每刻都在发生一些奇怪的事情。在当地人看来，既然妇孺皆知，哪里还有神秘和“魔幻”？过去我们的文学中写了过多的经过过滤的东西，只要是违背了一种普及了的“哲学”，就一概不能写，如实记录也不行。这样做的结果就是把读者弄简单了，他们都开始自觉不自觉地从书本出发评论生活，转而又依据书本评论书本。这多可怕。

无数闻所未闻的事情 / 生活中的“说到”与“做到”

有人问：那么书中关于鬼魂的对话呢？是的，这在作者的经验中当然没有发生的可能，书中也写得明白。从行文中可以看出，它们是小村里的活人——与我写到的死人有密切关系的一些人的臆想和判断，或者是一种愿望。实际上生活中常常有人听到死去的亲人、熟人向他们讲什么、预告什么了，等等。更令人惊讶的是不止一次有人看见早已死去的老人在村边田头转悠——据说那叫“恋村”。

总之读书不能认死理。对这些过于挑剔的，从来不是熟知这些现象的人，而是对更复杂的土地上的事物完全陌生的人。实际上，在广大的原野上，有无数的人、无数的村落和城镇，也有无数我们闻所未闻的事情。我越来越相信这样一个说法——这个说法是乡村老人创造的，我把它写进了书里：只有说不到的，没有做不到的。

阅读中的笑与哭／乡村生活回忆录

读者在阅读中虽然有时忍不住要发笑，但又总是被痛苦压得喘不过气来——他们总觉得那个小村人的生活太苦了一些，他们说那些小村人越欢乐，就越让人觉得苦——好像作者是为了让人觉得他们愚昧才写他们的欢乐吧？我说我是在写“真正的”欢乐。那种欢乐让我真实地感到了，我才会写。

比如劳动与爱的欢乐，在小村人那里同样真实。你也只有在那样开阔的一片秋野上才感受得更深刻一些。

即便是农村出来的“城里”读者，也问：农村那些年是这样的吗？我说你仔细想想。我发现人总是虚荣的、虚伪的，遗忘和错觉简直是本性中的一部分。实际上这本书更接近很多人的乡村生活回忆录——越是这样，他们当中有些人越是要惊讶地拒绝。这真没有多少必要。

我写的登州海角是历史上最有名的富裕乡之一。即便在中国最困难的年代里，那里人的生活还是比其他大多数地区要好得多。那里是半岛的半岛，靠着大海，商业气氛曾经很浓。不过它还是给搞闭塞了，直到现在也没有缓醒过来。就在那儿，那些年的情景大致就是我写的那样——实际上比我所写的更苦一些。

接下来可以问了：大多数地区的人是怎样生活的？今天，为什么有人对昨天的记录惊讶拒绝呢？这就涉及到了人性中的某些隐秘。人要直面人生和现实是困难的。直到现在，很大一片土地上的生活仍然比我们想象的要艰难得多。当然，即便是他们，也有自己一份独特的生活、独特的欢乐。

关于书名的缘起／意象与实指

他们问：为什么要取名“寓言”呢?

这讲不太清。它是我最先捕捉到的一个意象。也只有在这种意象的笼罩、指导和牵引下，我才能够兴味盎然地写到底。

如果说有更直接一点的理由，那就是书的正中部分，由金祥在忆苦时讲了一则长长的寓言故事。书中包括了这个故事，所以即可用“寓言”命名了。

它只是个名字，是一篇作品的题目，而不是用它注明作品的“体裁”，那不用注明，那是“小说”。使我至今糊涂的是有位朋友看了，说这不是“寓言”，标准的“寓言”应该具备哪些因素等等，比如童话的特征是什么、小说又是什么，它们的区别。既然不是“寓言”，又说是“寓言”，就不对，不合规范。这不禁使我想起那些题目中出现“月亮”“太阳”等字眼的题目，它们又该如何剖析?说“月亮”是一个星体，它围绕地球旋转——这篇文章不是一个星体，也不围绕地球旋转，怎么能冠以“月亮”呢?这就使人无语了。我相信那个“月亮”也只能是一个比喻、一个借来的意象、境界。人的名字也一样，也不能直硬地对号入座。有人叫“李大山”，那是他对“大山”的某种向往、他寄托的意愿，这是浅显的道理；如果哪位同志捏一捏人的温热柔软的肌肤，说这不是石头，因而这名字就是错了，整个都错了——你不感到难堪吧？

小村的主食／独特的美以及不可替代性

书中反复出现的“地瓜”，它的象征——地瓜不过是那些年小村的主食。要写那个年代的生活，就不可避免地要写到地瓜。它与那时人的欢乐痛苦、各种故事，都紧紧地系在了一起。我不断地写它，渐渐就生出了特别的感情。这样我就把更多的注意力放在了地瓜上面，而多少忽略了其他作物，比如小麦豆类等。当然，它们在那时远远不如地瓜多，一个人在当时一年里吃不上一次小麦是正常的。

我说过，因为不断地写到地瓜，对这种农作物就生出了一份特别的情感。我越来越想到它的独特的美、它的不可替代性。它有火红的表皮，一经掘出，就像碳火一样在田野上燃着。它与人的关系也极不一般，在所有的庄稼中，它与人的关系是最为密切的。这是个事实。

小村里的人试着将地瓜做成各种各样的食物：水饺、饼、馒头，还有煎饼。这除了出于无可奈何外，也还包含了一种亲情暖意。在贫寒清苦的岁月中，它给予村里人最后一个安慰和保证。我被这种又普通又奇特的关系给感动了。

可是，仍然有人提请我注意，说农村人吃各种粮食；还特别让我在书中添上“五谷”。有什么办法？这些似乎微小的要求和指示包含着何等的粗暴，我是一清二楚的。我忍不住要说：我在书中多次写到了其他农作物，特别是多次写到了高秆农作物。我没有想到它的象征。我只是爱它。我想到了汉姆生的《大地的成长》，上面的主人公跟丰收的马铃薯叫“地苹果”——那种热烈的情感我这会儿很能理解……

选个好的标本／更多地关照乡村

有人说作者对城乡两种不同文明的态度似乎是矛盾的，好像更倾向于后者。实际上在我看来，这两种“文明”的界限不太清晰，都差不多。当然区别性我也不否认。给我更深印象的，是那种“差不多”。在我们这片土地上，只要有个性的东西，都不如想象的那么好保存、好确立。

乡村的东西更亲切一些，变化小，新东西涌入一点也很快被溶解。比起城市来，它的力量更强大、更久长和悠远。这就更适合被拿来做依据，就像搞解剖要选个好的标本一样。

至于眼下的城市，有很多模仿来的事物，其中也包括了精神面的。不稳定、不真实、不一致，这就使得城市文明少了一些剖析价值。它还等待成长和成熟。

不是说我更倾向什么，而是我出于分析问题和处理问题的需要，不得不过多地关照乡村里的东西。

有人大概要说我更熟悉乡村，所以才有了倾向。不是这样，再说“熟悉”本身也可以加深不同的倾向。

阅读生活／书是描写对象的一种简化

《九月寓言》读后感觉浑然、厚重，但极难把握——读者读的是作品，而作为一部书的作者，就不仅是读书，而且要像读书一样，一页一页地、仔仔细细地阅读生活。生活就是浑然、厚重，极难把握。我就将这种感觉汇成一本书。读者有那种感觉，当然是个褒奖。

如果一个作者在写作时过多地考虑了他所读过的书，那么写出来的东西就变得好把握了。一本书比起它所描写的对象，再复杂也是一种简化；过多地借用另一本书的感觉和逻辑，就会越来越走向简化。

我们所见到的更糟的一些例子，是从报刊和某些条文出发写东西，结果就不仅是简化，还有对读者的伤害。因为他那样写的同时，实际上已经预先盘算了一遍读者，自认广大读者像他一样轻里轻气，像他一样浅薄。

过日子、体会别人过日子的滋味，都是难以言说的。我写作也是过、在体会……

两本书的比较／纯洁本身就深不见底

许多人认为《九月寓言》在艺术上比《古船》好，哲学含蕴也深。

我自己默认了最好。起码地这种情势之下还有不少人读读我的书，愿意比较一下，除了感谢的心情还能有什么？

写《古船》时我更年轻，起手之初刚刚二十七八岁。那时写出的东西当然比现在纯洁。我是指纯洁的情感。也许纯洁要影响“哲学”；可是纯洁本身就深不见底。纯洁是一种形象，不是一种思想。形象是多解的、久远的。

一晃过了快十年。十年时间当然不白过，这期间可发生了不少事儿。我随着时间的流水往前漂移，不断丢失，又不断拾取。

纯洁就容易落下可挑剔之处，留下外部的残缺。而成熟却可以留下内部的残缺。可是纯洁往往仅属于更年轻一点的人。我多么怀念更年轻的时候。

一部书大概不能分出“艺术”的部分和其他的部分。“艺术”来自综合。有人说《九月寓言》的社会负载量较《古船》减少了，但“艺术”却因之而更好。何等奇怪的评论。不过这样讲就通俗了，好接受了。

实际上任何事物在走向通俗的同时，都是以损失掉一些真理性作为代价的。事物不会平白无故地、不会那么便宜地被“通俗”化。

一本书总是由各种丝绺交织成的，它们之间是血肉般不可分割。在我眼里它们各自生长存在着，比较起来很难。

生活的单元性和复杂性／酝酿出一个个好气势

这部书由七大章组成，即各自独立又相互联贯。我第一次这样结构作品，每一章实际上是一部中篇，由它们合而为一，一部从结构上、气质上看也很完整的长篇。这想法要真正实现起来比较难，因为你很难顾及到两个多少有些矛盾的要求。

这次所以这样做了，是我在把握材料、考虑问题时有一个不同于以往的发现。过去，一个作者在某篇布局时，自觉不自觉地受了文学模式的影响，特别是中国文学话本的影响，就是情节化、因果化地理解和处理现实生活，将思维材料找出纵的联系。当然，实际生活也的确有这种纵的逻辑关系，常说的一句话就是“前因后果”。我们结构作品的思维就是从“前因”想到“后果”，所以就有了开头、高潮和结局。通俗作品就是这方面典型的例子。

但是，实际生活除了纵的特性之外，也还有横的特性。生活本身也具有自己的单元性、重复性，比如我们就常常说生活是“一幕一幕的”。每“一幕”，就是一个单元。可见，也可以从单元的角度去理解生活。

这样，就产生了《九月寓言》这种结构。

还有一个写作的技术性的原因。写长篇都有个体会，就是一口气写到底要有很长的“文气”贯下来；愈到后来，“文气”愈要强盛。实际写下来正好相反，作者的力气、技法的积累，使用得都差不多了，所以往往是长篇的下半部出问题。有人在下半部加强作品的情节性，想以此稍稍弥补，但仍然无济于事，因为再好的情节没有激情去溶化也是死的。

在很大的一段时间里，可以酝酿出一个个好气势，去分别处理这些“单元”，这样它们可以气韵饱满。

读者在心灵深处／时代催逼了选择

有人问：作品的极度“内向性”是否让您担心过什么？比如读者的承受能力？我想，在这方面从未有太多的担心。一个作者能写出他自己满意的作品，主要是他的自信：既信任自己，又信任读者。

读者在何方？在心灵深处。

在这个充满喧嚣的世界上，在物欲飞扬跋扈的年代里，恰恰也是艺术家最好的时光来临了。不是寻求寂寞吗？寂寞来了；不是歌颂坚韧吗？到了考验坚韧的时刻了。艺术、艺术家，读者，一切都在快速地分流、归属，有的正在生成，有的已经枯萎；时代催逼了选择，该是个机会了。

浅俗的艺术使人平庸。在世俗的永不满足的、越来越贪婪过分的要求下，总会有一些拒不低头的知识分子。这也是我们的道德原则。

无论在什么时候，他们总是送给世界一个讯息：仍然有人在好好地思想，仅此而已。

山野精神和民间精神／时风和世俗的专横性

有的文章分析了它与《聊斋》的关系、对它的借鉴。这是个有意思的问题。

怎么能不借鉴？不过这不会是哪一次的事情。我借鉴的只是它的某种精神。它的精神其实也就是一种“山野精神”“民间精神”。这是非常迷人的。民众的口传价值连城，蒲松龄懂得这个。他的作品有一种独特的气质。不过我可不敢说一部《聊斋》全都高雅得不得了，精气神无一不美。有人对待古典文学就是这样。用言词贿赂古人是为了自己的现实利益。他的作品有的地方实在是俗过了。

今天写出《聊斋》的精神也不能用它的语言了。精神是最重要的。现在如果有人用了几句半文半白的话才算是学了古人，吸收了古人的营养，不然就是“西天取经”。这一误解可不轻。不能一写到不可理解的事物就是“魔幻”拉美；有人说《九月寓言》写小村子从原地搬迁走了也像马尔克斯的马贡多小镇被飓风卷走一样——多不可思议。所以我上面就谈到了时风和世俗的某种“专横性”。在矿区和其他的工业区、水利工程区，有多少村子需要迁来迁去，怎么能考虑“马贡多”呢？

当代小说语言在大范围内是难以选择的。比如今天一个作者的作品里总是充满了过去的习惯语汇，像“这厮实在可恶”“看官你道怎地”“异史氏曰……”，那有多么可笑。

一个作家只能在一个时期文学语言的总体演进中追求自己的语言个性。

女人的命运／集体的精神和原则

读者常常议论书中一群女孩子的命运……

女人比起男人来，一般而言要弱小。我们所处的世界大多数时间被男人主宰。所以女人的命运如何，更容易看出这个时代的特征和性质，它是否是一个尊重人的时代，是否是一个温和的宽厚的时代。

历史上看也是这样。

一些名著反复地写了女孩子和广大妇女的故事，像《红楼梦》和《聊斋》。《红楼梦》写得最好，写的女孩子也最多。那一个个娇弱的姑娘有让人羡慕的时候，但更多的是可怜。她们从来也没有为自己挣得什么，下场是随随便便凄凄惨惨的。她们所处的时代，人的价值就是那样。没有精神自由的时代就不会尊重人，尤其不可能尊重女人。

每个时代都有个集体的精神和原则，有它对于女人的总体态度。这种态度有时是难以把握和抽象的，它是隐蔽的、暧昧的。写单个女人的遭遇、故事，无非就为了接近一个时代的总体态度，即平常所说的“时代精神”。

我这本书中的女孩子生活得不可能再好了，她们就是那个命。除了那个工程师的多少有些过分和急躁的要求之外，几乎再没人关心和爱惜她们的青春。

浓缩的“干货”／删削与疏漏

一篇评论认为小说非常凝练，很浓缩，几乎全是“干货”。接下来就有一个问题：这样是否可惜？

在我看来，这倒有点过奖了。要真全是“干货”，那有什么可惜的。“干货”从来不嫌其多。可惜的是现在的文学作品——当然也包括我的，有点意思的东西总是太少了。假话太多，无聊太多，贫嘴太多，还有拍马。比一些作品好点的，是我还多少有点自尊吧。

这本书第一稿写了三十二万字，那是一笔一画填在格子里的，写了近五年。后来第二稿压到了二十九万字，第三稿就压到了二十六万字。发稿前夕，我反复看，最后下决心，又压成了现在的二十三万字。有机会再版，我可能还要压缩。

从格子上删掉的东西，只要删得好，有悟性的读者会感到藏下了什么。那种意境和意味不但不会因删削而减弱，反而还会增强。

没有写进格子上的部分，如果它是个疏漏，那就会造成残缺——它写上了，删去一点留下一点，残缺就补好了。

与《鱼王》结构上的相似之处／纤细文思的衔接

我读过《鱼王》。类似结构的还有很多，国内外都有。比如美国的《小城畸人》，我也读过。《鱼王》色彩浓烈，沉郁，很斑斓。我喜欢这本书。不过它太有点像中短篇小说集了，而且还可以去去字数。

组成一部长篇的一些单元，它们给集到了一起，需要多少理由？可多可少，只要有理由就行。但是把它归拢成一部真正的长篇呢？理由就要充分得多。不仅是地理自然背景的统一，或者是主要人物的统一，情节的可以沟通性，而且还要有更重要更细微的关联，比如一些纤细文思的衔接，如“不经意”的一个伏笔、一个照应、响应，等等。

既然是“单元化”了，我就不想凑付。因为既然是一大块一小块组合的，就很容易“苟且”，将不过硬不和谐的东西塞入。发表前，我将整整一大章——一个单元抽掉了，为了使其更精粹紧密一些，这也是听从了高人指点。这一下，我就“损失”了好几万字。

新的“农事诗”／超出经验范围的部分

有评论说它“包含了当代乡村生活的全部奥秘”，是一部“新的农事诗”。

前些年，有人说《古船》是“史诗”，引得人动了肝火。这一回也要小心才好。结论性概括性的话，也好也不好。因为这往往让人觉得耸人听闻。我可不敢应这个话头。

对于那些熟悉农村生活的人，这部小说中记录的任何事情都不会成为问题。当然，我将它们集中了，也不回避曲折和细小处，就单个的读者而言，他也可能觉得某一部分、某一个事件、现象超出了经验范围，但几个相似的读者一对应一交谈，问题也就迎刃而解了。有的说：“那个事我没听说。”另一个就会接上：“有的，那一年上……你忘了？”就这样化掉了隐秘。

当然，真正的隐秘也许不是具体的故事、事例，而是沉淀到这一切之中的东西。它们才能构成奥秘，比如时代的、人性的、宿命的、风俗的、禁忌的……是这些说不清的方面。

有些评论中使用的语言是比喻色彩很浓的，不能特别实在地理解……

童年印象／小村藏在记忆里

书中当然有很多印象来自童年，也有很大一部分来自后来——我到登州海角去以后。我出生不久就随家迁出龙口，搬到了海滩林子里。那里离一些村落还比较远，是一个林场和园艺场。由于太寂寞，后来我就穿过林子到一个外地人聚居地去。这个小村离我们算是最近的了，都是从遥远的异地他乡迁徙而来的，最早来的人家可能就是他们当中最富裕的了。

我在那儿找到了极大的欢乐。我在那里玩得入了迷。直长到十四五岁我才离开林子，把小村人藏到了记忆里。

二十多年后我回到登州海角，特意去找林子和小村，什么都没有了。那天也是个黄昏。

关于书的评论／“讨论会纪要”

关于一部书的评论、讨论，无论在多大程度上肯定或否定，都是值得欢迎的。处于一个金钱物欲压倒一切的时期，作为一个写作的人还会有多少不切实际的指望？通过这些评论我知道，无论什么时候，仍然有人在为形而上的东西激动，在“好好地思想”——像数学家帕斯卡说过那样。有时给我一个动人的形象。这样说并非指我写出的这部书本身有多了不起，不是；我是指围绕它，有人所表现出来的高贵的想法、他们的“全部的尊严”——思想的能力。人最终还是靠思想站立的，思想者的地位在今天仍然至高无上。思想者是最伟大最切实的劳动者。

当然，我的全部作品，特别是我的这部书，首要的任务还是投入思想者的行列、寻找思想者的。

不言而喻，每一篇评论都是作者自己的作品。他们展示的是自己的学识、经验和观念。

两次讨论会我都因事没能参加。听说会上的学者发表了极好的意见。会后的纪要发表在报纸上，我仔细看了。

我想这本书，还有评论家的文章，都会是比较内向的。它们大概会与某些文字有个界限。

不能沟通的痛苦／内心的严整性

有人问：写《九月寓言》这样的“纯文学”，有无寂寞感和不能沟通的痛苦？

我想这是个不必回答的问题。从外部看上去，越是好的劳动者越是寂寞。但实际不然，寂寞只是一个人的感觉。精神劳动与体力劳动者遭遇寂寞的机会应该一样多，性质可能略有不同。

我自己不能说《九月寓言》纯到了哪里去，但我只能说我在写这部书的全过程中，始终保持了内心的严整性。我以自己的劳动，从本质上汇入了现代人的探索。这是自然而然的，也是应该的。思想应该在现实的探求中获得新生。

真正的现代主义不仅是实验意义上的，而会始终具有某种精神。它不会完全退缩到艺术中去，它的品质是纯洁的，也是批判的。它不会仅仅局限于文化范围内。

实际上在写作中我恰恰不断获得了沟通的快乐。我在默想的描叙中，与最难以沟通的事物发生了交流。写作是与高不可攀的俗界之外的什么沟通的唯一（？）方式。

当然您的“沟通”不是这些。

我认为它是朴素的，果然，怀着朴素的精神接触它，它就化为了简明。朴素可不等于“通俗”。有些文字的“通俗”，倒正是因为它们背离了朴素的精神。

写作状态／紧紧跟住土地／小房子

写作时，我所处的那个地方相对清冷一些，打扰少。这样我可以做我感兴趣的事，不会疲惫。这本书的绝大部分是藏在郊区一个待迁的小房子里写出的，小房子有说不出的简陋。我朋友的这幢小房子隐蔽又安静，与吵声四起的街巷隔开了，不让我躁。这里也见不到通常的那些宣传品、刊物和报纸。外界的事情知道得不能再少了。

各种消息再快，对于土地来讲也是二手货。它只能把人的心思扯远。

写作余下来的时间，走出小房子往西，不远就是无边的田野、林子。在那里心也可以沉下来，感觉一些东西。

我五年未到大城市好好住过。大城市的声音会让我脑子乱起来。我写的故事是土地上的,主要是紧紧跟住土地,当然,我那时很清楚这个。

一个时期有一个时期的风气，但风气本身总是很“通俗”的，艺术风气也是一样，风气是互相迁就的结果。有些时候不能迁就，倔强、憨直，就无法走到风气里去。我想把所处那个小房子四周的“地气”找准，要这样就会做得很完整。

那个小房子不久就要拆了，我给它留下了照片。五年劳作借了它的空间、时间，和它的精气神，我怎么能不感激它。小房子破，它的精神比起现代建筑材料搞成的大楼来，完全不同。它的精神虽然并不更好，却更让人信赖和受用。

怎么把握时代精神／强烈而又长久的要求

时代精神需要每个人自己去感觉。我不信一个当代人能够准确地抓住这个精神。如果说它是喧哗与骚动的，也未免笼统，太印象化了。谁能准确地指认自己的时代，像后代人评说过往岁月那样公正客观，事情也就简单多了。

我知道一个人追求物质利益的愿望是自然的，不加以倡扬已经够我们这个世界受得了。这个欲望常常破坏而不是形成我们的道德原则。而现在有人想让它取代我们的原则。要知道，蛮横聚起的浮华和粗鄙的财富，要消失是很容易的。

没有时间放眼远望，没有时间维护环境，也没有时间维护人心，因为“时间就是金钱”。可是大而言之，我们的历史就是一部不断被金钱毁灭的历史。

它怎样在作品里表现？“它”是指时代精神。它在哪里？依我看时代的精神就是土地的精神。

您可能觉得太抽象、太虚幻。但我认为它本来不是这样的。土地精神是具体的，它就在每个人的脚下。它的强烈而又长久的要求默默地渗入人心。

难的是怎样感知它。每个人的感知都会不同，但土地精神不依人的不同而改变什么。它有些基本方面不会变。比如说它不愿让充满了私欲的人将它弄得千疮百孔，不愿一片狼藉。

今后的打算／身上被挖掉了一块

今后就是多走多看，少写、写好，写得更朴素。多写一些实实在在的话，有原则的话。

《九月寓言》一书好不容易写完改完，多少松了一口气。我想好好总结自己：失去了什么？获得了什么？

这部书又花掉了我五年时间。与《古船》不同的是，写完之后，我觉得自己身上被挖掉了一块。写完《古船》只是觉得累，没有被挖走什么的感觉。我对各种看法都会倾听、思考它的道理，但我自有充分的理由认为：它在相当长的时间里都会是我最好的一部书。

一个作者在写作中，不同的作品消耗掉的东西是不同的。

回忆写作的这些年，我舍弃了很多，藏在了登州海角，默默地做一件事。其中有些场景是永难忘记的。最难忘记的是，这五年我与七十多岁高龄的母亲住在一起。是母亲帮助了我的精神、提高了我的毅力。

稿子写好，邮寄时要订成一大本一大本，一时找不到粗一点的线。正在为难，母亲从另一间屋里拿来了她刚刚捻好的几根长线。原来她看到后就转身去捻线了。

这部用母亲捻成的线订成的书稿，应该是非常好的。它要对得起母亲。我一想到这上面就惭愧，难过。

我一定要好好写、好好地过生活。

一九九二年九月二日

附录二

保护大地

——《九月寓言》的本源哲学

郜元宝

……我也不知

说甚做甚，不知道匮乏的时代诗人何为?

但是你说，他们像酒神圣洁的司祭，

在神圣的夜晚踏遍整个大地。

——荷尔德林《面包与醇酒》

在漫漫夜色里，谁在长思不绝?谁在悲天悯人?谁在知心认命?……神游的脚步磨得夜气发烫，心甘情愿一意追踪。

——张炜《融入野地》

一

张炜最近发表的哲学短论《融入野地》（《上海文学》1993/1），也是一首纯粹的无韵诗，具大气力，秉正法眼，一下子撇开了许多，拒绝了许多，直接抓住了我们的文学偌长时间总是抓不住的永恒问题：人与土地的原初联系。张炜写得彻底，通脱，一读之下，你就会被文字间充盈的灵气牢牢攫住。这篇奇特的作品，旨在探讨匮乏时代诗人艺术家应该如何知心认命，由智趋灵，义无反顾向生存的根基处回溯，反抗一切庸俗、乖巧、虚伪、贪婪和麻木。执拗的拒绝意志和热烈的归家情怀构成诗语最具神采的部分。若非蓄势有年，积渐为雄，拨开榛塞，一朝澄明，纵然饱读诗书，也绝不能如此神满气足，自然圆融。

诗人说他是因为“被饥困折磨久了”，所以把融入野地的时间选在“九月”，“一个五谷丰登的季节”（《融入野地》），这使我很自然地把这篇精妙的短章和洋洋20万言的《九月寓言》联系起来。

读《九月寓言》，我感到还是像当初读《古船》那样，有一种震动之余无话可说的充实。在几年前写给《当代作家评论》的一篇文章中，我就说过，《古船》只给读者两种选择，非此即彼，“要么从它终结的地方返回，重新拾起经验范围探索的旧路；要么，从它终结的地方更进一步，进行一种全新的思考。但这种全新的思考首先要求我们必须从头开始学习……因为迄今为止，我们还没有这样思考过。”又说，“《古船》是一部最能激发思想的作品，但恰恰是这部最能激发思想的作品，反而叫我们无从思起，无从谈起。”（参见拙文《命定视角与反讽基调》，《当代作家评论》1990年6期）今天看来，这些话或许更适用于说明我自己读《九月寓言》的感受。

令我们激动不已的作品，往往叫我们不无歉意地发现自己竟会茫然不知所思，嗒然不知所言；作者说得太透，想得太深，达到了我们的思力难以达到的境界。尽管我们也知道，他们所思所言的东西也许于我们并不陌生，也许那恰恰便是我们的“原来”，我们的“根本”。我们就从那里来，但是离别太久，相距太远，除非有某种灵性的激活，否则，单凭记忆是再难返回了。《九月寓言》和《融入野地》一样，至关重要之处，就是包含着某种激活灵性催人返本归家的精神召唤。召唤细弱而深沉，聆听召唤的前提是聆听者还深藏着某种未死的灵性。召唤只叫我们在自己的灵性指引下皈依原本属于我们自己的故地；召唤只是你我迢迢归路的沉默良伴，我们无需对它说甚做甚。

读《古船》，读《九月寓言》，读《融入野地》，我首先不得不思考这么一个问题：真正纯粹彻底的小说到底要不要我们去评论它？反复玩味，在一次次感动中心有所悟，不是很好吗？也许，世间真正称得上伟大的作品，只宜欣赏，不能评论。

批评给我们知性的满足，陶醉于这种满足，很容易迅速遗忘作品的真精神。

伟大作品无需阐释，读和写的人只是共同为某种性命攸关的东西意醉神迷。

伟大作品的奇异之处在于它把存在本身“带出”后自己立即消失。伟大作品不是作为大地之上的一个可对象化的制造物而生存；它的存在和大地本身融为一体。我们阅读伟大作品，追寻它的存在，自然而然地就走到了我们自己存在的本源处。伟大作品引我们融入大地的宽广怀抱。大地之上，我们和作品没有间隔。作品的意义，仅仅在于帮助我们感悟大地的意义。

技术时代的批评，渐渐已不再是感悟“作品—大地”存在的一种理想方式了。技术时代的批评日益致力于歪曲和破坏大地上一切本源性诗作。批评家们挥动“阐释”的鹤嘴锄，千方百计要在作品之中发掘出超于作品之上的某种“意义”“价值”，在这个过程中，“作品中大地的到场”（The setting up of earth in the work）一再遭到忽视。作品仅仅被视为某种“意义”的载体，它和大地本源的联系被斩断了。这是艺术品在技术时代的批评中普遍的命运。因此，我们也许只能在无言中默诵：一定要诉诸语言，那么这些危险的有声物唯一的使命，也只能是悉心保护“非对象化的作品存在”（nonobjective being of the work）。保护作品，就是保护大地（preserve the earth），因为作品是大地趋于到场的一种现象。

如此说来，伟大作品又是可以谈论的，只要这种谈论不以孤立存在的作品为对象，而是透过作品，勘探在作品中被本源性诗语建起的大地存在，与此同时，我们自己也不断趋近本源之地。

二

我想从一种困惑开始：在《九月寓言》中，张炜为什么要如此美好地叙说亲人的苦难？在激动人心的“忆苦”活动中，小村的“鲢鲅”们到底获得了什么以至于他们竟然如此痴狂地以苦为乐？

诗人在甜蜜的月夜低声细语，月光下一切都在富于韵味的叙述节奏中伴随诗人的满腔柔情纷纷涌出。

诗人讲述小村苦难的往事，还请出小村历史见证人自道身世。诗人的讲述和小村人对往事的追忆连成一片。

所述所忆者为苦难，但不知怎么，苦难不再叫人痛定思痛，哀伤欲绝。夜晚小村的“鲅鲅”虐妻杀媳、内讧相争、饥寒困累、血腥残酷的景象，完全没有《古船》类似描写在感官和道德上激起的那种压抑和颤栗。不堪回首的往昔似乎成了酝酿诗情的温床，成了苦难的经受者寻求宽慰和充实、感兴和落定的源泉。

悲天悯人的张炜，难道不再为亲人的苦难而哀伤，宁愿躲进诗意的温柔之乡？

在做出是非判断之前，我想不妨进行一番哲学的冒险，斗胆从根本上反省一下人们理解苦难或幸福的某种习惯方式，因为《九月寓言》令人百思不得其解的地方，正是在于它偏离了人们知苦知乐的某种习惯方式。其实，张炜在具体描写上并没有回避小村人的生活苦难，令人难以接受的仅仅是张炜讲述这些苦难时不仅没有保持一悲到底的基本语调，反而表现得过于温柔，过于亢奋，似乎陶醉于某种莫大的精神收获。这就未免太悖于常情常理了。

我想，“苦难”和“幸福”在一般场合无非是指人们对自己的生存处境最简单明了的分解。这种分解如果不能说是代表了至少也可以说是实际上构成了日常生活的理性支柱。所以，“苦难”和“幸福”成了人类生活的词典中两个头等重要的基本词。制造这两个基本词的理性，在许多领域确实成功地教给人们正确判断和应付生活的情感与价值标准。人而不知何者为苦难，何者为乐事，他肯定不能算一个具有正常理性的人。但是，具有正常理性的人，真的都能从根本上悟透苦难和幸福吗？肯定没有。否则，我们又如何解释几千年过去了，为什么人类还是没有学会从根本上避免苦难永驻幸福的乐园呢？

我想，这至少可以归因于人们总是喜欢凭一己所好随意拿基本词套在他所遭遇的任何生存处境之上，对一切复杂的问题下至为简单的判断。人们使用自己拥有的基本词也许过于得心应手了，以至慢慢养成懒惰的恶习，不再致力于从自己日常细小的经验中寻溯基本词所指称的那个统一未分的本源存在。在这方面的懒惰和漫不经心，促成了滥用基本词时行动上的不遗余力。人们也许从来不去怀疑基本词可能被滥用和错用，而只关心自己按照现成的基本词的指引去行动时，是否尽心尽力，是否有天时地利相助。基本词原初的命名力量被不断削弱，人们和基本词原初命名的东西距离越来越远。这种情况直接导致人们生存领悟的日益虚假化。大地之上充斥了词与物错误的搭配，充满了空洞的笑声和无奈的泪水。泪与笑之所以日趋空洞和无奈，难道不是因为我们过于信赖理性对“苦难”和“幸福”等等基本词的驾驭能力了吗？词与物的疏离绝不仅仅是个语义学问题，它根本上表征着人同他生活的中心和基础的疏离，表征着人在大地上的存在发生了类似失重状态下的那种浮漂无定。

所以，要想从根本上恢复基本词的命名力量，从根本上学会避免苦难，创造幸福，我们不存在别的什么选择，只有满怀赤诚回到大地的怀抱中。只有亲近大地，我们的爱与恨，避与趋，泪与笑，才不会盲目，不会虚伪，不会空洞和无奈。但是，这样一来，我们就可能有必要对基本词的某些习惯用法进行一种违反日常理性的倒转：苦难和幸福之间的界线也许不得不消泯。只有实现了这种倒转和消泯，我们才可能暂时在某种生存境界——通常是艺术境界中——穿越日常和苦难和幸福之幕，回溯到我们久已远离的本源。倒转和消泯日常经验的“苦难”或“幸福”，绝不是要让人们忘怀那些苦难和幸福，恰恰是为了站在生活的大地之上，把这些苦难和幸福看得更清，恰恰是为了替日夜被苦难和幸福的轮回煎熬的灵魂保护立足的大地，使大地不至于被苦难或幸福的狂潮击得支离破碎。战争、工业等等活动对“大地”的破坏，难道不都是在知苦知乐的信念支配下进行的吗？

真正知苦知乐，不仅需要理性的辨别，更需要满怀赤诚去依恋“大地”。知苦知乐，必先知性认命，把我性和我命完全融入母亲的大地。

疏离大地，我们也能继续拥有正常理性，但是不可能激活心中的灵性。大地不亡，灵性不死。有灵性能教我们从根本上知苦知乐。

如果张炜在寻找大地、亲近大地、保护大地的诗情洋溢中触犯了正常理性，我想这种触犯是善意的，可以理解的，而且是相当必要的，用不着喋喋不休，指责张炜失去了悲悯，或者指责他欣赏小村人以苦为乐的麻木、愚顽、赖皮、苟且。张炜容忍了这一切，因为他想在这一切背后，描写小村人的灵性，描写他们如何用以苦为乐的古怪方式表达自己对大地的眷恋。

要问小村人为什么那样如痴如狂地在漫漫冬夜追逐光棍汉金祥，顶着严寒坚持开展诉苦活动，恐怕他们没有人能够给你满意的回答。他们只知道一遍又一遍参与集体的忆苦，在这中间获得某种安定和满足。张炜惟妙惟肖描写的“忆苦”场面令人遥想古希腊雅典的露天剧场。实际上“忆苦”的确成了小村人最为盛大的节日庆典。张炜在这部长篇中没有描写任何其他的节日，包括年节，仅此一点，足以发人深思。

金祥忆苦时经常要出丑卖乖，故意调侃，惹人发笑，吊人胃口，甚至在细碎猥琐的故事中找点乐子。但是我希望读者千万别要用张艺谋大导演的眼光来看取这种民间通俗的艺术形式。也许电影根本就无法取代文字，只有文字才能那么深刻地攫住民间艺术的灵魂。小村人集体性的“忆苦”，肯定不是单纯为了响应政治号召，像金祥宣称的那样“有一说一”，认认真真倒苦水。他们是在追忆着什么，努力靠近着什么，但也绝不仅仅是个人或家族历史上曾经有过的某段苦难经历。追忆不限于运用心理能力唤回已逝的历史，还原过去的事。相反，小村人的忆苦往往漫无边际，生拉硬扯，随意发挥，即兴杜撰，在本来就模糊不清的历史上尽情涂抹，追忆历史恰恰是为了取消历史过去时态的真实性。忆苦能手吸引人的地方不在于达到了怎样的真实性历史叙述，而是通过对历史的虚构和语言操练，把破败的历史拉到当下，把脆弱的心灵从往事的纠缠中解放出来，回到目前承载我们的大地之上。如果说小村人也有自己的一部历史，那么，这部历史仅仅写着小村人失而复得自己的土地的一段过程。历史只有收紧自己的时间展延度，转化为大地上生灵的戏剧，才值得一再去回忆。“忆苦”是集体性的人与大地的默默对话，回忆历史只是一个借口。历史的漂浮性、破败性仅仅是为了衬托暗中一直在场的大地之无限深沉无限厚实的缄默。

在冬天的夜晚，我们尽可以安安定定躺在承载一切的大地上，看满天明灭的星海，缥缈虚幻的流云，充满柔情畅想无论是悲是喜是苦难还是幸福的往昔。在浓浓夜色和醉人的说古中，一切都漂浮在渺不可测的星空，流进万劫不复的过去，这时候，只有“大地”会显得无比坚实稳固，无比慈祥仁厚。在大地母亲的怀抱里，柔情万般的子女甚至不需要想起大地的存在，更不必担心自己颠三倒四的语言是否会冒犯大地存在的真实性，因为这是最后的落实——

对于我们而言，山脉土地是万年不曾更移的背景；我们正被一种永恒所衬托。与之相依，尽可以沉入梦呓。

世上究竟有哪里可以与此比拟？这里处于大地的中央。这里与母亲心理上的距离最近。在这里，你尽可以述说昨日的流浪……

在安怡温和的长夜，野香熏人。追思和畅想赶走了孤单，一腔柔情也有了着落。我变得谦让和理解，试着原谅过去不曾原谅的东西，也追究着根性里的东西。夜的声息繁复无边，我在其间想象；在它的启示下，我甚至又一次探寻超词语的奥秘……我在默默夜色里找准了声义及它们的切口，等于是按住万物突突的脉搏。

一种相依相伴的情感驱逐了心理上的不安。我与野地上的一切共存共在，共同经历和承受。

——《融入野地》

诗人如是说。

只有关怀人在大地上的生存，只有关怀人所生存的大地，才能够超出世俗关于苦难和幸福的知与见，与人类生存的本源同在。这是真正的悲悯。确切地说，在《九月寓言》里，张炜把《古船》那种对“历史之奴”的悲悯转化为对“大地之子”的悲悯。这种悲悯，用张炜的话来说，乃是一种“悲天情怀”。悲天就是悲地，因为在大地上栖居是人的天命。

三

“当贪婪和攫取的狂浪拍碎了陆地，你不得不划一叶独舟时，怀中还剩下什么？”也许我们首先想到的是某种历史理性。固然，在大地日益从地球上被鲸吞殆尽时，确实需要一副坚强的脑壳，一缕在历史长廊穿云破雾的理性阳光。问题是，我们现在并非缺乏理性，而是过多地、不适当地到处运用着我们的理性。理性确实能够使我们在地球上的许多事务中变得精明强干，但是理性有时候并不利于我们对大地施行必要的保护，因为仅仅拥有理性的人只会懂得拿着理性的标尺对大地上的一切连同大地本身进行精明的计算和毫不知足的攫取，而容易忘记大地还是我们不可攫取不可丈量不可破坏的唯一根基。所以张炜说，当大地破碎之际，我们胸中最需要唤起的，“无非是一份热烈和忠诚”，无非是对大地热烈忠诚的爱与依恋。正是这种对大地的爱和依恋，使他变得“谦让和理解”并且“试着原谅过去不曾原谅的东西”。只有在这种对大地原始情绪的指引下，我们才能朝技术时代运行的相反方向回溯，才能始终亲近大地并被大地所亲近，才能真正知苦知乐，不至于让世俗的苦乐弄得晕眩，从而有效地拒绝“无根无定的生活”。

值得注意的是，张炜说，这种拒绝是一条“犹如长夜”的长路。换言之，拒绝无根无定的生活，在张炜的思想逻辑中，不仅要拒绝理性的太阳，还要在诗语中对大地之上自然的太阳进行一种感性的回避，让大地在月光上得到妥善保护。

细心的读者也许不会忘记，读《古船》时，我们尽管感到洼狸镇上阴霾密布，气压低沉，但太阳依旧当空高悬，把人间一切恩怨美丑照得分明。相比之下，《九月寓言》的阳光就异常微弱。太阳在“鲅鲅”的小村固然依照自然规律日升夜落，但是在叙述主体的意识里，这个自然现象或多或少是加以回避了。小说只有两处特意提到这个几乎被遗忘的太阳。一处是金祥忆苦时对太阳可怕的描述。金祥一家在太阳底下往平原地带迁徙，“走哇走哇，走出山梁薄地，总不能做个路倒啊，日头一天比一天毒，它想熬干河流、树汁水儿，熬干庄稼人的血。”小村人根据自己痛苦的记忆在心理上拒绝了这个揭示一切，燃烧一切的火球，因为太阳总是敦促人们不停地奔跑，干扰土地的儿女对大地本源的亲近。还有一处是写欢业杀死金友后狼奔豕突，最终把小村远远甩在背后，这时候迎接他的是“老大的太阳冒出地皮，满地血红！”太阳只为小村的叛徒升起，它不属于张炜笔下的小村。而且，太阳的形象，不是位于我们之上的可敬爱可赞美的热与光的中心，太阳血红的光芒成了令人颤栗的残酷景象。

在张炜的诗语中寻绎被拒绝的太阳的象征意义，也可能是读解《九月寓言》的一个关键。

太阳除了象征揭示一切，算计一切，在苦难的轮回中使人类变得乖巧而暴戾的历史理性之外，在张炜的诗语中还象征另一个被拒绝的意象：空间意义上的“世界”。太阳不仅照亮此一事物，它同时还照亮此物与彼物之间的联系。由此，大地上的万事万物，譬如“鲅鲅”的小村与“工人拣鸡儿”的工区，就不仅属于大地，还同时被纳入与大地相对的领域：世界。世界的特点是叫人们离乡背井到故地以外去闯荡。世界是大地上的万物对大地的一种挣脱，是阳光在大地之上一件得意之作，因为在阳光下面，大地上的一切都敞开了，森然布列，成为一个热闹的世界。有了阳光便有了世界，所以在我们的词语想象中，“太阳—世界”总是紧相连属。因而，太阳的缺席，不仅改变了小村本身的存在（让更多的月光倾泻在流浪人的故土野地），同时还把小村和小村以外的世界隔开，杜绝小村“世界化的敞开”（The worlding open）。

小村人进出路线，譬如金祥长途跋涉买鏊子的往返路程，作者有意写得扑朔迷离。事实上，与其说金祥曾经离开小村走向世界，不如说金祥一辈子都是在由世界到小村的长路上耗尽气力地奔跑，因为金祥之所以要外出买鏊子，目的并不是为了去闯荡世界（他曾经闯荡过，但那是不堪回首的痛苦往事），而仅仅是想回到小村用鏊子更好地制煎饼，更好地享受大地的馈赠——小村人视为性命的瓜干。所以，光棍汉金祥在买鏊子的路上走得越远，他和小村人的大地距离就越近。金祥和其他小村人一样，一生一世只赶一条路，这条路无论如何坎坷曲折，最后仅仅通向大地的中央。如果不是这样，“没爸没娘的娃儿” 怎么能够历尽磨难，拼着最后一口气赶回小村，并且最后安眠在小村的野地里?

小村人和野地的亲近牢不可破，因为小村上空虚设的太阳没有为“鋌鲅”们指出一条走向“世界”的道路。拒绝太阳，意味着控制小村的“世界化” 敞开和延展；或者说，使小村人在野地的生活自成世界。这当然不能理解为地区和国际交往中的一种关门主义。紧缩“太阳—世界”，仅仅为着诗的目的：在更浓的夜色中保护那作为根基的大地。

在《九月寓言》的诗语义域里，“太阳—世界”消解着作为承载者、藏匿者、滋养者、孕育者、抚爱者和保护者的大地的本质。在技术时代，我们不得不认清这样一种现实：“太阳—世界”的大地，越来越成为被丈量被计算被攫取的对象：田地、矿藏、林场、牧区或风景点，这些都是大地的种种破败形式，它们在技术时代昭示着生存的无根无定，无遮盖，无呵护。在《九月寓言》中我们被特意告知，小村的形成，始于满世界奔跑的流浪汉们决定不再盲目闯荡，不约而同地说“停吧，停吧。”停下来，于是有了稳定的村居生活，有了亲近大地的落定与被保护感。“停吧”的谐音词“鋌鲅”戏剧性地成为本地人对来到小村的这群流浪汉的称呼，确实带有某种命定的意味。只有停下来，有限生存之无限世界化、敞开化的过程才能遏制在适当的范围。奔跑的目的是为了最终的“停吧”，否则，无休止的奔跑只能被大地甩脱，这对人来说是无意义的。“停吧”是人在大地上命定性的存在方式，是人的“真实”“简单”和“落定”。只有不再一味地在太阳底下闯荡世界，人才能“在被遮蔽和受保护的状况下栖居于大地之上”（dwells on the earth in a state of concealedness and preservedness）并以此为不可动摇的根基去展开他的世界。

四

张炜写《九月寓言》时，不仅回避了隋抱朴整天拨拉个算盘企图澄清洼狸镇人恩恩怨怨的历史理性，同时也拒绝了隋见素心中那轮冲撞、激荡、揭开一切、照亮一切同时也可能烧毁一切的血红的太阳。张炜意醉神迷的九月，原来是九月的星星月亮，是温柔的九月之夜吃足瓜干的“鋌鲅”们在野地上生命的洋溢和绽放。

《古船》的太阳落下了，《九月寓言》的月亮升起来。一阴一阳之谓道，这很符合我们经典的观世方式与经世原则。曾经被《古船》理性的太阳灼痛双眼的读者．在温怡柔美的月光下看到了该是另一种生存图景了——

谁知道夜幕后边藏下了这么多欢乐？……一伙儿男男女女夜夜跑上街头，窜到野里，他们打架，在土末里跳动，钻到庄稼地深处歌唱，汗湿的头发贴在脑门上。这样闹到午夜，有时干脆迎着鸣鸡回家。夜晚是年轻人自己的，黑夜里滋生了多少趣事……咚咚奔跑的脚步把滴水成冰的天气磨得滚烫，黑漆漆的夜色掺了蜜糖。跑啊跑啊，庄稼娃儿舍得下金银财宝，舍不下这一个个长夜哩。

浓浓的夜色是对白天一切辛劳的抚慰，是造化对地球另一种形式的刻意修饰。大自然收回了它的强光，人类的生存空间由此在收敛的形式中得到保护。白天听不到的人响天籁，夜晚特别容易入耳。这是表达和倾听的最好时机。夜的奇妙的宁谧解放了大地之上万千生灵的想象力与感受力，白天显得遥远而不切实际的东西，也会趁着夜色的掩护，影影绰绰环列在我们村庄每一个熟悉的角落。万有的存在，大地上的一切，在夜晚会有白天所没有的另一种真实，沉甸甸各有各的重量。我们虽然不能以目视，但心灵的眼睛会让我们实实在在触摸到这一切。夜是人与万物无距离的亲近。

然而，夜晚带给人类生存最大的变化，莫过于大地以其本源性的稳实趋于到场。白天的大地按照各种实用目的被瓜分为一块块彼此间隔的工场，大地连同“摆”在它上面的所有房屋器具、河流林木和高山矿藏；随时都可能被支取。土地工具化了，它仅仅是等待人们以技术手段去挖掘、去修整、去拖运、去砍伐、去丈量、去利用、去买卖的产品。大地的意义在这些小块土地上无言地撤回。只有在夜晚，大地才冲破一切技术的界线，重新团聚为一个整体；只有在夜晚，大地那作为承载一切、藏匿一切、滋养一切、孕育一切、抚爱一切、保护一切的生存根基之本质，才重新回到自身，并通过诗人的触角宣喻世人。诗人对存在的这种阴阳翕辟既敞开又遮蔽的把戏至为敏感，一切真挚的诗语，无不尽量为五脏六腑都暴露在外的白天的土地聚集更多的夜色。

好深的田野，月汁也渍不透的田野，藏了多少意趣，多少欢乐。嘿嘿，年轻人自己的月亮地啊，我来了，来了。

诗人歌颂月夜，也就是表达自己对大地的无限痴迷与眷恋。夜的中心正是大地的中心，我们只能在这里找到属于自己的故乡野地。要融身大地的怀抱，必须首先心怀赤诚踏入茫茫夜色——

踏不透的夜色，藏下一切的夜色，肥恨不得将自己融入其中。昏沉沉的大地啊，铅一样沉的大地啊，像吃了长睡不醒药一样的大地啊！

夜晚藏匿了一切，为的是把大地更加完整地呈现出来。白天的阳光固然叫人懂得如何更清楚地认识大地，更科学地使用大地。但是，如果把大地上一切可利用之物悉数捉拿归案，把大地承载的一切统统抖落出来，展览在光天化日之下，大地还有什么神秘可言呢？失去神秘的大地将是彻底破败的大地，而大地的破败意味着生存的根本性匮乏，因为破败的大地将不再给居于其上的生灵提供被保护的安定感。

阳光是需要的，但是不能没有月光的润泽。如果大地失去夜的保护，太阳在大地上一天工作的结果将变得无法收拾。失去夜晚无言的呵护，天上的太阳和人类内在生活中同样炽热的太阳，终有一天会把大地上的人、物以及大地本身烧个干净。

歌颂太阳是诗人的一种使命。诗人神圣的使命还有——

为在阳光之下大地之上劳作的人类不断请出夜的惠临；在技术时代，当人们千方百计要把一切可利用的光源全部收集起来集中在太阳西沉后放出，诗人为大地守夜的职责就更加严峻了。他们注定要像荷尔德林所说的那样，“在神圣的夜晚踏遍整个大地”。

我们的文学曾经收集全部的热情和意象竭力讴歌太阳。太阳给我们光和热，给大地之上万千生灵以生命的能源。但是，太阳另一面的危险被一致忽略了。太阳在世界宇宙的运行，似乎越来越贴近地表，一种全球性的炎热正悄悄吞噬着大地上的清新与绿色。太阳揭穿了大地的神秘性，蒸发着生存的第一元素。大地在炽热的阳光下喘着粗气，汗流浃背。感受这种危机的最先还是那些敏锐的诗人，所以肖洛霍夫在幻觉的瞬间看到一颗黑色的太阳，所以整个18、19世纪的浪漫主义诗哲在到处充斥了太阳颂的文学中独辟一片清凉世界，对他们梦中的幽蓝寄予无限温柔的遥情。我们或者也由此懂得了，梵高为什么裸露他那颗衰弱的头颅，在燃烧的沙漠上试与太阳争雄。我想他是在勇敢地逼视常人无法逼视的那个火球，探讨人类承受太阳炙烤的极限，探讨当一切都焚烧起来，像向日葵那样把自己的生命完全寄托在阳光的照临，大地之上的栖居还是不是可能的？我还想起加缪的《局外人》，莫尔索朝陌生人突然扣动手枪扳机，不就是因为那时正好有一道强烈的阳光弄得他头晕目眩吗？生存的荒诞也许正在于某种世界性的阴阳失调。我们拥有了太多的阳光，大地上的一切都变得暴躁不安，连老鼠也成群结队到处出没。《鼠疫》中，当一场瘟疫开始肆虐时，作者首先刻意渲染的不也是“奥兰”城叫人无可奈何的暑气吗？一切的不幸都是因为生存中过度的光和热。

读《古船》，我一直被两颗隐秘的太阳吸引着，忐忑不安。一颗是隋抱朴头脑中理性的太阳，一颗是隋见素血管里激情的太阳。抱朴整天用算盘清理洼狸镇的历史，这不是一种太阳般力图揭明一切的历史理性吗？见素要求无遮拦地舒张自己与实现自己的冲动意志，也使我们油然想起太阳同宇宙的阴气千万年不息的争斗。这是一颗充满着感性生命的太阳！抱朴最后在徒劳的清算过程中升华为一座哈姆莱特式的雕塑，但老屋的磨房里那个凝思不动的背影所蓄积的力量，看一眼也会令人心悸，一旦爆发，当是十分可怕的。见素后来那场病来得也相当及时，因为他显然已经无力左右胸中那轮熊熊燃烧的太阳了，我当时觉得《古船》似乎结束得有点蹊跷，有点含糊，现在我想，那也许是作者不愿看到老隋家兄弟俩被各自的太阳烤炙得过于残酷吧？

所以，《九月寓言》虽然立意和风格上都有别于《古船》，但是就二者所探索的超历史（transhistory）甚至也是超美学（transaes-thetcis）的生存主题来说，它们又是一脉相承的。

《古船》的太阳落下了，《九月寓言》的月亮升起来。对张炜来说，这是一个重要的思路转向。“转向”仅仅是说张炜探索的步伐迈得更大了，并不意味着他抛开了原来的思路。

记住《九月寓言》最后那场焚尽一切的大火，记住大火中奔驰的那匹和火光与东升的太阳一样颜色的精灵般的宝驹，也许可以更好地帮助我们理解诗人和大地、太阳、月亮的某种命定的环舞——

……无边的绿蔓呼呼燃烧起来。大地成了一片火海。

一匹健壮的宝驹甩动鬃毛，声声嘶鸣，尥起长腿在火海里奔驰。它的毛色与大火的颜色一样，与早晨的太阳也一样。“天哩，一个……精灵！”

五

保护大地，就是保护我们生存的根基。人与大地之间存着双向的保护关系。我们最后可以就此猜测一下张炜满怀激情描写“瓜干”的理由。

费尔巴哈说过，“人就是他所吃的东西”。这位彻底的智者同样彻底的智语，很容易被轻率地嘲讽为过于直观。其实，如果我们仅仅从生物学营养学的角度解释吃物对人的存在的构成作用，至少就无法理解往古来今无数诗人艺术家对于那些他们认为同他们笔下的人物关系重大的吃物尽心尽力的描写。把吃物从陀思妥耶夫斯基、左拉、福楼拜、普鲁斯特和曹雪芹的小说中一笔划掉，结果将是难以想象的。人之为人，人的存在的独特性，重要一点，就是人懂得用人的方式对待自己所吃的东西。动物把自己的吃物仅仅当作果腹的手段，吃物除了满足生理需要以外，没有别的意义。人就不同了。人在消耗哪怕是瓜干这样粗糙的吃物时，也会在精神上产生极大的欣喜，因为人能够通过吃物拜领到大地沉默的馈赠，体悟到他栖居于大地之上的无限乐趣。在动物那里，吃物一旦下肚，它的意义随即告罄。动物对某种即使是最喜欢的吃物的感情，也只能是一种纯粹外在的原始占有。人吃了瓜干，并不把瓜干的生命从大地上抹去。人吞吃瓜干恰恰是要延长瓜干的生命。人在瓜干的指引下学会了加倍珍惜自己的大地。人和吃物超乎生理需要的那种精神联系，就是人和大地之间双向的保护。

看来张炜如此不厌其烦地描写"瓜干烧胃哩！"如此神秘莫测地反复体会瓜干对小村人生存的意义，完全是有道理的。正如要理解一位贵族就有必要理解他日常享用的蛋糕，只有首先理解了"鲢鲅"们对瓜干全部丰富的感情，我们才能更真切地体会他们在故乡野地上的栖居。张炜写一种普通的甚至快要被现代城市人遗忘的吃物，无非是想唤起我们对日益破碎日益漂流远去的大地那种原始的怀恋。

六

《九月寓言》带给我一种来自远方的精神慰藉。对一个城市漂泊者来说，没有什么比大地的抚爱更可贵的了。我知道关于大地的寓言在技术时代喧嚣躁动的词语王国里也许很难挤到一个显目的位置，但是这样的寓言无论什么时候都会激活人心中某种未死的灵性，唤起对土地那份热烈和赤诚。这份热烈和赤诚，将是大地最终不会从地球上消逝的根本保护。

一切真挚的文学，肯定是大地在其中趋于到场的文学。不论作家是用怎样一种方式趋近大地，也不论大地有没有成为作家实际描写的主要对象，大地总应该是始终在场的。这是文学的根性，也是生存之根。

“大地”可以作为观赏对象，充当个人情趣、心境或者某种意识形态的喻体，但这些毕竟不是完整意义上的大地在作品中真实的出场。像张炜这样拒绝大地之上的种种诱惑，排除种种描写大地的传统文学模式，把大地当作生存中绝对重要的根基来崇拜，据我所知，在整个现代文学中，这还是最可注意的第一次。在“鲢鲅”们的月亮地里，在收获地瓜的迷人季节，以及在冬夜“忆苦”人燃烧的艾绳的薰香中，我又一次深切体会到大地那永恒稳靠的衬托。感谢张炜！

如果允许我对素所尊重的作家表示某种遗憾的话，那么我想说，就关于大地存在的本源之思的直接性和透辟性来讲，或者，就作品对知识阶层的感染效果来讲，小说《九月寓言》显然有不及散文《融入野地》的地方。我是指当作家表达某种深切的存在感受时，无论选择哪一种诗语形式，以自我为中心直接站出来告白，总比躲在别人哪怕是故土野地的亲人背后曲折传话要好得多。人物角色身份毕竟是决定长篇小说感染效果的一个值得思考的因素。许多优秀的中国小说作者（当然不是全部），当他们准备在长篇小说中抒发他个人也许是整整一辈子酝酿体悟的东西时，往往倾向于首先把自己隐藏起来，另外挑选某个或某一群在阶级、阶层、出身、教养甚至年龄性别上同自己差距悬殊的人物作为隐含作者的代言人。中国的叙事作者似乎一直没有诗词作者那种直接说话的习惯。我有时候不得不想这么一个问题：我们的叙述作者，特别是作为社会中坚的中老年知识人身份的作者，难道还没有成熟到足以充当叙事作品公开的叙述主体吗？

我想这种“成熟” 应该是两方面的，读者的因素也许更值得考虑，但我们首先不得不考虑作者的因素。什么时候，长篇小说作者能够习惯于用知识人“我”的身份在自己的作品中直接站出来，像张炜在《九月寓言》中应该做而未能做到的那样，用类似《融入野地》的笔法，表述自己在大地上的生存感悟呢？

这肯定是一个不大讲道理的提问方式。不过我现在心中确实还悬着这样的猜测：张炜如果肯于把主要人物的知识教育与思想能力定在隋式兄弟的水平上，或者，在某种意义上加重挺芳父子在小说中的分量，《九月寓言》将会是怎样的呢？不知道张炜君有没有这样想过。

我说过表示这种遗憾肯定是不大讲道理的。也许，我们的时代还没有走出太阳独挂天宇的季节；也许，我们刚刚摆脱了政治神话的太阳，又双脚踏入了统治一切的技术和商业神话的太阳城。去年夏天，我看到那么多挣到钱的人挤着购买空调机，不禁怀疑，如今还有没有人一心一意守护着心田那份柔和的月光？知识人在政治和技术以及商业神话的太阳炙烤中，还怀揣了“知识”这份巨大的理性太阳。一切都那么容易被炒热，太平世界还有清凉的一面吗？谁能感受这份清凉？谁能欣赏这份清凉？

张炜的故乡野地只为那些依旧能够享受清凉的人们呈现。这些人是他的理想读者，也是他一意寻找的同类——

……你发现寻求同类也并非想象中那么艰苦。所有朴实的、安静的、纯真的，都是同类……同类只是大地母亲平等照料的孩子……

至于那些“逍遥的骗子、昏愦的学人，卖了良心的艺术家”，张炜说——

我宁可一生泡在汗尘中，也要远离他们。

在都市燠热的社交场所和不夜的街区，拥有相同社会角色的同类人之间相互沟通是太困难了。沟通必须要双方都有得自大地的根性与灵气，必须基于双方对大地本源的亲近。这样的沟通或许只能在还乡诗人和依旧在故乡野地栖居的亲人之间才会有？

所以，我终于能够理解《融入野地》和《九月寓言》巨大的知性落差，终于能够理解张炜为了纯化他心目中的月亮地而对同时代那些所谓的知识分子的最后拒绝。理解的同时，我还能有别的什么呢？或许，只能是一种无奈和惋惜吧。

一九九三年四月二十日写于复旦

一九九三年五月十六日改

图书在版编目（CIP）数据

九月寓言 / 张炜著．—济南 ：山东教育出版社，
2016
（张炜文存）
ISBN 978-7-5328-9244-0

Ⅰ．①九… Ⅱ．①张… Ⅲ．①长篇小说—中国—当代
Ⅳ．① I247．5

中国版本图书馆 CIP 数据核字（2015）第 312853 号

总 策 划：刘东杰
出版统筹：祝 丽
特邀编辑：马 兵
责任编辑：王 慧 王海洋
装帧设计：王承利 宋晓军
手稿摄影：曹清雅

张炜文存
九月寓言

张炜著

主 管：山东出版传媒股份有限公司
出版者：山东教育出版社
（济南市纬一路 321 号 邮编：250001）
电 话：（0531）82092664 传真：（0531）82092625
网 址：sjs.com.cn
发行者：山东教育出版社
印 刷：济南精致印务有限公司
版 次：2016 年 3 月第 1 版 2016 年 3 月第 1 次印刷
规 格：720mm×1092mm 16 开本
印 张：33.25 印张
字 数：385 千字
书 号：ISBN 978-7-5328-9244-0
定 价：68.00 元

（如印装质量有问题，请与印刷厂联系调换）印厂电话：0531—88783898